Wolfgang Hohlbein

Verderben. Kinder des Zorns

Wolfgang Hohlbein

VERDERBEN

KINDER DES ZORNS

Thriller

PIPER

Entdecke die Welt der Piper Fantasy:
Piper Fantasy.de

Wenn Ihnen dieser Roman gefallen hat, schreiben Sie uns unter
Nennung des Titels »Verderben. Kinder des Zorns« an
empfehlungen@piper.de, und wir empfehlen Ihnen gerne vergleichbare Bücher.

Von Wolfgang Hohlbein liegen im Piper Verlag vor:
Armageddon (Der Armageddon-Zyklus 1)
Armageddon. Die Nephilim (Der Armageddon-Zyklus 2)

Das Druidentor
Der Ruf der Tiefen
Infinity
Unheil
Wyrm
Wyrm. Secret Evolution

Unser Versprechen für mehr Nachhaltigkeit
• Klimaneutrales Produkt
• FSC®-zertifiziertes Papier
• Hergestellt in Deutschland

FSC www.fsc.org
MIX
Papier aus verantwortungsvollen Quellen
FSC® C014496

Originalausgabe
ISBN 978-3-492-70443-4

Satz: Eberl & Koesel Studio, Altusried-Krugzell
Gesetzt aus der Minion
Druck und Bindung: GGP Media GmbH, Pößneck
Printed in Germany

1
Molepeople

1

Sweet little sixteen … wenn sie es denn war, was Conny allerdings mit jedem Moment ein bisschen mehr bezweifelte, den sie die Kleine ansah. Vierzehn, wenn nicht erst dreizehn oder sogar noch jünger, was Gott verhüten möge; ganz egal, ob sie nun an ihn glaubte oder nicht.

Das Mädchen schien ihren Blick zu spüren, denn statt einfach nur weiter dazustehen und unglaublich süß auszusehen, drehte es sich halb zu ihr um und lächelte sie an, wozu es den Kopf in den Nacken legen musste. Conny selbst war gerade einmal durchschnittlich groß, aber die *Kleine* maß höchstens eins fünfzig. Sie trug etwas, von dem Conny nicht ganz sicher war, ob man es noch Kleid nennen konnte und das vorwiegend aus nichts zu bestehen schien, allzu neugierigen Blicken aber trotzdem gerade genug Widerstand entgegensetzte, um die Fantasie erst richtig anzuheizen, mit Pailletten besetzte High Heels, bei deren bloßem Anblick ihr schon die Füße wehtaten, und kostspielig aussehenden Goldschmuck, der so perfekt auf ihr Kindfrau-Image abgestimmt war, als wäre er extra für sie angefertigt worden.

»Gefällt Ihnen, was Sie sehen?«

Conny ließ drei schwere Herzschläge verstreichen, bevor sie sich betont langsam abwandte und in derselben Bewegung auch noch ein Champagnerglas vom Tablett eines vorübereilenden Kellners fischte. Vielleicht etwas zu schwungvoll, denn ein paar Tropfen der überteuerten Angeberbrause spritzten auf ihr geliehenes Kleid. Conny tat so, als hätte sie es nicht gemerkt, und ihr Gegenüber war diplomatisch genug, dasselbe zu tun.

Stattdessen prostete er ihr mit seinem eigenen Glas zu, trank einen Schluck und übersah die Tatsache, dass sie selbst nicht einmal wirklich an ihrem Champagner nippte, sondern gerade einmal die Lippen benetzte. Er war ein sehr großer, kräftig gebauter

Mann – gerade an der Grenze, dass sie ihn noch nicht als Hünen bezeichnet hätte – mit modisch halblanger Frisur, einem markanten Gesicht, dem eine nur schlecht verheilte geschwungene Narbe auf der linken Wange sonderbarerweise nichts von seiner Attraktivität nahm. »Verzeihen Sie die direkte Frage, aber: Wer sind Sie? Ich habe Sie hier noch nie gesehen.«

Und spätestens in einer halben Stunde wirst du dir auch wünschen, es wäre so geblieben. »Ich stehe nicht auf der Gästeliste, ich weiß.« Conny nippte nun doch an ihrem Glas und machte eine Kopfbewegung zu einer Gestalt am anderen Ende des großen Raums, die einen Armani-Anzug und italienische Designerschuhe trug und es trotzdem schaffte, darin wie ein Penner auszusehen. »Mikail hat mich mitgebracht. Er meinte, es wäre kein Problem.«

»Ich kann mir nicht viel im Zusammenhang mit Ihnen vorstellen, was zu einem Problem werden könnte«, antwortete Kutzow zwar, maß den dunkelhaarigen Hünen zugleich aber mit einem Blick, der Conny Anlass zu der Vermutung gab, dass diese Behauptung nicht unbedingt auf Mikail zutraf.

»Ihr Freund?«

»Mikail?« Conny schüttelte so heftig den Kopf, dass ihre Ohrringe klimperten und sich der Lauscher am anderen Ende der Funkverbindung vermutlich fluchend den Kopfhörer herunterriss. »Gott bewahre … auch wenn ich glaube, dass er sich für den Posten bewerben möchte.«

Sie wechselte das Glas von der Rechten in die Linke und streckte die frei gewordene Hand aus. Eine sehr große, sehr starke Hand, sehr gepflegt und mit perfekt manikürten Nägeln, der man aber trotzdem ansah, dass sie zupacken (und vermutlich auch noch weit unerfreulichere Dinge tun) konnte. »Conny. Eigentlich Cornelia, aber so dürfen mich nur Leute nennen, die ich nicht leiden kann.«

»Maxim.« Kutzow drückte ihre Hand fest genug, dass es so gerade eben noch nicht wehtat. »Klingt hierzulande vielleicht ein bisschen zu russisch für einen Ukrainer. Aber die ukrainisch-russischen Beziehungen sind eine Sache für sich.«

»Und ein fürchterliches Kapitel der Weltgeschichte. Aber so schrecklich das auch alles ist: Ich setze eher auf Völkerverständigung statt auf Konfrontation.«

»Sonst wären Sie ja kaum in Begleitung eines Russen hergekommen.« Kutzow ließ endlich ihre Hand los und fügte nach einer Sekunde noch hinzu: »Conny.«

Conny sah noch einmal in Mikails Richtung und stellte nicht nur fest, dass er mittlerweile ganz unverhohlen mit einer aufgetakelten Wasserstoffblondine mit Schlauchbootlippen und XXL-Plastiktitten in einem Kleid schäkerte, das zum allergrößten Teil aus Dekolleté bestand, sondern ertappte sich dabei, sich darüber zu ärgern. Natürlich nicht aus Eifersucht. Ganz bestimmt nicht. Aber auch wenn sie es nicht zugeben wollte, kratzte es doch ein kleines bisschen an ihrem Stolz, dass er mit ihr hergekommen war und jetzt mit einer anderen herummachte, noch dazu mit einer jüngeren.

»Eine Frau wie Sie und ein … *Mann* … wie Mikail?« Die hörbare Pause vor dem *Mann* war weder Zufall noch unbeabsichtigt. »Irgendwie fällt es mir schwer, das zu glauben.«

So wie es Conny schwerfiel zu glauben, dass er sich wirklich für sie interessierte. Nicht *so.* Maxim Kutzow gehörte nicht nur zu den Top Ten des Rotlicht- und Drogenmilieus der Stadt, er sah auch noch verdammt gut aus und bewies gerade, dass er auch durchaus charmant sein konnte – wenigstens für einen ukrainischen Drogendealer und Ex-Zuhälter. Conny schätzte, dass es allein hier drinnen ein halbes Dutzend junger Dinger gab, die sich gar nicht schnell genug die Kleider vom Leib reißen konnten, um in sein Bett und vor allem seinen Dunstkreis zu gelangen. Was also wollte jemand wie er von jemandem wie ihr?

Vielleicht kam er ja allmählich in ein Alter, in dem er genug von Fast Food hatte und sich für richtige Frauen zu interessieren begann, flüsterte der für Eitelkeit zuständige Teil ihrer Gedanken, und eine andere und deutlich spöttischer klingende Stimme schickte noch die Frage hinterher, ob er nicht vielmehr Lunte gerochen hatte und nun seinerseits ein Spielchen mit ihr spielte.

Sie widerstand dem Impuls, auf die Uhr zu sehen, trank stattdessen einen weiteren winzigen Schluck Champagner und machte eine Kopfbewegung hinter sich. »Ihre Tochter?«

Kutzow reagierte mit einem missbilligenden Heben des Zeigefingers. »Jetzt versuchen Sie sich aber bei mir einzuschmeicheln, Conny. Nein, ich fürchte, ich habe nicht genug Vertrauen in diese modernen Zeiten und vor allem meine Mitmenschen, um ein Kind in die Welt zu setzen. Aber wenn ich eine Tochter hätte, würde ich mir wünschen, dass sie so wie Nadeshda wäre.«

Conny konnte ihm schwerlich widersprechen. Die Kleine war wirklich eine Schönheit, ein blonder Engel mit einer Million winziger goldener Löckchen und einem elfengleichen Gesicht, das nicht mehr ganz das eines Kindes war, aber auch noch lange nicht das einer Frau. Sie war auf eine Art geschminkt, auf die kein dreizehnjähriges Mädchen geschminkt sein sollte, und die sie zu … etwas anderem … machte.

»Aber Sie haben meine Frage noch nicht beantwortet, Conny«, sagte Kutzow.

Aus ihrem Groll wurde *etwas anderes,* das sie kaum noch beherrschen konnte und schon gar nicht wollte. Und warum auch? Niemand würde lästige Fragen stellen, wenn Kutzow mit einer gebrochenen Nase oder einer ausgekugelten Schulter oder ein paar lockeren Zähnen im Präsidium ankam; und am besten mit allem.

»Welche … Frage?«, erwiderte sie gepresst. Ihrem Gegenüber fiel das natürlich auf, und er legte seinerseits fragend und schon wieder ein bisschen misstrauisch den Kopf auf die Seite, wiederholte ansonsten aber nur seine Geste.

»Ob Ihnen gefällt, was Sie sehen.«

Jetzt versuchte sie nicht einmal mehr, ihren Zorn zu beherrschen. Ihre linke Hand ballte sich zur Faust, die andere schloss sich fester um den Stiel des Champagnerglases, sodass sie ihn mit einem kurzen Daumendruck abbrechen und ihm ins Auge rammen konnte. »Was sehe ich denn?«, fragte sie lauernd.

Kutzow lachte leise. »Das fragt sich die Hälfte der anwesenden Kunstexperten hier wahrscheinlich auch, obwohl sie es natürlich niemals zugeben würden.« Er schlenderte an ihr vorbei und blieb vor etwas stehen, das Conny bisher nicht einmal bewusst wahrgenommen hatte, wimmelte es doch davon in diesem Raum nur so: einem schlichten Bilderrahmen aus gebürstetem Aluminium von der Größe eines Zeichenblocks. Dennoch gab es einen Unterschied zu allen anderen Exponaten. Er war vollkommen leer. Die Platte aus spiegelfreiem Glas gab den Blick ungehindert auf die dahinterliegende Wand frei. Conny war endgültig verwirrt, zugleich aber auch erleichtert. Sie hatte das Gefühl, um ein Haar einen schlimmen Fehler gemacht zu haben.

»Ich ... kann meine Frage nur wiederholen«, sagte sie unbeholfen. »Was sehe ich denn?«

»Boris Wischelski«, antwortete Kutzow. »Der aufgehende Stern am Himmel zeitgenössischer russischer Kunst.«

Ein leerer Bilderrahmen? »Kunst?«

Der Ukrainer nickte so heftig, dass *er* jetzt um ein Haar seinen Champagner verspritzt hätte. »O ja. Sagen Sie nicht, dass Sie es nicht sehen!«

»Nein«, antwortete sie. »Ich meine: doch. Genau das sehe ich. Nichts.«

»Und ganz genau das ist es, was uns der Künstler damit sagen will«, bestätigte Kutzow mit hoffnungslos übertrieben besserwisserischer Miene. »Das ist der Blick auf die Vergänglichkeit allen menschlichen Tuns und die Bedeutungslosig- und Sinnlosigkeit all unserer Anstrengungen, Spuren in der Welt des vermeintlich Wirklichen zu hinterlassen.«

Conny starrte ihn an, und Kutzow fuhr mit einem noch heftigeren Nicken fort: »Und zugleich konfrontiert uns der Künstler erbarmungslos mit der Frage, ob die Realität wirklich das ist, wofür wir sie halten, oder vielleicht nicht in Wahrheit nur ein weiteres Trugbild, hinter dem sich die ganze Größe göttlicher Schöpfung verbirgt: Wir glauben zwar, sie zu sehen, doch immer wenn wir sie wirklich zu ergreifen versuchen, hindert uns eine unsichtbare Macht daran.«

Um den Wahrheitsgehalt dieser Behauptung sogleich zu beweisen, hob er die Hand und tippte nacheinander mit den Nägeln der gespreizten Finger gegen das, was den Rahmen ausfüllte. Das Geräusch verriet Conny, dass es kein Glas war.

»Plexi?«, fragte sie. Statt das Champagnerglas abzubrechen und Kutzow den Stiel in die Kehle zu rammen, nippte sie erneut an seinem Inhalt und bemühte sich um eine ebenso gewichtige Miene wie er. »Ich verstehe. Unzerbrechlich, damit nicht irgendwelche Banausen auf die Idee kommen, Gottes Willen mit ihren schmutzigen Fingern auf die Probe zu stellen.«

»Acryl, um genau zu sein. Aber ich sehe, ich habe mich nicht in Ihnen getäuscht«, sagte Kutzow anerkennend. »Sie haben die Aussage hinter diesem Kunstwerk verstanden. Das unterscheidet Sie übrigens von den allermeisten hier.«

Conny machte ein geschmeicheltes Gesicht und entspannte nun auch die linke Hand. »Ich vermute, Sie haben gerade aus dem Ausstellungskatalog zitiert?«

»Noch ein Punkt für Sie. Allmählich werden Sie mir unheimlich. Sie haben nicht zufällig eine eigene Galerie und sind inkognito hier, um mir meine kostbarsten Preziosen abzuschwatzen?«

Warum eigentlich nicht? Der Rahmen war ganz hübsch, und sie konnte sich gut eines ihrer Manowar- oder Sabaton-Poster darin vorstellen. »Und wer hat sich diesen Unsinn ausgedacht? Den Text, meine ich, nicht das Werk. Ich würde es übrigens *Industrieacryl für Dummies* nennen.«

»Ich«, gestand er übertrieben beleidigt. »Und ich verwahre mich ausdrücklich gegen das Wort *Unsinn.* Ich weiß, dass der Text rein gar nichts bedeutet, aber niemand hier würde das zugeben.«

Das würde sie vermutlich auch nicht, dachte Conny, nachdem sie einen Blick auf das diskrete Preisschild an der unteren rechten Ecke des Rahmens geworfen und gerade noch den Impuls unterdrückt hatte, ihren Champagner wieder auszuprusten.

»Aber jetzt haben wir genug über Kunst und neureiche Dummköpfe mit viel zu viel Geld gesprochen«, beschied Kutzow. »Lassen Sie uns über etwas Angenehmeres reden. Zum Beispiel über Sie.«

»Und wer sagt Ihnen, dass ich nicht auch ein Dummkopf mit viel zu viel Geld bin?«

»Also eines von beidem bezweifle ich doch stark«, antwortete Kutzow.

Conny zog einen Schmollmund. »Sieht man dem Kleid wirklich an, wie billig es war?«

»Ich kann mir rein gar nichts vorstellen, das an Ihnen billig aussieht«, konterte Kutzow, indem er sich nun ganz zu ihr umdrehte und einen halben schlenkernden Schritt machte, nach dem er vielleicht eine Handbreit vor der imaginären Grenze anhielt, die die instinktive Fluchtreaktion eines durchschnittlichen Menschen auslöst. Irgendwie gelang es ihr, nicht von ihm zurückzuprallen, aber nur gerade noch so.

Chuck Berrys atonales Gitarrengekreische endete, und an seiner Stelle spülte ein als Popmusik verkleideter schmalziger Schlager von Unheimlich über die Menge. Conny versuchte die akustische Körperverletzung irgendwie auszublenden und suchte nach der echten *Sweet-Little-Sixteen.* Nadeshda stand jetzt hinter Kutzow, und vielleicht hatte sie das Mädchen auch ein bisschen zu offen angestarrt, denn Kutzow legte plötzlich den Kopf auf die Seite und die Stirn in Falten.

»Ich verstehe«, seufzte er. »Wäre Nadeshda meine Tochter, würde ich nicht erlauben, dass sie so herumläuft. Sie ist die Tochter eines Kunden.«

»Eines sehr solventen Kunden, nehme ich an.« In Connys Stimme schwang mehr Bitterkeit mit, als sie wollte, und sie mahnte sich innerlich zur Vorsicht. Sie war nicht hier, um über die Tugend eines Kindes zu wachen, das sie nicht kannte und auch niemals wiedersehen würde, sondern um einer skrupellosen Unterweltgröße auf die schmutzigen Finger zu klopfen.

»Ich fürchte, ich habe nur solvente Kunden«, erwiderte Kutzow. »Sie sind jetzt aber nicht eine von *denen,* oder?«

»Von denen?« Connys linke Augenbraue rutschte ein gutes Stück an ihrer Stirn nach oben, doch dann schüttelte sie den Kopf. »Nein«, sagte sie mit einem wissenden Lächeln. Lange bevor dieser Tag endete, würde er sich wünschen, sie wäre *eine von denen.*

Kutzow atmete übertrieben erleichtert auf. »Es wäre auch zu schade gewesen. Was kann ich tun, um diesen Fauxpas wieder wettzumachen?«

Wie wäre es mit einem Geständnis?, dachte sie zwar, sagte aber stattdessen: »Sie können mir ein paar richtige Kunstwerke zeigen – falls Sie so etwas am Lager haben, heißt das.«

»Das habe ich in der Tat zurzeit nur im Lager«, antwortete er mit einem angedeuteten bedauernden Achselzucken. »Die heutige Vernissage steht ganz im Zeichen zeitgenössischer russischer Kunst. Und ich fürchte, dass ich das Publikum nach seinem entsprechenden Geschmack ausgesucht habe.«

»Dann passe ich ja noch weniger hierher«, erwiderte Conny. »Ich habe nicht nur nicht viel zu viel Geld und keinen Geschmack, sondern verstehe zudem gar nichts von zeitgenössischer russischer Kunst.«

»Ich auch nicht«, gestand Kutzow.

»Aber von Geschäften«, vermutete sie.

»Und von echter Kunst«, ergänzte er. »Kommen Sie, ich zeige Ihnen etwas wirklich Schönes.«

Ein weiterer Punkt für ihn, den Conny ihm sogar gönnte. Was sie ihm später an diesem Abend zeigen würde, das würde er ganz gewiss nicht *schön* finden.

2

»Molepeople nennt man sie aber eigentlich nur in Amerika«, sagte Alex mit seiner besten näselnden Besserwisser-Stimme, »und soweit ich weiß, auch dort nur in New York. Nicht in Russland, und ganz bestimmt nicht in Sankt Petersburg.«

Marc hütete sich, darauf zu antworten. Aus der Dunkelheit hinter ihm drang eine Reihe anhaltender Würge- und Kotzgeräusche, als Ben es auf seine Weise tat. Die Schatten waren barmherzig genug, die dazugehörigen Bilder zu verbergen, aber seine Fantasie sprang begeistert ein, um die entstandene Lücke zu füllen. Und gegen den Geruch war das fehlende Licht ohnehin machtlos, sodass es nun auch in seinem Magen zu rumoren begann und er fast schon dankbar für die Schatten war, die nicht nur seine zitternden Hände verbargen, sondern auch, wie nahe er daran war, sich Ben bei seinem Versuch anzuschließen, seine Innereien auf dem Fußboden zu verteilen.

Marc hatte sich nie für einen Helden gehalten – wenigstens nicht für einen der Art, die sich sehenden Auges in einen laufenden Mähdrescher stürzt, um ein verirrtes Rehkitz zu retten –, aber eigentlich auch nicht für einen Feigling. Doch jetzt *hatte* er Angst. Seine Knie zitterten, seine Handflächen waren feucht, und sein Herz klopfte bis zum Hals hinauf. Aber das war nichts, dessen er sich schämen musste. Nicht angesichts der beiden Kleiderschränke, die hinter ihnen her waren. Sicher, sie waren ihnen drei zu zwei überlegen, und zumindest Alex war alles andere als ein Schwächling, aber Marc zweifelte trotzdem nicht daran, dass schon einer der beiden allein imstande gewesen wäre, sie alle drei zu Brei zu schlagen, während sich sein Kamerad in aller Seelenruhe eine Zigarette drehte und zusah; und vielleicht ein paar Fotos fürs Familienalbum machte.

Und dass sie Polizeiuniformen trugen, machte es nicht unbedingt besser.

Marc brach den Gedanken mit einer bewussten Anstrengung ab und belegte sich selbst mit einer Reihe wenig schmeichelhafter Bezeichnungen. Er war dabei, sich selbst in Hysterie zu reden. Dabei hatten sie realistisch betrachtet das Schlimmste wahrscheinlich schon hinter sich. Selbst wenn die beiden *polizeiskije* sie erwischten, drohte ihnen maximal eine Nacht in einer russischen Gefängniszelle und – vielleicht – eine Tracht Prügel, was ganz bestimmt keine angenehme Vorstellung war. Aber sie mussten wohl kaum um ihre Leben fürchten. Okay, sie waren hier in Russland, und die russischen Ordnungshüter waren nicht unbedingt für ihre unendliche Geduld und ihr sanftmütiges Wesen bekannt, aber sie waren auch ganz bestimmt kein Volk psychopathischer Mörder.

Was auch gar nicht nötig war, konnte sich seine innere Stimme nicht verkneifen anzumerken. Es reichte ja vollkommen, wenn es die beiden Typen waren, vor denen sie sich hier versteckten.

Etwas scharrte, ein stumpf-metallischer Laut, der Assoziationen von schartigen Messerklingen und träge fließendem Blut weckte, und hinter ihm übergab sich Ben erneut ebenso ausgiebig wie qualvoll. Wäre es nicht sowieso schon der Fall gewesen, hätte Marc wohl spätestens jetzt angefangen, sich ernsthafte Sorgen um ihn zu machen. Selbst wenn sie irgendwie hier rauskamen, hatten sie möglicherweise ein viel größeres Problem, wenn es Ben nicht bald besser ging. Er hatte keine Ahnung, wie man in einem russischen Krankenhaus auf einen zugekifften deutschen Pauschaltouristen reagierte, aber er konnte sich beim besten Willen nicht vorstellen, dass sie hier so tolerant waren wie in einer Berliner Klinik mit einem in Ehren ergrauten Achtundsechziger-Oberarzt.

Wie als Reaktion auf diesen Gedanken ließ Ben eine Reihe womöglich noch unangenehmerer Laute hören, und Alex platzte endgültig der Kragen. »Verdammt, reiß dich zusammen!«, blaffte er. »Ist ja widerlich!«

»Lass ihn in Ruhe«, sagte Marc müde. »Es geht ihm schlecht genug.«

Alex machte ein verächtliches Geräusch. »Nicht halb so schlecht wie uns allen, wenn sie uns erwischen.«

Marc wollte das nicht hören. »Vielleicht sind sie ja weg.«

»Ja. Und vielleicht ist die Erde eine Scheibe, und Frauen sind vernunftbegabte Wesen«, schnaubte Alex.

Von außen wurde gegen die Tür gehämmert, und eine ebenso aufgebrachte wie befehlsgewohnte Stimme rief etwas auf Russisch, das er nicht verstehen musste, um es zu verstehen. Alex kramte fluchend eine weitere Sekunde herum, dann flammte sein Bic-Feuerzeug auf. Die winzige Flamme reichte gerade aus, um den umgedrehten Besen zu erkennen, den er unter die Klinke gerammt hatte, um die Tür zu blockieren.

»Warte hier!«, befahl Alex. »Pass auf, dass keiner reinkommt!«

Und wie, bitte schön?, wollte Marc erwidern, sparte sich den Atem aber auch gleich und nutzte das letzte zusammen mit Alex davoneilende Licht, um sich seinen ersten Eindruck ihres Verstecks noch einmal zu bestätigen: ein schmaler, überraschend aufgeräumter und gut bestückter Lagerraum voller Eimer, Wischmopps, Schrubber und Besen und Kanistern mit Reinigungsmitteln, Kartons mit Einmal-Handschuhen und jenen an Kochmützen erinnernden hohen Papierhütchen, die in diesem Land angefangen vom Gehirnchirurgen bis hin zu Köchen so ziemlich jeder zu tragen schien. Wer immer als Nächster hierherkam, um seine Schicht bei der Putzkolonne anzutreten, würde eine unangenehme Überraschung erleben, denn Ben hockte auf halbem Weg hinter ihm auf Händen und Knien in einem Durcheinander aus umgefallenen Kisten und aufgerissenen Pappkartons und seinem eigenen Erbrochenen und sah aus wie das sprichwörtliche Häufchen Elend.

Wieder erscholl die aufgebrachte Stimme, die er jetzt noch viel weniger verstand als gerade, aber natürlich sprang seine randalierende Fantasie begeistert auf den fahrenden Zug auf. Wie hatte

Alex die angeblichen Bewohner der U-Bahn genannt? *Molepeople?* Der Chor aus aufgebrachtem Rufen und Grunzen hätte jedenfalls ganz hervorragend zur Vorstellung eines halben Dutzends mannsgroßer menschenfressender Maulwürfe auf der anderen Seite der Tür gepasst.

»*Otkryt! Nemedlenno!*«, erklang die aufgebrachte Stimme erneut, begleitet von einem metallischen Laut, der fast so klang, als würde eine Kalaschnikow durchgeladen.

»Ha!«, rief Alex. »Hab ich doch richtig gesehen!« Die Feuerzeugflamme erlosch, und an ihrer Stelle schnitt der weiße Strahl einer Taschenlampe wie ein Laserschwert durch die Dunkelheit.

»*Hierher!*« Alex begann sich lautstark an etwas zu schaffen zu machen, das dem Licht der gefundenen Taschenlampe eine lange Nase bei seinem Versuch drehte, es aus der Dunkelheit zu reißen. »*Kommt her!*«

»*Otkryt! Polizija!*«, antwortete die Stimme von der anderen Seite der Tür, begleitet von einem noch wütenderen Hämmern, und Marc kam endlich auf die einzige vernünftige Idee, stürmte los und riss Ben am Arm in die Höhe und hinter sich her. Alex' Taschenlampe zerschnitt die Dunkelheit in asymmetrische Scherben, die einen irrsinnigen Veitstanz mit sich selbst aufführten, und dann geschah alles beinahe gleichzeitig: Der Besenstiel und die Tür gaben genau in der Sekunde nach, in der sich die Schatten vor Alex in eine schmale Metalltür verwandelten, die er mit einem abschließenden Fußtritt aufsprengte. Jemand schrie etwas auf Russisch, stampfende schwere Schritte näherten sich.

Alex griff gleichzeitig nach seinem und Bens freiem Arm und zerrte sie mit solcher Gewalt an sich vorbei und durch die Tür, dass sie auf der anderen Seite das Gleichgewicht verloren und übereinanderstürzten. Die Taschenlampe fiel zu Boden, beschrieb einen scheppernden Halbkreis und ging nach einem zweimaligen störrischen Blinzeln aus. In dem zweigeteilten Moment, bevor es endgültig dunkel wurde, geschah zweierlei: Einer der beiden Uniformierten, die hinter ihnen heranstürmten, setzte zum Endspurt an und streckte den Arm aus, und Alex stolperte nicht nur im buchstäblich allerletzten Moment zurück, sondern warf die Tür auch mit einem Knall ins Schloss, der noch in Moskau zu hören sein musste.

Er war trotzdem nicht so laut wie der Schrei, der ihm folgte, dann ein Knall, als etwas mit der Gewalt einer Kanonenkugel gegen die Tür prallte. Zu seiner Erleichterung hielt sie der rüden Behandlung stand, und als Alex die Taschenlampe nach einem Augenblick hektischen Herumpatschens auf dem Boden fand und wieder einschaltete, sah er auch, warum: Irgendwie hatte Alex das Kunststück fertiggebracht, nicht nur die Tür hinter sich zuzuwerfen, sondern auch noch einen Riegel vorzulegen.

»Das war knapp«, nuschelte Ben. Immerhin war er noch bei Bewusstsein, wobei sein Gesicht im blassen Streulicht der Taschenlampe allerdings aussah wie das einer Leiche.

»Und?«, knurrte Alex gereizt. »Knapp vorbei ist auch daneben, oder? Im Augenblick sind wir hier jedenfalls sicher.«

Das mochte stimmen, aber Marc war noch etwas aufgefallen: Die Lampe hatte den Sturz wohl doch nicht ganz so unversehrt überstanden. Das Licht pulste wie im Takt eines sehr langsam schlagenden, großen Herzens und brannte nur noch mit einem Bruchteil seiner ursprünglichen Kraft. Doch selbst dieser trübe Schein reichte aus, um den roten Schmierer auf halber Höhe der Tür erkennen zu lassen. Der masochistische Teil in ihm wollte ihm weismachen, dass er nur nach unten sehen musste, um die dazugehörigen abgezwackten Fingerglieder in einer dampfenden Blutlache zu finden. Mit klopfendem Herzen und der Hysterie näher, als er sich eingestehen wollte, zwang er sich hinabzusehen, und natürlich war da gar nichts. Aber das Blut an der Tür war frisch und echt und bedeutete gewiss nichts Gutes.

Wie, um auch noch ein Ausrufezeichen hinter diesen Gedanken zu setzen, wurde noch einmal gegen die Tür getreten, gefolgt von einem sogar noch herrischerem *»Otkryt! Polizija!«* und dann einem neuerlichen Tritt und derselben aufgebrachten

Stimme, die jetzt etwas schrie, das ihm schier das Blut in den Adern gerinnen ließ:

»Aufmachen! Hier Polizei!«

»Da kannst du lange warten«, knurrte Alex. »Die Tür ist stabil. Könnte fast gute deutsche Wertarbeit sein. Hier kommt so schnell keiner rein.«

»Und auch keiner raus«, fügte Marc hinzu. »Schon mal daran gedacht?«

3

Die Menge teilte sich vor ihnen, als eilte Kutzow eine unsichtbare Bugwelle voraus, in deren Sog niemand geraten wollte. Das eine oder andere grüßende Nicken wurde ihnen zugeworfen, aber auch mehr als nur ein missmutiger Blick, vornehmlich von Frauen, die allesamt jung genug waren, um ihre Töchter zu sein.

Kutzow steuerte eine diskrete Tür unweit des Eingangs an, vor der ein ganz und gar nicht diskreter Gorilla in einem teuren Anzug und mit einem Knopf im Ohr stand und darauf achtete, dass sich keiner der handverlesenen Gäste auf der Suche nach der Toilette verirrte. Kutzow musste nichts sagen, damit er zur Seite trat und ihnen die Tür mit einer Plastikkarte aufmachte, wie sie in Hotels mindestens mittlerer Preisklasse üblich waren. In dem dahinterliegenden Raum ging automatisch Licht an, als er die Tür aufzog, was von einem leisen Zischen begleitet wurde, als herrschte dort ein anderer Luftdruck.

Anstelle eines Safes oder der Luftschleuse eines Space-Shuttles befand sich hier jedoch nur ein großer Raum voller Metallregale und Schubladenschränke und Tische. An den Wänden hingen zahlreiche Bilder, die zum größten Teil mit Tüchern verhängt waren, und auf Tischen und Regalböden reihten sich – zweifellos wertvolle – alte Bücher, Skulpturen und andere Kunstwerke, für die dasselbe galt. Das Licht hatte einen seltsamen Farbton, von dem sie mutmaßte, dass ihm vielleicht bestimmte Wellenlängen fehlten, die den gesammelten Schätzen hier drinnen schaden könnten. Unter der Decke hingen gleich vier Kameras, die jeden Winkel überwachten.

Kutzow drückte die Tür hinter sich ins Schloss und wartete, bis sie sich mit einem schweren Klacken wieder verriegelt hatte. Dann drehte er sich zu ihr um und breitete in einer dramatischen Geste die Arme aus. »Willkommen in meiner Schatzkammer! Fühlen Sie sich geehrt. Das hier bekommen nicht einmal alle meine Mitarbeiter zu Gesicht.«

»Und was genau sagt mir das jetzt über Ihre Mitarbeiter?«, erkundigte sie sich und konnte einen nervösen Blick auf die geschlossene Tür nicht mehr ganz unterdrücken, der Kutzow natürlich nicht verborgen blieb.

»Nur keine Sorge.« Er klopfte mit der flachen Hand auf seine Brusttasche. »Ich habe den Schlüssel.«

Eigentlich war es gerade das, was ihr Sorgen bereitete. »Und wenn der Strom ausfällt?«

»Das ist noch nie passiert. Und selbst wenn. Licht und Klimaanlage haben eine Notstromversorgung, und ich kann mir weiß Gott Schlimmeres vorstellen, als eine Stunde oder zwei in einem Raum voll schöner Dinge eingesperrt zu sein.«

»Es könnte ein bisschen langweilig werden.« Conny hoffte inständig, keinen Fehler gemacht zu haben. Sie wusste sich ihrer Haut zu wehren, aber Kutzow war ein Bär von einem Mann, und auch wenn man ihm niemals etwas nachgewiesen hatte, galt es doch als gesichert, dass er mehr als einen unliebsamen Konkurrenten mit bloßen Händen aus dem Geschäft genommen hatte; mindestens einen davon für immer.

»Also dagegen hätte ich etwas.« Kutzows Hand glitt in die Jackentasche und kam mit etwas hervor, das an ein silbernes Zigarrenröhrchen erinnerte, aber nur etwa halb so lang war. Unter dem Deckel kam ein feinkörniges weißes Pulver zum Vorschein. Kutzow machte eine fragende Geste, und sie lehnte mit einem Kopfschütteln ab. *Das waren mindestens dreißig oder vierzig Gramm. Eindeutig* kein *Eigenbedarf mehr. Wie erfreulich!*

»Sie wissen nicht, was Ihnen entgeht«, sagte Kutzow, platzierte mit einem lange Übung verratendem Geschick eine eher kurze *Line* auf seinem Handrücken und zog sie geräuschvoll durch die Nase.

»Ich nehme keine Drogen. Und bevor Sie fragen: Nein, ich rauche auch nicht und trinke kaum Alkohol.«

Kutzow schraubte das Röhrchen wieder zu, ließ es in der Jackentasche verschwinden und deutete auf das Glas in ihrer Hand. »Ja, so etwas habe ich mir schon gedacht. Sie sind ziemlich wählerisch mit dem, was Sie in Ihren Körper lassen, wie?«

Er kam einen Schritt näher. Sie konnte jetzt sein *Aftershave* riechen.

Sein Finger berührte ihren Ellbogen, beschrieb eine kaum gehauchte Schlangenlinie hinab zu ihrem Handgelenk und verharrte dort ganz kurz, um sich dann auf die Suche nach ihren Fingerknöcheln zu machen.

Ihre eigene Hand griff scheinbar zufällig nach oben und begann mit einem der glitzernden Swarovski-Ohrhänger zu spielen, aber die erhoffte Reaktion blieb aus. Die Funkverbindung war abgerissen. Wahrscheinlich war dieser begehbare Safe funkisoliert.

Da sie spürte, wie er dazu ansetzte, auch noch die letzte Handbreit Distanz zwischen ihnen zu unterschreiten, ließ sie den Ohrring los und legte ihm stattdessen die gespreizten Finger auf die Brust. »Wollten Sie mir nicht etwas Schönes zeigen?«

»Aber das sehe ich doch schon.«

»Sie sind ein Schmeichler, Maxim«, erwiderte Conny, hielt den sachten Druck gegen seine Brust aber lediglich aufrecht, statt ihn wegzuschieben. »Und ein sehr ungeduldiger Mann. Ich dachte, wir hätten Zeit – oder ist der Sauerstoff hier drinnen begrenzt?«

Für eine Sekunde erschien etwas in seinen Augen, das vielleicht blanke Wut geworden wäre, hätte er ihm nachgegeben, und für dieselbe Zeitspanne wurden seine Lippen zu einem blutleeren dünnen Strich, der sein Gesicht wie eine Narbe spaltete und ihm das meiste von seiner Attraktivität nahm. Der Augenblick verging so schnell, wie er gekommen war, aber er ließ sie mit dem unguten Gefühl zurück, einen Blick auf den wahren Maxim Kutzow geworfen zu haben.

»Aber Sie haben natürlich recht, meine Liebe«, fuhr er mit veränderter Stimme und jetzt wieder lächelnd fort. »Die Vorfreude ist schließlich ein nicht unwesentlicher Teil des Vergnügens, nicht wahr?«

Conny fragte sich vorsichtshalber nicht, welches Vergnügen er meinte, und Kutzow drehte sich auch bereits weg, ließ ihr ein wenig mehr Luft zum Atmen und trat an einen großen Metallschrank mit zahlreichen Schubladen heran. Nachdem sie sich gehorsam zu ihm gesellt hatte, zog er die oberste Schublade auf und machte eine zusätzliche auffordernde Geste, woraufhin sie noch einmal näher trat; und ihm damit deutlich näher kam, als sie eigentlich wollte.

In der mit schwarzem Kunstsamt ausgeschlagenen Schublade lag eine kaum taschenbuchgroße Ikone, eindeutig russischer Herkunft und eindeutig alt. Conny verstand von alter russischer Kunst wenig mehr als von zeitgenössischer, aber das musste sie auch nicht, um zu erkennen, wie alt und vermutlich kostbar das auf dickes Holz gemalte, größtenteils in düsteren Braun- und Rot- und Goldtönen gehaltene Heiligenbild war. Hätte sie es zugelassen, hätte sie vielleicht so etwas wie Ehrfurcht ergriffen.

»Ich bin keine Kunstexpertin. Aber das ist wunderschön. Ist es wertvoll?«

»Für eine kleine Eigentumswohnung sollte es reichen«, antwortete Kutzow.

»Und es gehört tatsächlich Ihnen?«, fragte sie, wobei sie den beinahe ehrfürchtigen Unterton in ihrer Stimme nicht einmal zu schauspielern brauchte.

Kutzows Blick irrte ein paarmal zwischen der Ikone und ihrem Gesicht hin und her. »Alles hier drinnen gehört mir«, sagte er schließlich.

»Nicht alles«, erwiderte Conny. »Jedenfalls noch nicht.«

Conny fragte sich, warum sie das jetzt gesagt hatte, aber Kutzow ließ es unkommentiert und schloss die Schublade. »Und? Habe ich zu viel versprochen?« Er nahm ihr vorsichtig das Champagnerglas aus den Fingern. Ohne hinzusehen, versuchte er es auf dem Schrank hinter sich abzustellen und verfehlte ihn, sodass es zu Boden fiel und in tausend Stücke zersprang. Er schien es nicht einmal zu bemerken.

»Maxim«, begann sie, »ich weiß nicht, ob das eine so gute Idee ist.«

»Was genau?«

»Vielleicht lassen wir es nicht ganz so schnell angehen«, schlug sie vor. »Ich sollte vielleicht nach Mikail sehen. Wahrscheinlich sucht er schon nach mir.«

»Als ich Ihren Freund das letzte Mal gesehen habe, schien er sich gut zu amüsieren.«

»Mikail ist nicht mein Freund«, antwortete sie. »Seien Sie gnädig mit ihm. Immerhin habe ich es ihm zu verdanken, dass ich Sie kennenlernen und all diese wundervollen Dinge sehen durfte. «

»Und dabei haben Sie das Beste noch gar nicht gesehen«, behauptete Kutzow, machte einen weiteren und diesmal nur halben Schritt auf sie zu – viel mehr Platz war auch nicht –, und diesmal kam Conny (vielleicht ja auch ihm) das Schicksal zu Hilfe, indem sich seine Jackentasche mit einem vibrierenden Summen meldete. Er zögerte, zog dann aber mit einem Ruck ein vergoldetes iPhone aus der Tasche, hob es ans Ohr, blaffte ein einzelnes Wort in seiner Muttersprache und lauschte ein paar Sekunden. Die Finger seiner freien Hand strichen in einer unbewussten Geste über die Narbe auf seiner Wange. Schließlich raunzte er ein weiteres einzelnes Wort auf Russisch und rammte das iPhone in die Tasche zurück.

»Probleme?«

»Nein« behauptete er, was ihm aber lediglich ein Kopfschütteln und ein flüchtiges Verziehen ihrer Lippen einbrachte.

»Für einen angeblich so guten Geschäftsmann sind Sie ein bedauernswert schlechter Lügner, Maxim.«

»Das kommt immer darauf an«, antwortete er. »Bei den meisten Menschen, mit denen ich zu tun habe, macht es mir nichts aus, sie anzulügen. Aber Sie haben recht: Es ... gibt da etwas, worum ich mich kümmern muss. Ich fürchte, wir müssen unser konspiratives Treffen kurz unterbrechen, sosehr ich es auch bedauere.«

»Soll ich hier auf Sie warten?«, hörte sich Conny fast zu ihrem eigenen Entsetzen fragen. »Natürlich nur, wenn Sie mir versprechen, weder das Licht noch die Klimaanlage auszuschalten.« Das war mutig (okay, auch ein bisschen tollkühn), aber ihr Kalkül ging auf. Wenn da noch ein Rest von Misstrauen in seinem Blick gewesen war, verschwand es jetzt endgültig. Allerdings hielt ihre Erleichterung nur gerade so lange an, bis er weitersprach.

»In diesem Fall müsste ich hinterher allerdings auf einer Leibesvisitation bestehen«, sagte Kutzow mit einem Grinsen, das sie ihm zumindest als anzüglich auslegte.

»Dann lieber nicht«, erwiderte sie kopfschüttelnd – obwohl es bestimmt höchst interessant wäre zu sehen, was er hier so alles aufbewahrte. Kutzow machte ein übertrieben enttäuschtes Gesicht, und Conny überlegte einen Moment ganz ernsthaft, zu warten, bis sie wieder in Funkreichweite war, und den ganzen Einsatz abzublasen. So weit es bei einem Mann wie Kutzow überhaupt möglich war, schien sie sein Vertrauen errungen zu haben, was langfristig mehr wert sein konnte als ein paar Festnahmen wegen einiger Gramm Koks und des einen oder anderen Delikts, das allenfalls die Sitte interessierte. Und da war natürlich Kutzows private Schatzkammer, die die Finanzbehörde sicher gern in Augenschein nehmen würde.

Aber das wäre dann wohl auch der unwiderruflich letzte Nagel zu ihrem Sarg, auf den Eichholz *(Kriminalrat Eichholz!* Was für eine Ironie!) nur wartete.

Der Kleiderschrank, der sie hereingelassen hatte, raunte Kutzow etwas ins Ohr, woraufhin sich seine Miene noch weiter verfinsterte.

»Ich bin gleich wieder da«, sagte er, nachdem er den Gorilla mit einem Kopfnicken entlassen hatte. »Vitali wird sich um Sie kümmern. Sagen Sie einfach, wenn Sie etwas brauchen.«

Er nickte ihr noch einmal zu und verschwand dann auch schon in der Menge. Conny versuchte ihm mit Blicken zu folgen, was angesichts seiner Größe eigentlich kein Problem sein sollte, es aber dennoch war, denn es gab hier erstaunlich viele groß gewachsene Kunstliebhaber mit der Statur von Preisboxern. Aber das war ja letzten Endes auch der Grund, weshalb Eichholz sie und die anderen auf diese angebliche Vernissage angesetzt hatte. Selbst bei den bösen Jungs hatte sich herumgesprochen, was für ein hervorragendes Waschmittel für schmutziges Geld Kunst war.

Sie ließ Vitali kurzerhand stehen, als sie sich unter die Menge mischte. Sie hätte Kutzow nicht aus den Augen verlieren dürfen, gestand sie sich ärgerlich ein. Er war kurz davor gewesen, die Beherrschung zu verlieren, was bei einem Mann wie ihm schon etwas hieß; vermutlich, dass das Telefon wirklich schlechte Nachrichten für ihn bereitgehalten hatte. Also mit einiger Wahrscheinlichkeit gute Nachrichten für sie.

4

Alex bedachte Marc lediglich mit einem bösen Blick und beschränkte sich darüber hinaus darauf, seine Lampe von links nach rechts und wieder zurückzuschwenken. Was in dem immer deutlicher pumpenden blassen Lichtstrahl erkennbar wurde, war deprimierend genug: ein schmaler Gang mit Ziegelsteinwänden und halbrunder gemauerter Decke, in dem es durchdringend nach Moder und faulendem Wasser roch. Das Licht reichte kaum zehn Meter weit, und in der Luft lag ein sonderbares Summen und Vibrieren; wie das Geräusch eines fernen Bienenschwarms mit Insekten aus Eisen und Messerklingen als Stacheln, und …

Seine Fantasie versuchte schon wieder, ihn aufs Glatteis zu locken. Marc zog ihre Zügel ärgerlich enger und konzentrierte sich lieber darauf, sich umständlich aufzurappeln und auch Ben auf die Füße zu helfen. Er war fast froh, sein Gesicht nicht wirklich erkennen zu können. Ben zitterte am ganzen Leib, und er roch schlecht.

»Und jetzt?«, fragte er.

»Erst mal sind wir sicher«, antwortete Alex trotzig. »Vielleicht verschwinden sie ja wieder, wenn sie begreifen, dass sie nicht reinkommen.«

»Das hätten sie ja vielleicht sogar getan, wenn du dem Kerl nicht die halbe Hand abgequetscht hättest«, antwortete Marc. »Dir sind schon die Uniformen aufgefallen, die sie getragen haben?«

»Du meinst den, dem er die Schuhe und die Hose vollgereihert hat?«, gab Alex mit einer Kopfbewegung auf Ben und verächtlicher Miene zurück. »Ja, ich glaube, das war ein Polizist.«

»Hör auf!«, sagte Marc. »Hast du nicht gehört, was er gesagt hat? *Aufmachen, Polizei?*«

Alex hob die Schultern. Er hatte längst begriffen, worauf Marc hinauswollte, aber er war nun einmal er. »Und?«

»Er hat *deutsch* gesprochen. Und das heißt, sie wissen, wer wir sind!«

»Zuallererst einmal heißt es nur, dass sie wissen, dass wir Deutsche sind«, antwortete Alex gereizt. »Mehr nicht.« Direkt an Ben gewandt fügte er noch hinzu: »Vielleicht hättest du ja in einer anderen Sprache mit dem Typen verhandeln sollen, dem du diesen Dreck abgekauft hast.«

»Das ist nicht hilfreich«, sagte Marc, bevor Ben antworten und noch ein bisschen Öl ins Feuer gießen konnte. »Lass uns lieber überlegen, was wir jetzt tun.«

»Uns unsichtbar machen?«, schlug Alex vor.

Marc ignorierte ihn. »Ich bin dafür, dass wir aufgeben.«

»Was für eine grandiose Idee«, antwortete Alex. »Wieso ist mir das eigentlich nicht eingefallen?«

Marc versuchte wenigstens, auch das zu ignorieren, zumal in diesem Moment schon wieder gegen die Tür gehämmert wurde. Alarmiert sah er über die Schulter zurück und registrierte nicht nur zum zweiten Mal, wie massiv die uralte Tür war, sondern auch den schweren Riegel, mit dem Alex die beiden *polizeiskije* ausgesperrt hatte. Aber er machte sich nichts vor: Wenn sie wirklich hier hereinwollten, dann *kamen* sie hier herein.

»Bis jetzt ist noch nicht viel passiert«, knüpfte er an seine eigenen Worte von gerade an. »Das Schlimmste, was uns blühen kann, sind ein paar Scherereien und eine Nacht in einem russischen Knast.«

»Ach ja?«, höhnte Alex. »Na, wenn's weiter nichts ist.«

»Es … es tut mir wirklich leid«, sagte Ben. »Ich wollte das alles nicht.«

»Das kommt eben davon, wenn man bei irgendeinem windigen Typen an der Ecke kauft statt beim Drogendealer seines Vertrauens, weißt du?«, sagte Marc. Es sollte witzig klingen, aber ihm war nicht nach Scherzen zumute, und seine Stimme hörte sich auch so an.

Ben nötigte sich immerhin etwas Ähnliches wie ein Lächeln ab. »Ist schon in Ordnung.«

»Nein, gar nichts ist *in Ordnung.«* Alex ließ sich die Gelegenheit natürlich nicht entgehen, zuerst Ben und dann ihm direkt in die Augen zu leuchten. »Das war dämlich. Dämlich und überflüssig.«

Womit er vollkommen recht hatte, aber Marc fand trotzdem, dass er es allmählich übertrieb. »Ich bin sicher, dass wir es ihnen erklären können … irgendwie.«

»Ich hab Scheiße gebaut, *das* können wir ihnen erklären«, sagte Ben, zumindest dem Klang seiner Stimme nach den Tränen nahe. »Verdammt, ich hab keine Lust, die nächsten zehn Jahre in einem sibirischen Gulag zu verbringen!«

»Wirst du auch nicht«, antwortete Alex. »Wahrscheinlich kidnappen sie uns und verkaufen unsere Organe an die Chinesen. Wer weiß – mit ein bisschen Glück bringen sie uns ja auch um, bevor sie damit anfangen, uns auszuschlachten.«

»Das ist nicht witzig«, sagte Marc. »Und du musst dir sowieso keine Sorgen machen. Oder glaubst du im Ernst, dass irgendjemand Interesse an deinen Lungen oder deiner Leber hat?«

Alex gab einen Laut wie das genaue Gegenteil eines Lachens von sich und deutete mit dem Lichtstrahl in die Dunkelheit. »Ich glaube, da geht es raus.«

Wie als Reaktion darauf wurde erneut und noch wütender gegen die Tür gehämmert. Sie hielt stand, aber wie lange würden sie wohl brauchen, um Werkzeug zu holen und sie aufzubrechen?

Der Lichtstrahl hüpfte im Takt von Alex' Schritten voraus, wobei er uraltes verschimmeltes Mauerwerk, Moder und ungesund aussehende Flechten aus der ewigen Dunkelheit riss, bevor er sich ein Dutzend Schritte weiter verlor. Es roch nach altem Staub und noch älterem faulendem Wasser, und einmal glaubte er ein Geräusch wie das Summen eines fernen Hornissenschwarms zu hören. Marcs überreizte Nerven wollten ihm weismachen, dass sich etwas in der Dunkelheit vor ihnen bewegte, aber das ließ er ebenso wenig zu wie das Gefühl, aus unsichtbaren Augen angestarrt zu werden.

Wenigstens versuchte er es.

Nach einer Weile hörten sie das Geräusch wieder, nur dass es jetzt lauter war und eher ein Kollern und Pulsieren und Wummern, und als Alex die Lampe kurz ausschaltete, erschien vor ihnen auch ein Licht; vielleicht auch nur etwas, das zu Licht werden wollte.

Alex sprach es im selben Moment aus, in dem Marc es begriff: »Das ist die Metro! Da vorne muss ein Tunnel sein!«

Er ließ die Lampe wieder aufleuchten und beschleunigte seine Schritte, und ganz kurz bevor Geräusch und Licht erneut zurückkamen, tauchte das Ende des Stollens vor ihnen in einem bleichen Schein auf, dessen bedrohliches Pulsieren sich nun beim besten Willen nicht mehr verleugnen ließ: ein schmaler Durchgang, hinter dem sich das Licht der Taschenlampe endgültig verlor.

»Was …?«, begann er, und diesmal donnerte der Zug so dicht vor ihnen vorbei, dass er heißes Maschinenöl und schmorende Bremsbeläge zu riechen glaubte und wahrscheinlich die Gespräche der Passagiere hätte belauschen können, hätte er es versucht. Für etliche Sekunden verwandelte sich der Gang in eine stroboskopische Geisterbahn, die aus allen Richtungen auf seinen Verstand einhämmerte. Der Boden zitterte wie unter dem Herannahen einer mongolischen Reiterhorde, und für zwei oder drei Sekunden wurde der Sog der vorbeijagenden Metro so stark, dass er ihnen das Atmen schwer machte.

Alex schaltete die Lampe wieder ein, und was Marc in dem unleugbar schon wieder schwächer gewordenen Licht sah, munterte ihn nicht unbedingt auf. Der Tunnel war so schmal, dass er das Gefühl hatte, nur den Arm ausstrecken zu müssen, um die

Wand auf der anderen Seite zu berühren. Es gab nur ein einzelnes Gleis, und wenn er den Abstand zwischen der Schiene und der Wand betrachtete, glaubte er nicht, dass zwischen den Zügen und der Mauer mehr als eine Handbreit Platz blieb.

Trotzdem: »Es kann nicht allzu weit sein. Riskieren wir's?«

»Nach dem nächsten«, antwortete Alex. Marc kam sich ein bisschen dumm vor, aber Alex war diplomatisch genug, nicht weiter auf dem Thema herumzureiten; eigentlich gar nicht typisch für ihn.

Wie immer, wenn man auf etwas Bestimmtes wartet, schien es diesmal doppelt so lange zu dauern, aber schließlich war auch die nächste Metro heran und vorbei. Im blassen Licht sah Marc eine Gestalt davonhuschen und in einem Schatten verschwinden. Es ging zu schnell, um mehr als einen Schemen zu erkennen, und dann hatte er ihn auch schon wieder vergessen, denn er sah nun ganz deutlich ein Licht am Ende des Tunnels …

Marc musste an den albernen Spruch denken, dass das Licht am Ende des Tunnels ein Güterzug sein konnte, der einem entgegenraste. Es war kein Güterzug, sondern die Metro, und sie raste auch nicht unbedingt auf sie zu, sondern nahm gerade erst Fahrt auf, aber es machte vermutlich keinen so großen Unterschied, ob man nun langsam oder schnell unter vierzig Tonnen U-Bahn-Waggon zermalmt wurde. Die Schienen begannen zu summen wie straff gespannte Violinsaiten, und er meinte schon wieder heißes Metall und schmorende Bremsbeläge zu riechen; der Atem des Drachen, der sie im nächsten Moment anspringen würde.

»Folgt mir«, brüllte er. »Schnell!«

Er schwenkte zur Seite, über den vibrierenden Schienenstrang und auf den niedrigen Durchgang zu, hinter dem der Schatten verschwunden war. Ohne zu zögern, stieß er sich ab.

5

Sie entdeckte Kutzow auf der anderen Seite des großen Raums, wo er sich gerade unter einer roten Samtkordel hindurchbückte, die eine kühn geschwungene Treppe zum Obergeschoss absperrte. Eigentlich wäre die Kordel nicht nötig gewesen, denn die Treppe wurde von einem langhaarigen und -bärtigen Kerl blockiert, dessen Schulterbreite kaum hinter der Treppenbreite zurückstand. Trotz seiner tadellosen Erscheinung – Conny mutmaßte inzwischen, dass Kutzow einen anständigen Mengenrabatt bei Armani bekam – und eines Lächelns, das ihm einen lebenslangen Werbevertrag mit jeder ungarischen Zahnklinik eingebracht hätte, sah er ähnlich einladend aus wie eine missgelaunte Tarantel.

Etwas summte, ein Laut, der nicht nur so klang, sondern tatsächlich direkt aus der Tiefe ihres Schädels kam; genauer gesagt aus dem winzigen Funkempfänger, den sie ihr so tief in den Gehörgang gerammt hatten, dass sie nur hoffen konnte, ihn außerhalb eines Operationssaals und ohne Vollnarkose wieder loszuwerden. *Wir wären dann so weit,* fügte eine für alle anderen ebenso lautlose Stimme hinzu.

Noch nicht, flüsterte sie, eigentlich ohne zu sprechen; ein Trick, den ihr der LKA-Techniker gezeigt und auch seinen technischen Hintergrund so lange erklärt hatte, bis sie ihn wirklich verstand. Was trotzdem nichts daran änderte, dass es ihr immer noch ein bisschen wie Zauberei vorkam. *Wartet noch. Irgendwas geht hier vor.*

Vielleicht doch nicht ganz so lautlos, denn mindestens ein Pärchen champagnerbewaffneter Kunstkenner hielt in seinen Bemühungen inne, jedem in Hörweite möglichst unauffällig kundzutun, wie viel mehr sie von den ausgestellten Kunstwerken verstanden als alle anderen, und sah irritiert in ihre Richtung, hatte es dann aber nur umso eiliger wegzusehen, als sie ihm einen in ein zuckersüßes Lächeln verpackten eisigen Blick zuwarf.

Lass dir nicht mehr zu viel Zeit. Wir fallen langsam auf.

Ich auch, wenn ich noch lange mit mir selbst rede. Conny versuchte sich durch die Menge zu arbeiten, ohne auf allzu viele Zehen zu treten und nicht mehr Rippen als unbedingt nötig zu prellen, verlor Kutzow aber schon nach wenigen Schritten endgültig aus den Augen. Hoffnungslos überfüllt, wie der Raum war, kostete es sie noch einmal Minuten, aber danach steuerte sie die Treppe mit der allergrößten Selbstverständlichkeit an und hatte sich schon unter der Kordel durchgeduckt, bevor der Hüne auch nur Notiz von ihr nahm. Dann aber bewegte er sich mit einer Schnelligkeit, die sie einem Mann seiner Größe und Statur niemals zugetraut hätte, und vertrat ihr den Weg.

»Bitte verzeihen Sie«, sagte er in nahezu akzentfreiem Deutsch, »aber der obere Bereich ist für Gäste gesperrt.«

Conny stellte sich auf die Zehenspitzen, um an ihm vorbeizusehen. »Aber Maxim hat gesagt, dass ich mitkommen soll«, behauptete sie. »Wir müssen uns irgendwo in der Menge aus den Augen verloren haben, tut mir leid.«

Der Russe wäre sein Geld nicht wert gewesen, wäre er so ohne Weiteres darauf hereingefallen, aber immerhin renkte er sich fast die Halswirbel aus, um hinter sich und nach oben zu sehen. Conny nutzte die Gelegenheit, um eine weitere Stufe zu nehmen. Gleichzeitig suchte sie nach Vitali, der immer noch unter der offenen Tür stand und ein bisschen hilflos aussah. Sie lächelte ihm nicht nur zu, sondern winkte, und nach einer Sekunde antwortete er auf dieselbe Weise, nur ohne Lächeln.

»Können Sie Maxim nicht einfach anrufen und ihm Bescheid sagen, dass ich hier auf ihn warte?«, wandte sie sich an Chewbacca. »Er kommt bestimmt zurück und holt mich ab.«

Conny konnte regelrecht sehen, wie es hinter der Stirn des großen Mannes zu arbeiten begann. Vielleicht wunderte er sich ja auch ein bisschen, denn sie konnte sich nicht vorstellen, dass jemand wie sie in Kutzows Beuteschema passte. Aber nach fünf endlosen Sekunden, in denen ihr mindestens ebenso viele wirklich unangenehme Szenarien durch den Kopf schossen, rang er sich zu einem Nicken durch und gab den Weg frei; was angesichts seiner Statur aber lediglich bedeutete, dass sie sich so gerade eben an ihm vorbeiquetschen konnte, ohne ihn unsittlich zu berühren.

Die Treppe führte auf eine Galerie mit einem halben Dutzend Türen hinauf, die vollkommen gleich aussahen. Sie dachte vorsichtshalber nicht darüber nach, was Chewbacca denken (oder gar tun) würde, wenn sie die falsche ansteuerte, ging jedoch nur umso zielstrebiger auf die am weitesten entfernte zu.

Behutsam drückte sie die Klinke hinunter, schob die Tür einen Fingerbreit auf und lauschte. Da waren Stimmen, zwar nicht deutlich, aber sie klangen eindeutig nach Streit; und vielleicht war da auch so etwas wie ein Weinen.

Es war genau dieses Geräusch, das sie ihre letzten Zweifel vergessen und die Tür ganz aufschieben ließ. Dahinter versuchte das Haus erst gar nicht mehr, sein wahres Alter zu verbergen und hätte sich vielleicht sogar als die renovierte Gründerzeit-Villa geoutet, die es war, wären die Wände nicht in einem grellen Neon-Pink gestrichen gewesen und hätten anstelle goldgerahmter Porträts irgendwelcher Altvorderen nicht ebenfalls in verschnörkelte Goldrahmen gesteckte iPads neben den Türen gehangen, über die Videoclips flimmerten, die haarscharf an der Grenze zur Kinderpornografie entlangschrammten.

Wir können nicht mehr lange warten. Ich glaube, einer der Gorillas an der Tür hat etwas gemerkt.

Ihre Hand berührte den Anhänger an ihrem linken Ohr. *Gebt mir noch zwei Minuten. Hier ist irgendeine Riesenschweinerei im Gange.*

Eine. Und wenn die Sache schiefgeht, erklärst du Eichholz, warum.

Zwei Minuten, sagte sie nur noch einmal, und hinter der letzten Tür auf dem Gang erscholl ein einzelner, spitzer Schrei. Sie stürmte los, rannte die Tür eher ein, als sie sie aufstieß, und stolperte in einen unerwartet großen, ganz in pinkfarbenem Plüsch und poliertem Messing gehaltenen Raum. Anstelle eines Fensters gab es eine offen stehende Tür in ein angrenzendes Bad mit Tageslicht, und die Einrichtung bestand fast zur Gänze aus einem monströs großen runden Bett auf einem Sockel unter einem gleichgroßen, fugenlos gegossenen Spiegel und einem stummen Diener voll Leder und Ketten. Es roch nach teurem Parfum, nicht ganz so teuren Zigarren und billigem Puff, und es gab zwei junge Frauen und ein Mädchen, das mit angezogenen Knien auf dem Bett lag. Eine der beiden jungen Frauen kniete neben ihm auf dem Bett und hielt seine Handgelenke fest, die zweite stand auf der anderen Seite der runden Plüsch-Monstrosität und sah schrecklich hilflos aus. Auf einem irgendwie vom realen Zeitablauf entkoppelten Nebengleis ihrer Gedanken erkannte sie ihr Gesicht als das der Hauptdarstellerin des Videoclips, den sie draußen auf dem Tablet gesehen hatte; die *21st-Century*-Version der Hochglanzfotos in den Schaukästen einer Tabledance-Bar. Nur dass sie in natura noch sehr viel jünger aussah. Conny war sehr sicher, dass sie keine achtzehn war, und sogar noch sehr viel sicherer, dass sie im Zweifel Papiere vorlegen würde, die das Gegenteil bewiesen und – fast – jeder Überprüfung standhielten.

Für das weinende Mädchen mit den hunderttausend goldenen Löckchen auf dem Bett galt das nicht.

Nadeshda sah nicht einmal in ihre Richtung, aber Conny erkannte sie natürlich trotzdem. Das Mädchen weinte jetzt lautlos und hatte die Knie noch enger an den Leib gezogen, wie um sich zu einem Ball zusammenzurollen, und zitterte am ganzen Leib.

»Was ist hier passiert?«, fragte sie, wartete die Antwort aber erst gar nicht ab, sondern riss die junge Frau grob von Nadeshda weg. Sie konnte sich gerade noch beherrschen, sie nicht zu schütteln. »Was geht hier vor?«

»Ja, genau das wollte ich gerade auch fragen«, sagte eine Stimme hinter ihr. Kutzow war unter der Tür erschienen und sah plötzlich alles andere als fröhlich aus. Seine Krawatte hing schief, und auf den zweiten Blick erkannte sie, dass die Knöchel an seiner Rechten aufgeplatzt und blutig waren.

»Jetzt haben Sie mich auf frischer Tat erwischt«, antwortete sie übertrieben zerknirscht. »Ehrlich gesagt haben Sie mich schon vorhin durchschaut, erinnern Sie sich? Ich bin eigentlich hier, um Ihre Geheimnisse auszukundschaften. Vor allem die Adresse dieses jungen Russen, der diese fabelhaften leeren Bilderrahmen …«

Der Rest ging in einem schmerzlichen Zischen unter, als er mit einem einzigen Schritt bei ihr war, nach ihrem Arm griff und fest genug zudrückte, dass es wehtat. »Was Sie hier suchen, habe ich gefragt! Wer hat Sie hier hochgelassen? Wer schickt Sie?«

Conny versuchte sich loszureißen, aber natürlich reichte ihre Kraft nicht. »Das sind jetzt gleich drei Fragen auf einmal«, presste sie hervor. »Welche soll ich zuerst …?«

Diesmal schlug er ihr mit dem Handrücken ins Gesicht. Noch nicht so hart, dass ihre Lippe aufplatzte, aber fest genug, um ihren Kopf in den Nacken zu werfen und sie Blut schmecken zu lassen.

»Sie werden mir jetzt sagen, wer Sie wirklich sind und was Sie hier suchen!«, sagte Kutzow. Conny versuchte vergeblich in seinem Gesicht zu lesen, was nicht nur deshalb misslang, weil ihr Blick vor Schmerz verschwamm. Behutsam tastete sie mit der Zungenspitze über die Zähne. Keiner davon wackelte – immerhin etwas –, und auch ihre Lippen waren nicht aufgeplatzt, obwohl sie spürte, wie rasch sie anschwollen. Kutzow wusste, wie man zuschlug, ohne Spuren zu hinterlassen.

Ist bei dir alles in Ordnung?

Kutzow hatte sie auf der anderen Seite getroffen, aber ihre Ohrhänger waren heftig genug zusammengeschlagen, um den Sender zu aktivieren.

»Nein«, sagte sie.

Nein?

»Nein?«, fragte Kutzow. »Was soll das …?« Dann weiteten sich seine Augen, und er ließ endlich ihre Handgelenke los; wenn auch nur, um in der nächsten Sekunde mit beiden Händen nach ihren Ohrhängern zu greifen und sie kurzerhand abzureißen.

Es tat nicht einmal weh.

Wenigstens nicht in der ersten Sekunde.

In der zweiten dafür umso mehr.

Der Schmerz explodierte seltsamerweise nicht in ihren aufgeschlitzten Ohrläppchen, sondern hinter ihren Schläfen, und er war so schlimm, dass ihr schlecht wurde. Irgendwie gelang es ihr, nicht zu schreien, aber sie stolperte zurück und gegen die Wand, schlug die flachen Hände gegen die Ohren und weckte damit nicht nur auch darin einen brennenden Schmerz, sondern spürte auch eine warme, klebrige Nässe, die rote Tränenspuren auf ihren Unterarmen hinterließ. Ihre Knie schienen mit einem Mal nicht mehr in der Lage, das Gewicht ihres Körpers zu tragen. Alles verschwamm vor ihren Augen.

»Wer dich geschickt hat, habe ich gefragt!«, fuhr Kutzow sie an. Er sagte noch mehr, aber sie hörte nicht mehr hin und konnte es auch gar nicht. Ihre Ohren pochten, und der klebrigen Wärme auf ihren Wangen und Hals nach zu schließen passte sich ihre Gesichtsfarbe vermutlich gerade der des geliehenen roten Partykleids an.

»Wir sind Sie?«, fragte Kutzow noch einmal, nicht nur wieder zur förmlicheren Anrede zurückkehrend, sie konnte regelrecht sehen, wie sein Zorn verrauchte und von etwas anderem und möglicherweise sogar Schlimmerem abgelöst wurde. Er würde keine Antwort bekommen und wusste das wohl auch, denn er trat bereits einen halben Schritt zurück und hob die beiden abgerissenen Ohrhänger nacheinander ins Licht, um sie aus angestrengt zusammengekniffenen Augen zu betrachten. Wenn der LKA-Techniker die Wahrheit gesagt hatte (und ihre eigenen

Augen auch), dann sorgte der besondere Schliff der angeblichen Swarovski-Steine dafür, dass die gedruckte Schaltung darin so gut wie unsichtbar blieb.

Mit einem Schnauben, das Raum für jede beliebige Interpretation bot, ließ er die Kristalltränen zuerst in der zuschnappenden Hand und dann in der Jackentasche verschwinden. Als seine Hand wieder daraus auftauchte hielt sie jedoch weder eine Waffe noch irgendein exotisches Folterinstrument, sondern ein zusammengefaltetes Taschentuch mit einem mit Goldfäden gestickten Monogramm.

»Es tut mir leid«, sagte er. »Ich entschuldige mich. Ich habe die Beherrschung verloren. Das ist sonst nicht meine Art.«

Conny griff zögerlich zu und begann unbeholfen an ihrem Ohr herumzutupfen. Prompt kam der Schmerz zurück, und zwar sehr viel heftiger, als sie erwartete. Trotzdem werkelte sie fröhlich weiter, bis Kutzow sich ihrer schließlich erbarmte und ihr das Taschentuch abnahm, das jetzt nur noch zum allerkleinsten Teil weiß war.

Wenig sanft schob er sie ins angrenzende Bad und an eines der großen Marmorwaschbecken, und Conny nahm all ihren Mut zusammen und sah in den Spiegel.

Sie hatte Schlimmes erwartet und wurde nicht enttäuscht. Alles unterhalb ihrer Ohrläppchen war blutrot, und selbst ihr Kleid hatte sich mit schwerer Nässe derselben Farbe vollgesogen. Eines ihrer Ohrläppchen blutete noch immer, das andere hatte inzwischen damit aufgehört, sah aber aus wie eine zerfledderte Zeltplane, aus der man die Ösen herausgerissen hatte, und fühlte sich irgendwie auch so an.

Kutzow befeuchtete ein Kleenex, das er aus einem verchromten Spender mit einem Calvin-Klein-Logo zog, befeuchtete es ausgiebig und versuchte mit ganz erstaunlichem Erfolg, auch ihr anderes Ohr wieder zum Bluten zu bringen. Conny biss die Zähne zusammen, um ihm nicht den Triumph eines weiteren Schmerzlautes zu gönnen, und fragte sich, wo zum Teufel eigentlich die Verstärkung blieb. Spätestens in dem Moment, in dem die Funkverbindung abgebrochen war, hätten sie aus den Wagen springen und den Laden stürmen sollen.

»Es tut mir wirklich leid«, sagte er. »Ich habe überreagiert. Das hätte nicht passieren dürfen.«

Ja, der Meinung war Conny auch, biss aber die Zähne nur noch fester zusammen und versuchte auf die Geräusche aus dem Erdgeschoss zu lauschen. Die beiden jungen Frauen hatten die Tür offen gelassen, sodass sie so etwas wie ein fernes Hintergrundmurmeln hörte, das aber nicht nach einer Razzia dort unten klang.

Sie bemühte sich tapfer, seine sogenannte *Hilfe* klaglos über sich ergehen zu lassen, zumal er damit auch alles andere als erfolgreich war. Nachdem er das fünfte oder sechste Kleenex verbraucht hatte, gab er es auf und berührte eine Ecke des Spiegels, der sich daraufhin mit einem leisen hydraulischen Zischen in die Decke zurückzog und den Blick auf ein erstaunliches Sammelsurium von Schminkzeug, Sextoys und genug Verbandsmaterial, Schmerzmitteln und Medikamenten freigab, um eine durchschnittliche Buschklinik in Afrika damit auszurüsten. Wie es aussah, waren die Bewohner dieser Räumlichkeiten auf so ziemlich alles vorbereitet, was nicht schon ein kleiner Krieg war.

»Halten Sie still!« Kutzow nahm irgendetwas aus dem Schrank und sich dann wieder ihres Ohrläppchens an, und der Schmerz flammte noch einmal auf und erlosch dann so plötzlich, dass sie sich vornahm, in den nächsten vier Wochen lieber einen Bogen um jeden Drogentest zu machen.

»Es tut mir wirklich leid«, sagte er zum wiederholten Mal. »Ich bringe Sie gleich morgen früh zu einem wirklich guten plastischen Chirurgen und übernehme selbstverständlich alle Kosten.«

»Alle?«, vergewisserte sich Conny. »Bei einer Frau meines Alters kann das teuer werden.«

Bevor er etwas erwidern konnte, stieß sie sich vom Rand des

Waschbeckens ab und eilte zurück ins Nachbarzimmer. Nadeshda stand noch immer in derselben Haltung da, als wäre sie zur sprichwörtlichen Salzsäule erstarrt.

»Was haben sie dir getan, Kleines?«, fragte sie.

»Sie versteht Sie nicht.« Kutzow sagte etwas auf Russisch, das deutlich mehr Worte hatte als Connys Frage zuvor, und sie antwortete mit einem ganzen Redeschwall und in alles andere als ängstlichem Ton.

»Was hat sie gesagt?«, fragte Conny.

»Ich glaube nicht, dass Sie das wirklich wissen ...«, begann Kutzow, und aus seiner Tasche kam ein aggressiver Ton, der ihn nicht nur mitten im Satz abbrechen, sondern auch alarmiert die Stirn in Falten legen ließ; das Summen seines iPhones, das aber plötzlich auf subtile Weise anders und alarmierend klang. Zugleich veränderten sich auch die Geräusche aus dem Erdgeschoss, als dort unten eine Party ganz anderer Art begann.

Kutzow zerrte das Telefon aus der Tasche, warf einen Blick auf das Display und steckte es wieder ein, ohne es eingeschaltet zu haben. »Du bleibst hier«, raunzte er Nadeshda an, während er sich bereits zur Tür wandte.

»Und Sie auch«, sagte Conny. »Sie hatten recht, wissen Sie?«

»Womit?« Kutzow hielt mitten in der Bewegung inne.

Und warum sollte sie den Moment nicht ein bisschen genießen? »Maxim Kutzow«, sagte sie mit einem zuckersüßen Lächeln, »Sie sind verhaftet!«

Wenn er auch nur halb so schlau war, wie er glaubte, dann sollte er eigentlich nicht überrascht sein, dachte Conny. Aber er war es. In seinem Blick erschien etwas, von dem sie nicht ganz sicher war, was es bedeutete, und sein Gesicht verlor noch das allerletzte bisschen Farbe. Aber er fing sich auch sofort wieder und stülpte trotzig die Unterlippe vor. »Bin ich das? Und wer genau soll mich festhalten? Du?«

Seine Hand glitt in die andere Jackentasche.

6

Statt des erwarteten Aufpralls stieß Marcs Fuß ins Leere. Mit einem viel mehr erstauntem als erschrockenem Schrei auf den Lippen landete er einen guten Meter tiefer, dicht gefolgt von Alex und Ben. Hinter ihnen raste ein gewaltiges Dröhnen und Rattern vorbei, flackerndes gelbes Licht verschlang den bleichen Schein der Taschenlampe, und Lärm und Chaos und schiere Angst schlugen wie eine Woge über ihm zusammen. Jemand schrie etwas, und eine Hand griff nach seiner Schulter. Er versuchte sie wegzuschieben, aber seine Kraft reichte nicht. Alles drehte sich.

»Woher hast du das gewusst?«, fragte Alex. »Bist du in Ordnung?«

Marc streifte Alex' Hand ab und schob sich mit den Schultern an der Wand in die Höhe.

»Woher hast du das gewusst?«, fragte Alex noch einmal.

»Ich hab was gesehen. Ich dachte, es wäre nur Einbildung, aber als der Zug dann kam … « Marc machte eine Kopfbewegung auf die Wand hinter Alex. Die Lampe hatte noch mehr Leuchtkraft eingebüßt, sodass der Durchgang zum U-Bahn-Tunnel, durch den sie gerade noch rechtzeitig entkommen waren, kaum noch zu erkennen war; keine Tür, sondern eine niedrige Wartungsklappe, die gewaltsam erweitert worden war.

Alex leuchtete tiefer in den Gang, in den sie durch Marcs spontanes Manöver gelangt waren. »Du sagst, du hast jemanden gesehen?«

»Sonst wären wir nicht hier.« *Und wahrscheinlich auch nicht mehr am Leben.*

»Das könnte ein Wartungstunnel sein. Dann geht es da wahrscheinlich auch irgendwo raus.«

»Oder er führt noch tiefer in dieses Scheißlabyrinth!«, entfuhr es Ben. »Vielleicht reichen die Tunnel bis nach Moskau!«

»Oder bis Kiew«, bestätigte Alex ungerührt. »Aber du kannst

gerne zurückgehen und auf den nächsten Zug warten. Ich versuch mein Glück dort.« Er marschierte augenblicklich los, und Ben machte nicht nur ein verzweifeltes Geräusch, sondern warf Marc einen fast schon flehenden Blick zu.

»Er hat recht, weißt du?«, sagte Marc.

»Und wenn wir uns endgültig verirren?« Da war schon wieder Hysterie in Bens Stimme. »Wir könnten hier unten elend verrecken, ohne dass es jemand mitkriegt!«

»Das dauert auf jeden Fall länger, als vom Zug überfahren zu werden«, sagte Alex, ohne auch nur langsamer zu werden. »Aber du kannst gern hierbleiben. Wer zuletzt im Hotel ist, gibt einen aus.«

Eine ganze Weile marschierten sie schweigend durch eine Dunkelheit, die immer weniger vor dem Lichtschein der erlöschenden Taschenlampe zurückzuweichen schien, dann blieb Alex erneut stehen. »Licht. Und Stimmen.«

»Stimmen?«, fragte Ben beunruhigt. »Und wenn es die *Polizija* ist?«

»Glaub ich nicht«, antwortete Alex todernst. »Eher schon die *SpezNas.* Oder die komplette Rote Armee, die sie losgeschickt haben, um einen durchgeknallten deutschen Kiffer zu fangen.« Er deutete auf einen weiteren, mit deutlich roher Gewalt in die Wand gebrochenen Durchgang. »Bleibt hinter mir. Und seid leise.«

Er ging los, und Marc und als Letzter auch Ben folgten ihm auf dem Fuß; wenn auch kaum drei Schritte weit, dann blieb Ben abrupt stehen. Marc bildete sich ein, zu *hören,* wie er erbleichte. »Seid ihr verrückt geworden?«, keuchte er. »Hier geh ich ganz bestimmt nicht weiter!«

Erst als Alex seine Lampe wieder einschaltete und herumschwenkte, begriff Marc überhaupt, was er meinte: Sie waren wieder in einem U-Bahn-Tunnel, der diesmal breit genug für zwei nebeneinanderliegende Gleise war, aber nichtsdestotrotz ein U-Bahn-Tunnel. Auch sein Herz begann zu klopfen, als er das Licht weit vor ihnen gewahrte, und *selbstverständlich* behauptete seine Fantasie prompt, dass es sich bereits in Bewegung gesetzt hatte, um sie niederzuwalzen.

Alex' Kniegelenke knackten hörbar, als er sich neben dem Gleis in die Hocke sinken ließ und mit der flachen Hand über die Schiene strich. Seine Handfläche war voller Rost und Schmutz, als er aufstand. »Hier ist schon seit Jahren kein Zug mehr gefahren. Beruhige dich.«

Er schwenkte die Lampe in einem langsamen Dreiviertelkreis und schaltete sie aus, und in dem kurzen Moment von Beinahe-Helligkeit erkannten sie rostige Schienen und schimmelndes Mauerwerk. Fäden und löcherige Vorhänge aus Staub hingen wie die Netze monströser Riesenspinnen von der Decke und wehten in einem sachten Luftzug. Alex hatte recht. Hier war seit Jahren keine Bahn mehr gefahren, wenn nicht seit Jahrzehnten.

Aber sie waren trotzdem nicht allein. Je länger er lauschte, desto mehr unterschiedliche Stimmen identifizierte er, Gelächter und Musik aus einem billigen Kofferradio und ein schwacher, aber beißender Geruch wie von schmorendem Papier und brennendem Holz und Petroleum.

Alex wurde zu einem flachen Schatten, während er geduckt und leicht grätschbeinig vorausging, als hielte er sich für eine Figur aus einem postapokalyptischen Actionfilm, die ihre Truppen auf der Flucht vor einer Horde radioaktiv verstrahlter Mutanten durch ein unterirdisches Tunnellabyrinth führt. Nur dass sie sich auf die Stimmen und das Licht *zu*bewegten, statt zu flüchten. Und Marc war auch mit jedem Schritt ein bisschen weniger sicher, ob sie es mit blau leuchtenden Mutanten mit drei Köpfen und Spinnenfingern nicht besser getroffen hätten.

Es wurde wirklich Zeit, dass er etwas gegen seine eigene Fantasie unternahm, bevor sie ihn am Ende noch in echte Schwierigkeiten brachte.

Alex ging auf dem ersten Stück so zügig voraus, dass sie fast Mühe hatten, mit ihm Schritt zu halten, ohne dabei Lärm zu verursachen, aber er wurde wieder langsamer und blieb schließlich ganz stehen.

»Wartet hier! Und keinen Laut.« Er verschwand, ohne eine Reaktion abzuwarten, und Marc fragte sich nicht nur, was er denn glaube, wohin sie gehen würden, sondern auch – nicht zum ersten Mal – wer Alex eigentlich zum Anführer gewählt hatte.

»Vielleicht sollten wir umkehren«, murmelte Ben. »Das alles hier … ich meine, ich … ich nehme alles auf mich. Ich sage einfach die Wahrheit, dass alles ganz allein meine Schuld ist. Euch passiert nichts, das verspreche ich.«

Marc kommentierte das nicht. Bens Vorschlag – den er niemals annehmen würde – hätte vielleicht sogar funktioniert, bevor sie einem der Polizisten die Hand zerquetscht hatten, aber dieser Zug war ein für alle Mal abgefahren. Wenn sie ihren Verfolgern jetzt in die Hände fielen, würde es hässlich werden.

Marc lauschte konzentriert und blieb angespannt, um nötigenfalls sofort eingreifen zu können, sollte Ben die Nerven verlieren und etwas Dummes tun. Aber schließlich kam Alex zurück, ohne dass etwas passiert war.

»Ich glaube, da vorne geht es raus, aber wir müssen vorsichtig sein«, flüsterte er. »Da sind irgendwelche Kerle. Ich hab keine Ahnung, wer sie sind, aber ich möchte eigentlich auch nicht mit Ihnen diskutieren.«

»Molepeople?«, fragte Marc. Auch dieser Versuch, witzig zu klingen, misslang.

»Keine Ahnung«, antwortete Alex todernst. »Aber wenn schon, dann Morlocks.«

»Vielleicht tue ich ihnen auch unrecht, aber das diskutiere ich lieber heute Abend an der Hotelbar mit euch als hier und jetzt mit denen. Also macht keinen Lärm.«

7

Statt der Waffe, mit der Conny fest rechnete, zog Kutzow eine Zigarettenpackung und ein Einwegfeuerzeug heraus. Seine Hand zitterte leicht, als er es anschnippte und einen ersten, tiefen Zug nahm.

»Den Gefallen tue ich Ihnen nicht, Maxim. Und Sie sollten ebenfalls Vernunft annehmen und es nicht noch schlimmer machen. Sie kommen hier nicht raus. Das Gebäude ist umstellt. Geben Sie auf.« Ohne ihn auch nur eine Sekunde aus den Augen zu lassen, wandte sie sich an die beiden Mädchen. »Verschwindet! Wendet euch an die Beamten unten. Sagt ihnen, dass Kommissarin Fesser euch schickt; dann passiert euch nichts.«

Die jungen Dinger verschwanden wie weggebeamt, und Kutzow sah ihnen hektisch an seiner Zigarette paffend nach, bis sie aus dem Zimmer gestürmt waren.

»Kommissarin, so?« Seine Lippen verzogen sich zu einem abfälligen Grinsen. »Nicht *Special Agent* oder Engel der Entrechteten?«

»Zu viel der Ehre«, antwortete sie. »Kommen Sie freiwillig mit, oder müssen wir auf meine Kollegen warten?« *Die im Übrigen längst hier sein sollten,* dachte Conny beunruhigter, als sie sich eingestehen wollte.

»Dann nehme ich an, dass du mir Handschellen anlegen wirst?«, fragte er nicht nur, sondern streckte ihr auch die übereinandergelegten Handgelenke entgegen. Conny rührte sich nicht von der Stelle. Auch diesen Gefallen würde sie ihm nicht tun. Kutzow würde zwar dieselbe böse Überraschung erleben wie so mancher vor ihm, der geglaubt hatte, leichtes Spiel mit ihr zu haben, nur weil sie eine Frau war, aber sie war nicht wirklich scharf darauf, sich mit ihm zu prügeln.

»Schade eigentlich«, sagte er. »Hätten wir uns in einem anderen Leben kennengelernt, aus uns beiden hätte etwas werden können, Cornelia.«

Und in einem noch einmal anderen Leben wäre er jetzt vielleicht schon tot, dachte Conny. Die *Cornelia* nahm sie ihm übel, gönnte ihm aber nicht die Genugtuung, es sich anmerken zu lassen.

»Und Sie hätten in einem anderen Leben vielleicht sogar ein ganz netter Kerl werden können«, sagte sie stattdessen. »Also, was ist jetzt? Kommen Sie freiwillig mit?«

»Und wenn, legen Sie ein gutes Wort für mich ein?«

»Kaum«, antwortete sie. »Aber ich vergesse vielleicht, dass sie mich angegriffen haben.«

Kutzow machte etwas mit seinen Augenbrauen, das irgendwo zwischen Trotz, Resignation und vielleicht der Überlegung schwankte, sie doch noch zu überwältigen und einen Fluchtversuch zu wagen, wandte sich dann aber zu Nadeshda um, die als Einzige zurückgeblieben war. Er sagte ein einzelnes Wort, auf das sie nur mit einem trotzigen Blick reagierte …

… und damit, so ansatzlos loszustürmen, dass Conny gerade noch blitzschnell die Hand ausstrecken und sie festhalten konnte. Sofort versuchte sie sich wieder loszureißen, wobei sie eine so erstaunliche Kraft an den Tag legte, dass Conny auch noch die andere Hand zu Hilfe nehmen musste und trotzdem ihre liebe Not hatte, sie zu bändigen.

»Keine Angst, Kleines«, sagte sie. »Keiner tut dir was. Du bist jetzt in Sicherheit.«

Nadeshda hörte tatsächlich auf, sich zu wehren, aber Conny ließ sie trotzdem nicht los. Kutzow sagte ein paar Worte auf Russisch, die sie zwar nicht verstand, die sich aber irgendwie verächtlich anhörten, woraufhin sich das Mädchen – wenn auch nur kurz – erneut loszureißen versuchte.

»Lassen Sie das!«, sagte sie scharf. »Sonst fällt mir vielleicht doch noch ein, dass Sie mich angegriffen haben.«

»Aber das habe ich nicht!«

»Spielt das eine Rolle?«

»Wahrscheinlich nicht«, gestand er. »Anscheinend unterscheiden sich die Methoden der Polizei hierzulande nicht wirklich von denen in Russland. Nur dass die Polizisten zugegebenermaßen hübscher sind.«

Conny machte eine unwillige Geste. »Los jetzt!«

Kutzow sog noch einmal an seiner Zigarette, ließ sie fallen und trat sie rücksichtslos auf dem kostbaren Parkett aus, bevor er spöttisch die Hände hob und sich zur Tür drehte. Nadeshda riss sich mit einem Ruck los und stürmte davon.

Conny jagte mit einem wenig damenhaften Fluch hinter ihr her, aber die Kleine war so schnell, dass sie sie erst draußen am Ende des Korridors vor einer Tür einholte, die Nadeshda in ihrer Hast in die falsche Richtung aufzuziehen versuchte und so die entscheidende Sekunde verlor. Sie riss das Mädchen so heftig zurück, dass sie ihm wahrscheinlich mehr als nur ein bisschen wehtat.

»Verdammt noch mal, ich tu dir doch nichts! Niemand wird dir mehr etwas tun!«

Tatsächlich hörte Nadeshda für einen Moment auf, sich zu wehren, kreischte ihr etwas auf Russisch entgegen – und trat ihr mit solcher Gewalt gegen das Knie, dass Conny vor Schmerz aufstöhnte. Sie wand sich aus ihrem Griff, riss die Tür auf und knallte ihr die Kante hart genug gegen die Stirn, dass sie Sterne sah und halb benommen auf die Knie sank.

Hinter ihr fauchte Kutzow etwas auf Russisch, und Nadeshda verschwand endgültig durch die Tür, wobei sie die Kante diesmal so hart gegen Connys Schulter schmetterte, dass sie endgültig das Gleichgewicht verlor und gefallen wäre, hätte Kutzow sie nicht aufgefangen und zugleich wieder auf die Füße und hinter sich hergezerrt. Er schrie etwas, aus dem sie immerhin den Namen des Mädchens herauszuhören glaubte.

Auf der anderen Seite der Tür befand sich ein großer, kaum beleuchteter Raum, der offenbar als überdimensionierte Abstellkammer diente. Überall türmten sich ausrangiertes Mobiliar, aufgestapelte Kisten und wenig vertrauenerweckend aussehende Stapel aus Kartons und verstaubten Aktenordnern und tausend andere Dinge, zwischen denen Nadeshda in halsbrecherischem Tempo hindurchflitzte. Und sie war *schnell.*

»Sie kommt nicht weit«, sagte Kutzow. »Da hinten ist alles zu.«

Sie hörte, wie seine Hand über die Wand neben der Tür strich und mit einem leisen Klicken einen altmodischen Kippschalter umlegte, was aber ohne Erfolg blieb. Also zog er sein Handy wieder aus der Jacke und benutzte es als Taschenlampe.

Etwas huschte im bleichen Licht davon und war zu schnell verschwunden, um es genau zu erkennen. Kutzow schwenkte die improvisierte Taschenlampe herum und folgte der Bewegung, bis sich Nadeshda schließlich zitternd in eine Ecke presste und sie aus Augen wie denen eines in die Enge getriebenen Rehs anstarrte. Ihre Hand verschwand in einer Falte des Marilyn-Monroe-Kleids und kam mit etwas Kleinem und Silbernem wieder zum Vorschein. Ein Messer?

Conny machte einen einzelnen Schritt auf sie zu, blieb wieder stehen und bedeutete Kutzow mit einer Handbewegung, zurückzubleiben. »Beruhige dich, Kleines«, sagte sie. »Es gibt nichts, wovor du dich fürchten musst.«

Wenn nicht die Worte, so verstand Nadeshda vielleicht den beruhigenden Klang ihrer Stimme, denn sie verbarg die Hand mit dem vermeintlichen Messer wieder hinter dem Rücken. Ihr Blick irrte zwischen Kutzow und ihr hin und her, und so etwas wie Verzweiflung erschien darin.

»Ich will dir helfen, Nadeshda«, sagte Conny betont ruhig. Sie streckte die leeren Hände seitlich aus. »Maxim, übersetzen Sie das!«

Kutzow sagte tatsächlich irgendetwas, aber Conny hatte so ihre Zweifel was, denn das Mädchen wirkte eher noch verängstigter. So eng es ging, presste es sich mit dem Rücken gegen die

Wand und versuchte aus dem Lichtschein zu entkommen, aber Kutzows Lampe folgt ihm unbarmherzig.

Conny ging – sehr vorsichtig – weiter. »Gut«, sagte sie. »Ich komme jetzt zu dir. Du musst keine Angst haben. Ich bin von der …« Sie kramte in ihrem Gedächtnis und hoffte wenigstens, sich richtig zu erinnern. »*Polizija?*«

In Nadeshdas Augen erschien etwas, das sie nicht deuten konnte, das aber ganz und gar nicht gut war, sodass sie noch einmal im Schritt stockte und dann sogar noch langsamer weiterging.

»Sie sollten vielleicht …«, begann Kutzow hinter ihr und brach dann mitten im Wort ab, als Nadeshda die Hand hinter dem Rücken hervorzog und sie sehen konnten, was sie darin hielt. Etwas, von dem Conny bis heute nicht ganz sicher gewesen war, ob es außerhalb von amerikanischen Western jemals existiert hatte: einen winzigen, zweischüssigen, verchromten Revolver, eine Damenwaffe, wie man sie damals genannt hatte. Der doppelte Lauf richtete sich zitternd auf sie und schwenkte dann ein Stück zur Seite, um auf Kutzow zu deuten. Sie hörte, wie er scharf die Luft zwischen den Zähnen einsog.

»Tu das nicht«, sagte sie. »Das ist er nicht wert.«

Der Derringer richtete sich wieder auf sie, dann erneut auf Kutzow und zitterte abermals zurück.

»Nicht«, sagte Kutzow hinter ihr gepresst. »Kommen Sie zurück, Conny. Sie verstehen das völlig falsch!«

Conny verstand immerhin, dass er Nadeshda offensichtlich mehr angetan hatte, als sie in ein verführerisches Kleid zu stecken und auf Lolita schminken zu lassen. »Halten Sie die Klappe, Maxim«, zischte sie, »oder ich nehme ihr das Ding ab und erschieße Sie persönlich!«

»Conny«, sagte Kutzow in fast beschwörendem Ton. »Sie ist nicht …«, und Nadeshda drückte ab.

Der Schuss hallte in dem dunklen Raum wider wie ein Kanonenschlag. Eine handlange orangerote Mündungsflamme zuckte in ihre Richtung, und etwas wie ein weißglühender Draht schien über ihren Oberarm gezogen zu werden. Conny schrie vor Schmerz auf, prallte zur Seite und verlor das Gleichgewicht, und Kutzow warf sich vor und auf das Mädchen. Noch während sie stürzte, sah sie, wie Nadeshda den Derringer nun mit beiden Händen ergriff und genauer zu zielen versuchte, doch da war der Ukrainer schon bei ihr, schlug die Waffe zur Seite und versetzte ihr mit der anderen Hand eine schallende Ohrfeige.

Schmerz und Schrecken waren vergessen und machten rasendem Zorn Platz. Nadeshda sackte an der Wand zu Boden, unmittelbar gefolgt von Kutzow, der sich über sie beugte und die Hand hob, um sie erneut zu schlagen, und Conny bückte sich blitzschnell nach der Waffe, die das Mädchen fallen gelassen hatte, und war mit einem einzigen Satz auf den Füßen und bei ihnen, und für eine einzelne, aber schlimme Sekunde wollte sie nichts lieber, als ihm die verbliebene Kugel mitten in seine widerliche Visage zu schießen.

Stattdessen nahm sie sich sogar noch die Zeit, die Waffe zu sichern, bevor sie ihm den Derringer mit solcher Wucht gegen die Schläfe knallte, dass er auf der Stelle das Bewusstsein verlor.

8

Alex schlich – auf dem ersten Stück absurderweise auf Zehenspitzen – voraus und wurde nach einigen Schritten auch schon wieder langsamer. Der Tunnel stieg ein kleines Stück weit spürbar an und verbreiterte sich dann auf einer Seite. Flackerndes rotes Licht huschte über eine gewölbte Decke aus sonderbar spiegelnden Steinen, und die rechte Wand fehlte komplett. Einem kaum meterhohen Sockel schloss sich ein unterirdischer Saal an, dessen Wände und Decke ebenfalls aus schmutzigem Glas zu bestehen schienen, was für Marc überhaupt keinen Sinn ergab.

Er registrierte Bewegung, die gar nicht sein konnte, und ein Orchester sonderbar verzerrter hallender Laute.

Vor ihnen lag ein weiterer unterirdischer Bahnhof, uralt und heruntergekommen und allem Augenschein nach schon vor langer Zeit aufgegeben – wenn auch offensichtlich nicht verlassen –, was unheimlich genug war.

Alex begann mit der freien Hand zu winken. Die andere hielt die Taschenlampe wie eine Waffe, ohne dass er sie einschaltete. Es war auch nicht nötig. Marcs Augen hatten sich weit genug an das blasse Licht gewöhnt, um es als Feuerschein zu identifizieren, der offensichtlich aus verschiedenen Quellen kam. Davor zeichnete sich ein rechteckiger Umriss ab, in dem er nach einem Dutzend weiterer Schritte einen U-Bahn-Waggon älterer Bauart erkannte. Hinter den verdreckten Scheiben flackerte Kerzenschein, und nun konnte er unterschiedliche Stimmen auseinanderhalten. Sie sprachen Russisch, sodass er die Worte nicht verstand, aber es wurde gelacht und aufgekratzt gegrölt und gerufen, und anstelle schwermütiger Balalaika-Musik hörte er russischsprachigen Rock, was in seinen westeuropäischen Ohren auch nicht wirklich besser klang. Da war auch ein helles Kinderlachen, das ihm an einem Ort wie diesem sonderbar deplatziert vorkam, und eine Menge anderer Geräusche. Die wenigsten davon gefielen ihm.

Alex machte eine komplizierte Geste, deren Sinn sich Marc nicht erschloss. »Der Bahnsteig«, flüsterte er mit einer ganz und gar überflüssigen Geste auf den Bahnsteig. »Bleibt im toten Winkel.«

Marc verstand nicht wirklich, was er damit meinte, doch Alex sprintete bereits geduckt über die Gleise und auf den Bahnsteig zu. Statt jedoch hinaufzuspringen, presste er sich darunter gegen die Wand und gestikulierte mit beiden Händen, ihm zu folgen.

»Das ist doch verrückt«, flüsterte Ben. »Sie werden uns sehen!«

Und wäre das wirklich so schlimm?, fragte sich Marc. Zweifellos waren sie in einer Umgebung gelandet, die geradewegs aus einem postapokalyptischen Weltuntergangs-B-Film stammen konnte, aber er hatte dennoch seine Zweifel, dass es sich bei den Gestalten auf dem Bahnsteig wirklich um menschenfressende, strahlenverseuchte Mutanten handelte. Andererseits – wenn es wirklich Alex' viel zitierte *Molepeople* waren, konnte er sich nicht vorstellen, dass sie besonders begeistert von Eindringlingen waren, die in ihr Versteck platzten.

Alex winkte erneut und ungeduldiger. Marc suchte abermals den Bahnsteig ab, ohne mehr als ein Wirrwarr aus tanzendem rotem Licht und wie Gespenster flackernden Gestalten zu erkennen, dann raffte er all seinen Mut zusammen, ergriff Ben am Arm und huschte auf dieselbe Weise wie Alex zuvor los. Es waren nur wenige Schritte, bei denen er aber tausend Tode starb und fest mit einem alarmierten Schrei oder auch gleich einem Schuss rechnete. Auf dem allerletzten Stück stolperte Ben hinter ihm und riss ihn mit sich zu Boden, sodass er sich die Knie aufschürfte.

Alex langte aus seinem Versteck heraus nach ihm und zog ihn rücksichtslos zu sich, und auch Ben kroch rasch an seine Seite und presste sich gegen den fleckigen Beton. Sie lauschten. Zuerst hörte er nur das dumpfe Hämmern seines eigenen Herzens, das sich nach Kräften bemühte, seine Kehle hinaufzukriechen, aber an der Hintergrundmelodie aus durcheinanderredenden Stimmen, Gelächter und Musikfetzen änderte sich nichts. Nach ein paar Augenblicken und nur ganz sacht, gerade auf dem schmalen Grat zwischen wirklichem Erkennen und aus Angst geborener Einbildung, meinte er noch etwas anderes wahrzunehmen, ein dunkles, an- und abschwellendes Rumoren und Raunen, wie das Geräusch einer uralten großen Maschine, die tief unter ihnen arbeitete.

»Und jetzt?«

Er erschrak selbst ein bisschen, als er hörte, wie gehetzt und atemlos seine Stimme klang. Alex bedachte ihn mit einem kurzen, besorgten Blick, bevor er antwortete. »Seht ihr den Wagen?«, fragte er mit einer Geste auf das andere Ende des Bahnhofs; wie es Marc vorkam, mindestens ein Lichtjahr entfernt. »Ich glaube, da geht es raus.«

9

»Sie glauben also inzwischen nicht mehr, dass Sie ein Vampir sind?«, fragte Kayser. Dr. Dr. Jens Kayser, um genau zu sein, wie nicht nur das kleine Namensschildchen an seinem Revers verkündete, sondern ebenfalls das viel größere Schild auf seinem Schreibtisch und das halbe Dutzend gerahmter Urkunden an der Wand hinter ihm. Und wahrscheinlich noch etliche weitere Schriftstücke, sein Briefkopf, diverse andere Pamphlete und womöglich auch noch eine goldene Anstecknadel, die er in der Tasche trug, um sie dem nächstbesten armen Teufel ins Auge zu rammen, der das Pech hatte, auf diesem Stuhl zu sitzen und die falschen Antworten zu geben.

Conny wäre das beinahe lieber gewesen als diese nicht enden wollende Idiotie, die sie mit schöner Regelmäßigkeit über sich ergehen lassen musste.

»Das habe ich nie geglaubt«, antwortete sie mit einiger Verspätung. *Wäre ich es, hätte ich dir längst die Kehle durchgebissen und in aller Ruhe dabei zugesehen, wie du leer läufst.*

Etwas in Kaysers Blick änderte sich, fast als hätte er ihre Gedanken gelesen. In gewissem Sinne stimmte das vielleicht sogar, denn sie hatten dieses Gespräch mit leichten Variationen schon so oft geführt, dass sie ihm wahrscheinlich jede nur denkbare Antwort schon einmal gegeben hatte.

Ob er sich eigentlich darüber im Klaren war, dass Psychologe der einzige Berufszweig war, der vollkommen überflüssig wäre, gäbe es ihn nicht, um unschuldige Leute zu terrorisieren?

Kayser tat so, als würde er auf dem Monitor des Laptops lesen, der aufgeklappt auf dem Schreibtisch vor ihm stand. Als einziges. Seit sie hierherkam, hatte sie niemals auch nur ein Stäubchen auf der übergroßen Platte aus auf Hochglanz poliertem Mahagoni gesehen, geschweige denn einen Block, einen Stift, ein Telefon oder wenigstens einen Post-it oder überhaupt irgendetwas. Selbst der Laptop stand immer an derselben Stelle und im gleichen Winkel aufgeklappt da, wie aus der Schreibtischplatte herausgewachsen. »In den Unterlagen von damals …«

»Von damals, Sie sagen es«, fiel ihm Conny ins Wort. »Es ist Jahre her, und es war eine ziemlich aufregende Geschichte. Es wurde viel Unsinn geredet. Auch von mir.«

»Sie haben damals einen Serienmörder gejagt, der sich selbst ›der Vampir‹ genannt hat, weil er seine Opfer gefesselt und dann zugesehen hat, wie sie ausbluten«, stellte Kayser fest.

»Die Presse hat ihn so genannt«, verbesserte ihn Conny. »Für uns hatte er keinen Namen. So etwas muss man sich verdienen, wissen Sie? Der Kerl war einfach nur ein Psychopath.« Ob er wohl ahnte, wie ähnlich seine Worte dem waren, was sie selbst vor einem Augenblick noch gedacht hatte, und wie schmal der Grat zwischen einer durch und durch grauenhaften Vorstellung und einer durchaus reizvollen Überlegung sein konnte?

»Aber der Name ist damals irgendwie an Ihnen hängen geblieben, nicht wahr? Und es hat Sie ziemlich übel erwischt. Bevor Sie ihn geschnappt haben, hat er Ihren damaligen Kollegen umgebracht, nicht wahr? War er nicht auch ihr Lebensgefährte?«

Er hätte es werden können und wahrscheinlich noch sehr viel mehr, aber dazu war es nicht mehr gekommen. Sie hatten ein einziges Mal miteinander geschlafen, und der Vampir hatte ihn umgebracht, noch bevor sie am nächsten Morgen aufgewacht war. Das war zumindest die offizielle Version. Sie hatte sie so oft erzählt, dass sie schon beinahe selbst daran glaubte. Und sie nickte auch jetzt nur wortlos.

Kaysers Blick ließ endlich den Laptop los und konzentrierte

sich nun auf sie. Seine Augen hinter den runden Gläsern der albernen John-Lennon-Brille, die so wenig zu ihm passte, dass sie jeden irritierte, der ihn ansah (und die er zweifellos aus ganz genau diesem Grund trug), waren so kalt wie perfekt nachgeahmte elektronische Linsen und zeigten dasselbe Maß an menschlichem Gefühl wie sein Gesicht, nämlich gar keines.

»Sie sind selbst lebensgefährlich verletzt worden und haben ihn in Notwehr getötet«, fuhr er fort. »Im Nachhinein, was macht Ihnen mehr zu schaffen, Frau Fesser: Der Umstand, beinahe selbst umgebracht worden zu sein, oder die Tatsache, einen Menschen getötet zu haben?«

»Weder noch«, antwortete sie. *Wie oft wollte er sie das eigentlich noch fragen?* Sie gab sich gleich selbst die Antwort: So lange, bis er die Antwort bekam, auf die er wartete. Einen winzigen Riss in dem, was er für ihren emotionalen Panzer hielt, sodass er einen Hebel ansetzen und ihn aufbrechen konnte, um einen Blick in ihre intimsten Gedanken zu werfen. Ihm würde nicht gefallen, was er dort fand.

»Es ist Jahre her, Doktor Kayser. Ich habe längst damit abgeschlossen.«

»Sie haben einen Menschen getötet«, sagte er sanft.

Conny musste sich beherrschen, um nicht aufzufahren, was ihm natürlich nicht entging. Sie fuhr mit einer Stimme fort, die nicht ganz so ruhig klang, wie sie es gerne gehabt hätte. »Nur dem äußeren Anschein nach. Er war kein Mensch, sondern ein krankes Etwas.«

»Das entfernt werden musste?« Seine Augen musterten sie weiter so kalt wie die einer Maschine, und seine Hände mit den am perfektesten manikürten Fingernägeln, die sie jemals gesehen hatte, lagen flach nebeneinander auf der Tischkante. Vielleicht würde er sich ja gleich daran abstoßen, um über den Tisch zu springen und ihr die Seele aus dem Leib zu reißen.

»Ich habe damit abgeschlossen«, sagte sie noch einmal. »Es macht mir nichts mehr aus. Ich habe keine Albträume, und ich verspüre auch nicht das Bedürfnis, jeden zu erschießen, der bei Rot über eine Ampel geht.«

Zum ersten Mal erschien nun doch so etwas wie eine menschliche Emotion auf seinem Gesicht, ein flüchtiges Lächeln, das nicht wirklich eines war. »Warum so aggressiv?«, erkundigte er sich.

Weil du mir kolossal auf die Nerven gehst. »Weil wir dieses Gespräch mit schöner Regelmäßigkeit alle sechs Monate führen«, antwortete sie. »Und das seit Jahren. Wie oft muss ich Ihnen noch dasselbe erzählen?«

»Bis Sie mich davon überzeugt haben, dass Sie es auch wirklich verarbeitet haben«, erwiderte Kayser, jetzt wieder mit der erstarrten Miene des Roboters, der er in Wahrheit war. »Das menschliche Gehirn ist eine ganz erstaunliche Maschine. Manchmal lässt sie einem die Dinge anders erscheinen, als sie wirklich sind. Und sie ist unglaublich gut darin, sich selbst zu belügen.«

Vor allem, wenn jemand nach Kräften daran herumschraubt, der im Grunde nichts davon versteht. Conny ließ ganz bewusst einige Sekunden verstreichen, um ihm wenigstens das Gefühl zu geben, dass sie über seine Worte nachdachte. Schließlich schüttelte sie den Kopf und sah ihn mit demselben perfekt gespielten falschen Lächeln wie seinem eigenen an.

»Warum kürzen wir es nicht einfach ab, Doktor Kayser?«, fragte sie. »Machen Sie ein Kreuzchen auf irgendeinem Formular, damit Sie die Stunde mit gutem Gewissen abrechnen können, und wir beide können uns wieder wichtigen Dingen widmen.«

»Es gibt im Moment für mich nichts Wichtigeres als Ihr Wohlbefinden«, antwortete Kayser ungerührt. »Und ich rechne unsere Treffen nicht nach Stunden ab. Ich bin fest angestellt im öffentlichen Dienst, genau wie Sie.«

Dann sollten wir vielleicht endlich aufhören, Steuergelder zu verschwenden. »Entschuldigung! Das habe ich nicht so gemeint.«

»Stress?«, erkundigte er sich.

»Der gehört zu meiner Stellenbeschreibung«, meinte Conny. Das Telefon in ihrer Tasche vibrierte, und sie setzte dazu an, es herauszunehmen, zog den Arm aber dann wieder zurück, als sie seinen Blick bemerkte. »Die bösen Jungs haben zurzeit wieder mal Hochkonjunktur. Aber keine Angst, ich trage seit damals nicht einmal mehr eine Waffe.«

»Weil ich es Ihnen nicht erlaube.«

Das Telefon summte erneut, und diesmal zog sie es aus der Tasche und sah auf das Display. Eine SMS. Sie rief sie auf, ohne Kaysers missbilligenden Blick zu beachten und wohl wissend, dass ihr das wahrscheinlich eine zusätzliche Stunde in seiner entzückenden Gesellschaft einbringen würde.

»Sie hätten sich damals in den Innendienst versetzen lassen können«, fuhr er fort, »oder auch in den vorgezogenen Ruhestand. Ich hätte das befürwortet.«

Um was zu tun? Den Rest ihres Lebens mit Grübeln zu verbringen und irgendwann wirklich den Verstand zu verlieren? »Ich bin nicht Polizistin geworden, weil der Job so gut bezahlt wird. Ich glaube an das, was ich tue.«

»Was da wäre?«

»Die Welt zu einem besseren Ort zu machen. Oder es wenigstens zu versuchen.« Und nervige Typen wie ihn zu erschießen wäre ja vielleicht ein ganz guter Anfang. Conny stand auf.

»Wir sind noch nicht fertig.«

»Ich schon. Ich werde gebraucht.«

»Sind Sie nicht offiziell noch krankgeschrieben?« Kayser machte eine Kopfbewegung auf die Schlinge, in der ihr rechter Arm hing, und prompt meldete sich der pochende Schmerz darin zurück. Vielen Dank auch!

»Das ist nur ein Kratzer«, behauptete sie. »Es ist wie mit Zahnschmerzen, wissen Sie? Meistens spürt man sie gar nicht, solange niemand danach fragt.«

Kayser lachte wieder sein nicht existentes Lachen und wies mit dem Kinn zur Tür. »Dann lassen Sie sich nicht davon abhalten, die Welt vom Bösen zu befreien. Wir sehen uns in sechs Monaten oder auch jederzeit früher, wenn Sie reden wollen.«

Ganz bestimmt nicht. Conny ging, ohne sich zu verabschieden. In sechs Monaten? Wenn er vorhatte, sie bis zum Tag ihrer Pensionierung weiter zu therapieren (was für ein Witz!), dann kam sie auf eine erschreckend große Anzahl weiterer Sitzungen.

10

Der Wagen bildete den Schluss einer uralten, rostigen Metro, deren Scheiben so verdreckt waren, dass sie wie kleine Rechtecke aus matt lackiertem Metall wirkten. Er war der letzte eines liegen gebliebenen Zuges, der wie ein im Abschussrohr stecken gebliebener Torpedo aus dem Tunnel auf der anderen Seite ragte. Dahinter war nur Dunkelheit zu erkennen, so absolut, dass man sie fast mit Händen greifen zu können meinte. Ein Schwall abgestandener, faulig riechender Luft schlug ihnen aus dieser Richtung entgegen, und auch das sonderbare Maschinengeräusch schien seinen Ursprung irgendwo dort zu haben.

Alex machte eine vollkommen überflüssige Bewegung, still zu sein, lief geduckt hin und rollte sich unter den Wagen und auf der anderen Seite wieder heraus und bis zur Wand und quetschte sich irgendwie zwischen Bahnsteigkante und Waggon durch eine Lücke, die zu Hause in Düsseldorf jedem TÜV-Beamten einen mittelschweren Herzinfarkt beschert hätte. Nach einem Moment ließ er sich wieder zurück und mit dem Rücken an der Wand in eine Haltung sinken, in der er sich wenigstens nicht sofort den Schädel einschlagen oder ein Auge ausstechen würde, wenn er eine unvorsichtige Bewegung machte.

»Da ist eine Tür, nur ein paar Schritte entfernt«, sagte er. »Keine Ahnung, was dahinter ist, aber sie ist nur angelehnt, und es brennt kein Licht.«

»Hältst du das für eine gute Idee?«, fragte Ben.

Alex schnitt eine Grimasse. »Wir können auch auf den nächsten Zug warten«, schlug er vor, wartete aber Bens Antwort gar nicht ab, sondern schob sich in die Höhe, und war in der nächsten Sekunde verschwunden.

Marc zählte in Gedanken bis zehn, raffte all seinen Mut zusammen und folgte ihm, indem er sich auf den Bahnsteig hinaufzog und alle Mühe hatte, nicht aufzuspringen und loszurennen.

Doch irgendetwas warnte ihn. Im nächsten Moment konnte er hören, wie im Wagen über ihnen eine Tür geöffnet wurde, und ein Paar in schweren Armeestiefeln steckender Füße sprang auf den Bahnsteig herab. Marc erstarrte von Kopf bis Fuß und stellte sogar das Atmen ein, felsenfest davon überzeugt, dass sich in der nächsten Sekunde eine Gestalt von der Größe – und Laune – eines wütenden King Kongs vor ihm in die Hocke sinken lassen und ihn anstarren würde, allein durch das Hämmern seines Herzens alarmiert.

Stattdessen liefen die Stiefel in raschem Tempo weiter. Sie gehörten zu einem Kerl, den nicht nur Marcs Angst zu einem breitschultrigen Riesen machte. Passend zu seinen Stiefeln trug er weite Hosen und eine schwere Jacke in Tarnfarben, schwarze Handschuhe, in deren Fingerknöchel spitze Nieten eingearbeitet waren, und einen breiten Gürtel, aus dem der Griff eines monströs großen Revolvers ragte. Und selbstverständlich war sein fuchsrotes Haar stoppelkurz geschnitten. Marc musste sein Gesicht nicht sehen, um zu wissen, dass eine Assoziation zu einem schlecht gelaunten King Kong nicht so ganz falsch gewesen sein konnte.

Er hätte beim besten Willen nicht sagen können, ob er seine Kaltblütigkeit nun bewundern oder ihn für völlig übergeschnappt halten sollte, doch das Wunder geschah: Unbehelligt erreichte er die Tür und schlüpfte hindurch, während Marc zuerst kaum mehr erkannte als ein Chaos aus rotem Licht und blitzenden Reflexen, dem er kaum einen Sinn abgewinnen konnte;

abgesehen davon, dass er sich nun endgültig in einem *Mad Max*-Film in Farbe, 3-D und 10.2 Dolby Digital wiederzufinden glaubte; einschließlich eines besonders absurden Details, über das er lieber gar nicht erst nachdachte: Auf halber Strecke zwischen dem Bahnsteig und einer mit blau-weißem Flatterband abgesperrten Treppe parkte ein pinkfarbenes amerikanisches Cabriolet ohne Dach. Überall standen große Öl- oder Benzinfässer, in denen unterschiedlich große Feuer brannten, die die Luft nicht nur mit dem durchdringenden Gestank von schmorendem Holz und brennendem Plastik verpesteten, sondern zugleich auch die einzige Lichtquelle hier unten darstellten. Dazwischen und vor allem längs der Wände erhob sich eine nicht einmal ganz so kleine Stadt aus Zelten oder auch großen Pappkartons und hier und da sogar eine Lagerstätte aus Decken oder Schlafsäcken auf dem nackten Boden.

Russischsprachige Musik plärrte aus einem halben Dutzend Radios, bei denen sich jemand die Mühe gemacht haben musste, sie alle einzeln – und selbstverständlich bei voller Lautstärke – auf einen anderen Sender einzustellen, und auch seine Schätzung die Anzahl von Personen betreffend musste er ein gehöriges Stück nach oben korrigieren. Es mussten Dutzende sein, die sich zumeist in kleinen Gruppen um die Fässer scharten, rauchten und tranken und schwatzten. Zigaretten und Flaschen vermutlich alkoholischen Inhalts machten die Runde. Auch entdeckte er eine große Anzahl (nicht weniger heruntergekommener) Frauen und sogar etliche Kinder inmitten der apokalyptischen Szenerie. Ein richtiges kleines Familienidyll, dachte er, wie man es sich nach dem Ende der Welt kaum malerischer vorstellen konnte.

Die Tür ging ein kleines Stück weiter auf, und Alex winkte ungeduldig. Marc legte die Hände auf die Bahnsteigkante, um sich hinaufzuziehen. Es gab noch einen letzten, schreckerfüllten Moment, in dem der Bursche doch noch einmal den Kopf wandte und die Tür ansah, hinter der Alex verschwunden war und sich möglicherweise fragte, wieso sie offen stand. Tatsächlich stockte er sogar kurz im Schritt, setzte seinen Weg dann nur aber umso schneller fort und steuerte den pinken Cadillac an. Nachdem er sich darüber gebeugt und etwas herausgenommen hatte, ging er weiter und gesellte sich zu einer der anderen Gruppen, die ihn mit großem Hallo begrüßte.

»Worauf warten wir?«, fragte Ben.

Marc bedeutete ihm mit einer erschrockenen Geste, still zu sein, sah sich noch einmal ebenso aufmerksam wie sinnlos um und raffte dann all seinen Mut zusammen. »Los jetzt!«, zischte er. »Schnell!«

Rasch zog er sich ganz auf den Bahnsteig hinauf, unterdrückte im letzten Moment den Impuls loszurennen und folgte stattdessen Alex' Beispiel, indem er sich gelassen aufrichtete und die Tür mit der gleichen Selbstverständlichkeit ansteuerte, mit der er es gerade getan hatte. Und das Wunder wiederholte sich: Sie erreichten die Tür und schlüpften hindurch, ohne entdeckt zu werden.

Alex hakte sich unaufgefordert bei Ben unter und führte ihn in die Schatten, die den Raum ausfüllten. Unter ihren Schuhen knirschte zerbrochenes Glas, und es roch alt und ein bisschen verbrannt.

»Wo wart ihr so lange?«, polterte Alex fast augenblicklich los. »Habt ihr euch mit ein paar russischen *dewuschkas* getroffen?«

Statt auf diesen Unsinn zu reagieren, blinzelte Marc ein paarmal heftig, um sich an das kaum vorhandene Licht zu gewöhnen. Sehr viel schlauer war er hinterher auch nicht. Ein großer, aber niedriger Raum, der auf der einen Seite mit deckenhohen Regalen vollgestellt war, auf der anderen reihten sich alte Werkbänke und verrostete Maschinen aneinander. Überall glitzerte Glas, in einem feinen Splitterteppich auf dem Boden und in zum Teil mannshohen Platten, die an den Wänden aufgestellt waren. Der Lagerraum einer unterirdischen Glaserei?

»Nicht ganz, aber nahe dran«, sagte Alex.

Marc sah ihn eine Sekunde lang verständnislos an, bevor ihm aufging, dass er die Frage laut ausgesprochen hatte.

Alex fuhr nickend und mit einem dämlich triumphierenden Grinsen fort. »Ich habe darüber gelesen, weißt du? Euch sind doch bestimmt die ganzen Glasfresken überall an den Wänden aufgefallen, oder?« Er machte eine weit ausholende Geste. »Sie haben diese spezielle Art der Glasmalerei und auch das dazugehörige Glas extra für die U-Bahn hier entwickelt und auch gleich hier vor Ort hergestellt und verarbeitet. Das muss eine der alten Werkstätten sein.«

»Aha«, nörgelte Ben. Er saß vornübergebeugt auf der Kante einer der Werkbänke und machte ganz den Eindruck, im nächsten Moment herunterzufallen. »Und was nutzt uns das?«

»Eine Menge«, beschied ihm Alex. »Ich bin nämlich ein schlauer Bursche, musst du wissen. Fernsehen bildet. Ich habe einen Bericht darüber gesehen, und ich bin ziemlich sicher, dass sie dabei genau diesen Raum gezeigt haben.«

»Auch unsere Freunde draußen?«, maulte Ben.

Alex ignorierte die Frage und zog stattdessen sein Handy hervor, um es als Taschenlampe zu benutzen. Der Lichtschein war deutlich schwächer geworden, aber auch anders hätte es wohl nicht viel genutzt, denn er brach sich in einer Million buntfarbener Scherben, sodass sie sich plötzlich im Innern eines gigantischen begehbaren Kirmes-Kaleidoskops zu befinden schienen. »Das ist nur ein Teil einer ganzen unterirdischen Fabrikanlage. Irgendwo hier muss es rausgehen.«

»Und den Ausgang willst du jetzt suchen?«, vermutete Ben und konnte sich einen anschließenden verächtlichen Laut nicht verkneifen. Zum Dank richtete Alex den Lichtstrahl nun so direkt auf sein Gesicht, dass er erschrocken eine Hand vor die Augen hob und um ein Haar von der Bank gefallen wäre.

»Warum gehst du nicht raus und fragst unsere neuen Freunde nach dem Weg?«, erwiderte Alex. »Wir warten so lange hier, und du erzählst uns dann, was sie gesagt haben.« Ohne eine Antwort abgewartet zu haben, richtete er den Lichtschein wieder auf das hintere Ende des Raums. Das Ergebnis unterschied sich nicht wirklich von dem gerade, fand Marc. Regale und hölzerne Ständer voller Glasplatten der unterschiedlichsten Größe und Farbe, aber ein Teil der Wand wurde auch von fast bis unter die Decke aufgestapelten Europaletten eingenommen. Alex schien jedoch tatsächlich irgendetwas entdeckt zu haben, denn er ging vorsichtig los und blieb erst stehen, als Marc ernsthaft fürchtete, ihn aus den Augen zu verlieren. »Ich glaube, hier geht es raus. Kommt!«

Hinter ihnen flog die Tür auf, und ein Lichtstrahl von der Kapazität eines Lkw-Scheinwerfers stach zu ihnen herein und löste eine Supernova-Explosion aus rotem und grünem und blauem und orangefarbenem Gleißen aus. Jemand schrie etwas auf Russisch, und Marc erwachte endlich aus seiner Erstarrung, jagte los und riss Ben von der Werkbank und mit sich hinter Alex her.

»*Stojat!*«, brüllte eine Stimme, die nun eindeutig keinem anderen als King Kong gehören konnte. »*Stojat! Nemedlenno stojat!*«

Marc sah im Rennen über die Schulter zurück und wünschte sich sofort, es nicht getan zu haben, denn er prallte zwar so schmerzhaft mit der Hüfte gegen ein Hindernis, dass er fast gestürzt wäre, erkannte aber trotz des praktisch nicht vorhandenen Lichts die hünenhafte Gestalt, die unter der Tür erschienen war. Kong. Hinter ihm drängten noch weitere Schatten herein, und zugleich begann ein ganzes Dutzend Stimmen wild durcheinander zu brüllen.

»*Stojat!*«, befahl der Russe noch einmal, wartete ihre Reaktion aber gar nicht erst ab, sondern zerrte seine Waffe aus dem Gürtel und drückte ab.

11

Wie es sich für einen Mann seiner Wichtigkeit gehörte, residierte Doktor Kayser im zweitobersten Stockwerk des Präsidiums, gleich unter der Teppichetage, wie manche ihrer Kollegen sie nannten. Mit dem Aufzug fuhr sie hinunter ins zweite Geschoss und betrat das winzige, an drei Seiten verglaste Kabuff, in das Eichholz sie verbannt hatte und von dem er behauptete, er habe sich mächtig ins Zeug legen müssen, um ihr ein eigenes Büro zuzuschustern, in dem sie in Ruhe arbeiten konnte. Irgendwie stimmte das sogar, auch wenn er es natürlich getan hatte, damit sie möglichst wenig Kontakt zu ihren Kollegen hatte und noch weniger mit ihnen redete. Trotzdem kam sie sich manchmal vor wie ein exotischer Fisch in einem Aquarium. Nicht wenige, die auf der anderen Seite der Glasscheibe vorübergingen, betrachteten sie auch ganz wie einen solchen, der vielleicht interessant anzusehen war, dessen giftigen Stacheln man aber besser nicht zu nahe kam.

Ihr Arm schmerzte. Conny goss sich einen halben Becher längst kalt gewordenen Kaffees aus der Kanne ein, die auf dem einzigen schmalen Aktenschrank hinter dem Schreibtisch stand, und spülte eine Schmerztablette hinunter. Als sie die Tasse abstellte, ging die Tür hinter ihr auf, und Eichholz kam herein.

»Da sind Sie ja schon«, sagte er. »Ich hoffe, es hat Sie nicht zu sehr gestört, dass ich Sie aus der Sitzung gerufen habe.«

»Doch«, antwortete sie unfreundlich. »Sie wissen ja, wie sehr ich die Stunden mit diesem Gehirnklempner genieße.«

Eichholz lachte. Wie alles, was er tat, kam es ihr aufgesetzt und falsch vor. Nachdenklich betrachtete sie die Tasse vor sich. Wie schade, dass der Kaffee schon kalt war. »Ihr spezieller Freund verlangt nach Ihnen.«

Conny sah mit einem Ruck auf. »Kutzow?«

Eichholz nickte. »Ich habe versucht, es ihm auszureden, aber er besteht darauf, nur mit Ihnen zu sprechen.« Er hob die Hand, als sie antworten wollte. »Sie müssen nichts sagen. Es reicht vollkommen, wenn Sie dabei sind und ihn ab und zu böse ansehen.«

»Und ich darf ihm nicht einmal einen Arm brechen, oder wenigstens einen Finger?«

»Sie wissen, dass Sie das eines Tages in große Schwierigkeiten bringen wird?«

»Was? Jemandem nicht den Arm zu brechen?« Conny wollte die Hand nach der Tür ausstrecken, aber Eichholz hielt sie mit einer neuerlichen Geste zurück. »Es gibt noch einen Grund, weshalb ich Sie sprechen wollte, Frau Fesser. Ich wollte es Ihnen selbst sagen, bevor Sie es durch den Flurfunk erfahren. Es ist so weit. Mein Pensionsantrag ist durch. In knapp drei Monaten ist für mich hier Schluss.«

»Herzlichen Glückwunsch! Und Sie sind extra gekommen, um mich zu ihrem Ausstand einzuladen? Oder wollten Sie mir mitteilen, dass ich Ihre Nachfolgerin werde?«

»Ich fürchte, weder das eine noch das andere«, antwortete Eichholz in durchaus überzeugend bedauerndem Ton. »Ich halte nichts von rührseligen Abschieden, und um die Karriereleiter so weit hinaufzufallen, hätten Sie an wenigstens einigen der Fortbildungen teilnehmen müssen, die ich Ihnen ständig angeboten habe. Ich dachte nur, Sie wollten es vielleicht von mir selbst hören.«

Er sah sie einen Moment lang erwartungsvoll an, und als er endlich begriff, dass sie nichts sagen würde, änderte sich etwas in seiner Stimme und seinem Blick. »Und noch etwas, auch wenn sie das vermutlich schon wissen.«

»Und was?«

»Es wird sich vermutlich einiges ändern, wenn ich nicht mehr da bin«, antwortete er. »Unter anderem wird niemand mehr da sein, der seine schützende Hand über Sie hält, Conny.«

Wann hatten sie eigentlich Brüderschaft getrunken? Und die schützende Hand, von der er sprach, hielt bestenfalls ein Damoklesschwert. Aber vielleicht kam sie ja dann endlich aus diesem Glaskasten raus. »Und ich dachte, Sie halten nichts von rührseligen Abschieden?«

Eichholz' Miene verfinsterte sich noch weiter. »Fühlen Sie sich nicht zu sicher. Sie sind hier nicht so beliebt, wie Sie vielleicht glauben.«

»Gleichfalls«, erwiderte Conny. »Manche Dinge verjähren nie. Und Pensionsansprüche können auch im Nachhinein aberkannt werden.« Eigentlich, begriff sie, würde sich gar nichts ändern. Sie hatten sich immer noch gegenseitig in der Hand, und bis nur noch einer von ihnen übrig war, würden sie ständig darauf warten, dass der andere etwas wirklich Dummes tat und sie beide in den Abgrund riss. Aber Eichholz hatte eindeutig mehr zu verlieren.

Er öffnete die Tür. »Kommen Sie. Unser ukrainischer Kunstexperte wartet.«

Ein paar sonderbare Blicke folgten ihnen, als sie das Büro verließen, und es wurde getuschelt. Offenbar arbeitete der Flurfunk bereits auf Hochtouren. Sie gingen zum Aufzug. Die beiden uniformierten Kollegen in der Kabine unterbrachen ihr Gespräch abrupt, als sie hineintraten, und sahen überallhin, nur nicht in ihre Richtung, und sie stiegen auch in der nächsten Etage aus, obwohl das Licht auf der Schalttafel deutlich weiter oben leuchtete. Conny redete sich ein, dass es wegen Eichholz war. Sie gab eigentlich nichts auf das allgemeine Gerede und stellte die Ohren normalerweise auf Durchzug, wenn sie es doch einmal mitbekam, aber ihr war natürlich nicht verborgen geblieben, dass ihr Ansehen hier nach der Sache mit Kutzow und dem Mädchen einen gehörigen Schub bekommen hatte. Die Schusswunde in ihrem Arm tat ein Übriges. Nicht, dass es sie interessierte.

Der Verhörraum war ein einziges Klischee, das sorgsam nach den Vorbildern unzähliger Kriminalfilme und Thriller errichtet worden zu sein schien: ein großer, nahezu leerer Würfel mit weiß getünchten Wänden, dem obligaten Einwegspiegel und einem großen, leeren Tisch mit einem einzelnen Stuhl auf der einen und mehreren genauso unbequem aussehenden Sitzgelegenheiten auf der anderen Seite. Auf einem spinnenbeinigen Dreibein in der Ecke stand eine Videokamera, deren Weitwinkelobjektiv den gesamten Raum abdeckte, und aus der Tischplatte wuchs der Schwanenhals eines Mikrofons.

Eichholz bedeutete ihr mit einem Kopfnicken, Platz zu nehmen, wandte sich mit einer gleichartigen Geste an den Spiegel und zog sich ebenfalls einen Stuhl heran. Einen Moment später ging die Tür auf, und zwei ausgesucht große, kräftige Männer führten Maxim Kutzow herein. Er trug Handschellen und noch immer denselben, wenngleich jetzt hoffnungslos verknitterten Designeranzug, anstelle des Blut besudelten Hugo-Boss-Hemds jetzt aber ein blaues Anstaltshemd. Es stand ihm ausgezeichnet, fand Conny.

Die beiden Polizisten bugsierten Kutzow auf den Stuhl. Einer nahm mit hinter dem Rücken verschränkten Händen hinter ihm Aufstellung, der andere ging zur Videokamera und schaltete sie ein.

»Verhör Maxim Kutzow«, begann Eichholz, an die Kamera gewandt. »Anwesend sind Kriminalrat Eichholz und Kriminalhauptkommissarin Fesser. Datum und Uhrzeit wie in der Aufnahme.«

Er sah über den Tisch zu Kutzow hin, als erwartete er irgendeine Reaktion darauf, aber der Ukrainer schien ihn nicht einmal zu bemerken. Er starrte Conny an, und was sie in seinen Augen las, war verwirrend. Sie hatte so etwas wie Hass erwartet, zumindest Zorn, entdeckte aber eher so etwas wie eine große Traurigkeit, vermengt mit der Spur einer nagenden Sorge, die weder ihr noch ihm selbst zu gelten schien. Sein Gesicht war immer noch leicht geschwollen, und die Platzwunde an seine Schläfe machte ganz den Eindruck, als würde sie zu einer weiteren hübschen Narbe werden, die zu der auf seiner Wange passte.

Er sah auch … irgendwie *krank* … aus, dachte sie. Auf eine schwer zu fassende, zugleich aber auch unübersehbare Weise.

»Hallo, Conny«, sagte er. Seine Stimme klang kratzig, als hätte er seit Tagen nicht mehr genug getrunken. »Wie geht es dir … oder soll ich Cornelia sagen?«

»Kommissarin Fesser reicht vollkommen«, antwortete sie spröde. Kutzow sah weiter nur sie an, nicht Eichholz.

»Wie geht es dir?«, erkundigte er sich. »Was macht dein Arm?«

»Das ist nur ein Kratzer. Es könnte schlimmer sein.« Sie zuckte (vorsichtshalber mit der anderen) Schulter. »Es tut auch schon kaum noch weh. Ärgerlich ist allerhöchstens, dass ich mir die Kugel Ihretwegen eingefangen habe.«

»Und da bist du ganz sicher?«, erkundigte er sich.

»Hören Sie mit den Mätzchen auf«, mischte sich Eichholz ein. »Sie haben darauf bestanden, dass Frau Fesser bei dieser Vernehmung anwesend ist, und sie hat zugestimmt – obwohl ich es ihr weiß Gott nicht verübelt hätte, hätte sie abgelehnt. Sagen Sie, was Sie von ihr wollen, bevor ich diesem Zirkus ein Ende bereitete und Sie wieder in Ihre Zelle zurückbringen lasse.«

Kutzow ignorierte ihn weiter. »Das mit deinem Arm tut mir wirklich leid. Ich wollte nicht, dass so etwas passiert.«

»Ich auch nicht«, sagte Conny, was ein flüchtiges Lächeln auf Kutzows und ein ärgerliches Stirnrunzeln auf Eichholz' Gesicht erscheinen ließ.

»Jetzt hören Sie endlich mit dem Unsinn auf und sagen, was Sie zu sagen haben, oder ich beende diese Farce auf der Stelle«, polterte Eichholz.

Kutzow bedachte Conny mit einem Blick, wie um sich bei ihr für Eichholz' schlechtes Benehmen zu entschuldigen, wandte sich aber dann und auf eine Art zu ihm um, die den Polizisten hinter ihm veranlasste, sich anzuspannen. »Ich habe um dieses Gespräch gebeten, weil ich Ihnen ein Geschäft vorschlagen möchte, Herr Eichholz.«

Eichholz schob verächtlich die Unterlippe vor. »Wir machen keine Geschäfte mit Kriminellen.«

»Wenn das so ist, warum sind Sie dann hier?«, gab Kutzow zurück.

»Wenn Sie etwas wirklich Wichtiges zu sagen haben, höre ich es mir gerne an«, gab Eichholz unfreundlich zurück. Tatsächlich nur noch drei Monate? Die Erkenntnis sickerte nur langsam in ihr Bewusstsein. Natürlich hatte sie es gewusst, aber es war ein bisschen wie in Kindheitstagen zu Weihnachten: Auch wenn man genau wusste, was kam, war der Moment der Bescherung dann doch immer etwas Besonderes. »Je nachdem, was es ist, könnte es Ihre Lage ja vielleicht verbessern.«

»Sehen Sie? Und genau das nennt man ein Geschäft, Kommissar«, sagte Kutzow amüsiert.

»Kriminalrat«, blaffte Eichholz.

»Aber es geht nicht um mich.« Kutzows Blick ließ Conny immer noch nicht los. »Es geht um Nadeshda. Hat sie mittlerweile geredet, und hat sich jemand nach ihr erkundigt?«

Das hatte sie nicht, obwohl sich mittlerweile der dritte Dolmetscher die Zähne an ihr ausgebissen hatte, von der ganzen Armee aus Kinderpsychologen, Streetworkern und anderen Mitarbeiterinnen des Jugendamtes ganz zu schweigen. Und es hatte sich auch niemand nach ihr erkundigt, obwohl die Nachrichten und die sozialen Medien schon am ersten Tag auf den Datenschutz gepfiffen und ihr Gesicht zusammen mit ihrer traurigen Geschichte und der Frage nach ihrer Identität auf allen Kanälen in die Welt hinausposaunt hatten.

»Sie erwarten nicht wirklich, dass ich Ihre Fragen beantworte«, sagte Eichholz. »Allerdings könnten Sie es für das Mädchen leichter machen, wenn Sie uns verraten, wie es heißt und wo wir seine Eltern finden.«

»Also hat sie noch nicht geredet«, sagte Kutzow mit einem zufriedenen Nicken.

Eichholz biss sich auf die Unterlippe und belegte sich wahrscheinlich in Gedanken gerade mit einigen wenig freundlichen Bezeichnungen, und auch Conny sah ihn überrascht an. So nachlässig war Eichholz normalerweise nicht. Einfach nur ein Ekel zu sein und aus einer einflussreichen Familie zu stammen reichte nicht, um in eine solche Position aufzusteigen.

»Ich kann Ihnen ihren Namen nicht verraten, schon um Nadeshdas willen. Aber sie hat in ein paar Tagen Geburtstag, und es ist überaus wichtig, dass Sie sie bis dahin wegbringen. An einen sicheren Ort. Am besten in eine andere Stadt.«

»Warum?«, fragte Conny. Sie sah aus dem Augenwinkel, dass Eichholz ihr einen bösen Blick zuwarf. Seine Bemerkung, dass es reichte, wenn sie einfach nur dabei war und Kutzow dann und wann böse ansah, war offensichtlich nicht nur als guter Rat gemeint gewesen.

»Sie gefallen sich anscheinend darin, den Geheimnisvollen zu spielen«, sagte Eichholz. »Aber so läuft das hier nicht. Wir finden es sowieso raus, wer die Kleine ist, ob mit oder ohne Ihre Hilfe. Es dauert nur ein bisschen länger.«

»Und genau das ist das Problem«, antwortete Kutzow, weiter so direkt an Conny gewandt, dass sie ein gehöriges Maß an Willenskraft aufbieten musste, um seinem Blick standzuhalten. »Das Mädchen ist die Tochter eines sehr einflussreichen Mannes.«

»Dessen Namen auf der Gästeliste Ihrer kleinen Vernissage steht?«, vermutete Eichholz. »Allein darüber finden wir alles heraus, was wir über sie wissen wollen. Wir sind bereits dabei, die Gästeliste durchzuarbeiten.«

Es war ein Bluff, wie Conny genau und Kutzow mit großer Wahrscheinlichkeit wusste. Trotz eines Großaufgebots an Beamten war ein Gutteil der illustren Gesellschaft entwischt, denn die vermeintliche Gründerzeitvilla hatte sich als reines Labyrinth aus Gängen, geheimen Treppen und Notausgängen entpuppt, und die, die ihnen ins Netz gegangen waren, hatten sich als überaus schweigsam erwiesen. Etliche hatten sogar die deutsche

Sprache vergessen und auch das Russische und Ukrainische, wie die hinzugerufenen Dolmetscher frustriert erklärten. Bei dem Rest handelte es sich größtenteils um kleine Fische, wie Conny bereits vermutet hatte, und ein besonders aggressives Pärchen, das sich einen Spaß daraus gemacht hatte, Eichholz vor versammelter Mannschaft vorzuführen, genoss sogar diplomatische Immunität.

»Ein sehr gefährlicher Mann«, fuhr Kutzow ungerührt fort. »Ich nehme an, Sie haben Nadeshda in einer Jugendschutzeinrichtung untergebracht. Glauben Sie mir, sie ist dort nicht sicher. Das wäre sie wahrscheinlich nicht einmal hier. Sie wissen nicht, mit wem Sie es zu tun haben.«

»Oh doch, ich denke schon.« Eichholz sah kurz zur Kamera hin, wahrscheinlich um sich davon zu überzeugen, dass er auch einen möglichst guten Eindruck machte, sollte jemand die Aufnahme später sehen. »Einem ukrainischen Mädchenhändler und Drogendealer, der allmählich begreift, dass ihm das Wasser bis zum Hals steht. Sagen Sie mir, was ich wissen will, und ich lege vielleicht ein gutes Wort beim Staatsanwalt für Sie ein, das ist das einzige Angebot, was ich Ihnen mache.«

»Es geht nicht um mich, Conny, begreifen Sie das doch«, antwortete Kutzow, weiter so direkt an sie gewandt, als wäre Eichholz gar nicht da, und in fast beschwörendem Ton. »Diese Leute sind gefährlich, und sie haben absolut keine Skrupel. Sie müssen Nadeshda in Sicherheit bringen. Oder lassen Sie mich wenigstens mit ihr reden.«

Es war seltsam – aber sie glaubte ihm. Da war eine Dringlichkeit in seiner Stimme, die man nicht spielen konnte. Und sie musste wieder daran denken, wie er über Nadeshda gesprochen hatte.

»Ich werde das Gefühl nicht los«, sagte Eichholz, »dass das Mädchen vor allem für Sie eine Gefahr darstellen könnte. Weiß sie vielleicht Dinge, die Ihnen gefährlich werden könnten?«

Kutzow ignorierte ihn weiter. Sein Blick ließ Connys Augen

nicht los, und sie las beinahe so etwas wie Verzweiflung darin, die dicht unter seiner aufgesetzten Ruhe brodelte.

»Ich rede mit ihr«, versprach sie. »Mehr kann ich nicht tun, aber ich verspreche, auf sie aufzupassen.« Eichholz plusterte sich nun eindeutig auf, aber das war ihr egal. Sollte ihn doch der Schlag treffen. »Brauche ich einen Dolmetscher, oder spricht sie Deutsch?«

»Sie wird nicht mit dir reden«, antwortete Kutzow. »Sie spricht mit niemandem. Außer mit mir.«

Wenn sie nicht gerade damit beschäftigt ist, auf dich zu schießen. »Ich versuche es trotzdem. Das ist alles, was ich tun kann.«

»Ja, tun Sie das«, grollte Eichholz und wandte sich mit noch finsterer Miene wieder an Kutzow. »Wenn das alles ist, was Sie zu sagen haben, dann hören Sie jetzt damit auf, unsere Zeit zu verschwenden. Sind Sie mit Ihrer Unterbringung zufrieden? Gibt es irgendetwas, was wir noch für Sie tun können? Kabelfernsehen oder vielleicht Mahlzeiten von einem Nobel-Caterer?«

Kutzow sah ihn jetzt doch an, und das auf eine Art, die Eichholz endgültig die Zornesröte ins Gesicht steigen ließ. »Nein. Ich bin rundum zufrieden, Genosse Kommissar. Sobald ich die Gelegenheit dazu habe, werde ich die deutsche Polizei auf Facebook liken. Die Gefängnisse hier sind eindeutig luxuriöser als so manches sogenannte Hotel in meiner Heimat.«

Eichholz quittierte das nur noch mit einem Stirnrunzeln, stand auf und drehte das Gesicht wieder zur Kamera. »Ende des Verhörs.« Er schob seinen Stuhl zurück und signalisierte Conny mit einem ungeduldigen Wink, ebenfalls aufzustehen. Sie folgte ihm zur Tür, aber als sie den Raum verlassen wollte, rief Kutzow sie noch einmal zurück.

»Conny!«

Gegen das, was sie wirklich wollte, hielt sie noch einmal an und sah über die Schulter zu ihm zurück.

»Es ist wirklich wichtig. Die Kleine ist in Gefahr.«

Eichholz griff an ihr vorbei und zog die Tür ins Schloss. »Das reicht jetzt«, schnaubte er. »Was ist das zwischen Ihnen und diesem Kerl?«

»Zwischen uns?«, wunderte sich Conny.

»Verkaufen Sie mich nicht für dumm!«, polterte Eichholz. »Kennen Sie ihn? Ich meine: Kannten Sie sich schon vorher?«

Er konnte es einfach nicht lassen. Conny schluckte alles hinunter, was ihr auf der Zunge lag, auch wenn sie daran zu ersticken glaubte, und schüttelte nur stumm den Kopf, aber so leicht gab er nicht auf. »Kutzow ist ein gut aussehender Mann. Noch dazu reich. Ich muss Ihnen nicht sagen, wie groß die Verlockungen sind, denen wir uns in unserem Beruf manchmal ausgesetzt sehen. Noch bin ich Ihr Vorgesetzter. Wenn es also etwas gibt, das Sie mir sagen wollen, dann wäre jetzt vielleicht der richtige Moment dafür.«

Drei Monate konnten eine verdammt lange Zeit sein. Conny sah demonstrativ auf die Uhr. »Wäre das dann alles?«

»Haben Sie noch etwas vor?«, erkundigte sich Eichholz.

»Ja«, antwortete sie. »Ich habe ein Versprechen gegeben, das haben Sie ja gehört. Und im Allgemeinen halte ich mein Wort.«

12

In der Enge des Raums halte der Schuss wider wie ein Kanonenschlag, und die Mündungsflamme stach so direkt in seine Richtung, dass Marc den Aufschlag genau zwischen seinen Augen körperlich zu fühlen meinte. Stattdessen schlug die Kugel jedoch in eines der Regale, pflügte auf ganzer Länge hindurch und tauchte den gesamten Raum in einen Wirbelsturm aus scharfkantigen Glassplittern und schwirrenden Dolchen.

Neben ihm schrie Ben vor Schmerz und Schrecken auf und kam endgültig aus dem Tritt, sodass er gestürzt wäre, hätte Marc ihn nicht rücksichtslos einfach weiter mit sich gezerrt, und auch er selbst verspürte ein heftiges Brennen im Gesicht und einen deutlich intensiveren Schmerz in der Seite. Er schrie ebenfalls auf, aber der Laut ging im gewaltigen Krachen eines zweiten Schusses unter, der sie diesmal auf der anderen Seite – und deutlich knapper – verfehlte und Funken und Holzsplitter aus der Werkbank riss, auf der Ben gerade noch gesessen hatte.

Der Russe forderte sogar sie noch ein drittes Mal auf, stehen zu bleiben, und nun verfehlte ihn die Kugel so knapp, dass Marc sich einbildete, den heißen Lufthauch auf der Wange zu spüren. Aber die Kugel zertrümmerte auch jetzt wieder nur Glas und Holz und tauchte den Raum in einen weiteren Orkan aus schneidenden Klingen und explodierendem Licht. Alex schrie irgendetwas, machte eine blitzschnelle Bewegung und riss Ben und ihn fast schon brutal zurück und aus dem Licht heraus und war im nächsten Moment einfach verschwunden. Hinter ihnen näherten sich hastige Schritte und immer wütendere Stimmen, und wie aufs Stichwort sengte auch die Lampe ein weiteres, grelles Lichtbundel in die Schwärze, verfehlte sie aber ebenso wie die Schüsse zuvor.

Alex' Hand tauchte in einer schmalen Lücke zwischen zwei Palettentürmen wieder auf, zerrte Ben zu sich heran und gestikulierte so befehlend, dass Marc ihm fast schon gegen seinen Willen folgte. Der Geruch von modrigem Holz schlug ihm entgegen, und Splitter bohrten sich wie Nadeln in seine Hände. Alles wurde unwirklich, ein einziges optisches Crescendo aus zuckendem Licht und veitstanzschneller Bewegung. Schreie, vielleicht auch ein weiterer Schuss, er war nicht mehr in der Verfassung, das zu beurteilen.

Alex kletterte so schnell an dem Palettenstapel empor, dass es aussah, als würde er hinaufrennen. Nach weniger als einer Sekunde verschwand er in der schmalen Lücke unter der Decke, wirbelte auf dem Bauch herum und streckte ihnen die Hände entgegen. Marc folgte ihm deutlich weniger elegant, aber nicht wirklich langsamer, schob sich neben ihn auf den Palettenstapel und drehte sich ungeschickt um. Hinter ihm versuchte auch Ben den Stapel zu erklimmen, aber seine Kraft schien kaum noch zu reichen, sodass sie nach unten griffen und ihn mit vereinten Kräften hochzogen.

Und das keine Sekunde zu früh. Bens Unterschenkel baumelten noch in der Tiefe, als der Lichtstrahl auch schon unter ihnen an dem Palettenstapel in die Höhe tastete. Sie hatten Glück. Das Licht glitt an der Decke entlang, enthüllte zu Marcs blankem Entsetzen einen Teil von Alex' Haarschopf und der Decke aus bröckelndem Beton, von der Staubfäden und Spinnweben hingen und tastete dann, ohne innezuhalten, weiter. Trotzdem hielt Marc den Atem an, bis der Strahl weitergewandert war. Stimmen schrien noch aufgeregter und zorniger durcheinander, entfernten sich dann aber schließlich wieder. Glas zerbrach.

»Sie haben uns verloren«, flüsterte Alex. »Ich glaube, ich habe hinten eine Tür gesehen. Vielleicht glauben Sie ja, wir sind da aus.« Er schaltete die Handylampe wieder ein, schirmte sie aber so mit der Hand ab, dass kein verräterisches Licht nach außen drang, während er den bleichen Schein zuerst auf Bens Gesicht richtete, dann auf ihn.

»Und was jetzt?«, stöhnte Ben.

»Zuallererst einmal die Klappe halten«, fauchte Alex. »Lass mich nachdenken, nur einen Moment.« Eine ganze Weile lagen sie schweigend in der Dunkelheit nebeneinander. Stimmen und Schritte entfernten sich und kehrten zurück und verliefen sich erneut. Der Raum musste deutlich größer sein, als sie bisher angenommen hatten. Schließlich sagte Alex: »Ich glaube, jetzt können wir es riskieren. Vielleicht finden wir einen anderen Ausgang.«

Niemand widersprach, auch wenn Marc fast sicher war, dass Ben die Idee für genauso hirnrissig hielt wie er. Aber zumindest auf den ersten Blick war der Lagerraum so verlassen, wie sie ihn vorhin vorgefunden hatten. In ihrer Rage hatten die Russen sogar darauf verzichtet, einen Posten zurückzulassen – und wozu auch?

Alex übernahm wieder wie ganz selbstverständlich die Führung und ging voraus, blieb aber nach kaum drei Schritten mit einer so plötzlichen Bewegung erneut stehen, dass Marc fast gegen ihn geprallt wäre. »Scheiße!«, zischte er. »Sie haben doch einen Posten zurückgelassen!«

Marc versuchte an ihm vorbeizuspähen, aber Alex' breite Schultern verstellten ihm den Blick, und er schien gar nicht einzusehen, ihm Platz machen zu sollen. Dafür meinte Marc regelrecht zu hören, wie es hinter seiner Stirn arbeitete. Nach ein paar Sekunden deutete er tiefer in das Labyrinth aus Schatten und Glas hinein. »Da lang.«

»Hast du sie noch alle?« ächzte Ben.

»Da hinten muss es irgendwo rausgehen«, sagte Alex. »Und sie rechnen ganz bestimmt nicht damit, dass wir ihnen folgen.«

Weil es ja der schiere Wahnsinn war, dachte Marc, und das war noch die harmloseste Bezeichnung, die ihm für Alex' Vorschlag einfiel. Bedauerlicherweise hatte er keine bessere Idee, und zumindest in einem Punkt hatte Alex zweifellos recht: Sie würden überallhin sehen, nur nicht hinter sich. Vielleicht fanden sie ja ein Versteck, in dem sie in Ruhe abwarten konnten, bis sich die ganze Bande wieder verzogen hatte.

Er machte eine beruhigende Geste in Bens Richtung (die mindestens genauso sehr ihm selbst galt), und sie schlossen sich Alex an. Auf dem ersten Stück war es fast unmöglich, sich lautlos zu bewegen oder auch nur leise, denn der Boden war von einem fast lückenlosen Teppich aus zerborstenem Glas und Scherben und Splittern bedeckt, doch dann wurde es besser. Ihre Schritte verursachten kaum noch Geräusche.

Dafür hörte er jetzt Stimmen irgendwo vor sich, und manchmal blitzte ein verirrter Lichtstrahl auf, der sich auf buntfarbigem Glas oder grünem Schimmel brach. Alex verzichtete zu seiner Erleichterung darauf, sein Handy wieder einzuschalten und als Taschenlampe zu benutzen, doch erstaunlicherweise konnten sie sehen.

Von irgendwoher kam Licht, kaum mehr als ein Hauch, wie matt leuchtender Nebel, in dem sich buchstäblich alles verstecken konnte und der die Umrisse der Dinge verzerrte und zu etwas Beunruhigendem machte. Aber sie waren zumindest nicht ganz blind, und das sporadisch aufleuchtende Licht wies ihnen die Richtung.

Ben, der so dicht hinter ihm ging, dass er seinen Atem im Nacken fühlen konnte, atmete immer schwerer und schneller. Auch Marcs Herz hämmerte so laut, dass man es eigentlich in der ganzen Halle hören musste, wenn nicht gleich in der gesamten Metro. Aber er stimmte mittlerweile auch mit Alex' Einschätzung überein: Vermutlich gab es vor ihnen einen zweiten Ausgang, denn warum sonst sollten sich ihre Verfolger so zielstrebig dorthin gewandt haben? Wäre es anders, gab es kein Grund für diese aufwendige und trotz allem auch für sie nicht ganz ungefährliche Verfolgung, denn dann mussten sie einfach nur warten, bis sie aufgaben und von selbst herauskamen oder verhungert waren.

Nach einigen wenigen Schritten blieb Alex wieder stehen. »Hört ihr das?«

Marc legte gehorsam den Kopf schräg und lauschte. Zuerst hörte er nichts außer seinen eigenen Atemzügen, doch dann begriff er, was Alex meinte: Irgendwo vor ihnen waren tatsächlich Geräusche, die sich von denen unterschieden, die sie selbst und ihre Verfolger – die ihnen vorauseilten, was nicht einer gewissen Ironie entbehrte – verursachten. Gedämpfte Rufe, Schläge, ein dunkles Pochen und manchmal Geräusche wie von schweren Körpern, die auf etwas Nachgiebiges prallten. Nichts davon ergab Sinn. Dann wurde irgendwo vor ihnen eine Tür geöffnet, ein bleiches Rechteck, das die Dunkelheit, die es einrahmte, nur noch einmal dunkler zu machte. Ein paar Gestalten bückten sich durch die niedrige Tür, die sich hinter ihnen wieder schloss.

»Warum gehen wir nicht zurück? Sie sind alle weg!«, sagte Ben, offensichtlich nicht nur für Marcs Geschmack eindeutig zu laut, denn Alex fuhr mit einer ärgerlichen Bewegung herum und unterbrach ihn mit einer noch herrischeren Geste, von der Marc beinahe sicher war, dass sie eigentlich ein Schlag hätte werden sollen.

»Und der Typ vor der Tür?«, zischte er. »Willst du mit ihm *Schere, Stein, Papier* spielen, damit er uns durchlässt?«

»Aber …«, begann Ben mit weinerlicher Stimme, und Alex wandte sich wortlos ab und schlich geduckt weiter. Marc war davon ebenso wenig begeistert wie Ben, aber es gab kein Zurück. Wahrscheinlich auch kein Weiter, aber das würde sich zeigen.

Die Tür war nur noch wenige Schritte und eine Abzweigung in dem Labyrinth aus moderndem Holz und buntem Glas entfernt. Alex hielt auf dem kurzen Stück mehrmals an, um zu lauschen und die Dunkelheit vor sich mit Blicken abzusuchen. King Kong und seine Leute hatten offenbar niemanden zurückgelassen – warum auch? –, und schließlich hörte er mehr, als er sah, wie Alex' Hand über eine Tür aus schon seit hundert Jahren rostendem Metall strich.

Natürlich kamen ihm im allerletzten Moment doch Bedenken, aber es war zu spät, und wahrscheinlich hätte Alex ohnehin nicht auf ihn gehört. Er drückte bereits behutsam die Klinke runter, zog die Tür gerade weit genug auf, um einen dünnen Faden aus gelbem Licht entstehen zu lassen und lauschte etliche Sekunden, bevor er sich lautlos zur Seite schob und durch den millimeterbreiten Spalt spähte. In dem wenigen Licht meinte Marc einen Ausdruck aus Überraschung über seine Züge huschen zu sehen.

»Was siehst du?«, flüsterte Ben.

Statt zu antworten, zog Alex die Tür ein kleines Stückchen weiter auf und ließ sich zugleich in die Hocke sinken, damit sie über ihn hinwegsehen konnten, und was Marc erblickte, das war … sonderbar, ganz vorsichtig ausgedrückt.

Die Tür führte auf einen schmalen Absatz aus Gitterrost hinaus, von dem ein Dutzend Stufen aus demselben Material in eine unerwartet große, weitläufige Halle hinabführten. Unter fast allen anderen denkbaren Umständen hätte der Anblick Marc augenblicklich in seinen Bann geschlagen und Ben vermutlich zu wahren Begeisterungsstürmen angeregt: Die Halle war so groß wie ein halbes Fußballfeld und komplett von einem Dach aus kunstvollen Glasfresken überspannt. Dasselbe Material bedeckte den Großteil der Wände, wie ein ins Absurde vergrößerter Showroom, in dem die Erbauer dieser unterirdischen Welt ihre ganze Kunstfertigkeit demonstriert hatten. Überall schimmerte und blitzte es, filigrane Figuren aus der Mythologie und Geschichte wechselten sich mit jüngeren – dennoch uralten – Darstellungen kommunistischer Arbeiter- und Bauernhelden ab, wehenden roten Fahnen und dem obligaten fünfzackigen Stern. Anstelle weiterer Vitrinen und ausgestellter Kunstwerke war der Boden von einem guten Dutzend großer blauer Matten bedeckt, wie er sie aus Turnhallen kannte, und den Platz emsiger Handwerker nahmen gute anderthalb Dutzend Gestalten in weißen und dunkelblauen Judoanzügen ein, die sich jetzt aus allen Richtungen Kong und seinen Begleitern näherten. Es erinnerte ein bisschen an ein zu groß geratenes Dojo, wie er sie aus seiner Jugend in einer Zeit kannte, in der er wie die meisten seiner Freunde begeistert von Jackie-Chan-Filmen gewesen war und unbedingt auch lernen wollte, wie man volltrunken und ohne selbst einen Kratzer abzubekommen, mit einem halben Dutzend übellauniger Schläger fertigwurde, von denen jeder einzelne doppelt so schwer und mindestens dreimal so stark war wie man selbst.

Und ebenfalls wie die meisten seiner Freunde hatte er nach dem ersten ausgekugelten Arm oder der ersten angebrochenen Rippe (oder auch der ersten verlorenen Discoprügelei) begriffen, dass es vielleicht doch nicht ganz so einfach war, und den Unsinn wieder bleiben lassen.

Was er sah, passte zu dieser Erinnerung. Keiner der weiß gekleideten Judoka konnte älter als acht oder neun Jahre alt sein, und auch ihre Ausbilder erschienen ihm extrem jung; ebenfalls kaum mehr als Kinder. Und es gab noch einen – fundamentalen – Unterschied: Am anderen Ende der großen Halle entdeckte er so etwas wie einen unbeholfen improvisierten Schießstand, in dem offensichtlich nicht nur mit Pistolen geübt wurde. Auf einem roh zusammengezimmerten Regal reihten sich Gewehre, Armbrüste und sogar etwas, das er selbst über die große Entfernung hinweg als eine Anzahl AK-47 identifizierte, wie er sie aus zahllosen Kriegs- und Actionfilmen kannte.

»Was zum Teufel ist das hier?«, murmelte Ben.

»Sieht aus wie ein Trainingsraum«, antwortete Alex verwirrt.

»Eher ein Ausbildungscamp«, erwiderte Ben und machte ein nachdenkliches Gesicht. »Charles Dickens lässt grüßen.«

Weder Alex noch Marc konnten etwas damit anfangen, und nach einer Sekunde machte Alex auch eine Geste, wie um das Thema ganz physisch vom Tisch zu wischen, und deutete zugleich mit einer Kopfbewegung in die Halle hinab. »Sie wissen spätestens in einer Minute, dass wir hier nicht durchgekommen sind, und kommen zurück. Wir brauchen ein verdammtes Versteck.«

Er zog die Tür jedoch sogar noch ein Stückchen weiter auf, sodass ein wenig Licht zu ihnen hereindrang, sie die bizarre Szenerie in der Halle aber auch deutlicher erkennen konnten. Kong und seine Begleiter redeten heftig gestikulierend mit einem der älteren Jungen im blauen Trainingsanzug, während sich die anderen immer dichter um ihn und seine Männer scharten. Sie waren viel zu weit entfernt, um auch nur ein Wort zu verstehen, aber die Jungs standen um Kong herum, als handle es sich bei ihm um einen Fußballstar oder irgendeinen Promi aus der Show- oder Filmbranche.

Allerdings galt das nicht für alle. Eine Gruppe ganz am anderen Ende des unterirdischen Dojos übte noch immer etwas, das für Marcs Geschmack eindeutig zu große Ähnlichkeit mit einem brutalen Messerkampf hatte, bei dem es einzig um den Sieg ging, nicht um ausgefeilte Technik oder gar Fairness.

»Worauf warten wir?«, fragte Ben.

Alex antwortete nicht gleich, sondern sah weiter gebannt in die Halle hinab, während sich Marc insgeheim dieselbe Frage stellte. Er verstand nicht wirklich, warum Kong und seine Begleiter überhaupt dort hinuntergegangen waren. Sie konnten nicht im Ernst annehmen, dass sie versucht hatten, durch diese Halle zu flüchten.

Einen Moment später bekam er die Antwort, aber sie gefiel ihm nicht. Kong deutete ausgreifend gestikulierend zu ihnen hoch, und die Hälfte der Judoanzüge setzte sich augenblicklich in Bewegung. Kong hatte sich Verstärkung organisiert.

13

Der Verkehr war wieder einmal die Hölle gewesen, was nicht nur an der Rushhour lag, sondern auch daran, dass sie praktisch durch die ganze Stadt fahren musste und ein Genie im Straßenbauamt beschlossen hatte, pünktlich zum Ende der Sommerferien eine Baustelle auf einer der Hauptverkehrsstraßen der Stadt einzurichten, auf der zwar niemand arbeitete, die aber zu einem heillosen Chaos in der gesamten Innenstadt führte. Wahrscheinlich ein Grüner, dessen pubertierende Zwillingstöchter Ehrenmitglieder bei *Fridays for Future* waren und das für eine verkehrsberuhigende Maßnahme zur Entschleunigung hielten.

Sowohl auf Connys Blutdruck als auch ihren Puls hatte es die gegenteilige Wirkung. Dazu kam, dass Eichholz sie allein dreimal angerufen hatte. Wahrscheinlich öfter, denn sie hatte das Telefon schließlich kurzerhand ausgeschaltet. Als sie ihr Ziel endlich erreichte, war sie so genervt, dass sie beim Einparken beinahe einen anderen Wagen touchiert hätte.

Das Gebäude der Jugendhilfe befand sich in einem ehemaligen Gutshof, um den die Stadt im Laufe der Jahrzehnte allmählich herumgewachsen war, sodass er einen pittoresken Anachronismus inmitten eines wuseligen Industriegebiets bildete, zugleich aber auch fast so etwas wie eine kleine Festung. Der drei Meter hohe schmiedeeiserne Zaun, der das gesamte Gelände umgab, wirkte antik, war aber mit einem Alarmdraht und einer ganzen Batterie bewusst auffälliger Videokameras ausgerüstet, die sowohl die Straße davor als auch jeden Quadratmeter des Zauns selbst beobachteten, und das Tor mit seiner modernen Video-Gegensprechanlage verwehrte jedem den Zutritt, der hier nichts zu suchen hatte.

Conny klingelte, hielt wortlos ihren Dienstausweis vor die Kamera und musste enervierende zwei oder drei Minuten warten, bis endlich ein Summen ertönte und das Tor aufging. Conny schlüpfte hindurch, und es schloss sich mit einem schweren Klacken und wie von Geisterhand bewegt wieder hinter ihr.

Die anschließenden hundert Meter Fußmarsch bis zum Hauptgebäude wurden zu einem wahren Spießrutenlauf zwischen weiteren Videoaugen und – tatsächlich! – einer Drohne, die die Luft über ihr in Scheiben schnitt und sie ein Stück weit begleitete. Was wie ein romantischer Bauernhof aussah, ähnelte bei genauerem Hinsehen doch eher einem Hochsicherheitsgefängnis.

Conny rief sich in Erinnerung, dass der ehemalige Gutshof nicht nur die Jugendeinrichtung beherbergte, sondern auch das größte Frauenhaus der Stadt. Wahrscheinlich wurde sie nicht nur von Kameras beobachtet, sondern auch von mindestens zwei kräftigen Burschen, die bereits telefoniert hatten, um sich davon zu überzeugen, dass es die Besitzerin des Dienstausweises, den sie in die Kamera gehalten hatte, auch wirklich gab. So viel zu Kutzows Behauptung, Nadeshda sei in Gefahr.

Seltsamerweise beruhigte sie dieser Gedanke nicht wirklich.

Die Tür ging auf, und eine junge Frau kam ihr entgegen, begleitet von dem erwarteten Bodybuilder-Typ, der Turnschuhe, knielange Shorts und ein hautenges T-Shirt trug, das seine Muskeln angemessen zur Geltung brachte. Conny zückte schon wieder ihren Dienstausweis, steckte ihn dann aber wieder weg, als sie das Gesicht der jungen Frau als das derjenigen erkannte, mit der sie vor einer Woche schon einmal gesprochen hatte. Bettina, wenn sie sich richtig erinnerte.

»Das ging schnell«, begann Bettina. »Ich habe doch gerade erst angerufen.«

»Angerufen?« Conny blickte fragend. »Ich wollte eigentlich nur noch einmal nach Nadeshda sehen.«

»Und nicht nur Sie.« Die junge Frau rief sie mit einem ungeduldigen Wedeln herein, und der Muskelmann zog die Tür hinter ihr zu und drehte den Schlüssel herum.

»Wer hat sich denn noch nach ihr erkundigt?«

»Erkundigt ist gut. Irgend so ein schmieriger Anwaltstyp! Taucht einfach ohne Anmeldung hier auf und bildet sich ein, uns Vorschriften machen zu können!«

»Anwalt?« Conny musste an das denken, was Kutzow vorhin über Nadeshdas Familie gesagt hatte. »Was hat er gewollt?«

»Er will es noch«, schnaubte die junge Frau. »Er verlangt, mit dem Mädchen sprechen zu dürfen, angeblich im Auftrag ihrer Erziehungsberechtigten.«

»Er ist noch hier?«

Bettina zog eine Grimasse. »Er wartet im Büro und droht mit dem Einmarsch der Roten Armee, mindestens, wenn wir ihn nicht zu ihr lassen. Wenn Sie nicht gekommen wären, dann hätte ich von meinem Hausrecht Gebrauch gemacht und ihn rauswerfen lassen.«

Conny erinnerte sich daran, dass die junge Frau zwar wie kaum fünfundzwanzig aussah, trotzdem aber die Leiterin dieser ganzen Einrichtung war, und als solche bestimmt daran gewöhnt, mit renitenten Besuchern fertigzuwerden. »Ich helfe Ihnen gerne dabei.«

»Dann kommen Sie.« Bettina ging voraus. Sie mussten eine weitere Metalltür durchschreiten, die sich von einem unsichtbaren dienstbaren Geist betätigt vor ihnen öffnete und wieder schloss, nachdem sie durch waren, aber danach erinnerte nichts mehr an ein Gefängnis. Eher schon an eine Mischung aus Landschulheim und Romantikhotel. Die Wände waren weiß getüncht und mit bunten Kunstdrucken und Landschaftsfotografien verziert, und die sorgsam aufgearbeiteten Eichendielen knarzten unter ihren Schritten. Es roch nach dem Abendessen, das wahrscheinlich gerade zubereitet wurde, und von irgendwoher kam leise Musik, manchmal überlagert von einem fröhlichen Kinderlachen. Dass die minderjährigen Gäste dieses Etablissements überhaupt schon wieder lachen konnten, war ein gutes Zeichen.

Sie durchquerten einen großen Speisesaal, in dem zwei junge Männer – wahrscheinlich Bufdis, wie man sie heutzutage so charmant nannte – damit beschäftigt waren, zwei lange Tische einzudecken und erreichten schließlich Bettinas Büro, die ehemalige Gute Stube des Gutsherrn, die mit schweren Bauernmöbeln eingerichtet war und in der der moderne Schreibtisch mit dem übergroßen Monitor hoffnungslos deplatziert wirkte. Ein weiterer Muskelmann in Jeans und Polohemd stand an einem Bücherregal und tat so, als würde er die Titel auf den Buchrücken studieren, ließ den dunkelhaarigen Mann im Designeranzug (war das bei der Russenmafia eigentlich so eine Art Uniform?) aber keine Sekunde aus den Augen, der vor dem Schreibtisch saß und sich vergebens bemühte, nicht verärgert auszusehen. Bei ihrem Eintreten stand er auf und streckte ihr die Hand entgegen. Conny ignorierte sie.

»Guten Abend«, sagte er, ohne dass ihm auch nur eine Spur von Verärgerung anzumerken gewesen wäre. Ein Anwalt eben. »Mein Name ist Messner. Doktor Klaus Messner. Und Sie sind …?«

Conny hielt ihm wortlos ihren Dienstausweis hin, den er ihr nicht nur aus der Hand nahm, sondern auch aufmerksam studierte und sich auch nicht entblödete, das Foto mit ihrem Gesicht zu vergleichen. »Ich verstehe. Das trifft sich gut.«

»Was?«

»Sie sind die Beamtin, die meine Klientin gerettet hat. Ich hätte sie ohnehin noch aufgesucht, um Ihnen persönlich dafür zu danken.«

»Ihre Klientin?«

»Nadeshdas Eltern«, antwortete Messner. »Die Tochter meines Klienten, um genau zu sein.«

»Und Ihr Klient ist …?«

Messner schüttelte den Kopf. »Ich bin leider nicht befugt, Ihnen seinen Namen zu nennen. Wenn ich es dürfte, dann würden Sie auch verstehen, warum.«

Das war der mit Abstand größte Unsinn, den sie jemals aus dem Mund eines Anwalts gehört hatte. Und sie hatte eine Menge gehört. Conny machte sich nicht einmal die Mühe, darauf zu antworten, sondern sah ihn nur weiter durchdringend an, nach einer weiteren Sekunde ließ er endlich die Hand sinken.

Messner räusperte sich unbehaglich. »Wie ich Frau Brandt schon gesagt habe, bin ich im Auftrag der Erziehungsberechtigten meine Mandantin hier, um mich davon zu überzeugen, dass es dem Mädchen gut geht.«

»Sieht das hier so aus, als ginge es den Kindern schlecht?«, fragte Conny.

»Selbstverständlich nicht«, beeilte sich Messner zu versichern. »Ich bin nur der Bote. Bitte schießen Sie nicht auf den Überbringer schlechter Nachrichten. Ich tue nur meine Pflicht.«

Das haben die Aufseher in den Nazi-Konzentrationslagern wahrscheinlich auch gesagt, dachte Conny. Ebenso wie der Bombenschütze, der *Little Boy* auf Hiroshima abgeworfen hatte. Sie war nicht ganz sicher, ob sie die Worte nicht doch laut ausgesprochen hatte, denn Messner sah sie plötzlich ein bisschen betroffen an, fuhr dann aber mit einem jovialen Lächeln fort: »Es handelt sich nur um eine reine Formalität. Nadeshdas Eltern haben mich lediglich gebeten, das Mädchen in Augenschein zu nehmen. Natürlich können Sie das verweigern.« Er wandte sich nun direkt an Bettina. »Mir ist klar, dass Sie hier das Hausrecht haben. Aber wenn Sie mir diese kleine Bitte ablehnen, dann wird sich mein Mandant gezwungen sehen, weitergehende juristische Schritte zu ergreifen. Das wollen wir doch alle nicht, oder?«

Bettina setzte zu einer alles andere als freundlichen Antwort an, doch Conny kam ihr mit einer raschen Geste zuvor. »Aber nicht allein.«.

Bettina sah sie überrascht an und zog die Stirn kraus, doch dann nickte sie, und ihr Blick wurde ein bisschen verschwörerisch.

»Also gut. Aber wenn Sie irgendetwas tun oder sagen, das mir nicht gefällt, dann brechen wir augenblicklich ab.«

»Selbstverständlich.« Sie wandte sich an den großen Burschen am Bücherregal. »Würdest du Nadeshda bitte holen?«

»Ich würde es vorziehen, sie in ihrem Zimmer zu besuchen«, sagte der Anwalt. »Nur um des Augenscheins willen.«

Bettinas Geduld neigte sich nun endgültig dem Ende zu, das war unübersehbar, aber schließlich rang sie sich doch zu einem angedeuteten Nicken durch und drehte sich ohne ein weiteres Wort um. Der große Bursche vom Bücherregal schloss sich ihnen an, als sie das Büro verließen.

Die Musik hatte inzwischen aufgehört, dafür erschollen jetzt zahlreiche fröhliche Kinderstimmen, und ein vielleicht zehnjähriges Zwillingspärchen kam bereits herein, um die besten Plätze zu erobern, obwohl die beiden Jungen noch gar nicht ganz damit fertig waren, die Tische einzudecken. Sie sahen ihnen stirnrunzelnd nach, unterbrachen ihre Tätigkeit auch für einen Augenblick, bis sie den Speisesaal verlassen hatten.

Draußen nahm die Anzahl der Kinder weiter zu. Einige lungerten in kleinen Grüppchen auf dem Flur herum, und es wurde getuschelt und gedeutet. Als sie das Ende des langen Flurs erreicht hatten, vertrat ihnen ein rothaariger Knirps den Weg und legte den Kopf in den Nacken, um Conny aus großen Augen anzusehen. »Bist du Polizistin?«.

»Ja, das bin ich«, antwortete Conny lächelnd.

»Hast du eine Pistole?«

Conny schüttelte den Kopf. »Nein. Nicht alle Polizisten haben Pistolen, weißt du? Gibt es denn hier jemanden, für den ich sie bräuchte?«

»Ich vermute, an manchen Tagen für uns«, sagte Bettina, bevor der Knirps antworten konnte. »Vor allem an Tagen, an denen es leckeren Pudding zum Nachtisch gibt und ein gewisser Jemand auch noch eine dritte Portion haben möchte.« Sie machte ein übertrieben finsteres Gesicht und wedelte mit der Hand. »Das reicht jetzt, Nicki. Ab mit dir.«

Der Rothaarige trollte sich. Bettina sah ihm nach, bis er verschwunden war, und wandte sich dann mit einem warmen Lächeln – und einem eisigen Seitenblick in Messner Richtung – an Conny. »Verzeihung! Aber Neuigkeiten sprechen sich hier genauso schnell rum wie anderswo. Wir haben nicht jeden Tag so berühmten Besuch.«

»So berühmt bin ich nicht.«

»Die Polizistin, die Nadeshda gerettet hat und dafür angeschossen wurde?« Bettina nickte heftig. »Was dachten Sie denn?«

Conny war auf eine Art peinlich berührt, die unangenehmer war, als sie sein sollte. Was um alles in der Welt hatte Nadeshda über sie erzählt?

Sie gingen weiter und betraten schließlich einen langen Flur, in dem drei große Oberlichter nicht nur für Tageslicht sorgten, sondern auch einen weiteren Anachronismus darstellten. Neben einer der zahlreichen Türen lehnte ein weiterer Bodybuilder mit verschränkten Armen an der Wand und blickte ihnen finster entgegen. Es *war* eine Festung, und Conny fragte sich, wie Messner sich wohl aufgeführt haben mochte, bevor sie kam, dass Bettina eigens eine Wache vor Nadeshdas Zimmer postiert hatte. Sie tauschte einen verstohlenen Blick mit der jungen Frau und bekam ein ebenso angedeutetes Achselzucken zur Antwort.

14

»Scheiße!«, sagte Alex noch einmal, drückte die Tür lautlos wieder zu und schaltete sein Handy ein. Das winzige Display beleuchtete sein Gesicht von unten und verwandelte es in etwas Fremdartiges und Beunruhigendes. »Nichts wie weg.«

Trotzdem machte er nicht kehrt, sondern folgte dem vorauseilenden Lichtoval noch tiefer in das Labyrinth aus Schatten und spiegelndem Glas hinein. Bildete er es sich nur ein, oder polterten hinter ihnen bereits die ersten Schritte eine Treppe aus Gitterrosten herauf?

Kaum, konnte sich der für Gehässigkeit zuständige Teil seiner Gedanken nicht anzumerken verkneifen. Die frisch rekrutierte Verstärkung lief auf nackten Füßen, wie es sich für anständige Judoka gehörte.

Zumindest in diesem Moment schien das Schicksal ausnahmsweise einmal auf ihrer Seite zu sein. Nach einem oder zwei Dutzend Schritten tauchte eine weitere Tür vor ihnen auf, vor der nicht einmal eine Wache stand, und die auch nicht abgeschlossen war. Alex öffnete sie so unendlich behutsam, als erwartete er die Druckwelle eines hundert Stockwerke hohen Wassertanks, der sich dahinter verbarg, spähte einen Moment mit angehaltenem Atem hindurch und öffnete sie dann ganz. Auch dahinter wartete niemand auf sie, und auch die Dunkelheit war nicht so absolut wie auf dieser Seite, wie sie erkannten, als Alex seine improvisierte Taschenlampe ausschaltete. Von irgendwoher kam Licht, das aber nicht wirklich etwas enthüllte, sondern nur für ein in tausend Grauschattierungen changierendes Zwielicht sorgte, in dem die Gestalten der beiden anderen zu gesichtslosen Gespenstern wurden, die sich im Limbo zwischen den Dimensionen verirrt hatten und nun den Weg zurück in die Wirklichkeit nicht mehr fanden.

Trotzdem: Je mehr sich seine Augen an das Dämmerlicht gewöhnten, desto vertrauter erschien ihm ihre Umgebung, und nach einem weiteren Dutzend Schritten wusste er auch warum. Der Raum ähnelte dem nebenan wie ein eineiiger Zwilling, abgesehen vielleicht von den Farben des Glases in Regalen und Ständern. Es gab keine Tür, die in ein unterirdisches Dojo führte, auf dem allerletzten Stück aber sogar den Zwillingsbruder der Werkbank, auf der Ben vorhin gesessen hatte. Der einzige Unterschied war eine verdreckte Fensterfront, die auf den Bahnsteig hinausführte und dem hereinfallenden Licht nicht nur neunzig Prozent seiner Leuchtkraft nahm, sondern ihm auch alle Farben stahl. Eine Tür aus blindem Drahtglas, die offenbar nachträglich eingebaut worden war und überhaupt nicht ins Bild passte quetschte sich zwischen zwei mannshohe Ständer mit fingerdicken Tafeln aus farbigem Glas.

»Geht es hier raus?«, fragte Ben.

»Woher zum Teufel soll ich das wissen?«, knurrte Alex. »Ein Problem nach dem anderen, okay? Riskieren wir erst mal einen vorsichtigen Blick.«

Marc schrak zusammen, als er etwas hinter dem Ständer auf der rechten Seite wahrzunehmen meinte. Aber es war wohl nur ihre eigene Bewegung, die sich in dem spiegelnden Glas brach.

Oder vielleicht auch nicht.

Gerade als Alex auf Höhe des Glasgestells war, trat eine halbwüchsige Gestalt dahinter hervor und hob in einer gleichermaßen erschrockenen wie befehlenden Geste die Hand.

Marc hätte nicht sagen können, wer überraschter war, er oder der Junge. Aber der junge Russe fing sich eindeutig schneller. Er prallte zwar zurück und stieß an eine der mannsgroßen Glasscheiben, die mit einem bedrohlichen Scheppern auf die grobe Behandlung reagierte, griff aber zugleich auch in die Jackentasche und zog etwas heraus, das er im ersten Moment für eine Waffe hielt. Auf den zweiten Blick entpuppte es sich als etwas sehr viel Schlimmeres: ein altmodisches Walkie-Talkie mit einer zitternden Gummiantenne, die er tatsächlich wie eine Waffe auf

Alex richtete, während sich sein Daumen bereits auf die Sprechtaste senkte.

»Tu das nicht!«, sagte Alex. »Wir tun dir nichts, keine Angst.«

Der Junge verstand die Worte natürlich nicht, und selbst wenn, hätte er wohl nicht darauf reagiert. Er versuchte seitlich auszuweichen, als Alex die Hand nach ihm ausstreckte, hob das Funkgerät an die Lippen und kam gerade einmal drei oder vier Worte weit, da war Alex auch schon mit einem Satz bei ihm, riss ihm das Funkgerät aus der Hand und packte ihn mit der Linken so grob am Oberarm, dass er vor Schmerz und Schrecken quietschte. Was ihn aber nicht daran hinderte, ihm wuchtig genug gegen das Schienbein zu treten, um ihm ein schmerzerfülltes Grunzen zu entlocken.

»Ach, verdammt!«, japste Alex, machte einen fast komisch anmutenden, grätschbeinigen halben Schritt zur Seite und versetzte dem Jungen eine schallende Ohrfeige, die ihn zurückstolpern und das Walkie-Talkie fallen lassen ließ.

Und damit hätte es vorbei sein können, aber Alex hatte vielleicht ein bisschen zu heftig zugeschlagen, denn der Junge prallte so hart gegen die Glastafel, dass sie sich scheppernd in ihrem Gestell aufrichtete, noch eine halbe Sekunde lang wie von einer unsichtbaren Hand gehalten senkrecht dastand – und dann nach vorne kippte!

Marc registrierte die Gefahr im letzten Moment und brachte sich mit einem hastigen Satz in Sicherheit, doch der Junge war nicht schnell genug. Die Scheibe aus fingerdickem pinkfarbenem Glas traf ihn wie ein Hammerschlag und zerbrach in tausend Stücke, während sie ihn unter sich begrub. Sein entsetzter Schrei ging in einem gewaltigen, nicht enden wollenden Klirren unter und brach ab, noch bevor das Getöse der zerbrechenden Scheibe ganz verklungen war.

15

Nadeshda saß mit untergeschlagenen Beinen auf dem Bett und schien zu meditieren, als sie eintraten. Sie hatte sich verändert. Statt des aufreizenden Kleides, des Schmucks und der Lolita-Schminke trug sie nun einen einfachen türkisfarbenen Jogginganzug und Flipflops, nur ihr Haar floss weiter in einer Mähne aus unzähligen goldfarbenen Löckchen bis weit auf ihren Rücken hinab. Als sie hereinkamen, drehte sie auf eine Art den Kopf, als wäre sie noch nicht ganz sicher, ob sie ihre Aufmerksamkeit überhaupt wert waren, dann breitete sich ein Ausdruck plötzlichen Schreckens auf ihrem Gesicht aus. Sie machte eine Bewegung, wie um aufzuspringen, sank dann aber wieder auf das Bett zurück und saß nun in normaler, wenn auch angespannter Haltung auf der Kante.

»Hallo, Nadeshda-Schatz«, begrüßte sie Bettina. »Ich habe Besuch mitgebracht. Es macht dir doch nichts aus, oder?«

Conny war ziemlich sicher, dass das Mädchen die Worte nicht einmal hörte. Nadeshda starrte sie an, und ihre Augen wurden noch größer und füllten sich mit schwarzer Furcht. Oder war es der Anwalt, dessen Anblick sie so erschreckte?

»Hallo«, begann sie ein bisschen unbeholfen. »Ich bin Conny. Erinnerst du dich an mich?« Sie machte einen halben Schritt und streckte die Hand aus, ließ sie aber auch gleich wieder sinken, als Nadeshda ein winziges Stückchen vor ihr zurückprallte. »Du musst wirklich keine Angst haben. Ich wollte nur sehen, wie es dir geht.«

Nadeshdas Blick saugte sich an der Schlinge fest, in der ihr Arm hing, und Conny fuhr fort: »Ich nehme es dir nicht übel, Liebes. Und es ist auch gar nicht mehr schlimm. Hier, siehst du?« Sie nahm den Arm aus der Schlinge (ihr Bizeps reagierte mit einem wütenden Stechen), streifte sie über den Kopf und knüllte sie zu einem unordentlichen Ball zusammen, den sie in der

Jackentasche verschwinden ließ. Sie kam sich unbeholfen vor. Wahrscheinlich hatte sie so ziemlich alles falsch gemacht, was sie nur falsch machen konnte. Aber sie hatte noch nie gut mit Kindern gekonnt. Wenn sie ehrlich war, hatte sie sie noch nie wirklich gemocht, und sie war sicher, dass Kinder das spürten; so wie Hunde spüren, wenn man Angst vor ihnen hat.

»Hier ist noch jemand, der mit dir sprechen möchte.« Bettina deutete auf Messner. »Natürlich nur, wenn du es auch willst.«

Messner zwang sich zu einem Lächeln, das genauso falsch war wie alles an ihm, und sagte ein paar Worte auf Russisch.

»Deutsch, bitte«, sagte Conny.

»Ich fürchte, das hätte keinen Sinn«, erwiderte Messner. »Sie spricht Ihre Sprache nicht.«

»Dann müssen wir das wir jetzt wohl leider beenden«, antwortete Conny. »Sie haben ja nun gesehen, dass es ihr gut geht …«

»Schon gut«, fiel ihr Bettina ins Wort. »Ein paar Worte werden schon noch gehen. Hier lernt man schnell, die Dinge zu verstehen, auch ohne die Sprache zu beherrschen.«

Messner sah einen Moment lang so verwirrt aus, wie Conny sich fühlte, ging aber dann zum Bett und ließ sich neben dem Mädchen auf die Kante sinken. Nadeshda rutschte so weit von ihm weg, wie es auf der Matratze überhaupt möglich war.

Messner legte seinen Aktenkoffer zwischen Nadeshda und sich auf das Bett, klappte ihn auf und nahm einen schmalen weißen Briefumschlag heraus, den er dem Mädchen hinhielt. Nadeshda starrte ihn an, als handelte es sich um eine besonders hässliche Spinne, und Conny fragte rasch: »Was tun Sie da?«

»Das ist nur ein Brief ihrer Eltern, den ich ihr geben soll.«

»Ich fürchte, das kann ich nicht gestatten«, sagte Conny. »Es sei denn, Sie lassen ihn mich vorher lesen.«

»Er ist auf Russisch.«

»Das macht nichts.« Conny zog ihr iPhone aus der Tasche. »Ich habe ein ganz passables Übersetzungsprogramm auf meinem Telefon. Es reicht nicht, um Tolstoi gebührend zu übersetzen, aber für einen groben Überblick schon.«

Jetzt blickte Messner eindeutig feindselig zu ihr hoch. Gut. Er ließ den Brief wieder in seinem Aktenkoffer verschwinden und klappte ihn zu. Nadeshdas Augen folgten aufmerksam jeder seiner Bewegungen, und sie hatte die Hände fest nebeneinander die zusammengepressten Knie gelegt. Vermutlich damit niemand sah, wie stark ihre Finger zitterten.

Der Anwalt begann wieder auf Russisch zu reden. Nadeshda sah immer wieder ihn und abwechselnd Conny und Bettina an, und der Ausdruck von Furcht in ihren Augen wurde kein bisschen schwächer. Trotzdem hörte sie konzentriert zu, und erst als Conny nahe daran war, dieser ganzen Farce ein Ende zu beenden, antwortete sie.

Es war das erste Mal, dass Conny ihre Stimme hörte, und es war ein bisschen irritierend. Irgendwie schien es nicht die Stimme eines zwölfjährigen Mädchens zu sein, und das lag nicht nur an ihrer harten russischen Aussprache. Sie klang zornig, aber auch das war es nicht. Nicht allein.

Und dann begriff sie. Es schien nicht wirklich die Stimme eines Kindes zu sein, mit der sie sprach, nicht, was ihren Duktus anging. Sie klang herrisch, die Worte eines Menschen, der es gewohnt war, Befehle zu erteilen, und auch, dass sie befolgt wurden. Conny versuchte in Messner Gesicht zu lesen, aber das falsche Lächeln darauf blieb unverändert. Doch dann sagte Nadeshda etwas, das ihn sichtlich verärgerte. Sein Lächeln entgleiste für eine Sekunde. Er hatte sich auch sofort wieder in der Gewalt, aber Conny wusste, was sie gesehen hatte. Ja, sie würde diesen Kerl durchleuchten. Und wie sie das würde!

Das Gespräch dauerte noch gute fünf Minuten, dann schüttelte Messner bedauernd den Kopf und verriegelte umständlich und mit beiden Daumen seinen Aktenkoffer. »Ich denke, das sollte genügen. Ich kann meinen Klienten beruhigen. Nadeshda ist hier in sicheren Händen.«

»Oh, herzlichen Dank auch«, kommentierte Bettina spitz. »Dann muss ich also nicht davon ausgehen, dass eine Spezialeinheit des russischen Geheimdienstes hier auftaucht und das arme Ding aus unseren Klauen befreit?«

Messner lächelte nur wissend. Er sagte noch ein paar abschließende Worte zu Nadeshda und wandte sich dann zur Tür. Bettina und ihr hünenhafter Begleiter schlossen sich ihm an, während sich Conny noch einmal zu dem Mädchen umdrehte.

»Ich weiß, dass du mich nicht verstehst«, sagte sie, »aber ich passe auf dich auf, keine Angst. Ich verspreche es.«

Wie erwartet bekam sie keine Antwort, und Nadeshdas Blick ging jetzt geradewegs durch sie hindurch ins Leere, sodass sie das Zimmer ohne ein weiteres Wort verließ. Der Posten draußen auf dem Gang zog die Tür hinter ihr zu und lehnte sich wieder gegen die Wand, bedachte sie aber mit einem unerwartet freundlichen Lächeln, als sie an ihm vorbei ging und rascher ausschritt, um zu Messner und den anderen aufzuholen.

Als sie an der offen stehenden Tür des Speisesaals vorbeikam sah sie, dass mittlerweile alle Tische besetzt waren und sich die beiden Bufdis damit begonnen hatten, das Essen auszugeben. Ein dritter junger Bursche balancierte ihr mit einem beladenen Tablett entgegen, auf denen ein dampfender Teller und ein großes Glas Milch standen, und verschwand in die Richtung, aus der sie gekommen war. Wahrscheinlich Nadeshdas Abendessen.

Sie holte Bettina und die anderen ein, als sie vor der Gittertür standen und darauf warteten, dass sie aufging. Messner begrüßte sie mit einem Lächeln, das sie ihm am liebsten aus dem Gesicht gewischt hätte, und auch Bettina sah aus, als stünde sie kurz davor zu explodieren. Schweigend gingen sie zum Ausgang. Der Anwalt blieb unter der offenen Tür noch einmal stehen und wandte sich ihnen zu.

»Sehen Sie, das war doch gar nicht so schlimm«, sagte er. »Ich werde meinem Mandanten Bericht erstatten, dass er ganz beruhigt sein kann. Sie bekommen dann von mir Bescheid, wie wir in dieser Angelegenheit weiter verfahren.« Und damit und ohne ein weiteres Wort des Abschieds ging er.

»Was für ein Arsch«, sagte Bettina, kaum dass er außer Hörweite war. Vielleicht auch noch nicht ganz.

Conny unterdrückte ein Lächeln. »Sie mögen keine Anwälte?«

»Nicht die Art, mit der wir es hier manchmal zu tun haben«, schnaubte Bettina. »Aber das war ein ganz besonderes Herzchen.« Sie wandte sich an den großen Burschen im Polohemd. »Was hat er zu ihr gesagt, Piet?«

Conny war überrascht, bedachte Bettina aber mit einem anerkennenden Blick. Die junge Frau wusste, was sie tat.

»Ich habe nicht alles verstanden«, antwortete der Bodybuilder. »Er hat einen ziemlichen Dialekt. Vielleicht ukrainisch, oder von der Krim. Aber im Großen und Ganzen schon das, was er behauptet hat. Er ist hergekommen, um sich davon zu überzeugen, dass es ihr gut geht.«

»Und ihre Eltern?«, hakte Conny nach.

Piet sah sie nun direkt an. Genauer gesagt sah er auf sie herab. »Davon war nicht die Rede.«

Obwohl er doch angeblich einen Brief ihres Vaters hatte? Interessant.

»Aber er hat auch gesagt, dass sie sich keine Sorgen zu machen brauche. In ein paar Tagen sei es vorbei, und sie komme hier raus.«

»Nur über meine Leiche«, schnaubte Bettina. Conny gefiel das nicht. Bei manchen Leuten sollte man mit solchen Bemerkungen vorsichtig sein. »Das haben schon ganz andere versucht. Die Kleine geht nirgendwohin, bevor nicht endgültig klar ist, wer sie ist und was sie mit ihr gemacht haben.«

Conny konnte nicht anders, als die junge Frau zu bewundern. »Das sehe ich ganz genauso. Unabhängig von allem anderen ist sie eine wichtige Zeugin. Ich werde nicht zulassen, dass sie von hier verschwindet und womöglich das Land verlässt, bevor die Sache nicht endgültig aufgeklärt wurde.« Sie zog eine Visitenkarte aus der Tasche und reichte sie Bettina. »Auf der Rückseite steht meine Privatnummer. Sie können mich jederzeit anrufen, falls er noch einmal hier auftaucht oder Ihnen irgendetwas komisch vorkommt. Auch nachts.«

»Das werde ich«, versprach Bettina. »Auch wenn es wahrscheinlich nicht nötig sein wird. Es gibt eine Polizeiwache, nur eine Straße entfernt. Wenn er sich noch einmal hier blicken lässt, dann lasse ich ihn verhaften. Irgendein Vorwand fällt mir schon ein.«

Sie verabschiedeten sich, und Conny ging mit dem beruhigenden Gefühl, sich nicht getäuscht zu haben. Wenn sie es nicht vorher schon gewusst hätte, jetzt war sie davon überzeugt, dass das Mädchen hier in Sicherheit war. Bettina sah vielleicht selbst noch aus wie ein halbes Kind, aber sie zweifelte nicht daran, dass sie sich sogar einem Kerl wie Kutzow in den Weg stellen würde, wenn es sein musste.

Die Drohne, die sie vorhin gesehen hatte, schwebte jetzt reglos in zwanzig Metern Höhe über dem Tor. Conny winkte ihr noch einmal spöttisch zum Abschied zu, trat hindurch und erlebte eine Überraschung. Messner lehnte lässig am Kotflügel des schwarzen Jaguars, den sie vorhin beinahe gerammt hätte und sprach aufgeregt in ein Telefon, wobei er mit der freien Hand in der Luft herumfuchtelte, als gälte es, Moskitos zu verscheuchen. Als er sie bemerkte, ließ er die Hand zwar sinken, hob sie aber auch gleich darauf wieder, um ihr zuzuwinken, hörte aber nicht auf, in sein Smartphone zu sprechen. Conny antwortete mit dem knappsten Nicken, das er gerade noch sehen konnte, ging zu ihrem Wagen und stieg ein. Während sie bewusst umständlich den Schlüssel ins Schloss schob, beobachtete sie ihn unauffällig im Spiegel. Messner blickte seinerseits sie an, und irgendetwas an der Art, wie er es tat, war seltsam. Nicht, dass sie das Gefühl in Worte fassen konnte, aber er wirkte irgendwie … schadenfroh.

Aber vielleicht sah sie ja auch nur Gespenster. Sie startete den Motor und fuhr los.

Doch das ungute Gefühl blieb nicht nur, es wurde stärker. Nach zwei- oder dreihundert Metern erspähte sie eine Parklücke, die groß genug war, um ohne unauffälliges Rangieren hineinzufahren, hielt an und verstellte den Spiegel, um die Szene weiter zu beobachten. Die Entfernung war zu groß, um Einzelheiten zu erkennen, aber sie sah, dass der schwarze Jaguar noch immer vor dem Tor stand. Messner war im ersten Moment nirgends zu sehen – auch nicht hinter dem Steuer des Jaguars –, aber dann entdeckte sie ihn auf der anderen Straßenseite, wo er so hinter einem geparkten Kleinbus stand, dass er vom Tor aus nicht mehr zu sehen war; und vermutlich auch nicht mehr von der Drohne, die weiter darüber in der Luft hing und ab und zu leicht wackelte, um ihre Position zu stabilisieren.

Der Anwalt war nicht allein. Zwei weitere Gestalten hatten sich zu ihm gesellt, die eine groß genug, um selbst Bettinas privater Security Respekt einzuflößen, die andere dafür umso kleiner, kaum mehr als ein Kind. Eine ganze Weile unterhielten sie sich angeregt, wobei vor allem der vermeintliche Junge immer wieder aufgeregt mit den Armen fuchtelte und auf das Tor wies.

Schließlich stiegen die beiden in den Kleinbus. Als er los- und an ihr vorbeifuhr, montierte sie das Nummernschild, um es ebenfalls zu überprüfen.

Messner ging zu seinem Wagen zurück und blieb noch eine ganze Weile an den Kotflügel gelehnt stehen und telefonierte, aber schließlich stieg er ebenfalls ein und fuhr los.

Conny kam sich ein bisschen albern dabei vor, beugte sich jedoch tief über den Beifahrersitz, als der Jaguar vorüberrollte, aber vielleicht war ihre Paranoia ja gar nicht einmal so unberechtigt, denn es kam ihr zumindest so vor, als ob sich das Motorgeräusch änderte, als er sie passierte; als würde er langsamer fahren, um einen Blick in den Wagen zu werfen. Gerade noch rechtzeitig, um auch sein Nummernschild zu erkennen und es aufzuschreiben, richtete sie sich behutsam wieder hinter dem

Steuer auf und wartete, bis der Jaguar hinter der nächsten Abzweigung verschwunden war. Erst dann fuhr sie ebenfalls los.

Allerdings nicht zurück ins Präsidium oder nach Hause. Stattdessen steuerte sie die Polizeiwache an, von der Bettina gesprochen hatte.

16

»Oh Scheiße!« Ben war als Erster bei dem Jungen, fiel neben ihm auf die Knie, streckte die Hände nach ihm aus und prallte dann mitten in der Bewegung zurück.

Der Junge lag auf dem Rücken und halb auf der Seite und regte sich nicht. Unzählige spitze Glasscherben ragten aus seiner Jacke und dem linken Hosenbein, als wäre er in die Schussbahn eines wahnsinnig gewordenen Messerwerfers geraten, und überall war Blut. Eine fast handlange und tatsächlich wie eine Dolchklinge geformte Scherbe hatte eine bis auf den Knochen reichende Furche von der Stirn bis zur Kinnspitze in sein Gesicht gegraben, sein rechtes Auge ausgelöscht und sich am Ende ihres Weges in seine Kehle gebohrt. Dickes, erschreckend dunkles zähflüssiges Blut quoll aus seinem Mund und dem zerfetzten Hals. Er lebte noch, aber in seinen weit aufgerissenen Augen war nichts als Grauen und unfassbare Qual zu erkennen. Vielleicht versuchte er etwas zu sagen, brachte aber nur eine Abfolge leiser, grässlich gurgelnder Laute zustande.

»Um Himmels willen!«, keuchte Ben. »Wir müssen etwas tun! Wir müssen ihm helfen!«

Er wollte die Scherbe aus dem Hals des Jungen ziehen, doch Alex riss seinen Arm zurück. »Wenn du das tust, stirbt er.«

»Und wenn nicht, etwa nicht?«, heulte Ben.

Alex verzichtete auf eine Antwort, ließ sein Handgelenk aber auch nicht los.

»Dann müssen wir ihn rausbringen!«, wimmerte Ben. »Hilfe holen!«

»Damit sie uns umbringen?« Alex schüttelte heftig den Kopf, richtete sich auf und zog Ben mit sich hoch, und hinter ihm und wie aus den Nichts erschien eine hünenhafte Gestalt in Tarnkleidung und versetzte ihm einen Schlag zwischen die Schulterblätter, der ihn benommen in die Knie brechen und Ben gleich mit sich wieder zu Boden reißen ließ. Plötzlich waren überall Gestalten. Ein Crescendo wütender Stimmen brüllte durcheinander, und Marc fühlte sich gepackt und auf die Füße gerissen. Eine Faust krachte in seinen Solarplexus und nahm ihm den Atem, sodass er nicht einmal mehr schreien konnte, ein anderer Schlag traf sein Gesicht und ließ die Haut unter seinem linken Auge aufplatzen. Seine Knie gaben nach, aber dieselben Hände, die ihn hochgerissen hatten, hielten ihn jetzt weiter aufrecht, und immer mehr Faustschläge prasselten auf ihn ein.

Als sie ihn endlich losließen und ihm gestatteten, schwer zu Boden zu fallen, war er nahezu bewusstlos. Alles drehte sich um ihn. Sämtliche Geräusche klangen dumpf und wie unter Wasser, und er meinte einen Schrei zu hören, der nach Ben klang, doch seine Gedanken begannen sich immer rascher zu verwirren. Das Licht wurde schwächer. Eine boshaft-schadenfrohe Stimme hinter seiner Stirn machte ihm klar, dass er jetzt wahrscheinlich sterben würde, aber der Gedanke schreckte ihn nicht einmal mehr.

Gerade als er spürte, wie er endgültig das Bewusstsein zu verlieren begann, packte ihn eine Hand und riss ihn so brutal in die Höhe, dass seine Zähne aufeinanderschlugen und zu bluten begannen. Der Schmerz katapultierte ihn zurück in eine Wirklichkeit, die er in diesem Moment liebend gerne gegen das endgültige Vergessen eingetauscht hätte, aber so gnädig war das Schicksal nicht. Ein Schlag mit dem Handrücken traf sein Gesicht, und eine Stimme schrie etwas, das er auch dann nicht verstanden hätte, wenn sie deutsch gesprochen hätte. Eine Frau kreischte, und erneut prasselten Schläge auf ihn ein. Schließlich brüllte die Stimme ein einzelnes, energisch klingendes Wort, und es hörte auf. Nur die Hand hielt ihn weiter fest und hörte auch nicht auf, ihn zu schütteln; schon damit seine Zähne nicht etwa in Versuchung gerieten, sich gegenseitig zu beißen.

Dennoch begann sich sein Blick wieder zu klären, auch wenn er gerne darauf verzichtet hätte. Der große Russe brüllte ununterbrochen weiter auf ihn ein. Sein Gesicht war rot vor Zorn, und er fuchtelte so wild mit der Taschenlampe herum, dass das Licht immer wieder wie glühende Stricknadeln in seine Augen stach und ihm zusätzlich die Tränen hineintrieb.

Aber schließlich wurde er seines grausamen Spiels wohl überdrüssig, denn er versetzte ihm einen Stoß, der ihn gegen eine Werkbank beförderte und haltlos daran zu Boden sacken ließ. Jemand trat ihm so hart in die Rippen, dass ihm schon wieder übel wurde und sich Schlieren aus Schwarzlicht vor seinen Augen zu drehen begannen.

Auch jetzt sorgte der Russe mit einem rüden Befehl dafür, dass es aufhörte, aber Marc hatte so seine Zweifel, dass er es aus Mitleid tat. Bleierne Müdigkeit senkte sich auf seine Glieder, und die Übelkeit wurde so schlimm, dass er all seine Willenskraft aufbieten musste, um ihr nicht nachzugeben. Wahrscheinlich wäre es bei dem Russen nicht besonders gut angekommen, wenn er ihm vor die Füße gekotzt hätte.

Aber wahrscheinlich spielte es schon keine Rolle mehr. Er war von mindestens einem Dutzend Gestalten umgeben, eine größer als die andere und eine wütender als die andere, die wohl nur noch Kongs Anwesenheit davon abhielt, ihn auf der Stelle totzuschlagen. Zahlreiche Taschenlampen und Handylichter verwandelten die Szenerie in ein irrsinniges Kaleidoskop, das selbst die Versuche seiner eigenen Fantasie übertraf, die allerschrecklichsten Visionen heraufzubeschwören. Die Frau hatte aufgehört zu schreien und kniete jetzt lauthals und in den schrecklichsten Tönen weinend über dem sterbenden Jungen. Ihre Hände und auch ihr Gesicht waren rot von seinem Blut, und hinter ihr war ein zweiter halbwüchsiger Bursche aufgetaucht, der ihr die Hände auf die Schulter gelegt hatte und ebenfalls zu weinen begann.

Der Russe hatte wohl endgültig genug davon, ihn anzuschreien, versetzte ihm noch einen weiteren Tritt in die andere Seite und beugte sich dann über Alex, der sich benommen auf dem Boden krümmte. Er sagte etwas, das Marc nach wie vor nicht verstand, das sich aber irgendwie nach boshafter Vorfreude hörte, steckte die Taschenlampe ein und holte aus, um Alex ins Gesicht zu treten, und Alex rollte sich blitzartig auf den Rücken, ergriff eine handlange, spitze Glasscherbe und rammte sie ihm direkt über dem Stiefel in die Wade.

King Kong brüllte vor Schmerz auf und stürzte neben Alex zu Boden, und Alex war mit einer zweiten, noch schnelleren Rolle über ihm, rammte ihm den Ellbogen ins Gesicht, dass Zähne splitterten, und griff mit der anderen Hand nach unten, um die Waffe aus seinem Gürtel zu reißen. Sofort wollten sich etliche Männer auf ihn stürzen, doch Alex war mit einer Behändigkeit wieder auf den Beinen, die Marc ihm unter anderen Umständen kaum zugetraut hätte, riss den Revolver in die Höhe und brauchte beide Daumen, um den Hahn zu spannen.

»Stehen bleiben!«, schrie er. »Bleibt, wo ihr seid! Ich meine es ernst!«

Wahrscheinlich wäre es der wütenden Menge trotzdem ein Leichtes gewesen, ihn zu überwältigen, aber wenn schon nicht sein hysterischer Tonfall, so schüchterte sie doch die drohende erhobene Waffe ausreichend ein, um sie von irgendwelchen Dummheiten abzuhalten. Vielleicht ja auch die Tatsache, dass er dem stöhnenden Russen einen Tritt gegen die Schläfe verpasste, der ihm endgültig das Bewusstsein raubte.

»Aufstehen!«, befahl er. »Los! Wir müssen weg!«

Marc hatte seine Zweifel, dass es ihm gelang, aus eigener Kraft aufzustehen, aber er schaffte es nicht nur, sondern nahm von irgendwoher sogar noch die Kraft, Ben auf die Füße zu ziehen und sich seinen Arm über die Schultern zu legen. Alex schwenkte die Waffe drohend weiter von rechts nach links und wieder zurück, wich rückwärtsgehend zur Tür und bedeutete Marc mit einer Kopfbewegung, vorauszugehen.

Draußen wurde es nicht besser. Mindestens ein Dutzend Gestalten lungerte, angelockt vom Lärm und Geschrei, vor der Tür herum, und weitere näherten sich aus allen Richtungen. Alex fuchtelte erneut mit seiner Waffe herum, und die allermeisten blieben erschrocken stehen oder wichen zurück, aber es gab auch zwei zerlumpte Kerle, die sich nicht sonderlich beeindruckt zeigten und näher kamen. Alex zielte mit dem Revolver auf sie und schrie noch einmal: »Stehen bleiben! *Stojat!*«

Einer der Burschen hielt tatsächlich an, der andere marschierte mit grimmig vorgerecktem Kinn und geballten Fäusten weiter, und Alex drückte ab.

Der Schuss hallte als mehrfach gebrochenes, unglaublich *lautes* Echo über den Bahnsteig, und die Kugel – Zufall oder nicht – traf eines der brennenden Ölfässer und sprengte es in einer Wolke aus Funken und stiebenden Flammen auseinander, und auch der zweite Russe besann sich eines Besseren und blieb nicht nur stehen, sondern wich hastig ein paar Schritte zurück. Aber der Rückschlag der Waffe war auch so gewaltig, dass Alex' Arme nach oben gerissen wurden und er den Revolver beinahe fallen ließ.

Ringsum brach endgültig das reine Chaos aus. Die meisten Molepeople ergriffen die Flucht, sofern sie nicht kopflos durcheinanderzurennen begannen, und einige wenige standen auch einfach nur da und glotzten. Rücksichtslose Kamikaze-Angriffe gehörten offensichtlich eher ins Repertoire postapokalyptischer Hollywoodfilme.

»Weiter!« Alex' Mundwinkel zuckten vor Schmerz, und er hatte unübersehbare Mühe, den Revolver festzuhalten. Einen weiteren Schuss würde er gewiss nicht mehr abgeben. Und vielleicht war sowieso alles vergebens, denn als sie sich der Treppe näherten, sahen sie, dass das weiß-blaue Flatterband nicht das einzige Hindernis war. Das Licht reichte gerade bis zu ihrem oberen Ende und dem geschlossenen Scherengitter, das sie versperrte.

Alex begann die Stufen trotzdem, ohne zu zögern, hinaufzustürmen, doch selbst seine Kräfte ließen jetzt sichtbar nach. Nachdem er das zweite Mal fast eine Stufe verfehlt hatte und sich gerade noch fangen konnte, lehnte er sich schwer mit der Schulter gegen die Wand, ließ den Kopf hängen und begann hektisch nach Luft zu ringen. Marc schloss mit zwei, drei wankenden Schritten zu ihm auf, bugsierte den halb bewusstlosen Ben behutsam auf eine Stufe und wäre um ein Haar deutlich unsanfter neben ihm gelandet, als sich erneut alles um ihn zu drehen begann.

Ein halbes Dutzend Molepeople hatte die Treppe inzwischen ebenfalls erreicht und begann die Stufen heraufzustürmen, ließ dann aber hastig wieder davon ab, als Alex drohend mit seiner Waffe fuchtelte. Dennoch machte sich Marc nichts vor. Selbst wenn keiner ihrer Verfolger eine Schusswaffe hatte – was schlichtweg unmöglich war –, war es nur eine Frage der Zeit, bis sie sie einholten. Sehr wenig Zeit. Einen einsamen Flüchtling, der einer ganzen Armee davonrannte, gab es wohl nur in Hollywoodfilmen.

Alex war anscheinend zu demselben Schluss gekommen, denn er stieß sich unsicher von der Wand ab und ging ohne ein Wort weiter.

17

Sie war dann von der Wache aus doch nicht nach Hause gefahren, wie sie eigentlich vorgehabt hatte, sondern noch einmal zurück ins Präsidium. Weder Eichholz noch einer ihrer Kollegen von der Tagesschicht waren noch da, sodass sie sich ungestört in ihr privates Aquarium zurückziehen konnte. Die Kollegen von der Wache, die auf ihre Bitte hin die Kennzeichen der beiden Wagen überprüft hatten, hatten gute Arbeit geleistet und sie schon nach wenigen Minuten darüber informiert, dass der Jaguar tatsächlich auf die Anwaltskanzlei Messner zugelassen war und das vermeintliche Kennzeichen des Kleinbusses gar nicht existierte. Nichts davon hatte sie wirklich überrascht. Dass Messner nicht ganz koscher war, hatte sie sofort gespürt, als sie ihn das erste Mal gesehen hatte.

Nun war der bloße Umstand, ihr unsympathisch zu sein und mit jemandem zu reden, der ein Fahrzeug mit gefälschten Nummernschildern fuhr, allein noch kein Grund, ihn gleich auf die Fahndungsliste von Interpol zu setzen, aber er gab ihrem Misstrauen genug neue Nahrung, um sich den Burschen etwas genauer anzusehen.

Conny sah auf die Uhr und war nahe dran, ihre Paranoia vielleicht doch erst am nächsten Tag weiter zu pflegen. Stattdessen trat sie an die Maschine, um sich einen Kaffee aufzubrühen. Zu Hause wartete niemand auf sie, vielleicht abgesehen von einem halben Film, den sie sich jederzeit (illegal, aber ohne einen Hauch schlechten Gewissens) über ihren CopyNext-Account herunterladen und von Anfang an sehen konnte, und einem streunenden Kater, der ab und zu an ihrer Terrassentür kratzte, um sich ein Schälchen Milch zu schnorren, und es ihr regelmäßig dankte, indem er ihr eine verpasste, wenn sie ihn streicheln wollte. Also konnte sie genauso gut auch noch bleiben und sich diesen sonderbaren Anwalt vornehmen.

Sie schaltete den Computer ein und rief die Homepage der *Sozietät Messner* auf. Sie glänzte mit dem üblichen Blabla, nur mindestens eine Potenz gesteigert, sodass sie sich unwillkürlich fragte, wieso der Kerl eigentlich nicht schon längst Bundespräsident war, wenn er doch alles so gut konnte und wusste. Sie scrollte bis zum Ende durch und erfuhr rein gar nichts Neues. Aber das ungute Gefühl blieb. Irgendetwas stimmte mit dem Kerl nicht, das wusste sie einfach. Und es hatte nicht (nur) damit zu tun, dass sie Anwälte prinzipiell nicht mochte und Nadeshda bei seinem Anblick so erschrocken war.

Als Nächstes gab sie seinen Namen zuerst in die gängigen Suchmaschinen ein, dann in zwei weitere, die dem Normalbürger nicht zur Verfügung standen, aber es blieb dabei: Der Anwalt hatte eine nahezu tadellose Vita; allenfalls dass er ein ziemlich zügiger Autofahrer zu sein schien und schon ein paarmal haarscharf daran vorbeigeschrammt war, seinen Führerschein wegen diverser Geschwindigkeitsüberschreitungen abzugeben. Natürlich hatte er sich jedes Mal irgendwie herausgewunden (ein Anwalt eben), aber das war auch schon alles. Wahrscheinlich würde es nicht reichen, um ihn zu verhaften oder wenigstens vorsichtshalber ins Bein zu schießen.

Doch sie suchte weiter, und wie es in diesen modernen Zeiten eben war, begann seine digitale Spur zwar dünner zu werden, je weiter sie in die Vergangenheit führte, aber niemals ganz aufzuhören. Es gab Lücken, die die meisten anderen wahrscheinlich entmutigt und zur Aufgabe gebracht hätten, aber nicht sie. Und schließlich erinnerte sie sich daran, auf der Seite seiner Kanzlei gelesen zu haben, dass er sein Studium in Oxford abgeschlossen hatte; fast überflüssig zu erwähnen natürlich mit summa cum laude.

Sie rief die Seite der Universität auf, gab seinen Namen ein und landete beim Jahrbuch der Abschlussklasse. Der pickelgesichtige junge Kerl, der ihr von einem uralten Schwarz-Weiß-Foto entgegenlächelte, hatte tatsächlich eine gewisse Ähnlichkeit mit einem jüngeren Messner, nur dass er ihr noch einmal um etliches unsympathischer vorkam, aber …

Ihr Finger hob sich wieder vom Scrollrad. Statt weiter zu blättern, klickte sie das Foto an, sodass es nun den gesamten Bildschirm ausfüllte. Und da sah sie es: Messner musste schon in seiner Jugend ein arroganter Schnösel gewesen sein, aber auch Mitglied einer Schlagenden Verbindung. Seine linke Wange zierte ein unübersehbarer Schmiss. Offensichtlich hatte er versucht, ihn operativ entfernen zu lassen, was aber nicht ganz gelungen war. Vielleicht war die plastische Chirurgie damals in Oxford noch nicht so weit gewesen, oder er hatte sich keinen wirklich guten Arzt leisten können.

Auch das war für sich genommen noch kein Beweis. Der ältere Messner hatte später ganz bestimmt genug verdient, um sich einen zweiten Chirurgen leisten zu können, der diesmal wirklich etwas von seinem Handwerk verstand, aber der Instinkt der Jägerin war jetzt geweckt. Sie suchte weiter, grub sich tiefer in Messners Vergangenheit, folgte Querverweisen und Spuren, die ins Nichts führten, fing gleich mehrmals noch einmal neu an und fand schließlich ein weiteres Foto, das eine noch einmal deutlich jüngeren, schlaksigen Burschen ohne Narbe zeigte, aber mit demselben arroganten Grinsen. Es war ein altes Familienfoto, das schon vergilbt gewesen war und ein paar Knicke hatte, und es zeigte ihn zusammen mit einem ältlichen Paar, von dem Conny nicht genau sagen konnte, ob es nun seine früh gealterten Eltern oder die jung gebliebenen Großeltern waren. Aber sie mussten sehr klein gewesen sein, entweder das, oder Messner war schon mit zwölf Jahren ein wahrer Riese gewesen.

Danach war es schon beinahe enttäuschend einfach, jetzt, wo sie wusste, wonach sie suchen hatte. Sie kehrte zurück zur Oxford-Seite, hackte sich mit einem Tool, das Normalsterblichen ebenso wenig zur Verfügung stand wie etliches andere, das auf ihrem Rechner schlummerte (und von dem auch ihre Vorgesetzten besser nichts wissen sollten) in die medizinischen Unterlagen der Universität und spürte, wie sich ein Gefühl von erschrockenem Triumph in ihr breitmachte.

Messner hatte sich tatsächlich gleich in seinem ersten Jahr in Oxford operieren und die Narbe entfernen lassen, aber das Aufnahmeformular verriet ihr auch noch etwas anderes, nämlich dass er damals schon über eins neunzig groß gewesen war. Entweder war er seither um gute zehn Zentimeter geschrumpft, oder der Anwalt, den sie vorhin kennengelernt hatte, war nicht Klaus Messner.

Die Erkenntnis elektrisierte sie regelrecht, wenn auch auf keineswegs angenehme Art. Das war ein vollkommen anderes Ergebnis als das, mit dem sie gerechnet hatte, und es führte nur noch tiefer in das Gestrüpp aus Unwahrheiten, Lügen und Geheimnissen. Sie scrollte noch einmal zurück zum Jahrbuch, machte sich einen Ausdruck des Fotos und der dürren biografischen Daten, die dazugehörten, schloss sämtliche Fenster und löschte anschließend aus einem Gefühl heraus den Verlauf, bevor sie den Rechner ausschaltete. Dann griff sie zum Telefon und wählte Bettinas Nummer.

Das Freizeichen ertönte dreimal, dann erklärte ihr eine computergenerierte Stimme, dass die gewählte Nummer *temporarily not available* war.

Conny griff nach dem altmodischen Telefonbuch, das seit einem Jahrzehnt unangetastet in der Schreibtischschublade lag und darauf wartete, aus seinem Dornröschenschlaf geweckt zu werden, suchte die Nummer der Jugendschutzeinrichtung heraus und wählte sie, und diesmal bekam sie nicht einmal ein Freizeichen. Die Leitung war ebenso tot.

Das war seltsam. Nein, es war alarmierend, und die Polizistin in ihr mahnte sie jetzt dringend, mit einem ihrer Kollegen zu sprechen oder gleich bei der Wache anzurufen, auf der sie vorhin gewesen war. Aber was sollte sie sagen – dass sie sich Sorgen machte, weil das Telefon nicht funktionierte oder sie auf einen

Anwalt gestoßen war, den es gar nicht gab? Ein falscher Alarm wäre Wasser auf Eichholz' Mühlen.

Statt auf ihre Vernunft zu hören, die sie nie sonderlich interessiert hatte, zog sie ihre Jacke an, verließ das Büro und fuhr mit dem Aufzug in die Tiefgarage hinunter.

Um das Industriegebiet an Rande der Stadt zu erreichen, brauchte sie diesmal kaum eine Viertelstunde, was nicht nur am uhrzeitgemäß nachgelassenen Verkehr lag, sondern vor allem daran, dass sie auf die Geschwindigkeitsbegrenzung pfiff und auch die eine oder andere Ampel bei einem schon wirklich tiefdunklen Gelb erwischte. Erst als sie in die Straße einbog, an der das Kinder-/Frauenhaus lag, nahm sie wieder ein wenig Tempo weg und fuhr schließlich so langsam an dem geschlossenen Tor vorbei, wie es gerade noch ging, ohne aufzufallen.

Auf dem Weg hierher war es dunkel geworden, und der ehemalige Gutshof verwandelte sich allmählich in einen dräuenden Schatten, der schon jeden Gedanken daran zu etwas Verbotenen machte, sich ihm zu nähern. In dem großen Gebäude brannten nur sehr wenige Lichter, aber es *brannten* Lichter, und Conny begann sich allmählich zu fragen, ob sie dabei war, sich endgültig zur Närrin zu machen. Sie hatte mit dem Gedanken gespielt, einfach zu klingeln und Bettina zu berichten, was sie über den angeblichen Anwalt herausgefunden hatte. Aber das würde die junge Frau nur unnötig beunruhigen.

Also fuhr sie bis zum Ende der Straße, wendete dort und rangierte den Wagen gerade noch in Sichtweite in eine Parklücke, von der aus sie das Tor im Auge behalten konnte, ohne sofort selbst gesehen zu werden.

Das war albern, wie sie sich selbst sagte, aber was hatte sie schon zu verlieren, außer ein paar Stunden, in denen sie ohnehin nur allein in dem viel zu großen Haus sitzen und grübeln würde und bestenfalls auf einen undankbaren Kater warten, der ihr die Hände zerkratzte?

Das alles hinderte sie aber auch nicht daran, die Nummer der

Polizeiwache nebenan auf eine Kurzwahltaste ihres Telefons zu legen und das Smartphone eingeschaltet und griffbereit auf dem Beifahrersitz neben sich. Dann wartete sie.

Eine Stunde, die sich mit jedem Mal mehr zu dehnen schien, wenn sie auf die Uhr im Armaturenbrett sah. In dem Industriegebiet ringsum erloschen nach und nach die Lichter, und der Verkehr tröpfelte immer spärlicher und hörte dann ganz auf, abgesehen von einigen wenigen Lkw, die ihr Tagesziel ansteuerten oder zu einer Nachtfahrt aufbrachen. Fußgänger gab es gar keine, denn es war nicht gerade eine Gegend, die zum Spazierengehen einlud.

Fast auf die Minute genau jede halbe Stunde kam ein Streifenwagen vorbei und wurde auch langsamer, während er das Tor passierte, aber sie konnte nicht sagen, ob das die normale Routine hier war oder jemand (warum eigentlich nicht sie?) die Beamten gebeten hatte, an diesem Abend vielleicht etwas genauer hinzusehen. Trotzdem widerstand sie der Verlockung, die Streife anzuhalten und ein paar Worte mit den Kollegen zu wechseln; und sei es nur, um die Langeweile zu bekämpfen.

Sie fragte sich, wie sie es in ihrer Zeit als Zielfahnderin eigentlich geschafft hatte, manchmal nächtelang in einem Auto zu sitzen und darauf zu warten, dass die Zeit verstrich oder wenigstens *irgendetwas* passierte.

Aber das war in einem anderen Leben gewesen, einem Leben vor dem Mann, den sie als Trausch kennengelernt hatte und der vielleicht nicht einmal wirklich ein Mann gewesen war oder ein Mensch, und das noch aus greifbaren Dingen bestanden hatte, nicht aus Gedanken, die einen an der Wirklichkeit zweifeln ließen, wenn man ihnen zu weit folgte, und in denen sie noch gewusst hatte, wer sie war, oder es wenigstens geglaubt hatte. Kayser hatte nicht ganz so unrecht, wie sie ihm immer wieder Glauben machen wollte, wenn er auf den Schlagzeilen herumritt, die ihr die Presse damals so genüsslich um die Ohren gehauen hatte.

Natürlich war sie weit davon entfernt, sich wirklich für einen Vampir zu halten, und was immer Trausch auch in Wahrheit gewesen sein mochte, er hatte sich ganz gewiss nicht bei Vollmond in eine Fledermaus verwandelt, um auf die Jagd nach Jungfrauen zu gehen; einmal ganz davon abgesehen, dass er in Zeiten wie diesen dann wahrscheinlich längst verhungert wäre.

Aber sie hatte an seiner Seite ganz zweifellos einen Blick in eine Welt geworfen, die jenseits derer existierte, die die meisten Menschen zu kennen glaubten. Eine Welt aus düsteren Geheimnissen und Dingen, die nicht sein sollten, aus Furcht und Gewalt und schattenhaftem Schrecken, aber auch eine Welt voller Sinnlichkeit und nie gekannter Wonne und Verlockungen, denen sie eigentlich gar nicht hatte widerstehen wollen.

Was wäre wohl geschehen, wäre sie damals nicht neben Trauschs Leichnam aufgewacht?

Sie war fast froh, die Antwort nicht zu kennen, denn sie hatte ein bisschen Angst davor.

Conny sah auf die Uhr – lief das verdammte Ding eigentlich rückwärts? – und verdrehte mit einem lautlosen Seufzen die Augen. Noch mehr als eine Stunde bis Mitternacht. Sie nahm sich vor, so lange zu warten und dann … irgendetwas eben … zu tun, und in diesem Moment fuhr ein klapperiger Kleinbus an ihr vorbei, gefolgt von einem jüngeren Modell gleicher Bauart und einem schwarzen Jaguar.

Conny konnte sich gerade noch beherrschen, sich nicht schon wieder über den Sitz zu werfen, und dann war die kleine Kolonne auch schon vorbei. Die beiden Busse hielten hintereinander auf der dem Tor gegenüberliegenden Straßenseite, während der Jaguar noch ein kleines Stück weiterfuhr, bevor seine Scheinwerfer ebenfalls ausgingen.

Spätestens jetzt war die Zeit für Alleingänge endgültig vorbei. Conny behielt die beiden Busse aufmerksam im Auge, griff aber zugleich nach dem Smartphone und wählte die eingespeicherte Nummer. Die Kollegen würden in spätestens drei Minuten hier sein, vielleicht sogar schneller, wenn sie es dringend genug machte.

Oder auch nicht, denn das Telefon ging aus.

Conny legte die Stirn in Falten, nahm das Smartphone vom Sitz und versuchte ihre Aufmerksamkeit zwischen dem Display und den Wagen aufzuteilen, was ihr aber nicht wirklich gelang.

Außerdem wäre es gar nicht nötig gewesen, denn das Telefon blieb dunkel. Conny schaltete es aus und wieder ein, und diesmal leuchtete das Display immerhin auf, zeigte aber gleich darauf das Symbol für Netzsuche. Das war kein Zufall, sondern ein leistungsstarker Handystörer.

Connys Gedanken überschlugen sich, während sie beobachtete, wie ein gutes halbes Dutzend Gestalten aus den beiden Kleintransportern ausstieg und die Straße überquerte. Sie verschmolzen praktisch sofort mit den Schatten auf der anderen Straßenseite, aber was ihr Ziel anging, war die Auswahl auch nicht besonders groß.

Sie rechnete halbwegs damit, auch den vermeintlichen Anwalt wieder auftauchen zu sehen, aber die Stelle, an der die Rücklichter seines Jaguars erloschen waren, blieb dunkel. Vielleicht zum ersten Mal seit Jahren bedauerte sie zutiefst, keine Waffe zu tragen. Nicht, dass sie ihr wirklich etwas genutzt hätte – was sich da anschickte, den umgebauten Gutshof zu stürmen, das war eine kleine Armee –, aber sie hätte sich eindeutig besser gefühlt.

Dennoch musste sie etwas tun, auch wenn ihr nicht besonders viele Optionen blieben: Sie konnte los und zur Polizeiwache fahren – was sie alles in allem zehn Minuten kosten würde, in denen eine Menge passieren konnte, bis sie mit den Kollegen zurück (und so ganz nebenbei hoffnungslos in der Unterzahl) war, sie konnte sich den Kerlen allein und unbewaffnet in den Weg stellen (noch verrückter) oder weiterfahren, bis sie wieder Netzempfang hatte. Das wäre die beste (und vermutlich einzig vernünftige) Lösung. Aber irgendetwas sagte ihr, dass ihr vielleicht nicht einmal diese wenigen Minuten blieben.

Sie schaltete die Innenbeleuchtung aus, damit sie sie nicht verriet, wenn sie die Tür aufmachte, stieg aus und überquerte die Straße, wobei sie versuchte, sich möglichst außerhalb des Lichtes der altmodischen Natriumdampflampen zu halten, die das Industriegebiet in einen gelben Schein tauchten. Ganz gelang es ihr nicht, aber es erfolgte kein warnender Schrei, und es schoss auch niemand auf sie. Immerhin.

Erst als sie die Straße überquert hatte, fiel ihr noch etwas auf: Der Zaun strotzte nicht nur vor Videokameras, sondern auch einer gleichgroßen Anzahl starker Scheinwerfer, die den Bürgersteig davor vermutlich in taghelles Licht getaucht hätten, die aber allesamt erloschen waren. Das Handynetz war offensichtlich nicht das einzige, das die uneingeladenen Besucher vorsorglich außer Betrieb genommen hatten.

Sie versuchte die Gestalten am Tor auszumachen, erkannte aber nichts als eben nichts, verwarf den Gedanken aber auch gleich wieder, ebenfalls dorthin zu gehen. So dumm waren nicht einmal die Fußtruppen eines nachgemachten russischen Anwalts, nicht mindestens einen Mann mit einem Walkie-Talkie (oder einem funktionierenden Handy) zurückzulassen, der den Eingang im Auge behielt.

Sie suchte sich eine Stelle, an der die Schatten besonders tief waren, zog sich an dem zwei Meter hohen Zaun nach oben und streckte den Arm aus, führte die Bewegung aber nicht zu Ende, als sie den dünnen Draht sah, der den Zaun krönte. Vermutlich hatte der Alarmdraht auch keinen Strom mehr – und wenn doch, umso besser –, aber es war nicht nur ein Alarm-, sondern auch ein hundsgemeiner NATO-Draht, dessen zahllose Rasierklingen nun darauf warteten, ihr das Fleisch von den Fingern zu schneiden. Also zog sie ihre Jacke aus, warf sie über den Draht und kletterte erst dann hinüber.

Auf der anderen Seite war es so dunkel, als hätte der Zaun auch noch das letzte bisschen Sternenlicht ausgesperrt. Das Haus schien plötzlich einen Kilometer entfernt zu sein, und sämtliche

Lichter waren jetzt erloschen; abgesehen von einer einzelnen schwachen LED-Leuchte direkt über dem Eingang, die wahrscheinlich einen Notfall-Akku hatte. Sie meinte gedämpfte Stimmen zu hören, die aufgeregt auf Russisch durcheinanderriefen, aber sie konnten ebenso gut auch ihrer eigenen Nervosität entspringen.

Vorsicht brachte jetzt nichts mehr, außer vielleicht noch mehr kostbare Zeit zu verschwenden, also rannte sie los, wobei sie bewusst ein gutes Stück neben dem Weg entlangstürmte. Prompt stolperte sie zweimal über etwas, das in der nahezu vollkommenen Dunkelheit verborgen auf sie lauerte, fing sich aber nicht nur jedes Mal wieder, sondern nutzte den Schwung des begonnenen Sturzes sogar, um noch mehr Tempo zuzulegen.

Trotzdem kam sie zu spät.

18

Die Treppe führte gute zwanzig Meter weit nach oben, und das Gitter an ihrem oberen Ende war mit einer rostigen Kette und einem schweren Vorhängeschloss gesichert, an dem Alex eine Weile frustriert herumzerrte, bevor er aufgab und wieder einen halben Schritt und eine Stufe zurücktrat.

»Haltet euch die Ohren zu«, sagte er, während er den Revolver spannte.

Ben setzte zu einem schwachen Protest an, doch Alex drückte bereits ab. In dem mit hundert Jahre alten Glasfresken verkleideten Treppenschacht schien der Schuss noch lauter widerzuhallen als der erste, und die großkalibrige Kugel zerstörte das Vorhängeschloss nicht einfach, sie ließ es regelrecht in einzelne Moleküle zerspringen, die in alle Richtungen davonflogen.

Diesmal traf der Rückstoß Alex noch härter, denn er torkelte gleich mehrere Schritte zurück, ließ den Revolver fallen und krümmte sich. Die Waffe schlitterte ein paar Stufen weit nach unten und hätte ihren Weg womöglich unbekümmert bis zum Bahnsteig hinab fortgesetzt, hätte sich Marc nicht rasch danach gebückt und sie aufgehoben. Ihre Verfolger waren schon wieder bis auf ein Dutzend Stufen heran, blieben aber erschrocken stehen, als er drohend mit dem Revolver in ihre Richtung stocherte.

Alex hatte die Kette inzwischen aus dem Gitter gefädelt und riss und zog und zerrte jetzt mit beiden Händen daran. Im allerersten Moment änderte sich nichts, doch dann quälte sich Ben auf die Füße und griff ebenfalls zu, und das rostige Gitter begann sich mit einem erbärmlichen Quietschen zusammenzufalten. Ben zwängte sich als Erster hindurch, torkelte zur gegenüberliegenden Wand und ließ sich schwer dagegensinken. Alex stieß Marc unsanft hinter ihm durch die Lücke, schlüpfte als Letzter zu ihnen heraus und investierte eine Menge Kraft und wertvolle Sekunden darauf, das Gitter wieder zu schließen, dann nahm er Marc den Revolver ab, stieß den Lauf durch die Gitterstäbe und feuerte blindlings nach unten. Die Kugel explodierte harmlos auf halber Höhe der Treppe in der Wand und überschüttete ihre Verfolger mit einem Hagel aus Glassplittern und Funken, überzeugte sie aber auch davon, sich hastig wieder ein Stück zurückzuziehen.

»Das war Nummer fünf, wenn ich richtig gezählt habe«, sagte Marc. »Jetzt bleibt uns noch eine.«

Alex schob den Revolver unter den Gürtel und begann abwechselnd seine schmerzenden Handgelenke zu massieren. »Ich hatte schon immer den Verdacht, dass du ein verkapptes Genie bist«, sagte er böse. »Und was wollen wir mit mehr Munition? Uns eine wilde Schießerei liefern?« Er versetzte dem Gitter noch einen wuchtigen Tritt, der eine weitere Folge lang anhaltender, scheppernder Echos den Treppenschacht hinabrollen ließ, und machte eine Kopfbewegung in die andere Richtung.

Der Gang befand sich in keinem besseren Zustand als der Bahnsteig unten. Überall lagen Abfälle und Dreck, verkrusteter

Schmutz bildete kleine klebrige Dünen in den Winkeln, und von der Decke hingen verdreckte Spinnweben und Vorhänge aus grauem Staub wie zerrissenes Segeltuch herab. Marc sah immer wieder über die Schulter zurück, erkannte aber nichts als eine Mauer aus massiver Schwärze, die ihnen immer eine Winzigkeit schneller zu folgen schien, als sie gingen, und natürlich wurde seine Fantasie nicht müde, die Dunkelheit mit dem Geräusch von Schritten und den schrecklichsten Dingen zu füllen. Dann blieb Alex plötzlich stehen.

»Was ist denn …?«, begann Ben.

Alex brachte ihn mit einem erschrockenen Zischen zum Schweigen. »Still!«, flüsterte er. »Hört ihr nichts?«

Marc lauschte. Zuerst vernahm er nichts außer dem Trommeln seines eigenen Herzschlags, aber dann meinte er wieder das sonderbare Maschinengeräusch wahrzunehmen, das er schon ein paarmal gehört hatte, diesmal noch ergänzt durch ein rhythmisches Rattern.

»Da ist was«, flüsterte Alex. »Vielleicht der Ausgang.«

Oder vielleicht auch ein zwei Meter großer Russe mit einem perforierten Bein und sehr, wirklich sehr schlechter Laune, dachte Marc, schloss sich ihm aber klaglos an, als er mit schnelleren Schritten weiterging. Alex hatte recht gehabt. Vor ihnen lag der Ausgang, ein wie mit dünnen Haarlinien gezogenes Rechteck aus blassgelbem Licht, das eine rostige Metalltür mit abblätternder Farbe einrahmte.

Marc hätte vor Erleichterung am liebsten laut aufgestöhnt. Vor ihnen lag eine weitere Metrostation. Sie war hell erleuchtet, die Fresken an den Wänden waren unbeschädigt und sauber, und die zahllosen Reisenden auf dem Bahnsteig trugen normale Kleidung. Sie hatten es geschafft.

Er wollte unverzüglich losgehen, doch Alex hielt ihn mit einem erschrockenen Kopfschütteln und einem zusätzlichen Griff am Arm zurück. Zugleich deutete er auf Bens Gesicht, dann auf sein eigenes, und Marc verstand. Ihre Gesichter waren blutüberströmt und verdreckt, ihre Kleider hingen in Fetzen, und über den Ausdruck auf Bens und Alex' Gesichtern (und mit Sicherheit auch seinem eigenen) dachte er vorsichtshalber erst gar nicht nach. Sie würden keine zwanzig Schritte weit kommen, ohne eine mittelgroße Panik auszulösen.

Alex deutete auf einen beleuchteten Durchgang nur ein kleines Stück entfernt. Die kyrillischen Buchstaben darüber konnte Marc nicht entziffern, aber das Piktogramm daneben war international. Zumindest in Ländern, in denen es Toiletten gab.

Sie gingen langsam und mit gesenkten Köpfen los, aber Marc war sich trotzdem schmerzlich der verwirrten Blicke bewusst, die ihnen folgten. Ein junger Bursche mit Irokesenfrisur hob sein Handy und machte Fotos, und eine ältere Frau sprach sie besorgt auf Russisch an, ging dann aber kopfschüttelnd weiter, als keiner von ihnen reagierte. Aber sie erreichten ihr Ziel unbehelligt. Ein kurzer, hell erleuchteter Gang mit nur zwei eindeutig beschrifteten Türen brachte sie schließlich in eine unerwartet moderne und penibel saubere Toilette. Ben stürmte augenblicklich los und verschwand in einer der Kabinen, wo er mit erstaunlicher Lautstärke die unangenehmsten Geräusche zu produzieren begann, während Alex sich noch die Mühe machte, die anderen Kabinen zu inspizieren und sich davon zu uberzeugen, dass sie leer waren.

19

Das Licht über der Tür ging aus, als sie noch zwanzig Schritte entfernt war, und die Tür selbst stand einen Spaltbreit auf. Dasselbe Brecheisen, das die Lampe zerschlagen hatte, hatte auch das Schloss ausgehebelt.

Conny blieb einen Moment stehen und lauschte. Ohne viel Hoffnung sah sie auf das Telefon und wurde mit denselben Stinkefinger in Form eines durchgestrichenen Antennensymbols belohnt. Da sie ihre Jacke am Zaun zurückgelassen hatte, steckte sie es in die Hosentasche und spähte vorsichtig durch den Türspalt. Schatten bewegten sich dahinter, und das hin und her zuckende Licht von Taschenlampen. Sie hörte trappelnde Schritte und hysterische Stimmen. Ein Kind schrie so hoch und spitz, wie es nur Kinder vermögen, und dahinter war die Stimme einer Frau, die aufgeregt und nur noch einen Deut davon entfernt war, ebenfalls zu schreien. Türen knallten.

Conny nahm all ihren Mut zusammen und betrat das Haus. Auch die anschließende Gittertür war aufgebrochen und aus den Angeln gerissen worden, und dahinter sah sie die erste Gestalt – einen schlanken Schatten, der zu schnell wieder verschwand, um ihn wirklich zu erkennen, und etwas in der Hand hielt, das sie trotz des schlechten Lichts als Baseballschläger aus Aluminium identifizierte.

Das Geschrei der Kinder nahm zu, immer wieder übertönt von rauen Stimmen, die in einer anderen Sprache brüllten, und sie meinte auch Geräusche wie von einem Kampf zu hören. Immer mehr Taschenlampen blitzten, Türen knallten zu – vielleicht wurden sie auch eingetreten –, und das einzelne Kind kreischte noch immer so hoch und spitz und eigentlich länger, als es eigentlich konnte, ohne Luft zu holen.

Conny schlich weiter, blieb neben der offen stehenden Tür zum Speisesaal stehen und spähte um den Rahmen. Etliche Stühle und einer der großen Tische waren umgeworfen und ein paar der gerahmten Bilder anscheinend aus purer Zerstörungswut von den Wänden gerissen und zertreten worden. Eine Kaffeemaschine blubberte und entließ einen stetigen dampfenden Strom dorthin, wo gerade noch die Kanne gestanden hatte, die jetzt zerbrochen am Boden lag.

Sie ging weiter, und als sie die erste Tür auf der rechten Seite fast erreicht hatte, flog sie auf. Conny reagierte im allerletzten Moment, indem sie sich mit dem Rücken gegen die Wand presste, und das Türblatt setzte seinen Weg fort und traf sie mit solcher Wucht, dass sie Sterne sah und ihre Knie weich wurden.

Trotzdem rettete sie dieses Missgeschick. Der Mann rannte einfach weiter, trat die Tür auf der gegenüberliegenden Seite ein und stürmte hindurch, und Conny nutzte die Chance, ihren Weg fortzusetzen. Die Schreie und auch das fremdsprachige Gebrüll kamen näher, und einmal stach der Strahl einer Taschenlampe direkt in ihre Richtung und strich über ihre Brust, setzte seinen Weg aber unbeirrt fort, ohne innezuhalten. Dahinter führten Schatten einen irren Veitstanz auf, und auch die Frau (war das Bettina?) schrie jetzt laut und eindeutig in Panik, bis sie ein helles Klatschen zum Schweigen brachte, dem unmittelbar darauf ein dumpfer Aufprall folgte.

Sie bog an der nächsten Abzweigung ab, und damit endete ihre Glückssträhne.

Die Gestalt tauchte wie aus dem Nichts vor ihr auf, schlank, groß und in Fetzen gehüllt, wie es ihr in ihrer Aufregung vorkam, und prallte mindestens genauso erschrocken zurück wie sie, aber Conny überwand ihren Schrecken schneller.

Während der Angreifer die Fäuste hochriss, um sich auf sie zu stürzen, zog sie das Knie an, drehte sich auf dem Fußballen einmal um ihre Achse und schoss einen mörderischen Kung-Fu-Tritt nach seinem Gesicht ab.

Conny begriff ihren Fehler beinahe zu spät. Der Angreifer war kein Mann, sondern ein Junge, zwar groß und kräftig gebaut, aber allerhöchstens zwölf Jahre alt. Seine Fingerknöchel waren blutig, und in der Rechten hielt er ein kurzes Messer mit einer rostigen Klinge. Es war zu spät, um den Tritt noch zurückzunehmen, aber sie warf sich im letzten Moment noch ein Stück herum, sodass ihr Fuß nur seine Schulter traf, statt ihm das Gesicht zu zerschmettern. Trotzdem spürte sie, wie etwas darin zerbrach, und er wurde tatsächlich ein Stück weit in die Höhe gerissen und flog mit solcher Gewalt gegen die Wand, dass sein Hinterkopf den Putz absprengte und er leblos daran zu Boden glitt.

Conny war sofort bei ihm und auf den Knien, und ihr Herz tat einen erschrockenen Hüpfer in ihrer Brust, als sie sah, dass er tatsächlich noch jünger sein musste. Sein Gesicht und vor allem seine Haare starrten vor Schmutz, und er trug eine zerschlissene Jacke in schwarz-weißer Camouflage. Seine Augen waren offen, aber auf schreckliche Weise nach oben verdreht, und als sie die Hand nach ihm ausstrecken wollte, versuchte er schwächlich danach zu schlagen und ließ ein quietschendes Wimmern hören, sodass sie den Arm wieder zurückzog.

Ein Kind? Kaltes Entsetzen breitete sich in ihr aus. Hätte sie getroffen, hätte sie den Jungen wahrscheinlich umgebracht oder zumindest sehr schwer verletzt. Und plötzlich musste sie wieder an die kleine Armee aus Schatten denken, die die Straße vor ihr überquert hatten. Sie alle waren ihr sonderbar kleinwüchsig und schlank vorgekommen, wie ihr erst im Nachhinein aufging. Bedeutete das etwa …?

Sie sprang auf, lief weiter und gelangte in einen großen Raum, der zu ihrer Erleichterung aber ebenfalls verlassen war. Wenn auch vermutlich noch nicht lange, denn durch zwei offen stehende Türen flackerte Taschenlampenlicht herein und enthüllte einen Anblick der Verwüstung. Das musste der Freizeitraum gewesen sein, denn es gab allerlei Tische und Schränke voller Bücher und Spielzeugkartons, das meiste davon umgeworfen oder auf die eine oder andere Weise zerstört, und überall glitzerte zerbrochenes Glas.

Als sie den Raum durchquerte, hörte sie ein Wimmern. Conny blieb stehen, strengte die Augen an, versuchte die Dunkelheit mit Blicken zu durchdringen und sah schließlich eine Bewegung hinter einem umgestürzten Tisch.

Es war ein Mädchen von allerhöchstens fünf Jahren, das sich nur noch weiter zusammenkrümmte und das Gesicht mit den Armen bedeckte, als sie hinging und sich über ihr Versteck beugte. Aus seinem Wimmern wurde ein schluchzendes Weinen, und es versuchte noch weiter vor ihr zurückzuweichen.

»Keine Angst«, sagte Conny. »Ich tue dir nichts.«

Natürlich bewirkten ihre Worte das genaue Gegenteil. Das Mädchen schluchzte immer heftiger. Rotz und Tränen vermischten sich zu einer glänzenden Spur auf seinem Kinn, und genau wie der Junge gerade versuchte es nach ihr zu schlagen, als sie die Hände ausstreckte. Diesmal zog sie sie aber nicht zurück, sondern ergriff die Handgelenke der Kleinen so sacht, wie sie es gerade noch vermochte, ohne dass sie sich wieder losreißen konnte, und hielt sie fest.

»Beruhige dich«, sagte sie. »Ich tue dir nichts, hörst du? Ich bin hier, um euch zu helfen! Ich bin von der Polizei!«

Sie hatte selbst nicht damit gerechnet, aber es wirkte. Das Mädchen hörte auf, sich zu wehren. Als Conny seine Handgelenke losließ, ließ es die Arme sinken und versuchte sogar, sein Weinen zu unterdrücken, wenn auch mit wenig Erfolg. »Du bist … Polizist?«

»Ja«, antwortete Conny. »Was ist hier passiert?«

»Da sind überall fremde Männer«, schniefte die Kleine. »Sie haben alle geschlagen, mich auch. Bettina und Jo wollten sie rauswerfen, aber sie haben sie auch geschlagen und Jo verprügelt. Du musst sie verhaften! Sie sind böse!«

»Das werde ich«, versprach Conny. »Ganz bestimmt. Aber jetzt musst du mir etwas versprechen.«

Das Mädchen zog nickend die Nase hoch und fuhr sich mit dem Unterarm über Kinn und Mund.

»Du musst dich irgendwo verstecken, hörst du? Such dir irgendein Versteck und sei ganz leise. Du kommst erst wieder raus, wenn meine Kollegen hier sind und ›Polizei!‹ rufen. Und sie haben Lampen dabei und vielleicht auch Hunde. Hast du das verstanden?«

Das Mädchen starrte sie noch ein paar Sekunden lang aus großen Augen an, aber dann nickte es und versuchte sich aufzurappeln. Conny half ihm.

»Gut. Dann versteck dich jetzt.« Sie wartete nicht nur, bis das

Mädchen in der Dunkelheit hinter ihnen verschwunden war, sondern sie auch das Geräusch einer Schranktür hörte, gefolgt von einem kurzen Rascheln und Rumoren und einem abermaligen Türenklappen. Einen Moment lang überlegte sie ernsthaft, zurückzugehen und das Messer zu holen, das der Junge gehabt hatte, besann sich aber dann auf das, was sie selbst so vielen Berufsanfängern immer wieder predigte: Eine Waffe zu ziehen bedeutete nur zu oft, dass der andere es ebenfalls tat und vielleicht weniger Hemmungen hatte als man selbst, sie zu benutzen. Was sollte sie mit einem Messer? Es waren *Kinder!*

Der Gedanke erschien ihr nach wie vor vollkommen absurd. Sie hatte nun wahrlich genug Erfahrung, um zu wissen, dass ein geringes Lebensalter nicht zwingend mangelnde Entschlossenheit bedeutete, oder gar Rücksichtnahme, aber sie würde niemals ein Kind verletzen.

Nun ja, wenigstens nicht sehr.

Sie verfluchte sich im Stillen dafür, sich die Örtlichkeiten hier nicht besser eingeprägt zu haben, aber Geschrei und Lärm wiesen ihr den Weg. Etliche Kinder weinten jetzt lauthals, und auch das Stimmengewirr wurde noch einmal lauter. Wenigstens hörte sie keinen Kampflärm mehr, was immer das auch bedeutete. Aber als sie durch die Tür schlüpfte, wäre sie beinahe über einen Körper gestolpert, der dahinter auf dem Boden lag.

Es war der junge Bodybuilder, der sie am Abend an der Tür in Empfang genommen hatte, nur dass er jetzt aussah, als wäre er von einer Stampede überrannt worden. Sein T-Shirt hing in Fetzen, und sein Gesicht war blutüberströmt. Ein Auge begann bereits zuzuschwellen, und er hatte offensichtlich beide Schneidezähne verloren.

Das muss Jo sein, von dem das Mädchen gesprochen hatte, nur *sie haben ihn verprügelt* traf es nicht einmal annähernd. Auch seine Hose hing in Fetzen, und er blutete aus einem hässlichen Schnitt im Oberschenkel.

»Sind Sie in Ordnung?«, fragte sie und kam sich selbst dabei mehr als nur ein bisschen dumm vor. »Verstehen Sie mich? Können Sie atmen?«

Fast schon zu ihrem eigenen Erstaunen bekam sie eine Antwort, auch wenn sie im ersten Moment aus kaum mehr als einem angedeuteten Nicken bestand. »Das … Mädchen«, brachte er mühsam heraus. »Sie wollen … Nadeshda.«

Natürlich wollten sie Nadeshda, dachte Conny. »Bleiben Sie liegen«, sagte sie, wobei sie sich sogar noch ein bisschen dämlicher vorkam. »Halten Sie durch. Hilfe ist unterwegs.« Sie stand auf. »Wo ist ihr Zimmer? Nadeshdas Zimmer?«

Eine schwächliche Geste, die so ziemlich überallhin wies. »Sie haben sie … weggebracht. Aber es sind zu viele, und sie sind bewaffnet. Sie können … nichts tun.«

Damit hatte er vermutlich verdammt recht, aber sie konnte auch nicht *nichts* tun. Warum hatte sie nur so verdammt falsch reagiert und sich selbst gegenüber darauf bestanden, die Heldin zu spielen? »Das werden wir sehen. Bleiben Sie einfach liegen. Meine Kollegen sind gleich hier.«

Wenn er diese Behauptung genauso lächerlich fand wie sie, ließ er es sich jedenfalls nicht anmerken. Aber wahrscheinlich hatte er sie nicht einmal gehört.

Alles, was jetzt zählte, war Nadeshda. Sie hoffte inständig, sich auf den Weg dorthin richtig zu besinnen, machte kehrt und passierte den Jungen, der noch immer halb benommen dalag und die Hand auf seine gebrochene Schulter presste, und wurde wieder langsamer, als sie sich dem Speisesaal näherte. Sie musste wohl oder übel daran vorbei, um das Zimmer zu erreichen, in dem sie Nadeshda getroffen hatte.

Ein verstohlener Blick durch die halb offen stehende Tür ließ sie sich zu ihrer Vorsicht beglückwünschen, denn der große Raum war nicht mehr leer. Gute zwei Dutzend Kinder unterschiedlichsten Alters – wenn auch keines älter als fünfzehn, wie sie wusste – befanden sich von einer Handvoll zerlumpter Gestalten bewacht darin, die meisten weinend oder angstvoll aneinandergepresst, einige auch wie erstarrt vor Angst, während sich ihre Bewacher lautstark unterhielten. Conny sah, dass Jo recht hatte: Fast alle waren bewaffnet, mit Baseballschlägern, Eisenstangen oder auch Messern. Zu ihrer Überraschung entdeckte sie auch ein vielleicht zwölfjähriges Mädchen unter den Angreifern. Sie war die Einzige mit einer Schusswaffe, auch wenn es sich nur um eine kleine Armbrust der Art handelte, die man mit einer Hand bedienen konnte.

Conny wartete einen günstigen Moment ab, schickte ein lautloses Stoßgebet zu einem Himmel, an den sie noch nie so recht geglaubt hatte, und huschte an der Tür vorbei, ohne entdeckt zu werden. Aus dem hinteren Teil des Gebäudes drangen noch immer Lärm und Geschrei, aber die Aufregung nahm jetzt auch rasch ab. Nadeshdas Zimmer lag am Ende des langen Korridors, und sie konnte nur hoffen, sich in ihrer Aufregung in diesem Labyrinth nicht zu verirren.

Immerhin hatte sie wenigstens insofern Glück, dass es keinen zweiten Eindringling gab, der die Stelle des Postens vom Nachmittag eingenommen hatte.

Dafür waren sie zu zweit, als sie das Zimmer betrat und die Tür hinter sich schloss. Einer der Jungen hatte sich drohend vor dem Bett aufgebaut, auf dem Nadeshda mit angezogenen Knien hockte und angstvoll zu ihm hochsah, der andere drehte Conny den Rücken zu, als sie eintrat, fuhr aber augenblicklich herum und stürzte sich ohne das geringste Zögern auf sie.

Diesmal war Conny vorbereitet und empfing ihn mit einem kräftigen Schlag an die Kinnspitze, der so manchen Erwachsenen zu Boden geschickt hätte. Der Bursche knurrte lediglich wütend, setzte seinen Angriff fort und drängte sie gegen die Tür, und Conny kam zu dem Schluss, dass sie ihn genauso gut auch wie einen Erwachsenen behandeln konnte, wenn er denn schon darauf bestand, sich wie einer zu benehmen, und riss das Knie in die Höhe. Aus dem aggressiven Knurren des Jungen wurde ein atemloses Quietschen, während er sich wie in Zeitlupe vor ihr krümmte und auf die Knie sank, und Conny stieß ihn mit beiden Händen endgültig zu Boden und wandte sich dem zweiten Angreifer zu.

Gerade noch rechtzeitig, denn der Bursche hatte die Sekunde, die sie abgelenkt war, genutzt, um sich zu ihr umzudrehen und sich auf sie zu stürzen. Er hatte entweder aus dem Schicksal seines Kumpanen gelernt, oder er war von vornherein der Brutalere gewesen, denn er versuchte erst gar nicht, sie zu packen, sondern schoss einen geraden Faustschlag nach ihrem Gesicht ab, der sie zweifellos ausgeknockt hätte.

Wenn er denn getroffen hätte, was er natürlich nicht tat. Der Junge war für sein Alter außergewöhnlich groß und zweifellos so stark wie ein Ochse (und ungefähr so geschickt), und Conny drehte lediglich den Kopf zur Seite, packte sein Handgelenk und verdrehte es mit einem kräftigen Ruck. Sie sah sogar noch, wie sich seine Augen erstaunt weiteten, dann vollführte er einen grotesken halben Salto und krachte neben ihr auf den Rücken.

Sofort war sie über ihm, schlang den Arm von hinten um seinen Hals und nahm ihn in einen lehrbuchmäßigen *Choke.* Der Junge bäumte sich mit solcher Kraft unter ihr auf, dass er sie um ein Haar abgeschüttelt hätte, aber Conny hielt ihn eisern fest und erhöhte den Druck auf seine Halsschlagadern sogar noch, und nach zwei oder drei weiteren Augenblicken begann sein Widerstand zu erlahmen, dann spürte sie, wie sich seine Muskeln entspannten.

Sie gab vorsichtshalber noch ein paar Sekunden zu – nicht lange, denn sie wollte ihm ja keinen bleibenden Schaden zufügen – dann sprang sie auf, wandte sich dem zweiten Burschen zu, der noch immer weit nach vorne gebeugt auf den Knien hockte und mit beiden Händen seine geprellte Männlichkeit hielt, und verfuhr mit ihm auf die gleiche Art. Erstaunlicherweise wehrte er sich deutlich länger als sein viel kräftigerer Kamerad, doch nach ein paar Sekunden sank auch er schließlich nach vorne und verlor das Bewusstsein.

Hastig sprang sie wieder auf und wandte sich zu Nadeshda um. Das Mädchen hatte sich auf dem Bett aufgesetzt und sah aus ungläubig aufgerissenen Augen zu ihr hoch. Es zitterte am ganzen Leib, und sein Gesicht hatte jedes bisschen Farbe verloren.

»Keine Angst, ich hole dich hier raus«, sagte sie. »Aber wir haben keine Zeit! Schnell jetzt!«

Sie streckte die Hand nach dem Mädchen aus, aber etwas Seltsames geschah: Statt danach zu greifen, prallte Nadeshda erschrocken zurück und versuchte in die Wand hinter sich hineinzukriechen; als hätte sie Angst vor ihr statt vor dem, was draußen auf sie wartete.

Conny schüttelte den Gedanken ab und griff nach Nadeshdas Handgelenk. Manche Menschen musste man eben zu ihrem Glück zwingen.

20

Mit seinem letzten bisschen verbliebener Energie schleppte sich Marc zu einem der großen Waschbecken, stützte sich schwer mit beiden Händen darauf und musste all seinen Mut zusammennehmen, um sein eigenes Konterfei im Spiegel anzusehen. Er war nicht ganz sicher, ob es wirklich sein Gesicht war, das ihm entgegenblickte. Die grausige Clownsmaske aus Blut und Dreck und Augen, die groß genug wirkten, um für drei Gesichter zu reichen, schien einem anderen zu gehören.

Es waren nicht nur die Verletzungen und die schmierigen Streifen eingetrockneten Bluts und all der Schmutz. Er wirkte ausgemergelt und mindestens um zehn Jahre gealtert sowie auf eine Weise verheert, die er sich bisher noch nicht einmal hatte vorstellen können. Über seinem linken Auge klaffte ein hässlicher Schnitt, der erstaunlicherweise überhaupt nicht wehtat, aber immer noch blutete, und seine Augen sahen nicht so aus, als ob sie jemals wieder lächeln würden.

»Hier.« Alex reichte ihm ein Papierhandtuch, das er aus einem der Spender gezogen und nass gemacht hatte. »Damit sie nicht die *Ghostbusters* rufen, wenn wir rausgehen.«

Marc hätte ihm gerne gesagt, was er von seinem kranken Humor hielt, aber dazu war er zu müde. Er schob seine Hand nur mit einem Kopfschütteln weg, drehte den Hahn auf und schaufelte sich eine Ladung Wasser ins Gesicht.

Die Kälte traf ihn wie ein Schock, und statt den Schmerz in all den ungezählten kleinen Schnitten und Schrammen in seinem Gesicht zu lindern, brannte sie wie Feuer darin. Marc biss jedoch nur die Zähne zusammen, schaufelte sich noch mehr kaltes Wasser ins Gesicht und hielt anschließend den Kopf in den eiskalten Strahl, um seine Haare wenigstens vom Gröbsten zu reinigen. Als er sich endlich wieder aufrichtete und in den Spiegel schaute, sah er nicht wirklich besser aus. Aber immerhin anders.

Während er sich weiter – größtenteils vergebens – darum bemühte, seine Erscheinung in etwas anderes als eine Vogelscheuche zu verwandeln, die jemand zum Zielschießen benutzt hatte, ging Alex zu der Kabine und begann durch die geschlossene Tür mit Ben zu reden. Marc verstand seine Antwort nicht, aber Bens Stimme klang schwächlich, und Alex musste eine ganze Weile beruhigend auf ihn einreden, bis er die Tür aufmachte und herauskam; nicht derselbe Anblick des Schreckens, den Marcs eigenes Spiegelbild gerade geboten hatte, sondern noch einmal viel schlimmer.

Nicht zum ersten Mal begann sich Marc ernsthafte Sorgen um ihn zu machen. Ben war niemals ein sehr starker Mann gewesen, weder psychisch noch physisch, und er hatte weder jemals einen Hehl daraus gemacht, noch hatte es Alex und ihn daran gehindert, ihn in ihre seltsam asymmetrische Männerfreundschaft aufzunehmen. Jetzt fragte sich Marc zum ersten Mal ernsthaft, ob Ben dieses Abenteuer überleben würde, egal ob ihre Verfolger sie nun doch noch einholten oder nicht.

»Wir haben's gleich geschafft«, sagte Alex aufmunternd. »Noch eine Treppe und dann ins nächste Taxi, das uns schnurstracks zur Hotelbar bringt, und …«

Die Tür flog auf und knallte mit solcher Wucht gegen die Wand, dass irgendetwas zerbrach, und King Kong machte einen einzelnen, humpelnden Schritt herein.

Ben japste hörbar nach Luft, Marc spürte, wie sein Herz einen Schlag übersprang und dann mit dreifacher Schnelligkeit weiterhämmerte, und Alex wich mit einer halben Drehung von Waschbeckenrand zurück und zerrte den Revolver aus dem Gürtel.

Der Russe verzog nur geringschätzig die Lippen und machte einen weiteren unbeholfenen Schritt zu ihnen herein, wobei er einen blutigen Fußabdruck auf dem Boden hinterließ. Hinter ihm drängten weitere zerlumpte Gestalten herein, und auf dem Bahnsteig wurden erschrockene Rufe und hastiges Getrappel laut.

»Komm lieber nicht näher, Großer«, sagte Alex. »Ich hab nichts mehr zu verlieren, weißt du?«

Der Russe machte einen weiteren Schritt, knickte in dem verletzten Bein ein und griff rasch nach einem Waschbecken, um sich daran abzustützen, aber sein Grinsen wurde nun noch verächtlicher, und in seinen Augen erschien ein böses, gewalttätiges Funkeln. Alex hob die Waffe mit beiden Händen, spannte mit unübersehbarer Mühe den Hahn und versuchte vergeblich, den Lauf am Zittern zu hindern, während er den Revolver drohend auf die Brust des Riesen richtete. Und tatsächlich blieb dieser für einen einzelnen Moment stehen und wirkte leicht verunsichert. Doch dann ballte er die Hände zu Fäusten und machte einen weiteren Schritt in ihre Richtung. Alex' Zeigefinger schmiegte sich um den Abzug.

Draußen auf dem Bahnsteig wurde es laut. Eine Trillerpfeife, rennende Schritte und aufgeregte Schreie näherten sich, und in die Begleiter des Russen kam Unruhe. Marc glaubte das Wort *Polizija* zu hören, gefolgt vom weiteren, drohenden Trillern einer Pfeife. Zuerst einer, dann alle anderen Begleiter des Russen machten auf dem Absatz kehrt und stürmten hinaus, und schließlich drehte er sich auch selbst um und ging – allerdings nicht, ohne ihnen noch einen drohenden Blick zugeworfen zu haben und sich mit zwei blutigen Fingern über die Kehle zu fahren.

Ben atmete so erleichtert auf, dass es fast wie ein Schrei klang. »Das war knapp.«

»Und es ist noch nicht vorbei.« Ohne seine Bemerkung zu erklären, trat Alex in die Kabine, die Ben gerade so ausgiebig benutzt hatte, warf den Revolver in die Schüssel und kam zurück; nachdem er unsinnigerweise auch noch die Spülung betätigt hatte. »Raus jetzt. Aber unauffällig.«

»Da draußen ist die Polizei«, sagte Ben. »Die helfen uns.«

»Klar doch«, sagte Alex verächtlich. »Gleich nachdem wir ihnen erklärt haben, was wir mit den Kerlen zu tun haben und warum wir so aussehen, wie wir aussehen, nicht wahr?« Er schnitt Bens Antwort mit einem herrischen Kopfschütteln ab, ergriff ihn kurzerhand unter dem Arm und zog ihn mit sich. Schreie, aufgeregte Rufe und das inzwischen fast ununterbrochen anhaltende Schrillen der Pfeife vereinten sich mit durcheinanderrennenden Gestalten und hektischer Bewegung und tanzendem Licht zu einem einzigen Chaos, als sie den kurzen Gang durchquerten und auf den Bahnsteig hinaustraten.

Während sie sich nach rechts und zu der Rolltreppe am anderen Ende des Bahnsteigs wandten, hielt Marc nach dem Russen und seinen Begleitern Ausschau. In dem allgemeinen Durcheinander entdeckte er sie erst, als der Russe bereits als Letzter hinter der Tür verschwand, durch die sie gerade hereingekommen waren, gefolgt von gleich drei rennenden Gestalten in blauen Uniformen. Weitere Polizisten stürmten aus der anderen Richtung heran und kaum mehr als eine Armeslänge an ihnen vorbei. Sie nahmen jedoch keine Notiz von ihnen, sondern konzentrierten sich darauf, zu ihren Kollegen aufzuschließen und ihre Trillerpfeifen zu malträtieren, sodass sie ihren Weg unbehelligt fortsetzten. Der eine oder andere misstrauische Blick folgte ihnen, aber wenigstens machte niemand mehr Fotos, und die allgemeine Aufmerksamkeit konzentrierte sich auf das andere Ende des Bahnsteigs. Gleich drei Polizisten mühten sich mit vereinten Kräften vergeblich, die Tür aufzubekommen. Einer von ihnen sprach aufgeregt in ein altmodisches Funkgerät, während seine beiden Kameraden die Türe abwechselnd mit Fußtritten traktierten, ohne dabei mehr zu erreichen, als sich die Knöchel zu prellen.

Vor der Rolltreppe wurde es noch einmal eng. In ihrer Aufregung steuerten sie die falsche Seite an, was zu einem kleinen Gedrängel und weiterem unwilligem Murren und bösen Blicken führte, doch dann korrigierten sie ihren Fehler und tauchten in die nach oben fahrende Menschenmenge ein wie Fische, die Schutz in einem größeren Schwarm suchten.

21

Nadeshda rührte sich nicht, auch nicht, als sie ans Bett trat und die Hand ausstreckte. Ganz im Gegenteil wich sie so weit vor ihr zurück, dass ihr Rücken gegen die Wand stieß.

»Bitte!« Conny hob beschwörend beide Hände. »Ich weiß, dass du Angst hast, aber wir haben keine Zeit!«

Die Furcht in Nadeshdas Augen loderte nur noch heller, und Conny streckte die Linke aus und machte mit den Fingern eine laufende Bewegung. »Ich bring dich hier raus, aber du musst mir helfen!«

Wenn schon nicht die Worte, so verstand Nadeshda doch anscheinend die Bedeutung ihrer Geste, vielleicht auch nur den Unterton von Panik in ihrer Stimme, denn nach einer weiteren

Sekunde rang sie sich zu einem abgehackten Nicken durch und rutschte vom Bett.

Conny eilte zur Tür und zog sie vorsichtig einen Spaltbreit auf. Draußen hatte sich nichts verändert. Lärm und Stimmengewirr hielten an, und auch die beiden Jungen blieben brav am Boden und rührten sich nicht. Aber sie würden allerhöchstens ein paar Minuten bewusstlos bleiben, und dann brach hier die Hölle los. Vorsichtig spähte sie in den Gang hinaus und wedelte zugleich mit der Hand in Nadeshdas Richtung. »Komm!«

Sie hörte, wie das Mädchen aufstand und näher kam. Den Impuls, sie am Arm zu ergreifen und hinter sich herzuziehen, konnte sie so gerade noch unterdrücken. Weiß der Teufel, wie Nadeshda reagiert hätte. Sie war vollkommen eingeschüchtert und verängstigt, sodass sie buchstäblich mit allem rechnete.

Zumindest im Augenblick blieb ihr das Glück aber hold. Eine Stimme brüllte so aufgebracht und laut, als stünde ihr Besitzer direkt hinter ihnen, aber der Korridor war leer, und sie stürmte los, Nadeshdas trappelnde Schritte unmittelbar hinter sich. »Weißt du, wie es hier rausgeht?«, fragte sie, bekam wieder keine Antwort und sah über die Schulter zurück. »*Exit?*«

Nadeshda blieb stehen, sah sich eine Sekunde lang hilflos um und deutete dann nach vorne und nach rechts, und sie rannten weiter. An der nächsten Abzweigung bogen sie ab und fanden sich in einem schmalen, unbeleuchteten Korridor wieder. An seinem Ende entfernt befand sich eine Tür mit einem Oberlicht, durch das ein blasser grauer Schein hereinfiel. Sie legte einen kurzen Endspurt ein, drückte die Klinke herunter und hätte vor Enttäuschung beinahe laut aufgeschrien, als die Tür zwar aufging, nach nur wenigen Zentimetern aber mit einem harten Ruck wieder zum Stehen kam. Panik wollte sich in ihr breitmachen und hätte sie vielleicht sogar überwältigt, hätte sie da nicht die Sicherungskette erblickt, die so hoch oben an der Tür angebracht war, dass normale Kinderhände sie nicht erreichen konnten. Mit zitternden Fingern entriegelte sie sie, zog die Tür endgültig auf und stürzte hindurch und ins Freie.

Kühle Nachtluft empfing sie und der blasse Schein eines Sternenhimmels, der sich nun doch entschlossen hatte, den Zaun zu überwinden. Sie stand auf einer Terrasse, die zu einem kleinen Spielplatz mit Sandkasten und einer Handvoll Spielgeräte gehörte, deren Umrisse sich wie die Skelette vor Jahrmillionen gestorbener Urzeittiere in der Dunkelheit verloren. Aber es war dennoch nicht dunkel genug, um ihr nicht den zwei Meter hohen Maschendrahtzaun zu zeigen, der ihn umgab.

Sie streckte die Hand nach Nadeshda aus, aber das Mädchen war ihr nicht nach draußen gefolgt und schüttelte im Gegenteil erschrocken den Kopf.

»Ich weiß, dass du Angst hast«, sagte Conny. »Aber das musst du nicht. Wir haben es fast geschafft. Komm!«

Beinahe schon ein bisschen ungläubig gestand sie sich ein, dass das tatsächlich wahr war. Hinter dem Zaun begann ein weitläufiger Park, in dem sie sich bei den herrschenden Lichtverhältnissen vor einer ganzen Armee verstecken konnten, wenn es sein musste. Sie wiederholte ihre Geste, und Nadeshda machte tatsächlich einen halben Schritt, blieb dann aber wieder stehen und sah hinter sich, und bei allem Verständnis, für so einen Unsinn hatte sie keine Zeit. Kurz entschlossen griff sie nun doch nach Nadeshdas Arm und zog sie grob hinter sich her zum Zaun.

Er war nicht ganz so hoch, wie sie angenommen hatte, und die hoffnungslos durchgebogenen Maschen verrieten ihr auch, dass sie nicht die Ersten waren, die darüber zu klettern versuchten. Sie ließ Nadeshda los, grub die Finger der Linken in die Maschen und bedeutete ihr mit der anderen Hand, dasselbe zu tun. Nadeshda starrte den Zaun an, als stünden sie vor einer senkrechten Wand aus Eis, in deren Spalten giftige Schlangen und Skorpione lauerten, und Conny ging halb in die Hocke, streckte die andere Hand flach aus und versuchte ihr pantomimisch klarzumachen, dass sie den Fuß darauf stellen und sich helfen lassen sollte. Tatsächlich setzte das Mädchen dazu an, und in diesem Moment wurde die Tür hinter ihnen so wuchtig aufgerissen, dass sie mit einem lautstarken Knall drinnen gegen die Wand krachte.

Nadeshda erstarrte mitten in der Bewegung zur Salzsäule, und Conny sah über die Schulter zurück und begriff endgültig, dass sich das Schicksal wohl tatsächlich gleich eine Reihe ganz besonders böser Scherze mit ihr erlaubte.

Zuerst eine, dann zwei weitere schmale Gestalten traten aus dem Haus. Der Strahl einer Taschenlampe irrte über die Terrasse, beschrieb einen raschen Dreiviertelkreis und verfehlte Nadeshda und sie um Haaresbreite, setzte seinen Weg aber unmittelbar und zu einer vermutlich gründlicheren Untersuchung fort. Zehn Sekunden, schätzte sie, wenn überhaupt. Jetzt blieb ihnen keine andere Wahl mehr, als alles auf eine Karte zu setzen. Wenn sie es über den Zaun schafften, hatten sie immer noch eine gute Chance, in der Dunkelheit des Parks unterzutauchen.

Kurz entschlossen ergriff sie Nadeshda unter den Achseln, hob sie in die Höhe und rammte sie so hart gegen den Zaun, dass sie instinktiv zugriff und wie eine Fliege in einem eisernen Spinnennetz daran hängen blieb. Mit einer einzigen Bewegung zog sie sich auf die gleiche Höhe hinauf, rammte die Hand unter Nadeshdas Hinterteil und schob sie weiter hoch. »Klettern!«, zischte sie. »Um Himmels willen, *klettern!*«

Nadeshda kletterte nicht. Sie ließ ihren Halt los und sprang wieder hinab. Dann stieß sie einen spitzen, unglaublich *lauten* Schrei aus.

Conny erstarrte einen halben Atemzug lang vor Entsetzen, ließ dann ebenfalls los und drehte sich noch im Sprung halb herum. Sie kam ungeschickt auf, fing den beginnenden Sturz aber irgendwie ab und schraubte sich in einer unbeholfenen halben Pirouette aus der Hocke wieder hoch. Schmerzhaft grelles weißes Licht stach ihr in die Augen. Sie sah nur Schatten, die auf sie zustürmten, und hörte aufgebrachte Stimmen. Nadeshda schrie weiter.

Es waren drei, mindestens, und einer der Umrisse war entschieden zu groß, um zu einem Kind zu gehören. Conny richtete sich hastig ganz auf, presste den Rücken gegen den Zaun und hob in einer kapitulierenden Geste die Arme. Den Ausdruck von Panik auf ihrem Gesicht musste sie nicht spielen.

Auch nicht die blitzartige Bewegung, mit der sie den Arm des ersten Angreifers packte, als er ihr die Faust in den Leib zu rammen versuchte und so schwungvoll verdrehte, dass er mit einem überraschten Keuchen den Boden unter den Füßen verlor und seine Härte mit dem Gesicht austestete. Gleich darauf war sie auf den Knien und neben ihm auf dem Boden, zumindest mit einem. Das andere rammte sie ihm mit solcher Wucht gegen die Schläfe, dass er die Augen verdrehte und auf den Rücken rollte.

Die beiden anderen waren sofort über ihr. Einer versuchte nach ihrem Gesicht zu treten, doch sie konnte sich noch rechtzeitig wegdrehen, sodass er nur ihre Schulter traf und sie rücklings gegen den Zaun schleuderte. Dadurch verfehlte auch der Fausthieb des zweiten sein Ziel, und Conny revanchierte sich, indem sie ihm die flachen Hände wuchtig genug gegen die Brust stieß, um ihn meterweit zurücktorkeln und ungeschickt aufs Hinterteil fallen zu lassen.

Der andere versuchte erneut nach ihr zu treten. Conny schlug seinen Fuß zur Seite und versetzte ihm in der Hocke einen Tritt gegen das andere Bein, der ihn ebenfalls zu Boden schickte. Sofort versuchte er wieder aufzuspringen, aber sie war bereits über ihm und schlug ihm mit der flachen Hand zweimal so kräftig ins Gesicht, dass ihm hoffentlich die Lust auf eine weitere Runde verging.

Aber es war nicht vorbei. Der erste Angreifer kam bereits stöhnend wieder zu sich, und aus dem Haus wehte ein ganzer Chor aufgeregter Stimmen und rennender Schritte zu ihnen heraus. Ohne auf den dritten Jungen zu achten, den sie weggestoßen hatte, wirbelte sie wieder zum Zaun herum, kletterte in Windeseile daran hoch und hielt an, als sie oben war. »Nadeshda!«, schrie sie. »Deine Hand!« Gleichzeitig streckte sie den freien Arm nach dem Mädchen aus.

Nadeshda sah aus großen Augen zu ihr hoch, und was Conny darin las, das jagte ihr einen eisigen Schauer über den Rücken. Dann trat sie hinter sie und hob die Arme.

Aber nicht, um sich helfen zu lassen. Stattdessen grub sie die Hände in Connys Gürtel und zerrte sie wieder nach unten.

Conny war so schockiert, dass sie nicht einmal versuchte, sich zu wehren. Sie fiel so schwer neben dem Mädchen auf die Knie und einen Ellbogen, dass sie ihre Kniescheiben knacken hörte und eine Lohe aus rotem Schmerz durch ihre Arme bis in den Hals hinaufschoss und ihr die Tränen in die Augen zwang. Alles drehte sich. Sie musste kämpfen, um die Schwäche zu vertreiben, die ihre Glieder ergriff, und die noch viel schlimmere Dunkelheit, die ihre Gedanken einzulullen versuchte.

Irgendwie gelang es ihr, beides zurückzudrängen und sich in eine wenigstens halb sitzende Haltung zu stemmen. Nadeshda stand neben ihr und sah noch immer auf dieselbe unheimliche Art auf sie herab. Ihr Gesicht verschwamm immer wieder in den Tränen in ihren Augen. »Aber wieso?«, murmelte sie. »Warum hast …?«

Nadeshda trat ihr so wuchtig ins Gesicht, dass ein feiner roter Sprühnebel aus ihrer Nase explodierte und ihr Kopf nach hinten gegen einen der eisernen Zaunpfähle geworfen wurde.

Sie verlor auch diesmal nicht das Bewusstsein, aber Schwäche und Düsternis kehrten zurück, und diesmal hatte sie kaum noch die Kraft, sich dagegen zu wehren. Alles wurde unwirklich, wie in einem schlimmen Traum. Das Blut pochte in ihren Schläfen, und dann waren sie über ihr, nicht nur der große Kerl, der sie niedergeschlagen hatte, sondern drei, vier, fünf und vielleicht noch weitere. Starke Hände zerrten sie in die Höhe und warfen sie gegen den Zaun, eine Faust bohrte sich in ihren Magen und nahm ihr auch noch das allerletzte bisschen Luft, und ein harter Stiefel traf ihre Kniekehle, sodass sie erneut zu Boden sank.

Aber damit hörte es nicht auf. Schläge und Tritte prasselten auf sie herab, aufgebrachte Stimmen schrien durcheinander, und etwas, das sich so hart wie eine Eisenstange anfühlte und es vermutlich auch war, traf ihre ohnehin verletzte Schulter und entfachte den Schmerz darin zu neuer Wut.

Dann und ganz plötzlich erlosch der Schmerz, obwohl sie weiter auf sie einschlugen und -traten. Vielleicht, weil sie endgültig begriff, dass es vorbei war. Diesmal würde kein rettender Vampir-Engel auftauchen, um sie zu beschützen. Was für ein heroisches Ende, von einer Bande durchgeknallter Kinder totgeprügelt zu werden.

Stattdessen ertönte plötzlich eine scharfe Stimme, es hörte auf, und die Angreifer zogen sich zurück. Conny rollte sich stöhnend auf den Rücken, nahm die Arme aber noch nicht herunter, mit denen sie versucht hatte, wenigstens ihr Gesicht zu schützen. Wieso lebte sie eigentlich noch und war sogar bei Bewusstsein?

Vorsichtig nahm sie nun doch die Hände herunter und versuchte, die Tränen wegzublinzeln und den Kopf zu heben, aber Letzteres gelang ihr nicht. Die Anstrengung wäre einfach zu groß gewesen, und ihr Kopf zu schwer.

Sie konnte immer noch nicht richtig sehen, aber sie erkannte immerhin, dass Nadeshda neben ihr stand und aus Augen auf sie herabsah, denen jegliches Mitgefühl fremd war. Die Kinderbande bildete einen drohenden Halbkreis aus mörderischen Schatten hinter ihr, und dazwischen erhob sich eine andere, größere Gestalt, an der irgendetwas anders war, ohne dass sie im ersten Moment sagen konnte, was. Dann erkannte sie es doch: Statt in schmuddelige Camouflage, war der Mann in einen dunklen Anzug gekleidet. Sein Gesicht konnte sie immer noch nicht richtig erkennen, aber das musste sie auch nicht, um zu wissen, wer es war. »Wir töten keine Frauen, Frau Kommissarin«, sagte Messner. »Aber mischen Sie sich nie wieder in Dinge ein, die Sie nichts angehen.«

Er gab Nadeshda einen Wink, und das Mädchen holte mit dem Fuß aus.

2

Bonnie und Clyde 2.0

1

Wieder im Krankenhaus und wieder an piepsende und blinkende Gerätschaften angeschlossen, die sich ausgelassen darüber unterhielten, was ihr wo und wie alles wehtat und auch noch eine geraume Weile tun würde, eine Nadel im Arm, eine andere im Handrücken und Katheter und Schläuche an Stellen, wo sie sie auf keinen Fall haben wollte. Conny spürte, dass sie nicht zum ersten Mal aus einem langen und alles andere als erfrischenden Schlaf erwachte, obwohl sie keine Erinnerung daran hatte, diesen Weg zuvor ganz zu Ende gebracht zu haben. Diesmal gelang es ihr.

Auch wenn sie nicht sicher war, das überhaupt zu wollen.

Es roch seltsam, nicht nach Krankenhaus, sondern nach etwas anderem und weit Unangenehmerem. Sie war nicht sicher, ob sie auf dem Bett festgeschnallt war oder ihren Gliedern einfach die Kraft fehlte, ihren Befehlen zu gehorchen, also döste sie noch eine Weile vor sich hin und öffnete erst dann und fast widerwillig die Augen.

Nein, sie war nicht im Krankenhaus. Sie war in der Hölle, und der Oberteufel persönlich stand an ihrem Bett und sah aus schadenfroh funkelnden Augen auf sich herab.

»Das nenne ich pünktlich. Sie haben fast auf die Minute genau vorhergesagt, wann Sie aufwachen.«

Connys Blick klärte sich, und die Teufelsfratze floss zu Eichholz' Gesicht zusammen. Nicht, dass es einen großen Unterschied machte.

»Wie geht es Ihnen?«, fragte er. »Ich weiß, dass Sie das wahrscheinlich für eine dumme Frage halten, aber sagt man so etwas nicht in Situationen wie dieser?«

Conny hätte gerne etwas Unfreundlicheres erwidert, aber ihre Zunge lag wie Blei in ihrem Mund, und plötzlich spürte sie, wie durstig sie war. Sie versuchte, ihre Lippen mit der Zunge zu befeuchten, aber nicht einmal das gelang ihr.

Eichholz drehte sich weg und verschwand für einen Moment aus ihrem Blickfeld. Als er wieder auftauchte, hielt er einen Becher mit einem Plastikstrohhalm in der Hand. Ohne auf ihren schwächlichen Protest zu achten (der nur aus einem stummen Augenrollen bestand), streckte er die freie Hand aus, hob ihren Hinterkopf an und brachte den Strohhalm zwischen ihre Lippen. An den ersten Tropfen Flüssigkeit verschluckte sie sich prompt und musste so qualvoll husten, dass sie beinahe zu ersticken glaubte. Eichholz zog den Becher zurück und wartete, bis sie wieder halbwegs zu Atem gekommen war, bevor er ihn erneut ansetzte. Diesmal gelang es ihr, einige wenige Schlucke in ihre Kehle zu zwingen; das Köstlichste, was sie jemals im Leben genossen hatte.

Aus reiner Bosheit, wie es ihr vorkam, zog Eichholz den Becher wieder zurück und wartete eine endlose Minute, bis er ihr weiterzutrinken gestattete. Sie konnte plötzlich nicht nur besser atmen, auch ihre Zunge verwandelte sich von einem Stein wieder in etwas, das sich halbwegs lebendig in ihrem Mund anfühlte; auch wenn es faul schmeckte und nur aus spitzen Dornen zu bestehen schien. Sie hätte den Becher gerne ganz ausgetrunken, aber das ließ er nicht zu, sondern drehte sich wieder weg und dann mit leeren Händen zu ihr.

Sie versuchte zu sprechen, und erstaunlicherweise gelang es ihr sogar oder wenigstens etwas Ähnliches. »Wo bin ich?«, würgte sie hervor.

Eichholz grinste flüchtig. »Die Frage war mindestens genauso dumm wie meine gerade, und damit sind wir wohl quitt. Aber nur der Ordnung halber: im Krankenhaus. Im Gefängnishospital, um genau zu sein. Aber keine Angst, nicht weil Sie etwas ausgefressen hätten, sondern weil Sie hier absolut sicher sind. Und, nein, ich habe nicht die letzten vier Tage an ihrem Bett verbracht. Die moderne Medizin ist schon etwas Erstaunliches, wissen Sie? Die Ärzte konnten mir fast auf die Minute genau voraussagen, wann Supergirl wieder aufwacht. Obwohl es eine Zeit lang nicht unbedingt so ausgesehen hat, als würde das überhaupt passieren.«

Supergirl? Wenn sie Supergirl war, dann nach einem Vollbad in Kryptonit. »Was ist passiert?«, krächzte sie.

Eichholz drehte sich noch einmal kurz weg und wieder zurück, um ihr den Strohhalm erneut hinzuhalten. Diesmal gestattete er ihr, den Becher ganz zu leeren. »Das ist eine lange Geschichte«, sagte er, während sie trank. »Und ganz kenne ich sie nicht. Ich hatte gehofft, den Rest von Ihnen zu erfahren. Aber das hat Zeit, bis sie wieder auf dem Damm sind. Sie laufen ja nicht weg.«

»Und was wollen Sie dann jetzt von mir? Mir beim Schlafen zusehen?«

»Jetzt bringen Sie mich in Verlegenheit. Wenn ich Nein sage, verletze ich Sie in Ihrer Ehre als Frau, und sage ich Ja, finde ich mich auf irgendeiner *MeToo*-Liste wieder.« Er seufzte übertrieben. »Es sind verdammt schwierige Zeiten.«

»Ja, vor allem für Sie, nicht wahr?«, krächzte Conny.

Eichholz sah sie etliche Sekunden lang durchdringend an, hob dann die Schultern und stellte den leeren Becher zurück. »Ich weiß, dass ich für Sie so etwas wie das personifizierte Böse bin, Cornelia, und ob Sie's glauben oder nicht, ich kann Sie sogar ein bisschen verstehen. Aber in diesem Fall tun Sie mir wirklich unrecht. Ich bin nicht hergekommen, um mich an Ihrem Anblick zu erfreuen – der im Moment übrigens gar nicht so erbaulich ist, wenn Sie mir die Bemerkung gestatten.«

»Das müsste jetzt fast für MeToo reichen«, antwortete sie. »Auf jeden Fall für eine Beschwerde wegen Mobbing.«

Eichholz lächelte zwar flüchtig, fuhr dann jedoch in ganz und gar unverändertem Ton fort: »Ich bin immer noch nicht ganz sicher, ob ich Sie nun dreikantig rausschmeißen oder für eine Beförderung vorschlagen soll. Aber keine Sorge: Ich weiß, was ich meinen Leuten schuldig bin und stelle mich natürlich voll und ganz vor Sie.«

Sie hatte niemals zu *seinen Leuten* gehört, und das wusste er auch. »Ist es neuerdings verboten, eine Entführung verhindern zu wollen?«, fragte sie trotzig.

»Wenn man sich dabei so amateurhaft anstellt wie eine gewisse Kriminalhauptkommissarin, deren Namen ich jetzt aus naheliegenden Gründen nicht aussprechen möchte, sollte es das eigentlich sein«, gab Eichholz mit einem Lächeln zurück, das nicht wirklich eines war.

»Machen Sie's nicht so spannend«, nuschelte sie; kaum mehr als ein Reflex, um ihm den Spaß zu verderben, zweifelte sie doch keine Sekunde daran, dass er sich diese Rede sorgsam und Wort für Wort zurechtgelegt hatte. Aber allmählich begannen ihre Erinnerungen nun doch zu erwachen, natürlich nicht ganz und schon gar nicht so, wie sie es gerne gehabt hätte. Bilder begannen hinter ihrer Stirn durcheinanderzuwirbeln, Geräusche und Gerüche und Fetzen von Emotionen, die ihr Unterbewusstsein sorgsam konserviert hatte, um sie jetzt damit zu terrorisieren. Es hatte etwas mit einem schwarzen Jaguar zu tun, der irgendwie wichtig war, und …

»Nadeshda! Was ist mit Nadeshda?«

Eichholz bedachte sie mit einem missbilligenden Stirnrunzeln. »Da ist sie ja wieder, unsere gute alte Conny, wie wir sie alle lieben und ins Herz geschlossen haben«, sagte er spöttisch. »Ich nehme an, Sie reden von demselben Mädchen, das Sie jetzt zum zweiten Mal beinahe umgebracht hätte?«

Conny blickte verwirrt, und Eichholz fuhr mit einem überzeugten Nicken fort, das zugleich irgendwie boshaft wirkte: »Ich hatte von Anfang an meine Zweifel, aber selbst Sie glauben doch wohl mittlerweile nicht mehr wirklich, dass die Kleine auf Kutzow geschossen hat, oder?«

Conny glaubte gar nichts. Sie wusste in diesem Moment nicht einmal, wovon er sprach. Sie blickte nur noch verwirrter.

»Um Ihre Frage zu beantworten: Sie ist natürlich verschwunden. Genau wie der Rest der Bande.« Er machte eine Bewegung, wie um ihr das Wort abzuschneiden, obwohl sie gar nichts sagen wollte. »Dafür haben wir einen rumänischen oder bulgarischen oder vielleicht auch weißrussischen Jungen mit einem zertrümmerten Bein, der im schlimmsten Fall nie wieder richtig laufen kann und im besten Fall dem Steuerzahler nur einen siebenstelligen Betrag an Krankenhausrechnungen kosten wird. Kein besonders guter Tausch, wenn Sie mich fragen.« Er machte eine Kopfbewegung hinter sich. »Und da draußen laufen sich gerade ein paar Leute so richtig warm, die nur darauf warten, Sie zu teeren und zu federn, weil Sie ein armes, unschuldiges Kind geschlagen haben.«

»Sie wissen, dass es nicht so war, oder?«

»Selbstverständlich weiß ich das. Und all die Gutmenschen dort draußen, die gerade emsig die Messerchen wetzen, wissen das auch. Aber es ist ihnen egal, solange sie nur jemanden fertigmachen und sich selbst dabei ein bisschen profilieren können. Die Schlagzeile zählt, sonst gar nichts. Und danken Sie Gott, dass wir hier nicht in Amerika sind, sonst würden die Anwälte jetzt schon am Krankenbett dieses armen, bedauernswerten Jungen Schlange stehen, um das Präsidium, die Stadt und den Staat und selbstverständlich auch Sie ganz privat auf Schmerzensgeld in Millionenhöhe zu verklagen … obwohl dieser Wahnsinn auch hier ganz allmählich losgeht.«

Diesmal *wollte* sie widersprechen, doch Eichholz fuhr fort: »Ich stehe nicht nur auf Ihrer Seite, ich habe mich auch gefragt, warum sich eine ganze Bande krimineller Kinder aufmacht, um ein angeblich vollkommen harmloses Mädchen zu entführen; und eine nicht ganz so harmlose Polizistin windelweich zu prügeln.«

Es gelang ihr noch immer nicht, ihre Erinnerungen in die richtige Reihenfolge zu sortieren, von den großen Lücken darin gar nicht zu reden. Aber allmählich wurde das Bild klarer, und auch wenn sie es immer noch nicht in seiner Gesamtheit zu erfassen vermochte, breitete sich doch die bittere Erkenntnis in ihr aus, wie sehr sie sich in Nadeshda getäuscht hatte.

»Und … Messner?«

»Ihr Lieblingsanwalt?« Eichholz schüttelte bedauernd den Kopf. »Ein paar Zeugen bestätigen, um die fragliche Uhrzeit herum einen schwarzen Jaguar in der Gegend gesehen zu haben, aber das allein beweist nichts.« Er nahm unaufgefordert auf der Bettkante neben ihr Platz, obwohl es mindestens einen freien Stuhl in ihrem Sichtfeld gab. Es tat ein bisschen weh, als sich die Matratze unter ihr bewegte. »Die Daten, die wir auf Ihrem Rechner gefunden haben, waren hilfreich. Anscheinend ist dieser Messner nicht der, der er zu sein vorgibt. Aber im Augenblick belassen wir es dabei. Ihn jetzt schon anzusprechen wäre dumm.«

Conny konnte ihn nur verwirrt ansehen, und Eichholz kam ihrer Frage auch diesmal zuvor, indem er mit einem fast spitzbübischen Lächeln den Kopf schüttelte. »Ja, ich weiß. Aber Sie sind nicht die Einzige, die einen Verlauf löschen kann, und ich bin nicht der Einzige, der weiß, wie man ihn wiederherstellt.«

»Sie überwachen also meinen Computer.«

»Nein«, antwortete er fröhlich. »Natürlich nicht nur Ihren. Interessiert es Sie, was wir inzwischen über Ihren Jaguar fahrenden Freund herausgefunden haben?« Er setzte ihre Zustimmung nicht nur ganz selbstverständlich voraus, sondern fuhr auch unmittelbar fort. »Neben etlichem anderem ist es der dreisteste Fall von Identitätsdiebstahl, der mir je untergekommen ist. Der Bursche hat nicht nur Messners virtuelle Identität gestohlen, sondern wortwörtlich sein Leben. Und er ist wirklich professionell dabei vorgegangen, das muss man ihm lassen. Wir haben uns ein bisschen gründlicher auf der Internetseite der Universität umgesehen und ein paar interessante Dinge herausgefunden. Anscheinend hat er sich den echten Messner gezielt ausgesucht, weil er für so etwas regelrecht prädestiniert war.«

Conny wollte eine Frage stellen, aber ihre Stimme verweigerte ihr den Gehorsam, und sie brachte nur ein Krächzen hervor. Eichholz unterbrach seinen Vortrag für einen Moment, um aufzustehen und mit einer Flasche Mineralwasser zurückzukommen, deren Drehverschluss er mit einem lautstarken Zischen aufbrach. Er sprach weiter, nachdem er ihren Becher wieder aufgefüllt und den Strohhalm an ihre Lippen gesetzt hatte. »Messners – der richtige Messner – Eltern sind gestorben, bevor er sein Studium abgeschlossen hat, und anscheinend waren es auch seine einzigen Verwandten. Das hat ihn zum idealen Opfer gemacht. Dazu kommt, dass er offensichtlich schwul war.«

Conny schob den Strohhalm mit der Zunge zur Seite. »Wieso?«, nuschelte sie.

»Wieso?« Eichholz machte ein übertrieben nachdenkliches Gesicht. »Nun, ich nehme an, von Geburt an.« Er lächelte knapp über seinen schalen Scherz. »Aber im Ernst: Unsere britischen Freunde waren damals nicht halb so tolerant, wie sie behauptet haben. Natürlich gab es eine Schwulenszene, aber ihre Mitglieder waren schon aus reinem Selbstschutz sehr diskret und haben ihr Privatleben sorgsam geheim gehalten. Zumindest offiziell gab es niemanden, mit dem er sich regelmäßig getroffen hätte.«

Conny nahm einen weiteren, langen Zug aus dem Strohhalm und zwang sich, langsam und mit Bedacht zu trinken. Ihre Lebensgeister kehrten allmählich zurück und mit ihnen auch ihre Erinnerungen. Auch die, auf die sie gerne verzichtet hätte.

Wie hatte sie sich nur so in Nadeshda täuschen können? So gerne sie es auch auf Eichholz' Vorliebe für Heimtücke und Verrat schieben wollte, begann sie sich doch allmählich mit der Tatsache abzufinden, dass er recht hatte: Das Mädchen hatte nicht auf Kutzow geschossen. Sondern auf sie.

»Der echte Messner ist damals für zwei Jahre nach Frankreich gegangen, unmittelbar nachdem er sein Studium abgeschlossen hatte; übrigens tatsächlich mit summa cum laude. Wahrscheinlich hat unser spezieller Freund ihn verschwinden lassen, noch bevor er das Land verlassen konnte, und seinen Platz eingenommen. Es gibt einen bestimmten Kommilitonen, den wir im Auge haben – gleiches Alter, eine gewisse Ähnlichkeit, die zumindest in den damaligen Zeiten ausgereicht haben dürfte, um die meisten zu täuschen, und seine Leistungen waren vielleicht nicht ganz so überragend wie die des echten Messner, aber ausreichend genug. In Zeiten vor Facebook, Instagram und Internet konnte man mit so etwas noch durchkommen.«

Er sah sie auf eine Art erwartungsvoll an, als schuldete sie ihm mindestens ein zustimmendes Nicken für diese Erkenntnis, aber sie sog nur weiter an ihrem Strohhalm und verbot es sich, etwas zu antworten, das ihm gewiss nicht gefallen würde. »Und wie kommen Sie darauf?«, fragte sie stattdessen.

»Weil sich sein Leben danach schlagartig geändert hat. Partys, die eine oder andere Frauengeschichte – vielleicht«, flocht er mit einem anzüglichen Grinsen ein, »ist er bei den jungen Pariserinnen ja auf den Geschmack gekommen, aber das glaube ich eigentlich nicht – das Übliche eben. Eine Zeit lang ging es mit seiner Karriere steil bergab, aber dann hat er sich wohl wieder gefangen.«

»Weil ihm die Russenmafia unter die Arme gegriffen hat«, vermutete Conny.

Eichholz machte eine verneinende Kopfbewegung. »Wir wissen nicht einmal genau, ob es wirklich die Russenmafia ist. Und wenn überhaupt, dann wahrscheinlich erst später. Nach ein paar Jahren ist er dann jedenfalls nach Düsseldorf gegangen und hat sich in eine kleine Kanzlei eingekauft. Und da wird es interessant. Es gab eine ziemlich undurchsichtige Geschichte, die wir immer noch nicht genau aufgedröselt haben, aber irgendwie ist es ihm in erstaunlich kurzer Zeit gelungen, die Kanzlei zu übernehmen und seine ehemaligen Kompagnons auf die Straße zu setzen. Außerdem arbeitet er hauptsächlich für unsere Freunde aus dem Osten. Es gab ein paar Beschwerden bei der Anwaltskammer, und einmal wurde auch gegen ihn ermittelt, aber es ist nie etwas dabei herausgekommen. Der Kerl hat eine blütenweiße Weste – aber das haben Sie ja auch schon selbst herausgefunden. Wir haben nichts gegen ihn in der Hand.«

»Jetzt schon.« Conny stieß den Strohhalm mit der Zungenspitze heraus. Ein Tropfen Mineralwasser lief kitzelnd an ihrem Kinn hinab, aber die Nadel in ihrer Hand brachte sie von der Idee ab, ihn wegzuwischen. »Er war da. Ich habe mit ihm gesprochen. Meine Aussage dürfte ja wohl ausreichen, ihm das Handwerk zu legen.«

»Zweifellos«, bestätigte Eichholz, schüttelte aber auch gleichzeitig den Kopf. »Aber das wäre dumm. Ich will seine Hintermänner. Nicht nur ein paar dahergelaufene Straßenkinder, die wir sowieso wieder laufen lassen müssen, weil sie noch nicht strafmündig sind. Ich werde das Gefühl nicht los, dass sie eindeutig mehr sind als das, aber im Moment stochern wir noch im Dunkeln. Aber das ändert nichts daran, dass Sie in ein Wespennest gestochen haben, Conny. Diese Kids sind mehr als nur eine Bande diebischer Bettelkinder.«

2

Alex hatte gerade sein drittes Bier getrunken und ein weiteres geordert, aber er sah trotzdem nicht nur geradezu unverschämt nüchtern aus, sondern schien mit jedem Schluck nur noch wacher zu werden, während Marc nach wie vor an seinem ersten herumnuckelte und selbst das schon zu spüren begann. Normalerweise mochte er das Gefühl von ganz leichtem Beschwipstsein, weit davon entfernt, sich wirklich betrunken zu fühlen, aber doch von einer angenehmen Lockerheit erfüllt, die Lust auf mehr machte; ein Bedürfnis, dem er gewöhnlich nicht nachgab, denn wenn er eines hasste, dann, die Kontrolle zu verlieren, sowohl über sich als auch alles andere.

Heute bedauerte er, überhaupt hergekommen zu sein, statt gleich in sein Zimmer zu gehen und dort auf Jelena zu warten. Vielleicht auch auf die Polizei. Oder auch auf einen hünenhaften

Russen mit einem perforierten Bein und Fäusten wie Kokosnüsse.

Alex bekam sein Bier, leerte das Glas mit einem einzigen, gewaltigen Schluck fast zur Hälfte und prostete Ben und ihm mit dem Rest zu. Schaum klebte wie ein weißblonder Bart an seiner Oberlippe und verlieh ihm je nach Betrachtungsweise entweder etwas Verwegenes oder Lächerliches – vielleicht auch beides. Ben reagierte nur mit einem Hochziehen der Augenbrauen und starrte missbilligend auf das Bier, das vor ihm stand und das er ebenso wenig angerührt hatte wie die Diät-Cola, die er demonstrativ bestellt hatte, nachdem Alex das Bierglas vor seine Nase gestellt hatte. Marc konnte ihn verstehen. Er hatte das Zeug am ersten Tag probiert und festgestellt, dass es nicht nur wie Spülwasser aussah, sondern auch so schmeckte, ebenso wie die angeblich richtige Cola, die sie hier ausschenkten. Mit Sicherheit war beides gefälscht, wie so ziemlich alles, was es in dieser angeblichen Vier-Sterne-Bruchbude gab; abgesehen von den Preisen, die Düsseldorfer Niveau hatten.

»Jetzt hört endlich auf, Trübsal zu blasen, Leute«, sagte Alex, nachdem er sein Glas geleert und mit erhobenem Finger ein weiteres bestellt hatte. »Heute ist unser letzter Abend. Genießen wir ihn.«

»Was?«, wollte Ben wissen. »Dass wir noch leben?«

Dabei wäre das allein durchaus ein Grund zum Feiern, dachte Marc. Der Rückweg von der Metrostation hierher war für sich genommen schon zu einem kleinen Abenteuer geworden. Die drei ersten Taxifahrer, die sie angesprochen hatten, hatten sich schlichtweg geweigert, sie mitzunehmen, der vierte hatte sich dafür als wahrer Glücksfall erwiesen – nachdem Alex seine Zweifel mit einem zusammengefalteten Hundert-Euro-Schein besänftigt hatte. Er hatte sie nicht nur einsteigen lassen, sondern auch unaufgefordert auf der Rückseite des Hotels abgesetzt und ihnen den Lieferanteneingang gezeigt und radebrechend erklärt, dass sie sich auf seine Diskretion verlassen konnten, woraufhin

Alex einen weiteren Fünfziger drauflegte, um sich ihrer auch wirklich sicher zu sein. Nicht, dass Marc auch nur eine Sekunde lang daran geglaubt hätte.

Aber wie es aussah, hatten sie Glück. Obwohl jede einzelne Stufe zu einer kleinen Höllenqual wurde, hatten sie natürlich darauf verzichtet, den Aufzug zu nehmen, sondern sich die Treppe ins vierte Stockwerk hochgeschleppt und ihre Zimmer erreicht, ohne jemandem zu begegnen.

Marc hatte nur noch verschwommene Erinnerungen an die Stunden danach. Irgendwie hatte er es noch zu seinem Bett geschafft und sich hineinfallen lassen und war auf der Stelle eingeschlafen, noch bevor er die durchgelegene Matratze auch nur berührt hatte, wenn auch nur, um ein Dutzend Mal hintereinander schweißgebadet und mit klopfendem Herzen wieder hochzuschrecken. Schließlich – ein erschrockener Blick auf die Uhr hatte ihm gezeigt, dass er trotz allem gute drei Stunden geschlafen hatte – hatte er es aufgegeben, sich ins Bad geschleppt und so lange geduscht, bis er ernsthaft Gefahr lief, unter dem dampfenden Strahl einzuschlafen.

Eine weitere halbe Stunde hatte er damit verbracht, vor dem Spiegel zu stehen und das sonderbare Etwas, das ihm daraus entgegenstarrte, wenigstens in irgendetwas zu verwandeln, das Ähnlichkeit mit einem Gesicht hatte. Der Erfolg war bestenfalls mäßig, aber daran ließ sich nichts ändern. Sie hatten sich ohnehin darauf geeinigt, eventuelle neugierige Fragen damit zu beantworten, in der falschen Gegend nach den falschen Dingen gefragt zu haben, was vor ihnen vermutlich schon anderen Touristen passiert war.

Seine zerfetzten Kleider hatte er samt Unterwäsche und Schuhen in eine Plastiktüte gestopft. Auf Alex' Anraten hin hatte er noch einen Zwanziger dazugelegt, als er sie in den Papierkorb warf. Und selbst wenn es nicht funktionierte und irgendein übereifriges Zimmermädchen damit zu seinem Chef lief und Alarm schlug, saßen sie längst im Flieger, bevor irgendjemand etwas Dummes tun konnte. Alex hatte recht: Es war vorbei.

Aber warum konnte er sich dann des unheimlichen Gefühls nicht erwehren, ständig beobachtet und misstrauisch beäugt zu werden und die Leute tuscheln und mit dem Finger in ihre Richtung deuten zu sehen, immer, wenn er nicht direkt hinsah?

Marc verzichtete darauf, sich selbst die Antwort auf diese Fragen zu geben, die auf der Hand lag, und nippte an seinem Bier. Das Zeug schmeckte genauso widerlich wie die Cola, obwohl er die original Heineken-Flasche gesehen hatte, aus der der Barkeeper einschenkte. Allmählich kam ihm der Verdacht, dass es wohl eher an ihm lag. Er schob das Glas demonstrativ ein kleines Stück weg.

Alex bedachte ihn mit einem anzüglichen Grinsen. »Ich verstehe. Du willst einen klaren Kopf behalten.« An Ben gewandt und mit einem noch breiteren Grienen fügte er hinzu: »Unser Petersburger Casanova erwartet schließlich noch Damenbesuch.«

Marc schenkte ihm einen bösen Blick und schwieg. Er hatte diese Art zu reden nie gemocht und den Fehler begangen, das Alex auch sehr deutlich zu sagen, was dieser natürlich als Aufforderung verstanden hatte, es nur noch begeisterter zu tun. Was das anging, war Alex wie ein kleines Kind: Die einzig sinnvolle Art, auf unerwünschtes Verhalten zu reagieren, war gar nicht.

Nicht, dass es immer funktionierte.

»Wo bleibt die schöne Helena denn eigentlich?«, stichelte Alex und nahm einen weiteren Schluck Bier. »Wollte sie nicht um sieben hier sein?«

»Es ist gerade zehn nach«, antwortete Marc müde. Und das von Alex, von dem das Gerücht umging, dass er schon deshalb keine Uhr besaß, weil er sie sowieso nicht lesen konnte. Das einzige Mal, dass Marc eine Verabredung mit ihm verpasst hatte, war, als Alex pünktlich kam; womit er nun wirklich nicht gerechnet hatte.

»Und Vorfreude ist ja bekanntlich auch die größte Freude, nicht wahr«, antwortete Alex. Marc ertappte sich bei dem bitterbösen Gedanken, dass der Russe ruhig etwas härter hätte zuschlagen können, doch in diesem Moment sah Ben hoch und deutete zum Eingang der Bar.

Unter der Tür war eine zierliche Gestalt in einem weißen Sommerkleid und mit rückenlangem, blond gelocktem Haar erschienen, die sie auch schon entdeckt hatte und ihnen fröhlich zuwinkte. Selbst über die Entfernung hinweg schien ihr Lächeln den Raum sichtbar heller zu machen, als sie mit schnellen Schritten ihren Tisch ansteuerte, eine weniger als halb so große, aber ansonsten fast identische Kopie von sich selbst in der Hand hinter sich herziehend.

Nina trug das gleiche Kleid wie ihre Mutter, nur kleiner, hatte die gleichen goldfarbenen langen Locken und das gleiche fröhliche Lächeln, das jeden, den es traf, sofort wehrlos machte. Auf dem letzten Stück ließ sie die Hand ihrer Mutter los, rannte auf Marc zu und warf sich ihm so stürmisch in den Arm, dass er gerade noch die Beine anspannen konnte, um nicht vom Stuhl gerissen zu werden. Jelena sagte irgendetwas auf Russisch, das sich zwar strafend anhörte, vom fröhlichen Funkeln ihre Augen aber auch ad absurdum geführt wurde, rupfte ihre Tochter mit sanfter Gewalt von Marc herunter und drückte ihm einen herzhaften Schmatzer auf die Wange. Dann fuhr sie spürbar zusammen, richtete sich auf und sah eindeutig besorgt auf ihn hinab.

»Was passiert?«, fragte sie in ihrem schweren, russischen Akzent, der wirklich das Einzige war, das Marc nicht an ihr liebte. Ihre Augen füllten sich mit Sorge, und sie zog Nina ein Stück weiter von ihm fort.

»Nichts«, behauptete Marc. »Ein dummer Unfall. Ich war ungeschickt.«

»Unfall?« Ihr Blick tastete über Alex' und Bens Gesichter und kehrte dann zu ihm zurück. Zwischen ihren wie mit feiner goldener Tusche gezeichneten Augenbrauen entstand eine senkrechte, tief eingegrabene Falte. »Alle drei?«

»So sind wir Touristen nun mal«, sagte Alex. »Blauäugig und so ungeschickt, dass es quietscht.«

Jelena musterte abwechselnd ihn und Marc auf eine neue Art, ließ sich aber dann wortlos auf den freien Stuhl neben Marc sinken, griff nach seinem Bierglas und nahm einen gewaltigen Schluck. »Was passiert?«, fragte sie noch einmal, nachdem sie das Glas unnötig hart auf den Tisch zurückgestellt hatte. »Kein Unfall.«

»Nein«, gestand Marc. »Kein Unfall. Aber mach dir keine Sorgen, es ist alles in Ordnung. Alex hat die Sache geregelt.«

»Du solltest erst mal die anderen sehen«, bestätigte Alex feixend. Ben griff nun doch nach seiner Cola, wenn auch nicht wirklich um zu trinken, sondern um sich hinter dem Glas zu verstecken, als sich Jelena nun endgültig auf ihn konzentrierte, denn selbstverständlich hatte sie ihn sofort als schwächstes Glied der Kette ausgemacht, was aber nicht zu mangelnder Achtung führte, sondern normalerweise ihren weiblichen Beschützerinstinkt geweckt hätte.

Aber das hinderte sie in einem Moment wie diesem natürlich nicht daran, ihn sich als Ersten vorzunehmen. »Ihr euch geschlagen?«

»Wir uns?« Alex schüttelte heftig den Kopf. »Nein, das waren schon andere. Nicht alle deine Landsleute sind so nett wie du, weißt du?«

Jelena funkelte zwar jetzt ihn zornig an, bekam aber nur ein noch spöttisches Grinsen und einen herübergeworfenen Kussmund zur Antwort, und Marc streckte die Hände nach Nina aus, nahm sie auf den Schoß und genoss das Gefühl, mit dem sie die Arme um seinen Hals schlang und sich an ihn kuschelte; und das Empfinden, Teil von etwas viel Wichtigerem und Größerem als nur ihm selbst zu sein. Er hatte so etwas nie zuvor im Leben gespürt und es nicht nur gar nicht für möglich gehalten, sondern jedem, der es hören wollte, und vor allem sich selbst erzählt, dass er Kinder nicht ausstehen konnte. Er hatte es sogar selbst geglaubt und war damit vermutlich öfter unangenehm aufgefallen, als ihm selbst bewusst war. Aber dann war Jelena gekommen und mit ihr Nina, und alles wurde anders.

Er kannte das Mädchen jetzt seit gerade einmal vier Tagen, aber es hätten ebenso gut auch vier Jahre sein können oder sein ganzes Leben lang, denn die Kleine hatte sein Herz ebenso im Sturm erobert wie ihre Mutter den Rest von ihm. Nicht nur, was Kinder anging, hatte Marc niemals wirklich an Liebe geglaubt. Wenn, dann allerhöchstens in jenem mittelalterlichen Sinne, in dem man damals von liebes*krank* gesprochen und es auch wortwörtlich so gemeint hatte; eine Verwirrung der Sinne und vor allem des klaren Verstandes, die lediglich durch ein paar Amok laufende Chemikalien irgendwo in den primitiven Tiefen seines Hirns ausgelöst wurde.

Jelena und ihre Tochter hatten ihn eines Besseren belehrt.

Dabei hatten sie sich ganz profan und alles andere als romantisch kennengelernt, nämlich über die Internetseite eines russischen Heiratsvermittlers, der einsame russische Frauen anbot – selbstverständlich alle bildhübsch, alle mit mindestens einem Universitätsabschluss und alle noch jungfräulich –, die er eigentlich eher aus Langeweile und Neugier besucht hatte. Den vierzig näher als den dreißig stand Marc der Sinn noch lange nicht nach Heiraten, aber was sprach dagegen, sich auf das Spiel einzulassen, auch wenn das möglicherweise bedeutete, einer Menge Ärger entgegenzusehen, wenn er wieder aus dem Vertrag herauswollte.

Aber schon bei ihrem ersten Videochat war es um ihn geschehen gewesen. Es war vollkommen verrückt. Er hatte zuvor noch nicht einmal ein Bild gesehen, und doch hatte er sich auf den ersten Blick und bevor sie auch nur ein einziges Wort gesagt hatte, unsterblich in sie verliebt. Das sollte nicht sein. Sein Verstand beharrte darauf, dass es vollkommen unmöglich war, aber es blieb dabei: Die junge Russin war vielleicht nicht die schönste Frau, die er jemals gesehen hatte, aber sie entsprach so sehr seinem persönlichen Ideal, nach dem er sein Leben lang gesucht hatte, ohne es überhaupt zu wissen, dass seine Skepsis dahinschmolz wie ein Tautropfen im Zentrum einer explodierenden Atombombe und etwas anderem und nie Gekanntem wich. Aus den geplanten zehn Minuten zum Kennenlernen war ein dreistündiges Gespräch geworden, an dessen Ende sie sich zu einem möglichst baldigen Treffen hier in Sankt Petersburg verabredeten.

Das war zwei Monate her, in denen sie jeden Tag mindestens eine Stunde gechattet hatten und die sich trotzdem zu einer nicht enden wollenden Ewigkeit dehnten. Er hatte schon am zweiten Tag begonnen, die notwendigen Visa und Einreisepapiere zu beantragen, und mindestens ebenso oft die Trägheit der Behörden verflucht – sowohl der russischen als auch der deutschen –, wenn er an das Gesicht der blonden Göttin auf seinem winzigen Zehn-Zoll-Monitor gedacht hatte. Mittlerweile wusste er alles über Jelena, zumindest alles, was sie ihm erzählt hatte, und dass da immer noch ein winziger Teil in ihm war, der beharrlich auf der Frage herumritt, woher er denn eigentlich wissen wollte, dass sie ihm nicht nur lauter gequirlten Unsinn erzählte, um ihn einzuwickeln, änderte rein gar nichts.

Er war hier, und sie war hier, und das war alles, was zählte. Morgen in aller Frühe würden sie zurück nach Deutschland fliegen, und in seiner Brieftasche befanden sich außer seinem eigenen noch zwei weitere Flugtickets, die er am zweiten Morgen gekauft hatte, gleich nachdem sie ein Touristenvisum für Jelena und Nina beantragt und zu seinem leisen Erstaunen auch sofort bekommen hatten. Es war auf drei Monate befristet, und Alex hätte vielleicht nicht ganz zu Unrecht angemerkt, dass er es sich vielleicht ein bisschen zu einfach vorstellte, ein lebendes Souvenir aus Russland mitzubringen und kurzerhand zu heiraten, aber damit würde er sich auseinandersetzen, wenn es so weit war.

»Jetzt erzähl«, verlangte Jelena. »Was passiert? Die Wahrheit!« Sie trank auch den Rest aus seinem Glas und bestellte mit zwei hochgereckten Fingern Nachschub.

Marc gewann noch ein paar Augenblicke, in denen er mit Nina kuschelte, aber dann schob er sie behutsam von seinem Schoß und bemühte sich um einen möglichst gelassenen Tonfall, wobei die Betonung wohl eher auf *bemühte* lag. »Es war wirklich nichts Schlimmes. Ein paar durchgeknallte Jugendliche, die sich selbst überschätzt haben.«

»O ja«, pflichtete ihm Alex grinsend bei. »Und wie!«

Jelena blieb ernst. »Ihr Ärger mit *Polizija?*«

»Keine Sorge, Liebes«, antwortete Alex an seiner Stelle. »Eurem Abflug ins Liebesparadies steht nichts im Wege.«

Jelena fand das nicht besonders lustig, wie ihr Blick verriet, und hätten sie anders an dem rechteckigen Tisch gesessen, hätte er Alex jetzt kräftig gegen das Schienbein getreten. So beließ er es bei einem bösen Blick und wandte sich nicht nur ruhig wieder an Jelena, sondern schaffte es sogar, dem misstrauischen Starren ihrer Augen standzuhalten. »Wir haben uns geprügelt, das ist alles. Jungs tun so was.«

Jelenas Blick wurde noch bohrender, doch dann entspannten sich ihre Züge, und sie schüttelte den Kopf. »Männer«, seufzte sie.

Der Kellner kam und brachte das Bier und einen Stapel Speisekarten. Nina angelte sich als Erste eines der schlampig laminierten Blätter und begann den Text zu studieren, den sie gar nicht lesen konnte, und auch Alex und Ben bedienten sich, während Marc den Kopf schüttelte und nach seinem Bier griff. Er hatte nicht vor, es zu trinken.

»Ich hab keinen Hunger«, antwortete er auf Jelenas fragenden Blick, woraufhin auch sie ihre Karte wieder weglegte und ihrer Tochter half, eine Auswahl zu treffen; eine große Portion Fritten, noch mehr Ketchup und Mayonnaise und eine Scheibe von etwas, von dem sie hier behaupteten, es sei Leberkäse. Das aß sie immer, wenn sie hier waren. Am ersten Tag sogar zweimal hintereinander.

»Hast du deine Papiere zusammen?«, erkundigte sich Marc. Jelena nickte. »Auch dabei?«

»*Da.*«

»Dann bleibt doch einfach hier, und wir fahren morgen früh gleich zusammen zum Flughafen.«

Jetzt gab sich Jelena nicht einmal mehr Mühe, irgendwie anders als misstrauisch auszusehen. »*Satschem?*«

Ben sah überrascht hoch, und Alex wirkte besorgt.

»Warum nicht?«, antwortete Marc in erzwungen belustigtem Ton. »Das Zimmer ist bezahlt, und du sparst dir das Taxigeld.«

Das war die falsche Antwort, wie er auf Jelenas Gesicht lesen konnte. Sie wirkte sogar noch misstrauischer und ein bisschen verärgert. Erneut war es Alex, der ihm beisprang. »Warum geht ihr beide nicht aufs Zimmer und besprecht dort alles in Ruhe?«, fragte er. »Ben und ich passen so lange auf unseren kleinen Sonnenschein auf und beschäftigen sie.«

Er zog sein Smartphone aus der Tasche und schaltete es ein. Marc bemerkte erst jetzt, dass das Gerät ihr kleines Abenteuer nicht unversehrt überstanden hatte. Das Display hatte einen Sprung. »Aber zuerst wird aufgegessen«, fügte er direkt an Nina gewandt und in übertrieben strengem Tonfall hinzu, obwohl das Mädchen gar kein Deutsch sprach. Marc war so lange dankbar, bis Alex mit einem anzüglichen Grinsen in Jelenas Richtung hinzufügte: »Meint ihr, dass eine Stunde reicht?«

Marcs Lippen formten ein unübersehbares *Arschloch* in seine Richtung, und Jelena trank einen weiteren Schluck Bier und sagte mit einem zuckersüßen Lächeln: »Für dich zehn Minuten genug.«

Sie sagte noch ein paar Worte auf Russisch zu ihrer Tochter, die Nina mit einem begeisterten Händeklatschen kommentierte, schob den Stuhl zurück und stand mit einer fließenden Bewegung auf, der dieselbe Leichtigkeit und Anmut innewohnte wie alles, was sie tat. »Also gut. Zimmer, wenn fertig gegessen. Nix Computer. Nicht gut für Kinder, zu viel Computer spielen.«

»Ihr wollt tatsächlich nur reden? Jetzt bin ich fast enttäuscht.« Alex steckte das Telefon wieder ein, und Nina machte Anstalten, von ihrem Stuhl zu hüpfen und sank dann wieder zurück, als ihre Mutter ein einzelnes, scharfes Wort in ihrer Muttersprache sagte. Die Blicke, mit denen sie Alex dabei maß, waren alles andere als freundlich, und Marc nahm sich vor, bei nächster Gelegenheit ein paar passende Worte zu Alex zu sagen. Allmählich gingen ihm seine ständigen Anzüglichkeiten auf die Nerven. Wortlos erhob er sich ebenfalls und begleitete Jelena zum Lift.

3

Die Tür ging auf, und ein dunkelhaariger Mann in einem Arztkittel kam herein, ein hoffnungslos übertrieben strahlendes Lächeln auf dem Gesicht, an dem sich auch nichts änderte, als er sich in leicht tadelndem Ton an Eichholz wandte. »Herr Kriminalrat. Hatten wir uns nicht auf fünf Minuten geeinigt? Das war vor einer Viertelstunde, wenn ich mich richtig erinnere.«

»Sie ist gerade erst wach geworden«, verteidigte sich Eichholz.

»Und damit das noch möglichst lange so bleibt, wollen wir unsere Patientin auch nicht zu sehr anstrengen«, erwiderte der Arzt. Das kleine Namensschildchen an seinem Kittel identifizierte ihn als Doktor Winckler. Er schloss die Tür hinter sich und bedachte Eichholz mit einem weiteren missbilligenden Stirnrunzeln, das ihn dazu brachte, sich von der Bettkante zu erheben.

»Frau Fesser«, wandte er sich direkt an sie. »Wie fühlen Sie sich?«

»Miserabel«, antwortete Conny. »Jemand hat mir einen Schlauch in den Hintern gesteckt. Könnten Sie ihn vielleicht entfernen lassen?«

Winckler lachte. Es klang ehrlich. »Das würde ich Ihnen nicht empfehlen. Das Ergebnis könnte für Sie noch peinlicher werden. Aber ich denke, in ein paar Tagen sieht die Welt für Sie schon wieder deutlich besser aus.«

»Wenn ich sie denn sehen könnte.« Conny drehte den Kopf auf dem Kissen – selbst diese kleine Bewegung bereitete ihr Mühe – und sah die geschlossenen Vorhänge an. Winckler ging hin und zog sie mit einer schwungvollen Bewegung auf, und Conny wünschte sich fast, er hätte es nicht getan. Das Sonnenlicht, das durch das vergitterte Fenster hereinströmte, tat ihren Augen weh. Einen Moment lang überlegte sie ernsthaft, ihn darum zu bitten, sie wieder zu schließen, aber Winckler sprach bereits weiter. »Aber ernsthaft, wie fühlen Sie sich? Ich meine nicht körperlich. So, wie wir Sie mit Medikamenten vollgepumpt haben, schweben sie wahrscheinlich noch drei Tage lang auf Wolke sieben. Aber was ist mit dem Rest? Erinnern Sie sich, was passiert ist? Hatten Sie Halluzinationen oder Albträume?«

Conny war nicht sicher, ob sie das nicht immer noch hatte. Wenn das, was sie gerade spürte, seine Vorstellung von Wohlbefinden war, dann wollte sie gar nicht wissen, wie sich jemand fühlen musste, dem es seiner Meinung nach schlecht ging. Sie deutete nur ein Kopfschütteln an.

»Dann wollen wir Frau Fesser jetzt auch die Ruhe gönnen, die sie braucht«, fuhr der Arzt an Eichholz gewandt fort. »Sie haben später noch genug Gelegenheit, sie zu befragen.«

Eichholz setzte unübersehbar zu einem geharnischten Protest an, besann sich dann aber eines Besseren und presste nur die Lippen zu einem schmalen Strich zusammen, dem ein abgehacktes Nicken in Connys Richtung folgte. »Wir sehen uns dann morgen.«

Er wandte sich zur Tür, machte dann aber noch einmal kehrt und kam zurück, um ein Handy auf ihren Nachttisch zu legen. »Wenn Ihnen noch etwas Wichtiges einfällt, dann rufen Sie mich an.« Und damit ging er endgültig.

Winckler bedachte zuerst die geschlossene Tür hinter ihm und dann das Telefon mit einem langen, strafenden Blick. »Sie wissen schon, dass die Dinger in Krankenhäusern verboten sind, weil die Strahlung die Geräte hier stört?«

»Ja«, sagte Conny. »Genau wie Sie wissen, dass das Blödsinn ist, den die Ärzte erzählen, seit es Handys gibt.«

Winckler machte ein Gesicht, als hätte er etwas zu herzhaft in einen Pfirsich gebissen und den Stein erwischt, wiederholte seinen Protest aber nicht und machte auch keine Anstalten, ihr das Telefon wegzunehmen, was sie nicht wirklich überrascht hätte. Stattdessen zog er sich einen Stuhl rüber, setzte sich und rückte anschließend damit so dicht an das Kopfende des Bettes heran, dass es ihr so gerade eben noch nicht unangenehm war.

»Anscheinend geht es Ihnen tatsächlich schon wieder besser«, sagte er. »Was mich eigentlich nicht überraschen sollte, nach allem, was wir in den letzten Tagen mit Ihnen erlebt haben.«

»Was gab es denn so Spannendes?«, erkundigte sich Conny. »Eine Radtour durch das Bergische Land?«

Sie sah ihm an, dass er nicht abgeneigt war, die kleine Frotzelei fortzusetzen, doch dann griff er nur nach der Brusttasche seines Kittels. Einer der zahlreichen Kugelschreiber darin entpuppte sich als kleine Taschenlampe, mit der er ihr nacheinander und eindeutig zu lange in die Augen leuchtete. Anschließend konsultierte er aufmerksam die Anzeige des Monitors, der an der Wand über ihrem Bett hing, zog ein pinkfarbenes Tablet mit einem *Hello Kitty*-Aufkleber aus der Kitteltasche und begann mit einem Finger darauf zu tippen. Ihr erstaunter Blick entging ihm offensichtlich nicht, obwohl er sie gar nicht ansah.

»Das gehört meiner Tochter«, sagte er fast verlegen. »Aber es ist eindeutig besser als das, was sie mir hier zur Verfügung stellen. Deshalb leihe ich es mir manchmal.« Er tippte noch einen Moment weiter, dann ließ er das Tablet wieder in der Tasche verschwinden und beugte sich sogar noch weiter vor. Jetzt war seine Nähe eindeutig unangenehm.

»So, und jetzt ernsthaft: Wie fühlen Sie sich? Irgendwelche Ausfallerscheinungen? Erinnern Sie sich daran, was passiert ist? Aber sie müssen sich keine Sorgen machen, wenn nicht. So etwas ist ganz normal, nach einem so traumatischen Erlebnis.«

»Was für ein traumatisches Erlebnis?«, fragte sie. »Was ist denn passiert? Wer bin ich überhaupt?«

Der Monitor über ihr piepste. Winckler sah hin, betrachtete die Anzeige einen Herzschlag lang auf eine Art, die ihr nicht gefiel, und begann erneut in der Kitteltasche zu graben. Als seine Hand diesmal wieder hochkam, hielt sie eine dünne Spritze, deren Schutzkappe er mit den Zähnen abzog.

»Was haben Sie vor?« Bildete sie es sich nur ein, oder war da ein Unterton von Panik in ihrer Stimme?

Winckler nahm das grüne Plastikröhrchen aus dem Mund und legte es mit einer irgendwie pedantisch wirkenden Bewegung neben dem Telefon auf den Nachttisch. »Sie sollten jetzt vor allem ein wenig schlafen«, sagte er.

»Ich habe drei Tage lang geschlafen«, erinnerte sie ihn, doch der Arzt schüttelte nur den Kopf und griff nach dem Infusionsschlauch, der zu der Nadel in ihrem anderen Arm führte.

»Sie waren drei Tage lang bewusstlos, das ist etwas völlig anderes«, antwortete er, rammte die Nadel schwungvoll in den dünnen Plastikschlauch und drückte den Kolben herunter. »Überschätzen Sie sich nicht, Frau Fesser. Dass Sie sich im Moment einigermaßen gut fühlen, liegt einzig und allein an den Medikamenten, die wir Ihnen geben.« Er schob die Schutzkappe wieder auf die Nadel und steckte die Spritze ein. Dann wurde er plötzlich sehr ernst. »Ich weiß nicht, was Ihnen Ihr Kollege erzählt hat, und ich bin mit solchen Aussagen normalerweise sehr vorsichtig, aber eigentlich müssten Sie tot sein oder zumindest für die nächsten Wochen im künstlichen Koma liegen.«

»Tut mir leid, Sie enttäuscht zu haben«, antwortete Conny.

Winckler blieb ernst. »Sie wissen, wo Sie sind? Das hier ist eine besondere Klinik. Ich habe es öfter mit Patienten zu tun, die verprügelt worden sind. Aber mir ist ehrlich gesagt selten jemand untergekommen, den man so übel zugerichtet hat wie Sie. Als man Sie hergebracht hat, war ich mir nicht sicher, dass Sie die Nacht überleben. Sie haben etliche gebrochene Rippen, einen ausgerenkten Kiefer …« – den verdankte sie eindeutig Nadeshda, dachte sie grimmig – »… und außerdem noch drei Zähne verloren. Aber keine Angst, der Zahntechniker hat bereits einen Abdruck gemacht. Wenn Sie rauskommen, verspreche ich Ihnen ein Lächeln, mit dem Sie bei jeder Zahnpastareklame anfangen können.«

Conny dachte an Eichholz, und vor allem an das, was er nicht gesagt hatte.

»Und jetzt sehen Sie sich an«, fuhr Winckler fort. »Oder vielleicht besser nicht, jedenfalls nicht in den nächsten Tagen, und Sie sollten vielleicht auch darauf verzichten, sich für den diesjährigen Volkslauf anzumelden: Aber ich habe noch nie einen Patienten erlebt, der sich so schnell erholt.«

»Ich hatte schon immer gutes Heilfleisch«, antwortete sie.

»Ja, das scheint mir auch so. Versprechen Sie mir etwas?«

»Wenn ich dafür hier rauskomme.«

»Wenn Sie irgendwann einmal ein Testament aufsetzen, dann vermachen Sie ihren Körper der Wissenschaft. Ich möchte zu gerne wissen, wie er funktioniert.«

»Daraus wird nichts«, erwiderte Conny. »Ich habe nicht vor, irgendwann zu sterben.«

»Und nach allem, was ich bisher mit Ihnen erlebt habe bin ich fast geneigt, Ihnen zu glauben.« Winckler stand auf. »Aber jetzt schlafen Sie ein bisschen. Wir sehen uns morgen früh.«

»Ich habe auch nicht vor zu schlafen«, antwortete sie.

Winckler schlug die flache Hand auf die Kitteltasche, in die er die Spritze gesteckt hatte. »O doch«, sagte er fröhlich. »Das werden Sie.«

4

Sie mussten warten, bis die Kabine kam. Jelena stand stumm und in leicht verkrampfter Haltung neben ihm und starrte die geschlossenen Aufzugtüren an. Sie war eindeutig verärgert, und das mehr, als er sich nach Alex' doch eher harmloser Bemerkung erklären konnte. Der Gedanke machte Marc mehr zu schaffen, als er sich eingestehen wollte. Er hatte Jelena noch nie zornig oder auch nur ärgerlich erlebt und war irgendwie davon ausgegangen, dass dieses Gefühl gar nicht zu ihrem Repertoire gehörte. Vielleicht vermutete sie ja (vollkommen zu Recht), dass er sie angelogen hatte, und nahm es ihm übel.

Kaum waren sie jedoch im Lift und die Türen nicht einmal ganz hinter ihnen zugeglitten, schlang sie die Arme um seinen Hals, drückte ihn gegen die Wand und presste sich an ihn. Er spürte, dass sie unter dem dünnen Sommerkleid nichts außer dem kleinen Goldkreuz an einer Kette trug, das er ihr am zweiten Abend gekauft hatte, und spätestens jetzt sollte sein Körper eigentlich auf diese Erkenntnis reagieren, und allerspätestens, als sie sich auf die Zehenspitzen stellte und ihre Zungenspitze zwischen seine Lippen zu gelangen versuchte. Aber der zurückliegende Tag hatte ihm wohl noch mehr zugesetzt, als er sich eingestehen wollte.

Jelena spürte es natürlich auch; oder eben auch nicht, je nachdem. Sie ließ von ihm ab, wich einen Schritt zurück und legte den Kopf auf die Seite, um ihn mit neuer Besorgnis zu mustern.

»Ich erkläre dir alles, wenn wir im Zimmer sind«, versprach er.

»Die Wahrheit?«

»Die Wahrheit.«

Jelena kam endlich auf die Idee, den Knopf für die vierte Etage zu drücken, blieb dann aber demonstrativ und so weit von ihm entfernt stehen, wie es in der kleinen Kabine überhaupt möglich war, und wich auch seinem Blick aus. So also war sie, wenn sie zornig war.

Die Kabine quälte sich klappernd in die vierte Etage hinauf und hielt mit einem Ruck an, als wollte sie ihren Betrieb damit für alle Zeiten einstellen, und sie gingen zum Zimmer. Jelena hielt weiter denselben, übertrieben großen Abstand, während er den Schlüssel aus der Tasche grub, und drinnen angekommen schloss sie sofort die Tür und lehnte sich mit hinter dem Rücken verborgenen Händen und einem Blick dagegen, der ihn nicht einmal auf die Idee kommen ließ, sich ihr zu nähern. »Erzählen«, verlangte sie. »Wahrheit. Kein Lügen mehr.«

Marc zögerte zwar vielleicht einen Moment zu lange, um noch wirklich glaubhaft zu sein, begann dann aber zu reden. Er blieb im Großen und Ganzen bei der Geschichte, die sie sich zurechtgelegt hatten, ließ aber doch das eine oder andere dramatische Detail aus, um Jelenas Misstrauen zu besänftigen. Erstaunt stellte er fest, wie schwer es ihm fiel, sie anzulügen, und er war auch nicht sicher, dass sie es nicht merkte. Aber er blieb dabei. Vielleicht würde er ihr eines Tages die wahre Geschichte erzählen. Zu ihrem zwanzigsten Hochzeitstag oder so.

Jelena schwieg eine geraume Weile, nachdem er zu Ende geredet hatte. Sie sah auf eine vage Art traurig aus, die sein schlechtes Gewissen nur noch mehr schürte. Aber jetzt zu einer neuen Geschichte zu wechseln, würde es nur noch schlimmer machen.

»Und das ist jetzt wirklich alles?«, fragte sie.

»Ja«, log er. Jelena sah sogar noch einmal trauriger aus, zwang dann aber ein leicht verunglücktes Lächeln auf ihre Lippen und stieß sich von der Tür ab. Sie öffnete die beiden oberen Knöpfe ihres Kleides, unter dem sie tatsächlich nur das kleine Goldkettchen trug.

Sosehr er es auch wollte, sagte er kopfschüttelnd: »Sie bringen Nina gleich rauf.«

»Nina essen sehr viel«, erwiderte sie mit einem lüsternen Lächeln. »Und sehr langsam.«

»Ich glaube wirklich nicht …«, begann Marc, und Jelena war mit einem einzigen Schritt bei ihm und verschloss seine Lippen mit einem Kuss, kaum mehr als die flüchtige Berührung eines Schmetterlingsflügels, der dennoch jeden einzelnen Nerv in seinem Körper in Brand setzte. Er versuchte noch einmal zu protestieren, und Jelenas Lippen gaben seinen Mund zwar frei, begannen aber auf eine Art an seinem Hals hinabzuwandern, der jeden Gedanken an Widerstand einfach hinwegfegte. Mit derselben Bewegung, mit der sie ihn rücklings auf das Bett stieß, schlüpfte sie aus ihrem Kleid und war auch schon über ihm, knöpfte sein Hemd auf und sog erschrocken die Luft ein.

»Oh, meine arme Schatz«, entfuhr es ihr. »Das aber wirklich schlimm!«

Marc konnte ihr schwerlich widersprechen. Er erschrak selbst, als er an sich herabsah. All die blauen Flecken und Prellungen hatten die Zeit, seit er aus der Dusche gekommen war und sich angezogen hatte, ausführlich genutzt, um sich prachtvoll zu entwickeln. Manche von ihnen waren dunkelblau, violett oder auch schwarz oder von einem kränklich-blassen Grün. Und wie sie morgen aussehen würden, wagte er sich gar nicht erst vorzustellen. Kein Wunder, dass er sich kaum bewegen konnte.

»Jelena, ich glaube wirklich nicht, dass ich das jetzt kann«, sage er schwach. Jedenfalls nicht die Art herrlich unanständiger Turnübungen, mit denen sie ihn schon an ihrem zweiten Abend überrascht und auch noch seine allerletzten Zweifel beseitigt hatte, ob es wirklich klug war, sie mitzunehmen. Von einigen Dingen hatte er noch nicht einmal gewusst, dass sie anatomisch möglich waren, geschweige denn, dass er sie fertigbrachte, ohne sich mehr oder weniger schwer zu verletzen.

Jelena maß ihn mit einem weiteren, kritischen Blick. Dann beugte sie sich vor, sodass ihre Haare in seinem Gesicht kitzelten. »Das macht nichts«, schnurrte sie. »Dann so bisschen Spaß.«

Marc gab endgültig auf. Was hatte er zu verlieren? Nicht einmal seine männliche Ehre, so übel, wie er verprügelt worden war.

Jelena schälte ihn – sogar fast ohne ihm wehzutun – aus seinen Kleidern, streckte sich lang neben ihm aus und stützte den Ellbogen auf und den Kopf in ihre Handfläche. Mit den Fingerspitzen der anderen Hand begann sie die Umrisse der größten Blutergüsse und Prellungen auf seiner Brust nachzuzeichnen, was zugleich prickelnd als auch ein bisschen schmerzhaft war; wenn auch ein Schmerz von einer gänzlich unbekannten, fast schon erregenden Art.

»Jelena, ich weiß wirklich nicht …«, versuchte er es noch einmal, und jetzt brachte sie ihn zum Schweigen, indem sie ihm den Zeigefinger auf die Lippen legte und dasselbe, was sie zuvor mit ihren Fingerspitzen an dem gewaltigen Bluterguss auf seiner Brust getan hatte, nun mit der Zunge machte. Es war unglaublich. Es tat weh, und zwar eindeutig mehr als nur ein bisschen, aber es war ein Schmerz, den er um nichts auf der Welt mehr missen wollte. Sein Körper gab seine Gegenwehr nun doch allmählich auf, was Jelena mit einem zufriedenen Kichern zur Kenntnis nahm.

»Du bist überhaupt kein Mensch«, stöhnte er. »Du bist ein Borg.«

Jelenas Zungenspitze hörte für einen Moment auf, seine Brustwarze zu kitzeln, und sie sah ihn fragend an. »Ich Bock?«

»Borg«, verbesserte er. »Widerstand ist zwecklos.«

Der Ausdruck in ihren Augen machte klar, wie wenig sie damit anfangen konnte, aber nach einer weiteren Sekunde kicherte sie nur noch einmal und fuhr fort, die Landkarte aus blauen und violetten Markierungen auf seinem Brustkorb zu erkunden. Es tat immer noch weh, und es war immer noch fantastisch. Ihre Fingernägel schrammten über seine Seite und fügten dem Schmerz eine weitere Nuance hinzu, während ihre Zunge nur einen Moment lang in seinem Bauchnabel kitzelte und sich dann weiter auf den Weg nach unten machte.

Die Tür flog auf, und drei Gestalten stürmten ins Zimmer.

5

Ihr Wagen hatte bereits in der Auffahrt gestanden, als sie aus dem Taxi gestiegen war, und im Flur wartete ein gewaltiger Blumenstrauß und ein sogar noch größerer Geschenkkorb auf sie, aus der der Hals einer Magnumflasche Champagner ragte, alles sicherlich von ihren Kollegen hergeschafft, um sie willkommen zu heißen. Aber das Haus war verlassen, und ein kurzer Rundgang durchs Erdgeschoss hatte sie auch davon überzeugt, dass dieselben Kollegen nicht etwa irgendwo auf sie lauerten, um sie mit einer roten Pappnase und einer Faschingströte oder irgendeiner anderen Blödheit zu überraschen. Alles war still. Vielleicht zu still, selbst für ihren Geschmack.

Conny beendete ihren Rundgang in der Küche, wo sie sich einen Kaffee aufbrühen wollte. Aber das Glas war leer, obwohl sie sehr sicher war, noch einen ausreichenden Vorrat für mindestens einen Abend gehabt zu haben, und in der Spüle standen drei benutzte Tassen. Offensichtlich hatten sich ihre Kollegen ihren Bringdienst mit einem kleinen Koffein-Umtrunk honorieren lassen, also beließ sie es dabei, sich den Rest der vor einer Woche schal gewordenen Cola aus dem Kühlschrank einzuschenken und mit dem Glas in der Hand ins Wohnzimmer zu schlendern.

Auf den ersten Blick schien sich nichts verändert zu haben, auf den zweiten schon. Einige der Bücher im Regal standen nicht so ordentlich da, wie sie es in Erinnerung hatte, der Fernseher war in seiner Halterung ein kleines Stück weit von der Wand gekippt und die Vase mit künstlichen Blumen nicht mehr millimetergenau auf dem Tisch zentriert, und hätte sie noch genauer hingesehen, wären ihr wahrscheinlich noch mehr Veränderungen aufgefallen. Sie hatten nicht nur Blumen gebracht und einen Kaffee getrunken, sondern das Haus offenbar auch gründlich durchsucht. Natürlich hatten sie das.

Conny war nicht einmal erstaunt. Sie an ihrer Stelle hätte dasselbe getan. Aber es ärgerte sie. Von Eichholz hatte sie nichts anderes erwartet, aber hätte er nicht wenigstens warten können, bis sie aus der Klinik entlassen wurde, um die Durchsuchung dann in ihrer Gegenwart durchzuführen?

Etwas scharrte. Conny fuhr so erschrocken zusammen, dass sie ein paar Tropfen Cola verschüttete, und sah sich alarmiert um. Nichts. Sie war allein. Niemand lauerte in den Schatten, um mit einem Baseballschläger über sie herzufallen. Aber das Scharren wiederholte sich, und als sie zur Terrassentür sah, gewahrte sie ein schwarz-weißes Katzengesicht, das seine lächerlich platte Nase gegen die Scheibe presste.

Sie ging hin und machte auf. Kaum war der Kater hereingesprungen, begann er auch schon ihre Beine zu umstreichen, wobei er ein herzzerreißendes Miauen und Quäken anstimmte.

»Wenigstens einer, der auf mich wartet«, begrüßte sie ihn. Wenn auch, wie sie sich ehrlicherweise eingestand, eher auf den Dosenöffner, den sie eindeutig besser bedienen konnte als er. Sorgsam schloss sie die Tür und ging zurück in die Küche, wobei sie zweimal fast über den Kater gestolpert wäre, der aufgeregt und mit hoch aufgerichtetem buschigem Schwanz um ihre Beine strich.

Das Katzenfutter war ebenfalls alle, aber im Notfall begnügte sich ihr vierbeiniger Hausgast mit einer Dose Thunfisch oder ein paar Scheiben Lachs, wie sie rasch herausgefunden hatte. Also folgte er ihr zum Kühlschrank und geduldete sich notgedrungen, wenn auch alles andere als leise, bis sie eine Dose Fisch aufgemacht und ihm auf einer Untertasse serviert hatte.

»Milch gibts diesmal keine, und wenn du auf ein Sträußchen Petersilie wartest, muss ich dich auch enttäuschen«, sagte sie. »Die Milch wäre längst sauer, und mein Gemüse besteht fast ausschließlich aus tierischem Protein.«

Der Kater maunzte nicht nur, wie um ihr vollkommen recht zu geben, sondern ließ es sogar zu, dass sie ihm den Kopf streichelte und seinen Nacken kraulte, während er sich über den

Thunfisch hermachte; ein wirklich seltener Vertrauensbeweis, den sie auch entsprechend zu würdigen wusste, endete diese Art von Annäherungsversuch doch normalerweise mit blutigen Schrammen und Geschrei und der Drohung, ihn nie wieder hereinzulassen; die er genauso wenig ernst nahm wie sie selbst. Ganz im Gegenteil musste sie sich überrascht eingestehen, wie sehr sie den kleinen Streuner vermisst hatte, und ertappte sich sogar bei der Frage, ob es nicht nett wäre, sich eine eigene Katze anzuschaffen.

Aber wenn sie es genau nahm, dann hatte sie ja schon eine.

Sie wartete, bis er fertig war, und eskortierte ihn wieder hinaus, eine Pflicht, der sie ganz besonders sorgfältig nachkam, seit sie es einmal zugelassen hatte, dass er die offene Tür ignorierte und im Haus blieb. Das Ergebnis hatte man noch tagelang riechen können.

Als sie die Tür hinter dem Kater schloss, klingelte das Telefon. Das Display verriet ihr, dass es Eichholz war.

»Sie haben sich also tatsächlich auf eigene Verantwortung selbst aus dem Krankenhaus entlassen«, begann er, kaum dass sie das Gespräch angenommen hatte, ohne sich mit überflüssiger Höflichkeit wie etwa einer Begrüßung aufzuhalten. »Warum bin ich eigentlich nicht überrascht?«

»Ja, danke der Nachfrage, aber es geht mir schon wieder besser«, sagte sie.

»Warum haben Sie nicht gewartet?«, fragte Eichholz ungerührt. »Ich hätte Sie doch abholen lassen.«

Genau deshalb hatte sie es ja nicht getan. »Es war ein eher spontaner Entschluss. Ich weiß doch, wie knapp wir an Personal sind, auch ohne dass wir noch Taxi spielen.« Sie fing an nervös im Zimmer auf und ab zu gehen und bereute es fast augenblicklich, denn ihre Rippen begannen wieder zu schmerzen und erinnerten sie daran, dass sie noch lange nicht verheilt waren.

»Sie hätten mir trotzdem Bescheid sagen sollen«, beharrte er. Immerhin verzichtete er darauf, *müssen* zu sagen; auch wenn er es zweifellos meinte. »Aber deshalb rufe ich nicht an. Es hat … einen Zwischenfall gegeben.«

»Einen Zwischenfall?«

»Kutzow«, antwortete Eichholz. »Er ist geflohen.«

»Er ist *was?*«, entfuhr es ihr.

»Vergangene Nacht. Er sollte verlegt werden, aber irgendetwas ist gründlich schiefgegangen. Wir wissen noch nicht genau, was, aber irgendwie ist er entkommen. Natürlich fahnden wir mit Hochdruck nach ihm, und es ist auch nur eine Frage der Zeit, bis wir ihn wieder eingefangen haben. Aber bis dahin sollten Sie vielleicht ein bisschen vorsichtiger sein.«

»Vorsichtiger? Wobei?« Nicht jeden Anruf anzunehmen?

»Nur ganz allgemein«, behauptete Eichholz. »Ich kenne Ihre Antwort zwar, aber trotzdem: Ich würde Ihnen gerne einen Kollegen als Schutz vor die Tür stellen, bis sich die Situation wieder entspannt hat.«

Glaubte er wirklich, dass sie den Streifenwagen nicht gesehen hatte, der so unauffällig auf der anderen Straßenseite parkte, dass sie sich fast schon ein bisschen wunderte, dass sie das Blaulicht nicht eingeschaltet hatten? »Ich kann schon auf mich selbst aufpassen«, antwortete sie einsilbig.

»Ja, ich glaube Ihnen gerne, dass Sie das glauben«, erwiderte Eichholz. »Aber ich werde trotzdem dafür sorgen, dass ab und zu eine Streife an Ihrem Haus vorbeifährt.«

»Sie glauben nicht wirklich, dass er hier auftaucht, um mir etwas anzutun, oder?« Wahrscheinlich war er längst auf dem Weg in die Ukraine, wenn nicht sogar schon dort. Und so kompliziert, wie die Verhältnisse in diesem gebeutelten Land nach Russlands Machtspielerei waren, konnte das nichts Gutes bedeuten.

»Ich werde nicht dafür bezahlt, etwas zu glauben«, sagte Eichholz unfreundlich. »Noch bin ich nicht in Pension, sondern Ihr Vorgesetzter und als solcher für Sie verantwortlich. Also seien Sie ein bisschen vorsichtig. Es sei denn, Sie wollen mir meinen Ruhestand versauen und sich umbringen lassen.«

»Eine verlockende Vorstellung, aber ich glaube, ich denke mir doch etwas anderes aus, um Ihnen den Ruhestand zu verderben.«

Eichholz lachte, und zu ihrem Erstaunen klang es sogar beinahe echt. »Ja, und auch das überrascht mich nicht. Also verderben Sie uns beiden nicht den Spaß, und treten Sie ein wenig kürzer, bis wir Kutzow wieder dort haben, wo er hingehört oder sicher sind, dass er das Land verlassen hat.«

»Und Sie glauben wirklich, dass er nichts Besseres zu tun hat, als hierherzukommen?«

»Es ist unwahrscheinlich«, räumte Eichholz ein. »Aber seien Sie trotzdem ein bisschen vorsichtig.«

»Das werde ich«, versprach Conny. Er hatte nicht nur deshalb angerufen, das spürte sie, aber er wollte aus irgendeinem Grund nicht mit der Sprache herausrücken. Sie tauschten noch ein paar Belanglosigkeiten aus, dann beendete sie das Gespräch und ging in die Diele zurück.

Trotz ihres antiken Aussehens verfügte die schwere Haustür über einen modernen Weitwinkel-Spion, durch den sie den Streifenwagen auf der anderen Straßenseite sehen konnte. Es würde eine lange Nacht für die Besatzung werden. Das Haus lag in der ruhigen Seitenstraße eines ebenso ruhigen Wohnviertels, über die vielleicht jede Stunde ein Wagen fuhr, wenn überhaupt. Allein die Anwesenheit des Polizeiautos reichte wahrscheinlich schon aus, um jeden potenziellen Bösewicht abzuschrecken.

Hätte sie noch genug Kaffee im Haus gehabt, hätte sie sich vielleicht sogar den Spaß gemacht, den beiden Beamten eine Tasse hinauszubringen, aber sie wusste auch, wie dünnhäutig sie selbst manchmal reagiert hatte, nach einer langen Schicht, in der es absolut nichts anderes zu bekämpfen gegeben hatte als die Langeweile.

Sie inspizierte den Geschenkkorb und stellte ohne Überraschung fest, wie wenig ihre Kollegen sie doch kannten, denn abgesehen von einer Packung Mini-Schaumküsse enthielt er wenig, was sie wirklich ansprach; eine Auswahl an zuckerfreien Süßigkeiten, eine vegane Salami (weiß der Teufel, woraus sie wirklich bestand, sie würde es jedenfalls ebenso wenig herausfinden, wie sie das Ding *essen* würde) und ein schmales Büchlein der Art, wie schön das Leben doch trotz allem sein konnte und dass man einfach nur bereit sein musste, es in vollen Zügen zu genießen, auch wenn man gerade mit einem Herzinfarkt und einer doppelseitigen Lungenentzündung als Dreingabe auf der Intensivstation lag. Solche Bücher nutzten im Allgemeinen nur Leuten, die sie ohnehin nicht brauchten, und natürlich dem Verlag und den Autoren. Aber sie würde schon ein freies Plätzchen in ihrem Bücherregal finden, wo es sein Gnadenbrot fristen konnte.

Sie riss die Packung mit den Schaumküssen auf, mampfte zwei Stück und trug die Packung zusammen mit dem Champagner und der veganen Salami in die Küche. Vielleicht konnte sie den Kater damit überlisten, oder ihn im Zweifelsfall so verärgern, dass er sie eine Woche damit in Ruhe ließ, sie anzuschnorren.

Sie kehrte in die Diele zurück und beschäftigte ihre Hände eine Zeit lang damit, den Geschenkkorb auszuräumen und seinen Inhalt auf die verschiedenen Schränke in der Küche zu verteilen, dann kehrte sie ins Wohnzimmer zurück, schaltete den Fernseher ein und ließ sich auf die altertümliche Samtcouch fallen, auf der sie einen Großteil ihrer Freizeit verbrachte, um eine der dämlichen Soaps zu verfolgen, aus denen das Nachmittagsprogramm der Privatsender zum Großteil bestand, aber sie war zu träge, irgendetwas anderes zu suchen, und schaltete lediglich den Ton aus. Vielleicht würde sie später noch einmal aus dem Haus gehen und ein paar Einkäufe erledigen, damit sie am Abend wenigstens etwas daheim hatte, um nicht doch noch in Versuchung zu geraten, dem Kater seine vegane Wurst wegzufuttern.

6

Es waren nicht Alex und die anderen. Es waren drei breitschultrige, schäbig gekleidete Männer, von denen er zwei kannte, King Kong und einen weiteren abgerissenen Russen, den er ebenfalls unten in der U-Bahn gesehen hatte. Der dritte war nicht dabei gewesen, denn an ihn würde er sich ganz bestimmt erinnern. Er war noch einmal einen guten Kopf größer als King Kong, sogar noch deutlich breitschultriger und hatte ein breites, zerschlagenes Gesicht, das von einer hässlichen Narbe über die gesamte linke Hälfte gezeichnet wurde. Für eine halbe Sekunde blitzte das Bild eines anderen Gesichts vor ihm auf, ebenfalls zerschnitten und heftig blutend und viel jünger, aber die Erinnerung wurde von der Woge aus Adrenalin weggespült, die seine Gedanken überflutete.

King Kongs kleinerer Begleiter (was nicht hieß, dass er wirklich *klein* gewesen wäre) drückte mit einer bedächtigen Bewegung und nur einem Finger die Tür hinter sich ins Schloss und lehnte sich auf dieselbe Weise dagegen wie Jelena gerade, während die beiden anderen grinsend näher kamen. Kong trug noch immer dieselbe Hose. Das Blut darauf war schwarz eingetrocknet und erinnerte an klumpig geronnenen Teer, und unter dem zerschnittenen Stoff war ein durchgebluteter Verband zu erkennen. Aus seinem Gürtel ragte der Griff des bösen Zwillingsbruders der Waffe, die Alex ihm abgenommen und ins Klo geworfen hatte. Vielleicht war es auch dieselbe, und er hatte sie aus der Schüssel gefischt.

»Was … wer seid ihr … was wollt ihr?«, stammelte Marc. Neben ihm setzte sich Jelena auf, schlug die Arme vor der Brust zusammen und versuchte aufzustehen.

Der Riese stieß sie so brutal auf das Bett zurück, dass ihr Hinterkopf gegen das Bettgestell krachte und das gesamte Möbel bedrohlich zu schwanken begann, und Marc griff nach dem Bettlaken und zog es bis zum Bauchnabel hoch.

»Was … was wollt ihr hier?«, stammelte er. »Raus! Raus hier! Verschwindet!«

Das war albern, und der Russe schien es wohl genauso zu sehen, denn er lachte schmutzig, sagte ein einzelnes, hämisch klingendes Wort in seiner Muttersprache – und zog Marc mit einer blitzartigen Bewegung die Decke weg. Alle drei lachten, während er die Beine anzog und sich so klein zu machen versuchte, wie es ging.

King Kong starrte mit einem hämischen Grinsen auf ihn herab, wechselte wieder ein paar Worte mit seinen Kameraden, die diese erneut mit glucksendem Gelächter kommentierten, und hob die Hand, um mit Zeige- und Mittelfinger eine schnappende Scherenbewegung zu machen. Marc konnte mit Mühe ein Wimmern unterdrücken, und er musste beschämenderweise noch mehr Willenskraft aufbieten, um seine Blase unter Kontrolle zu halten.

Der Russe betrachtete ihn lange und ausgiebig von Kopf bis Fuß, kam ums Bett herum und beugte sich so tief zu ihm herab, dass ihre Gesichter nur noch eine Handspanne voneinander entfernt waren. Sein Atem stank nach kaltem Zigarettenrauch und Schnaps und noch etwas anderem und Schlimmerem. »*Nemez?*«, fragte er.

Marc nickte schwach. Er konnte nicht antworten. Seine Kehle war wie zugeschnürt. Neben ihm versuchte sich Jelena aufzusetzen, sank aber sofort wieder zurück, als der Riese eine drohende Handbewegung machte.

»Wo deine Freund?«, verlangte der Russe zu wissen. »Mann mit Glasscherbe.«

»Alex ist nicht mehr da«, behauptete Marc. »Ben und er sind schon abgereist, und …«

Der Russe schlug ihn so hart mit dem Handrücken ins Gesicht, dass seine Lippe aufplatzte. »Wo Freund?«, herrschte er ihn an, zerrte den Revolver aus dem Gürtel und spannte den Hahn, während er ihm den Lauf so hart unter das Kinn drückte, dass er den Kopf immer weiter in den Nacken legen musste. Blut füllte seinen Mund. Alles drehte sich.

»Wo dein Freund?«, zischte der Russe. »Holen!«

»Aber ich sage doch, er ist nicht mehr da!«, wimmerte Marc. »Sie sind schon abgereist!«

Der nächste Schlag brachte seine Nase zum Bluten, wahrscheinlich brach er sie, und Marc muss jetzt ernsthaft mit aller Kraft gegen die Bewusstlosigkeit ankämpfen. Er war nicht sicher, ob er jemals wieder aufwachen würde, wenn er die Ohnmacht zuließe.

Der Russe schob den Revolver wieder unter den Gürtel, riss Marc mit beiden Händen ein Stück in die Höhe und warf ihn dann wuchtig aufs Bett zurück. Marcs blutendes Gesicht hinterließ einen hässlichen rotbraunen Schmierer auf dem Laken. »Du allein hier? Du lügen! Und wer dann das?« Er stocherte mit einem Zeigefinger von der Größe eines Totschlägers in Jelenas Richtung. *»Kurwa?«*

Ohne seine Antwort abgewartet zu haben, gab er seinem riesigen Begleiter einen Wink, der Jelena daraufhin brutal in die Höhe riss, gegen seine Brust drückte und den Arm von hinten um ihren Hals schlang. Mit der anderen Hand begann er ihre Brust zu kneten.

»Keine *kurwa!*«, wimmerte Marc. Dieses Wort hatte er schon am Tag vor ihrer Abreise von Alex gelernt.

Er begriff zu spät, gerade einen schlimmen Fehler begangen zu haben, denn der Russe machte eine weitere befehlende Geste, auf die hin sein Kamerad die Hände von Jelenas Hals nahm, ein Springmesser zog und es ihr an die Kehle setzte. Sie versuchte sich aus seinem Griff zu winden, stellte ihren Widerstand jedoch ein, als der Bursche den Druck auf die Messerklinge erhöhte, sodass ein einzelner roter Blutstropfen an ihrem Hals hinabzulaufen begann.

»Nicht *kurwa?*« Der Russe nickte grimmig. »Dann Freundin. Deine Entscheidung, *nemez.* Einer von uns tot, einer von euch tot.«

»Nein!«, wimmerte Marc. »Bitte! Tut ihr nichts!« Er versuchte die Beine vom Bett zu schwingen und aufzustehen, und der Russe stieß ihn nicht nur grob zurück, sondern ließ auch noch einen freundschaftlichen Boxhieb in seinen Solarplexus folgen. Verzweifelt nach Luft ringend krümmte sich Marc auf dem Bett und musste schon wieder gegen schwarze Schlieren ankämpfen, die vor seinen Augen tanzten und sich um seine Gedanken zu wickeln versuchten.

»Letzte Mal!«, drohte der Russe. »Freund oder sie!«

Nein!, wollte Marc brüllen. *Tut ihr nichts! Tötet mich, aber tut ihr nichts!* Aber er konnte es nicht, denn er konnte auch nicht atmen. Er war auch nicht sicher, dass er es wirklich gesagt hätte; und schon gar nicht so *gemeint*. Was für ein erbärmlicher Feigling er doch war!

Es klopfte. Jelena setzte zu einem Schrei an, den der riesige Russe mit einer schwieligen Pranke erstickte, die er ihr auf Mund und Nase presste, und Kong zog den Revolver wieder aus dem Gürtel und richtete ihn auf Marcs Stirn. Der Kerl an der Tür machte ein fragendes Gesicht, auf das sein Boss mit einem angedeuteten Kopfschütteln reagierte.

»Herein rufen!«, befahl er.

»Leck mich«, würgte Marc zähneknirschend und mit dem ersten bisschen Luft hervor, das er wieder bekam. »Du bringst mich doch sowieso um.«

Sein eigener Wagemut überraschte ihn vielleicht am meisten, und es war auch keineswegs so, dass er die Worte nicht augenblicklich bedauerte. Der Russe schüttelte jedoch nur noch einmal den Kopf und gab dem Riesen einen weiteren Wink.

Diesmal schnitt er deutlich tiefer, und Jelenas Hals begann sich rot zu färben.

»Schon gut, hör auf!«, sagte Marc rasch. »Er soll aufhören! Ich tue es ja!« Seine Gedanken rasten immer schneller. Was sollte er nur tun? Wenn er Alex hereinrief, würden sie Ben und ihn umbringen, und wenn nicht, dann töteten sie Jelena; wenn King

Kong es sich nicht leicht machte und ein paarmal durch die Tür schoss.

Kong sah ihn noch einen Moment abschätzend an, schürzte die Lippen und gab dem Mann an der Tür einen Wink, und dann ging alles viel zu schnell, als dass Marc auch nur genug Zeit für einen warnenden Schrei geblieben wäre: Der Russe riss im Zurückspringen die Tür auf, griff mit beiden Händen nach Alex und Ben und schleuderte sie herein. Ben verlor das Gleichgewicht, fiel auf die Knie und nach vorne und schlug so hart mit dem Gesicht gegen den Bettpfosten, dass er haltlos zur Seite kippte.

Alex schaffte es zwar, auf den Beinen zu bleiben, und schützend die Arme vors Gesicht zu reißen, was ihm aber nur insofern half, dass sich Kongs Faust in seinen Leib bohrte, statt sein Gesicht zu treffen, als er in dessen Schwinger hineinstolperte. Er japste nach Luft und fiel auf die Knie, und an der Tür stieß Nina einen kleinen, spitzen Schrei aus und wandte sich zur Flucht.

Sie kam nicht einmal drei Schritte weit, da holte der Russe sie auch schon ein, zerrte sie ins Zimmer zurück und warf die Tür hinter sich zu. Nina begann mit den Beinen zu strampeln und mit ihrer schrillen Kinderstimme zu kreischen, und der Russe warf sie so wuchtig auf das Bett, dass ihr die Luft wegblieb.

Jelena bäumte sich jetzt ohne jede Rücksicht auf sich selbst im Griff des Riesen auf und begann zu schreien, handelte sich aber nur einen zweiten und noch tieferen Schnitt ein sowie das zweite Mal, dass sich eine riesige Pfote auf ihr Gesicht presste und nicht nur ihren Schrei abschnitt, sondern ihr auch die Luft nahm.

Alex begann sich mühsam auf die Beine zu quälen, und der Russe wartete, bis er es fast geschafft hatte, und versetzte ihm einen Faustschlag gegen die Schläfe, der ihn zusammensacken ließ.

»Hört auf!«, jammerte Marc. »Hört doch auf, bitte! Es tut uns leid. Wir wollten das alles nicht!«

Neben ihm begann Nina schon wieder zu weinen. Der Kerl,

der sie aufs Bett geworfen hatte, beugte sich über sie und schüttelte drohend die Faust vor ihrem Gesicht, und aus ihrem Weinen wurde ein krampfhaftes Schluchzen, als sie mit einer für ein Kind ihres Alters unglaublichen Tapferkeit die Tränen zurückzudrängen versuchte.

»Lasst sie in Ruhe!«, sagte Marc. »Sie ist doch noch ein Kind!«

Der Russe ignorierte ihn vollständig. Er wartete, bis Alex sich nach ein paar Augenblicken wieder unsicher zu rühren begann, dann setzte er den Stiefel auf seinen Hals und drückte fest genug zu, um ihm so gerade eben noch nicht komplett die Luft abzuschnüren. Sein Blick wanderte ein paarmal zwischen den Gesichtern von Alex und Jelena hin und her und richtete sich schließlich auf Marc, und auch der Revolverlauf pendelte unschlüssig zwischen den beiden hin und her, wie der Kopf einer tödlichen Schlange, die sich noch nicht endgültig entschieden hatte, wen sie zuerst beißen sollte. Sein Blick ließ den von Marc nun keinen Sekundenbruchteil mehr los.

»Deine Entscheidung, *nemez*«, sagte er. »Freund oder Freundin?«

Er meinte das todernst, begriff Marc. Wortwörtlich. Aber wie konnte er eine solche Entscheidung von ihm verlangen, und wie hätte er sie fällen können? »Nimm mich«, sagte er und stellte mit einer Mischung aus Verwunderung und Entsetzen fest, dass er es auch tatsächlich so meinte; vielleicht nicht einmal so sehr aus Freundschaft oder Liebe oder gar Heldenmut, sondern einfach, weil er diese Wahl nicht treffen konnte. Niemand konnte das. »Erschieß mich, aber lass sie in Ruhe!«

Der Russe sah einen Moment lang ehrlich überrascht aus, dann zog er eine Grimasse, die Marc vielleicht erschreckt hätte, wenn er noch die Kraft für eine solch komplizierte Emotion aufgebracht hätte. »Du bist wirklich gute Freund«, sagte Kong anerkennend. »Sehen, wie gut.«

Er nahm endlich den Fuß von Alex' Hals, steckte den Revolver ein und ließ sich neben ihm in die Hocke fallen. Sein verletztes Bein gab der Bewegung gleichermaßen etwas Unbeholfenes wie Bedrohliches. Alex rang keuchend ein paarmal nach Luft, drehte sich auf die Seite und übergab sich qualvoll. Der Russe verzog angeekelt das Gesicht und watschelte in der Hocke ein kleines Stück zurück, stand aber nicht auf. Stattdessen maß er Alex noch einmal mit einem langen, taxierenden Blick, beugte sich dann rasch vor und hielt ihm mit der Linken den Mund zu. Mit der anderen Hand zog er ein Messer unter der Jacke hervor und stieß es ihm ohne das geringste Zögern in die Wade.

Alex bäumte sich auf, ergriff das Handgelenk des Russen mit beiden Händen und versuchte mit dem unverletzten Bein nach ihm zu treten. Kong lachte hart, fuhrwerkte noch eine endlose Sekunde lang mit dem Messer in Alex' Wade herum und zog es dann endlich heraus, was mit einem unterarmlangen hellroten Strahl wie aus einem plötzlich durchtrennten Aquarienschlauch quittiert wurde. Dann ließ er sich mit beiden Knien zugleich auf das verletzte Bein fallen.

Aus Alex' Wimmern wurde etwas anderes, Schlimmeres, ein kreischender Schrei, der selbst durch die Hand auf seinem Gesicht drang und Marc seine Qual für einen Moment fast körperlich nachempfinden ließ. Die Hand des Russen blieb erbarmungslos weiter auf seinem Gesicht liegen, hielt ihm den Mund und nach einer weiteren Sekunde auch noch die Nase zu und zog sich erst zurück, nachdem Alex' Schreie verstummt waren und er aufhörte, sich zu bewegen. Schließlich wischte er die Messerklinge sorgsam am Hemd seines Opfers ab, stand auf und drehte sich mit einem breiten Grinsen zu Marc um.

»Guter Freund, ja?«, erkundigte er sich.

Marc konnte ihn nur aus Augen anstarren, die sich längst mit Tränen gefüllt hatten, ohne dass er es auch nur spürte. Sein Herz schlug plötzlich sehr langsam, dafür aber umso schwerer, und ein Gefühl absurder Ruhe begann sich in ihm auszubreiten; vielleicht ausgelöst von etwas tief in ihm, das längst resigniert und begriffen hatte, dass es vorbei war. Keiner von ihnen würde dieses Zimmer lebend verlassen. Am meisten leid tat es ihm um Nina, deren Leben doch noch nicht einmal richtig angefangen hatte. Aber er sparte es sich, erneut um Gnade zu flehen. Wer immer diese Kerle auch waren, sie gehörten ganz gewiss nicht zu denen, die Zeugen zurückließen.

Kong schenkte ihnen noch ein hämisches Lächeln, ging um das Bett herum und musterte das weinende Mädchen, das sich zu einem Ball zusammengekrümmt hatte, auf eine sonderbar nachdenkliche Art, ging weiter und blieb eine Handbreit vor Jelena und dem Riesen stehen, der sie noch immer mit einem Arm umklammerte und ihr mit der anderen Hand das Messer an die Kehle drückte. Er sagte ein paar Worte zu ihr, und Jelena antwortete in verächtlichem Ton, was aber nur zu weiterem allgemeinem Gelächter führte.

»Lasst sie in Ruhe«, flehte Marc nun doch. »Sie hat mit alledem hier nichts zu tun. *Bitte!*«

Tatsächlich drehte der Russe kurz den Kopf und sah auf ihn herab, wandte sich dann aber wieder zu Jelena um und betrachtete sie ausgiebig von Kopf bis Fuß. Seine Hand fuhr über ihre Brust, verschmierte das Blut darauf zu einem psychedelischen Muster, zog eine schmierige rote Spur an ihrem Bauch hinab und verschwand zwischen ihren Beinen. Jelena keuchte vor Schmerz und Scham. Neue Tränen schossen in ihre Augen und liefen über ihr Gesicht, um sich mit dem Blut auf ihrem Hals zu vermischen. Sie versuchte das Knie des Russen wegzuschlagen, was er aber nur mit einem neuerlichen bösen Lachen kommentierte und damit, ihr das eigene Knie so hart gegen den Oberschenkel zu rammen, dass sie aufschrie und zusammengebrochen wäre, hätte der Riese sie nicht weiter unbarmherzig festgehalten. Schließlich zog er die Hand zurück, schnüffelte an seinen Fingern und leckte sie anschließend genüsslich ab.

Jelena spuckte ihn an, tapfer, aber auch unendlich dumm.

Kong schlug ihr zweimal mit dem Handrücken ins Gesicht

und ballte dann die Faust zu einem weiteren und viel härteren Schlag, und jemand klopfte an die Tür. Eine besorgt klingende Stimme rief etwas auf Russisch. Der Riese hielt Jelena wieder den Mund zu, drehte sich halb herum und sagte ein paar Worte zu seinem Kameraden an der Tür, der dem Rufer draußen in derselben Sprache und amüsiert-beruhigendem Tonfall antwortete. Das Ergebnis fiel jedoch nicht so aus, wie er vielleicht gehofft hatte, denn das Klopfen – herrischer diesmal – wiederholte sich, und die Stimme draußen auf dem Flur klang jetzt eindeutig befehlend. Der andere Russe antwortete, Kong machte eine Bewegung, wie um sich umzudrehen, hielt dann aber noch einmal inne und sah wieder auf die weinende Nina hinab. Ein nachdenklicher Ausdruck erschien auf seinem Gesicht, und dann beugte er sich vor, hob das kreischende Mädchen vom Bett und presste es an die Brust. »Leben für Leben«, sagte er. »Kind für Kind. Jetzt wir quitt.«

Nina kreischte und stemmte sich mit aller Kraft gegen ihren Peiniger. Irgendwie gelang es ihr, den Kopf zu drehen und dem Riesen mit solcher Kraft in den Daumen zu beißen, dass er mit einem Schrei die Hand zurückzog und sie beinahe losgelassen hätte. Draußen wurde noch heftiger gegen die Tür gehämmert, und nun wurden auch andere Stimmen laut, dazu trappelnde Schritte und allgemeiner Lärm. Kong wandte sich endgültig zur Tür, und Jelena rief mit schriller, überschnappender Stimme ein paar Worte, die ihn dazu veranlassten, doch noch einmal stehen zu bleiben und sich halb zu ihr umzudrehen. Seine Augen wurden schmal. In drohendem Tonfall stellte er eine einzelne Frage, auf die Jelena mit einem hysterischen Redeschwall reagierte. Kong nickte. Er sah fast ein bisschen enttäuscht aus, fand Marc. Nach einer weiteren Sekunde und einem abermaligen, traurigen Nicken wandte er sich wieder ab und sagte ein einzelnes Wort, und der Riese schnitt Jelena die Kehle durch.

Alles hörte auf. Die Welt, Farben und Geräusche und Gerüche und Erinnerungen, einfach *alles* hörte einfach auf. Die Welt blieb stehen, als hätte jemand in einem grässlichen Horrorfilm die Pausetaste gedrückt, und es gab nur noch Jelenas Gesicht, ihre schrecklich weit aufgerissenen Augen und all das Blut, das aus ihrer durchschnittenen Kehle und über ihre Brust lief.

Wenn Marc zu wissen geglaubt hatte, was Entsetzen bedeutete, so lernte er es erst jetzt wirklich kennen. Es war keine Einbildung, sein Herz schlug tatsächlich nicht mehr. In seinen Adern war nicht länger Blut, sondern etwas Heißes, Brodelndes, das ihm zweifellos die Kraft gegeben hätte, aufzuspringen und dieses Monster mit bloßen Händen in Stücke zu reißen, hätte es ihn nicht zugleich auch vollkommen paralysiert. Der Riese ließ Jelena los, die reglos zu Boden fiel, und der zweite Russe riss die Tür auf und schlug dem Mann, der dahinter wartete, die Faust ins Gesicht. Kong und sein hünenhafter Begleiter folgten ihm, während draußen ein Tumult aus Schreien und panisch flüchtenden Schritten losbrach. Aber unter der Tür blieb er noch einmal stehen und sah zurück, und das gerade zur rechten Zeit, um zu sehen, wie sich Alex taumelnd auf die Füße stemmte. Das verletzte Bein knickte sofort unter seinem Gewicht ein, aber er fing sich augenblicklich wieder.

»Du verdammtes, widerliches Schwein!«, brüllte er. »Dafür bring ich dich um!«

Er stürmte los, riss die Arme hoch und ballte die Hände zu Fäusten, und der Russe zog den Revolver unter seinem Gürtel hervor und schoss ihm zweimal ins Gesicht.

7

Sie musste wohl eingeschlafen sein, denn Conny schlug die Augen mit dem Gefühl auf, von irgendetwas geweckt worden zu sein, das nicht hierhergehörte. Und sie musste lange geschlafen haben. Stunden. Die Dämmerung kündigte sich bereits an.

Alarmiert sah sie sich um, entdeckte aber nichts. Sie war bereits geneigt, sich selbst in Gedanken als Feigling und hysterische Ziege zu titulieren, aber das Gefühl blieb. Etwas hatte sie geweckt. Etwas war da gewesen, das nicht hier sein sollte, und es war auch immer noch da.

Sie entdeckte es, als sie den Schlaf aus den Augen blinzelte und zum zweiten Mal und aufmerksamer zur Terrassentür sah. Etwas Kleines, Schwarz-Weißes, das direkt unter dem schmierigen Fleck auf der Glasscheibe lag, wo sich der Kater normalerweise die Nase am Fenster platt drückte.

Conny sprang hoch, riss die Terrassentür auf und stieß ein erschrockenes Keuchen aus, als sie den Kater in einer Blutlache vor sich liegen sah. Er lebte noch, aber sie hatte genug solcher Verletzungen gesehen, um zu wissen, dass die tiefe Stichwunde in seinem Rücken tödlich war.

Alarmiert sah sie sich um und stellte beunruhigt fest, wie viele tiefe Schatten und mögliche Verstecke es in dem großen Garten gab, der sich an die Terrasse anschloss. Sie sah niemanden, und sie hörte auch nichts außer dem leisen, jämmerlichen Maunzen des sterbenden Katers, aber die Wunde blutete noch und konnte allerhöchstens ein paar Minuten alt sein. Offensichtlich hatte sich das Tier sterbend hierhergeschleppt und sich Hilfe von ihr erhofft, die sie ihm nicht geben konnte.

Eine Sekunde lang überlegte sie, die bedauernswerte Kreatur von ihren Qualen zu erlösen, ging aber stattdessen in die Hocke und strich ihr vorsichtig über den Kopf. Der Kater hörte auf zu miauen und stimmte stattdessen ein tiefes, vibrierendes Schnurren an, das sie im ersten Moment verwirrte. Dann erinnerte sie sich, einmal gelesen zu haben, dass Katzen das nicht nur taten, wenn sie sich wohlfühlten, sondern auch, wenn sie große Angst hatten oder litten. Es brach ihr schier das Herz. Ihre Vernunft versuchte sie schon fast verzweifelt davon zu überzeugen, dass das, was sie da tat, der schiere Wahnsinn war, aber sie blieb trotzdem noch minutenlang neben dem Kater hocken und streichelte ihn, bis er schließlich aufhörte, abwechselnd zu schnurren und zu wehklagen, und starb.

Erst dann übernahm die Vernunft wieder die Kontrolle über ihr Handeln, nun aber umso entschiedener. Conny sprang auf, raste durch das Wohnzimmer und die Diele und aus dem Haus. Die Straße war so verlassen, wie sie es erwartete, aber der Streifenwagen stand noch immer kaum fünfzig Meter entfernt da. So schnell sie es gerade noch konnte, ohne wirklich zu rennen, lief sie hin und begann auf halber Strecke zu winken. Die beiden Beamten rührten sich nicht, und sie reagierten auch nicht, als sie den Wagen erreichte und die Fahrertür aufriss.

Das konnten sie auch nicht. Der Fahrer saß nach hinten und ein Stück zur Seite geneigt da und wurde nur noch vom Sicherheitsgurt daran gehindert, in den Schoß seiner Kollegin zu fallen. Sein Gesicht war schlaff, und seine Augen zwar halb geöffnet, aber trüb. Hals und Kragen seiner Uniformjacke waren rot von einer erschreckenden Menge Blut, das immer noch aus einer gewaltigen Platzwunde in seiner Schläfe lief, und sein Atem ging rasselnd. Seine Kollegin, ein schwarzhaariges junges Ding, das zumindest dem Aussehen nach eigentlich noch in die Schule gehörte, war nach vorne gesunken, und der Kopf ruhte auf dem Armaturenbrett. Sie gab leise stöhnende Geräusche von sich.

Connys Verstand setzte für einen Moment aus. Statt das einzig Vernünftige zu tun und nach dem Funkgerät zu greifen und Hilfe zu rufen, prallte sie zurück und jagte wieder zum Haus zurück, so schnell sie konnte. Auf halbem Wege fiel ihr ein, dass es vielleicht cleverer gewesen wäre, wenigstens die Pistole des bewusstlosen Polizisten mitzunehmen, aber es wollte ihr nicht gelingen, auf ihren Verstand zu hören und kehrtzumachen.

Stattdessen rannte sie ins Haus, schlug die Tür hinter sich zu und legte mit fliegenden Fingern die Sicherungskette vor. Das Telefon! Sie hatte das Handy zwar nicht benutzt, das Eichholz ihr gegeben hatte, es aber trotzdem auf den Wohnzimmertisch neben die Fernbedienung gelegt. Sie stürmte weiter, raste ins Wohnzimmer und erstarrte dann mitten in der Bewegung.

In ihrer Panik hatte sie vergessen, die Terrassentür zu schließen. Vor ihr standen drei große Burschen in schmuddeliger Kleidung und grinsten sie an. Einer hielt ein aufgeklapptes Springmesser in der Hand, auf dessen Klinge es rot glänzte. Sein Gesicht kam ihr bekannt vor, vielleicht auch eher ihrem rechten Knie, das sie vor ein paar Tagen hineingerammt hatte.

Hinter ihr wurde gegen die Haustür gehämmert, und ihre Amok laufende Fantasie wollte ihr weismachen, das Heulen einer Polizeisirene zu hören, aber selbst wenn es sie gegeben hätte, wäre die Verstärkung zu spät gekommen.

Die drei Jungen wichen zu einem lockeren Halbkreis auseinander, der sich langsam auf sie zubewegte. Einer trat den Tisch aus dem Weg, der umfiel und zu einem Scherbenhaufen zerplatzte, und der große Bursche warf grinsend sein Messer von einer Hand in die andere und wieder zurück. Sie machte sich nichts vor. Unter normalen Umständen hätte sie es wahrscheinlich mit ihnen aufnehmen können, aber die drei waren gewarnt. Mindestens der mit dem Messer gehörte zu denen, die Nadeshda *befreit* hatten, oder wahrscheinlich sogar alle drei. Sie wussten, wozu sie imstande war und würden ihr keine Chance lassen, sie noch einmal zu überrumpeln.

Conny wich einen Schritt zur Seite, wie um in die angrenzende Küche zu flüchten, und einer der Jungen vertrat ihr rasch den Weg. Dabei wollte sie gar nicht in einen Raum fliehen, aus dem es keinen Ausweg gab.

Einer der Jungen sagte etwas in einer Sprache, die kein Russisch war, sich aber ähnlich anhörte, fuhr sich mit der stumpfen Seite seiner Messerklinge über die Kehle und klopfte sich mit der anderen Hand auf den Schritt, und die beiden anderen lachten gehässig. Glas knirschte unter ihren Schritten, als sie näher kamen. Der Bursche mit dem Messer klatschte noch einmal die Hand auf sein bestes Stück, warf seine Waffe erneut von der rechten in die linke und wieder zurück, und als er es zum dritten Mal tat, streckte Conny fast schon gemächlich die Hand aus und nahm ihm das Messer weg.

Vielleicht war es die schiere Unverfrorenheit dieser Aktion, die funktionierte. Die Augen des Burschen wurden groß, und sein Unterkiefer klappte herunter, während er fassungslos auf sein eigenes Springmesser starrte, das plötzlich nicht mehr in seiner Hand lag, sondern auf seine Kehle zielte.

Conny ließ ihm keine Zeit, seine Überraschung zu verarbeiten, sondern rammte dem Burschen neben ihm die flache Hand wuchtig genug auf die Brust, um ihn gegen den Kaminsims zurückstolpern zu lassen, und trat dem Dritten so wuchtig mit dem Absatz auf die Zehen, dass er trotz seiner schweren Stiefel vor Schmerz quietschte und einen fast albern aussehenden Hüpfer nach hinten machte. Fast zeitgleich stocherte sie mit der Klinge erneut nach ihrem bisherigen Besitzer, der aus seiner Erstarrung hochschrak und sich mit einem ebenso erschrockenen wie verspäteten Satz in Sicherheit brachte. Sie hätte ihn trotzdem treffen können, wenn sie gewollt hätte, aber sie hatte nicht vor, ihn wirklich zu verletzen. Trotz allem war er immer noch ein Kind. Heimtückisch und boshaft vielleicht, aber dennoch ein Kind.

Ein sehr, sehr gefährliches Kind, flüsterte eine Stimme hinter ihren Gedanken. Hatte sie die beiden toten Polizisten draußen im Wagen vergessen?

Wenn, dann nur bis zu diesem Moment, denn der Anblick stieg für einen einzelnen Augenblick so deutlich vor ihrem inneren Auge auf, dass er die Wirklichkeit beinahe überlagerte.

Aber da war auch noch etwas: eine kalte, berechnende Wut, eine Art … emotionsloser Zorn, den sie weder beherrschen konnte noch wollte. Im Gegenteil: Sie *wollte* diesen Kerlen wehtun, Kinder hin oder her. Statt zu tun, was das düstere Flüstern von ihr verlangte und dem Burschen das Messer in die Kehle zu rammen, machte sie nur eine fast unbeholfen hackende Bewegung, der er ohne sonderliche Mühe auswich.

Und möglicherweise war das ein Fehler, denn sie nutzte den Moment zu einem hastigen Ausfallschritt, um an ihm vorbei und auf die Terrasse zu kommen und hätte es beinahe sogar geschafft, hätte sie nicht ein gemeines Wurfgeschoss in die Seite getroffen und aus dem Gleichgewicht gebracht.

Irgendwie gelang es ihr, nicht in der Terrassentür zu landen und sie mit dem Gesicht zu zerschmettern, aber sie fiel hart auf die Knie, und ein weiterer Tritt in den Rücken tat zwar nicht einmal wirklich weh, warf sie aber endgültig gegen die Glasscheibe, sodass diese protestierend schepperte und Conny haltlos daran herunterrutschte. Ein Fußtritt prellte ihr das Messer aus der Hand, und der nächste würde ihr die Schläfe zertrümmern, falls der Bursche es nicht vorzog, sein Messer aufzuheben und zu benutzen.

Stattdessen flog die Terrassentür auf, und ein Riese stürmte herein, hämmerte einem der Jungen den Handrücken mit solcher Wucht ins Gesicht, dass er wie ein nasser Sack zu Boden ging, und stieß den zweiten hart genug gegen den Kamin, damit er sich zu ihm gesellte. Der dritte beging den Fehler, mit seinem Messer nach ihm zu stochern, und der Angreifer wich ihm nicht nur mit schon fast beleidigender Mühelosigkeit aus, sondern schlug ihm die Waffe aus der Hand, packte ihn mit beiden Fäusten und warf ihn durch die Scheibe.

Conny riss schützend die Arme vors Gesicht und warf sich zugleich herum, um dem Hagel gefährlicher Glasscherben zu entgehen, der rings um sie herum niederging. Der Riese beugte sich nun über sie und streckte den Arm aus, doch statt sie ebenfalls zu schlagen, riss er sie grob auf die Füße. Erst dann erkannte sie ihn.

»Kutzow?«

8

Draußen musste die Sonne schon wieder aufgegangen sein, aber hier drinnen machte das keinen Unterschied, als existierte dieser Raum irgendwie außerhalb der Zeit. Er hatte keine Fenster, und die Wände waren rundum verspiegelt und so dick, dass sie jedes Geräusch mit Ausnahme des leisen Summens einer Klimaanlage verschluckten, und es war so kühl, dass es gerade unangenehm zu werden begann, wenigstens wenn man fast reglos dasaß und nur dünne Papierkleidung trug, wie Ben und er. Zweifellos mussten sie eine geraume Weile herumexperimentiert haben, bevor sie auf diese ganz besondere Einstellung gekommen waren.

Marc hätte etwas anderes erwartet. Dass sein Reicher-Touristen-Bonus nicht mehr galt, war ihm klar gewesen, aber seine Erwartungen waren eher in Richtung Gummiknüppel oder Waterboarding gegangen, nicht so sehr Hightech. Auch an Mütterchen Russland war das einundzwanzigste Jahrhundert nicht spurlos vorübergegangen.

Er hatte Durst, und das seit mindestens einer Stunde, wenn nicht länger; so lange eben, wie Ben und er jetzt allein hier drinnen saßen und darauf warteten, dass jemand kam. Vorzugsweise jemand von der deutschen Botschaft oder auch die SEALs. Die Stellen an seinem Körper zu zählen, die nicht wehtaten, wäre die eindeutig leichtere Aufgabe gewesen, und genau wie Ben (der diesen Kampf schon ein paarmal verloren hatte) musste er immer wieder dagegen ankämpfen, einzuschlafen und mit dem Kopf auf die Tischplatte zu knallen. Warum eigentlich? Wenn irgendwann jemand kam und etwas von ihnen wollte, würden sie ihn schon aufwecken.

Aber vielleicht war es auch gerade das, wovor er Angst hatte.

Marcs Erinnerungen an den zurückliegenden Tag waren allenfalls lückenhaft und alles andere als zuverlässig. Nachdem Kong Alex vor seinen Augen erschossen hatte, war er in eine Art

Schockzustand gefallen, in dem alles gleichzeitig und vielleicht nicht mehr in der richtigen Reihenfolge passiert zu sein schien, und es gab große Lücken, in denen alles fehlte. Da waren Schreie gewesen, durcheinanderrennende Gestalten und Hände, die ihn gepackt und geschüttelt hatten, Gesichter, die sich darin abwechselten, ihn anzuschreien, Fragen zu stellen oder beruhigend auf ihn einzureden, später dann Polizeiuniformen und Sirenen, und irgendwann danach hatten sie sich zwar in einem Krankenwagen wiedergefunden, das allerdings in Handschellen und von zwei finster dreinblickenden *polizeiskije* bewacht, deren Hände demonstrativ auf den Pistolengriffen gelegen hatten.

Sie hatten sie ins Behandlungszimmer einer heruntergekommenen Klinik gebracht, dessen Fenster vergittert waren und dessen Ausstattung noch aus dem vorletzten Jahrhundert stammen musste, genau wie die beiden Ärzte in schäbigen Kitteln und mit noch schäbigerem Benehmen. Der Ältere sah aus, als hätte er die antiquierte Einrichtung noch höchstpersönlich installiert, und sein jüngerer Kollege hatte Marc an den Riesen in Kongs Begleitung erinnert. Er war mindestens genauso groß, und seine Hände schienen eher dazu geeignet, einen Presslufthammer zu halten statt eines chirurgischen Instruments.

Er ging auch auf genau die Art mit Ben und ihm um, die der Anblick dieser Hände erwarten ließ.

Nach einer ersten, eher flüchtigen Untersuchung hatten sie Ben und ihn geröntgt und auch noch an eine Menge anderer um die Wette blinkender und piepsender und surrender Apparaturen angeschlossen, nach deren Zweck er vorsichtshalber gar nicht erst gefragt hatte, und schließlich waren sie in die Obhut einer missmutigen Krankenschwester ebenfalls älterer Bauart entlassen worden, die sich ihrer zahllosen Prellungen und Schnitte und Wunden annahm. Ben und er sahen hinterher aus wie Mumien auf Urlaub.

Und seitdem waren sie hier.

Er hatte mit einer weiteren Fahrt in einem klapprigen Krankenwagen gerechnet, aber die vermeintliche Klinik befand sich im Kellergeschoss eines viel moderneren, hellen Gebäudes, das darüber gebaut oder so gründlich renoviert worden war, dass es praktisch auf einen Neubau hinauslief. Eine Polizeiwache, wenn nicht gleich das Petersburger Präsidium, denn es wimmelte nur so von blauen und grünen Uniformen, Schreibtischen voller Computer und hin und her summenden Stimmen. Abgesehen von den beiden uniformierten Beamten, die sie (wieder in Handschellen) heraufgebracht hatten, schien niemand großartig Notiz von ihnen zu nehmen, als wäre man einen solchen Anblick gewohnt.

Schließlich hatten sie sie hierhergebracht, in ein Verhörzimmer wie aus einem Hightech-Krimi, in dem das Licht aus dem Nichts zu kommen schien und alles verspiegelt war, selbst die Tischplatte. Ihre Handschellen waren an einer speziell dafür gedachten Vorrichtung an dem schweren, mit dem Boden verschraubten Tisch angeschlossen und sie auf zwei Stühle hinabgestoßen worden, die gerade weit genug voneinander entfernt waren, dass sie sich nicht berühren konnten. Und seitdem warteten sie. Marc wusste nicht worauf, aber er war sehr sicher, dass es nichts Angenehmes war.

Sie hatten Jelena umgebracht. Und Alex. Einfach so, vollkommen ohne Grund. Der Gedanke hatte etwas auf grässliche Weise Unwirkliches, als wäre es eine Szene aus einem Film, den er gesehen hatte, oder die Erinnerungen eines anderen, die er auf magische Weise teilte, ohne dass sie ihn wirklich berührten. Zugleich verstörten sie ihn zutiefst, denn so etwas … durfte nicht sein. Es gehörte ins Reich der Fantasie, in Filme und Romane und Fernsehserien und Hörbücher, nicht in die Welt, in der er bisher gelebt hatte. Es war, als wäre ihm ein Blick in ein vollkommen anderes Universum gewährt worden, eine Welt aus Gewalt und Furcht und Hass, die ihm so fremd war wie die Evolution eines anderen Planeten mit anderen Naturgesetzen, anderen Bewohnern und anderen Regeln.

Ein Teil von ihm war froh, dass es so war, denn hätte er das Grauen, das hinter den Bildern aus seiner Erinnerung lauerte, ganz an sich herangelassen, wäre er daran zerbrochen. Aber er machte sich nichts vor: Es war ein Schutz auf Zeit, sehr wenig Zeit, und der Schmerz würde kommen. Und wie er kommen würde!

»Ich weiß, was sie gesagt hat.«

Soweit er seiner Erinnerung trauen konnte, waren es die ersten Worte, die Ben überhaupt sprach, seit sie hereingekommen waren. Seine Stimme war kaum mehr als ein Flüstern. »Wer?«

»Jelena. Ich glaube, ich weiß, warum er sie umgebracht hat.« Ben wollte die Hand heben, aber die am Tisch befestigten Handschellen hinderten ihn klimpernd daran. »Ich glaube, ich habe ein paar Brocken verstanden. Sie hat gesagt, dass sie ihn kennt. Und dass sie der Polizei alles erzählen wird.«

Selbst diese Worte und das noch einmal ungleich größere Entsetzen, das mit ihnen einherging, prallten wie Wasser von einer Öljacke von ihm ab, während sie sich zugleich wie zischende Säure in seine Gedanken fraßen. »Der Russe?«

Ben nickte. Er hielt seinem Blick stand, auch wenn seine Augen so groß und schwarz wie Abgründe waren, die alles verschlangen, was in ihren Sog geriet. »Sie hat einen Namen genannt. Ich erinnere mich nicht welchen, aber es war ein Name.«

Und deshalb hatte er sie umgebracht, obwohl doch schon alles beinahe vorbei gewesen war. Marc spürte, wie sein Schild zu bröckeln begann. Wenn Ben die Wahrheit sagte, dann war das so schrecklich dumm, dass es einfach nicht zu Jelena passen wollte. Aber wie viel Vernunft konnte man von einer Mutter verlangen, die um ihr Kind kämpfte?

»Wir müssen ...« Ben schluckte ein paarmal mühsam und trocken und setzte noch einmal neu an. »Wir brauchen einen Dolmetscher, damit wir ihnen alles erklären können.«

»Das wird nicht notwendig sein, Herr Walber.« In der verspiegelten Wand war eine Tür aufgegangen, und ein dunkelhaariger, schlanker Mann in Zivil kam herein. Er trug einen zusammengerollten Schnellhefter unter dem linken Arm und ein Tablett in der anderen Hand, auf dem zwei weiße Plastikbecher standen, aus denen es dampfte. »Ich spreche Ihre Sprache ein wenig, wenn auch nicht so gut, wie ich gerne möchte.«

Unter allen anderen denkbaren Umständen hätte Marc das für unverschämtes *fishing for compliments* gehalten, denn der Dunkelhaarige sprach ein besseres und akzentfreieres Deutsch als so mancher Landsmann, den Marc kannte. Vorsichtig balancierte er ein Tablett zum Tisch, stellte es ab und legte den Schnellhefter daneben. Nachdem er sich einen Stuhl herangezogen hatte, platzierte er die beiden Becher so vor ihnen, dass sie sie auch mit ihren gefesselten Händen erreichen konnten. Marc griff mit der Linken danach und zog die Finger hastig wieder zurück, als er spürte, wie heiß der Becher war, obwohl er noch vor einer Minute geglaubt hatte, durstig genug zu sein, um auch kochendes Salzwasser zu trinken.

Der Fremde grub in seiner Hemdtasche und förderte zwei weiße Zuckerpäckchen und zwei Stäbchen aus Plastik zutage. »Es tut mir leid«, sagte er mit einem dazu passenden bedauernden Heben der Schultern. »Ich weiß, dass sie bei sich zu Hause im Allgemeinen Kaffee bevorzugen, aber wir haben leider momentan nur Tee. Wir sind gerade erst hier eingezogen, und unsere Küche ist noch nicht auf dem neuesten Stand.«

Marcs Finger krochen über die Tischplatte und versuchten das Zuckertütchen zu erreichen, aber es lag so da, dass es ihm gerade nicht gelang. Marc fragte sich, ob das Absicht war, denn der Dunkelhaarige rührte auch keinen Finger, um etwas daran zu ändern.

»Mein Name ist Duda«, begann der Fremde. Er lächelte, und seine Stimme klang auch durchaus freundlich, aber seine Augen taxierten Ben und ihn abwechselnd und auf eine Art, als betrachte er zwei besonders bösartige Insekten, von denen er sich ungern beißen lassen würde. »Inspektor Wassili Duda. Und ich muss mich bei Ihnen entschuldigen, dass es so lange gedauert hat. Ich gehöre eigentlich zu einer anderen Wache, und bis die Kollegen hier begriffen haben, dass sie Deutsche sind und offensichtlich kein Russisch sprechen, ist eben eine Weile vergangen. Das alles war sehr aufregend, auch für sie. Eine so schreckliche Geschichte passiert auch hier nicht jeden Tag. Ich bin hergekommen, so schnell ich konnte, aber Sie wissen ja, der Verkehr …«

Er wartete einen Moment vergebens auf eine Antwort, zuckte schließlich erneut mit den Achseln und begann in dem Schnellhefter zu blättern. Marc versuchte einen Blick auf seinen Inhalt zu erhaschen und stellte fest, dass das oberste Blatt eng mit handschriftlichem kyrillischem Text bedeckt war.

»Was für eine wirklich schreckliche Geschichte«, murmelte Duda, anscheinend mehr an sich selbst als an sie gewandt. »Sie können von Glück sagen, dass Sie noch leben, wissen Sie das eigentlich?«

Er erwartete auch darauf wohl keine Antwort, denn er blätterte weiter und hob schließlich wieder den Blick. Der Hefter blieb an einer Stelle aufgeschlagen, an der zwei großformatige Farbfotos eingeklebt waren. Sie zeigten Jelenas und Alex' Leichen im Hotelzimmer. Marc stöhnte innerlich auf und wollte die Augen schließen, aber er konnte es nicht. Schließlich klappte Duda den Hefter wieder zu, aber er sah die Bilder trotzdem. Er würde sie immer sehen, ganz egal, wie viel Zeit verging.

Duda ließ eine Minute verstreichen, dann beugte er sich über den Tisch, riss die beiden Zuckertütchen auf und schob sie zusammen mit den Rührstäbchen so zu ihnen hin, dass sie sie erreichen konnten. »Ich glaube, wir hatten einen schlechten Start«, sagte er lächelnd. »Fangen wir noch einmal an, einverstanden?«

»Wir möchten jemanden von der deutschen Botschaft sprechen«, sagte Ben. Seiner Stimme fehlte der notwendige Nachdruck, und seine Hände zitterten so sehr, dass er einen Großteil des Zuckers verschüttete, als er ihn in den Becher kippte.

»Ich fürchte, so etwas gibt es hier in Sankt Petersburg nicht«, antwortete Duda kopfschüttelnd. »Aber ich habe bereits nach einem Anwalt schicken lassen, der sich auf Angelegenheiten mit Ausländern spezialisiert hat. Ich fürchte nur, dass es eine Weile dauern wird, bis er hier ist. Der Verkehr, Sie verstehen?«

Marc verstand vor allem, dass er gut daran tat, diesem Kerl kein Wort zu glauben. Seine Freundlichkeit war eine Spur zu aufgesetzt, und da war etwas in seinen Augen, das ihn alarmierte.

»Natürlich müssen Sie nicht mit mir reden, wenn Sie das nicht wünschen. Wir können gerne warten, bis der Anwalt hier ist. Das ist Ihr gutes Recht.« Sein Zeigefinger begann rhythmisch auf den Hefter zu klopfen. »Hier drinnen stehen eine Menge schlimmer Dinge, die ich nicht wirklich verstehe. Helfen Sie mir zu begreifen, was passiert ist?«

»Unsere Freunde sind tot«, antwortete Ben. »Diese Kerle haben sie umgebracht und das Mädchen entführt. Das ist passiert.«

Duda deutete ein Nicken an, aber sein Blick ließ Marc nicht für eine Sekunde los. »Ja, das deckt sich mit den Aussagen des Hotelpersonals und der anderen Zeugen. Es tut mir aufrichtig leid um ihre Freunde. Aber das ist leider keine Antwort auf die Frage, was zwei angeblich harmlose deutsche Touristen mit einem Kerl wie Pjotr Berkowitsch zu tun haben.«

Ben hörte auf, in seinem Tee zu rühren, und warf Marc einen besonderen Blick zu. Das war der Name, an den er sich erinnerte, begriff Marc. Der Name, den Jelena genannt hatte.

»Berkowitsch? Wer soll das sein?«

»Pjotr Berkowitsch«, wiederholte Duda. »Der Kerl, der Ihre Freunde ermordet hat und dem Sie auch Ihren Zustand verdanken, wie ich annehme. Ein stadtbekannter Verbrecher, nach dem wir schon seit Jahren fahnden. Ihre Freunde sind nicht die ersten Menschen, die er umgebracht hat. Allerdings ist es ungewöhnlich, dass er sich so weit aus seinem Versteck wagt, und noch dazu am helllichten Tag.«

»Warten wir auf unseren Anwalt, und wir verraten ihm, wo Sie die ganze Bande finden«, sagte Ben.

Duda zog einen Kugelschreiber aus der Hemdtasche, schlug den Hefter auf und notierte etwas auf dem frei gebliebenen unteren Drittel des ersten Blattes. »Ganz wie Sie wünschen.«

Er sah Marc an, dann Ben und dann und deutlich länger wieder ihn. »Ich sage das jetzt nicht als Polizist, sondern als Privatmann.« Sein Kugelschreiber huschte, ohne dass er hinsah, über das Blatt und hinterließ winzige, krakelige kyrillische Buchstaben. »Ich habe schon mit sehr vielen Leuten in ähnlichen Situationen gesprochen, und ich bilde mir ein, über eine gewisse Menschenkenntnis zu verfügen. Ich glaube Ihnen. Ich gehe davon aus, dass Sie nichts mit diesen Morden zu tun haben, jedenfalls nicht auf der Seite der Schuldigen. Deshalb bin ich auch sicher, dass Sie sich nicht wirklich über Ihre Lage im Klaren sind.«

»Die da wäre?«, wollte Ben wissen.

»Ihnen muss doch bewusst sein, dass Sie sich nur verdächtiger machen, wenn Sie weiter jede Kooperation verweigern«, antwortete Duda, immer noch an Marc gewandt.

»Weil wir auf unseren Rechten bestehen?«, fragte Ben.

»Weil wir es hier nicht mit einem harmlosen kleinen Drogendeal zu tun haben oder dem Streit mit einem Zuhälter, der aus dem Ruder gelaufen ist, sondern einem Kapitalverbrechen«, antwortete Duda scharf. »Diese junge Frau, die ums Leben gekommen ist …«

»Sie war meine Verlobte«, fiel ihm Marc ins Wort. »Ich wollte sie und Nina mit nach Deutschland nehmen.«

Duda hörte auf zu kritzeln. Etwas Neues erschien in seinem Blick, das Marc beinahe überzeugt hätte. »Das tut mir aufrichtig leid. Wie lange kannten Sie sich?«

»Noch nicht lange«, gestand Marc. »Aber das spielt keine Rolle. Wir wollten heiraten.«

»Das erklärt die Reisepapiere, die sie bei sich hatte, und die beiden One-Way-Tickets in Ihrer Brieftasche.« Duda schrieb weiter. »Es tut mir aufrichtig leid, glauben Sie mir – aber Ihnen war doch hoffentlich klar, dass es auch in Ihrer Heimat nicht ganz so einfach ist, sich ein lebendes Souvenir aus dem Urlaub mitzubringen und zu heiraten? Von dem Kind ganz zu schweigen?«

»Ich hätte Nina adoptiert«, antwortete Marc heftig. »Und sie war kein *Souvenir!* Haben Sie sie gefunden?«

»Leider nein«, erwiderte der Polizist. »Wir suchen mit Nachdruck nach ihr. Wenn Sie uns verraten würden, was passiert ist, würde das die Sache sicherlich erleichtern.«

»Wie gesagt: Wir erzählen alles dem Anwalt«, sagte Ben.

Duda ignorierte ihn mittlerweile vollkommen. Er legte den Stift demonstrativ aus der Hand und klappte den Hefter zu. »Warum erzählen Sie mir nicht einfach, was wirklich passiert ist? Nur mir, Wassili, nicht dem Polizisten. Ich schreibe nichts auf, und ich verrate nichts von dem, was Sie mir anvertrauen.«

Als ob das nötig wäre, dachte Marc. Er hatte keine Sekunde lang geglaubt, dass nicht jedes Wort, dass Ben und er sprachen, sorgfältig belauscht und aufgezeichnet wurde, auch wenn keinerlei Mikrofone oder andere Aufzeichnungsgeräte zu sehen waren.

Doch dann und buchstäblich von einem Blinzeln auf das andere brach sein Widerstand zusammen, und er hörte sich fast zu seiner eigenen Überraschung sagen: »In der U-Bahn. Es hat in der U-Bahn angefangen.«

Ben riss die Augen auf und starrte ihn beinahe entsetzt an, aber Marc ignorierte ihn jetzt genauso vollständig, wie Duda es tat. »In der U-Bahn«, sagte er noch einmal. »Ich weiß nicht mehr, in welcher Station. Da haben wir sie getroffen. Aber erst später. Es war dumm. So dumm von uns.«

Seine Stimme versagte. Seine Augen füllten sich mit Tränen, die er gar nicht erst zurückzuhalten versuchte, und in seinem Hals war plötzlich ein bitterer Kloß, der ihn fast erstickte.

»Was war dumm?«, wollte der Inspektor wissen.

»Alex wollte Dope kaufen«, sagte Ben rasch. »Nichts Großes. Nur einen kleinen Joint für den Abend.«

»Bei Berkowitsch«, vermutete Duda. »Oder einem seiner Leute.«

»Nein«, antwortete Ben. »Vielleicht. Ich weiß nicht. Aber es war schlechtes Zeug.«

»Dann waren es wahrscheinlich Berkowitschs Leute«, sagte Duda. »Sie beherrschen den gesamten Drogenmarkt in der Metro, und sie sind bekannt dafür, arglose Touristen über den Tisch zu ziehen. Sie können froh sein, dass sie Ihnen nur gehäckseltes Unkraut angedreht haben, statt Sie gleich auszurauben.« Die Vorstellung schien ihn zu amüsieren, wenigstens so lange, bis er in lauerndem Ton hinzufügte: »Oder haben sie das?«

»Nein«, antwortete Marc, bevor Ben es tun konnte. Er nahm es ihm ein wenig übel, Alex die Schuld zuzuschieben, statt ganz einfach zuzugeben, dass es seine Idee gewesen war und er auch die beiden Typen angesprochen hatte – als ob das jetzt noch einen Unterschied machte!

»Es war … das Zeug war nicht gut. Ben ist schlecht geworden, und dann haben uns zwei Ihrer Kollegen angesprochen.«

»Die die beiden Dealer schon eine ganze Weile im Auge hatten«, bestätigte Duda. Er blätterte wieder in seinem Hefter und tippte auf eine weitere, maschinengeschriebene Seite. »Ja, der Vorfall ist protokolliert. Die beiden Beamten waren nicht glücklich über Ihre Reaktion.« Er grinste schadenfroh, wurde aber auch sofort wieder ernst. »Aber Sie hätten trotzdem nicht weglaufen sollen.«

9

»Sind Sie verletzt?«, gab Kutzow zurück. »Wie fühlen Sie sich?«

Der Nächste, der ihr diese dämliche Frage stellte, würde sein blaues Wunder erleben, das nahm sie sich fest vor. Kutzow schenkte ihr lediglich ein Kopfschütteln, und sie verspürte einen ebenso kurzen wie heftigen Anflug irrationalen Zorns. Hatte er ihr schon wieder das Leben gerettet?

»Ja, gerne geschehen«, sagte er, als hätte er ihre Gedanken gelesen und mit der Andeutung eines Lächelns. »Aber Sie können sich später bedanken. Wir müssen weg. Da sind noch mehr.«

Nicht, dass es nötig gewesen wäre, aber wie um seinen Worten den gebührenden Nachdruck zu verleihen wurde in diesem Moment gegen die Haustür gehämmert, sodass sie fast damit rechnete, sie am Ende des Hausflurs aus dem Rahmen fliegen zu sehen. Einer der beiden Jungen am Boden regte sich stöhnend, und Kutzow versetzte ihm einen Fußtritt in die Seite, woraufhin er sich zu einem Ball zusammenkrümmte und zu weinen begann.

»Aber Sie sind …«

»Auf der Flucht, ja«, fiel ihr Kutzow unwirsch ins Wort. »Und Sie sind Polizistin, ich weiß. Also versuchen Sie mich zu verhaften und leisten Ihren drei Freunden hier Gesellschaft, oder hören Sie sich an, was ich zu sagen habe, und danach kann ich Sie immer noch niederschlagen.«

Conny konnte nur verstört zu ihm hochsehen. Ein einzelner Tropfen Blut quoll aus einer frischen Schnittwunde unter ihrem Auge und lief klebrig über ihr Gesicht. Sie wischte ihn weg.

»Also?«

Conny nickte stumm – sie hätte in diesem Moment gar nicht antworten können –, und er machte eine flatternde Handbewegung auf die zerbrochene Terrassentür. Der Junge, den er hindurchgeworfen hatte, lag inmitten einer ganzen Anzahl kleinerer

Blutlachen auf der Terrasse und rührte sich nicht. Conny war nicht sicher, dass er noch lebte.

»Da ist noch ein halbes Dutzend anderer, und sie sind wahrscheinlich schon auf die Idee gekommen, um das Haus herumzulaufen. Wollen wir auf sie warten?«

Sie hatte nicht den Eindruck, dass ihm diese Vorstellung Angst machte, oder auch nur nervös. Das wirklich einzige Vernünftige, was sie jetzt tun konnte, war, ihn tatsächlich festzunehmen und zu hoffen, dass er es dabei bewenden ließ, sie niederzuschlagen. Vielleicht würde der juvenile Schlägertrupp, der gleich hier auftauchen würde, dann ja darauf verzichten, sie quasi im Vorbeigehen noch totzutreten, bevor sie dazu ansetzten, ihn zu verfolgen.

Aber wenn sie jetzt mit ihm ging, dann konnte sie ebenso gut auch gleich Eichholz anrufen und ein Geständnis ablegen. Sie konnte ihn ja fragen, was sie gestehen sollte.

Conny machte sich mit einiger Mühe aus seinem Griff los, wandte sich aber zuerst um, um das Telefon aus den Scherben der zerbrochenen Tischplatte auszugraben, wobei sie sich gleich ein halbes Dutzend winziger brennender Schnitte an den Fingern zuzog. Kutzow sah ihr zwar mit übersehbarer Missbilligung zu, sagte aber kein Wort, sondern zog die ihres Glases beraubte Terrassentür absurderweise ganz auf und stockte für einen winzigen Moment, als er den toten Kater entdeckte. Er trug noch immer denselben, mittlerweile arg mitgenommen Anzug und das blaue Anstaltshemd, in denen sie ihn das letzte Mal im Präsidium gesehen hatte, und auf seinem Gesicht lag der Schatten eines Dreitagebarts, der seinen markanten Zügen aber sonderbarerweise viel von ihrer Härte nahm. Über dem linken Auge klebte ein Pflaster, das das letzte Mal noch nicht da gewesen war, und seine Fingerknöchel waren verschorft. Die Tage im Gefängnis waren offensichtlich kein Erholungsurlaub gewesen.

Er wedelte ungeduldig mit der Hand, und diesmal reagierte die Haustür hinter ihnen nicht mit einer weiteren polternden Ermahnung, was aber kein Grund zur Beruhigung war, ganz im

Gegenteil. Conny beeilte sich, durch den leeren Türrahmen zu ihm auf die Terrasse hinauszutreten, wobei sie es krampfhaft vermied, sowohl den toten Kater als auch den bewusstlosen Jungen anzusehen.

Sie hoffte, dass er nur bewusstlos war. Die Blutlachen, in denen er lag, begannen allmählich zu einer größeren dunkelroten Pfütze zusammenzulaufen. Was tat sie hier? Sie sollte sich um den verletzten Jungen kümmern und die beiden anderen im Haus!

Kutzow ließ ihr keine Zeit, auf diesen Gedanken zu hören, sondern packte sie grob am Handgelenk und zerrte sie im Laufschritt hinter sich her über die Terrasse und in den Schutz des wild wuchernden Gestrüpps, das schon seit Jahren den ehemals gepflegten Garten zu erobern begonnen hatte.

Kaum hatten sie es erreicht, da stürmten zwei noch nicht ganz erwachsene Jungen in schmutziger Tarnkleidung um das Haus, gleich darauf zwei weitere aus der anderen Richtung, begleitet von dem dunkelhaarigen Mädchen, das sie bei Nadeshda gesehen hatte. Einer der Jungen kniete neben seinem blutenden Kameraden nieder und begann sich an ihm zu schaffen zu machen, die anderen verschwanden im Haus. Schreie wurden laut, gleich darauf ein anhaltendes Klirren und Poltern und Türenknallen.

Kutzow wartete, bis auch der letzte Junge im Haus verschwunden war, legte den Zeigefinger über die Lippen und bedeutete ihr mit der anderen Hand, weiterzugehen. Ihr fiel auf, wie sorgsam er darauf bedacht war, die Zweige nicht zu berühren, um keine verräterische Bewegung zu verursachen, und sie versuchte zumindest, dasselbe zu tun, während sie sich tiefer in den Garten zurückzogen. Er war so groß, dass ihn so mancher wohl schon als kleinen Park bezeichnet hätte, und hoffnungslos verwildert, was nicht nur (aber auch) daran lag, dass sie so ungefähr das Gegenteil eines grünen Daumens hatte und auch viel zu träge war, um ihn angemessen in Ordnung zu halten. Er endete an der mannshohen Hecke des Nachbargrundstücks, auf dem sich eine Villa erhob, die sogar noch größer war als ihre. Rasch bewegten sie sich daran entlang, bis sie ein schmiedeeisernes Tor erreichten, das schon fast ganz von der Hecke überwuchert wurde und mit einer rostigen Kette und einem schweren Vorhängeschloss gesichert war, das vermutlich das letzte Mal im vergangenen Jahrhundert geöffnet worden war. Der stumme Protest der Grundstücksbesitzer, die auf diese Weise deutlich machten, was sie von ihrer chaotischen Nachbarin hielten. Conny wusste nicht einmal, wie sie hießen, und sie hatte sie in all den Jahren vielleicht zwei- oder dreimal gesehen.

Aus dem Haus hinter ihnen wehte jetzt ein ganzer Chor zorniger Schreie herüber, gefolgt vom gewaltigen Klirren von noch mehr zerbrechendem Glas. Kutzow tat irgendetwas, was sie nicht genau erkennen konnte, und das Vorhängeschloss sprang mit einem rostigen Knirschen auf. »Jetzt liegt es bei Ihnen. Sie können Ihre Kollegen alarmieren, die zweifellos in ein paar Minuten hier auftauchen werden, oder Sie helfen mir, Nadeshda zu finden.«

Conny sah in die Richtung zurück, in der sich das Haus hinter Gestrüpp und Bäumen verbarg. Das Schreien hatte aufgehört, aber es gehörte nicht viel Fantasie dazu, sich vorzustellen, dass die Bande ihren Frust jetzt an ihrer Einrichtung ausließ. Meinte er das ernst? »Ich könnte meinen Kollegen dabei helfen, das Mädchen zu finden.«

»Das könnten Sie.« Kutzow nickte. »Aber dann könnten Sie genauso gut auch Ihre Pistole nehmen und ihr selbst in den Kopf schießen, wenn Sie sie finden. Sie bringen Nadeshda außer Landes. Und wenn ihnen das nicht gelingt, töten sie sie.«

Und wenn sie jetzt mit ihm ging, war es endgültig vorbei. Sie half einem flüchtigen Verbrecher, der nicht nur wegen illegalen Hütchenspiels gesucht wurde. »Sie wissen, dass ich das nicht kann.« Da war ein Unterton von Bedauern in ihrer Stimme, der sie selbst überraschte; vor allem, weil sie spürte, dass er echt war.

»Ich weiß«, antwortete Kutzow. »Aber ich musste es wenigstens versuchen.«

Genau wie sie. Und sie war wirklich schnell; wenn auch nicht einmal annähernd schnell genug: Indem sie einen blitzartigen halben Schritt zur Seite andeutete und dann in die entgegengesetzte Richtung herumwirbelte und losrannte kam sie immerhin beinahe anderthalb Schritte weit, bevor er sie wieder packte und zurückriss. Conny versuchte sich loszureißen und gleichzeitig mit dem Absatz auf seine Zehen zu stampfen. Sie traf und wurde mit einem schmerzerfüllten Grunzen belohnt, aber er drehte ihr trotzdem zuerst den einen, dann den anderen Arm auf den Rücken. Etwas schnitt hart in ihre Handgelenke, so gerade eben noch nicht tief genug, um zu bluten, aber es tat so weh, dass ihr die Tränen in die Augen schossen. Sie versuchte sich trotzdem loszureißen, verlor mit auf dem Rücken zusammengebundenen Händen das Gleichgewicht und wäre gestürzt, hätte Kutzow sie nicht aufgefangen. Zum Dank trat sie ihm hart genug gegen den Oberschenkel, dass er torkelte, und nun reichte es ihm anscheinend endgültig, denn er stieß sie in derselben Bewegung in die Hecke, in der er sein Gleichgewicht wiederfand, wartete, bis sie halb in die nachgebende grüne Wand hineingestürzt und halb auf die Knie gesunken war, und zerrte sie dann an den aneinandergebundenen Handgelenken so brutal in die Höhe, dass sie einen halblauten Schmerzensschrei nicht mehr ganz unterdrücken konnte.

»Ich kann dich auch niederschlagen und tragen«, sagte er. »Oder niederschlagen und hierlassen und mit mir selbst wetten, wer zuerst kommt, deine Kollegen oder deine neuen Freunde …« Er hob die Schultern. »Deine Entscheidung.«

Sie spürte, wie bitterernst er das meinte, zumindest den Teil mit dem Niederschlagen. Ob er sie dann der Gnade ihrer Verfolger überlassen würde oder nicht, stand auf einem anderen Blatt.

»Erzählen Sie es mir«, verlangte sie. »Die Wahrheit.«

»Die Wahrheit ist, dass ich Sie nicht als jemanden einschätze, dem man etwas vormachen kann«, antwortete er ernst. »Kommen Sie mit. Ich bringe Sie in Sicherheit, und dann reden wir. Ich erzähle Ihnen alles, und wenn Sie mir nicht glauben, lasse ich Sie gehen, und Sie können immer noch behaupten, Sie hätten mich niedergeschlagen und wären entkommen.« Er machte eine Klopfbewegung hinter sich. »Wollen wir das wirklich hier besprechen?«

Es war seltsam – aber Conny zweifelte keine Sekunde lang daran, dass er die Wahrheit sagte. Allein die Art, wie er den Namen des Mädchens ausgesprochen hatte, machte ihr klar, dass er fast krank vor Sorge um Nadeshda war. Aber er hatte den Jungen umgebracht oder zumindest in Kauf genommen, dass er starb, und auch die beiden anderen so übel verprügelt, wie sie es nicht einmal einem Erwachsenen gewünscht hätte.

Gut, Eichholz vielleicht. Und möglicherweise auch noch einem gewissen Anwalt.

Sie ließ noch eine allerletzte, quälend lange Sekunde verstreichen und rang sich schließlich ein angedeutetes Nicken ab, (ein nicht einmal kleiner Teil von ihr war einfach nur fassungslos), und Kutzow zog die Kette aus dem Tor. Mit der anderen Hand schob er das Tor auf und wiederholte sein befehlendes Winken, als sie ihm wohl nicht schnell genug gehorchte. Conny ertappte sich bei einem vollkommen absurden Gefühl von Empörung – als hätte sie ernsthaft erwartet, dass er sie losmachte, nur weil sie ihm ihr Wort gegeben hatte, das sie sowieso bei der ersten Gelegenheit brechen würde?

Mit einem zornigen Schnauben trat sie an ihm vorbei und durch das Tor.

10

Nein, dachte Marc, das hätten sie nicht. Seine Gedanken kehrten noch einmal an den Anfang dieses schrecklichen Tages zurück, der inzwischen aus deutlich mehr als vierundzwanzig Stunden bestehen musste. Genau wusste er es nicht, denn abgesehen von ihren Telefonen waren ihre Uhren so ziemlich das Erste gewesen, was sie ihnen abgenommen hatten. Warum eigentlich? Er hatte von Anfang an ein schlechtes Gefühl dabei gehabt, Dope zu kaufen; noch dazu in der finstersten Ecke einer finsteren Metrostation in einem finsteren Land. Er hielt nichts von Drogen. Seine eigenen Erfahrungen beschränkten sich auf ein einziges Experiment im ersten Semester seines (abgebrochenen) Studiums, das ziemlich katastrophal und peinlich geendet hatte, und seither hatte er nichts mehr angerührt, was stärker als Alkohol oder eine gelegentliche Zigarette gewesen war; und selbst die lag schon ein gutes Jahr zurück. Aber er hatte im weiteren Bekanntenkreis mehr als einmal mitbekommen, was dieses Scheißzeug anrichten konnte, allen Beteuerungen zum Trotz, dass es nur ein harmloser Spaß war.

Aber er hatte schließlich auch kein Spielverderber sein wollen; ganz davon abgesehen, dass es ohnehin keinen Zweck hatte, Alex von etwas abbringen zu wollen, was er sich einmal in den Kopf gesetzt hatte. Ben übrigens auch nicht, der auf seine unauffällig stille Art ein ebensolcher Sturkopf sein konnte. Und jetzt waren Jelena und Alex tot und Nina verschwunden, und das alles nur, weil er nicht auf die Stimme seiner Vernunft gehört und die beiden von dieser Dummheit abgehalten hatte.

Marc rief sich in Gedanken zur Ordnung. Das war Unsinn. Ebenso gut könnte er der Fluggesellschaft die Schuld geben, die sie hergebracht hatte, oder der Internetseite des Heiratsvermittlers, über die er Jelena kennengelernt hatte. Oder Alex, der nur um sich über ihn lustig zu machen, vorgeschlagen hatte, doch im

Internet nach der Frau fürs Leben zu suchen, wenn es denn schon so nicht klappte. Oder seiner ehemaligen Verlobten, die ihn nach drei Jahren auf eine Art und Weise verlassen hatte, die es ihm schier unmöglich machte, noch einmal eine Frau anzusprechen. Wo hörte die Kette rückwärts erkundeter Kausalität auf? Bei seiner Geburt?

»Nein«, sagte er noch einmal, diesmal laut. »Wir hätten nicht weglaufen sollen. Das war dumm. Wir haben die Nerven verloren.«

»Weil Sie Angst vor der bösen russischen Polizei hatten, die nur auf arglose Touristen wartet, um ihnen alles Mögliche anzutun«, sagte Duda nickend, und mit einem Gesichtsausdruck, der es unmöglich machte zu entscheiden, ob diese Worte nun scherzhaft oder verächtlich gemeint waren. »Aber ich kann Sie beruhigen – unsere Polizei ist im Allgemeinen auch nicht schlimmer als Ihre. Oder schätzen es die Beamten in Ihrer Heimat, angespuckt und beleidigt zu werden?«

Marc konnte sich nicht erinnern, dass sie die Beamten beleidigt hätten. Eigentlich waren sie so schnell weggelaufen, wie sie nur konnten, nachdem Ben Schuhe und Hosenbeine des einen so gründlich eingesaut hatte. »So war das auch nicht gemeint«, sagte er. »Ich wollte nur …«

»Ich weiß«, unterbrach ihn Duda. »Verzeihen Sie. Wie Sie sehen, bin ich nicht immun gegen Propaganda aus drei Generationen. Auch ich musste mich erst an den Gedanken gewöhnen, dass Ihr Volk sich nicht darauf vorbereitet, erneut in unser Land einzumarschieren. Genau wie Sie sich wahrscheinlich an die Tatsache, dass mein Volk nicht nur auf einen Vorwand wartet, um die Welt mit seinen Atombomben in Brand zu setzen.« Er klappte seinen Hefter zu und steckte den Stift weg. »Wussten Sie, dass das russische Volk und die Deutschen über viele Generationen hinweg gute Freunde waren?«

Marc mahnte sich innerlich zur Vorsicht. Duda plapperte nicht einfach drauflos, er begann ihn einzulullen, und er musste sich zu seinem Unmut eingestehen, dass es funktionierte. Warum war er eigentlich noch immer so misstrauisch? Bis auf ein paar kleine Spitzen, die er sich umgekehrt wahrscheinlich auch nicht verkniffen hätte, war der Mann einfach nur freundlich; in weit größerem Maße, als er es vermutlich umgekehrt gewesen wäre. Und auf jeden Fall freundlicher, als sie verdient hatten.

»Wenn ich mich richtig erinnere, waren wir es, die euch Genosse Lenin geschickt haben«, sagte er.

»Und Marx und Engels waren Deutsche«, pflichtete ihm Duda bei. »Also haben wir uns gegenseitig nichts vorzuwerfen, oder? Ganz davon abgesehen, dass es mich eigentlich nicht interessiert, was vor hundert Jahren war.«

Duda verschränkte die Finger zu einem Dach, auf das er das Kinn abstützte. »Aber genug der vertrauensbildenden Maßnahmen«, erklärte er lächelnd. »Sie haben einmal angefangen, jetzt bringen Sie es zu Ende. Und denken Sie daran: Jede Sekunde, die Sie zögern, verringert unsere Chancen, das Mädchen zu finden. Selbst wenn Sie mir immer noch nicht trauen, dann tun Sie es um Ninas willen, wenn Ihnen das Mädchen wirklich so sehr am Herzen liegt, wie Sie sagen.«

Marc fragte sich, ob er eigentlich wusste, dass das sein Misstrauen keineswegs besänftigte, im Gegenteil. Aber Duda hatte recht. Noch vor wenigen Stunden hatte er Berkowitsch angefleht, ihn zu töten, wenn er Jelena und ihre Tochter dafür gehen ließ, und er hatte es nicht nur wortwörtlich so gemeint, es galt noch immer.

»Also gut«, begann er. »Aber versprechen Sie mir, Ben rauszuhalten. Er kann am wenigsten dafür.«

Dudas Maske bröckelte für eine halbe Sekunde. »Und Sie glauben, in der Position zu sein, Forderungen zu stellen?«, fragte er, zwang sich dann aber zu einem abgehackten Nicken. »Wofür?«

»Wir möchten auf den Anwalt warten«, sagte Ben.

Marc ignorierte ihn, genau wie Duda es tat. Er trank einen

Schluck Tee, der noch immer brühheiß war und sehr stark und würzig schmeckte, aber auch unerwartet gut, dann begann er mit leiser Stimme und immer wieder stockend und größere Pausen einlegend zu erzählen. Der Inspektor hörte ihm aufmerksam zu, ohne ihn ein einziges Mal zu unterbrechen, schlug aber nach einer Weile seinen Hefter wieder auf und begann sich Notizen zu machen.

Bilder und Emotionen purzelten hinter Marcs Stirn wild durcheinander, immer wieder vom kurzen Aufblitzen von Jelenas Gesicht durchdrungen, von der Erinnerung an Blut und einen grausamen Schmerz, der sich wie eine glühende Lohe in seiner Kehle grub und dort für alle Zeiten bleiben würde. Zum ersten Mal im Leben begriff er, was das Wort *Mitleid* wirklich bedeutete.

Duda hörte auf zu schreiben, als er zu der Stelle kam, an der der Junge gestürzt und alles aus dem Ruder gelaufen war, und sah Ben und ihn abwechselnd an. Es war unmöglich, in seinem Gesicht zu lesen, aber Marc redete sich zumindest ein, dass das Mitgefühl in seinen Augen echt war. »Und das ist wirklich die Wahrheit?«, erkundigte er sich.

Marc nickte nur.

»Das ist schlimm«, sagte Duda. »Aber wenn es sich wirklich so zugetragen hat, dann hört sich das für mich nach einem Unfall an. Allenfalls nach Notwehr. Und wie ging es weiter?«

Marc antwortete nicht sofort. Ben war sehr schweigsam geworden, und er wirkte eindeutig verschreckt. Vielleicht machte ihm die Erinnerung zu schaffen, aber vielleicht hatte er auch Angst vor dem, was er noch erzählen würde, obwohl Marc sich bemüht hatte, seine Rolle möglichst herunterzuspielen. Nicht, dass es viel gegeben hätte, was er weglassen konnte. »Berkowitsch und seine Leute sind über uns hergefallen. Ich dachte, sie würden uns umbringen.«

»Und warum haben sie es nicht?« Da war es wieder, dieses kurze Aufblitzen von Feindseligkeit.

»Alex hat ihm seine Waffe abgenommen«, antwortete Marc.

»Er hat *Pjotr Berkowitsch* mit bloßen Händen entwaffnet?«, zweifelte Duda.

»Es war reines Glück. Er hat wohl nicht damit gerechnet, dass wir uns wehren.«

»Ihr Freund muss ein sehr tapferer Mann gewesen sein«, sagte Duda anerkennend. Sein Blick fixierte jetzt Ben.

Ihr Freund war vor allem ein *sehr dummer Mann* gewesen, dachte Marc bitter. Aber er hatte den Preis dafür bezahlt. Einen Preis, der viel zu hoch gewesen war. »Wir sind dann weggelaufen. Sie haben uns verfolgt, aber irgendwie haben wir es nach oben geschafft, und dann sind Ihre Kollegen aufgetaucht und haben sie in die Flucht geschlagen.«

»Ja, der Zwischenfall in der *Ploschtschad Muschestwa.*« Duda kritzelte erneut etwas auf sein Blatt. »Warum haben Sie nicht sofort die Beamten vor Ort um Hilfe gebeten?«

»Weil wir Angst hatten«, gestand Marc. »Alex hatte noch den Revolver, und dann das tote Kind …«

»Ich verstehe. Was haben Sie mit der Waffe gemacht?«

»Alex hat sie in die Toilette geworfen. Wir wollten einfach nur weg.«

»Das kann ich verstehen«, sagte Duda. »Auch wenn es nicht besonders klug war. Aber ich weiß auch nicht, wie ich an Ihrer Stelle reagiert hätte. In die Toilette geworfen, sagen Sie?«

Marc nickte erneut stumm, und der Inspektor fuhr mit einem Kopfschütteln fort: »Meine Kollegen haben dort alles abgesucht. Es wurde keine Waffe gefunden.«

»Vielleicht hat er ja abgezogen und sie heruntergespült«, wandte Ben ein.

Marc wünschte sich, er würde damit aufhören, einen solchen Unsinn zu plappern, aber Duda ignorierte ihn weiterhin. »Und danach haben Sie weder Berkowitsch noch einen seiner Männer wiedergesehen, sondern sind direkt ins Taxi gestiegen und ins Hotel gefahren?« Marc blickte überrascht, und Duda sagte mit einem zufriedenen Lächeln: »Wir haben den Taxifahrer ausfindig gemacht. In ihrem Zustand waren Sie sehr auffällig. Wahrscheinlich hat Berkowitsch Sie auf dieselbe Weise aufgespürt. Der Bursche ist – wie sagt man bei Ihnen? – gut vernetzt.«

Und ich sogar noch dümmer, als ich dachte. Marc stöhnte innerlich auf. Natürlich waren sie aufgefallen. Wahrscheinlich hatte die Polizei sogar Fotos von ihnen, die der junge Kerl mit der Irokesenfrisur gemacht hatte. Sie hätten nicht sofort ins Hotel fahren dürfen, sondern das Taxi mindestens einmal wechseln und sich irgendein stilles Fleckchen suchen sollen, um sich halbwegs herzurichten. Aber wer hätte damit rechnen sollen? Sie waren nun einmal keine Berufsverbrecher. Nicht einmal Freizeit-James-Bonds.

»Was ist weiter passiert?«, wollte Duda wissen.

»Jelena und Nina sind abends zu uns ins Hotel gekommen«, antwortete Marc. »Jelena und ich sind nach oben gegangen …« Duda grinste anzüglich. »… weil wir noch eine Menge für den nächsten Tag und die Reise zu besprechen hatten, aber dann sind Berkowitsch und diese beiden anderen Kerle aufgetaucht.«

»Ihre Freundin war nackt«, erinnerte Duda nicht nur, sondern blätterte in seiner Akte, bis er das Foto von Jelenas Leichnam gefunden hatte.

»Das waren die«, behauptete Marc. Er sah aus dem Augenwinkel, wie Ben ganz leicht zusammenzuckte, und auch Duda glaubte ihm kein Wort, beließ es aber dabei. »Sie haben mich festgehalten, und der große Kerl hat ihr die Kleider vom Leib gerissen.«

»Wurde sie vergewaltigt?«

Die Verlockung, Ja zu sagen, war groß. Aber wahrscheinlich hatten sie sie längst obduziert und die Wahrheit herausgefunden. »Nein. Dazu ist es nicht gekommen.«

»Warum?« Duda betrachtete interessiert das großformatige Foto der toten Jelena, die in einer gewaltigen Blutlache lag.

»Jelena hat irgendetwas gesagt, das ihn gereizt hat«, antwortete Marc. Er versuchte fast verzweifelt, das Bild nicht anzusehen, aber er konnte nicht anders. »Daraufhin hat er seinem Kumpan befohlen, ihr …« Seine Stimme versagte. Das Bild und Dudas Gesicht begannen vor seinen Augen zu verschwimmen.

»Sein Name«, sagte Ben. »Sie hat ihn erkannt und seinen Namen genannt.«

»Was sie das Leben gekostet hat«, schloss Duda. Er klappte endlich den Hefter zu. »Und dann sind Sie und Alexander dazugekommen?«

»Nina wollte zu ihrer Mutter«, bestätigte Ben. »Wir haben schon draußen auf dem Flur gehört, dass was nicht stimmt, aber da war es schon zu spät. Der Kerl hat mich sofort niedergeschlagen, aber ich hab trotzdem mitgekriegt, dass Berkowitsch geschossen hat. Er hat ihn einfach umgebracht, völlig grundlos.«

»Das ist wirklich schlimm«, sagte Duda. »Sie haben mein aufrichtiges Mitgefühl, vor allem Sie, Herr Breuer. Aber Sie werden verstehen, dass die Angelegenheit einer gründlichen Untersuchung bedarf.« Er schob seinen Stuhl zurück, stand auf und strich mit beiden Händen sein Hemd glatt. Seine Stimme wurde amtlich. »Benjamin Walter, Marcus Breuer, Sie sind vorläufig festgenommen.«

»Festgenommen?«, entfuhr es Ben. Er versuchte ebenfalls aufzuspringen, wurde aber von den Handschellen daran gehindert. »Aber Sie haben doch selbst gesagt, dass es ein Unfall war!«

»Was glauben Sie – dass ich Ihnen die Hand schüttle, Ihnen mein Bedauern zum Ausdruck bringe und Sie zum Flughafen fahren lasse? Zwei Menschen sind ums Leben gekommen – drei, nach dem, was Sie mir gerade erzählt haben –, und ein fünfjähriges Kind wurde verschleppt. Vielleicht war es so, wie Sie behaupten, vielleicht auch nicht.«

»Aber es war ein Unfall!«, jammerte Ben.

»Es liegt nicht an mir, das abschließend zu beurteilen«, antwortete Duda. »Bis die Ermittlungen abgeschlossen sind, werden Sie in Untersuchungshaft genommen. Sie werden von hier aus ins *Kresty*-Gefängnis gebracht und dem Haftrichter vorgeführt. Aber wenn Sie die Wahrheit gesagt haben, brauchen Sie sich keine großen Sorgen zu machen. Sie werden sehen, die russische Justiz arbeitet sehr gründlich.«

11

Die Unterschiede hätte nicht größer sein können. Auf der anderen Seite lag ein weitläufiger gepflegter Rasen, der wie mit der Nagelschere geschnitten aussah, und in den einige wenige sorgsam gestutzte Büsche und eine Anzahl farblich aufeinander abgestimmter Blumenrabatte eingestreut waren. Dahinter erhob sich eine pittoreske Gründerzeitvilla, komplett mit verspielten Erkern und einem Wintergarten, der allein größer war als so manche Wohnung. Bewegte sich da etwas, hinter den Scheiben?

»Es ist niemand zu Hause«, sagte Kutzow, während er das Tor nicht nur pedantisch wieder zuschob, sondern auch die Kette und das Schloss wieder anbrachte. »Ich habe mich überzeugt.«

Seine Hand legte sich für eine halbe Sekunde schwer auf ihre Schulter, zuckte dann fast erschrocken zurück und schloss sich um ihren Oberarm, um sie vor sich herzuschieben.

»Aber sie haben ja vielleicht eine Alarmanlage.«

»Haben sie«, bestätigte er feixend. »Aber sie funktioniert jetzt nicht mehr.«

Allmählich wurde er ihr unheimlich. »Ich bin schon eine Weile hier«, erklärte er, während sie den willkürlich anmutenden Windungen eines gepflasterten Weges im Rasen zum Haus hin folgten, um keine verräterischen Spuren in dem sorgsam manikürten Grün zu hinterlassen. »Ich gebe zu, es ist vielleicht ein bisschen oversized, aber ich bin allmählich aus dem Alter raus, in dem es mir Spaß gemacht hat, in einem Gebüsch zu hocken und zu warten.«

»Worauf warten?«

»Ich hatte gehofft, dass Sie herkommen.«

»Hierher?« Sie war in ihrem ganzen Leben noch nie auf dieser Seite der Hecke gewesen, und Kutzow schüttelte auch nur den Kopf.

»Natürlich zu sich nach Hause. Ich wollte den richtigen Moment abwarten.« Er versuchte ein verlegenes Gesicht zu machen. »Timing war noch nie mein Ding.«

Conny fand, dass sein *Timing* sogar ganz ausgesprochen perfekt gewesen war. Er hätte wirklich keine Sekunde später kommen dürfen. Kutzow drückte die Tür des Wintergartens auf, der sich vor ihnen jetzt auftat, bugsierte sie mit nicht mehr ganz sanfter Gewalt hindurch und zog die Tür nicht nur pedantisch wieder hinter sich zu, sondern legte auch einen kleinen Riegel vor, der ihr unsinnig weit oben angebracht zu sein schien. Dann begriff sie, dass es wohl eher um die Reichweite von Kindern ging. Darüber hinaus bestand die Einrichtung aus teuren Rattanmöbeln und einer Designerbar samt einer Auswahl exklusiv teurer Spirituosen und einiger weniger moderner Skulpturen, an denen allenfalls Kutzow in seiner Rolle als angeblicher Kunsthändler Gefallen gefunden hätte, die aber ganz bestimmt teuer gewesen waren.

»Es ist niemand zu Hause«, sagte Kutzow, dem ihr neugieriger Blick natürlich nicht entging. »Und es kommt auch niemand, keine Angst. Sie scheinen kein besonders enges Verhältnis zu Ihren Nachbarn zu pflegen, sonst wüssten Sie, dass sie seit ein paar Tagen im Urlaub sind.«

»Gibt es eigentlich irgendetwas, das Sie nicht wissen?«, fragte sie missmutig, trat aber auch zugleich gehorsam an ihm vorbei in das eigentliche Haus; schon um ihm keinen Grund zu geben, irgendetwas zu tun, das ihr gewiss nicht gefallen würde. Auch wenn sie zugleich fast sicher war, dass er nichts dergleichen tun würde. Immerhin fiel ihr auf, dass er leicht humpelte, als er sich an ihr vorbeischob – was sie mit einem Gefühl unverhohlener Schadenfreude erfüllte.

Sie betraten ein großes, modern eingerichtetes Wohnzimmer, das ganz vom größten Flatscreen beherrscht wurde, den sie jemals gesehen hatte, gleich neben einem Designerregal mit einer High-End-Stereoanlage und einem ebenso modernen Festnetztelefon samt Monitor für mobile Bildschirmtelefonie. Ein seltsamer Geruch schlug ihnen entgegen, wie von Bohnerwachs und Raumspray, aber auch mit einer ganz leichten Note von etwas, das vielleicht vergessen in irgendeinem Schrank lag und vor sich hin gammelte.

»Nicht viel«, antwortete er, während er die Tür hinter sich zudrückte und den Schlüssel zweimal umdrehte, der im Schloss steckte. »Wenn es nicht so wäre, dann gäbe es mich wahrscheinlich schon lange nicht mehr.«

Er machte eine einladende Geste auf eine moderne Sitzgarnitur aus Chrom und schwerem Leder, die ein breites »U« vor dem Fernseher bildete. Vielleicht war sie auch befehlend. Die Jalousien waren nur halb geschlossen und ließen Licht durch eine Million winziger rechteckiger Öffnungen herein, was für ein sonderbar blinzelndes Zwielicht sorgte, als hätte jemand die Zeit wieder bis zum Einbruch der Dämmerung zurückgedreht. Sie ging gehorsam hin und setzte sich, wobei sie gegen das absurde Gefühl ankämpfen musste, einen Frevel zu begehen, indem sie das teure Leder mit ihrer Berührung besudelte.

Kutzow griff nach ihren gefesselten Handgelenken. Ein Seitenschneider klickte, und für einen Moment war sie frei, wenn auch nicht einmal lange genug, um auch nur auf einen dummen Gedanken zu kommen, geschweige denn ihn in die Tat umzusetzen, bevor er ihr Handgelenk erneut ergriff und mit einem weiteren Kabelbinder am Chromgestell der Couch festband. Nichts, was sie länger als eine Minute aufhalten würde, aber auch jetzt wieder allemal genug, um sie von einem spontanen Fluchtversuch abzuhalten.

Trotzdem sagte sie: »Sie wissen, dass mich das nicht wirklich aufhält, oder?«

Kutzow sparte sich jede Antwort und verschwand stattdessen hinter einer anderen Tür, hantierte klirrend herum und kam mit zwei gefüllten Gläsern in den Händen zurück, von denen eines Wasser enthielt, das andere eine Flüssigkeit, die wie Tee aussah. Als er sich – in einem guten Meter Abstand – neben sie setzte, verriet ihr der Geruch, dass es keiner war.

Dankbar nahm sie das Wasser entgegen und leerte das Glas mit wenigen, gierigen Schlucken, schüttelte aber den Kopf, als er ihr einen fragenden Blick zuwarf, und zerrte vergeblich an ihrer Fessel. Der harte Kunststoff des Kabelbinders schnitt so schmerzhaft in ihre Haut, dass sie es nach kaum einer Sekunde wieder bleiben ließ. Kutzow betrachtete sie stirnrunzelnd auf die Art eines resignierenden Vaters, der seiner dreijährigen Tochter beim Knibbeln an einer kaum verschorften Wunde zusieht und sich selbst sagt, wie vollkommen sinnlos jedes Wort der Ermahnung ist. Er verschwand erneut im angrenzenden Zimmer und kam diesmal schon nach einem Augenblick mit seinem frisch gefüllten Glas zurück.

»Und was tun Sie jetzt hier?« *Außer sich zu betrinken?*

Statt zu antworten stellte Kutzow sein Glas auf den Tisch und griff nach der Fernbedienung, die darauf lag. Conny zog die Stirn kraus. Wollte er jetzt etwa *fernsehen?*

Tatsächlich richtete er die Fernbedienung auf den gigantischen Flatscreen und schaltete ihn ein. Für eine Sekunde flackerte ein Werbespot für irgendeinen Energydrink über die Mattscheibe, dann zappte er weiter, und das Bild machte dem Anblick eines verwilderten Gartens Platz. In der linken oberen Ecke war ein Ausschnitt ihres Hauses zu erkennen, einschließlich der Terrasse, auf der ein regloser Junge in einer immer noch größer werdenden Blutlache und eine ebenso reglose Katze in einer etwas kleineren lagen. Conny riss ungläubig die Augen auf.

»Ihre Nachbarn scheinen einen Narren an Ihnen gefressen zu haben«, spottete Kutzow.

»Aber das ist verboten«, erwiderte sie lahm und kam sich

dabei ziemlich albern vor. Etwas war an diesem Mann, das sie zutiefst verwirrte.

»Und das ist noch lange nicht alles Verbotene hier«, bestätigte er fast fröhlich. »Ich habe eine Menge interessanter Dinge gefunden. Gut versteckt, aber wenn man weiß, wonach man zu suchen hat …« Er hob die Schultern. »Und um Ihre Frage zu beantworten: Wir warten.«

»Worauf?« Dass er sich entschied, wie er sie umbringen würde oder ihr etwas … anderes antat? Aber sie ertappte sich auch dabei, selbst nicht daran zu glauben. Aus einem Grund, den sie selbst nicht ganz verstand, *wusste* sie einfach, dass er ihr nichts antun würde. Es war verrückt, aber es war so.

»Ich müsste mich in einer so noblen Gegend schon heftig getäuscht haben, wenn nicht irgendein besorgter Anwohner längst die Polizei alarmiert hätte.«

Wahrscheinlich hatten sie schon längst bei der Polizei angerufen, um sich über den Polizeiwagen zu beschweren, der so unübersehbar vor ihrem Haus stand und das Heile-Welt-Image der Straße ruinierte, dachte Conny, starrte aber nur weiter auf den Fernseher. Das Bild war von ausgezeichneter Qualität und die Perspektive so gewählt, dass es einen möglichst großen Bereich des Hauses abdeckte. Kutzow zappte weiter, und das nächste Bild zeigte den gepflasterten Weg und das Tor, durch das sie gerade hereingekommen waren. Sie empfand immer noch eine Art ungläubiger Empörung, dieses Bild überhaupt zu sehen.

»Vielleicht wollten Ihre Nachbarn ja auch nur sichergehen, Sie im Notfall besonders schnell alarmieren zu können«, sagte er spöttisch. »Immerhin wohnt nicht jeder gleich neben einer so berühmten Polizistin.«

Darüber würden sie ganz bestimmt noch reden, dachte Conny grimmig. Vielleicht nicht sie selbst, aber Kollegen eines anderen Kommissariats, die es gar nicht lustig fanden, wenn sich Nachbarn gegenseitig bespitzeln. »Berühmt?«

»Seien Sie nicht so bescheiden, Conny«, antwortete er, legte die Fernbedienung auf den Tisch und nahm in derselben Bewegung wieder sein Glas in die Hand. Es war schon wieder fast leer. Mit ein bisschen Glück, dachte Conny, trank er ja genug, um einzuschlafen und ihr die Gelegenheit zur Flucht zu geben.

»Ich habe mich über Sie erkundigt«, sagte er zwischen zwei Schlucken. »Schon weil es wirklich ein bisschen gegen meinen Stolz ging, von irgendeiner dahergelaufenen Politesse verhaftet zu werden. Aber damit habe ich Ihnen natürlich bitter unrecht getan. Immerhin haben Sie wirklich schweres Geschütz aufgefahren, um mich zu kriegen, was ich fast schon als kleines Kompliment werte. Die berühmte Kommissarin, die den Vampir erledigt hat.«

12

In einer Hinsicht hatte er sich getäuscht. Eigentlich in vielerlei, aber in dieser ganz besonders: Marc hatte damit gerechnet, dass der Prozess zu einer Farce geraten würde, aber das geschah nicht.

Es gab keinen.

Sie waren noch am gleichen Morgen in einen fensterlosen Gefangenentransporter verfrachtet worden, der nach Urin und Erbrochenem stank und sie mindestens eine Stunde lang über mit Schlaglöchern übersäte Nebenstraßen und Feldwege kutschiert hatte, auf denen so gut wie kein Verkehr herrschte – die Geräusche anderer Fahrzeuge, die ihnen manchmal ein Stück weit folgten, sie meistens aber gleich überholten und dabei verärgert hupten, waren darin bald weniger geworden und hatten schließlich ganz aufgehört, und der Wagen hatte nur drei- oder viermal angehalten, um vermutlich an einer Ampel zu warten. Es folgte eine schiere Ewigkeit monotoner Fahrt. Ben hatte zweimal versucht, mit ihm zu reden, was der finster dreinblickende Wächter, der mit ihnen im Wagen saß, aber nicht erlaubt hatte. Das erste Mal hatte er sie nur grob auf Russisch angeraunzt, beim zweiten Mal kassierte Ben einen derben Schlag mit der flachen Hand auf den Hinterkopf, und einen dritten Versuch hatte er nicht gewagt.

Möglicherweise hätte er auch gar nicht gewusst, was er sagen sollte. Was sollten sie schon besprechen, außer sich ihre Zukunft in immer düstereren Farben auszumalen?

Wenn es für sie überhaupt noch so etwas wie eine Zukunft gab.

Irgendwann wurden sie langsamer und hielten schließlich wieder an, und Geräusche wie von etwas Schwerem und Großem drangen durch das Metall ihres rollenden Gefängnisses.

Marc erinnerte sich nur noch schemenhaft an das, was danach gefolgt war, ein nicht enden wollender Albtraum aus düsteren Farben und schlechten Gerüchen, in dem sie durch ein Labyrinth größtenteils fensterloser Gänge und unzähliger Gittertüren geführt wurden, die sich vor ihnen öffneten und hinter ihnen wieder schlossen, nur schwach erhellt von altersschwachen Glühbirnen.

Schließlich hatten sie einen Teil des riesigen Gebäudes erreicht, in dem es nicht nur wenigstens die Andeutung von Tageslicht gab, sondern auch einen klapprigen Aufzug, der sie mehrere Stockwerke weit und auf eine Art ruckelnd und quietschend nach oben beförderte, die Marc fast davon überzeugte, im nächsten Moment stecken bleiben zu müssen.

Der Raum, in den sie gebracht wurden, ähnelte auf verblüffende Weise der Krankenstation im Polizeirevier, nur ohne die antiquierten medizinischen Instrumente und unfreundlichen Ärzte. Marc erinnerte sich daran, einmal etwas über dieses angebliche Vorzeigegefängnis innerhalb Petersburg gelesen zu haben, nämlich dass es das modernste seiner Art in ganz Russland war. Wenn das stimmte, dann mussten sie diesen Raum wohl irgendwann in den frühen Fünfzigern sorgsam konserviert und später hierhergebracht und originalgetreu wieder aufgebaut haben. Das Mobiliar, das fast zur Gänze aus schäbigen Aktenschränken mit ausnahmslos verschlossenen Rolltüren bestand, strahlte den Charme eines Schullandheims für die Arbeiterklasse der Mitte des letzten Jahrhunderts aus und gruppierte sich um einen gewaltigen und bis auf eine einzelne Lampe vollkommen leeren Schreibtisch, hinter dem zwei vergitterte Fenster den Blick auf einen tristen Innenhof freigaben, der von monotonen würfelförmigen Bauten aus nacktem Beton umgeben war. Zahllose winzige vergitterte Fenster, von denen längst nicht alle mit dem Luxus von Glas protzen konnten, reihten sich fünf oder sechs Stockwerke hoch aneinander. An einer der Wände hing ein trauriger Basketball-Ring, dessen Netz schon vor langer Zeit abhandengekommen sein musste. Die einzige Außenwand, die sie sehen konnten, war mindestens fünf Meter hoch und nicht nur gleich mehrfach von Stacheldraht gekrönt, sondern auch von einer beträchtlichen Anzahl Videokameras. Zwei ihrer kleineren Geschwister hingen hier drinnen unter der Decke und überwachten misstrauisch jeden Quadratzentimeter.

Danach hatten sie wieder gewartet. Endlos. Marc hatte versucht, die Sekunden zu zählen, um wenigstens nicht ganz die Orientierung in der Zeit zu verlieren, war aber schon bald durcheinandergekommen und hatte es wieder aufgegeben, und auf seinen einzigen Versuch, ihren Bewacher anzusprechen, hatte dieser mit einem so drohenden Blick reagiert, dass er schon nach einem einzigen Wort wieder abbrach. Er schätzte, dass es mindestens eine Stunde gedauert hatte, wenn nicht sogar deutlich länger.

Er sollte bald herausfinden, dass es sich um eine besonders subtile Art der Folter handelte, die sie hier – und nicht nur hier – zu einer wahren Kunstform perfektioniert hatten. Marc hatte irgendwann darum gebeten, die Toilette aufsuchen zu dürfen, aber das hatte ihr wortkarger Bewacher ignoriert. Und irgendwann war dann doch ein kahlköpfiger kleiner Mann in einem zerschlissenen Anzug hereingekommen, hatte seine altmodische

Aktentasche auf den Schreibtisch gelegt und selbst dahinter Platz genommen; der Untersuchungsrichter, vermutete Marc, von dem Duda gesprochen hatte.

Bestimmt eine Minute lang saß er einfach da und maß Ben und ihn mit Blicken, die unmöglich zu deuten waren, dann klappte er seine Aktentasche auf und zog einen grünen Schnellhefter heraus, der Marc bekannt vorkam. Weitere Minuten verbrachte er damit, darin zu blättern und vor allem die beiden entsetzlichen Bilder zu studieren. Schließlich klappte er ihn wieder zu, schob ihn demonstrativ von sich weg und wandte sich mit einem gekünstelten Räuspern an sie.

Auf Russisch. Wenn er des Deutschen mächtig war, ließ er sich während des ganzen Gesprächs – das gute zehn Minuten dauerte und eigentlich nur daraus bestand, dass er redete und sie mit harschen Gesten zum Schweigen brachte, wenn sie etwas sagen wollten – nicht anmerken; dabei schien er von ihnen gar nicht zu erwarten, dass sie irgendetwas verstanden.

Das Gespräch endete, wie es begonnen hatte, indem er aufstand, noch einige wenige amtlich klingende Worte in seiner Muttersprache nachschob und den Raum dann verließ. Danach warteten sie eine weitere gute halbe Stunde, bevor ihr Bewacher endlich die Tür öffnete und sie mit unwilligen Gesten hinausscheuchte.

Die Zeit danach … nein, Marc weigerte sich, sich daran zu erinnern, was in den darauffolgenden fünf oder vielleicht auch zehn Tagen geschehen war. Eigentlich hatte ihnen niemand etwas getan, aber alle Klischees erwiesen sich als falsch, denn es war schlimmer, unendlich viel schlimmer. Schlechtes Essen, zu wenig Wasser und hoffnungslos überfüllte Zellen, in denen es wie in einer Bahnhofstoilette stank, die seit zehn Jahren nicht mehr gereinigt worden war, Wächter, die manchmal scheinbar grundlos hereinkamen, um die Insassen zu drangsalieren, oder sich auch mitten in der Nacht einen Spaß daraus machten, mit ihren Schlagstöcken an den Gittern entlangzurattern, und schmutzige Gefangene, die die Neuankömmlinge argwöhnisch beäugten und derbe Witze auf ihre Kosten machten, wie das Gelächter der anderen verriet.

Und dazu kam die Angst. Marc hatte vergeblich versucht, seine Logik zu bemühen und sich selbst davon zu überzeugen, dass er diesen Gedanken wohl schwerlich noch denken könnte, wenn die Russen ihren Tod gewollt hätten, aber seine Vernunft kapitulierte hoffnungslos vor dem Anblick zwei Dutzend finsterer Gestalten, von denen jede einzelne so aussah, als könnte sie ihn wie einen trockenen Ast in der Mitte durchbrechen, ohne sich sonderlich anzustrengen.

Niemand hatte ihnen etwas getan, und schon nach zwei Tagen hatten ihre Mithäftlinge offenbar den Spaß daran verloren, sich über sie lustig zu machen oder sie ein bisschen zu piesacken, aber allein die Vorstellung, was sie ihnen antun *konnten,* war beinahe mehr, als er ertrug.

Überfüllt, wie die Zelle war, hatten Ben und er die beiden ersten Nächte auf dem Fußboden verbracht, bis am dritten Abend ein Wärter hereinkam und so lange herumbrüllte, bis man ihnen eines der schmalen Stockbetten zuwies, das sie sich teilen konnten. Natürlich das obere, mit dem Ergebnis, dass Ben prompt mitten in der Nacht hinausfiel und sich beide Handgelenke verstauchte.

Abgesehen von einem Chor aus schadenfrohem Gelächter und weiteren spöttischen Bemerkungen am nächsten Morgen gab es keinerlei Reaktion auf Bens Unglück. Niemand kam, um sich nach ihm zu erkundigen, weder ein Wächter noch gar ein Arzt, obwohl Marc nachdrücklich darauf bestanden hatte und auch ziemlich sicher war, dass auch einem des Deutschen nicht mächtigen Russen das Wort *Doktor* etwas sagte.

Ben war in seiner Achtung allerdings gestiegen, denn er gab kein einziges Wort der Klage von sich, obwohl seine Handgelenke unübersehbar so schmerzten, dass er Mühe hatte, auch nur den Plastiklöffel zu halten, den es zu den Mahlzeiten gab, unabhängig davon, woraus diese Mahlzeiten bestanden. Wahrscheinlich aus nichts, von dem er wissen wollte, was es war.

Irgendwann war der vermeintliche Haftrichter in Begleitung zweier hünenhafter und in schwarze Kampfmonturen gekleideter Kerle wieder aufgetaucht, die aussahen wie die Statisten in einem schlechten Zombie-Film, hatte sie herausgewunken und ihnen etwas aus einem amtlich aussehenden Dokument mit einem beeindruckenden Siegel vorgelesen, dann waren sie erneut durch das Labyrinth finsterer Gänge und Gittertüren gescheucht und in einen bis unter die Decke gefliesten Waschraum gebracht worden, wo sie das erste Mal duschen konnten und sogar eine Zahnbürste und eine Tube Zahnpasta bekamen; wenn auch nur jeweils eine, die sie sich teilen mussten.

Es machte Marc nichts aus, Ben den Vortritt zu lassen, was ihm eine Menge über die Anpassungsfähigkeit des Menschen verriet, denn normalerweise weigerte er sich sogar, aus einer Flasche zu trinken, an der schon ein anderer genuckelt hatte. Anschließend bekamen sie (auch wieder abwechselnd) einen Einwegrasierer, dessen Klinge mit dickem schwarzem Klebstoff gesichert war. Ihre Kleider waren wie durch Zauberei verschwunden, und die beiden Zombiejäger reichten ihnen einfache, grobe Kittel und schmutzige Badelatschen aus Gummi.

Was folgte, war die entwürdigendste Untersuchung, die er sich auch nur hätte vorstellen können. Immerhin waren sie gründlich. Sie beschränkten sich nicht nur darauf, ihnen in jede Körperöffnung zu leuchten, ihre Finger- und Zehennägel (wenn auch unnötig grob) zu schneiden, sondern begutachteten auch jeden Kratzer, jeden blauen Fleck und jede Schramme ausführlich und protokollierten natürlich alles akribisch. Bens Handgelenke wurden bandagiert, obwohl sie nach seinem eigenen Bekunden kaum noch wehtaten, und sie erhielten neue Kleider.

Ihr Anblick war ein Schock, denn es handelte sich um einheitliche graue Unterwäsche, die sich anfühlte, als wäre sie aus Sandpapier gemacht, blaue Hosen, Hemden und Jacken aus grobem Leinen und dazu schwere Schuhe mit Klettverschlüssen.

Gefangenenkleidung.

Marc hatte sich die ganze Zeit über an die Hoffnung geklammert, dass die ganze erniedrigende Prozedur vielleicht dem Zweck diente, ihre Entlassung vorzubereiten. Schließlich wollte man sich ja nicht nachsagen lassen, die Gefangenen nicht gut behandelt zu haben. Der Anblick der blauen Uniformen änderte alles. Es war nicht vorbei. Es fing gerade erst an.

13

»Hören Sie doch mit diesem alten Unsinn auf«, seufzte sie. »Der Kerl war kein Vampir, sondern nur ein durchgeknallter Junge, der Leute umgebracht hat.«

»Die gleiche Art von …« – er betonte die beiden Worte genauso, wie sie es gerade getan hatte – »… *durchgeknallten Jungen,* die Sie beinahe umgebracht hätten?«

»Ich weiß, dass Sie mir das Leben gerettet haben, aber … «

»Zweimal.«

»… überspannen Sie den Bogen nicht. Jeder Kredit ist irgendwann aufgebraucht.«

»Erzählst du es mir?«, fragte Kutzow unbeeindruckt.

»Was?«

»Ihre Heldentat. Der Vampir. Was hat es damit auf sich?«

»Warum fragen Sie, wenn Sie es doch offensichtlich schon wissen?«, gab Conny übellaunig zurück; und in schärferen Ton, als sie eigentlich beabsichtigt hatte. Aber sie wollte jetzt bestimmt nicht darüber reden und schon gar nicht mit *ihm.*

»Wenn ich es wüsste, würde ich nicht fragen«, beschied ihr Kutzow. Er sah immer noch auf den Bildschirm, als erwartete er etwas Bestimmtes. Trotzdem meinte sie zu spüren, wie sich seine

Aufmerksamkeit weiter auf sie verlagerte, vielleicht auch eine ganz bestimmte Art von Erwartung. »Meine Möglichkeiten zur Recherche waren in der letzten Zeit eingeschränkt.«

»Es war nichts«, hörte sich Conny fast zu ihrer eigenen Überraschung antworten. »Ein schrecklicher Unsinn, den sich ein paar sensationsgeile Zeitungsschmierer ausgedacht haben, weil ihr Chef eine möglichst blutige Schlagzeile von ihnen erwartet hat.«

Kutzows Stirnrunzeln machte jede Antwort überflüssig, und er starrte weiter so konzentriert auf den Fernseher, als liefe darauf ein spannender Thriller, der ihn in seinen Bann zog. Trotzdem strahlte er einen so unübersehbaren Zweifel aus, dass sie ihn mit Händen greifen zu können meinte. Sie fühlte sich schon beinahe genötigt fortzufahren: »Der Junge war wirklich gut – soweit das Wort in diesem Zusammenhang erlaubt ist, heißt das –, aber das meiste haben wir uns erst hinterher aus den Aussagen seiner Akolythen zusammengereimt.«

»Akolythen?«

Conny war nicht sicher, ob er damit zum Ausdruck bringen wollte, dass ihm dieses Wort nichts sagte, aber das spielte keine Rolle, denn einmal angefangen hätte sie gar nicht mehr aufhören können; als hätte die Geschichte zu lange in ihr gegoren und wollte nun einfach hinaus. Ein bisschen war es wohl so. Sie hatte zu lange mit niemandem darüber reden können, um jetzt auf halber Strecke aufzuhören.

»Er war nicht allein«, begann sie. »Am Anfang sicherlich. Ich glaube, sein erster Mord war nicht geplant, sondern schon beinahe so etwas wie ein Versehen, aber dabei ist er wohl auf den Geschmack gekommen. Er hat sich anscheinend selbst für einen Vampir gehalten.«

»Indem er das Blut seiner Opfer getrunken hat?« War da ein Unterton von Spott in seiner Stimme, den er auch gar nicht unterdrücken wollte?

Conny schüttelte den Kopf. »Ich glaube nicht. Jedenfalls hat keiner der anderen etwas Derartiges behauptet.«

»Also *hatte* er Komplizen.« Kutzow riss seinen Blick nun doch vom Fernseher los – wenigstens für einen Moment – und sah sie auf eine seltsam erwartungsvolle Art an; fast als wüsste er genau, was sie als Nächstes sagen wollte, und wartete nur auf eine Bestätigung. Konnte es sein, dachte sie, dass er bis ins Detail wusste, was damals passiert war? Aber das war Unsinn. Es war mehr als zehn Jahre her, und er war damals noch gar nicht im Land gewesen.

»Seine Kumpane haben sich kräftig widersprochen und natürlich versucht, die Schuld ganz allein auf ihn zu schieben, schon weil er sich nicht mehr wehren konnte. Ich an ihrer Stelle hätte dasselbe getan. Aber er hat wohl eine ganze Schar Jünger um sich versammelt.«

»Jünger?«, vergewisserte sich Kutzow. Der Spott in seinen Augen nahm eine andere Qualität an. »Du meinst, er wollte so eine Art … Religion gründen? Wie dieser verrückte amerikanische Schriftsteller?«

Conny musste einen Moment überlegen, schüttelte aber dann den Kopf. »Hubbard? Nein. Der war ein ganz gewöhnlicher Krimineller. Ein mäßig erfolgreicher amerikanischer Science-Fiction-Autor, der irgendwann über den Satz eines seiner erfolgreicheren Kollegen gestolpert ist, der beste Weg, tatsächlich berühmt und vor allem reich zu werden, sei eine Religion zu gründen.«

»Und daraufhin hat er die Scientologen ins Leben gerufen.« Kutzow sah wieder auf den Fernseher. Ganz zweifellos wartete er auf etwas Bestimmtes. »Clever. Verrückt, aber clever.«

Conny war fast ein bisschen erstaunt, wie gut er sich in diesem Thema auszukennen schien. Selbst nach dem immer rascher voranschreitenden Niedergang der *Church of Scientology* war die Geschichte ihrer Entstehung den meisten bekannt, aber sie hatte nicht erwartet, dass sich ein ukrainischer Drogenhändler für zweitklassige amerikanische SF-Autoren interessierte. Sie reagierte mit einem widerwillig anerkennenden Nicken und fuhr fort.

»Die Presse hat diesen Vergleich damals auch hergestellt, aber das ist Unsinn. Hubbard war so eine Art kriminelles Genie und vollkommen gewissenlos, aber der Vampir war einfach nur durchgeknallt. Ich glaube, er hat sich am Schluss tatsächlich selbst für so eine Art dunklen Messias gehalten. Seine Anhänger haben ihn jedenfalls so gesehen und alles getan, was er von ihnen verlangt hat. Er hat seine Opfer gefesselt und bei vollem Bewusstsein ausbluten lassen, und seine Jünger haben dabei zugesehen und irgendwelche abartigen Riten durchgeführt. Ich glaube, es war einfach nur eine Bande abgedrehter Kids, die eine Grenze überschritten haben und dann nicht mehr zurückkonnten. Aber er selbst hat sich am Schluss wohl wirklich für einen Vampir gehalten.«

Kutzow lachte leise, aber eigentlich klang es nach dem genauen Gegenteil. »Da kann er ja noch von Glück sagen, dass du ihn erwischt hast und er keinem richtigen Vampir über den Weg gelaufen ist«

Conny starrte ihn lange und durchdringend an. Es gab noch einen zweiten Teil der Geschichte, aber den kannte außer ihr niemand. Jedenfalls niemand, der noch lebte. Und plötzlich waren die Erinnerungen wieder da, ein Jahrzehnt und ein ganzes Leben alt und dennoch so lebendig und schmerzhaft, als wäre es erst gestern gewesen. Sie konnte nicht weitersprechen. Ihre Kehle war zugeschnürt, als hätte sich die Hand des Vampirs wieder darum geschlossen, um das Leben aus ihr herauszupressen.

Für einen Moment drohte sie den Halt in der Wirklichkeit zu verlieren, nicht im übertragenen, sondern im wortwörtlichen Sinne. Das Hier und Jetzt begann sich um sie zu drehen, ihre Knie zitterten, und ihr Herz verwandelte sich in ein außer Kontrolle geratenes Hammerwerk, das mit jedem Schlag ein kleines Stückchen weiter ihre Kehle hinaufkroch. Obwohl sie saß, hatte sie plötzlich das intensive Gefühl zu fallen, sodass sie sich mit solcher Kraft an das verchromte Rohr klammerte, an das sie gefesselt war, dass die Couch zitterte. Natürlich entging es Kutzow nicht, und ebenso natürlich deutete er es falsch und maß sie mit einem langen, missbilligenden und von einem angedeuteten Kopfschütteln begleiteten Blick.

»Du solltest das sein lassen«, tadelte er. »Du tust dir nur weh, und eigentlich solltest du es besser wissen. Deine Kollegen benutzen die Dinger nicht umsonst anstelle von Handschellen. Du schneidest dir eher die Pulsadern auf, als sich loszureißen.«

»Würde Ihnen das nicht die Arbeit abnehmen?«, fragte sie gepresst, hörte aber trotzdem gehorsam auf, an ihrer Fessel zu zerren. Ihr fiel erst jetzt auf, dass es kein gewöhnlicher Kabelbinder war. Das Ding war weder schwarz noch weiß, sondern pink, mit hineingestreutem Glitter, der bei jeder Bewegung funkelte und glänzte.

»Ich wusste gar nicht, dass Swarovski auch den kleinen Heimwerker beliefert«, sagte sie. »Wo haben Sie das denn gefunden? In einem Sexshop?«

Kutzow stand mit einem Kopfschütteln auf und beugte sich über ihr Handgelenk, um die groteske Fessel zu begutachten. »Oben im Schlafzimmer«, sagte er amüsiert. »Du glaubst ja nicht, was man hinter so mancher gutbürgerlichen Fassade entdeckt, wenn man nur genau genug hinsieht. Aber hör auf, dir selbst wehzutun. Ich lasse dich gehen, wenn sich alles ein bisschen beruhigt hat. Versprochen.«

Was auch immer davon zu halten war, fügte sie im Stillen hinzu und ertappte sich dabei, sich dieses Gedankens beinahe zu schämen. Es war fast schon absurd, aber ein Teil von ihr weigerte sich beharrlich zu glauben, dass er ihr etwas antun würde.

Sie presste die Lippen zusammen und versuchte die Tränen wegzublinzeln, die ihr im Gefolge der Erinnerung in die Augen schießen wollten. Noch etwas, das er falsch auslegen konnte und ruhig auch sollte. Sie verfluchte sich selbst dafür, sich darauf eingelassen zu haben. An manche Dinge sollte man besser nicht rühren.

Kutzow ließ sich wieder auf seinem Beobachtungsposten hinter der Fernbedienung sinken und wechselte das Thema, wenigstens zum Teil. »Immerhin hast du schon herausgefunden, dass nicht alle Kinder süße kleine Engelchen sind, denen man mit unendlicher Geduld und Nachsicht begegnen muss«, sagte er. »Das macht es leichter.«

Conny hatte immer noch Mühe, die Gespenster der Vergangenheit abzuschütteln, die sie so leichtsinnigerweise heraufbeschworen hatte. Da war ein Gesicht, das vor ihr Gestalt anzunehmen schien und das sie um nichts auf der Welt jemals wiedersehen und zugleich auf gar keinen Fall vergessen wollte.

»Was?«, fragte sie und hatte zugleich Mühe, sich an die Worte zu erinnern, auf die diese Frage Bezug nahm. Aber alles war besser, als wieder in die schreckliche Zeit von vor zehn Jahren zurückzustürzen.

»Verwechsle deine Freunde von damals nicht mit denen, die du gerade kennengelernt hast. Dein Vampir war vielleicht ein psychopathischer Mörder, aber diese Burschen sind gut organisiert.« Er schüttelte bekräftigend den Kopf. »Deine Kollegen von der Polizei werden dich nicht beschützen können. Und sie werden sie auch nicht erwischen. Glaub mir, die Jungs sind gut. Vor allem darin unterzutauchen.«

Das mochte sein, aber in diesem Punkt unterschätzte er die deutsche Polizei doch gründlich, dachte Conny. Nicht nach dem, was sie sich gerade geleistet hatten; und vor ein paar Tagen im Kinderheim erst recht.

»Es sind keine Kinder, glaub mir«, fuhr Kutzow fort. »Sie sehen vielleicht so aus, und sie sind jung, aber sie sind keine Kinder. Die meisten von ihnen waren es nie.«

»Und was haben Sie damit zu tun?«.

»Gar nichts«, antwortete Kutzow. »Ich weiß, dass es sie gibt, und sogar das ist eigentlich schon mehr, als ich möchte.«

»Sie weichen aus.«

»Ich weiß wirklich nicht viel darüber«, behauptete Kutzow. Sie spürte, dass er log. »Aber sie sind nicht so wie die anderen Kinderbanden, wie du sie vielleicht kennst. Du weißt schon: Taschendiebe, Bettler und minderjährige Drogendealer, die man bevorzugt einsetzt, weil das Gesetz ihnen sowieso nichts anhaben kann. Das ist das Schöne an deinem Land. Solange sie noch nicht … wie sagt man noch einmal so schön? … *strafmündig* sind, müssen sie sie laufen lassen, ganz egal was sie angestellt haben.«

»Ganz so ist es nun auch wieder nicht«, protestierte Conny, aber Kutzow schüttelte nur den Kopf und fuhr fort, als hätte sie gar nichts gesagt: »Diese Bande ist anders. Sie stehlen und betteln und betrügen wie die anderen, aber das ist nur Tarnung. Darunter gibt es eine weitere Ebene, und das ist ein ganz anderes Kaliber.«

»Das habe ich gemerkt!« Conny verzog das Gesicht, aber sie bekam erneut nur ein Kopfschütteln als Antwort. »Das war mehr oder weniger Notwehr, wenigstens von ihrem Standpunkt aus.«

»Sie wollten dich nicht töten«, antwortete Kutzow kopfschüttelnd. »Ich glaube, sie waren einfach überrascht, weil du dich so heftig zur Wehr gesetzt hast. Der Bursche mit dem Messer ist so etwas wie ihr inoffizieller Anführer. Er nennt sich *Volk,* was in deiner Sprache so viel wie Wolf bedeutet, aber du hast ihn eher aussehen lassen wie einen Welpen, der sich vor der Nachbarskatze fürchtet. Das hat er dir verdammt übel genommen.«

»Und deshalb ist er heute hier aufgetaucht und wollte mich umbringen?« Conny machte ein abfälliges Geräusch. »Das glauben Sie doch selbst nicht!«

»Das war vielleicht nicht sein Auftrag, aber ich denke er hätte es … wie sagt man? … billigend in Kauf genommen.«

Sehr billigend. »Was wollen sie dann von mir?«

Kutzow hob die Schultern, antwortete aber trotzdem: »Möglicherweise warst du ja etwas zu gründlich. Ich glaube, Sie haben ein paar Leute sehr nervös gemacht. Leute, mit denen man sich besser nicht anlegt.«

»Wir sind hier nicht in einem schlechten Krimi«, sagte Conny scharf. »Und außerdem habe ich nicht … « Dann begriff sie. »Messner? Er ist der große Boss?«

»Kaum«, antwortete Kutzow. »Aber er steht schon etwas höher in der Hierarchie und kennt jemanden, der jemanden kennt … Sie wissen ja, wie das ist.«

»Nein, weiß ich nicht.«

»Tust du doch«, beharrte Kutzow. »Du bist der Bande näher gekommen, als sie es mögen. Sie sind zwar keine Italiener, aber das Prinzip der *Omertà* nehmen sie trotzdem sehr ernst.«

»Also ist es nur eine Jugendbande, die etwas größere krumme Dinger dreht, und ich war nur zur falschen Zeit am falschen Ort?«

»Etwas größere krumme Dinger?« Kutzow sah sie nachdenklich an. »Na ja, so kannst du es auch nennen. Sie begehen Auftragsmorde. Es sind Killer. Professionelle Auftragsmörder.«

14

Sie waren jetzt drei Monate hier – vielleicht auch drei Jahre, welchen Unterschied machte das schon, wenn sich nie wieder etwas zum Besseren wenden würde? –, in einem namenlosen Lager, das irgendwo im Nichts lag und in dem selbst die Gefangenen keine Namen hatten, sondern nur eine Nummer, die in kyrillischen Ziffern auf ihre Jackenärmel gestickt war. Niemand hatte ihnen gesagt, wo genau man sie hinverfrachtet hatte. Für Sibirien war es nicht kalt genug, das immerhin wusste Marc, auch wenn die Nächte in den aus dünnen Brettern gezimmerten Baracken allmählich unangenehm zu werden begannen. Vor zwei Tagen hatten sie dickere Decken ausgegeben und einen altertümlichen Kanonenofen hereingeschafft, wenn auch noch keine Kohlen oder Holz, was ihm das ungute Gefühl gab, sich vielleicht doch getäuscht zu haben, was die Lage ihres neuen Zuhauses anging.

Aber bis auf einen hässlichen Zwischenfall gleich am ersten Abend, als den Neulingen klargemacht worden war, wer in dieser Baracke das Sagen hatte, ließ man sie allgemein in Ruhe.

Ein rüder Tritt traf das Kopfende seiner Pritsche und riss ihn sowohl aus seinen Gedanken als auch dem matten Dösen, das sich an den unruhigen Schlaf angeschlossen hatte, in den er irgendwann lange nach Mitternacht gesunken war. Hastig schlug er die Augen auf, setzte sich so rasch hoch und auf die Bettkante, dass ihm prompt ein bisschen schwindelig wurde, und blickte in ein breites Gesicht, das ganz von einem albernen Dschingis-Khan-Bart beherrscht wurde, und einem Paar dunkler Augen, dessen Besitzer nur darauf wartete, dass er falsch reagierte und ihm einen Vorwand lieferte. Wofür auch immer.

Was er natürlich nicht tat. Stattdessen nuschelte er etwas, das keinerlei Sinn ergab, schlug die viel zu dünne Decke ganz zur Seite und stand auf. Angesichts der kalten Nächte hatte er sich rasch angewöhnt, in seinen Kleidern zu schlafen, wie alle hier, sodass er sich nur nach seiner Jacke bücken musste und hineinschlüpfte. Dschingis Khan beäugte ihn weiter misstrauisch, beschränkte sich aber darauf, ungeduldig mit den Händen zu wedeln und ihn zu einem der beiden großen Tische zu scheuchen, die in der Mitte der Baracke aufgestellt waren.

Das Frühstück war bereits gebracht worden, und anders als an manchen Tagen hatten seine Mithäftlinge sogar darauf verzichtet, sich seine Portion unter den Nagel zu reißen, wenn er zu spät kam. Aber die meisten waren bereits fertig, sodass er sich sputen musste, denn ihm blieben gerade einmal zehn Minuten, bis die Kalfaktoren kamen und sie von den Plätzen scheuchten und sie zur Arbeit gehen mussten. Rasch nahm er Platz und machte sich über den kalten Haferbrei her, der in einer dünnen Plastikschale auf ihn wartete. Er wusste nicht, ob es wirklich Haferbrei war, hatte aber für sich entschieden, ihn so zu nennen, statt darüber nachzudenken, was es wirklich sein mochte. Es machte halbwegs satt, und das war alles, was zählte.

Dschingis Khan nahm auf einem freien Stuhl ihm gegenüber Platz, kratzte den Rest aus seiner Schale und linste gierig auf Marcs Portion, aber das ignorierte er. Der Bursche war so etwas wie der inoffizielle Boss der Baracke und sprach sogar ein paar Brocken Deutsch, aber Marc hatte alle seine Versuche ignoriert, so etwas wie eine Konversation zu beginnen. Er hatte nicht vor, hier Freundschaften zu schließen. Ben und er waren in getrennten Baracken untergebracht worden, aber sie sahen sich oft genug in ihrer kargen Freizeit, die sie bei jedem Wetter draußen auf dem Hof zu verbringen hatten, sodass er nicht Gefahr lief, das Sprechen endgültig zu verlernen; etwas, von dem er einmal gelesen hatte, dass es Strafgefangenen nur zu leicht widerfuhr, wenn sie zu wenig Kontakte hatten. Dabei nahm er sich nicht zum ersten Mal vor, mehr als die paar Brocken Russisch zu lernen, die er bisher aufgeschnappt hatte. Wenn sie hier rauswollten, musste er die Landessprache beherrschen. Und er würde rauskommen.

Der Entschluss war schon in der ersten Woche in ihm gereift, nachdem er sich endgültig eingestanden hatte, dass es keine Begnadigung geben würde und kein offizielles Ende seiner Haft und auch keinen rettenden Engel von der Botschaft, der auftauchte und sie mit einem Learjet der Bundesregierung nach Hause brachte. Sie würden hier sterben, auf die eine oder andere Weise, und der einzige Weg, diesem Schicksal zu entgehen, hieß Flucht.

Auch wenn er immer noch nicht genau wusste, wo er überhaupt war.

Pünktlich mit dem letzten Bissen nach nichts schmeckender Pampe, den er mit einem Schluck schalem Leitungswasser herunterspülte, wurden sie zur Arbeit abgeholt, wozu sie sich wie eine Meute Erstklässler in zwei Reihen aufstellen mussten, immer eine Armeslänge vom Vordermann entfernt und schweigend. Zu seiner Beunruhigung ordnete sich Dschingis Khan diesmal nicht am gewohnten Platz in der Reihe ein, sondern trat neben ihn.

Anscheinend hatte er seine Gefühle doch nicht ganz so gut unter Kontrolle, wie er gedacht hatte, denn der Riese bedachte ihn mit einem flüchtigen Grinsen, das sich ganz nach kommendem Ungemach anfühlte, hütete sich aber, auch nur ein Wort zu sagen. Bis zur Mittagspause herrschte hier strenges Schweigegebot, und die Wachen reagierten manchmal sehr dünnhäutig, wenn man dagegen verstieß.

Marc war trotzdem alarmiert. Er konnte sich nicht daran erinnern, dem Russen irgendeinen Anlass geliefert zu haben, die zwei Tage Einzelhaft in Kauf zu nehmen, die darauf standen, gegen die Lagerregeln zu verstoßen; wie etwa einen Mithäftling zu Brei zu schlagen, dessen Nase einem nicht gefiel. Er nahm sich vor, auf der Hut zu bleiben.

Das Lager bestand aus zwei Barackenreihen und einem mehrstöckigen Ziegelsteinbau, in dem sich die Verwaltung und die Unterkünfte der Wachen befanden und war in Form eines lang gestreckten »U« angelegt, dessen offene Seite von einem nicht einmal allzu breiten Fluss gebildet wurde, vor dem sich ein kaum zwei Meter hoher Maschendrahtzaun erhob, der allerdings nicht einmal symbolische Bedeutung zu haben schien. Und wahrscheinlich wäre er auch nicht nötig gewesen, denn der Fluss mochte nicht besonders breit sein, hatte aber eine Strömung, die jedes Wildwasser in den Schatten stellte, und auf seiner anderen Seite schloss sich eine nahezu kahle, leicht ansteigende Grasebene an, die erst in zwei oder drei Kilometern Entfernung in dichten Wald überging. Es gab nur einen einzelnen Wachturm, von dem aus der Blick jedoch ungehindert in alle Richtungen ging und der vierundzwanzig Stunden am Tag besetzt war. Während der Nacht brannte ständig ein großer Scheinwerfer, der unermüdlich seine Kreise beschrieb, doch das allein machte dieses Gefängnis nicht so sicher.

Es war das Gefängnis selbst. Dieser Ort. Das letzte Stück hierher hatten sie auf der Ladefläche eines großen Militärlasters zurückgelegt, dessen Plane löcherig genug gewesen war, um ihnen einen ungehinderten Rundblick in alle Richtungen zu gewähren. Meist waren sie durch dichte Wälder gefahren, einmal auch durch eine kleine, nur aus ein paar ärmlichen Katen und einer Kirche bestehenden Ortschaft, das letzte Stück aber durch eine öde Mondlandschaft, in der selbst das wenige kärgliche Gras und nicht minder dürre Gestrüpp, das die nicht ausgebaute Straße flankierte, fehl am Platze wirkten. Die Wachen schienen ihre Aufgabe auch eher darin zu sehen, die Insassen zu drangsalieren und auf die Einhaltung ihrer strengen Regeln zu achten als darin, einen Fluchtversuch zu vereiteln.

Wohin sollten die Gefangenen auch fliehen? Selbst wenn sie es aus dem Lager heraus schafften – was vermutlich nicht einmal besonders schwierig war – sie waren hier mitten im Nichts. Es gab nicht viel, wohin sie gehen konnten, dafür aber vermutlich jede Menge Suchhunde, Hubschrauber und mit Infrarotkameras ausgerüstete Verfolger.

Das alles änderte nichts daran, dass sie von hier verschwinden würden. Wenn auch noch nicht heute.

Ihre Arbeitsplätze befanden sich im Kellergeschoss des großen Ziegelsteingebäudes, wo sie je nach Auftragslage elektronische Bauteile zusammensetzten, buntes Kinderspielzeug in Plastiktüten mit chinesischen Schriftzeichen verpackten oder Dinge aus grausilbernem Spritzguss zusammenbauten, von denen er sich nicht einmal vorstellen konnten, wozu sie dienten.

Vielleicht war das sogar die größte Überraschung von allen gewesen: Marc hatte schwere körperliche Arbeit erwartet, die praktisch keinem anderen Zweck diente als dem, dass sich die Gefangenen zu Tode schufteten, aber bisher waren es eher leichte, wenn auch monotone Tätigkeiten, die sie zwölf Stunden am Tag im Schein uralter Neonröhren ausführen mussten.

Das Schlimmste war das Schweigen und natürlich der Akkord, den ihre Bewacher akribisch überwachten und auch schon einmal mit einem ausgefallenen Essen belohnten, wenn sie ihr Soll nicht erreichten. Ihre (immerhin Gummi-)Knüppel wachten eifersüchtig über die Einhaltung des allgemeinen Schweigens, und zweimal am Tag durften sie nach einem vollkommen willkürlichen Rotationsprinzip die Toilette aufsuchen, die lediglich aus einem gegen die Windrichtung offenen Verschlag mit einer hölzernen Sitzbank über einen Graben bestand, durch den ein dünnes Rinnsal in den Fluss führte.

Das Mittagessen bestand aus einer weiteren, wenn auch größeren Portion grauer Pampe, zu der es starken schwarzen Tee gab und die sie ebenfalls in zwanzig Minuten herunterschlingen mussten, danach hatten sie eine halbe Stunde Freizeit auf dem Hof.

Heute erwartete er sie ganz besonders ungeduldig, denn anders als gewohnt hatte er Ben beim morgendlichen Appell nicht gesehen. Das musste nicht unbedingt etwas bedeuten, denn ihre Schichten begannen nicht immer gleichzeitig, aber Ben gefiel ihm schon seit ein paar Tagen nicht mehr wirklich. Er war noch einmal wortkarger und furchtsamer geworden als ohnehin, was bedeutete, dass er von sich aus so gut wie nichts mehr gesagt und auf Fragen nur einsilbig oder gar nicht geantwortet hatte. Dafür war sein Blick endgültig zu dem eines gehetzten Tieres geworden, ständig in Bewegung und auf der Suche nach einem Ausweg oder einem Versteck.

Marc hatte sich vom ersten Tag an viel mehr Sorgen um ihn als um sich selbst gemacht, aber nun war aus diesem nagenden Gefühl fast so etwas wie Gewissheit geworden, dass mit seinem Freund etwas nicht stimmte. Ben hatte Angst. Nicht nur aufgrund der allgemeinen Situation und dem, was der nächste Tag oder die nächste Woche bringen würden, sondern ganz konkret und vor etwas ganz Konkretem. Und das war wirklich beunruhigend.

Ben hatte niemals behauptet, ein Held zu sein und sogar manchmal und mit einem nicht wirklich überzeugenden Lachen erklärt, dass er sich selbst für einen Feigling halte und mit dieser Einschätzung ganz gut leben könne. Aber er hatte auch genauso wenig Probleme damit gehabt, über seine Ängste zu sprechen.

Marc war an diesem Tag der Erste, der beim Schrillen der altertümlichen Schulklingel aufstand und sich zum Mittagessen einreihte, das von zwei mürrischen Kalfaktoren aus einem großen Blechkessel mit rostigen Schöpfkellen in ihre Näpfe geklatscht wurde, und er war auch der Erste, der sich auf den Weg zum Hof hinauf machte, die einzige kleine Disziplinlosigkeit, die ihre Bewacher duldeten; wahrscheinlich weil sie zu faul waren, für Ordnung zu sorgen.

15

»Das ist absurd!«, sagte Conny überzeugt; obwohl ihr eigentlich ein anderes Wort auf der Zunge gelegen hatte. Wollte er ausprobieren, wie viel Unsinn sie ihm abkaufte?

»So absurd wie der arme, missverstandene Junge, der Sie beinahe umgebracht hätte?«

»Das war etwas anderes. Ein pubertierender Dreizehnjähriger, der sich in seiner Ehre verletzt fühlt oder was immer er dafür hält, und wahrscheinlich den Intelligenzquotienten einer Bratkartoffel hat. Aber eine Killertruppe aus Kindern? Blödsinn!«

Kutzow riss seine Aufmerksamkeit vom Fernseher los und bedachte sie mit einem fast mitleidigen Blick, der sie ärgerte, was er wohl auch beabsichtigte. Seine Hand strich wieder in einer unbewussten Geste über die Narbe in seinem Gesicht; ein Manierismus, an dem jeder potenzielle Gegner beim Poker seine helle Freude gehabt hätte, denn sie hatte das sichere Gefühl, dass er sich immer meldete, wenn er nervös oder angespannt war. Aber warum dann jetzt? »Außerdem wüssten wir davon. So etwas bleibt nicht geheim.«

»Aber die Behörden wissen es doch längst«, antwortete er und hob zugleich auch abwehrend die Hand mit dem Glas, als sie widersprechen wollte. »Oder lass es mich anders formulieren: Das Wissen ist da, aber bisher ist noch niemand auf die Idee gekommen, all die Informationen richtig zusammenzusetzen, die sie so fleißig sammeln.«

Conny hätte über diesen Unsinn am liebsten laut gelacht, aber sie musste plötzlich wieder an ihr letztes Gespräch mit Eichholz denken, und der Laut wollte ihr nicht über die Lippen kommen. Sie suchte fast schon verzweifelt nach irgendetwas, das sie ihm entgegenschleudern und diese groteske Theorie damit zerschmettern konnte, aber ihr fiel nichts ein als nur ein noch nachdenklicheres *»Blödsinn!«*. Er wollte sie verunsichern, das war alles.

»Ganz wie du meinst.« Kutzow deutete lediglich ein Schulterzucken an und konzentrierte sich wieder auf das Geschehen auf dem Bildschirm, wobei er in fast regelmäßigem Takt hin- und herschaltete, um beide Kamerawinkel im Auge zu behalten. Dann legte er plötzlich den Kopf auf die Seite und machte ein angestrengt nachdenkliches Gesicht. Nach einer weiteren Sekunde nickte er. »Wusste ich's doch.«

Conny hatte es in diesem Moment ebenfalls gehört, fragte aber trotzdem: »Was?«

»Dass ich mich auf den durchschnittlichen deutschen Spießbürger verlassen kann«, antwortete Kutzow in unüberhörbar selbstgefälligem Ton. »Es ist sogar schneller gegangen, als ich erwartet habe.«

Vielleicht eine Minute geschah nichts, doch dann tauchte die Kinderbande einer nach dem anderen wieder auf der Terrasse auf. Einer der Jungen musste von seinen Kameraden gestützt werden, während sie sich rasch zurückzogen. Den blutenden Jungen ließen sie zu Connys Empörung auf der Terrasse liegen, ohne ihn auch nur noch eines Blickes zu würdigen. Das Sirenengeheul kam rasch näher, und es war nicht nur eines. Er hatte recht: Es *war* schnell gegangen. Sie verstand nur nicht, wieso er noch immer so ruhig blieb. Spätestens wenn die alarmierten Polizisten ihre beiden toten Kameraden fanden, brach hier die Hölle los.

»Sie werden alles absuchen und auch hierherkommen und fragen, ob jemand etwas gesehen hat«, sagte sie. »Das ist Ihnen doch klar, oder?«

»Das werden sie«, bestätigte Kutzow ungerührt. »Schließlich sind sie die Guten.« Er lachte. »Aber hier ist niemand, schon vergessen? Und schlimmstenfalls habe ich ja auch noch dich, nicht wahr?«

Als was? Als Geisel vielleicht? Das war lächerlich. Ganz davon abgesehen, dass sie es sich bei ihm einfach nicht vorstellen konnte (warum eigentlich?), musste er ebenso gut wie sie selbst wissen, wie sinnlos es wäre. Wann hätte eine Geiselnahme dieser Art jemals zum Erfolg geführt?

Connys Antwort bestand lediglich aus einem eisigen Blick und einem zornigen Ruck an ihrer Handfessel, der die gesamte Couch erzittern ließ. Kutzow bedachte sie mit einem weiteren und jetzt fast schon amüsierten Blick, und Conny hielt ihm tatsächlich noch einen kurzen Moment lang stand, drehte sich dann mit einem Ruck weg und starrte schweigend auf den Bildschirm.

Es verging vielleicht noch eine weitere Minute, doch danach ging alles dafür umso schneller. Das Sirenengeheul kam plötzlich noch rascher näher und zersplitterte zu einem Dutzend unterschiedlicher Laute, die aus allen Richtungen an sie drangen, und es verging allerhöchstens noch eine Minute, bevor die ersten Polizisten mit gezückten Waffen um das Haus herumstürmten. Einer kniete sogleich neben dem verletzten Jungen nieder und begann ihn zu untersuchen, die anderen verschwanden nacheinander und sich schulbuchmäßig gegenseitig Deckung gebend im Haus. Bevor der letzte durch die zerborstene Tür getreten war, tauchte schon eine zweite Abteilung uniformierter Beamter auf, begleitet von einem Mann in Zivil, der seine Aufgabe entweder zu ernst nahm oder ein paar James-Bond-Filme zu viel gesehen hatte, denn er bewegte sich nicht nur wie ein Soldat auf geheimer Mission, der sich an eine feindliche Stellung anschleicht, sondern schleppte zu allem Überfluss auch noch eine kurzläufige Maschinenpistole mit sich.

»Das nenn ich mal einen ganz großen Bahnhof«, spottete Kutzow. »Deine Kollegen wissen, was sie dir schuldig sind. Manchmal ist es wohl doch von Nutzen, einen gewissen Ruf zu haben.«

»Das gilt wohl eher Ihnen«, sagte Conny. »Wie viele haben Sie während Ihrer Flucht umgebracht?«

»Niemanden«, antwortete Kutzow ernst. »Und auch vorher nicht. Jedenfalls niemanden, der es nicht verdient hätte.«

Er deutete mit seinem Glas auf den Bildschirm. »Von wegen nicht berühmt. Ich schätze, als unsere aufmerksamen Mitbürger die Adresse durchgegeben haben, haben in sämtlichen Polizeirevieren der Stadt die Alarmglocken geschrillt!« Er riss seinen Blick für einen Moment vom Geschehen auf dem Bildschirm los und bedachte sie mit einem anerkennenden Blick. »Anscheinend bist du doch nicht so unbeliebt, wie du selbst glaubst.«

Sie konnte sich nicht erinnern, ihm irgendetwas in dieser Art anvertraut zu haben.

Kutzow konzentrierte sich wieder auf das Geschehen auf dem Bildschirm. »Aber sie sind gut, das muss man ihnen lassen.«

Womit er vollkommen recht hatte, dachte Conny. Dabei war das, was sie auf dem Fernseher sahen, wohl nur der kleinere Teil. Auf der anderen Seite des Hauses fuhren jetzt vermutlich immer mehr Streifen- und vielleicht auch schon der erste Mannschaftswagen auf, und dabei würde es nicht bleiben. »Sie riegeln jetzt wahrscheinlich das ganze Viertel ab«, sagte sie. »Und sie werden auch von Haus zu Haus gehen und Zeugenaussagen einsammeln.«

»Wie gut, dass hier niemand ist«, sagte Kutzow.

»Ist das so?«

»Unbedingt«, versicherte er. »Du weißt wirklich nicht viel von deinen Nachbarn, wie? Sie sind nicht nur ausgesprochen wohlhabend, sondern auch ein bisschen paranoid, wie die meisten Reichen; wenn auch in diesem Fall zu Recht. Natürlich gibt es einen privaten Wachdienst, und natürlich haben sie sich für die Ferien bei ihm abgemeldet. Glaub mir, niemand wird herkommen.«

»Und das wissen Sie, weil …?«

»Was glaubst du wohl, wem der Sicherheitsdienst gehört, dem sie ihr kostbares Zuhause anvertraut haben?«, fragte Kutzow amüsiert. »Sie sind wirklich gute Kunden, und nebenbei fast so etwas wie Freunde. Jedenfalls glauben sie das wahrscheinlich. Bei der Razzia vor zwei Wochen waren sie aus Termingründen verhindert, sonst hätten sie dich schon viel früher kennengelernt.«

»Sie nehmen mich auf den Arm.«

»Nicht im Geringsten«, versicherte Kutzow. »Das Schicksal hat manchmal einen wirklich seltsamen Sinn für Humor, findest du nicht?«

»Ich glaube nicht an Schicksal.« Conny zerrte noch einmal und jetzt mit solcher Kraft an ihrer Fessel, dass es wehtat – das war aber auch schon der einzige Erfolg –, und Kutzows Blick tastete missbilligend (und vielleicht auch ein bisschen verächtlich) über ihr Handgelenk und ihr Gesicht, bevor er wieder zum Fernsehschirm zurückkehrte.

»Das solltest du aber«, sagte er. »Immerhin hat es dir schon übel genug mitgespielt.«

»Wohl eher Leute wie Sie.«

»Leute wie ich?«

»Verbrecher?«

»Autsch!« Kutzow zog eine Grimasse. »Das hat jetzt aber wehgetan.«

»Das hat die Wahrheit manchmal leider so an sich«, sagte

Conny nicht nur, sie zerrte auch noch einmal an ihrer Fessel, und diesmal so heftig, dass es nicht nur wirklich wehtat, sondern die ganze Couch zitterte. »Versteht man das in der Ukraine unter einem ersten Date?«

»Haben wir das denn?«, erkundigte sich Kutzow. »Ein Date?«

Conny funkelte ihn nur böse an – auch wenn es ihr sonderbar schwerfiel, ihm seine Worte so übel zu nehmen, wie sie es verdienten. Dass dieser Mann seltsam war und zweifelsohne ein Verbrecher änderte nichts daran, dass er ihr auf eine angenehme Art vertraut war. Da war ein Band zwischen ihnen, das es ihr unmöglich machte, ihn so zu betrachten wie andere Männer seines Schlags. Und das lag sicherlich nicht alleine daran, dass er trotz der markanten Narbe auf seiner Wange ausgesprochen attraktiv war.

Kutzow verfolgte weiter scheinbar interessiert das Geschehen auf dem Bildschirm. Noch mehr Polizeibeamte tauchten nach und nach auf und verschwanden hinter der Terrassentür oder begannen im Garten auszuschwärmen, wo sie einer nach dem anderen den Sichtbereich der Kamera verließen. Aber vielleicht beobachtete er auch gar nicht das Haus und ihre Kollegen, sondern vielmehr den verletzten Jungen, um den sich mittlerweile gleich zwei Polizistinnen kümmerten.

Vielleicht war es ja auch nur das, was sie sich fast verzweifelt wünschte, aber es kam ihr so vor, als bewegte er sich. Die Auflösung der Kamera reichte nicht aus, um wirklich sicher zu sein. Es musste Kutzow zu schaffen machen, dass er den Jungen so schwer verletzt hatte. So hart, wie er sich gab, war er nicht, das spürte sie.

Jedenfalls redete sie sich das ein.

Kutzow kam ihr unfreiwillig zu Hilfe, indem er wieder auf die andere Kamera umschaltete, die das Gartentor zeigte. Dahinter waren zwei uniformierte Beamte mit gezogenen Waffen aufgetaucht. Einer schob gerade das schmiedeeiserne Tor auf, machte aber nur einen einzelnen Schritt in den Garten hinein und blieb wieder stehen, um sich aufmerksam umzublicken. Nach einer halben Minute machte er wieder kehrt und war sogar ordentlich genug, das Tor hinter sich zu schließen.

»Gründlich sind sie ja«, spottete Kutzow. »Wenn auch nicht gründlich genug.«

»Sie werden herkommen«, beharrte sie. »Glauben Sie mir, ich weiß, wie meine Kollegen vorgehen. Sie drehen jeden Grashalm um, wenn es sein muss.«

»Dann geht dein Wunsch ja vielleicht in Erfüllung, und ich werde doch noch verhaftet und wieder ins Gefängnis gesteckt«, antwortete er leichthin. Dann wurden sein Blick und sein Tonfall umso ernster. »Und Nadeshda stirbt.«

Er leerte sein Glas, stand auf und streckte die Hand aus. »Ich muss ein paar Leute anrufen und brauche etwas von Ihnen.«

»Ein Pfund Fleisch?« *Vorzugsweise aus ihrem Herzen?*

»Mein Name ist Maxim, nicht Shylock«, erwiderte er amüsiert und schüttelte zugleich den Kopf. »Nein. Nur dein Wort, dass du nichts Dummes tust.«

Sie tat schon seit einer ganzen Weile nichts anderes als *Dummes*, nämlich überhaupt hier mit ihm zu sein. Sie deutete nur ein Nicken an.

»Mehr kann ich wohl nicht erwarten.« Er ging zum Sideboard, nahm das Telefon aus der Ladestation und verließ das Zimmer, ohne die Tür hinter sich zu schließen. Conny konnte hören, dass er nur wenige Schritte weit ging und dann zu reden begann, und versuchte zu lauschen, verstand aber kein Wort.

Sie war immer noch hoffnungslos verwirrt. Was er da behauptete, war unmöglich. Es *musste* unmöglich sein. Osteuropäische Kinderbanden, die bettelten und stahlen, waren seit Jahrzehnten ein Problem, dessen die Stadt nur mühsam Herr wurde, aber eine kindliche Todesbrigade? So etwas gab es vielleicht in Mali oder irgendeinem anderen Land südlich der Sahara, und es war vielleicht auch noch der feuchte Traum irgendeines Journalisten, der auf den Pulitzerpreis spekulierte, aber doch nicht *hier*. Sie schob den Gedanken so weit von sich weg, wie sie nur konnte, und rüttelte – sozusagen nur der Ordnung halber und selbstredend ohne Erfolg – noch einmal an ihrer Fessel, dann sah sie frustriert wieder auf den Bildschirm.

Der Anblick hatte sich verändert. Zwei Sanitäter waren aufgetaucht und kümmerten sich um den verletzten Jungen, während ein halbes Dutzend Polizeibeamter um sie herumstanden und hilflos zusahen. Der Anblick übte eine ebenso alarmierende wie beruhigende Wirkung auf Conny aus, machte die ebenso hektische wie routinierte Art und Weise, wie sie mit dem Jungen umgingen, doch klar, dass er noch am Leben sein musste. Nach allem, was ihr der Bursche angetan hatte, erleichterte sie der Gedanke mehr, als sie erwartete.

Zwei weitere Sanitäter tauchten auf und rollten eine Krankentrage heran, auf die sie den Jungen mit vereinten Kräften hoben. Bevor sie ihn abtransportierten, wurde ein Infusionsbeutel an der Trage befestigt, den einer der Sanitäter zusätzlich mit der Hand festhielt, damit er nicht hin- und herpendelte, dann verschwanden sie aus dem Aufnahmebereich der Kamera, und auch die Gruppe Polizisten löste sich bis auf einen einzelnen Beamten auf, der unverzüglich damit begann, kleine Plastiktäfelchen mit aufgedruckten Ziffern zu verteilen und Fotos zu machen.

»Da war ich wohl nicht gründlich genug.«

Sie hatte gar nicht gemerkt, dass Kutzow an den Türrahmen gelehnt dastand und abwechselnd sie und das Treiben auf dem Fernseher beobachtete. Er hielt nicht nur zwei frisch aufgefüllte Gläser in den Händen, sondern hatte sich auch eine Wasserflasche unter den Arm geklemmt, in der sich allerdings nur noch ein kleiner Rest befand; wahrscheinlich alles, was er noch im Kühlschrank gefunden hatte.

»Wie meinen Sie das?«

Kutzow lud seine Last auf dem Tisch ab und setzte sich in diesmal viel geringerem Abstand neben sie. Er deutete auf den Fernseher, auf dem jetzt nur noch der einsame Polizist zu sehen war, der eifrig weiterfotografierte und sich nach Kräften bemühte, seinen Kollegen von der Spurensicherung das Leben schwer zu machen, die bald dort auftauchen würden.

»Dein spezieller Freund, Conny. Sobald er aufwacht, wird er der ersten Krankenschwester, die sich um den armen Kleinen kümmern will, eine Spritze ins Auge rammen und abhauen. Und selbst wenn es nicht passiert und sie ihn mühsam wieder aufpäppeln, macht es das nicht besser. Aus einem kleinen Kriminellen wird ein großer Krimineller, der weiter stiehlt und betrügt, Menschen zusammenschlägt und früher oder später jemanden umbringt. Falls er lange genug lebt.«

Es war das zweite Mal, dass er eine solche Bemerkung machte, und sie hatte das Gefühl, dass das kein Zufall war, sondern er eine ganz bestimmte Reaktion darauf erwartete. Sie zog eine Grimasse. »Nur falls Sie es noch nicht wissen«, sagte sie, »aber es gibt in diesem Land schon lange keine Todesstrafe mehr.« *Schon gar nicht für Kinder.*

»Sie hinterlassen keine Zeugen«, antwortete Kutzow. »Der Junge ist dreizehn. Sie können ihn nicht einsperren. Und selbst wenn es gelingt, gut genug auf ihn aufzupassen, erledigen sie es auf andere Art.«

Eine Zeit lang breitete sich unbehagliches Schweigen zwischen ihnen aus, während Conny versuchte, das Gehörte zu verarbeiten. »Ist es das, wovor Sie Angst haben? Dass sie Nadeshda umbringen?«

Kutzow schwieg, aber das war Antwort genug.

»Was haben Sie mit der Bande zu tun?«, fragte sie. »Gehören Sie zu ihnen?«

Ganz kurz blitzte Zorn in seinen dunklen Augen auf und erlosch ebenso schnell wieder. »Nein. Aber Nadeshda.«

»Sie wollen mir nicht erzählen, dass sie eine Mörderin ist.« Aber war das wirklich so absurd, nach allem, was sie bisher mit dem Mädchen erlebt hatte?

Kutzow lächelte traurig und schüttelte mehrmals sehr langsam den Kopf. »Es gibt noch andere Möglichkeiten, schnelles Geld zu verdienen. Vor allem, wenn man so aussieht wie sie.«

Warum überraschte sie das eigentlich? Schließlich war ihr das auch durch den Kopf geschossen, als sie das Mädchen das erste Mal gesehen hatte. »Sind Sie so ein Monster, Maxim, oder wollen Sie mich nur ein bisschen provozieren?«

»Ich weiß nicht, wofür du mich hältst, Conny – oder doch, ich glaube ich weiß es. Aber so ist es nicht.«

»Oh doch, ich glaube schon.«

Jetzt war der Zorn echt, der in seinen Augen aufblitzte, und er hielt auch länger an. Aber er beherrschte sich und antwortete mit – wenn auch mühsam – gefasster Stimme. »Meine Geschäfte entsprechen vielleicht nicht immer deinen Moralvorstellungen, Conny, aber das ist dein Problem. Meine Mädchen sind alle volljährig, und ich zwinge niemanden, etwas zu tun, was er nicht selbst will.«

»Schon klar«, sagte Conny böse. »Und ich nehme an, Sie sorgen selbstverständlich auch für eine vernünftige Krankenversicherung, geregelte Freizeit und zwei Wochen bezahlten Urlaub im Jahr.«

»Zwei Monate« antwortete Kutzow ungerührt, »und ich bezahle ihnen auch die Flüge nach Hause zu ihren Familien, wenn sie sie besuchen wollen oder ganz aussteigen. Und selbstverständlich sorge ich auch für ihre Sicherheit. Kein Mädchen wird bei mir zu etwas gezwungen.«

Conny sah hoch und suchte nach seinem Heiligenschein, fand nichts und wollte es gerade laut aussprechen, doch dann musste sie plötzlich an die Szene in Kutzows *Gästezimmer* denken und schwieg. Es hatte tatsächlich so ausgesehen, als hätte jemand Nadeshda etwas angetan. Conny verspürte einen heftigen Anflug von Ärger. Was war das nur, das sie unentwegt dazu bringen wollte, ihn in Schutz zu nehmen?

»Was haben Sie dann mit ihr zu tun?«, fragte sie stattdessen. »Oder das Mädchen?«

»Sie haben Nadeshda vor fünf Jahren hergebracht«, antwortete er, »als sie alt genug war.«

Alt genug?, dachte Conny entsetzt. Damals konnte das Mädchen nicht älter als *neun* gewesen sein! Sie starrte Kutzow an.

»Ich mache manchmal Geschäfte mit ihnen«, fuhr er fort. »Ich habe sie sofort gesehen, noch bevor sie sie … anlernen konnten.«

»Und da haben Sie auch sofort gesehen, wie schön sie einmal werden wird, und beschlossen, sie zu Ihrem ganz persönlichen Spielzeug zu machen.«

Das klang sogar in ihren eigenen Ohren gemein, aber Kutzow überging die Bemerkung. »Ich habe beschlossen, sie zu beschützen. Und ja, auch wenn dich das jetzt vielleicht schockiert, ich habe sie gekauft. Und ich habe sie nicht angerührt, weder damals noch später …«

»Warten Sie ab, bis sie reif ist?«

»… und ich werde es auch nicht«, schloss Kutzow, wenigstens äußerlich ungerührt; auch wenn sie spürte, dass ihn ihre Worte mehr trafen, als er zugab. Gut so.

»Und deshalb hat sie dann auch auf Sie geschossen, nehme ich an?«

»Das hat sie nicht, das sollte mittlerweile selbst Ihnen klar geworden sein.«

»Und was war dann an ihr so besonders?«

»Nadeshda …« Er zögerte kurz. »Sie hat mich an jemanden erinnert. Jemanden, den ich früher einmal kannte. Ich konnte damals nichts an den Dingen ändern, aber als ich sie gesehen habe, wurde mir klar, dass ich es wiedergutmachen kann. Also habe ich wenigstens sie vor dem Schlimmsten zu bewahren versucht.«

»Indem Sie sie gekauft haben.« Das klang lahm, und Kutzow reagierte auch nur mit einem spöttischen Lächeln. »Sie war nicht billig«, erwiderte er, »sogar für meine Verhältnisse. Meine Geschäftspartner sind gut darin, zu spüren, wenn man etwas wirklich haben will. Aber ich habe sie mitgenommen und beschützt, so gut ich konnte.«

Das war längst nicht die ganze Geschichte, das spürte sie, aber sie wusste auch, dass es keinen Sinn hätte weiterzubohren. Er würde nicht mehr erzählen als das, was er freiwillig preisgeben wollte. Hinter seinen Worten verbarg sich eine Geschichte, die viel größer und vermutlich schlimmer war. Wenn schon nicht ihre Wortwahl, so wurde doch zumindest der Tonfall versöhnlicher. »Warum haben Sie sie dann ausstaffiert wie eine kleine Lolita?«

»Manchmal muss man den Schein wahren, sogar in meiner Branche. Es gab … Gerüchte, und ich habe einen Ruf zu verlieren. Und es hat Nadeshda auch Spaß gemacht. Sie ist ein kleines Mädchen, und kleine Mädchen lieben es, sich zu schminken und hübsche Kleider zu tragen.«

»Ja, und dann passiert so etwas wie auf Ihrer Vernissage.«

»Ich war abgelenkt«, erwiderte er. »Eine attraktive verdeckte Ermittlerin der Polizei hat versucht, mich um den Finger zu wickeln. Nicht ganz ohne Erfolg.«

Conny funkelte ihn an. Jetzt war es also ihre Schuld? Mit einem Lächeln, das keines war, ruckte sie an dem Kabelbinder an ihrem Handgelenk und sagte: »Ja, ich glaube sie ist auch ganz gefesselt von Ihnen.«

»Aber du hast recht, das hätte nicht passieren dürfen«, antwortete Kutzow ungerührt. »Wenn es dich tröstet: Der Kerl wird so schnell kein Kind mehr anfassen, mein Wort darauf.«

16

Draußen auf dem Hof war irgendetwas im Gange, Aufregung und ein allgemeines Stimmengewirr und Lachen, die über das normale Maß an Geräuschen hinausgingen, das ihnen ihre Bewacher normalerweise zubilligten, das hörte er schon auf der

Treppe. Er rannte nicht, denn das hätte ihm mutmaßlich eine Begegnung mit dem Schlagstock des Postens eingebracht, der unter der Tür stand und nur auf jemanden wartete, an dem er sein Mütchen kühlen konnte, ging aber so schnell, wie er es gerade noch wagte, und wich auch dem direkten Blick des Wächters aus; etwas, das er schon an seinem ersten Tag hier auf die harte Tour gelernt hatte.

Er hatte sich nicht getäuscht. Draußen auf dem Hof herrschte helle Aufregung. Die übliche Schlange vor dem Abort war zu einer Handvoll Männer zusammengeschmolzen, und die anderen bildeten einen mehrfach gestaffelten, johlenden Halbkreis vor dem Zaun. Es wurde geschrien und angefeuert, und er entdeckte zu seinem Erstaunen auch mindestens zwei Uniformen in der Menge, deren Besitzer keine Anstalten machten, für Ruhe zu sorgen. Beunruhigt wollte er weitergehen, schaffte jedoch nur einen einzelnen Schritt, bevor sich eine schwere Hand auf seine Schulter legte.

Marc sah hoch und zurück und konnte ein erschrockenes Zusammenzucken nicht ganz unterdrücken, als er Dschingis Khan erblickte, der wie ein Berg über ihm aufragte und ihn schon wieder auf diese enervierende Art ansah. »Was willst du?«, brummte er.

Der riesenhafte Russe grinste nur noch breiter und ließ ihn nicht los, deutete aber mit der anderen Hand auf die Menschentraube vor dem Zaun. Gerade stieg eine Welle aus triumphierendem Gebrüll und Gejohle auf und verebbte wieder.

»*Da*«, sagte Dschingis. »*Twoj drug.*«

Sein *Freund?* Das gehörte zu den wenigen Worten, die er gelernt hatte. Was war mit Ben?

Hastig schüttelte er die Hand des Russen ab und eilte weiter. Der Posten hinter ihm rief ein einzelnes, hart klingendes Wort, woraufhin einer seiner Kameraden in der Menge den Kopf wandte und ihn ansah. Auf seinem Gesicht erschien ein schadenfrohes Grinsen, das Marc nur dazu brachte, schneller zu gehen.

Die Wand aus in blaues Leinen gehüllten Rücken teilte sich vor ihnen, was aber wohl eher an Dschingis Khan lag, der ihm unmittelbar folgte. Gejohle und anfeuernde Rufe nahmen noch einmal zu, und kurz bevor ihm der letzte Mann Platz machte, begriff er auch den Grund für die allgemeine Aufregung: Vor ihnen wurde gekämpft. Zwei Männer in blauer Lagerkleidung prügelten wüst aufeinander ein. Einer von ihnen war Ben.

»Ach verdammt!« Marc wollte losstürmten, aber die beiden Männer rechts und links hielten ihn zurück, und dann legte sich auch Dschingis gewaltige Pranke wieder auf seine Schulter. Diesmal griff er so fest zu, dass es wehtat.

»*Twoj drug ushe delajet eto*«, sagte er mit einem gehässigen Feixen. »*On chrabryj tschelowek.*« Was immer das hieß.

Er konzentrierte sich wieder auf den Kampf … auch wenn *Kampf* vielleicht nicht das richtige Wort war. Der viel größere Gefangene drosch mit weit ausholenden Schlägen auf Ben ein, dem es zwar irgendwie gelang, den meisten seiner unbeholfenen Hiebe auszuweichen, aber eben nicht allen. Er wurde an der Schulter getroffen, dann in die Seite, sodass er haltlos zurückstolperte und beinahe gestürzt wäre. Hätte der Angreifer nachgesetzt, wäre es vorbei gewesen, aber er wich im Gegenteil einen Schritt zurück, hob die Fäuste und bedachte Ben mit einer höhnischen Bemerkung, die die Menge ringsum mit schallendem Gelächter quittierte.

Kaum hatte Ben jedoch sein Gleichgewicht wiedergefunden, stürzte er sich erneut auf ihn, deutete einen Hieb nach seinem Gesicht an und rammte ihm die Faust in den Leib, als er auszuweichen versuchte. Ben krümmte sich nach Luft japsend, und der Russe versetzte ihm einen Stoß mit der flachen Hand, der ihn endgültig auf den Rücken schleuderte. Sofort setzte er nach und stampfte mit einem gewaltigen Fuß nach seinem Gesicht, aber Ben überraschte nicht nur ihn, indem er im letzten Moment den Kopf zur Seite warf und zugleich nach oben austrat.

Sein Fuß traf den Kerl mit solcher Gewalt in den Schritt, dass

Marc das Geräusch des Treffers bis hierher zu hören meinte. Der Russe versuchte mit einem absurden grätschbeinigen Schritt sein Gleichgewicht zu halten und fiel dann schwer auf die Knie. Ben rollte herum, sprang auf die Füße und grub beide Hände in seine Schultern, um ihn weiter zu sich herunterzuziehen.

Dann riss er das Knie in die Höhe und rammte es ihm mit aller Gewalt ins Gesicht.

Diesmal war das Knirschen deutlicher zu hören, schon weil es plötzlich still wurde.

Ben kämpfte sich schwankend ganz in die Höhe, machte einen torkelnden halben Schritt zur Seite und musste sichtbar darum kämpfen, auf den Beinen zu bleiben, während der Russe noch ein paarmal vor- und zurückschwankte und dann mit ausgebreiteten Armen aufs Gesicht fiel. Es sah beinahe komisch aus.

Aber nur beinahe.

Es wurde noch stiller, sodass man meinen konnte, die sprichwörtliche Stecknadel fallen zu hören. Für eine Sekunde. Dann lösten sich gleich drei weitere Kerle aus der Menge und stürzten sich gemeinsam auf Ben.

Er hatte nicht mehr die Kraft, die Arme zu heben, was ihm aber ohnehin nichts genutzt hätte. Einer der Angreifer schleuderte ihn mit einem Fußtritt zu Boden, woraufhin die beiden anderen unter dem anfeuernden Gebrüll der Menge auf ihn einzutreten begannen, gegen die Oberschenkel, den Leib und das Gesicht, und Marc riss sich mit einer überraschenden Bewegung los und stürmte vor, ohne auch nur zu denken.

Dem Ersten rammte er die Schulter mit solcher Wucht in den Rücken, dass er der Länge nach aufs Gesicht fiel, und der Zweite gesellte sich gleich darauf zu ihm, als er ihm die zusammengefalteten Fäuste gegen den Hinterkopf hämmerte. Es dauerte nicht einmal eine Sekunde.

Aber natürlich ging es nicht so weiter. Er versuchte sich auch noch auf den Dritten zu werfen und ihn von Ben wegzuzerren, doch seine Hände griffen ins Leere, als sich der Bursche wegdrehte und ihm seinerseits gegen die Brust boxte. Es tat nicht einmal besonders weh, aber der Schlag nahm ihm die Luft, sodass seinem nachgesetzten Angriff die notwendige Kraft fehlte. Er traf, aber das schien den Kerl höchstens noch wütender zu machen. Marc kassierte einen weiteren Hieb in die Seite, dann fegte ihn der Bursche mit einem Tritt in die Kniekehle von den Füßen, und er fiel.

Auch der Kerl, den er niedergerannt hatte, war inzwischen wieder auf den Beinen und schloss sich seinen Kameraden dabei an, fröhlich auf ihn einzutreten. Marc versuchte sein Knie mit einem Tritt zu erwischen, kassierte aber nur einen schmerzhaften Treffer gegen das eigene, und eine Stiefelspitze schrammte so hart an seinem Hals entlang, dass sie ihn vermutlich umgebracht hätte, hätte sie seine Kehle getroffen. Verzweifelt rollte er sich auf die Seite, zog die Knie an den Leib und versuchte Gesicht und Hals mit hochgerissenen Armen zu schützen, aber das machte es nicht besser, denn nun wurde er ununterbrochen in den Rücken getroffen. Der Schmerz war längst irrelevant geworden, denn ein einziger harter Treffer an der richtigen Stelle, und er würde herausfinden, ob es in diesem Lager auch Rollstühle gab.

Eine Stimme brüllte laut genug, um das allgemeine Geschrei und Gejohle mühelos zu übertönen, und plötzlich hörte das Treten auf. Marc rollte sich auf den Rücken, nahm die Hände herunter und sah gerade noch, wie eine hünenhafte Gestalt auch den zweiten Angreifer packte und so derb wegstieß, dass er das Gleichgewicht verlor und stürzte. Etwas im Klang der anfeuernden Menge änderte sich, aber das Blut rauschte mittlerweile so laut in seinen Ohren, dass er es kaum hörte.

Ihm wurde übel. Sein Rücken tat so weh, als wäre er bereits gebrochen, und er wollte nichts mehr, als sich in die verlockende Umarmung sinken zu lassen, die hinter diesem Schmerz wartete. Aber ihm war auch klar, dass er wahrscheinlich nie wieder aufwachen würde, wenn er diesem Flüstern nachgab. Mühsam rollte er sich weiter, stemmte sich mit einer verzweifelten Anstrengung auf die Knie und machte eine abwehrende Bewegung, als sich Dschingis vorbeugte und ihn ganz in die Höhe zog. Mit einer Hand. Die andere hatte er zur Faust geballt, um sie ihm ins Gesicht zu schlagen.

Marc kam ihm zuvor, indem er mit der schieren Kraft der Verzweiflung nach ihm schlug. Dschingis war ganz offensichtlich so verblüfft, dass er den Schlag nicht einmal auszuweichen versuchte. Als ihn Marcs Faust traf, grunzte er nur unwillig, riss ihn weiter in die Höhe und den anderen Arm zurück, und Marc boxte ihm zweimal mit aller Gewalt in den Leib und versetzte ihm zusätzlich einen ungeschickten Schritt gegen das Knie, und das tat offensichtlich seine Wirkung, denn nun stolperte Dschingis einen halben Schritt zurück, und ein Ausdruck jäher Wut erschien auf seinem Gesicht. Er ließ ihn immer noch nicht los.

Eine Trillerpfeife schrillte. Ringsum kam plötzlich Bewegung in die Menge, und eine Reihe zorniger Befehle auf Russisch wurde gebrüllt. Marc riss sich los, stolperte einen Schritt nach hinten und gegen einen anderen Mann, der ihn nicht nur auffing, sondern mit einer rüden Bewegung wieder nach vorne stieß, und versuchte seinen eigenen Schwung zu nutzen, um Dschingis zwischen die Beine zu treten.

Der Riese fegte seinen Fuß mit dem Knie zur Seite, und dann sah Marc nur noch eine Faust auf sich zukommen.

17

Auf dem Bildschirm tat sich etwas. Weitere Polizisten tauchten auf und kurz darauf auch eine Anzahl Gestalten in weißen Plastikmonturen, die geradewegs einem Katastrophenfilm entsprungen zu sein schienen. Andere begannen große Metalldreibeine aufzustellen, an denen ganze Batterien moderner LED-Scheinwerfer montiert waren, und es wurden auch schon die ersten Absperrbänder entrollt. Offenbar richteten sich ihre Kollegen auf einen längeren Abend ein.

»Und jetzt haben Sie Angst, dass sie ihr etwas antun, sobald sie vierzehn ist.«

»Sie hatte vor einer Woche Geburtstag«, erinnerte sie Kutzow. »Zwei Tage nachdem sie sie aus dem Heim entführt haben. Wenn sie sie umbringen wollten, hätten sie es gleich an Ort und Stelle getan. Außerdem entsprechen meine Geschäftspartner vielleicht nicht unbedingt deinen Moralvorstellungen, aber sie sind auch gute Kaufleute. Sie haben Nadeshda gesehen. Sie ist immer noch viel Geld wert. Natürlich nicht mehr in diesem Land, aber anderswo.«

»Das ist zynisch.«

»Das ist realistisch«, verbesserte sie Kutzow. »Falls das überhaupt ein Unterschied ist. Sie bringen nicht jeden um, der vierzehn wird. Das würde auffallen, und alles, was auffällt, ist schlecht fürs Geschäft. Sie bringen die Kinder kurz vor ihrem vierzehnten Geburtstag aus dem Land, um sie anderswo einzusetzen, wenn es möglich ist. Aber sie gehen auf gar keinen Fall das Risiko ein, sie den Behörden in die Hände fallen zu lassen.«

»Und Sie wissen, wie sie weggeschafft werden?«

»Nicht genau«, gestand er. »Aber ich bin dabei, es herauszufinden. Ich erwarte einen Anruf. Danach wissen wir vielleicht mehr.«

Die Sicherheit, mit der er das sagte, überraschte sie. Und wieso ging er eigentlich so ganz selbstverständlich davon aus, dass es ein *Wir* gab?

Und sie selbst?

Von einem sonderbar distanzierten Standpunkt aus beschäftigte sie sich mit der nicht ganz uninteressanten Frage, was sie Eichholz sagen sollte, wenn er von ihr wissen wollte, wann genau sie eigentlich die Seiten gewechselt hatte und warum.

»Wenn Sie Ihre Informationen mit uns teilen, kümmern wir

uns um Nadeshda«, sagte sie. »Die deutsche Polizei ist nicht ganz so dumm, wie Leute wie Sie glauben.«

»Das habe ich keine Sekunde lang getan«, antwortete Kutzow ernst. »Ich weiß, dass sie gut ist. Aber du kannst gegen diese Leute nicht gewinnen. Und soll ich dir verraten warum?«

»Warum?«, fragte Conny gehorsam.

»Weil Sie sich an Regeln halten müssen«, antwortete Kutzow. »Diese Leute müssen das nicht. Die einzigen Regeln, an die sie sich halten, sind ihre eigenen, und auch das nur, wenn es ihnen in den Kram passt. Sie können nicht gewinnen.«

Es war schon erstaunlich, mit wie wenigen Worten er ein Problem beschrieb, das so alt war wie der Konkurrenzkampf der beiden Seiten, und auch andauern würde, solange sie existierten. Auch wenn sie die Lage vielleicht nicht ganz so pessimistisch beurteilte wie er.

Sie rettete sich darin, dem Geschehen auf dem Fernseher zuzusehen und so zu tun, als schlüge es sie völlig in seinen Bann. Was im Übrigen nicht einmal ganz falsch war. Obwohl der Bildausschnitt nur die Rückseite des Hauses zeigte, war doch unübersehbar, dass es dort drinnen von Beamten nur so wimmelte. Was Kutzow vorhin scherzhaft als *großen Bahnhof* bezeichnet hatte, war tatsächlich ein Großaufgebot an Beamten, das über das angemessene Maß selbst für ein so spektakuläres Verbrechen weit hinausging. Und schließlich, und wie um aus ihrem unbehaglichen Gefühl endgültig Gewissheit zu machen, trat eine grauhaarige Gestalt in einem der Witterung völlig unangemessenen Trenchcoat durch die Terrassentür. Eichholz. Kutzow hatte recht gehabt, dachte sie. Es *hatte* mit der Adresse zu tun, zu der der Notruf ihre Kollegen geschickt hatte. Sie war nur nicht sicher, ob es tatsächlich die Sorge um sie war, die Eichholz zu dieser hoffnungslos überzogenen Reaktion veranlasste, oder vielleicht eher das Gegenteil.

»Kriminalrat Eichholz höchstpersönlich«, sagte Kutzow, nippte an seinem Glas und prostete der Gestalt unter dem leeren

Türrahmen spöttisch zu. »Sollte ich mich jetzt geschmeichelt fühlen, oder hat ihn die Sorge um dich hergetrieben?«

»Kaum.«

»Ihr mögt euch nicht besonders«, vermutete er.

»Wie kommen Sie jetzt nur darauf?«

»Vielleicht, weil er mich gefragt hat, wie lange du schon für mich arbeitest.«

»*Was?!*« Conny setzte sich kerzengerade auf, und Kutzow machte eine rasche, besänftigende Geste.

»Nein, natürlich nicht«, sagte er rasch. »Aber ich wette, er hätte es gerne getan. Es gibt Leute, die muss man nur ansehen und weiß, was sie denken.«

»So wie ich?«, erkundigte sie sich, ein bisschen erschrocken über den schon wieder feindseligen Ton in ihrer Stimme.

»Eher dein Kollege da.« Er prostete Eichholz mit seinem Glas zu und machte sich daran, es mit regelmäßigen großen Schlucken zu leeren. Wenn er so weiter machte, dachte Conny, war er in spätestens einer halben Stunde betrunken. Sie war nicht sicher, ob sie es sich wünschen oder Angst davor haben sollte. »Leute wie ihn gibt es überall. Sie sind meistens nicht einmal dumm, aber sie sind alles andere als flexibel. Und sie hassen es, wenn etwas nicht mit ihren Erwartungen übereinstimmt.«

Er schien Eichholz tatsächlich zu kennen, dachte Conny, und Kutzow sah sie eine Weile so nachdenklich amüsiert an, als hätte sie die Worte laut ausgesprochen, und sagte dann noch: »Es sagt eine Menge über den Zustand einer Gesellschaft aus, wie weit sie in der Hierarchie aufsteigen.«

»Sie scheinen nicht viel von dem Land zu halten, in dem Sie leben«, sagte Conny und fragte sich zugleich selbst, warum sie das jetzt gesagt hatte. Kutzow schüttelte auch nur den Kopf, und der gutmütige Spott in seinen Augen nahm sogar noch zu.

»In Russland wäre er längst Parteisekretär«, sagte er. »Mindestens.«

Conny raffte sich zwar zu einem pflichtschuldigen Lächeln

auf, aber tief in sich war sie immer noch viel zu verstört, um seinen Versuch wirklich zu würdigen, die Situation ein bisschen zu entspannen. Ein großer Teil von ihr weigerte sich nach wie vor beharrlich, seine monströsen Worte von gerade für bare Münze zu nehmen, und der Rest war nach wie vor damit beschäftigt, den Schock zu verarbeiten. Sie versuchte Zeit damit zu gewinnen, ihre Kollegen zu beobachten, die sich immer noch nicht gerührt hatten, sondern ihrerseits reglos dastanden und den Männern der Spurensicherung in ihren weißen Astronautenanzügen zusahen. Ab und zu unterbrach einer von ihnen seine Tätigkeit und sagte etwas zu Eichholz, und einmal zog er ein kleines Diktiergerät aus der Manteltasche und sprach hinein.

»Was macht er da?«, fragte Kutzow.

»Sich wichtig«, antwortete Conny, auch jetzt wieder fast ohne ihr Zutun.

»Und seinen Untergebenen das Leben schwer«, vermutete Kutzow. Er leerte sein Glas. »Parteisekretär, mindestens.«

Als hätte er die Worte gehört, hob Eichholz den Kopf und blickte einige Sekunden lang so direkt in die Kamera, dass Conny sich bei der unsinnigen Frage ertappte, ob er auf irgendeine geheimnisvolle Weise vielleicht spürte, beobachtet zu werden. Um ein Haar hätte sie ihm grüßend zugenickt.

Bevor es dazu kam oder ihr ein noch brillanterer Weg einfiel, sich endgültig zur Närrin zu machen, trat eine leicht unsicher gehende Gestalt in einer ramponierten und blutbespritzten Polizeiuniform hinter Eichholz aus dem Haus und begann mit ihm zu reden. Der junge Polizist aus dem Streifenwagen, den sie für halb tot gehalten hatte. In ihrer Erleichterung, ihn lebendig und in halbwegs gutem Zustand zu sehen, mischte sich erst Verwirrung und dann Wut.

Natürlich verstand sie nicht, worum es ging, aber Gestik und Körpersprache der beiden ließen keinen Zweifel daran, dass es keine freundliche Unterhaltung war. Konnte Eichholz den Jungen wenigstens nicht so lange in Ruhe lassen, bis er wieder diensttauglich war? Und was war mit seiner Kollegin? Conny hatte sie nur ganz kurz gesehen und traute sich kein Urteil darüber zu, ob sie nur benommen gewesen war, ernsthaft verletzt oder Schlimmeres.

Sie hätte sich gleich an Ort und Stelle davon überzeugen und dann sofort Hilfe rufen sollen, statt kopflos ins Haus zurückzulaufen. Das war mehr als ein kleiner Fauxpas, sondern etwas, das nicht passieren sollte. Sie zog die Unterlippe zwischen die Zähne und begann darauf zu kauen.

»Was ist das zwischen Eichholz und dir?«, fragte Kutzow zwischen zwei Schlucken. Ihre Reaktion war ihm nicht entgangen, aber offensichtlich deutete er sie falsch.

»Zwischen Eichholz und mir?«, wiederholte Conny mit übertrieben geschauspielerter Verständnislosigkeit. Und offensichtlich auch nicht besonders gut, denn Kutzow maß sie mit einem beinahe mitleidigen Blick und einem dazu passenden Stirnrunzeln.

»Du hast eine Vorgeschichte«, stellte er fest.

»Hat die nicht jeder?« Und wie kam er auf die Idee, dass ihn das etwas anging?

»Nicht so«, beharrte er und wedelte auch gleich mit seinem mittlerweile leeren Glas, als sie widersprechen wollte. »Wenn es in meinem Beruf etwas wirklich Wichtiges gibt, dann die Fähigkeit, Menschen zu lesen. Ihr beide seid nicht nur der klassische grantige Vorgesetzte und die aufmüpfige Untergebene. Da ist mehr. Wüsste ich es nicht besser, ich würde vermuten, dass er aus irgendeinem Grund Angst vor dir hat.«

Und woher wollte er es *besser wissen?*, dachte Conny, mahnte sich selbst in Gedanken zugleich aber auch zu noch mehr Vorsicht. Kutzow war ganz offensichtlich ein sehr guter Beobachter. Laut und mit unüberhörbarem Spott fragte sie: »Ihrem *Beruf?*«

Kutzow überging die Bemerkung. Er deutete mit dem Kinn auf den Fernseher. Eichholz redete immer noch mit dem verletzten Beamten, und man musste wirklich keine Koryphäe im Lesen von Körpersprache sein, um zu erkennen, dass es keine freundliche Unterhaltung war. »Wir sollten uns auf eine gemeinsame Geschichte einigen. Ich möchte nicht, dass du meinetwegen noch mehr Ärger bekommst. Gib mir dein Wort, mir einen kleinen Vorsprung zu geben, und ich lasse dich gehen. Du kannst behaupten, ich hätte dich gewaltsam hierher geschleift und du wärst im richtigen Moment entkommen.« Er lachte. »Ich verpasse dir auch gerne noch ein blaues Auge, wenn du es möchtest, um deine Geschichte glaubhafter zu machen.«

»Wie wäre es mit der Wahrheit?«, schlug sie vor. »Auch wenn es vielleicht nicht in Ihr Weltbild passt, aber manchmal ist es tatsächlich das Einfachste, die Wahrheit zu sagen.« Sie ließ einen kurzen Moment verstreichen. »Warum fangen wir nicht damit an: Wieso sind Sie überhaupt hier?«

»Ich brauchte ein Versteck«, erwiderte er, und jetzt schüttelte sie sogar noch heftiger den Kopf.

»Sie wissen, was ich meine«, antwortete sie unwillig und mit einer neuerlichen Geste auf den Fernseher. »Und erzählen Sie mir nicht, es sei reiner Zufall.«

»Ich glaube nicht an Zufälle«, antwortete er. »Und ich bleibe ungern jemandem etwas schuldig.«

»Schuldig?« Diesmal musste sie die Verständnislosigkeit nicht spielen.

»Du warst fair zu mir«, antwortete er, »und du hast Nadeshda geholfen.«

»Ich habe es allenfalls versucht«, antwortete sie zerknirscht. »Und ich hatte nicht das Gefühl, dass sie gerettet werden wollte.«

»Nadeshda ist vierzehn«, sagte er. »Sie weiß gar nicht, was sie wirklich will.«

Diesen Eindruck hatte sie allerdings nicht gehabt. Ihr Gesicht tat immer noch ein bisschen weh, wenn sie an ihr letztes Zusammentreffen mit dem Mädchen dachte. »Das hätte ich für jeden getan«, fügte sie noch hinzu.

»Mag sein«, antwortete Kutzow, »aber du bist nun mal nicht jede, und du hast es für sie getan.«

»Dann sind wir ja jetzt quitt«, knurrte Conny. Sie riss so heftig an ihrer Fessel, dass die Couch bebte. »Machen Sie mich los!«

»Netter Versuch«, antwortete Kutzow. Er rührte keinen Finger. Conny wurde immer weniger schlau aus ihm ... aber auch aus sich selbst. Auf eine vollkommen hirnrissige Weise vertraute er ihr. Und noch verrückter: Sie ihm auch. Sie musste sich immer wieder fast mit Gewalt in Erinnerung rufen, dass er ein Verbrecher war, ein Zuhälter, Menschenhändler, Hehler und Geldwäscher und wahrscheinlich noch eine ganze Menge mehr, aber es half nichts.

Kutzow verschwand und kehrte kurz darauf mit einem weiteren Glas Cognac in der Hand zurück, das er diesmal so hoch gefüllt hatte, dass sie sich fragte, warum er eigentlich nicht gleich die ganze Flasche mitbrachte. Und die Art, wie sie das Glas ansah, als er sich – erneut näher – wieder neben sie setzte, entging ihm auch nicht. Diesmal prostete er ihr spöttisch zu, bevor er einen großen Schluck nahm.

»Nachholbedarf«, erklärte er. »Der Kaffee in deinen Gefängnissen ist auch nicht besser als bei uns. Also muss ich damit vorliebnehmen, so schwer es mir fällt ... auch einen?«

Conny starrte ihn nur böse an, und Kutzow prostete ihr noch einmal zu, trank aber noch nicht. Er hatte es zwar nicht gesagt, aber er hatte auch vollkommen recht mit dem, was unausgesprochen geblieben war: Es brauchte wahrscheinlich keinen Eichholz mehr, um sie mit einer Menge unangenehmer Fragen zu konfrontieren, auf die sie keine Antworten hatte. Möglicherweise war sie gesehen worden, als sie am Streifenwagen gewesen war, und selbst wenn nicht, hatte sie sich schließlich redliche Mühe gegeben, ihre Fingerabdrücke zu hinterlassen. Zusammen mit dem, was ihr Lieblingsvorgesetzter ganz bestimmt noch dazu zu sagen hatte, standen ihre Chancen nicht schlecht, Eichholz in den Vorruhestand zu folgen; nur ohne Pension oder die Aussicht auf einen besseren Job als den einer Kassiererin an einer Nachttankstelle.

»Und Nadeshda?«, fragte sie. »Selbst wenn Sie sie finden – was wollen Sie tun?«

»Das weiß ich noch nicht«, gestand er. »Vielleicht stelle ich mich den Behörden.«

»Ernsthaft?«

»Natürlich nicht.« Kutzow schüttelte heftig den Kopf. »Aber ich habe immer noch ein paar Freunde und auch genug Geld, um irgendwo anders neu anzufangen.«

Jetzt nahm er sie auf den Arm. »Ein anständiges Leben?«

»Das kommt immer darauf an, was man darunter versteht«, erwiderte er amüsiert, wurde aber auch sofort wieder ernst. »Auf jeden Fall irgendwo, wo uns niemand kennt. Ich sorge dafür, dass sie ein normales Leben führen kann und nichts mehr mit diesem Dreck zu tun hat.«

»Das hätten Sie auch vor fünf Jahren schon gekonnt.«

»Du hast recht«, räumte er ein. »Ganz kurz habe ich sogar daran gedacht, ob du es mir glaubst oder nicht. Aber dann …« Er hob die Schultern. »Du nennst es Hybris, glaube ich.«

Conny hätte es Größenwahn genannt. »Ich verstehe. All das schöne Geld, die Autos und Frauen und Drogen – das gibt man nicht so gerne auf, nicht wahr?«

»Mit Drogen habe ich nichts am Hut«, behauptete er und trank einen weiteren großen Schluck. »Aber ja, wenn man einmal einen gewissen Luxus gewohnt ist, fällt es schwer, so einfach wieder darauf zu verzichten, zugegeben. Und eine ganze Weile ist es ja auch gut gegangen.«

»Bis ich aufgetaucht bin, wollen Sie sagen?«

Kutzow maß sie zwar mit einem langen, sonderbaren Blick, tat ihr aber nicht den Gefallen, ihr zu widersprechen. Es wäre ohnehin falsch gewesen, versuchte sie sich einzureden. Sie hatten die Razzia in seiner angeblichen Kunstgalerie nicht durchgeführt, weil sie nach einem verschleppten Mädchen gesucht hatten, sondern weil seine florierende Geldwäscherei ein bisschen zu gut funktioniert hatte, um auf Dauer den Behörden verborgen zu bleiben.

Und trotzdem blieb das Gefühl, dass nichts von alledem passiert wäre, hätte sie Nadeshda nicht getroffen.

18

Es gab tatsächlich so etwas wie ein Lazarett im Lager, eine kleine, etwas abseits gelegene Baracke mit nur einem einzigen, unsinnigerweise eng vergitterten Fenster und zwei rostigen Metallbetten, neben deren Kopfenden zwei genauso bejammernswert aussehende Infusionsständer aufragten wie bedrohliche Folterinstrumente. Der Rest des einzigen, großen Raumes wurde von einer an unzähligen Stellen geflickten Behandlungsliege und einer Anzahl betagter medizinischer Gerätschaften eingenommen, die aussahen, als wären sie vor einem halben Jahrhundert bei der Auflösung einer überalterten tibetanischen Tierklinik ersteigert worden. Tatsächlich waren ein paar mit Buchstaben beschriftet, die nicht kyrillisch waren, und dadurch noch abenteuerlicher wirkten.

Marc hatte in der letzten Woche praktisch seine gesamte Freizeit an Bens Bett verbracht, nachdem er die obligaten zwei Tage Einzelhaft abgesessen hatte, die darauf standen, die Ordnung des Lagerlebens zu stören. Selbstverständlich bei Wasser und Brot, wobei sie das Brot zumindest am ersten Tag gleich weggelassen hatten.

Dennoch galt seine große Sorge Ben.

Als er das erste Mal hier gewesen war, hatte er wie tot auf seinem Bett gelegen, eine Infusionsnadel im Arm und an Hand- und Fußgelenken fixiert, und daran hatte sich in den letzten drei Tagen nicht viel geändert. Er war erst am zweiten Tag und nur einmal ganz kurz wach geworden, hatte aber hohes Fieber und fantasierte wirres Zeug. Dennoch saß Marc in jeder Mittagspause und jeden Abend hier, bis ihn die Sanitäterin – eine untersetzte Matrone mit weißer Kochmütze und schmuddeligem Kittel, deren Größe in Zentimetern mit ihrem Gewicht in Kilogramm identisch sein musste – hinauswarf. Sie war auch vor einigen Minuten schon wieder aufgetaucht und hatte etwas in ihrem harten slawischen Akzent gebrabbelt, das nicht besonders schwer zu erraten war, aber es war auch eine der seltenen Gelegenheiten, bei denen Marc aus seinem Fantasieren aufwachte und mit ihm sprach. Also hatte er sie kurzerhand ignoriert, und erstaunlicherweise hatte sie es sogar hingenommen und war wieder verschwunden. Natürlich würde sie gleich wiederkommen, wahrscheinlich in Begleitung eines Wachpostens, der ihrer Forderung den nötigen Nachdruck verlieh.

Aber einen Schlag mit dem Gummiknüppel war es Marc allemal wert, mit ihm zu sprechen, auch wenn es zum allergrößten Teil bedeutete, dass er redete und Ben zuhörte. Er war nicht sicher, dass er ihn verstand, und er war auch nicht sicher, dass er es schaffen würde. Bens rechtes Bein war geschient, und Marc mutmaßte, dass er für den Rest seines Lebens hinken würde. Aber die meisten Pflaster und kleineren Verbände hatte die Schwester bereits entfernt, die größten Blutergüsse waren verschwunden, und die Ringe unter seinen Augen waren nur noch dunkel, nicht mehr schwarz.

Marc hatte sich schon unzählige Male gefragt, wie sein Freund das überhaupt überlebt hatte. Ihn selbst hatten sie nicht annähernd so sehr in die Mangel genommen, und ihm tat immer noch alles weh.

»Ich glaube, ich muss jetzt bald los«, sagte er. »Die charmante Concierge hat gerade zum ersten Mal zum Abendessen gerufen.«

Ben zwang sich zu einer Grimasse, die wahrscheinlich ein Grinsen darstellen sollte. »Dann heb mir etwas von dem köstlichen Nachtisch auf«, nuschelte er. »Am besten eine doppelte Portion. Du weißt ja, wie es in Krankenhäusern ist. Sie setzen einen immer auf Diät, ob es nötig ist oder nicht.«

Marc antwortete mit einem flüchtigen Lächeln und hoffte, dass Ben ihm seine Sorge nicht zu deutlich ansah. Er hatte immer noch Mühe zu grinsen, und das lag nicht nur an den Schlägen, die er ins Gesicht bekommen hatte. Manchmal fiel es ihm schwer, die richtigen Worte zu finden. »Ich versuche es«, versprach er. »Wenn's nicht klappt, habe ich noch die Nummer vom Pizzataxi.«

»Ich liebe Pizza«, antwortete Ben, »das weißt du doch. Bestell eine doppelte Margarita. Mit extra Knoblauch. Und eine Flasche Bier.«

»Die bekommst du, das verspreche ich«, sagte Marc. »Sobald wir hier raus sind, spendiere ich dir einen ganzen Swimmingpool voll Bier.«

»Ich bin nicht gläubig, das weißt du doch.« Ben versuchte seine Lippen mit der Zunge zu befeuchten und hustete trocken. »Und selbst wenn, glaube ich kaum, dass es im Himmel Bier gibt.«

»Dann wäre es aber nicht der Himmel«, gab Marc in verunglückt witzigem Ton zurück. Er schüttelte heftig den Kopf. »Und ich will so was nicht hören. In ein paar Tagen bist du hier raus, und dann schnappen wir uns die Kerle, die dir das angetan haben und schlagen sie zu Brei.«

Ben versuchte zu lachen, aber es endete in einem weiteren qualvollen Husten. »Ich habe mich noch gar nicht bei dir bedankt. Wenn du nicht da gewesen wärst, hätten die Kerle mich umgebracht.«

Vielleicht hatten sie das sowieso, dachte Marc bedrückt. Laut und mit Nachdruck sagte er: »Unsinn! Außerdem hättest du dasselbe für mich getan.«

»Da bin ich nicht sicher«, antwortete Ben. »Ich bin ein Feigling, schon vergessen?«

»Warum legst du dich dann gleich mit einem Dutzend schlecht gelaunter Russen an?«

»Sie haben mich provoziert«, behauptete Ben. »Sie haben behauptet, meine Schuhe wären hässlich.«

»Dann geschieht ihnen recht, was du mit ihnen gemacht hast.« Marc wurde wieder ernst. »Mach dir keine Sorgen, Ben. Wir kommen hier raus. Das Gefängnis, das uns beide hält, ist noch nicht gebaut worden.«

»Geil. Du hast einen Plan?«

»Ich arbeite daran«, antwortete Marc. »Aber ich meine es ernst. Sobald du wieder auf dem Damm bist, fangen wir an, Vorbereitungen zu treffen.«

Bens Blick suchte sein Gesicht ab, vielleicht nach einem verräterischen Hinweis darauf, dass er sich über ihn lustig machte. »Du bestellst einen Hubschrauber, der uns hier rausfliegt?«

»Das wäre Plan B«, bestätigte Marc, schüttelte aber auch verneinend den Kopf. »Aber wir brauchen ein paar Dinge. Vernünftige Schuhe und zusätzliche Klamotten, falls das Wetter umschlägt, und natürlich ein paar Vorräte. Bis zum nächsten McDonald's könnte es etwas weit sein.«

Das war nicht einmal nur so dahergesagt. Er hatte tatsächlich schon die eine oder andere Idee erwogen und inzwischen herausgefunden, wie sie ungesehen in die Küchenbaracke und an Lebensmittel kommen konnten, denn nichts davon war sonderlich streng bewacht. Was er Ben nicht verriet, war, dass all seine Pläne an der anderen Seite des Maschendrahtzaunes endeten, an dem Fluss auf der einen und der endlosen Taiga auf den drei anderen Seiten.

Sie wussten ja nicht einmal, wo sie waren.

»Du spinnst«, erwiderte Ben. »Ich kenne ja deine Vorliebe für alte Filme, aber *So weit die Füße tragen* ist eben nur ein Film. Da draußen wartet kein beheizter Trailer auf uns und auch kein Catering. Und außerdem …« Er machte eine Kopfbewegung auf sein geschientes Bein. »… gehe ich damit nirgendwohin.«

»Wir warten, bis du wieder völlig gesund bist«, erwiderte Marc stur, aber Ben drehte nur noch einmal und diesmal heftiger den Kopf auf dem raschelnden Kissen hin und her.

»Das werde ich nie wieder, Marc«, sagte er ernst. »In mir ist irgendwas zerbrochen, das spüre ich. Nicht nur mein Bein. Ich kann nicht einmal aufstehen.«

»Könnte das vielleicht daran liegen, dass sie dich festgebunden haben?«, fragte Marc.

»Sie haben mich festgebunden, damit ich nicht aus dem Bett falle«, behauptete Ben. »Sie sind hier nämlich sehr fürsorglich zu ihren Patienten, weißt du? Aber wenn du das wirklich vorhast, tu es. Wenn sich eine Gelegenheit zur Flucht ergibt, dann hau ab.«

Und ihn zum Sterben zurücklassen? Sicher. Bitterkeit stieg in ihm hoch wie brennende Magensäure. Er konnte es drehen und wenden, wie er wollte, aber es *war* seine Schuld. Wäre er nicht mit Jelena aufs Zimmer gegangen, hätten die Kerle keine Gelegenheit gehabt, sie zu überfallen, und hätte er seine beiden Freunde nicht überredet, ihn zu begleiten, wären sie gar nicht erst in dieses Land gekommen und erst recht nicht in der U-Bahn gewesen. Er würde Ben nicht im Stich lassen, egal was es ihn kostete.

»Jetzt wirst du erst einmal gesund, und dann sehen wir weiter«, sagte er bestimmt.

Hinter ihm ging die Tür auf, und die Krankenschwester kam zurück, begleitet von einem Kerl in blauem Leinen und mit Dschingis-Khan-Bärtchen. Sie hatte Verstärkung mitgebracht. Marc wappnete sich innerlich dagegen, gleich wieder geschlagen zu werden (und Ben behauptete, *er* sei ein Feigling?), aber Dschingis beschränkte sich lediglich darauf, ihn in seiner Muttersprache anzufahren und eine unwillige Geste zu machen.

»Ich gehe jetzt besser, bevor der Kerl mich noch dazu bringt, ihm etwas anzutun«, witzelte er und stand auf. Dschingis wiederholte seine Geste noch einmal, aber unwilliger, sodass er sich nun beeilte, die Baracke zu verlassen und vor ihm her zu ihrer Unterkunft zu gehen.

19

Es war dann doch beinahe Mitternacht geworden, bis sie die Scheinwerfer endlich ausgeschaltet und abgebaut hatten, und noch eine gute Stunde später, bis im Haus das letzte Licht erloschen war. Kutzow hatte den Fernseher immer wieder einmal für einen Moment ein- und rasch wieder ausgeschaltet, sodass sie das Geschehen rings um ihr Haus wenigstens in groben Zügen verfolgen konnten. Conny wusste nicht, wie es auf der anderen Seite aussah, war aber sehr sicher, dass irgendwo in nicht allzu großer Entfernung ein unauffälliger Wagen geparkt war, aus dem heraus das Haus und seine nähere Umgebung aufmerksam beobachtet wurde. Schließlich war sie in einem früheren Leben oft genug Streife gefahren, um zu wissen, wie so etwas lief.

Kutzows geborgtes Telefon hatte erst eine gute weitere Stunde später geklingelt, und er war wieder hinausgegangen, um in einer Sprache zu telefonieren, die sie sowieso nicht verstand, bevor sie endlich aufbrachen. Zu der langen Liste der Dinge, die sie ihm übel nahm, war noch ein weiterer Posten hinzugekommen, denn er hatte sich auch noch als talentierter Autodieb erwiesen, den selbst die modernsten elektronischen Gegenmaßnahmen nur ein paar Augenblicke lang aufhalten konnten. Die Digitalanzeige auf dem viel zu großen Touchscreen am Armaturenbrett des Tesla, den sie zusammen mit zwei weiteren Luxusautomobilen in der Garage vorgefunden hatten, behauptete, dass es beinahe vier Uhr war, als sie das Grundstück verließen und sich auf den Weg zum Autobahnzubringer machten.

Conny hatte sich insgeheim immer gewünscht, einmal in einem Tesla zu fahren, aber nicht so, und sie konnte nicht anders, als sich immer wieder umzusehen. Sie konnte auch nicht anders, als immer wieder verstohlen an dem Kabelbinder zu zerren, mit dem er ihr Handgelenk an der Tür fixiert hatte. Natürlich erfolglos.

»Es gibt keinen Grund zur Beunruhigung«, sagte Kutzow neben ihr. Weder ihre nervöseren Blicke noch ihre Versuche, sich zu befreien, waren ihm entgangen, und er gab sich auch nicht die geringste Mühe, irgendwie anders als spöttisch zu klingen. »Niemand verfolgt uns. Warum auch?«

»Weil wir in einem gestohlenen Wagen sitzen?«, schlug sie vor.

»Aber das weiß niemand«, gab er leichthin zurück. »Außerdem: Wer stiehlt schon einen Tesla?«

»Sie?«

»Ist vielleicht das letzte Mal, dass ich mit etwas so Schönem unterwegs bin.« Kutzow verzog knapp die Lippen, und sein Blick tastete auf eine Art über ihre Gestalt, die sie ihm eigentlich übel nehmen sollte, es aber genauso wenig konnte wie so manches andere. »Und der Wagen ist auch nicht schlecht.«

»Im Ernst: Einen auffälligeren Wagen haben Sie nicht gefunden?«

»In der Garage?« Kutzow machte ein nachdenkliches Gesicht. »Wäre dir der Bentley lieber gewesen oder der quietschgelbe Hummer?«

Lieber wäre ihr, jetzt in ihrem Bett zu liegen und die Augen aufzuschlagen und sich über den verrückten Traum zu wundern, aus dem sie aufgewacht war. Sie funkelte ihn nur böse an, und Kutzow sah in den Spiegel, setzte vorschriftsmäßig auf der menschenleeren Straße den Blinker, wechselte die Spur und gab Gas; oder wie immer man das bei einem E-Auto auch nannte. Der Tesla beschleunigte lautlos und mit solcher Kraft, dass sie in die teuren Büffellederpolster gepresst wurde, und auf dem Touchscreen begann eine rote Warnleuchte zu flackern, als sie die erlaubte Höchstgeschwindigkeit regelrecht pulverisierten.

»Wenn schon nicht durch den Wagen, dann wollen wir doch wenigstens durch Ihre Fahrweise auffallen, wie?«

»Mit einem solchen Wagen fällt man allerhöchstens auf, wenn man langsam fährt«, behauptete er. »Und wer sich eine solche

Karre leistet, dem macht auch das eine oder andere Protokoll nichts aus. Das wird in den Kaufpreis gleich mit einkalkuliert.« Er nahm die linke Hand vom Lenkrad und tippte gegen einen winzigen Bluetooth-Hörer in seinem Ohr. »Außerdem belausche ich deine Kollegen. Ist ganz schön was los heute Nacht. Für jedes Mal, wenn dein Name fällt, einen Euro, und du bist morgen früh eine reiche Frau, Conny.«

»Dann haben Sie sicher auch daran gedacht, dass so ein Auto ganz bestimmt irgendwo einen GPS-Sender hat, vermute ich.«

Kutzow griente sogar noch breiter. »Drei sogar. Sie sind in meiner rechten Hosentasche. Hältst du das Lenkrad, während ich sie herausnehme?«

»Nur wenn Sie vorher wieder ein bisschen Tempo wegnehmen«, antwortete sie säuerlich. »Bei mehr als Warp sieben wird mir schlecht.«

»Und das wollen wir auf gar keinen Fall«, versicherte Kutzow. »Wäre doch schade um das schöne Auto.« Er nahm aber tatsächlich etwas Tempo weg, sodass sie jetzt allerhöchstens noch hundert fuhren. Die Warnlampe auf dem Display hatte längst aufgegeben. »Aber keine Sorge, es ist nicht mehr weit.«

Bei diesem Tempo konnte das auch die Ukraine bedeuten, dachte Conny, oder Stockholm. Sie musste sich beherrschen, um sich nicht mit der freien Hand an den Sitz zu klammern, und Kutzows Grinsen wurde sogar noch unverschämter. Sie dachte vorsichtshalber erst gar nicht darüber nach, was passieren würde, wenn ihre Kollegen doch auf sie aufmerksam wurden und Maxim sich auf eine Verfolgungsjagd einließ. Natürlich würden sie ihn am Ende doch stellen, aber sie war nicht scharf darauf, es live und an die Beifahrertür gefesselt mitzuerleben, und auch nicht, herauszufinden, wie viel Prozent der Stadt er dabei in Schutt und Asche legte.

»Ich bekomme allmählich einen Krampf in der Schulter«, beschwerte sie sich, nicht zum ersten Mal und auch nicht grundlos. Kutzow hatte ihren rechten Arm an die Tür neben ihr gebunden, was sie zu einer unbequemen Haltung zwang. Im ersten Moment war es ihr wie reine Schikane vorgekommen – und ein bisschen war es das wahrscheinlich auch –, aber es hielt sie auch nachhaltig davon ab, zu viel Widerstand zu leisten. Oder gar etwas zu versuchen, was er zweifellos eine Dummheit nennen würde.

»Es ist nicht mehr weit«, antwortete er nach einem weiteren Blick auf den großen Monitor, der die Funktion des Rückspiegels erfüllte. Die Straße hinter ihnen war so leer, wie man es zu dieser Zeit erwarten konnte, aber ihre eigene Nervosität beharrte natürlich auf etwas anderem. War dieses Scheinwerferpaar fast am anderen Ende der Straße hinter ihnen schon immer da gewesen, und hielt es wirklich nur rein zufällig immer denselben Abstand?

Das war natürlich nichts anderes als ausgemachter Blödsinn, aber was scherte sich ihre durchgeknallte Fantasie um Logik?

Conny riss sich vom Anblick des monströsen Touchscreens los und sah stattdessen in den richtigen Seitenspiegel, den es dank bürokratischer deutscher Gründlichkeit natürlich trotzdem gab. Ihr eigenes Konterfei darin war in der Nacht mehr zu erahnen, als wirklich zu sehen, ein hohlwangiges, blasses Gespenst mit dunkel umrandeten Augen, das mindestens zehn Jahre älter aussah als bei ihrem letzten Blick in einen Spiegel. Das verdächtige Scheinwerferpaar war immer noch zu sehen und nahm für einen einzelnen Moment den Platz ihrer Augen ein; ein spöttischer Verfolger, der ihr auf diese Weise zu verstehen gab, wie lächerlich die bloße Idee war, ihm entkommen zu wollen.

Das eigentlich gar nicht vorhandene Motorgeräusch änderte sich, als Kutzow Tempo wegnahm. Conny blickte fragend, was er aber ignorierte und den Tesla geschickt in eine Parklücke ausrollen ließ, die ihr bis zum allerletzten Moment viel zu klein für den großen Wagen vorkam.

»Und jetzt?«

Statt zu antworten, zog er einen Seitenschneider aus der Tasche und provozierte die Elektronik des Hightechwagens zu einem protestierenden Glockengeläut, indem er den Sicherheitsgurt löste und sich zu ihr herüberbeugte, um das dünne Plastikband durchzuknipsen, mit dem er sie an der Tür festgebunden hatte. »Sind wir uns einig?«

»Selbstverständlich«, antwortete Conny, sah ihn erwartungsvoll an und ließ gute fünf Sekunden verstreichen, bevor sie sich eingestand, dass er nicht von sich aus darauf reagieren würde. Schließlich fügte sie hinzu: »Womit?«

»Zehn Minuten«, antwortete er mit einer Kopfbewegung nach vorne. »Meinetwegen auch nur fünf. Mehr brauche ich nicht, um auf die Autobahn zu kommen.«

Conny rief sich die Straßenkarte der Umgebung ins Gedächtnis. Wenn er weiter so großzügig mit den Verkehrsregeln und dem Tempolimit umging, brauchte er wahrscheinlich nicht einmal zwei Minuten, und das nächste Autobahnkreuz war auch nur einen Katzensprung entfernt. Von dort aus konnte er buchstäblich in alle Himmelsrichtungen verschwinden.

Sie deutete ein Nicken an. Kutzow steckte das Werkzeug wieder ein und zog in derselben Bewegung das Telefon aus der Jackentasche, das Eichholz ihr gegeben hatte. Als sie jedoch danach greifen wollte, zog er es rasch wieder ein kleines Stück zurück und hielt den Kopf schräg. »Ich kann dir vertrauen?«

»Natürlich nicht«, erwiderte Conny und griff nun ihrerseits nach dem Telefon. Kutzow ließ es zu, aber ohne seinerseits loszulassen. »Andererseits hast du mir das Leben gerettet. Ich denke, das ist fünf Minuten Vorsprung wert.«

Kutzow legte den Kopf auf die andere Seite und sah ein bisschen beleidigt aus, und Conny verbesserte sich »Also gut. Zehn. Und bevor Sie fragen: Ich fürchte, ich habe mir das Nummernschild nicht gemerkt.«

»Nicht, dass das bei diesem Wagen nötig wäre«, sagte er, ließ das Telefon aber endlich los, und sie steckte es ein.

»Ich bin eine Frau. Ich verstehe nichts von Autos. Es hat vier Räder und ist schwarz, oder?«

Der Tesla war im gleichen auffälligen Kanariengelb lackiert wie der Hummer, neben dem er gestanden hatte, aber es stimmte schon: Was verstand sie von Autos?

»Du hast den Kabelbinder zerrissen und bist rausgesprungen, als ich an der Ampel da vorne angehalten habe«, sagte er. »Nur für den Fall.«

»Und nur damit es kein Missverständnis gibt«, erwiderte sie mit einem Nicken, »ich lasse den Mann laufen, der mir versprochen hat, das Mädchen zu retten. Nicht Sie.«

Sie war nicht ganz sicher, dass das stimmte. Aber sie wollte auch nicht wirklich darüber nachdenken. Sie stand schon wieder im Begriff, eine Riesendummheit zu begehen, und auch daran wollte sie jetzt nicht denken. Bevor sie noch etwas sagen konnte, das vielleicht alles nur noch schlimmer machte, stieg sie aus.

20

»Deinem Freund geht besser?«, fragte Dschingis auf dem Weg zu ihrer Baracke.

Marc war überrascht. Dabei hatte er gewusst, dass Dschingis ein paar Brocken Deutsch verstand; und ganz offensichtlich auch sprach.

»Ich hoffe«, antwortete er. »Sie haben ihm ziemlich übel mitgespielt. Aber er ist stark. Er erholt sich wieder.«

Dschingis war mit zwei schnellen Schritten an ihm vorbei und vertrat ihm den Weg. Marc unterdrückte den Impuls, sich Hilfe suchend in alle Richtungen umzusehen. In diesem Lager bewegte sich keine Maus, ohne dass die Wachen es bemerkten. Wenn sie ihm zu Hilfe kommen wollten, würden sie es tun, und wenn nicht, würden ihm auch alle Hilferufe der Welt nichts nutzen.

»Dein Freund nicht stark«, begann Dschingis.

»Nicht jeder ist ein Kämpfer«, antwortete Marc.

»Stark wichtig.«

»Vor allem an einem Ort wie diesem, ich weiß«, bestätigte Marc. »Und ich nehme an, dass du doppelt so stark bist wie Ben und ich zusammen. Und trotzdem bist du hier.«

Er war nicht sicher, ob Dschingis Deutsch gut genug war, um ihn wirklich zu verstehen, aber letztendlich war es auch egal. Dschingis würde so oder so tun, was immer er wollte. Und mit wem er es wollte.

»Du dumm«, sagte Dschingis, wenn auch in eher versöhnlichem Ton, der nicht so recht zur Wahl seiner Worte passen wollte. »Willst du … lernen?«

»Was?« Verprügelt zu werden? Darin hatte er mittlerweile genug Übung.

Dschingis feixte und deutete einen Fausthieb an, der nur wenige Zentimeter vor Marcs Gesicht stoppte und so schnell war, dass er nicht einmal mit der Wimper zuckte. Nicht weil er so cool gewesen wäre, sondern weil es gar nicht richtig gesehen hatte. »Gut«, lobte er. »Du bist … Kämpfer.«

Eher lahm, dachte Marc. Wenn Dschingis es wirklich gewollt hätte, dann läge er jetzt schon ausgeknockt am Boden und hätte nicht einmal gewusst, was ihn getroffen hatte. Natürlich hütete er sich, das auszusprechen. Nicht, dass der Russe noch auf die Idee kam, das Versäumte nachzuholen.

»Aber langsam«, sagte Dschingis, als hätte er seine Gedanken gelesen. Marc fragte sich, was er eigentlich von ihm wollte. Wenn es da noch eine Rechnung zwischen ihnen gab, die er begleichen wollte, stellte er sich nicht besonders geschickt an. Einer der Posten in ihrer Nähe hatte bereits in seinem ruhelosen Auf und Ab innegehalten und sah in ihre Richtung.

»Ich weiß nicht, was du von mir willst, mein Freund«, sagte er müde. »Wenn du etwas tun willst, dann mach es. Ich werde mich nicht wehren.« Schon weil es ohnehin keinen Sinn hätte.

Dschingis deutete ein – sehr langsames – Kopfschütteln an. »Du … reden … langsamer.« Er sprach schleppend, mit einer hörbaren Pause hinter jedem Wort, als müsste er den passenden Begriff mühsam aus seinem Gedächtnis ausgraben. »Ich verstehen deine … Sprache. Aber nicht sprechen … gut. Zu wenig …« Er sah Marc fragend und irgendwie Beistand heischend an. »Üben?«

»Übung?« Marc glaubte zu verstehen, was der Russe meinte, kannte er das Phänomen doch von seinen eigenen, eher bescheidenen Englischkenntnissen: Sie waren immer ganz gut gewesen, aber wenn er die Sprache nur lange genug nicht sprach, dann schmolz der aktive Wortschatz überraschend schnell in sich zusammen. »Aber was immer es ist, ich kann dir nicht helfen.«

Dschingis schien darüber eine Weile nachdenken zu müssen. Er sah zu dem Posten hin, der mittlerweile ganz unverhohlen in ihre Richtung starrte, deutete ein Kopfnicken an und fuhr dann direkt an Marc gewandt fort: »Ich Vorschlag. Du mir lernen deine Sprache, ich dir meine.« Er ballte eine seiner gewaltigen Pranken zur Faust und stieß sie dann kräftig gegen seinen Brustkorb. »Und kämpfen. Du kannst. Ich zeigen wie.«

Marc war einigermaßen perplex. In die vorsichtige Erleichterung, vielleicht doch nicht verprügelt zu werden, mischte sich zunehmende Verwirrung. Bot Dschingis ihm gerade seine Freundschaft an? Er war nicht sicher, ob er das wollte.

Der Posten rief ein einzelnes Wort in seiner Muttersprache, und Dschingis reagierte mit einem abermaligen Nicken und einer Geste auf die Tür hinter sich. »Später. Abend. Wenn andere schlafen.«

Unverzüglich drehte er sich nicht nur um und betrat die Baracke, sondern hielt Marc auch die Tür auf und machte eine spöttisch-einladende Geste. Er wäre kein bisschen überrascht gewesen, hätte Dschingis sich nur einen üblen Scherz mit ihm erlaubt und wieder den mongolischen Tyrannen herausgekehrt, sobald die Tür hinter ihnen zufiel. Aber ganz im Gegenteil zwang er sich sogar zu etwas, das er wohl selbst für ein freundliches Lächeln hielt, und legte ihm sogar den Arm um die Schultern. Es war unglaublich erniedrigend, aber Marc war viel zu durcheinander, um seinen Arm abzustreifen. Irgendetwas geschah gerade, aber er wusste nicht was, und er wusste auch nicht, ob er Angst davor haben sollte.

Weil er zu lange bei Ben gewesen war, war das Abendessen fast vorüber. Am unteren Ende des langen Tisches hatten die Kalfaktoren bereits wieder damit begonnen, das Plastikgeschirr abzuräumen. Dschingis wartete, bis er sich gesetzt und damit begonnen hatte, sich über seinen längst kalt gewordenen Haferbrei herzumachen, scheuchte den Mann gegenüber mit einer unwilligen Geste weg und setzte sich ebenfalls. Der Gefangene hatte seine Portion noch nicht ganz aufgegessen, und Dschingis griff nach seinem Löffel, wischte ihn mit einem Zipfel seines schmuddeligen blauen Hemds ab und machte sich geräuschvoll über den Rest her.

»Essen«, sagte er mit vollem Mund und einer Geste auf Marcs Schale. »Du viel essen. Brauchen Kraft.«

3
Gulag

1

Kutzow hatte gewartet, bis sie das nächste Gebäude erreichte und mit seinem Schatten verschmolz, dann war der Wagen lautlos davongerollt und in der Nacht verschwunden, und Conny hatte das Telefon aus der Tasche gezogen und wollte es einschalten, besann sich aber dann eines Besseren. Eichholz versuchte sicherlich längst, das Gerät zu orten und würde sie fragen, warum zum Teufel sie zehn Minuten gewartet hatte, statt ihn sofort anzurufen.

Sie trat ein paar Schritte weit ins Licht der nächsten Straßenlaterne, um das Ziffernblatt ihrer Uhr abzulesen. Es war deutlich nach vier. Sie beschloss, bis zur vollen halben Stunde zu warten und dem Ukrainer so ein bisschen mehr Vorsprung zu gewähren – auch wenn sie dadurch viel zu viel Zeit hatte, sich allen möglichen Unsinn auszumalen, vor allem im Zusammenhang mit Eichholz und den Ereignissen der letzten Stunden.

Rings um sie herum erwachte die Stadt langsam aus ihrem Nachtschlaf. Der Verkehr nahm allmählich zu, und mindestens einmal bremste jemand ab, um dann nur umso schneller weiterzufahren, als sie energisch den Kopf schüttelte. Endlich war es so weit. Sie schaltete das Telefon an und gab die PIN ein, die Eichholz freundlicherweise auf die Rückseite geklebt hatte.

Sie hatte den Finger noch nicht einmal ganz von der letzten Taste gehoben, als es bereits klingelte. Ihr blieb kaum Zeit, das Gerät ans Ohr zu heben, aber wahrscheinlich wäre es nicht einmal nötig gewesen, denn Eichholz polterte laut genug los, um ohne Telefon verstanden zu werden.

»Wo zum Teufel sind Sie?«

»Ja, ich freue mich auch, Sie zu hören«, antwortete sie. »Mir geht es übrigens gut, danke. Nur ein paar Kratzer. Ich bin …«

»Ich weiß, wo Sie sind!«, fiel ihr Eichholz ins Wort. »Sie rühren sich nicht von der Stelle, ist das klar? Ich komme zu Ihnen!«

Hektische Geräusche im Hintergrund, Türenschlagen und polternde Schritte waren für die nächste Minute alles, was sie hörte, dann fuhr er ein wenig kurzatmig, aber wenigstens in etwas versöhnlicherem Ton fort: »Was ist mit Ihnen? Brauchen Sie Hilfe? Sind Sie verletzt?«

»Nur mein Stolz«, antwortete sie. »Aber Sie sollten sich beeilen. Vielleicht kriegen Sie ihn ja noch.«

Und damit schaltete sie ab und machte sich auf den Weg zu der Ampel, auf die Kutzow gerade gedeutet hatte.

Sie hatte die Ampel kaum erreicht, als sie bereits das erste Martinshorn hörte, gleich darauf ein zweites aus der entgegengesetzten Richtung, und eine dritte Sirene machte die asymmetrische Sternfahrt komplett, noch bevor der erste Streifenwagen mit quietschenden Reifen neben ihr zum Stehen kam und die Türen aufflogen und zwei Beamte ausstiegen.

Immerhin hatte keiner seine Waffe gezogen. Conny hob vorsichtshalber trotzdem die Arme und ließ es zu, dass einer der Kollegen sie abtastete und ihr das Telefon abnahm: alles, was sie überhaupt bei sich hatte. Der andere stand in zwei Schritten Sicherheitsabstand da und behielt sie misstrauisch im Auge, wich ihrem direkten Blick aber beharrlich aus und ließ die Hand in der Nähe seiner Waffe auf der Hüfte liegen, und dasselbe galt für die Besatzungen der beiden anderen Streifenwagen, die kurz darauf eintrafen.

Sie verzichtete darauf, mit ihren Kollegen mehr als die nötigsten Worte zu wechseln, den Rest sparte sie sich für Eichholz auf.

Diesmal musste sie sich länger gedulden, und Eichholz flog auch nicht mit heulender Sirene und flackernden Lichtern ein, sondern in einem dezenten dunklen BMW, den er auf der gegenüberliegenden Straßenseite parkte und aus dem er allein ausstieg, obwohl sie die Silhouette mindestens einer weiteren Person darin erkannte. Den Trenchcoat ließ er offen, während er gemessenen Schrittes die Straße überquerte, ohne auch nur im Ansatz Rücksicht auf den allmählich dichter werdenden Verkehr zu nehmen. Abgesehen davon, dass er vergessen hatte, für dramatische Filmmusik im Hintergrund zu sorgen, war sein Auftritt perfekt choreografiert, fand sie. Vielleicht fehlte noch eine Windmaschine, um seine Mantelschöße zu bauschen.

Noch der allerletzte Rest von Spott verging ihr, als sie den Ausdruck in Eichholz' Augen gewahrte. Sie wusste selbst nicht, was sie erwartet hatte, aber bestimmt nicht diese sonderbare Mischung aus Zufriedenheit und fast boshafter Vorfreude.

»Also? Wo ist er?«, begann er, ohne sich mit etwas so Überflüssigem wie einer Begrüßung aufzuhalten.

Conny machte eine stumme Kopfbewegung in die Richtung, in der Kutzow mit seinem unauffälligen Fluchtfahrzeug verschwunden war; nur für den – gar nicht einmal so unwahrscheinlichen – Fall, dass sie doch noch auf irgendeinem Überwachungsvideo auftauchten.

»Wohin wollte er?«

»Das weiß ich nicht«, antwortete Conny wahrheitsgemäß, und Eichholz legte den Kopf zuerst auf die eine, dann auf die andere Seite und maß sie mit dem Blick eines Grundschullehrers, der einen Schüler bei der dümmsten Ausrede des Schuljahrs ertappt hatte.

»Und wenn Sie es wüssten, würden Sie es mir nicht sagen?«, vermutete er.

»Was soll das?«

»Komisch, aber dasselbe wollte ich Sie gerade auch fragen«, antwortete Eichholz schmallippig. »Sie haben also keine Ahnung, wohin Ihr … *Entführer* verschwunden ist?« Die winzige Pause nach dem *Ihr* entging ihr ebenso wenig wie die Veränderung, die plötzlich mit seinem Blick vonstattenging. Sie schluckte die bissige Antwort herunter, die ihr auf der Zunge lag. Was, wenn sie Kutzow schon geschnappt hatten und Eichholz nur noch ein bisschen mit ihr spielte?

»Was ist passiert?«, fragte er, als er wohl endlich einsah, dass er keine Antwort bekommen würde; schon gar nicht auf eine

Frage, die er noch gar nicht gestellt hatte. »Wieso sind Sie hier, und warum hat er Sie laufen lassen?«

Ganz kurz überlegte sie allen Ernstes, ob Eichholz sie auf irgendeine obskure Art verwanzt hatte, als sie bewusst- und wehrlos im Krankenhaus lag. Der Gedanke war so absurd, dass sie beinahe gelacht hätte – dabei führte er ihr genauso deutlich vor Augen, in welchem Zustand sie sich mittlerweile befand.

»Was ist so komisch?«, fragte Eichholz. Anscheinend hatte sie sich nicht annähernd so gut unter Kontrolle, wie sie glaubte.

»Nichts«, antwortete sie. »Außer dass er mich nicht laufen gelassen hat. Ich konnte mich befreien und bin im richtigen Moment aus dem Wagen gesprungen.«

»Und er hat nicht einmal versucht, Sie wieder einzufangen?«

»Ich schätze, er war genauso überrascht wie ich.« Conny hob – vorsichtig – den Arm, sodass er ihr zerschundenes Handgelenk sehen konnte. »Kabelbinder sind auch nicht mehr das, was sie einmal waren.«

»Und Ihr Telefon hat er Ihnen bei der Gelegenheit gleich wiedergegeben?«, fragte Eichholz. »Oder hat er ganz vergessen, Sie zu durchsuchen?«

»Es lag auf dem Armaturenbrett«, antwortete sie; rasch, damit es nicht zu sehr nach der Ausrede klang, die es war. Zugleich verfluchte sie sich in Gedanken dafür, sich keine glaubhafte Erklärung zurechtgelegt zu haben, denn sie hörte selbst, wie das klang.

Eichholz beließ es bei einem angedeuteten Achselzucken und einem kühlen Blick, schnitt ihr jedoch mit einer raschen Geste das Wort ab, als sie weiterreden wollte, und wandte sich an einen der beiden Polizeibeamten hinter ihr. »Sie leiten alles in die Wege. Das volle Programm. Straßensperren, Verkehrskontrollen. Zugriff auf jede Überwachungskamera im Umkreis von fünf Kilometern. Und ich will jeden Zivilfahnder auf der Straße haben, der Dienst hat.«

»Straßensperren?« Conny zog übertrieben die Stirn kraus.

»Ich nehme es persönlich, wenn jemand Hand an einen meiner Leute legt«, antwortete Eichholz. *Sogar wenn es nur Sie sind.* Das sprach er nicht laut aus, aber irgendwie war es trotzdem nicht zu überhören.

Connys Beunruhigung wuchs, als er sich von einem Beamten ihr Handy reichen ließ und sie dabei zusah, wie er das Gerät einschaltete und mit hektischem Wischen über den Bildschirm den Telefonverlauf kontrollierte. Irgendetwas stimmte ganz und gar nicht. Sie hatte nicht damit gerechnet, dass er sie vor lauter Erleichterung, sie einigermaßen unversehrt wiederzusehen, in die Arme schloss, aber auch kaum damit, wie eine Verdächtige behandelt zu werden.

Eichholz steckte das Telefon ein und streckte fordernd die Hand aus, und aus Connys Beunruhigung wurde noch einmal etwas gänzlich anderes, als der Streifenbeamte wortlos die kleine Tasche an seinem Gürtel öffnete und ihm seine Handschellen hinhielt.

»Brauchen wir die?«, fragte Eichholz.

Zuerst verstand sie nicht einmal im Ansatz, wovon er überhaupt sprach. Sie starrte ihn nur an, was ihm als Antwort zu genügen schien. Er bedeutete dem Beamten, die Handschellen wieder einzustecken, und machte eine Geste hinter sich zu dem Wagen auf der anderen Straßenseite. Er wirkte fast ein bisschen enttäuscht, sagte aber trotzdem: »Ich hatte gehofft, dass wir darauf verzichten können.«

Conny verstand immer noch nichts. Sie kam sich vor wie gefangen in einem schlechten Film, in dem der Drehbuchautor sich einfach für die unwahrscheinlichste aller denkbaren Wendungen entschieden hatte, ganz egal, wie unlogisch sie war.

Sie ging dicht hinter Eichholz und gefolgt von zwei ihrer Kollegen, die leicht versetzt hinter ihr liefen und nur darauf zu warten schienen, dass sie etwas Dummes tat – wozu sie im Moment ohnehin viel zu perplex war. Sie hatte das Gefühl, leichtsinnigerweise einen vereisten Abhang betreten zu haben und jetzt schneller und immer nur noch schneller auf den bodenlosen Abgrund zuzuschlittern, der an seinem Ende lauerte.

Eichholz griff auf den letzten Schritten rascher aus, hielt ihr die hintere Tür auf und stieg auf der anderen Seite ein, nachdem sie seiner wortlosen Aufforderung Folge geleistet hatte. Der Passagier von der Rückbank hatte mittlerweile auf den Fahrersitz gewechselt: Eine junge Frau in Zivil, deren dunkles Haar zu einem kecken Pferdeschwanz gebunden war, begrüßte sie mit einem kaum angedeuteten kühlen Nicken. Etwas an ihrem Gesicht kam Conny bekannt vor, aber sie wusste nicht woher, und dann zog Eichholz die Tür auf der anderen Seite auch schon mit einem Knall zu, und der Gedanke entglitt ihr.

2

Im Laufe der folgenden Woche änderte sich sein Leben spürbar. In den Monaten, die er jetzt hier war, hatte er wenig mehr als den allernotwendigsten Kontakt zu den anderen Gefangenen gesucht, sondern sich mehr und mehr in sein privates Schneckenhaus zurückgezogen. Nun aber kam Dschingis – der eigentliche Wassili hieß und ihm das nur ein einziges Mal und auf eine Art gesagt hatte, dass er sich hütete, ihn fortan auch nur in Gedanken noch einmal Dschingis zu nennen, schon damit es ihm nicht aus Versehen laut herausrutschte – jeden Abend zu ihm, damit sie ihren Deutsch/Russisch-Unterricht fortsetzten, und wie sich zeigte, war er ein sehr gelehriger Schüler: Er sprach nach wie vor schleppend und mit großen Pausen, in denen er immer wieder nach den richtigen Worten suchen musste, bemühte sich die meiste Zeit jedoch mit Erfolg, sie zu finden, und entwickelte sichtlich Spaß daran, seine Deutschkenntnisse aufzufrischen.

Marc erging es umgekehrt mit seiner Sprache nicht annähernd so gut, aber am Ende der Woche waren sie trotzdem so weit, dass er Dschingis – Wassili, *verdammt noch mal!* – immerhin nach der Uhrzeit fragen konnte, ohne dass der große Russe versuchte, ihm einen Tee zu bringen oder eine Zigarette anzubieten. Marc war noch immer Lichtjahre davon entfernt, freundschaftliche Gefühle für ihn zu entwickeln, aber immerhin begann sein Herz nicht mehr beunruhigt zu klopfen, wenn er nur seinem Blick begegnete, und bald ertappte er sich dabei, sich regelrecht auf die Stunde zu freuen, die sie abends nebeneinander auf der Bettkante sitzend verbrachten, während sie die Sprache des jeweils anderen zu erlernen versuchten.

Es gab nur eine einzige, unangenehme Situation am dritten oder vierten Abend, als Wassili etwas näher als sonst auf der Bettkante Platz genommen hatte und ihm wie zufällig die Hand auf den Oberschenkel legte. Und sie dort ließ. Marc hütete sich, etwas zu sagen, obwohl er selbst spürte, wie er versteinerte, und Wassili musste wohl etwas in seinem Blick gelesen haben, denn er zog den Arm wieder zurück und rutschte auch ein Stück zur Seite. Er versuchte es nie wieder.

Darüber hinaus profitierte er eindeutig davon, dass der riesige Russe ihn so offensichtlich unter seine Fittiche genommen hatte. Die kleinen Sticheleien der anderen Gefangenen wurden weniger, er wurde nicht mehr so oft angerempelt und bedroht, und niemand machte ihm sein Essen streitig. Selbst sein Verhältnis zu den Wachen besserte sich. Sie behandelten ihn jetzt nur noch genauso schlecht wie die anderen Gefangenen, nicht schlechter.

Die größte Überraschung erlebte er in der zweiten Woche. Er hatte Ben seit jenem Abend nicht mehr wiedergesehen. Als er am nächsten Tag zum Lazarett gegangen war, hatte ihn die Krankenschwester unter heftigem Gestikulieren hinausgeworfen und schließlich einen Posten zu Hilfe gerufen, der ihrem Befehl den nötigen Nachdruck verlieh, als er nicht aufgab. Seine Sorge um Ben hatte eine andere Dimension angenommen, die er sich bis dahin nicht einmal hatte vorstellen können.

Als er jedoch an diesem Abend nach dem Essen aufstand und zusammen mit Wassili zum anderen Ende der Baracke ging, war die Pritsche neben seiner nicht mehr leer. Stattdessen entdeckte er Ben auf der harten Liege. Er schlief oder hatte zumindest die Augen geschlossen und atmete tief und gleichmäßig und sah auch nicht wirklich besser aus als beim letzten Mal. Sein Gesicht war geschwollen, und der schmutzige Gips, der unter der dünnen Decke hervorlugte, war an einer Stelle gebrochen und mit einem breiten Streifen Klebeband notdürftig geflickt. Aber er lebte, und das war beinahe schon mehr, als Marc zu hoffen gewagt hatte.

»Ben!«, rief er überrascht aus. Er wollte sich gerade auf die Bettkante sinken lassen, als Ben die Augen aufschlug und ein schmerzliches Zischen ausstieß. »Ben! Sie haben dich rausgelassen!«

»Auf eigenen Wunsch«, behauptete Ben. »Du weißt doch, dass sie in Krankenhäusern keine nörgelnden Patienten mögen.«

Marc reagierte mit einem pflichtschuldigen Lächeln, auch wenn etwas in Bens Stimme war, das aus der Erleichterung, ihn wiederzusehen, pochende Sorge machte.

»Du dich jetzt kümmern«, sagte Wassili hinter ihm. »Das billiger.«

Marc sah überrascht zu ihm hoch. »Wie meinst du das?«

»Dein Freund besser hier«, sagte Wassili anstelle einer direkten Antwort. »Du dich kümmern.«

Bens Blick irrte verstört zwischen Wassilis und seinem Gesicht hin und her, und in seinen Augen begann schwarze Furcht zu erwachen. Seine schrecklich abgemagerten Hände schlossen sich so fest um die Bettdecke wie die eines Ertrinkenden um die letzte Planke eines untergegangenen Schiffes.

»Das ist Wassili«, sagte Marc rasch. »Er ist in Ordnung, keine Angst. Ich glaube, er hat dafür gesorgt, dass du herkommst.«

Er sah zu dem großen Russen hoch. »Hast du?«

»Du sorgst für Freund?«

Marc nickte, und Wassili erwiderte die Geste und wandte sich ab. »Ich hole Essen. Und Medizin.«

Ben sah ihm aus großen Augen nach und versuchte sogar, den Kopf zu heben, ließ es jedoch nach einer Sekunde schon wieder bleiben. »Wer ist der Kerl?«

»Ein Freund«, antwortete Marc. »Oder jedenfalls etwas Ähnliches. Zumindest niemand, der mich für meinen Teller Haferbrei umbringen würde, was einem Freund hier schon ziemlich nahekommt.« Er hob die Schultern und zwang sich zu einem müden Lächeln. »Aber jetzt erzähle: Wieso haben sie dich rausgelassen? Und sag nicht, sie hätten behauptet, du wärst gesund.«

»Sie haben behauptet, dass ich sterbe«, antwortete Ben. »Aber den Gefallen werde ich ihnen nicht tun.«

Das ergab sogar auf eine schreckliche Weise Sinn, dachte Marc. Er ließ sich auf die Kante seines eigenen Bettes gegenüber sinken und beugte sich vor, setzte sich jedoch praktisch sofort wieder auf, als ihm der Geruch in die Nase stieg, den Ben verströmte. Niemand hier duftete nach Veilchenwasser, aber Ben *stank*. Nicht nur nach dem üblichen Dreck und kaltem Schweiß und anderen, noch unangenehmeren Dingen, sondern schlimmer. Wenn sich sein Zustand verändert hatte, dann eher zum Schlechten.

»Unsinn!«, sagte er bestimmt. »Das lasse ich nicht zu.«

»Und dein neuer Freund auch nicht«, vermutete Ben. »Aber es ist gut, dass du nicht allein bist. Irgendjemand muss ja schließlich auf dich aufpassen, wenn ich nicht mehr da bin.«

Allmählich ging ihm Bens wehleidige Art auf die Nerven. »Was macht dein Bein?«

»Es ist noch da. Aber ich bin nicht sicher, ob ich mich darüber freue. Jetzt falle ich dir am Schluss auch noch zur Last.«

»Mach so weiter, und ich breche dir auch noch das andere Bein«, drohte Marc. »Oder ich bitte Wassili, es zu tun.«

»Dein neuer Freund, ja«, erwiderte Ben mit einem angedeuteten Nicken. »Hat er wenigstens eine hübsche Schwester?«

»Hat er«, bestätigte Marc. »Du weißt doch, dass ich auf russische Frauen stehe.«

»Ist sie hübsch?«

»Geschmackssache. Dir würde sie wahrscheinlich gefallen. Sie ist sogar noch größer als er und hat einen längeren Bart.«

Ben lachte, und diesmal gelang es ihm sogar, ohne in einem qualvollen Husten zu enden. »Sie haben mich irgendwas unterschreiben lassen«, sagte er nach einer Weile, wieder ernst werdend. »Wahrscheinlich irgendeine Verzichtserklärung oder eine Bestätigung, dass ich ihr Luxussanatorium auf eigene Verantwortung verlasse. Nicht, dass es am Ende noch Ärger mit der Versicherung gibt. Vielleicht brauchen Sie das Bett ja auch für Patienten mit besseren Überlebenschancen.«

3

»Ich weiß wirklich nicht, warum ich das tue«, begann Eichholz. »Wir waren nie auch nur so etwas Ähnliches wie Freunde, und so wie ich es sehe, bin ich Ihnen nicht das Mindeste schuldig.«

Conny war jetzt nicht nur völlig irritiert – was zum Teufel war hier los? –, sie hatte auch immer mehr das Gefühl, dass die Worte weniger ihr als der jungen Frau hinter dem Lenkrad galten; als bräuchte Eichholz auf jeden Fall Publikum für das, was er zu sagen hatte. Oder einen Zeugen?

»Ich verstehe nicht …«

Eichholz unterbrach sie, indem er eine Grimasse zog. »Ja, das dachte ich mir«, sagte er verächtlich. »Warum kleben Sie sich nicht einen Post-it auf die Stirn, auf dem genau das steht, oder lassen es sich gleich tätowieren? Was ist passiert? Alles, und die Wahrheit, wenn ich bitten darf.«

Conny hatte nicht vorgehabt, ihn anzulügen – wenigstens nicht sehr – warf ihm aber nur einen giftigen Blick anstelle der patzigen Antwort zu, die er eigentlich verdiente, und begann zu erzählen; alles von dem Moment an, in dem er sie angerufen hatte, um von Kutzows Flucht zu berichten. Eichholz hörte fast zu ihrer Überraschung aufmerksam zu, ohne sie auch nur ein einziges Mal zu unterbrechen, bis sie an die Stelle gekommen war, an der sie das Haus verlassen und die beiden bewusstlosen Kollegen draußen im Streifenwagen gefunden hatte. An diesem Punkt angekommen hob er die Hand und brachte sie zum Schweigen.

»Spätestens da hätten Sie Verstärkung anfordern müssen. Soviel ich weiß, hat jeder Streifenwagen in dieser Stadt ein Funkgerät. Warum haben Sie nicht um Hilfe gerufen?«

Conny bemerkte aus dem Augenwinkel, dass die junge Frau hinter dem Lenkrad plötzlich große Mühe hatte, sie nicht über den Innenspiegel hinweg anzustarren, und dann machte es hinter ihrer Stirn klick, und sie wusste, wo sie dieses Gesicht gesehen hatte. Es war noch nicht einmal lange her, aber ohne die schwarze Uniform und nun aus einer anderen Perspektive erkannte sie es selbst jetzt kaum.

»Ich war in Panik«, gestand sie.

»Wegen einer toten Katze?«, erkundigte sich Eichholz höhnisch.

Gut. Wenn er denn wollte. »Sicherlich. Es ist schon einigermaßen irritierend, wenn ein streunender Kater auf diese Weise *Seppuku* begeht und das *Tanto* zu allem Überfluss auch noch verschwinden lässt, meinen Sie nicht?«

Wenn Eichholz mit einem der Worte nichts anfangen konnte, ließ er sich nicht anmerken. Sein Blick suchte den der jungen Streifenbeamtin im Spiegel, und nun wandte sich Conny direkt an sie.

»Es tut mir leid«, sagte sie. »Ich hätte Ihnen helfen müssen, aber ich war in Panik. Und ich war ziemlich sicher, dass ich Sie und Ihren Kollegen allerhöchstens in Gefahr bringe, wenn ich noch länger bei Ihnen bleibe. Mein Fehler.«

Die Reaktion der jungen Polizistin bestand nur aus einem undeutbaren Blick und einem Achselzucken, aber Eichholz sagte: »Kollegin Schneider schildert die Situation ein bisschen anders.«

»Anders?« Conny versuchte in ihrem Gedächtnis zu graben, ob da irgendetwas war, fand jedoch nichts. Sie war ja allerhöchstens ein paar Augenblicke am Wagen gewesen.

»Das tut im Moment nichts zur Sache«, unterbrach sie Eichholz und machte noch zusätzlich eine unwirsche Geste. »Was haben Sie danach getan?«

Conny warf Schneider jetzt einen beinahe flehenden Blick zu, bekam aber nur ein kurzes Aufblitzen von Feindseligkeit in ihren Augen zur Antwort. Zorn wollte sich in ihr regen und erlosch beinahe genauso schnell wieder. Schneider konnte kaum richtig aus der Ausbildung heraus sein und war brutal überfallen und niedergeschlagen worden. Natürlich hatte sie Todesangst ausgestanden. Sie an ihrer Stelle und in ihrem Alter hätte ihrer eigenen Erinnerung auch nicht getraut. Sie konnte es ihr nicht wirklich übel nehmen.

Eichholz schon. Er sollte wissen, was von solchen Aussagen zu halten war. Sie bedachte ihn mit einem weiteren zornigen Blick und erntete eine neuerliche Aufforderung, weiterzusprechen.

Sie hielt sich größtenteils an die Wahrheit und flocht lediglich zwei gescheiterte Fluchtversuche ein, auf die Eichholz zwar mit einem verächtlichen Verziehen der Lippen reagierte, ihr Handgelenk aber nun doch einer verstohlenen gründlicheren Musterung unterzog. Das Plastikband hatte die Fährte einer winzigen Ameisenarmee hinterlassen, die sich ein Wettrennen um ihr Handgelenk herum geliefert hatte.

Eichholz sprach jedoch erst weiter, als sie bei ihrer angeblichen Flucht aus dem Wagen angelangt war. »Er hat telefoniert? Wissen Sie, mit wem? Oder was er gesagt hat?« So, wie er die Frage stellte, schien die Antwort für ihn bereits klar zu sein. Sie schüttelte trotzdem den Kopf.

»Er hat den Festnetzanschluss im Haus benutzt. Sie müssen leicht feststellen können …«

»Das haben wir bereits. Ein Prepaidhandy irgendwo im Nirwana.« Er deutete ein Achselzucken an. »Noch einmal zu dem Jungen. Es war also Notwehr? Er und seine Kumpane sind mit dem Messer auf Sie losgegangen, und Sie mussten ihn niederschlagen, um Ihr eigenes Leben zu verteidigen? Zum zweiten Mal.«

»Genau genommen war es eher ein Unfall«, erwiderte sie. Was sollte das mit dem *zweiten Mal?*

»Ein zwölfjähriger Junge wurde durch eine Glastür geworfen.« Eichholz klang nicht einmal vorwurfsvoll, sondern beinahe resignierend. »Sagen Sie, Kollegin Fesser: Haben Sie ein Gewaltproblem? Oder ein Problem mit Kindern?«

Er wusste verdammt genau, dass dem nicht so war, aber irgendwie gelang es ihr dennoch, den Zorn im Zaum zu halten, der bei diesen Worten in ihr hochkochte. Wogegen sie nichts tun konnte, war die sarkastische Antwort, die fast ohne ihr Zutun über die Lippen kam. »Nicht, wenn es nicht zu viele sind und sie mehr davon ausüben, als ich es kann.«

Die Worte taten ihr schon leid, bevor sie sie ganz ausgesprochen hatte. Nicht wegen Eichholz. Er würde sowieso alles so auslegen und verdrehen, wie er es wollte, und den Rest im Zweifelsfall dazuerfinden, aber wegen Schneider. Die junge Frau sah sie jetzt ganz offen über den Spiegel hinweg an, und was Conny in ihrem Gesicht las, das gefiel ihr nicht. Sie fragte sich, was Eichholz ihr über sie erzählt hatte. Sicher nichts Gutes.

Bis auf ein zufriedenes Aufleuchten in seinen Augen ließ ihn ihr Ausbruch jedoch unberührt. »Dann haben wir also bisher zwei schwer verletzte Jugendliche, die Sie in Notwehr ausgeschaltet haben. Einer wird wahrscheinlich nie wieder richtig gehen können, und bei dem anderen ist noch nicht ganz sicher, ob er es überhaupt überlebt. Sagen Sie selbst, Kollegin: Wie klingt das in Ihren Ohren?«

»Nach einem ziemlichen Mist, den Sie mir da unterstellen wollen«, antwortete sie scharf. »Was hätte ich tun sollen? Mich abstechen lassen?«

»Natürlich nicht«, antwortete er. »Und ich bin der Letzte, der Ihnen etwas vorwirft. Ich weiß, wie gefährlich diese angeblichen Kinder sein können.«

Er schien auf eine Antwort zu warten, aber er bekam keine. Bei den gar nicht einmal so wenigen Verhören, bei denen der Mann oder die Frau auf der anderen Seite des Tisches kein abgebrühter Berufsverbrecher gewesen war, sondern einfach nur ein armer Hund, den die Umstände oder schlichtes Pech in eine üble Situation katapultiert hatten, hatte sie ihnen oft genug geraten, im Zweifelsfall gar nichts zu sagen. Vielleicht war es an der Zeit, auf ihren eigenen Rat zu hören. Außerdem war sie völlig sicher, dass der Ausgang dieses Gesprächs schon längst feststand und sie es überhaupt nur führten, damit Schneider es später bestätigen konnte.

»Das Problem bei der Sache ist nur«, fuhr Eichholz wenig überraschend fort, »dass sowohl der Junge aus dem Kinderheim als auch der Bursche von gestern die Situation ein wenig anders darstellen.« Er hob die Hand, als sie auffahren wollte. »Natürlich weiß ich, was von solchen Aussagen zu halten ist. Aber sie stehen nun einmal im Raum, und wir müssen uns damit befassen.«

»Ich nehme an, er hat ausgesagt, dass ich ihn und seine drei mit Messern bewaffneten Freunden aufgelauert und sie mit bloßen Händen angegriffen habe?«, fragte Conny spöttisch.

»Er hat zugegeben, dass er und seine Freunde bei Ihnen eingebrochen sind, um ihr Haus auszuräumen«, antwortete Eichholz.

»Und damit sie auch bestimmt nicht gestört werden, haben sie Kollegin Schneider und ihren Begleiter vorher halb tot geschlagen, nehme ich an.« Sie nickte heftig. »Ja, das macht Sinn.«

Schneider fuhr auf ihrem Platz hinter dem Lenkrad noch heftiger zusammen, aber Eichholz überging die Bemerkung. Sie hatte nichts anderes erwartet. »Er hat weiter ausgesagt, dass sie Sie und Maxim Kutzow in … sagen wir … inniger Umarmung auf der Couch angetroffen haben. Kutzow ist sofort auf seine Freunde losgegangen, und Sie selbst haben ihn gepackt und ihm den Arm auf den Rücken gedreht. Er hat sich gewehrt und Ihnen dabei versehentlich wehgetan, und da haben Sie ihn durch die Glastür geworfen.«

Das war so absurd, dass Conny sich nun wirklich nicht mehr beherrschen konnte. »Ja, natürlich, jetzt, wo Sie es sagen, fällt es mir wieder ein. Ganz genauso muss es gewesen sein.« Ihre Stimme wurde nicht einmal wirklich lauter, aber so scharf, dass Eichholz plötzlich aussah, als erwartete er einen Angriff. »Was soll der Schwachsinn? Sie kennen mich! Sie wissen, dass ich es nicht nötig habe, so zu reagieren, um mit einem aufmüpfigen Zwölfjährigen fertigzuwerden.«

»Ich weiß, dass Sie den schwarzen Gürtel in Mikado tragen«, antwortete er in einem Tonfall, der dem ebenso deplatzierten wie lahmen Scherz endgültig den Rest gab, zumal er hinzufügte: »Wo Sie doch Gewalt so verabscheuen, nicht wahr?«

»Sie glauben diesen Mist nicht wirklich, oder?«, hörte sich Conny fragen. »Maxim muss alles über die Kamera beobachtet haben. Wenn er nicht im letzten Moment abgetaucht wäre, hätten sie mich wahrscheinlich umgebracht!«

Ihr Fehler ging ihr in der gleichen Sekunde auf, in der Eichholz den Kopf auf die Seite legte und mit einem sonderbar zufriedenen Lächeln wiederholte: »Maxim?«

»Kutzow«, verbesserte sie sich, eindeutig zorniger auf sich selbst als auf ihn. »Ja, er hat mir das Leben gerettet. Haben Sie ein Problem damit?«

»Nicht im Geringsten«, antwortete Eichholz in einem väterlichen Ton, für den sie ihm am liebsten die Nase zu Brei geschlagen hätte. Wäre sie allein im Wagen gewesen, vielleicht hätte sie es sogar getan. »Aber die Frage muss trotzdem gestattet sein, warum?«

»Vielleicht, weil er eben kein gewissenloser Mörder ist oder weil Menschen so etwas nun einmal tun, wenn sie sehen, dass ein anderer in Gefahr ist!«

»Jetzt unterstellen Sie Ihrem Freund Maxim aber deutlich edlere Beweggründe, als ich es könnte«, antwortete Eichholz. »Aber das werden wir alles noch aufklären, keine Sorge. Und ich hoffe, Sie wissen, was ich jetzt tun muss.« Er setzte sich ein wenig gerader auf und straffte die Schultern, und seine Stimme nahm einen amtlichen Tonfall an. »Cornelia Fesser, Sie sind vorläufig festgenommen. Als Beschuldigte müssen Sie von nun an nichts mehr sagen, aber wenn Sie es tun …«

»… kann alles, was ich sage, vor Gericht gegen mich ausgelegt werden, nehme ich an?«, fiel ihm Conny ins Wort. »Und ich vermute ebenso, dass Sie mir einen Anwalt zur Verfügung stellen, wenn ich selbst keinen kenne oder ihn mir nicht leisten kann?«

Eichholz war klug genug, es lediglich bei einem stummen Kopfschütteln als Antwort zu belassen, und wandte sich stattdessen mit einer Geste an Schneider. »Fahren Sie los, Kollegin. Zum Präsidium.«

4

Fast schon zu Marcs Erleichterung kam Wassili bereits zurück, eine Schale mit grauem Brei in der einen und einen Becher in der anderen Hand, dessen Inhalt er schon auf zwei Meter Entfernung riechen konnte. Das musste die Medizin sein, von der er gesprochen hatte – der selbst gebrannte Schnaps, den es hier allen Verboten zum Trotz natürlich gab, solange auch die Wachtposten ihren Anteil bekamen. Marc hatte ihn einmal probiert und spontan entschlossen, im Zweifelsfall doch lieber zu verdursten.

»Essen!«, befahl Wassili und drückte Marc die Schale in die

Hand. Den Becher setzte er Ben an die Lippen und forderte ihn mit einer ungeduldigen Kopfbewegung zum Trinken auf. Ben versuchte den Kopf zu schütteln und ihn schwächlich wegzuschieben, aber Wassili drückte ihm den Becher nur noch härter gegen den Mund, sodass ihm nur die Wahl blieb, den Selbstgebrannten oder das Blut aus seinen aufgeplatzten Lippen zu trinken. Ben schluckte, begann prompt zu husten und versuchte erneut, sich wegzudrehen, aber das ließ der Russe noch nicht zu.

»Trinken!«, befahl er. »Schnaps gut.«

Ben verschluckte sich prompt und begann so qualvoll zu husten, dass Marc sich ernsthaft zu sorgen begann, dass er erstickte, riss sich dann endlich doch los und drehte sich mit einer schon fast verzweifelt anmutenden Bewegung zur Seite, um einen halben Mundvoll Kartoffelschnaps und noch etwas anderes und weit Unappetitlicheres auszuspucken. Wassili wischte seine Hand mit unbewegter Miene an Bens Jacke ab, stellte den Becher behutsam neben sich auf den Boden und sah eine ganze Weile mit nachdenklich gefurchter Stirn auf Ben hinab. Marc war nicht sicher, ob er wirklich wissen wollte, was dahinter vorging. Schließlich stülpte er die Unterlippe vor und nickte, als hätte er sich in Gedanken eine Frage gestellt und auch gleich beantwortet, stieß sich mit einer Bewegung vom Rand der Liege, die sie beinahe zum Umfallen gebracht hätte, und bückte sich dann abermals, um den Becher aufzuheben, dessen Inhalt er in einem einzigen Zug hinunterstürzte. Marcs Plastikschale mit Brei nahm er ihm der Einfachheit halber in derselben Bewegung ebenfalls ab.

»Du bleiben bei ihm«, sagte er in seiner gewohnten, schleppenden Art, als müsste er jedes Wort einzeln in einem tausendseitigen Almanach nachschlagen, den er in Gedanken führte. »Viel essen und schlafen. Muss gesund werden.«

Damit ging er, und nicht nur Marc sah ihm reichlich verwirrt hinterher.

»Will ich wirklich wissen, was du getan hast, damit er sich wie eine Mutter mit sechs Zitzen um uns kümmert?«, fragte Ben. Die Wahl seiner Worte passte weder zum Klang seiner Stimme noch zu seinem Aussehen.

»Nein«, antwortete Marc. Er wusste es ja selbst nicht. Wassilis erstem, wie versehentlichem Annäherungsversuch war kein zweiter gefolgt, sodass er gar nicht mehr daran gedacht hatte, aber vielleicht hätte er besser daran getan. Dass der riesenhafte Russe bisher nichts Weiteres in dieser Richtung versucht hatte, musste nicht unbedingt etwas bedeuten, denn wenn sie hier eines hatten, dann war es Zeit.

»Das ist jetzt erst einmal alles egal«, sagte er, mit hörbarer Verspätung und ebenso hörbar unbeholfen. »Du bleibst hier und wirst gesund, und Wassili und ich passen auf dich auf.« Er riss mit noch mehr Verspätung seinen Blick von Wassili los und wandte sich ganz an Ben. »Wieso bist du überhaupt hier? Ich hätte erwartet, dass sie dich in deine Baracke zurückbringen.«

Etwas an der Art, wie Ben ihn musterte, gefiel ihm nicht. »Dein neuer Freund«, begann Ben. »Ich habe gesehen, wie er mit Schwester Rabiata gesprochen hat. Ich habe nichts verstanden, aber ich nehme an, da hatte er auch seine Finger im Spiel.«

Marc zog es vor, die unausgesprochene Frage zu ignorieren, die sich in diesen Worten verbarg, und zwang sich zu einem Lächeln, das keines war. »Das klären wir später. Jetzt wirst du erst einmal gesund, das ist das Wichtigste.«

Er wartete auf eine Antwort, doch dann sah er, dass Ben die Augen geschlossen hatte und sein Atem ruhiger ging, weil er eingeschlafen war. Offensichtlich tat der Alkohol bereits seine Wirkung. Kein Wunder bei dem Zustand, in dem er sich befand.

Ein Gefühl großer Hilflosigkeit begann sich in ihm breitzumachen. Er hatte in den zurückliegenden Tagen praktisch an nichts anderes gedacht als daran, dass er alles darum gegeben hätte, sich um ihn kümmern zu können, und nun wusste er nicht, was er tun sollte. Und selbst wenn er es gewusst hätte – was *konnte* er denn tun? Ihm weiter Schnaps und kalten Haferbrei einflößen und vielleicht noch an seinem Bett sitzen und seine Hand halten, und damit waren seine Möglichkeiten bereits erschöpft.

In das Gefühl von Hilflosigkeit mischte sich Zorn, als er begriff, dass Ben recht hatte: Sie hatten ihn nicht aus Mitgefühl oder gar schlechtem Gewissen entlassen, sondern damit er hier starb.

Er blieb noch so lange bei Ben, bis er zu der Überzeugung gelangte, dass er so schnell nicht aufwachen würde, dann stand er auf und schlenderte zu dem langen Tisch, an dem Wassili zusammen mit ein paar anderen saß und Karten spielte. Seit der große Russe ihn so offensichtlich unter seine Fittiche genommen hatte, konnte er das tun, ohne jederzeit darauf gefasst zu sein, über ein unachtsam ausgestrecktes Bein zu stolpern oder von einem versehentlich hervorschießenden Ellbogen in die Seite getroffen zu werden. Bisher hatte Marc diese Veränderung stillschweigend genossen, ohne sich wirklich Gedanken darüber zu machen, aber nach dem kurzen Gespräch mit Ben begann er sich nun doch zu fragen, welchen Preis er für das alles bezahlen würde und wann Wassili ihm die Rechnung präsentierte.

Der Russe klatschte gerade eine seiner selbst gebastelten Spielkarten mit solcher Wucht auf den Tisch, dass die Becher und Plastikschalen darauf hüpften, und strich mit einem triumphierenden Laut seinen Gewinn in Form eines halben Dutzends selbst gedrehter Zigaretten ein, während er bereits ein Streichholz anriss, um sich das erste Sechstel seiner Beute zu gönnen. Mit der anderen Hand deutete er auf einen freien Stuhl.

»Setzen. Kennen Durak? Wenn nicht, ich bringen dir bei. Altes russisches Spiel, macht Spaß. Und ist ganz leicht.« Er blies einem der Männer, denen er die Zigaretten abgenommen hatte, eine Rauchwolke ins Gesicht und grinste breit. Der Bursche schenkte ihm zwar einen finsteren Blick, bestand jedoch ebenso wenig wie einer der anderen darauf, sich die restlichen Karten anzusehen, die Dschingis in der Hand hielt. Marc musste flüchtig über seinen eigenen Gedanken lächeln. In Situationen wie dieser erschien ihm *Dschingis* der einzig passende Spitzname für Wassili. Er schüttelte den Kopf, als der Russe seine einladende Geste wiederholte.

»Ich muss mit dir reden«, sagte er. »Allein.«

»Wir können reden hier«, antwortete Wassili. »Niemand versteht.«

Das wusste Marc. Trotzdem schüttelte er erneut den Kopf und deutete in den hinteren Teil der Baracke. In weniger als einer Stunde würde die Wache kommen und den Befehl geben, das Licht zu löschen. Die meisten Gefangenen hatten sich bereits in ihre Etagenbetten zurückgezogen, müde von der Arbeit oder zermürbt von den Sorgen, mit denen sie sich plagten.

Wassili sah ihn eine einzelne Sekunde auf eine Art an, als hätte er gerade eine Grenze überschritten, die er besser nicht überschreiten sollte, hob dann nur die Schultern und legte die restlichen Karten auf den Tisch, während er aufstand. Statt jedoch in die Richtung zu gehen, in die Marc gewiesen hatte, drehte er sich zum Ausgang und bedeutete ihm mit einer knappen Geste, ihm zu folgen.

5

Conny war im ersten Moment so perplex, dass sie sich allen Ernstes fragte, ob sie vielleicht in einem verrückten Traum gestrandet war. Schneider startete den Motor so prompt, als hätte sie den Finger schon die ganze Zeit auf dem Anlasser gehabt und nur auf eine entsprechende Anweisung gewartet, und aus der gehässigen Schadenfreude in Eichholz' Augen wurde noch einmal etwas anderes, über dessen Bedeutung sie lieber nicht nachdachte. Der Wagen fuhr unverzüglich los, ohne dass sich ihre junge Kollegin die Mühe gemacht hätte, den Blinker zu setzen oder wenigstens einen Blick in den Rückspiegel zu werfen, und als Conny instinktiv den Kopf drehte und erschrocken nach hinten sah, begriff sie auch, warum: inzwischen waren weitere drei oder vier Streifenwagen aufgetaucht, die mit zuckenden Blaulichtern die Straße zwar nicht gänzlich blockierten, die Fahrbahn aber hinlänglich genug verengten, um ein Passieren nur noch im Schritttempo möglich zu machen.

Eichholz hatte inzwischen sein eigenes Handy aus der Tasche gezogen und telefonierte schnell und mit gedämpfter Stimme, deren Wortlaut sie nicht folgen konnte. Es war auch nicht nötig. Allein die Blicke, mit denen er sie immer wieder unauffällig maß, wenn er ganz sicher war, dass sie es auch mitbekam, machten ihr klar, dass es um sie ging und dass es gewiss nichts war, woran sie Freude gehabt hätte.

Conny wartete, bis Eichholz aufgehört hatte zu telefonieren und sich wieder ganz zu ihr umwandte. »Das ist jetzt aber nicht wirklich Ihr Ernst, oder?«, fragte sie.

»Ich fürchte schon«, antwortete er, wieder zu jenem väterlich-gutmütigem Tonfall zurückkehrend, der in ihr das Bedürfnis weckte, etwas Drastisches zu tun. »Und Sie sollten wirklich auf das hören, was ich Ihnen geraten habe und jetzt nichts mehr sagen. Besprechen Sie sich mit einem Anwalt, bevor Sie noch irgendetwas sagen, das Sie später bedauern.«

Bevor Conny eine passende Erwiderung einfiel, bogen sie scharf ab, nicht nur zu ihrer, sondern offensichtlich auch zu Eichholz' Überraschung, denn er warf Schneider einen fragenden Blick über den Innenspiegel hinweg zu, und die junge Frau erwiderte ihn auf dieselbe Weise, während sie zugleich eine Kopfbewegung nach hinten machte.

»Ich glaube, jemand folgt uns.«

Conny und Eichholz drehten in entgegengesetzter Richtung die Köpfe, um durch die Heckscheibe zu sehen. Der Verkehr hatte zugenommen, war aber noch immer alles andere als dicht, sodass das einzelne Scheinwerferpaar sofort auffiel, das ihnen in viel zu geringem Abstand folgte.

»Sind Sie sicher?«, fragte Eichholz.

Statt zu antworten, gab Schneider abrupt Gas, und der Wagen machte einen regelrechten Satz und verlor dann fast genauso brutal wieder an Tempo, als sie die nächste Kreuzung erreichten und sie das Lenkrad mit einem Ruck herumriss. Wäre Conny nicht angeschnallt gewesen, wäre sie vermutlich vom Sitz gefallen, und Eichholz, der nicht wirklich viel von der Straßenverkehrsordnung zu halten schien, musste sich mit beiden Händen an der Lehne vor sich abstützen, um es nicht tatsächlich zu tun. Fluchend richtete er sich wieder auf, während der Wagen um die Kurve schlitterte und Schneider hektisch am Lenkrad riss, um ihn wieder unter Kontrolle zu bringen. Das Scheinwerferpaar blieb hinter ihnen, und der Fahrer des anderen Wagens hatte unübersehbar keine Mühe, dem rabiaten Manöver zu folgen. Der Abstand wurde ein wenig größer, das war alles.

Eichholz rappelte sich umständlich wieder auf. »Verdammter Idiot!«, schimpfte er. »Wahrscheinlich einer von diesen elenden Presseheinis! Die Kerle sind die reine Pest!«

»So schnell?«, wunderte sich Schneider.

»Ich weiß nicht, wie diese Kerle es immer wieder schaffen, unseren Funk abzuhören«, sagte Eichholz.

»Den Funk?«, wiederholte Schneider ungläubig. »Aber ich dachte …«

»Ja, ich weiß, sie haben Ihnen in der Ausbildung erzählt, dass der Polizeifunk nicht mehr abgehört werden kann, seit wir alles auf digital umgestellt haben, aber das ist Bockmist«, schnaubte Eichholz. »Diese Typen rüsten ihre Technik schneller nach, als wir überhaupt aufrüsten können, das ist die Wahrheit. Rufen Sie einen Kollegen, der sich den Burschen vornimmt. Mal sehen, wie aktuell seine Neuigkeiten noch sind, wenn wir uns seinen Führerschein mal für einen Monat leihen.«

Schneider löste die Hand vom Lenkrad, allerdings nicht, um

nach dem Funkgerät am Armaturenbrett zu greifen. Stattdessen ließ sie die Scheibe neben sich heruntersurren, angelte dann nach etwas, das offensichtlich auf dem Beifahrersitz lag, und stellte schwungvoll ein Blaulicht aufs Dach. »Sehen wir erst mal, was er dazu sagt.«

Offensichtlich nicht allzu viel, denn obwohl das Blaulicht die Straße vor und hinter ihnen in stroboskopisches Flackern tauchte, an dem jeder Epileptiker seine reine Freude gehabt hätte, fiel der Wagen nicht zurück, sondern schloss ganz im Gegenteil nur noch weiter zu ihnen auf.

»Idiot!«, schimpfte Schneider. »Also gut, du hattest deine Chance, mein Freund.«

Sie streckte den Arm nach dem Funkgerät aus, und der Wagen hinter ihnen blendete so plötzlich auf, dass sie mit einem Zischen die Augen schloss und den Kopf wegdrehte, und machte einen regelrechten Satz auf sie zu, und gerade als Conny sich anspannte, um sich gegen den erwarteten Aufprall zu wappnen, scherte er nach links aus und jagte mit aufbrüllendem Motor so dicht an ihnen vorbei, dass sie eigentlich darauf wartete, den abgerissenen Außenspiegel davonfliegen zu sehen.

Mehr unbewusst bekam sie mit, dass ihnen ein anderer Wagen entgegenkam, dessen Fahrer auf der schmalen Straße seine liebe Mühe hatte, ihnen auszuweichen, ohne dabei mehr als seine Felgen am Bordstein zu ruinieren. Schneider kämpfte wie wild mit dem Lenkrad und schaffte es irgendwie, den Wagen unter Kontrolle zu behalten, als sich ihr Verfolger dicht genug vor ihnen wieder einfädelte, um sie zu einer Beinahe-Vollbremsung zu zwingen, dann flammten zusätzlich die Bremslichter des anderen Wagens in einem boshaften Rot auf, und diesmal kam jede Reaktion zu spät.

Conny versteifte sich im allerletzten Moment auf ihrem Sitz und versuchte sogar noch, sich an der Lehne vor sich abzustützen, aber plötzlich bestand die Welt nur noch aus dem Geräusch zersplitternden Metalls, dem Bersten von Glas und durcheinanderschreienden Stimmen, von denen eine ihre eigene war. Trotz des Sicherheitsgurts wurde sie so hart nach vorne geschleudert, dass ihr die Luft wegblieb und ein stechender Schmerz durch ihre Brust schoss. Neben ihr stieß Eichholz einen gellenden Schrei aus, der bereits nach einem Sekundenbruchteil abbrach, als er mit Wucht gegen den Beifahrersitz geschleudert wurde. Noch mehr Glas splitterte. Es roch verbrannt, und der Wagen beschrieb auf kreischenden Reifen eine komplette Drehung und hätte wahrscheinlich noch eine zweite geschafft, wäre er nicht mit solcher Wucht gegen ein Hindernis geprallt, dass ihr kurz die Sinne schwanden.

Allerdings konnte es kaum mehr als eine Sekunde gewesen sein, denn als sie wieder zu sich kam, zitterte der Wagen noch immer unter der nicht ganz aufgezehrten Restenergie des Zusammenpralls. Der Motor war erstorben, aber irgendetwas machte ein kreischendes Geräusch, das an sich festfressende Lager erinnerte. Es roch nach schmorendem Gummi, aber auch und viel alarmierender nach auslaufendem Diesel und heißem Metall.

Jemand stöhnte. Im ersten Moment dachte sie, es wäre Schneider, aber die junge Frau hing wie leblos in ihrem Sicherheitsgurt. Der Schmerz in ihrer Brust wurde mit jedem Atemzug schlimmer. Sie war nicht sicher, ob sie noch viele davon tun konnte, denn das Luftholen bereitete ihr immer größere Mühe. Alles drehte sich und zitterte, und sie spürte, wie eine Welle der Übelkeit in ihr aufstieg.

Neben ihr versuchte Eichholz unbeholfen wieder, sich auf den Sitz hinaufzuziehen, und sackte mit einem schmerzerfüllten Zischen auf halbem Wege zurück, und Conny fuhr entsetzt zusammen, als sie genauer hinsah und feststellte, dass er von Kopf bis Fuß mit Blut besudelt war, als wäre jeder einzelne Tropfen in seinem Körper im gleichen Moment nach außen explodiert. Dann blinzelte sie und stellte fest, dass das schmierige Rot wohl eher ihr eigenes Blut war, das ihr in die Augen lief.

Irgendwo nicht weit entfernt begann die Alarmanlage eines

Wagens zu randalieren, und Schritte näherten sich. Ein Schatten erschien neben dem Wagen, riss die Fahrertür auf und beugte sich hastig herein, um die bewusstlose junge Frau auf dem Fahrersitz loszuschnallen und aus dem Wagen zu zerren. Der Geruch von verbranntem Gummi wurde intensiver, und jetzt meinte sie auch ein Zischen und Knistern zu hören, das unerwünschte Bilder von zerrissenen Kabeln und sprühenden Funken hinter ihren Augen erscheinen ließ, und neben ihr versuchte Eichholz zum zweiten Mal und keuchend vor Anstrengung, sich auf den Sitz zu hieven. Nicht alles Blut, das sie gesehen hatte, befand sich in ihren eigenen Augen. Er hatte gleich zwei hässliche Platzwunden an der Stirn davongetragen, und sein Gesicht begann bereits anzuschwellen, was es auch nicht unbedingt hübscher machte. Aber er schüttelte seine Benommenheit auch zusehends ab, griff in die Manteltasche und zog mit zitternden Fingern sein Handy heraus.

Als er es einschalten wollte, wurde die Tür neben ihm aufgerissen, und eine gewaltige Pranke griff herein und schloss sich mit solcher Gewalt um die Hand mit dem Telefon, dass er vor Schmerz schrie und sich aufbäumte. Der Angreifer packte nur noch fester zu und zerrte ihn rücksichtslos aus dem Wagen.

Conny hatte Mühe, dem Geschehen zu folgen. In ihren Augenwinkeln blitzten gelbe und rote Lichter auf, wie um eine endgültige Bewusstlosigkeit anzukündigen. Eichholz schrie irgendetwas, das sie nicht verstand, dann ein Klatschen wie von etwas Hartem, das auf Fleisch traf, und sein Kreischen verstummte.

Sie stemmte sich mit aller Macht gegen die Übelkeit und versuchte die Dunkelheit zurückzudrängen, die ihre Gedanken mit dem trügerischen Versprechen nach Ruhe und dem Ende von Schmerz und Panik einzulullen versuchte. Vermutlich hätte sie diesen Kampf verloren, wäre die Tür neben ihr nicht plötzlich aufgerissen worden. Kalte Luft strich über ihr Gesicht, unmittelbar gefolgt vom Geruch brennenden Plastiks, und starke Hände griffen unter ihre Achseln und versuchten sie aus dem Wagen zu zerren, brachten sie aber kaum in die Höhe, bevor der Sicherheitsgurt der Bewegung ein schmerzhaftes Ende bereitete.

Jemand fluchte. Ein Arm griff über sie hinweg und machte sich nervös genug am Verschluss des Gurtes zu schaffen, um wertvolle Sekunden zu verlieren, dann ergriff er sie ein zweites Mal. Sie wurde über die Straße und auf den Bürgersteig auf der anderen Seite gezerrt, wo bereits eine zweite, reglose Gestalt mit schwarzem Haar lag; absurderweise in vorschriftsmäßiger stabiler Seitenlage und unübersehbar bewusstlos. Wenig sanft wurde sie abgeladen, und der Retter stürmte über die Straße davon.

Ein dumpfes *Wusch!* erklang, und aus der eingedrückten Frontpartie des Wagens züngelten Flammen, unmittelbar gefolgt von ölig schwarzem Rauch. Überall in den Häusern ringsum flammte Licht in den Fenstern auf, und sie hörte Schreie und aufgeregtes Rufen. Das Sirenengeheul näherte sich rasch, Bremsen gleich mehrerer Wagen quietschten, deren Fahrer helfen oder vielleicht auch einfach nur gaffen wollten, dann tauchte ihr Retter wieder hinter dem Wagen auf, eine Gestalt in einem Trenchcoat mit weit ausgreifenden Schritten. Er wurde sogar noch einmal schneller, als das Geräusch von sich entzündendem Diesel deutlich lauter erklang. Die ohnehin gesplitterte Frontscheibe des Wagens zerbarst endgültig, und aus dem Inneren schlugen jetzt die ersten Flammen.

Ihr Retter lud den halb bewusstlosen Eichholz so unsanft auf dem Bürgersteig neben ihr ab, dass sein Kopf auf den Boden knallte und sich eine dritte Platzwunde an seiner Schläfe zu den beiden anderen hinzugesellte, und endlich erkannte sie ihn. Es war Kutzow. Sein Blick war voller ehrlicher Sorge, als er sich über sie beugte. »Bist du in Ordnung?«

Conny war viel zu benommen und verwirrt, um antworten zu können, aber Eichholz tat es an ihrer Stelle. »Damit kommen Sie nicht durch, Fesser«, keuchte er, nuschelnd und nur halb verständlich, weil er den Mund voller Blut hatte, aber auch mit einer

Stimme, die vor Hass triefte wie Teer, der von einem brennenden Dach lief. »Das war's jetzt endgültig!«

Kutzow schlug ihm mit dem Handrücken ins Gesicht, ohne auch nur hinzusehen, ließ sich aus derselben Bewegung heraus neben ihr auf ein Knie sinken und streckte die andere Hand in ihre Richtung. Später, wenn sie darüber nachdachte, schob sie es auf ihren Zustand in diesem Moment, ihre Verwirrung und Benommenheit und den immer noch anhaltenden Kampf gegen Übelkeit und Ohnmacht, aber jetzt und in diesem Augenblick erschien die Entscheidung so klar, dass sie nicht einmal bewusst darüber nachdenken musste: Umständlich stemmte sie sich auf beide Ellbogen hoch, stützte sich mit der linken Hand in eine halb sitzende Position und streckte die andere nach seiner rechten aus.

Kutzow zog sie so mühelos in die Höhe, als wöge sie gar nichts, legte ihren linken Arm um seine Schulter und seinen rechten um ihre Hüften und lief auf den brennenden Wagen zu. Dicht genug, dass sie die Hitze der Flammen schmerzhaft auf Gesicht und Händen fühlen konnte, passierten sie ihn, und Kutzow umkreiste den großen SUV, mit dem er sie von der Straße gedrängt hatte, bugsierte sie unsanft auf den Beifahrersitz und schien im nächsten Sekundenbruchteil einfach auf dem Platz neben ihr zu materialisieren, als hätte er irgendwie die Zeit außer Funktion gesetzt, um den Flammen aus dem brennenden Fahrzeug zu entkommen, die nun auch nach dem Heck des SUV züngelten.

Vielleicht hatte sie auch nur für einen kurzen Augenblick das Bewusstsein verloren, denn sie stellte überrascht fest, dass sie bereits angeschnallt war. Die Welt befand sich in Aufruhr. Überall waren Schreie und Gestalten, die in ihre Richtung hasteten, das Sirenengeheul war jetzt ganz nahe, und vielleicht hatte sich auch bereits ein zweites aus einer anderen Richtung hinzugesellt. Es roch so beißend nach brennendem Diesel, dass ihr erster Versuch, etwas zu sagen, in einem qualvollen Husten endete.

Der zweite wurde von dem brutalen Ruck abgeschnitten, mit dem Kutzow rücksichtslos genug beschleunigte, um auch wirklich das letzte Vorurteil gegen SUV-Fahrer zu bestätigen. Ein wütendes Hupen erscholl, und eine Gestalt brachte sich mit einem erschrockenen Satz zwischen zwei parkenden Fahrzeugen in Sicherheit. Kutzow beschleunigte nur noch mehr, trat kurz vor der nächsten Abzweigung hart auf die Bremse und ließ den Wagen deutlich schneller um die Kurve schlittern, als Schneider es gerade getan hatte, aber auch ungleich souveräner. Schon in der nächsten Sekunde hatte er ihn wieder vollends unter Kontrolle, und als sie nach ein paar Augenblicken erneut abbogen, hatte er weit genug heruntergebremst, um sich an das Tempolimit zu halten.

»Alles in Ordnung?«, fragte er. Seinen Humor schien er jedenfalls nicht verloren zu haben.

6

Am vergangenen Abend hatte es das erste Mal geschneit, kaum mehr als ein Hauch aus weißem Puderzucker, der nicht einmal den Sonnenaufgang erlebt hatte. Es war trotzdem beißend kalt, sodass sein Atem sofort vor seinem Gesicht zu Dampf kondensierte und er fast augenblicklich mit den Zähnen zu klappern begann. Wassili zog die Tür hinter ihnen zu, winkte dem einsamen Posten, der in einem knöchellangen Wintermantel ein paar Schritte entfernt dastand und missmutig in ihre Richtung sah und fügte noch ein paar Worte auf Russisch hinzu. Der Rest seines Spielgewinns wechselte den Besitzer, dann waren sie allein, obwohl es den Gefangenen eigentlich nicht gestattet war, die Baracken nach Einbruch der Dunkelheit zu verlassen.

»Jetzt allein. Reden«, sagte Wassili. Bildete Marc es sich nur ein, oder war da ein lauernder Unterton in seiner Stimme?

»Warum tust du das?«, fragte er. »Was genau willst du von mir?«

Wassili legte fragend den Kopf auf die Seite und sog an seiner Zigarette. Das Ende glühte auf und tauchte sein Gesicht in mattroten Glanz und wie von scharfen Tuschestrichen begrenzte Schatten. »Was?«

»Das alles hier«, antwortete Marc, der zugleich die lautlose Stimme hinter seiner Stirn zum Schweigen zu bringen versuchte, die ihn immer hartnäckiger fragte, ob er eigentlich den Verstand verloren hatte. »Du hilfst mir und auch noch Ben. Warum? Was willst du von mir?«

»Du Freund«, antwortete er. »Freunde helfen Freunden.«

»Ja, da, wo ich herkomme«, antwortete Marc. »Und du wahrscheinlich auch, bevor sie dich hergebracht haben. Hier gibt es keine Freunde. Also, was willst du von mir?«

Diesmal dauerte es wesentlich länger, bevor der Russe antwortete. »Lernen Deutsch. Und du Russisch. Gut für uns beide.«

»Das meine ich nicht.« *Und das weißt du auch verdammt genau.*

Wenn, ließ Wassili es sich jedenfalls nicht anmerken. Er sog nur noch einmal an seiner Zigarette. Diesmal glühte ihr Ende beinahe weiß auf. »Was meinen dann?«

War er gerade dabei, sich um Kopf und Kragen zu reden? Vermutlich, auch wenn ihm das auf eine sonderbar distanzierte Weise plötzlich egal war; wie etwas, das ihn nicht wirklich betraf. Vielleicht weil ihm plötzlich alles besser erschien als nur eine einzige weitere Minute der Ungewissheit.

»Ich weiß, dass ich dir eine Menge schulde. Wahrscheinlich mehr, als ich jemals zurückzahlen kann. Ich tue alles, was du willst. Vor allem jetzt, wo du auch noch Ben geholfen hast!«

»Gut. Ich mich nicht in dir getäuscht. Du Mann mit Ehre.« Wassili nahm die Zigarette aus dem Mund, und zusammen mit dem roten Schein der Glut verschwand sein Gesicht in der Dunkelheit, durch die Schwaden noch tieferer Schwärze wie rauchiger Nebel zu treiben schienen. Trotzdem meinte er ein Funkeln in den Augen des Russen wahrzunehmen, das bisher noch nicht da gewesen war.

»Da ist nur … diese eine Sache«, fuhr er unsicher und mittlerweile beinahe ebenso schleppend mühsam um die richtigen Worte ringend fort, wofür er sich innerlich zugleich lautlos verfluchte.

»Ja?«, fragte der Russe. Machte er sich gerade über ihn lustig?

»Das werde ich nicht tun«, brachte er irgendwie heraus, mühsam und fast schon flüsternd. Und selbstverständlich auch Wassilis Blick ausweichend.

»Was?«

»Ganz egal, was du mit mir anstellst«, beharrte Marc, auch wenn seine Stimme zu sehr zitterte, um den Worten den allerletzten Nachdruck zu verleihen. »Und wenn du mich umbringst.«

»Warum umbringen?« Wassili lachte, wobei es sich in Marcs Ohren eher wie das Knurren eines Wolfs anhörte, der durch die Nacht schlich. »Ich nicht umbringen. Keinen Spaß mit totem Mann.«

»Ich glaube, du weißt, was ich meine. Also, was genau willst du von mir?« Verdammt, warum wollten ihm die Worte eigentlich nicht über die Lippen? Er war niemals übermäßig prüde gewesen – schon gar nicht mehr, nachdem er Jelena kennengelernt hatte, auch wenn es nur für wenige kostbare Tage gewesen war – und sie lebten schließlich im einundzwanzigsten Jahrhundert, nicht mehr im Mittelalter. Aber er hatte auch Angst, schlafende Hunde zu wecken.

»Nicht?«, fragte Wassili lächelnd: »Auch nicht, wenn ich töten dein Freund? Oder ihm sehr wehtun?«

Marc starrte ihn an. Die Worte trafen ihn wie ein Schlag in den Magen, nach allem, was er in den letzten Tagen mit dem großen Russen erlebt hatte. Er war Lichtjahre davon entfernt, ihn für etwas Ähnliches wie einen Freund zu halten, ganz egal, was er Ben gegenüber behauptet hatte, aber das …

Wassili sog erneut und jetzt so stark an seiner Zigarette, dass die rote Glut sein Gesicht in eine Teufelsmaske aus dem Baseler Karneval verwandelte, und Marc erkannte jetzt eindeutig ein spöttisches Funkeln in seinen Augen. Er *machte* sich über ihn lustig.

»Keine Sorge, Freund«, sagte er mit einem – gutmütigen – Lachen. »Ich ihm nicht wehtun.«

Aber mir? Marc war sehr sicher, die Frage nicht laut ausgesprochen zu haben, aber Wassili schüttelte so heftig den Kopf, als hätte er es. Er zog noch einmal an seiner Zigarette und ließ sie fallen. In dem klebrigen Morast, in dem er sie sorgsam mit der Schuhspitze austrat, glitzerten Eiskristalle wie hineingestreuter Diamantstaub. Bevor er weitersprach, fischte er eine weitere Selbstgedrehte aus der Jackentasche und hielt Marc eines der zerknitterten weißen Stäbchen hin.

Marc lehnte mit einem zaghaften Kopfschütteln ab, wobei er das Gefühl hatte, einen Fehler zu begehen. Er rauchte niemals, wie Wassili sehr wohl wusste, aber Zigaretten waren hier wie in den meisten Gefängnissen auf der Welt eine offizielle Währung, und sein Angebot in doppelter Hinsicht ein Friedensangebot.

Wassili steckte die Zigarette jedoch nur mit einem wortlosen Achselzucken ein und zündete sich seine eigene an. »Kommen. Gehen ein paar Schritte.«

7

Conny richtete sich benommen in ihrem Sitz auf und drehte – vorsichtig, damit die Übelkeit am Ende nicht doch noch den Sieg davontrug – den Kopf, um nach hinten zu sehen. Ganz kurz meinte sie ein blaues Flackern wahrzunehmen, dann bog er abermals ab, und es war verschwunden.

»Nichts ist in Ordnung«, brachte sie mühsam heraus, während sie mit zitternden Fingern über ihr Gesicht tastete. Sie fühlte ein bisschen klebriges Blut – nicht viel –, und es tat auch nicht sehr weh. »Halten Sie sofort an!«

»Bist du sicher?«, erkundigte sich Kutzow. »Ich meine, ich kann dich auch gleich in der nächsten JVA abliefern. Das spart dir die Wartezeit.«

Sie war viel zu durcheinander, um darüber nachzudenken. »Anhalten!«, verlangte sie erneut, und das zu ihrem eigenen Erstaunen schon deutlich energischer. »Was soll der Irrsinn? Sie hätten uns alle umbringen können!«

»Habe ich aber nicht«, erwiderte er leichthin. »Außerdem weiß ich, was ich tue.«

In diesem Punkt war Conny entschieden anderer Meinung. »Anhalten!«, verlangte sie zum dritten Mal. »Lassen Sie mich raus!«

»Gleich«, erwiderte er, gab aber ganz im Gegenteil nur wieder mehr Gas. Conny hatte bisher kaum auf ihre Umgebung geachtet. Immerhin kannte sie die Gegend gut genug, um zu erkennen, dass er nach einem kleinen Umweg wieder dorthin zurückzufahren schien, wo ihre selbstmörderische Flucht begonnen hatte. Hatte er jetzt endgültig den Verstand verloren?

»Wir sind gleich da. Ein paar Minuten. Bis dahin solltest du dich entscheiden.«

Was zum Teufel sollte sie denn entscheiden? Ob sie sich zusammen mit ihm verhaften oder vielleicht doch besser gleich erschießen lassen sollte?

»Falls es dir bei der Entscheidungsfindung hilft«, fuhr er in ganz und gar unangemessen fröhlichem Ton und mit einer Kopfbewegung auf das Radio im Armaturenbrett fort, »ich höre immer noch meinen Lieblingssender, den Polizeifunk. Deine Kollegen suchen dich mittlerweile als Verdächtige, nicht mehr als entführte Polizistin.«

»So schnell?«, erwiderte Conny mit einem schwachen Kopfschütteln. »Unmöglich. Es ist eine Minute her. So schnell sind nicht einmal wir.«

»Nicht seit gerade.« Kutzow tippte auf die Bremse und bog erneut ab. »Aber ich schätze seit dem Moment, in dem du deinen freundlichen Vorgesetzten angerufen und ihm gesagt hast, wo er dich findet.«

Noch bevor Eichholz überhaupt mit ihr gesprochen hatte?

»Oder warum glaubst du«, fuhr er fort, »dass ich zurückgekommen bin?«

»Um mich in noch größere Schwierigkeiten zu bringen?«

Kutzow ignorierte das. »Nach dem, was ich gehört habe, scheint für ihn festzustehen, dass du die Seiten gewechselt hast.«

»Was für ein Unsinn«, antwortete sie, wenn auch nicht einmal annähernd so nachdrücklich, wie sie es gerne gehabt hätte. Genau genommen überzeugte es nicht einmal sie selbst.

»Er wird dich fertigmachen, das ist dir doch klar, oder?«

Natürlich würde er das, vor allem nach der kleinen Aktion, die sich Kutzow gerade geleistet hatte. Conny funkelte ihn nur wortlos an.

»Wir sind gleich da«, sagte Kutzow. »Du musst dich entscheiden. Hilf mir, Nadeshda wegzubringen, und ich stelle mich. Oder steig an der nächsten Ampel aus und warte auf deinen Chef. Ich rufe ihn an, sobald ich in Sicherheit bin und sage ihm, was wirklich passiert ist, keine Angst. Ich nehme die ganze Schuld auf mich. Ich weiß natürlich nicht, ob er mir glaubt.«

Er wusste verdammt genau, dass er das nicht tun würde, aber es wollte ihr einfach nicht gelingen, so wütend auf ihn zu werden, wie sie es sollte. Sie empfand allerhöchstens eine absurde Mischung aus Resignation und beinahe hysterischer Erleichterung, dass ihr die Entscheidung offenbar schon längst abgenommen worden war.

Der winzige Rest von ihr, der noch zu logischem Denken imstande war, versuchte es auf den emotionalen Schock des Unfalls zu schieben, aber die Wahrheit war, dass er schlichtweg recht hatte. Sie hatte Eichholz ihren Kopf auf einem Silbertablett serviert und den kümmerlichen Rest ihrer Karriere gleich dazu. Und da war auch immer noch Nadeshda.

»Sie meinen das diesmal ernst?«, fragte sie.

»Dass ich mich stelle, wenn alles vorbei ist?« Sie sah ihm an, dass er ein paar Sekunden lang ganz ernsthaft über diese Frage nachdachte, bevor er nickte. »Wenn das der Preis ist, den ich für deine Mithilfe bezahlen muss, dann ja.«

Seltsam – aber es war nicht einfach nur so, dass sie ihm glaubte –, sie *wusste*, dass er es ernst meinte. Dieser Mann verwirrte sie immer mehr. Vielleicht, weil ihre Logik einfach an ihm abprallte wie leichter Nieselregen an einer Öljacke.

»Das Mädchen muss Ihnen wirklich eine Menge bedeuten.«

»Mehr, als du dir vorstellen kannst.« Kutzow nahm den Fuß vom Gas, blinkte nach rechts und überlegte es sich dann im letzten Moment anders, als sie die Kreuzung erreichten und das blaue Flackern dahinter sahen. »Also?«

»Habe ich denn eine Wahl?«

»Man hat immer die Wahl. Die Frage ist nur, ob man bereit ist, den Preis zu zahlen, wenn man die falsche Entscheidung trifft.«

In jeder anderen Situation hätte sie über diese Worte bestenfalls gelacht, aber jetzt jagten sie ihr einen kalten Schauer über den Rücken, denn sie spürte nicht nur, wie bitterernst er sie meinte, sondern auch, dass sich dahinter noch eine Geschichte verbarg, die weitaus größer und dramatischer war, als er bisher offenbart hatte.

Und sie selbst? Ganz kurz meldete sich ihre Vernunft zu Wort. Noch war es nicht zu spät, trotz allem. Sie konnte ihn bitten anzuhalten oder bei der nächsten Gelegenheit aus dem Wagen springen und sich Eichholz und allem stellen, was er ihr antun wollte. Möglicherweise war das weniger schlimm als das, was sie erwartete, wenn sie bei Kutzow blieb.

Aber das war nur ihre Vernunft, die ihr das riet – es ihr genauer gesagt zubrüllte –, und weder war sie in der Lage, auf sie zu hören, noch wollte sie es.

»Und wie genau soll es jetzt weitergehen?«, fragte sie matt und versuchte sich vergeblich einzureden, dass sie es nur tat, um Zeit zu gewinnen.

»Es gibt jemanden, der mir vielleicht sagen kann, wo sie Nadeshda hingebracht haben«, antwortete er.

»Einfach so?«

»Wann war in dieser Geschichte jemals etwas einfach?«, gab er auf eine Art amüsiert zurück, die nicht die Spur von echtem Humor enthielt, bog ein weiteres Mal ab und hielt vorschriftsmäßig an der nächsten roten Ampel an. Irgendwo dahinter flackerte es blau.

»Und dann?«, fragte sie. »Was stellen Sie sich vor? Dass wir zusammenbleiben wie Bonnie und Clyde? Nein danke. Ich weiß, wie die Geschichte ausgegangen ist.«

»Ich habe den Film auch gesehen«, antwortete Kutzow. »Und keine Angst, ich werde nicht von dir verlangen, zusammen mit mir Banken auszurauben oder so was … es sei denn, du möchtest es.«

Die Ampel sprang auf Gelb, und er wartete vorschriftsmäßig, bis sie endlich Grün zeigte, bevor er weiterfuhr. Conny sah nach rechts, als sie die Kreuzung überquerten, und erschrak, als sie feststellte, wie nahe sie der improvisierten Straßensperre (warum war sie eigentlich noch da?) waren. Sie wäre nicht einmal mehr wirklich überrascht gewesen, wäre er tollkühn genug gewesen, um abzubiegen und direkt an den wartenden Streifenwagen vorbeizufahren.

Stattdessen überquerte er die Kreuzung und bog in eine Wohngegend mit schmucken Alleen und gepflegten Einfamilienhäusern ab, hinter deren Fenstern die ersten Lichter erwachten.

»Ich meine es ernst«, sagte sie. »Selbst wenn wir Nadeshda finden – was dann? Sie haben Eichholz erlebt. Er hört sich Ihre

Geschichte bestimmt nicht an und lässt Sie dann laufen, weil sie so herzzerreißend ist. Ich kenne ihn. Er wird Himmel und Hölle in Bewegung setzen, um Ihnen möglichst viel anzuhängen.« Schlimmstenfalls den Mordversuch an ihm und einer jungen Polizistin und die Entführung einer zweiten.

»Vermutlich«, gestand Kutzow. Die Vorstellung schien ihn allerdings nicht sonderlich zu beunruhigen. »Aber ich habe auch etwas anzubieten. Ihm und dir auch.«

»Mir?«

»Ich weiß eine Menge über die Organisation«, antwortete er. »Hilf mir, Nadeshda rauszuholen, und ich liefere dir genug Informationen, um den ganzen Laden hochgehen zu lassen. Du wirst nicht nur rehabilitiert, sondern die Heldin des Tages. Nicht einmal dein Lieblingsvorgesetzter könnte dir dann noch etwas anhaben. Nicht bei den Namen, die ich dir nennen kann. Glaub mir, es sind ein paar dabei, die dich überraschen werden.«

Sie war beinahe froh, dass er in diesem Moment erneut abbog und den SUV am Straßenrand ausrollen ließ, sodass sie es als Vorwand nutzen konnte, nicht direkt zu antworten. Logik oder gar Argumente hatten in diesem Augenblick keinerlei Macht mehr über die Ereignisse.

Kutzow hielt endgültig an, schaltete den Motor jedoch nicht aus, sondern warf ihr einen fragenden Blick zu.

»Nur, bis wir Nadeshda gefunden haben?«, hörte sie sich beinahe zu ihrem eigenen Entsetzen fragen.

»Keine Minute länger. Danach stelle ich mich.«

Dazu hätte Conny viel sagen können. Aber ihre Kehle war plötzlich wie zugeschnürt, und sie hatte das Gefühl, keine Luft mehr zu bekommen. Ihr Blick verschleierte sich, und ihre unmittelbare Umgebung wurde durch etwas anders ersetzt … *Wasser, dunkel und dräuend, ein Abwasserbecken voller Unrat, und in sich das Gefühl, von der übel riechenden Brühe angezogen zu werden, die Kontrolle über ihren Verstand und ihren Willen zu verlieren. In dem brackigen Wasser trieb eine dunkle Gestalt, sich selbst und dem nahenden Tod überlassen. Mit jeder Faser ihres Körpers spürte sie das brennende Verlangen, dem Todgeweihten zu helfen. Sie musste ihn aus der fauligen Umklammerung der kalten Nässe holen, jetzt, sofort oder auch später …*

»Conny?«, fragte Kutzow besorgt. »Alles in Ordnung?«

»Was?«, krächzte sie. Es war wie ein Tagtraum, nur ungleich brutaler und von einer Intensität, als hätte sie gerade einen LSD-Horrortrip, aus dem es kein Entkommen gab.

Wasser, nichts als diese Drecksbrühe und der unbändige Wunsch, die darin treibende Gestalt rauszuholen …

»Conny?«, wiederholte Kutzow. »Was ist mit dir los?«

Obwohl sie sich bereits wieder in die Realität zurückzufinden begann, hielt die Vision sie immer noch in ihrem unbarmherzigen Griff. Drehte sie jetzt endgültig durch?

»Ist dir nicht gut?«

»Doch, doch …« Sie schluckte hart. Sie war hier. In dem gestohlenen Wagen zusammen mit Kutzow. Nirgendwo anders. »Und Sie …« Sie setzte noch einmal neu an. »Sie stellen sich den Behörden, sobald das Mädchen in Sicherheit ist?«

»Nein«, antwortete er. »Aber dir.«

Es dauerte noch eine ganze Weile, bis sie zu einer Bewegung fähig war, dann nickte sie. »Fahren Sie weiter.«

Kutzow wirkte zwar nicht wirklich überzeugt, aber dann deutete er ein Achselzucken an und fuhr weiter, wenn auch nur noch im Schritttempo und immer wieder in den Rückspiegel blickend. Schließlich bugsierte er den Wagen endgültig in eine Parklücke und stellte den Motor ab.

»Und was tun wir hier?«, erkundigte sie sich, um sich gleich darauf in Gedanken selbst die Antwort zu geben, als sie an ihm vorbei und auf die andere Straßenseite sah, wo ein knallgelber Tesla vor dem erleuchteten Schaufenster einer kleinen Sparkassenfiliale stand.

»Ich bringe nur den Wagen zurück, den ich mir gerade ausgeliehen habe. Es muss ja schließlich alles seine Ordnung haben.«

»Gestohlen, meinen Sie?«

Kutzow tat die Bemerkung mit einem weiteren Achselzucken ab. »Es ist ja nichts passiert. Ein paar Schrammen, das ist alles.«

Darüber konnte man durchaus unterschiedlicher Meinung sein, stellte sie fest, als sie den Wagen auf der anderen Seite verließ und um ihn herumging. Stoßstange und Heckklappe des SUV waren ein einziger Wust aus zerknittertem Blech und geborstenem Kunststoff, und schwarze Brand- und Schmelzspuren verrieten, dass er ebenfalls Feuer gefangen hatte.

»Nur ein paar Schrammen?«

Kutzow hob mit einem schiefen Grinsen zum dritten Mal die Schultern und griff nach ihrem Arm, wie um sich bei ihr unterzuhaken. Conny wollte das nicht und versuchte sich loszumachen, aber das ließ er nicht zu, sondern packte sie nun mit beiden Händen an Ellbogen und Handgelenk und zerrte sie fast schon gewaltsam neben sich her über die Straße.

»He! Was soll denn das?« Sie versuchte sich loszumachen, worauf er sie zwang, in einer leicht nach vorne gebeugten, unbequemen Haltung neben ihm herzustolpern.

»Wehr dich ruhig ein bisschen«, sagte er. »Aber nicht zu heftig. Ich will dir nicht wehtun.«

Conny war nahe daran, ihm zu beweisen, dass sie solcherlei Skrupel nicht hatte, aber sie hatten die Straße bereits überquert, und er zwang sie auf den Beifahrersitz des Tesla. »Versuch nicht, wegzulaufen. Wie gesagt: Ich will dir nicht wehtun müssen.« Damit knallte er die Tür zu und war bereits hinter dem Steuer, noch während sie zu begreifen versuchte, was er da überhaupt tat und warum. Hatte sie etwas Falsches gesagt?

Kutzow startete den Motor, schnallte sich an und warf ihr einen ungeduldigen Blick zu. »Schnall dich an.«

»Warum? Haben Sie Angst um meine Gesundheit?«

»Das auch«, antwortete er unwirsch, »aber die Kiste bewegt sich keinen Meter, wenn jemand auf dem Beifahrersitz ist und sich nicht anschnallt. Die Amis und ihr Sicherheitstick.«

Conny blickte ihn zwar böse an, tat aber, was er von ihr verlangte, und begann demonstrativ ihr nicht wirklich schmerzendes Handgelenk zu massieren, als er losfuhr. »Was war denn das jetzt?«, fragte sie ärgerlich. »Ich habe doch gesagt, dass ich mitkomme!«

»Aber es sollte besser niemand sehen, dass du es freiwillig tust«, antwortete er. »Der Geldautomat hat eine Kamera. Ich bin nicht sicher, ob sie den Bürgersteig aufnimmt, aber wenn, dann hätte dein Freund Eichholz bestimmt seine helle Freude daran, zu sehen, wie du freiwillig ins Auto steigst. Und jetzt lehn dich zurück und genieß die Fahrt. Wir haben einen ziemlichen Weg vor uns.«

Conny bedachte das hypermoderne Armaturenbrett mit einem demonstrativ zweifelnden Blick. »Mit diesem Ding schaffen wir es nicht einmal aus der Stadt«, prophezeite sie.

»Möglich«, erwiderte Kutzow. »Aber dann ist es doch nur umso wichtiger, dass jeder sieht, wie heftig du dich gewehrt hast, oder?«

8

Wassili marschierte in gemächlichem Tempo bis zur Mitte des Hofes, so unverdrossen weiter an seiner Zigarette ziehend, dass man die Glut in der Dunkelheit vermutlich im ganzen Lager sehen konnte, und blieb dann wie einem lautlosen Befehl gehorchend plötzlich stehen. Nur einen Moment später strich das weiße Oval eines starken Scheinwerfers dort über den Morast, wo er gewesen wäre, hätte er seinen Weg fortgesetzt. Möglicherweise schwenkte der einsame Posten den Suchscheinwerfer ja doch nicht ganz so willkürlich hin und her, wie Marc bisher angenommen hatte.

Der Russe ging weiter und blieb erst wieder stehen, als er den

Zaun fast erreicht hatte, hielt aber eine gute Armeslänge Abstand. Vielleicht wollte er den Bogen ja nicht überspannen, oder es lag schlicht an der gläsernen Kälte, die in fast regelmäßigen Wellen von dem schmalen Fluss auf der anderen Seite des Maschendrahts zu ihnen heraufwehte. Marc konnte sich mittlerweile nur noch mit Mühe beherrschen, nicht die Arme um den Leib zu schlingen und mit den Füßen aufzustampfen, um die Kälte aus seinen Zehen zu vertreiben.

»Und was … wollen wir jetzt hier?«, fragte er, nachdem er gefühlt endlos darauf gewartet hatte, dass Wassili das Gespräch von sich aus begann.

»Sag du mir«, antwortete der riesenhafte Russe. »Du wollten reden.« Er versuchte nicht einmal, irgendwie anders als spöttisch zu klingen. Marc gestand sich im Stillen ein, dass er ihn offensichtlich schon wieder unterschätzt hatte, nicht zum ersten und ganz bestimmt nicht zum letzten Mal. Aber was hatte er erwartet, dass er nach ein paar Monaten hier die Spielregeln einer vollkommen fremden Welt beherrschte, einer Welt, die so anders war als alles, was er kannte, dass sie genauso gut auf einem anderen Planeten hätte sein können? Das war lächerlich.

»Ich glaube, ich … habe etwas falsch verstanden«, sagte er unbeholfen. »Das ist jetzt wirklich peinlich. Tut mir leid.«

Wassili blickte weiter auf den Fluss hinab, eine schwarze Linie, die die Dunkelheit auf der anderen Seite des Zauns spaltete und Kälte verströmte, die jetzt schon eine deutlich schwerer zu überwindende Barriere darstellte als das dünne Drahtgeflecht davor.

»Du Angst«, fuhr Wassili nach einer weiteren kleinen Ewigkeit fort, die diesmal nicht nur eingebildet war, denn sie reichte ihm aus, nicht nur seine Zigarette aufzurauchen und durch eine Masche im Zaun in den Fluss zu schnippen, sondern sich auch noch eine weitere Selbstgedrehte anzuzünden; was ihm einige Mühe bereitete, denn der Wind blies sein Streichholz nicht nur immer wieder aus, auch seine Finger waren vor Kälte mittlerweile offenbar so steif, dass er Mühe hatte, das Streichholz überhaupt zu halten.

Offensichtlich war selbst Wassili nicht ganz so unkaputtbar, wie er gedacht hatte.

»Natürlich habe ich Angst«, antwortete Marc. »Aber nicht vor dir. Das war ein Fehler, und es tut mir leid. Ich habe die Situation missverstanden. Ich entschuldige mich.« Er versuchte sich in ein nervöses Lächeln zu retten und spürte selbst, wie schrecklich es misslang. »Ich habe nicht besonders viel Erfahrung in solchen Dingen, weißt du?«

»Solche Dinge?« Wassili drehte sich sehr langsam vom Zaun weg und ganz in seine Richtung, bevor er in die Jackentasche griff und etwas herauszog, das Marc erst auf den zweiten Blick als zerknittertes Foto identifizierte. Selbst im praktisch nicht vorhandenen Licht konnte er erkennen, dass die Farben längst zu einem sepiabraunen Einerlei verblasst und die Umrisse verschwommen genug waren, um das Bild überhaupt nur für denjenigen Sinn ergeben zu lassen, der ohnehin wusste, was darauf zu sehen war.

»Deine Familie?«

Wassili hielt ihm das Foto mit einer auffordernden Bewegung hin, ohne dass er dadurch mehr erkannte als verwaschene Umrisse, die sich mit einiger Fantasie als die eines sehr großen Mannes, einer Frau und zweier Kinder herausstellten. Wenn die abgebildete Person Wassili war, dann in einer Zeit vor seinem Dschingis-Khan-Bart.

»Nadja«, bestätigte Wassili. »Und Fjodor und Ivan, Söhne.«

Er wiederholte seine auffordernde Geste, aber Marc machte trotzdem keinen Versuch, nach dem Bild zu greifen. Das zerknitterte Foto war vermutlich Wassilis größter Schatz.

»Ich nicht *gay*«, sagte Wassili. »Ich lieben meine Kinder und Nadja. Nicht Männer.« Die Vorstellung, Marc könnte in dieser Beziehung Angst vor ihm gehabt haben, schien ihn zu amüsieren, aber er ging nicht weiter darauf ein, sondern steckte das Foto mit einer übertrieben sorgsamen Bewegung wieder weg.

»Wollte warten, bis Sprache besser«, radebrechte er, jetzt wieder mit einem Lächeln und in verändertem Ton. »Aber gut. Vielleicht auch jetzt besser. Ich fünf Jahre hier, und noch zwanzig warten. Dann Nadja alte Frau und Söhne erwachsen und vielleicht selbst schon Kinder.«

Auf seine schleppende Art brauchte er fast eine Minute, um diese Worte zu formulieren, und während er es tat, ging eine ebenso unerwartete wie sonderbare Veränderung mit ihm vonstatten, die so gar nicht zu diesem großen, gewalttätigen Mann passen wollte. In seinen Augen erschien ein Ausdruck von Trauer, aber auch ein herzzerreißender Schmerz, der Marc nicht unberührt ließ. Er musste schlucken und nannte sich selbst nicht nur einen sentimentalen Dummkopf, sondern erinnerte sich daran, dass ihn dieser Mann, ohne mit der Wimper zu zucken, töten würde, wenn er auch nur den geringsten Anlass dazu sah.

»Du vermisst sie.«

»Du nicht verheiratet?«

Marc wollte zuerst den Kopf schütteln, sagte dann jedoch: »Sie ist tot.«

»Du sie getötet? Deswegen hier?«

Marc verneinte erneut. »Jemand hat sie umgebracht, aber nicht ich.«

»Aber den, der sie getötet?«, vermutete Wassili.

»Nein«, antwortete Marc ausweichend. »Es ist … kompliziert.«

»Nadja am Leben«, erwiderte der Russe. »Kinder am Leben. Ich will Familie wiedersehen. Nicht erst in zwanzig Jahren.«

Es dauerte eine Weile, bis Marc verstand, worauf Wassili hinauswollte. »Du willst fliehen?« Warum war er eigentlich überrascht?

»Du auch«, stellte Wassili fest. »Wir gehen zusammen. Drei Männer mehr Chancen als einer allein.«

9

Zumindest bis zur Autobahn blieben sie unbehelligt, und dann gab es ohnehin nichts mehr, was sie noch einholen oder gar aufhalten konnte, als Kutzow die knappen siebenhundert PS des Tesla Model X entfesselte und sie diesmal so heftig in den Sitz gepresst wurde, dass ihr tatsächlich die Luft wegblieb. Mindestens einmal meinte sie es am Straßenrand aufblitzen zu sehen, aber sie sparte es sich, eine entsprechende Bemerkung zu machen.

Sie wechselten zweimal rasch hintereinander die Autobahn, jagten noch ein kurzes Stück über eine einsame Landstraße und erreichten ihr Ziel pünktlich mit dem ersten grauen Schimmer am Horizont, einen einsam gelegenen ehemaligen Bauernhof, der sich irgendwo mitten im Nichts in eine Kurve schmiegte und seine neue Bestimmung gar nicht erst zu verhehlen versuchte. Eine Million winziger roter Lämpchen zeichneten die Konturen der Türen und Fenster nach und bildeten ein rotes Herz über der ehemaligen Toreinfahrt, das im Gegentakt zu dem Pfeil flackerte, der es durchbohrte.

»Wie geschmackvoll«, sagte sie. »Und so dezent.«

»Das ist der Sinn der Sache.« Kutzow schaltete die Scheinwerfer aus, und der Tesla rollte lautlos durch das Tor und kam neben einer schmalen Tür auf der Rückseite des Hauses zum Stehen. »Oder wo würdest du einen Baum verstecken? In der Wüste?«

»Und was genau tun wir also hier?«

Kutzow schaltete den Motor aus. »Ich muss mit jemandem reden. Du kannst hier warten, wenn du willst, es dauert nicht lange. Oder du kommst mit.«

Conny stieg aus, ohne zu antworten. Die Tür sprang mit einem leisen Klicken auf, gerade als Kutzow die Hand danach ausstrecken wollte, und rotes, von einem schweren Samtvorhang zu einem senkrechten schmalen Streifen reduziertes Licht schlug ihnen entgegen, untermalt von schwülstiger Housemusik und den ganz unmissverständlichen Geräuschen eines Pornofilms, der irgendwo im Hintergrund lief, wahrscheinlich in einer Endlosschleife.

Das typische Durcheinander von Gerüchen an einem Ort wie diesem schlug ihnen entgegen, von verschüttetem Bier und Zigarettenrauch, einem billigen Raumspray und ganz leicht von etwas, das sie wohl für verbrannte Küchenabfälle gehalten hätte, hätte die Polizistin in ihr es nicht besser gewusst. Von dem halben Dutzend Tischen war nur einer besetzt, mit einer schwarzhaarigen jungen Frau, die sich in ein unglaublich kompliziert aussehendes Etwas aus schwarzen Lacklederstreifen gehüllt hatte und an einem Champagnerglas nippte, und einem dafür umso älteren grauhaarigen Manager-Typ, der für einen Sekundenbruchteil schuldbewusst hochsah, als sie eintraten, dann aber eindeutig erleichtert reagierte. Hinter der Bar lieferte eingerahmt von zahllosen Flaschen ein großformatiger Fernseher die passenden Bilder zu den Geräuschen, die sie beim Hereinkommen gehört hatten, und davor stand eine nur unwesentlich züchtiger gekleidete Bedienung. Sie sah so übernächtigt aus, wie man es angesichts der vorgerückten Stunde erwarten konnte, aber ihr Gesicht hellte sich auf, als sie Kutzow erkannte. Conny schenkte sie nur ein knappes Nicken.

»Maxim! Das ist ja eine Ewigkeit her, dass du dich mal hier blicken lässt!«

Kutzow schlenderte zur Bar und schüttelte den Kopf, als sie, ohne zu fragen, nach zwei Whiskygläsern griff. »Nur Wasser, Sandy.«

Die junge Frau wirkte irritiert, dann glitt ihr Blick noch einmal und aufmerksamer über Connys Gesicht, und ein spöttisches Funkeln erschien in ihren Augen. »Ich verstehe. Ihr zwei Hübschen habt noch was vor. Sucht euch ein Zimmer aus, sie sind alle frei. Heute ist nichts los.«

Conny hätte jetzt eigentlich empört sein sollen, ertappte sich jedoch im Gegenteil dabei, sich ein wenig geschmeichelt zu fühlen. Immerhin könnten sowohl Sandy als auch ihre in Leder eingepackte Kollegin fast ihre Töchter sein.

»Danke für das Angebot, Liebes, aber deshalb sind wir nicht hier. Ist Mike da?«

»Oben im Büro«, nickte Sandy. »Soll ich ihm Bescheid sagen?«

»Nicht nötig«, erwiderte Kutzow. »Ich gehe hoch. Nicht, dass ich ihn in einer peinlichen Situation überrasche.«

»Er ist allein«, antwortete die junge Frau und fügte mit der Andeutung eines Grinsens hinzu: »Aber ich warne ihn trotzdem vor. Auch allein kann man in eine peinliche Situation geraten; obwohl ich eigentlich nicht glaube, dass er weiß, was dieses Wort bedeutet.«

Kutzow wandte sich mit einem leisen Lachen um und deutete auf den freien Tisch gleich neben dem Eingang, so weit von den beiden anderen Gästen entfernt, wie es ging. »Vielleicht wartest du hier auf mich, Conny. Es dauert nicht lange.« Er verschwand hinter einem Vorhang am anderen Ende der Bar, bevor sie auch nur antworten konnte, und Conny blieb ein bisschen hilflos zurück.

»Setz dich, Süße«, sagte Sandy. »Ich bringe dir dein Wasser. Tatsächlich nur Wasser?«

»Nur Wasser«, bestätigte Conny unfreundlicher, als sie eigentlich gewollt hatte. Sandy lächelte jedoch unerschütterlich weiter und machte eine auffordernde Kopfbewegung, und so ging sie zum Tisch und setzte sich. Obwohl sie nicht hinsah, spürte sie, dass der Grauhaarige sie weiter im Auge behielt. Vielleicht fragte er sich ja, was jemand wie sie in einem Etablissement wie diesem wollte.

Sandy trat mit einem vor Kälte beschlagenen Glas Wasser in der einen und einem Glas mit einer dunkleren Flüssigkeit in der anderen Hand an ihren Tisch. Sie stellte das Wasser vor ihr ab und ließ sich auf den Stuhl sinken.

»Darf ich?«

Conny fand die Reihenfolge etwas sonderbar, reagierte jedoch nur mit einer entsprechenden Kopfbewegung und griff nach ihrem Wasser. Das Glas war so kalt, dass es ein bisschen unangenehm war, es anzufassen, und sie nahm lediglich einen vorsichtigen kleinen Schluck. Trotzdem begann ihr Magen augenblicklich zu rebellieren, und sie spürte plötzlich, wie hungrig sie war; was er mit einem ebenso hörbaren wie peinlichen Knurren bestätigte. Immerhin hatte sie seit dem, was sie in der Gefängnisklinik als *Mittagessen* bezeichneten, nichts mehr gegessen.

Sandy lächelte, stand auf und kam kurz darauf mit einer kleinen Kristallschale mit Salzstangen und Erdnüssen zurück, die sie ihr über den Tisch zuschob. »Ich kann dir auch einen Hamburger machen. Ist allerdings aus der Mikrowelle und schmeckt so, wie es sich anhört.«

»Das ist schon in Ordnung, danke.« Conny griff sich gleich eine kleine Handvoll Salzstangen und begann zu knabbern, wohl wissend, ihren Hunger damit allerhöchstens noch anzufachen.

Die junge Frau betrachtete sie auf eine gutmütige Art, aus der sie nicht recht schlau wurde. »Das ist wieder mal typisch für Maxim. Er hat kein Problem damit, einer Frau eine sündhaft teure Gucci-Handtasche zu schenken, wenn sie sie nur sehnsüchtig genug ansieht, aber etwas so Banales wie ganz normaler Hunger kommt ihm nicht in den Sinn.«

»Eigentlich kann ich mich nicht beschweren. Obwohl er die Sache mit der Gucci-Tasche bisher ausgelassen hat.«

»Dann hast du anscheinend noch nicht sehnsüchtig genug hingesehen.« Sandys Blick glitt taxierend an Connys Gestalt hinab und wieder herauf. »Aber du bist auch nicht so der Gucci-Typ, habe ich recht?«

»Bin ich nicht«, bestätigte Conny. Sie gewann ein paar Augenblicke damit, die restlichen Salzstangen zu stibitzen und zu knabbern.

»Das war nicht böse gemeint.« Sandy machte eine Handbewegung an sich hinab. Ihr leicht … nun ja: nuttiges … Outfit mochte die Fantasien der meisten Männer nicht nur entfachen, sondern ihr gleich mit einem Flammenwerfer zusetzen. »Das hier ist meine Arbeitskleidung. Privat mag ich es eher leger.«

Sie trank einen Schluck und wartete nun ganz offensichtlich darauf, dass Conny etwas sagte, und nach einem weiteren Augenblick tat sie ihr auch den Gefallen. »Du kennst …«, beinahe hätte sie *Kutzow* gesagt, »… Maxim schon lange?«

»Fast zehn Jahre. Er hat mir den Job hier besorgt. Und du?«

Interessant, dachte Conny. Wenn sie nicht völlig danebenlag, dann konnte sie damals auf gar keinen Fall schon volljährig gewesen sein. »Eine Ewigkeit. Ich weiß selbst nicht mehr, wie lange. Wir haben uns für eine Weile aus den Augen verloren und erst heute wieder getroffen.«

»Und dann bringt er dich ausgerechnet hierher.« Sandy schüttelte den Kopf. »Ja, das ist typisch Maxim. Er ist ein netter Kerl, und du hättest es schlechter treffen können. Aber seine Manieren weisen doch ein gewisses Defizit auf.«

Jetzt musste Conny gegen ihren Willen doch lachen. »Du kennst ihn anscheinend besser als ich«, sagte sie, während sie sich nun über die Erdnüsse hermachte. »Er hat dir diesen Job hier besorgt, sagst du?«

»Suchst du Arbeit?« Sandy legte fragend den Kopf auf die Seite.

»Nicht hier«, erwiderte sie. »Dafür reichen meine … äh … Qualifikationen nicht aus, fürchte ich.«

Ihr wurde zu spät klar, dass die junge Frau diese Worte durchaus als Beleidigung auffassen konnte, aber Sandy tat sie nur mit einem Achselzucken ab.

»Wie hast du Maxim damals kennengelernt, und was macht er heute?«, fragte sie. »Ich habe ihn seit mindestens einem Jahr nicht gesehen, wenn nicht länger. Handelt er immer noch mit gefälschten Kunstwerken?«

»Das weiß ich nicht«, antwortete sie. »Mit Kunst habe ich

nichts zu schaffen. Ich war auf der Suche, und jemand hat mir erzählt, er könnte mir vielleicht behilflich sein.«

»Auf der Suche?«

»Nach einem Mädchen.« Conny trank einen weiteren Schluck Wasser. Sie behielt Sandy über den Rand des Glases hinweg aufmerksam im Auge. »Vielleicht zwölf, dreizehn Jahre alt. Oder ein bisschen älter.«

Etwas veränderte sich. Das Lächeln blieb auf Sandys Gesicht, aber irgendetwas darin erlosch, und sie konnte regelrecht spüren, wie sie innerlich das Visier herunterklappte. »Ein Mädchen?«, vergewisserte sie sich. Sie leerte das Glas mit einem Ruck, mit dem sie den Kopf in den Nacken warf, und stand auf. »Ich habe noch zu tun. In einer Stunde ist hier Schluss, und ich muss noch die Kasse machen.«

»Das hast du jetzt falsch verstanden«, sagte Conny hastig. »Ich meinte nicht …«

Sandy hörte ihr gar nicht mehr zu, sondern schob den Stuhl scharrend an seinen Platz zurück und ging zu dem Tisch mit dem anderen Pärchen. »Noch etwas zu trinken, ihr beiden? Wir machen übrigens in einer Stunde dicht. Wenn ihr ein Zimmer braucht, dann besser jetzt. Sonst lohnt es sich nicht mehr.«

Sandys jüngere Kollegin bedachte Conny nun doch mit einem fast ärgerlichen Blick, aber der Managertyp erhob sich und machte eine auffordernde Geste. Nur einen Moment später verschwanden die beiden durch denselben Vorhang wie Kutzow gerade. Der Grauhaarige hatte den Arm um sie und die Hand auf ihren Rücken gelegt; oder das, was er ganz offensichtlich dafür hielt.

10

»Du willst, dass wir dich begleiten?«, vergewisserte sich Marc. Das war nun wirklich das Letzte, womit er gerechnet hätte.

»Winter kommt«, radebrechte Wassili. »So lange wir planen und treffen Vorbereitungen. Wenn Winter vorbei, wir gehen.«

»Du bist verrückt«, entfuhr es Marc. »Ich meine, du weißt, dass es unmöglich ist, oder?« Er deutete auf den Zaun und in die schier endlose Dunkelheit dahinter, und (wenn es noch Zufall war, dann ein wirklich großer) der Suchscheinwerfer im Wachturm über ihnen vollzog die Bewegung lautlos nach und riss träge fließendes schwarzes Wasser, schlammigen Morast und sprießendes kränkliches Gras aus der Nacht auf der anderen Seite. Hier und da fiel das Licht auf Raureif und vereinzelte Eisnester im Morast und explodierte zu Millionen winziger Funken, bevor er sich in der Unendlichkeit dahinter verlor. Allein der Gedanke, auch nur einen Fuß in diesen schwarzen Abgrund zu setzen, flößte ihm Angst ein.

»Nicht unmöglich«, widersprach Wassili. »Schwer. Gefährlich. Aber nicht unmöglich.«

»Von hier ist noch niemand entkommen«, gab Marc zu bedenken. Natürlich versuchten die Gefangenen es immer wieder, aber diese Verzweiflungstaten endeten regelmäßig entweder direkt am Zaun oder mit einer Kugel im Rücken oder nach einer – meist sehr kurzen – Treibjagd mit der Rückkehr des Geflüchteten, der daraufhin die nächsten Monate in einem fensterlosen Loch bei Wasser und Brot verbrachte.

»Vielleicht alle anderen dumm«, brummte Wassili. »Oder doch entkommen, aber niemand sagen.«

Das mochte stimmen. Schließlich würde der Lagerkommandant die Häftlinge nicht mit der Nachricht von einer gelungenen Flucht zu weiteren Verzweiflungstaten animieren wollen. Trotzdem schüttelte er nur den Kopf. »Wir wissen ja nicht einmal, wo wir sind.«

»Ich schon.« Wassili deutete in die Nacht hinaus. »Nächster Ort zehn Kilometer. Nächste Stadt siebzig. Aber dahin nicht gehen.«

»Weil sie dich in dieser Richtung zuallererst suchen würden. Wohin dann?«

Wassili deutete erneut, wie es ihm vorkam, in dieselbe Richtung. »Norden. In die Wälder. Niemand kann dort finden.«

»Und wie weit ist es in dieser Richtung bis zur nächsten Stadt?«

»Vielleicht zweihundert Kilometer«, erwiderte Wassili achselzuckend. »Vielleicht vierhundert. Weiß nicht, aber egal. Verstecken im Wald, später stehlen Auto, oder nehmen Zug. Egal. Habe Plan. Guten Plan.«

»Wozu brauchst du dann mich?«, fragte Marc und verbesserte sich: »Uns?«

»Weit geht nicht allein«, antwortete Wassili. »Plan braucht zwei Männer. Drei noch besser.«

»Und wieso?«

Wassili maß ihn mit einem langen, unmöglich zu deutenden Blick. Er war nicht so freundlich, wie Marc es sich gewünscht hätte. Oder auch nur neutral. »Kommen mit?«

Etwas sagte ihm, dass es möglicherweise nicht besonders klug wäre, rundheraus Nein zu sagen. »Und wenn?«

Jetzt wurde Wassilis Blick eindeutig lauernd. Dann schnippte er seinen Zigarettenstummel dem ersten hinterher, zündete sich, mit der hohlen Hand umständlich die Streichholzflamme abschirmend, sofort eine weitere an und blies eine graue Rauchwolke in Marcs Richtung. Der Wind verwehte sie, bevor sie ihm auch nur nahe kommen konnte, aber er machte trotzdem einen haben Schritt zurück und rümpfte die Nase.

»Du kommen mit?«

»Vielleicht«, antwortete Marc vorsichtig.

»Dann noch viel lernen«, antwortete der Russe. »Winter lang, und du noch viel lernen.«

»Damit wir nicht auffallen, ich verstehe. Aber ich glaube nicht, dass ich in ein paar Monaten gut genug Russisch lerne, um ...«

»Nicht Russisch«, unterbrach ihn Wassili. »Nicht nur. Sprechen Sprache gut und wichtig, aber reicht nicht.«

»Und was muss ich sonst noch lernen?«

Wassili lachte, ein kehliger, dunkler Laut, in dem nicht einmal eine Spur echten Humors war. Dann boxte er Marc ansatzlos und so hart in den Leib, dass ihm die Luft wegblieb und er hilflos auf die Knie sank. Es tat nicht einmal besonders weh, aber Wassili musste auf einen ganz bestimmten Punkt gezielt haben, denn sämtliche Kraft wich aus seinem Körper wie Wasser aus einem Becken, aus dem jemand den Stöpsel gezogen hatte. Sein Blickfeld begann unter dem Ansturm grauer Schatten zu schrumpfen, die aus allen Richtungen auf ihn einstürmten, und in seinen Ohren rauschte es. Ihm wurde schlagartig so übel, dass er fast seine ganze Willenskraft brauchte, um sich nicht auf Wassilis Schuhe zu übergeben. Vielleicht gelang es ihm nur, weil er sich erinnerte, wie es das letzte Mal geendet hatte, als einem von ihnen so etwas passiert war.

»Kämpfen«, sagte Wassili. »Du lehren mich Sprache, und ich lehren dich kämpfen.«

»Aber das ... kann ich schon«, brachte Marc irgendwie heraus.

»Ich weiß«, antwortete Wassili fröhlich. »Aber nicht gut genug.«

Diesmal schlug er härter zu.

11

Das hat ja ganz hervorragend geklappt, dachte Conny missmutig. Wenn sie ihre alten Lehrbücher um ein Kapitel erweitern sollte, wie man eine Befragung *nicht* durchführte, wäre das ein ganz hervorragendes Beispiel. Was war nur mit ihr los?

Sandy war hinter ihrer Theke voll und ganz damit beschäftigt, saubere Gläser zu spülen und die Flaschen hinter sich gerade auszurichten, und lange Minuten waren die einzigen Geräusche die, die von dem Fernseher und dem leicht unappetitlichen Treiben darauf stammten. Conny sah eine Weile vorgeblich interessiert zu und stellte fest, dass sie das Geschehen selbst dann eher abgeturnt hätte, wären die äußeren Umstände anders gewesen. Sie versuchte auch unauffällig, Sandys Blick einzufangen, aber die junge Frau sah buchstäblich überallhin, nur nicht in ihre Richtung. Schließlich gab sie es auf und räusperte sich übertrieben und unecht.

»Noch ein Wasser?«, erkundigte sich Sandy, immer noch ohne sie anzusehen.

»Das hast du völlig falsch verstanden«, sagte Conny. »Ich suche ein ganz bestimmtes Mädchen. Sie ist vierzehn, gerade geworden …« Sie deutete mit der ausgestreckten Hand Nadeshdas Größe an. »… ist ungefähr so groß, hat blonde Locken und ist ausgesprochen hübsch. Ich habe gehört, dass sie manchmal in Maxims Begleitung gesehen wird.«

Sandy hörte auf, ohnehin spiegelblank polierte Gläser weiter zu wienern und sah sie nun doch an. Ihr Blick blieb so ausdruckslos wie zuvor, aber zwischen ihren mit feiner Tusche gezogenen Brauen erschien eine steile, nachdenkliche Falte. »Bei Maxim?«, vergewisserte sie sich.

Und natürlich wurde da bereits der Vorhang beiseitegeschlagen, und Kutzow kam zurück. Conny hätte vor Enttäuschung beinahe laut aufgestöhnt.

Er war nicht allein. Hinter ihm trat ein sehr groß gewachsener Mann in einem teuren Seidenanzug und einem dazu passenden stahlfarbenen Hemd herein, dessen Wirkung er aber gründlich konterkarierte, indem er es fast bis zur Mitte aufgeknüpft trug, sodass seine muskulöse Brust darunter sichtbar wurde. Wenn sie bedachte, was eine Stunde in einem guten Fitnessstudio kostete, konnte sie nicht billig gewesen sein. Und auch sein Gesicht passte dazu, stoppelkurz geschnittenes rötliches Haar, das wie aus hartem Stein gemeißelte Züge einrahmte und einen ebensolchen Gesichtsausdruck, wobei Conny nicht überrascht gewesen wäre, wenn sie erfahren hätte, dass er ihn morgens stundenlang vor dem Spiegel übte. Sein Blick glitt kurz und taxierend über Connys Gestalt, und er nötigte sich ein grüßendes Nicken ab, bevor er ans andere Ende der Bar trat und Sandy heranwinkte. Die beiden begannen so leise miteinander zu sprechen, dass Conny kein Wort verstand.

»In ein paar Minuten wissen wir Bescheid«, sagte Kutzow, während er sich zu Conny setzte. »Tut mir leid, dass es ein bisschen gedauert hat.«

Conny reagierte nur mit einem knappen Heben der Schultern, konnte aber einen nervösen Blick in Sandys Richtung nicht ganz unterdrücken, der Kutzow natürlich nicht verborgen blieb.

»War irgendwas?«, erkundigte er sich.

Conny schüttelte zwar rasch den Kopf, aber sie spürte selbst, wie wenig überzeugend das war. Sein Blick wurde ein bisschen bohrend, doch er verzichtete darauf, weiter zu insistieren. Sandy und der große Mann im Seidenanzug hatten ihr Gespräch inzwischen beendet, und die junge Frau kehrte nicht nur an ihren Platz zurück, sondern griff auch nach der Fernbedienung und schaltete den Fernseher aus, und Kutzows Blick ließ Conny endlich los und suchte den des Fremden, der gemächlich auf sie zugeschlendert kam. Er wirkte ein bisschen irritiert. Wahrscheinlich sah man jemanden wie sie nicht so oft in Kutzows Begleitung.

»Du bist also Conny«, begann er. »Mike.«

Conny war nahe dran, seine ausgestreckte Hand zu ignorieren, griff aber dann doch danach. Der Händedruck war genau so, wie sie es erwartete: so fest, dass es schon fast ein bisschen wehtat, aber eben noch nicht ganz.

»Es dauert noch einen Moment. Ich warte auf einen Rückruf.«

Conny sah erst jetzt, dass er ein Telefon in der anderen Hand hielt, mit dem er jetzt erklärend winkte. »Zehn Minuten, allerhöchstens. Warum trinken wir in der Zwischenzeit nicht was zusammen?«

Ohne eine Antwort abzuwarten, hob er drei Finger, und Sandy stellte drei saubere Gläser auf den Tresen. Während sie eines davon zwei Finger breit mit einer goldfarben schimmernden Flüssigkeit aus einer unbeschrifteten Flasche füllte und Eis dazugab, fragte sie: »Wasser?«

»Wasser«, bestätigte Kutzow. Mike legte stumm die Stirn in Falten, und er fügte in fast entschuldigend klingendem Ton hinzu: »Ich muss noch fahren.«

»Hab ich gesehen«, erwiderte Mike. »Schicke Kiste haste dir da angelacht. Wann bist du unter die Ökos geraten?«

»Ist nur ein Leihwagen«, antwortete Kutzow.

»Und?«, wollte Mike wissen. »Weiß der Besitzer, dass du ihn dir ausgeborgt hast?«

»So dämlich bin nicht einmal ich, einen Tesla zu klauen«, antwortete Kutzow grinsend. »Aber wenn du ihn haben willst … fünfzig, so wie er dasteht. Die Batterie ist sogar fast noch voll.«

»Siehst du, und so blöd bin nicht einmal ich«, gab Mike lachend zurück, aber seine Augen blieben ernst. »Brauchst du Geld?«

»Ein paar Scheine wären nicht schlecht«, bestätigte Kutzow. »Du bekommst es zurück.«

»Natürlich hast du Kredit bei mir, alter Freund.« Mikes Blick tastete erneut und auf eine deutlich unangenehmere Art über Connys Gesicht. »Obwohl ich überlege, ob ich deine entzückende neue Freundin nicht als Pfand behalten sollte.«

»Sie hätten nicht viel Freude an mir«, grollte Conny, »Glauben Sie mir.«

Mike lachte. »Jetzt stellen Sie Ihr Licht nicht ganz so weit unter den Scheffel. Sie sind doch …« Sein Telefon summte. Mike unterbrach sich mitten im Satz, hielt es ans Ohr und meldete sich mit einem einzelnen, unverständlich gegrunzten Wort. Er lauschte ein paar Sekunden schweigend, schaltete das Telefon schließlich ebenso wortlos ab und schob es in seine Hemdtasche.

»Wie ich gesagt habe. Zehn Minuten, vielleicht ein bisschen mehr.«

»Und dann?« Kutzow klang schon wieder misstrauisch.

»Habe ich die Adresse, nach der du gefragt hast.« Mike musterte jetzt zuerst Kutzow, dann Connys Gestalt. Er gehörte eindeutig zu den Männern, die über die Fähigkeit verfügten, direkt durch jegliche Art von Kleidung hindurchzusehen. »Aber im Ernst. Ihr braucht nicht nur Geld, sondern auch ein kleines Update. Wenn sie euch in den Klamotten mit deiner geliehenen Angeberkarre anhalten, dann höre ich die Handschellen jetzt schon klicken.« Er winkte Sandy, die ohnehin gerade dabei war, ihre Gläser auf ein Tablett zu stellen, sich aber nun umso mehr beeilte.

Wenn sie in dem gestohlenen Tesla angehalten wurden, dachte Conny, dann hatten sie ein ganz anderes Problem als derangierte Kleidung. Aber darüber hinaus hatte er vollkommen recht. Kutzows Anzug und vor allem sein graues Gefängnishemd waren im Laufe der zurückliegenden Stunden nicht ansehnlicher geworden, und ihre Kleidung zeigte mehr Spuren des kurzen Kampfes in der Villa, als ihr lieb sein konnte. Ihre Bluse war zerrissen und hatte ein paar Spritzer Blut abbekommen.

Ein flüchtiges Lächeln huschte über Connys Lippen, als sie sich bewusst machte, dass sie Kutzow nun zum wiederholten Male in Gedanken *Maxim* genannt hatte. Sie sollte aufpassen, nicht zu viel Sympathie für ihn zu entwickeln.

Als ob das nicht schon längst geschehen wäre.

12

Der Winter war gekommen, und er war sogar noch sehr viel härter, als er es selbst nach Wassilis Einschätzung erwartet hatte. Vielleicht hatte er sich auch einfach nur nicht vorstellen können, dass es so etwas diesseits biblischer Prophezeiungen und postapokalyptischer Hollywoodfilme wirklich gab.

Da war vor allem die Kälte, ein Wort, das hier eine vollkommen neue Definition erfahren hatte. Morgens nicht frierend und vor Kälte mit den Zähnen klappernd aufzuwachen, gehörte längst ins Land des Wunschdenkens und der Märchen. Alles außerhalb der Baracken war weiß, nicht nur der Himmel, der jeden Tag ein kleines Stückchen tiefer zu hängen schien, und die endlose Einöde, die sich in allen Richtungen bis zum Horizont erstreckte, sondern auch die Wachen, die ihre Runden über den Hof drehten oder oben auf dem einsamen Wachturm um die Wette froren, und jeder Gefangene, der die Baracke für mehr als eine Minute verließ. Es schneite praktisch ununterbrochen, wenn auch auf eine Art, wie er es nie zuvor erlebt hatte: ein fast staubfeiner Dunst, der in der Luft hing und sich nur widerwillig, dafür ununterbrochen auf alles und jeden senkte. Selbst der Fluss war schon am zweiten Tag einfach verschwunden, ebenso wie der Maschendrahtzaun, die Ebene dahinter und der weit entfernte Wald an ihrem anderen Ende, der in seiner Erinnerung jetzt immer mehr verblasste.

Zu dem monströsen Kanonenofen in der Mitte der Baracke hatte sich noch ein zweites, etwas kleineres Exemplar gesellt, die zusammen jeden Tag das Äquivalent eines kleinen Wäldchens verbrannten und denen es trotzdem nicht gelang, die Temperaturen hier drinnen zweistellig werden zu lassen; eine schlechte Angewohnheit, die sie mit der Heizung in ihrer Arbeitsbaracke teilten. Marc konnte sich längst nicht mehr erinnern, wann sein Gesicht das letzte Mal nicht vor Kälte geprickelt und seine Finger nicht wehgetan hatten, wenn er irgendetwas anfasste, oder kein grauer Dampf vor seinem Gesicht erschien, wenn er etwa so leichtsinnig gewesen war zu atmen.

Andererseits spielte nichts davon jetzt noch eine Rolle, denn heute war seine letzte Nacht hier. Morgen Nacht würden sie fliehen.

»Der Kerl ist verrückt!«, japste Ben. »Und du auch! Hast du zu viel von Wassilis Selbstgebranntem genascht, oder wollt ihr mich auf den Arm nehmen, dein neuer Freund und du?«

»Beruhige dich«, sagte Marc – auch wenn er sich zugleich beinahe wünschte, es wäre so. Er fühlte sich selbst noch immer vollkommen überrumpelt, und ganz allmählich begann auch so etwas wie Furcht in ihm zu erwachen. »Er hat es mir gerade erst gesagt. Morgen Nacht. Eine halbe Stunde nach Licht aus geht's los.«

»Du bist verrückt«, beharrte Ben, mit einem unterstützenden Kopfschütteln und laut genug, dass einige der anderen Gefangenen überrascht in ihre Richtung sahen. Ben war stets ein Mann der leisen Töne gewesen, und soweit überhaupt möglich, war er in den letzten Monaten noch stiller und wortkarger geworden. Jetzt starrte er Marc an, als könnte er sich nur mit Mühe zurückhalten, ihn zu packen und so lange zu schütteln, bis er zugab, sich nur einen kleinen Scherz mit ihm erlaubt zu haben. Er wirkte nicht nur auf eine schwer zu artikulierende Weise empört, sondern auch mindestens genauso maßlos überrascht, obwohl die bevorstehende Flucht in den letzten Monaten doch praktisch ihr einziges Gesprächsthema gewesen war.

»Wie soll das überhaupt funktionieren?«, drang Bens Stimme in seine Gedanken. »Wir haben nichts vorbereitet. Keine Vorräte, keine Kleider, nicht einmal eine verdammte Karte – oder weißt du zufällig, wo wir sind?«

Irgendwo nicht allzu weit vom Polarkreis, vermutete Marc, schon weil sie im letzten Winter den Augenblick nur ganz knapp verfehlt hatten, in dem es gar nicht mehr hell wurde. Er hob jedoch nur die Schultern und sah weiter in die Richtung, in die Wassili verschwunden war. Er bedauerte längst, Ben eingeweiht zu haben, statt seinem ersten Impuls zu folgen und ihn bis zum allerletzten Moment im Ungewissen zu lassen. Wassili hatte sogar ganz genau das vorgeschlagen, aber natürlich hatte er nicht auf ihn gehört, obwohl es vermutlich klüger gewesen wäre. Bis zehn und damit dem Zeitpunkt, den Wassili ihm genannt hatte, waren es noch gute drei Stunden, in denen ihm Ben mit Bedenken und Wenns und Abers auf die Nerven gehen konnte.

»Jetzt warte erst einmal ab. Vielleicht hat er ja einen guten Plan.«

»Ja, ganz bestimmt sogar«, ereiferte sich Ben. »Blindlings losstürmen und zu einer Eisskulptur werden.«

Marc bedeutete ihm mit einem zusätzlichen warnenden Blick, leise zu reden. Ihre Betten standen ein kleines Stück abseits der anderen, wofür Wassili gesorgt hatte, damit sie sich jederzeit in Ruhe unterhalten konnten, aber Ben hatte auch laut genug gesprochen, um den einen oder anderen neugierigen Blick zu provozieren.

»Ich bleibe dabei, ihr habt den Verstand verloren!«, fuhr Ben fort; allerdings tatsächlich mit deutlich verminderter Lautstärke. »Da draußen tobt die Mutter aller Schneestürme, und ihr wollt …?«

»Ich rede nicht von heute«, fiel ihm Marc hastig ins Wort. Auch wenn niemand Deutsch sprach, bedeutete das nicht, dass gewisse Worte nicht verstanden wurden. War Ben wirklich so begriffsstutzig, das nicht zu kapieren? »Wir schauen uns alles an und treffen die letzten Vorbereitungen, damit es morgen keine bösen Überraschungen gibt, das ist alles.« Als er sah, dass Ben Luft für weiteren Protest holte, fügte er hinzu: »Du kannst hierbleiben, wenn du willst. Ich mache das mit ihm allein.«

»Nein, das nicht«, polterte eine Stimme hinter ihnen. Marc erschrak so heftig, dass Ben ebenfalls leicht zusammenfuhr und in seinen Augen beinahe so etwas wie Panik aufflackerte, als er zu der Gestalt hinter ihm hochsah. Keiner von ihnen hatte Wassili bemerkt, obwohl sich der Russe weder bemühte, leise zu sein, noch, sich unauffällig zu benehmen. Ganz im Gegenteil begann er heftig mit beiden Händen zu gestikulieren, als er fortfuhr.

»Beide mitkommen. Müssen sichergehen, dass keine Fehler machen. *Dawai!*« Das letzte Wort wurde von einer so befehlenden Geste begleitet, dass Marc gar nicht anders konnte, als sich zu erheben, und auch Ben gehorsam die Beine von der Liege schwang und aufstand. Noch mehr neugierige Blicke gingen in ihre Richtung, und hier und da wurde getuschelt und mit zusammengesteckten Köpfen auf sie gedeutet.

Marc war gleichermaßen alarmiert wie verwirrt. Wassili hatte ihn damit überrascht, ihren Plan noch einmal in aller Gründlichkeit durchzugehen und den geplanten Fluchtweg abzuschreiten, soweit es ging, ohne den *Point of no Return* tatsächlich zu überschreiten, aber er war natürlich davon ausgegangen, dass sie warteten, bis das Licht in der Baracke ausging und die Posten draußen ihre letzte abendliche Runde hinter sich gebracht hatten. Jetzt und vor einem halben Hundert Zeugen eine alberne Generalprobe zu laufen, machte nicht nur keinen Sinn, sondern bedeutete ein vollkommen überflüssiges Risiko. Wer eine geplante Flucht verriet, konnte eine nicht unerhebliche Belohnung erwarten, das mussten sie nicht unnötig provozieren.

Schon um nicht noch Öl aufs Feuer zu gießen, schloss er sich so schnell wie möglich dem großen Russen an, als dieser sich umdrehte und die grob aus Brettern zusammengezimmerte Tür am anderen Ende der Baracke ansteuerte, hinter der sich die einzige Latrine verbarg, die sich fünfzig Insassen während der Nacht teilen mussten. Marc hatte sie nur einige wenige Male benutzt und sich dann rasch angewöhnt, bis zum Morgen durchzuhalten, wenn es irgendwie ging.

Jetzt spielte das alles plötzlich keine Rolle mehr.

13

Sandy kam an den Tisch, lud ihre Getränke darauf ab und wollte wieder gehen, und Mike ergriff sie am Arm und deutete mit der anderen Hand auf Kutzow und sie. »Geh nach oben und hol ein frisches Hemd für Maxim und den grauen Anzug. Er müsste ihm passen.« Sein Zeigefinger stach nun direkt in Connys Richtung. »Und etwas Hübsches für sie. Aber dezent.«

Conny wollte protestieren, doch ihre Vernunft war dagegen – auch wenn sie sich ein bisschen beunruhigt fragte, was man hier wohl unter *dezent* verstand. Sandy machte sich los, trug das leere Tablett zur Bar und verschwand dann hinter dem Vorhang, und Mike schwieg endlose lange Sekunden, in denen er sie schon wieder aufmerksam und auf abermals veränderte Weise musterte.

»Ihr beide steckt in Schwierigkeiten, habe ich recht?«, fragte er dann. »Wie hast du's geschafft?«

»In Schwierigkeiten zu geraten?«

»Abzuhauen« antwortete Mike ernst. »Sie haben dich vor zwei Wochen geschnappt, und ich hätte eher damit gerechnet, dass sie dich in ein finsteres Loch sperren und den Schlüssel wegschmeißen. Und jetzt sitzt du hier.«

»Davon hast du gehört?«

»Jeder hat davon gehört. Die ganze Stadt spricht von nichts anderem. Ich war ziemlich überrascht, weißt du? Alle dachten, du wärst auf dem besten Weg, ein seriöser Geschäftsmann zu werden. Und dann nehmen sie dich und deinen ganzen Laden hoch? Also: Wie hast du das geschafft?«

»Das war leicht«, behauptete Kutzow und machte eine Geste in ihre Richtung. »Conny hat mir geholfen.«

Conny hätte sich fast an ihrem Wasser verschluckt, und Mike machte ein ungläubiges Gesicht. »Eine Polizistin? Donnerwetter, ich wusste gar nicht, dass du so gute Beziehungen hast.«

»Sie wissen …?«, entfuhr es ihr.

»Hauptkommissarin Cornelia Fesser«, bestätigte er. »Auch die bösen Jungs sehen News, weißt du, Schätzchen? Was ist das zwischen euch beiden?«

»Etwas Privates«, blaffte Kutzow.

»Was mich nichts angeht, ich verstehe.« Mike beugte sich umständlich vor, hob sein Glas vom Tisch, nahm einen Schluck und stellte es noch langsamer wieder zurück. »Sie haben deine Kleine, habe ich recht? Und sie sind auch hinter dir her.«

Kutzow starrte ihn an.

»Keine Angst, ihr seid hier in Sicherheit«, versprach Mike. »Ich helfe euch. Wozu sind Freunde schließlich da? Aber es wäre einfacher, wenn du mir sagst, was du von mir willst.«

»Sie suchen mich?«, hakte Kutzow nach, ohne auf seine Frage einzugehen.

»Auf deinen Kopf ist ein hübscher Preis ausgesetzt, Maxim, und zwar nicht von der Polizei«, bestätigte er und deutete wieder auf Conny. »Und auf ihren auch. Ihr scheint ein paar Leute gehörig nervös gemacht zu haben. Also, was hast du vor? Ich kann euch hinbringen lassen, wohin ihr wollt.«

»Das weiß ich zu schätzen«, sagte Kutzow, »aber ein bisschen Reisegeld und die Adresse sind vollkommen genug. Ich kann allerdings nicht versprechen, dass du es zurückbekommst.«

»Geschenkt!« Mike winkte mit einer großspurigen Geste ab. »Die Leute, die hinter euch her sind, sind auch nicht meine Freunde. Ich habe nichts dagegen, ihnen ein bisschen in die Suppe zu spucken. Was mich angeht, seid ihr nie hier gewesen. Wohin soll ich euch bringen lassen?«

Sandy kam zurück, einen Stapel säuberlich zusammengelegter Kleider über dem Arm, den sie auf der Theke ablud. Während Kutzow aufstand und sich umständlich aus Jacke und Hemd zu schälen begann, ging Conny um die Theke herum, drehte den beiden den Rücken zu und schlüpfte aus ihrer Bluse. Ihr BH hatte ebenfalls zwei hässliche, mittlerweile braun eingetrocknete

Flecken davongetragen, aber daran konnte sie nichts ändern. Der zwar hauchdünne, aber blickdichte schwarze Rollkragenpullover, den Sandy für sie herausgesucht hatte, kaschierte es überdies hervorragend. Dazu fand sie ein Paar schwarzer Jeans, in die sie sich mit einiger Mühe hineinzwängen konnte, und eine ebenfalls schwarze, halblange Lederjacke mit einem auffälligen Gürtel mit Strassbesatz. Sie zog ihn heraus und legte ihn auf die Theke, bevor sie ihre eigenen Kleider zu einem Ball zusammenknüllte und in den Abfalleimer hinter der Bar warf.

Es war ein sonderbares Gefühl, diese Kleider zu tragen, zumal sie wusste, woher sie stammten. Sie hatte das Gefühl, sich damit in jemand anderen zu verwandeln.

Kutzow hatte sich ebenfalls umgezogen und war dabei, seinen Gürtel zu schließen, als sie zum Tisch zurückkam. Anzug und Hemd passten nicht ganz und waren mindestens eine Nummer zu groß, würden aber einer nicht allzu kritischen Musterung standhalten. Auch er schien ein anderer geworden zu sein, ein seltsamer Schmetterling, nachdem sich die Raupe gehäutet und damit die Spezies gewechselt hatte.

Kutzow wandte sich mit einem fragenden Blick an Mike. »Sind die zehn Minuten um?«

Mike nahm das Telefon aus seiner Hemdtasche und sah auf das Display, ohne es einzuschalten. »Noch einen Augenblick. Wenn er in fünf Minuten nicht zurückruft, versuche ich es noch mal.« Er winkte Sandy hinter der Bar zu. »Bring ein bisschen Bares aus der Kasse. Zweitausend sollten reichen.« Er warf Kutzow einen fragenden Blick zu. »Oder mach drei aus.«

Sein Telefon summte. Mike nahm das Gespräch an, lauschte kurz und stand auf. »Warte. Das muss ich mir aufschreiben.«

Er eilte um die Theke herum, um mit einem Bierdeckel und einem Stift zurückzukommen. Als er sich das Handy zwischen Ohr und Schulter klemmte und zu schreiben begann, fuhr draußen ein Wagen vor.

Kutzow sah besorgt zu Tür, aber Mike schenkte ihm nur ein

freundliches Lächeln und kritzelte weiter. »Ich verstehe. Das war dann auch schon alles. Ich danke dir.«

»Wer war das?«, erkundigte sich Kutzow misstrauisch.

Mike wandte sich mit einem deutenden Winken an die Barfrau, bevor er antwortete. »Geh zur Tür und sag Bescheid, dass wir schon geschlossen haben«, sagte er, während er zugleich den Stift aus der Hand legte und sich ganz zu Kutzow umdrehte. Draußen fiel eine Autotür zu, dann noch eine. »Tut mir leid, wirklich. Aber du weißt ja, wie das ist. Ich hatte keine Wahl.«

»Als mich zu verraten?« Kutzow machte zwei rasche Schritte auf ihn zu und blieb dann wieder stehen, als der Vorhang mit einem schnalzenden Laut zur Seite geschlagen wurde und zwei breitschultrige Männer hindurchtraten.

14

»Was zur Hölle wird das jetzt?«, fragte Ben. Natürlich bekam er keine Antwort, aber der fast hysterische Unterton in seiner Stimme führte zu der einen oder anderen spöttischen Bemerkung, und einer der Männer, die am Tisch saßen und Karten spielten, machte eine anzügliche Handbewegung, was von einem allgemeinen, rauen Gelächter kommentiert wurde. Aus der Verwirrung in Bens Blick wurde endgültig Panik. Er versuchte stehen zu bleiben, was Wassili damit konterte, ihm nicht nur freundschaftlich den Arm um die Schulter zu legen, sondern ihn zusätzlich an sich heranzuziehen und ihm einen nassen Schmatzer auf die Wange zu drücken.

Das allgemeine Gelächter wurde noch einmal lauter, als er übertrieben mit dem Hintern wackelte, mit der freien Hand die Tür aufzog und Marc so unsanft hindurchstieß, dass er fast das Gleichgewicht verloren hätte. Ben versuchte sich aus seinem Griff loszumachen, und Wassili zog ihn nur noch dichter an sich heran, ließ die Hand auf sein Hinterteil klatschen und packte so kräftig zu, dass Ben vor Entsetzen quietschte.

»Lass mich los!«, keuchte er. »Bist du wahnsinnig geworden?«

Wassili rief etwas auf Russisch, das das allgemeine Gelächter noch einmal lauter werden ließ, zwickte ihm kräftig genug in die linke Hinterbacke, um ihm ein schmerzerfülltes Zischen abzunötigen und stieß ihn dann hinter Marc durch die Tür, die er schließlich aus derselben Bewegung heraus hinter sich zuzog. Marc hatte noch niemals erlebt, dass der Riegel daran vorgelegt gewesen war, aber jetzt rammte er ihn mit solcher Vehemenz zur Seite, dass es noch draußen zu hören sein musste. Anfeuernde Rufe drangen durch das dünne Holz und ein ganzer Chor von Worten auf Russisch, zu deren Verständnis man der Sprache nicht mächtig sein musste.

Wassilis breites Grinsen erlosch wie abgeschaltet, als er sich zu ihnen umdrehte. *»Durak!«*, fuhr er Ben an, während er zugleich damit begann, seine rechte Hand an der Hose abzuwischen, als hätte er sich besudelt. »Ich mich nicht interessieren für dein *Schopa!* Aber jetzt niemand kommt herein. Wir haben Zeit. Eine Stunde.«

»Wofür?«, keuchte Ben. Er war so weit von dem riesigen Russen zurückgewichen, wie es in der Enge des Raumes überhaupt möglich war, und zitterte am ganzen Leib. Sie hatten nie über dieses Thema gesprochen, aber Marc mutmaßte nicht zum ersten Mal, dass es Ben in seiner Zeit in der anderen Baracke nicht ganz so gut ergangen war wie ihm. Sofort meldete sich sein schlechtes Gewissen, ganz egal wie sehr sein Verstand darauf beharrte, dass es weder seine Schuld war noch er irgendetwas dagegen hätte tun können.

»Weil wir heute schon gehen«, sagte er. »Habe ich recht?«

»Heute?«, stammelte Ben. »Was soll das heißen, heute?«

»Ist Tag vor morgen«, feixte Wassili. »Und nach gestern.«

»Aber heute?«, stammelte Ben. »Wieso heute? Du hast gesagt, wir gehen morgen!«

»Besser heute«, griente Wassili. »Morgen Wetter vielleicht schlecht.« Er rief noch irgendetwas auf Russisch und klatschte zweimal in die Hände, sodass es sich auf der anderen Seite der Tür anhören musste wie Schläge.

»Und außerdem traut er uns nicht«, fügte Marc hinzu. »Habe ich recht?«

Wassilis Antwort bestand lediglich aus einem angedeuteten Heben der Schultern und einem weiteren klatschenden Schlag in die Hände, dann schob er Ben unsanft zur Seite und begann mit den Fingern über die Wand zu tasten, an der er gerade gelehnt hatte. Marc sah ohne Überraschung, wie er mit den Fingernägeln den Schmutz von einer bestimmten Stelle kratzte, hinter der eine rostige Schraube zum Vorschein kam. Wassili griff in die Tasche und zog ein kleines Metallstück heraus, das er als Werkzeug benutzte, um die Schraube ganz herauszudrehen.

»Still jetzt!«, befahl er, tastete über eine andere Stelle an der Wand und legte eine zweite Schraube frei. »Oder auch nicht. Ruhig schreien und stöhnen, wenn du Lust.«

»Aber heute?«, beharrte Ben kopfschüttelnd. »Das ist doch Wahnsinn! Wir haben keine Kleider, keine Vorräte und … und gar nichts! Und wie weit kommen wir in einer Stunde schon?«

»Weit genug«, antwortete Wassili, der bereits dabei war, eine dritte Schraube von ihrer sorgfältig angebrachten Schutzschicht aus Schmutz zu befreien. Marc fragte sich, wie lange er das alles schon vorbereitet hatte. Ganz gewiss nicht erst seit ein paar Tagen. »Eine Stunde mehr als genug Zeit.« Er entfernte eine vierte, fünfte und sechste Schraube, dann zwängte er die Finger in einen schmalen Spalt zwischen den Brettern und sah über die Schulter zu ihnen zurück. »Schreien!«, befahl er. »Oder stöhnen, egal. Machen Lärm.«

Ben starrte ihn nur weiter aus aufgerissenen Augen an, aber Marc gab sich wenigstens Mühe, Geräusche von der Art zu produzieren, wie sie vielleicht der eine oder andere neugierige Lauscher auf der anderen Seite der Tür erwartete. Wassili verstärkte seine Anstrengungen nicht nur, sondern bedeutete Marc mit einer entsprechend unwilligen Kopfbewegung, dasselbe mit mehr Lautstärke zu tun. Holz splitterte, dann erscholl ein nasser, schmatzender Laut, und in der vermeintlich massiven Wand entstand ein senkrechter Spalt von guten anderthalb Metern Höhe. Wassili griff fester zu, und aus der dünnen Linie wurden die Umrisse einer niedrigen Tür, die in einen zweiten, vollkommen dunklen Raum führte. Eisige Luft und Feuchtigkeit schlugen ihnen in die Gesichter, und Wassili ließ sich auf Hände und Knie sinken, kroch durch die Öffnung und bedeutete ihnen mit einem ungeduldigen Wedeln, nachzukommen.

»Worauf wartest du?«, fragte er, als Ben sich nicht rührte, sondern ganz im Gegenteil einen halben Schritt zurückmachte; oder es wenigstens versuchte, was in der Enge des winzigen Raums aber nicht ging.

»Aber das ist doch ...«

»... Wahnsinn, ich weiß«, unterbrach ihn Marc, der haargenau derselben Meinung war; aber jetzt war es eindeutig zu spät, um noch einen Rückzieher zu machen ... falls es diese Option überhaupt jemals gegeben hatte, was er mit jeder Sekunde mehr bezweifelte.

Er wiederholte seine auffordernde Geste auf eine Art, die nichts anderes als einen Befehl daraus machte, packte Ben schließlich kurzerhand am Arm und zwang ihn auf die Knie und mit schon etwas mehr als nur sanfter Gewalt hinter Wassili her durch die Öffnung. Noch bevor Ben ganz hindurch war, wich die Dunkelheit auf der anderen Seite dem flackernden Licht einer Feuerzeugflamme und gleich darauf dem ruhigeren brennendem Gelb einer Kerze.

Die Kammer, in der sie sich wiederfanden, war unerwartet groß, ein lang gestrecktes Rechteck voller Gerümpel und Abfall, in der es fast genauso bestialisch stank wie in der Latrine hinter ihnen und in deren Winkeln sich das Licht des Kerzenstummels verlor, den Wassili in die Höhe reckte.

15

»Es tut mir wirklich leid«, sagte Mike noch einmal, »aber ich …«

Es ging so schnell, dass Conny die Bewegung kaum sah. Kutzow war mit einem einzigen Schritt bei ihm. Mike versuchte die Arme hochzureißen, aber Maxim schlug sie einfach beiseite, ergriff seine Ohren mit beiden Händen und rammte seinen Kopf mit solcher Wucht auf die Theke, dass die Glasplatte zersprang.

Schlagartig kam Bewegung in die beiden Gorillas vor der Tür. Noch während Kutzow herumwirbelte stürmten sie los und auseinander, um ihn in die Zange zu nehmen. Aber er versuchte nicht, sie seinerseits anzugreifen, sondern führte seine begonnene Drehung zu Ende und war mit einem einzigen großen Schritt bei dem Tisch, an dem das Pärchen vorhin gesessen hatte, riss ihn in die Höhe und schleuderte ihn den beiden entgegen.

Einer von ihnen wurde voll getroffen und ging in einem Wust aus zersplitterndem Glas und Flüchen zu Boden, während sich der andere mit einem zornigen Knurren auf Kutzow warf und dessen immer noch halb erhobene Arme nutzte, um ihm zwei wirklich harte Schläge gegen die Brust zu versetzen, die ihn rückwärts gegen die Wand warfen. Den Dritten wehrte Kutzow mit hochgerissenem Unterarm ab und hämmerte dem Angreifer zugleich seinerseits die andere Faust in den Leib, was diesen einen unbeholfenen halben Schritt zurückstolpern und nach Luft schnappen ließ. Unverzüglich setzte ihm Kutzow nach und trieb ihn mit einem Trommelfeuer wütender Hiebe vor sich her, bis er sich schließlich mit einem Satz aus seiner Reichweite brachte und mit festem Stand und erhobenen Fäusten auf ihn wartete.

Conny war wie erstarrt. Sie hätte eingreifen können, eingreifen müssen – aber sie konnte nicht. Bizarrerweise musste sie ausgerechnet jetzt an Dr. Jens Kayser denken, der sie bei jedem ihrer überflüssigen Treffen gefragt hatte, ob sie glaube ein Vampir zu sein.

Ein Vampir? Lächerlich!

Und doch … war da etwas in ihr, das ihr zuschrie, sie solle hochspringen und töten? Wollte sie Blut sehen?

Wäre ich ein Vampir, hätte ich dir längst die Kehle durchgebissen und in aller Ruhe dabei zugesehen, wie du leer läufst.

Das hatte sie in Kaysers Büro gedacht. Aber das war nichts weiter als eine Trotzreaktion angesichts des Blödsinns gewesen, den ihr der Psychologe unterstellte. Und doch war ihr Mund jetzt so trocken, als wäre sie tagelang durch die brennend heiße Glut der Sahara gelaufen, und ihre Hände zitterten, beseelt von dem Wunsch etwas zu tun, was sie auf keinen Fall tun konnte, und auch gar nicht tun wollte …

Gleichzeitig war einem Teil in ihr sehr wohl bewusst, dass sie wertvolle Sekunden verschwendete, in denen sie nichts weiter tat als dem bizarrsten Kampf zuzusehen, den sie jemals erlebt hatte. Conny hatte eine Menge ernst gemeinter Auseinandersetzungen gesehen, einige wenige fair, aber selten ein Aufeinanderprallen zweier ebenbürtiger und wirklich starker Gegner.

Während in ihr ein fast unwiderstehlicher Drang hochwallte, ihr Herz schwer und langsam pochte, krallten sich ihre Hände um die Stuhllehne, als wollte sie sie zerbrechen. Von Sekunde zu Sekunde fiel es ihr schwerer, sich zu beherrschen. Sie saß einfach nur wie erstarrt da und sah dem Kampf zu.

Es gab kein vorsichtiges Abtasten, kein tänzelndes Martial-Arts-Ballett und auch keine wüste Prügelei, sondern nur eine Folge so harter kompromissloser Schläge und Konter, dass sie die furchtbare Kraft hinter diesen Hieben beinahe selbst körperlich zu fühlen meinte. Kutzow traf und wurde getroffen, machte einen weiteren stampfenden Schritt auf seinen Gegner zu und wich einem wütenden Schwinger aus, indem er sich im letzten Moment darunter wegduckte und seinem Gegenüber zugleich die versteiften Finger gegen den Adamsapfel rammte. Der Gorilla stolperte mit einem gurgelnden Laut zurück und drückte die Hand gegen den Hals, was ihn aber auch nicht daran hinderte,

Kutzow mit der anderen Hand von sich wegzustoßen und nach ihm zu treten.

Trotzdem hätte Kutzow gewonnen, hätte sich da nicht auch sein zweiter Gegner aus den Trümmern des Tisches erhoben und ihn von hinten zu packen versucht. Kutzow schüttelte ihn ab und rammte ihm den Absatz auf die Zehen, was ihn jaulend zurückweichen ließ, aber die winzige Ablenkung reichte seinem ersten Gegner, um wieder zum Angriff überzugehen.

Conny stieß einen kehligen Laut aus, und alles in ihr spannte sich, und doch war es ihr unmöglich, irgendetwas anderes zu tun, als sich weiter in die Stuhllehnen einzukrallen …

Und natürlich hatte Kutzow keine Chance gegen die Übermacht. Er hielt sich noch einige Augenblicke und versetzte seinem Gegenüber einen harten Treffer gegen die Schläfe, der ihn in die Knie brechen ließ, aber dann packte ihn der andere abermals von hinten, riss seine Arme zurück und trat ihm gleichzeitig in die Kniekehle. Ein letzter, brutaler Schlag ins Gesicht brachte seine Nase zum Bluten und raubte ihm fast das Bewusstsein, aber der Mann hinter ihm hielt ihn weiter eisern fest.

»Hört auf!«, schrie Sandy von der Theke her. »Ihr bringt ihn ja um!«

Und möglicherweise war genau das die Absicht der beiden Kerle, denn der Gorilla drosch noch etliche Male weiter und mit aller Kraft auf Maxim ein, bis er endgültig im Griff des anderen zusammensackte. Vielleicht hätte er nicht einmal dann aufgehört, doch inzwischen hatte sich Mike wenigstens weit genug erholt, um sich aufzurichten und sich das Blut aus dem Gesicht zu wischen.

»Schluss jetzt!«, sagte er scharf. »Ich habe gesagt, dass ihr ihn mitnehmen könnt. Nicht, dass ihr ihn totschlagen dürft!«

Natürlich gönnte es sich der Kerl, Kutzow noch einen abschließenden, besonders brutalen Schlag in den Leib zu versetzen, ließ aber dann endlich von ihm ab, und auch der andere nahm seine Arme weg, sodass Kutzow hilflos auf die Knie sackte und nur wie durch ein Wunder nicht ganz nach vorn kippte und aufs Gesicht fiel. Er musste den Arm ausstrecken und sich an der Bar festhalten, und seine Augen wurden glasig. Irgendwie gelang es ihm, bei Bewusstsein zu bleiben, aber das war bereits alles.

Mike ließ sich mit knackenden Kniegelenken wie denen eines uralten Mannes vor Kutzow in die Hocke sinken und zwang seinen Kopf in den Nacken, um ihm in die Augen zu sehen. »Es tut mir wirklich leid, Maxim. Aber ich hatte keine Wahl. Sie waren schon heute Nachmittag hier und haben nach dir gefragt. Du weißt, was sie mit mir machen, wenn sie herausfinden, dass ich dir geholfen habe.«

Conny stieß einen zischenden Laut aus. Die Bar zerfloss vor ihren Augen, und für einen kurzen surrealen Moment hatte sie das verrückte Gefühl, nun tatsächlich wieder Dr. Kayser gegenüberzusitzen, der sich auf seinem Bürostuhl leicht nach vorne beugte, um sie mit kalten Augen wie ein missgestaltetes Insekt zu betrachten. Kayser lächelte leicht und deutete dann nach unten …

Da war nichts. Oder besser gesagt: tiefdunkles Wasser, das an einigen Stellen aufschäumte, an anderen Stellen eine giftgrüne oder blutrote Färbung hatte. Ein Dreckswasser, in dem ein Körper schwamm, kaum noch als solcher zu erkennen, und dennoch rührte er etwas in ihr an …

»Sie glauben doch nicht im Ernst an die Vampir-Ammenmärchen«, sagte Dr. Kayser lächelnd. »Was soll das überhaupt sein: ein Vampir? Jemand, der seine spitzen Zähne in einen Hals schlägt und dann Blut saugt? Und danach über übermenschliche Kräfte verfügt? Lächerlich!« Er beugte sich so weit vor, dass sein Schatten über dem Brackwasser schwebte. »Und wenn es nun um etwas ganz anderes geht?«

Dann verwirbelte das Dreckswasser und mit ihm der übergroße Mahagoni-Schreibtisch des Psychologen, bis ganz am Schluss nur noch sein Konterfei zu sehen war, dieses dreckigüberhebliche Grinsen, die verkörperte Überheblichkeit des ewigen Besserwissers …

… und die Vision zerstob vollständig und stabilisierte sich wieder zu dem schmierigen Etablissement, in dem Kutzow allen Ernstes geglaubt hatte, Hilfe zu finden.

Sie war zurück in der realen Welt. Zumindest fast, denn hinter ihrer Stirn jagten sich Gedanken und Gefühle, und ihre Hände zitterten.

»Machen Sie sich nicht lächerlich«, glaubte sie nun Eichholz' Stimme zu hören, wenn auch nur als schwaches Echo des realen Kriminalrats und nicht als Vision einer Wahnsinnigen. »Sie glauben immer noch, Polizistin zu sein? Das sind Sie schon seit zehn Jahren nicht mehr. Sie haben mehr als nur einen Knacks, Sie sind ja vollkommen gaga. Wenn es nach mir gehen würde, hätte man Sie längst suspendiert. Oder nein, besser noch, weggesperrt und den Schlüssel weggeschmissen.«

Ja, genau, und Kutzow war genauso ein Wahnsinniger, und das war auch der Grund, warum sie sich erkannt und zueinandergefunden hatten.

Konnte das tatsächlich sein?, fragte sie sich. Dass Maxim ihr noch ähnlicher war, als sie es sowieso von Anfang an gespürt hatte? Oder war dieser Gedanke nur ein weiteres Anzeichen von vielen, dass sie nach einem langen Jahrzehnt nun endgültig den Verstand verlieren würde?

Doch obwohl diese Frage alles andere als unwichtig war, spielte sie im Augenblick für Conny keine Rolle. Viel mehr entsetzte sie, dass sie tatenlos zugeschaut hatte, wie Kutzow zusammengeschlagen wurde, ohne auch nur einmal ernsthaft zu erwägen einzugreifen.

Conny starrte ihre Hände an und fragte sich, was zum Teufel sie jetzt eigentlich tun sollte. Vielleicht nichts anderes als sonst.

»Sie wollen sein Freund sein?«, fragte sie, während sie den Kopf nach oben riss und Mike fixierte, und als sie weitersprach, schwang der Zorn in ihrer Stimme mit, den sie sowohl auf diesen Mann als auch auf sich selbst empfand. »Und dann liefern sie ihn so einfach ans Messer?«

Mike schüttelte traurig den Kopf. »Du hast ja keine Ahnung, mit wem du dich da angelegt hast. Er schon. Und alles nur wegen dieser Kleinen? Was soll das, Maxim? Sie ist süß, zugegeben, aber ich hätte dir ein Dutzend ihrer Sorte besorgt.«

Er stand auf. Kutzow regte sich stöhnend und hob den Arm, wie um sich an der Bar in die Höhe zu ziehen, und der Schläger, dem er auf die Zehen getreten hatte, kam einen halben Schritt näher und ballte die Faust, begierig darauf, sie ihm ins Gesicht zu schlagen, entspannte sich dann aber wieder und wich sogar ein Stück zurück, als Mike ihm einen drohenden Blick zuwarf.

»Und was haben Sie jetzt vor?«, erkundigte sich Conny, während sie ihre Chancen abwog, jetzt doch noch einzugreifen. »Wollen Sie uns beide umbringen?«

Mike würdigte sie nicht einmal einer Antwort, sondern nahm das Telefon vom Tisch und tippte mit dem Daumen eine Nummer. »Es ist alles erledigt«, sagte er, nachdem sich der Teilnehmer am anderen Ende offensichtlich gemeldet hatte. »Aber er ist nicht allein. Die Polizistin ist bei ihm.« Er lauschte kurz, sagte: »Gut. Wir warten«, und legte das Telefon dann auf die gesprungene Glasplatte zurück.

»Ich verstehe«, sagte Conny. »Sie machen sich nicht selbst die Hände schmutzig.«

»Er hat dir nicht gesagt, mit wem ihr euch wirklich angelegt habt«, vermutete Mike mit einer Kopfbewegung auf Kutzow. »Beschwer dich bei ihm. Und komm nicht auf den blöden Gedanken, du könntest das verhindern. Wir sind drei gegen eine, wenn es hart auf hart kommt.«

»Das kannst du nicht machen, Mike«, sagte Sandy. Sie hatte sich mit dem Rücken gegen den Fernseher gepresst, als suchte sie Schutz in den bunten Bildern dahinter, und zitterte am ganzen Leib. Ihr Gesicht hatte auch noch das letzte bisschen Farbe verloren. »Sie ist eine Polizistin!«

»Schlimm genug, dass er die Bullen mit hierhergebracht hat«, antwortete Mike. »Und sie waren nie hier, klar? Oder willst du sie gleich begleiten?«

Die junge Frau starrte ihn aus Augen an, deren Pupillen so groß geworden waren, dass sie sie fast zur Gänze ausfüllten. Sie zitterte immer heftiger.

»Ob das klar ist?«

Sandy nickte verängstigt, und Mike schickte noch einen abschließenden drohenden Blick hinterher und sah dann wieder auf Kutzow hinab. Blut aus der Wunde auf seiner Stirn lief ihm ins Auge und zwang ihn zum Blinzeln. Er wischte es weg, betrachtete einen Moment lang angewidert das nasse Rot auf seinen Fingerspitzen und ließ sich dann in die Hocke sinken, um seine Hand am Revers des Anzugs abzuwischen, den er Maxim geliehen hatte.

»Der ist sowieso nicht mehr zu retten«, sagte er.

16

Sein Atem wurde augenblicklich zu grauem Dampf, denn die dünne Bretterwand neben ihm setzte der Kälte keinen nennenswerten Widerstand entgegen, und obwohl sich Marc nicht mehr wirklich erinnern konnte, wann er das letzte Mal nicht gefroren hatte, erschien es ihm nur wie ein Vorgeschmack dessen, was auf der anderen Seite auf sie wartete.

Ben faltete die Hände vor dem Gesicht zusammen und blies hinein, um sie aufzuwärmen, und Wassili bedachte ihn mit einem Kopfschütteln und einem Blick, als hätte er ihn gerade bei etwas Anstößigem ertappt. Er gab Marc die Kerze und verschwand für einen Moment in den Schatten am anderen Ende des Verschlags, aus denen er dann mit zwei großen Rucksäcken zurückkam, die er vor sich auf dem Boden ablud.

Wassili kramte in einem Rucksack herum und förderte drei dicke, gefütterte Jacken zutage, die sie mit einiger Mühe über ihre dicke Winterkleidung streiften, gefolgt von zwei Paar grober Fäustlinge, die für Ben und Marc gedacht waren, während er sich selbst mit dicken Lederhandschuhen bedachte. Marc konnte ein Gefühl absurden Neids nicht unterdrücken, denn seine eigenen Handschuhe waren nicht nur viel klobiger, sondern fühlten sich auch so kratzig an wie mit zermahlenem Glas gefüttert.

Nachdem sich Wassili noch einmal vorgebeugt und ein in dickes Ölpapier eingeschlagenes Päckchen herausgenommen hatte, das er sich unter die Jacke schob, war der Rucksack leer. Ohne zu zögern, stand der Russe auf, schwang sich den zweiten Rucksack auf den Rücken und entzündete einen zweiten Kerzenstummel. Damit tappte er in den hinteren Teil des Raumes, wo er ihn mit einem Tropfen flüssigem Wachs auf einem Querbalken befestigte, um beide Hände frei zu haben. Mit demselben improvisierten Schraubendreher, mit dem er schon die getarnte Klappe in der Latrine geöffnet hatte, machte er sich nun an der äußeren Wand zu schaffen. Als Ben und Marc endlich fertig waren und sich zu ihm gesellten, hatte er bereits ein halbes Dutzend Schrauben gelöst und zog ein einzelnes, schmales Brett heraus. Eisiger Wind und Dunkelheit strömten wie die Vorhut einer finsteren Belagerungsarmee zu ihnen herein, sodass Marc instinktiv das Gesicht zur Seite drehte und blinzeln musste.

Draußen waren Geräusche, die er nicht einordnen konnte, die aber nicht allein auf den Sturm zurückzuführen waren, und es kostete Wassili eine Menge Kraft, das Brett ganz zu lösen und auch noch ein zweites, drittes und viertes aus der Wand zu brechen, bis er eine Öffnung geschaffen hatte, durch die sie sich mit einiger Mühe hindurchquetschen konnten.

Marcs Mut sank noch weiter, als ihm klar wurde, dass es Wassili nicht so viel Mühe bereitet hatte, weil er etwa eine Schraube übersehen hätte. Die Bretter waren aneinander festgefroren und protzten mit einem Eispanzer von guten anderthalb oder zwei Zentimetern Dicke.

»Völlig bekloppt!«, jammerte Ben. »Wir sind in drei Minuten erfroren! Ich geh da nicht raus!«

Wassili hebelte noch ein weiteres Brett aus der Wand, langte, ohne hinzusehen, in die Dunkelheit neben sich und schob eine rechteckige Konstruktion aus weiß angemalten Brettern durch die gewaltsam geschaffene Öffnung ins Freie, die ziemlich genau deren Größe und Abmessungen entsprach; vermutlich, um sie später von außen gegen die Öffnung zu lehnen, sodass das Loch nicht sofort dem ersten Wächter auffiel, der auf seiner Runde daran vorbeikommen mochte. Marc fragte sich, wie lange Wassili das schon geplant hatte und wie viel Zeit diese – noch dazu im Geheimen getroffenen – Vorbereitungen gekostet haben mussten.

Wassili rückte seine Handschuhe zurecht, schlug die mit Fell gefütterte Kapuze seiner Jacke nach vorne und zog einen Schal fast bis zu den Augen über Mund und Nase hinauf, bevor er sich langsam umdrehte und zu Ben hochsah. In dem kurzen Moment, in dem er es tat, erkannte Marc, dass schon die wenigen Augenblicke vor der Öffnung ausgereicht hatten, um seinen Dschingis-Khan-Bart weiß zu färben.

»Beide mitkommen«, sagte er. »Flucht allein unmöglich. Ich brauche euch.«

»Ach ja? Und wozu?«, ereiferte sich Ben, ließ dem Russen aber gar keine Gelegenheit zur Antwort, sondern sagte nur noch einmal und mit einem heftigen Kopfschütteln: »Ich bleibe hier.«

Wassili sagte nichts dazu, aber was Marc in seinen Augen las, machte das auch überflüssig.

»Du musst mitkommen, Ben«, sagte er so ruhig wie möglich.

»Ach ja?«, fragte Ben. »Und warum?«

»Weil er dich sonst umbringt«, antwortete Marc. Und wenn Wassili es nicht tat, dann würden es die Wachen am nächsten Morgen tun oder auch der Lagerkommandant selbst.

Wassili deutete ein Nicken an, und vielleicht hätte er noch eine entsprechende Bemerkung gemacht, doch da erscholl ein mehrfaches dumpfes Klopfen irgendwo hinter ihnen. Eine Stimme rief etwas auf Russisch, das wieder von rauem Gelächter kommentiert wurde, und es wurde noch einmal gegen die Tür gehämmert. Danach hörte es wieder auf, aber Marc war klar, dass sich ihre Galgenfrist dem Ende entgegenneigte. Wassilis Schätzung, wie viel Zeit ihm seine Kameraden für seine Hochzeitsnacht einräumen würden, war wohl doch etwas optimistisch gewesen. Vielleicht wollten sie auch bei der Party mitmachen.

»Zeit jetzt um«, sagte Wassili. Er richtete sich halb auf und ballte die rechte Hand zu einer Faust, die Marc in diesem Moment kaum kleiner vorkam als Bens Kopf. »Kommen mit oder sterben gleich hier? Ich kann sagen, ich euch am Fliehen hindern. Ich bekomme Belohnung, und ihr tot.«

Ben hielt seinem Blick tatsächlich noch zwei oder drei Sekunden lang stand, aber schließlich schlug auch er seine Kapuze hoch und verknotete sie unter dem Kinn.

»Und du bist wirklich sicher, dass wir das tun wollen?«, fragte Ben.

»Nein«, antwortete Marc. »Aber wir tun es trotzdem.«

Die Kälte sprang sie an wie ein Raubtier, als sie dem Russen ins Freie folgten.

17

Der Mann auf dem Beifahrersitz hatte eine Pistole aus der Jackentasche gezogen und sie durchgeladen und entsichert in den Schoß gelegt. Zuerst hatte er hinter dem Steuer gesessen, aber sein Fuß tat anscheinend zu weh, als dass er fahren konnte, sodass sie nach wenigen Augenblicken wieder angehalten hatten, damit die beiden Männer die Plätze tauschen konnten. Jetzt hatte er den Innenspiegel gedreht, sodass er Maxim und sie im Auge behalten konnte. Ab zu drehte er auch den Kopf, um sie direkt anzusehen. Am Anfang hatte der CD-Player noch gedudelt und sie mit melancholischer Balalaika-Musik verwöhnt, die aber offensichtlich nicht nur Conny gehörig auf die Nerven gegangen war, denn er hatte schon nach dem zweiten Lied abgeschaltet, und seither fuhren sie in verbissenem Schweigen durch die allmählich heraufziehende Dämmerung.

Was Conny anging, wurde sie immer besorgter. Maxim hatte das Bewusstsein verloren, nachdem sie ihn mit auf den Rücken gefesselten Händen auf die Rückbank geworfen hatten, und Conny spürte das Schneiden der viel zu eng angelegten Handschellen, wenn auch vor dem Leib. Manchmal bewegte er sich, und dann kam ein unterdrücktes Stöhnen über seine Lippen, aber er wachte nicht auf. Das Blut auf seinem Gesicht verwischte sich mit dem Schweiß, der mittlerweile von seiner Stirn tropfte, zu einem bizarren rosafarbenen Spinnennetz, was seinem Anblick das entscheidende Quäntchen Schrecklichkeit verlieh, und er war immer wieder zur Seite und gegen ihre Schulter gesunken, bis sie ihn schließlich genommen und behutsam gegen die Tür gelehnt hatte.

Connys Verwirrung war Angst um ihn gewichen. Die Schläge, die er eingesteckt hatte, hätten so manchen anderen umgebracht, und sie war auch ganz und gar nicht sicher, dass er es überlebte.

Auf der Straße herrschte trotz des rasch heraufdämmernden Tages noch immer so gut wie kein Verkehr. Nur manchmal kam ihnen ein einsamer Wagen entgegen, und einmal hatten sie einen Traktor überholt, dessen Anhänger so hoch mit Rüben beladen gewesen war, dass er eigentlich die Spuren einer bizarren Schnitzeljagd hinter sich herziehen müsste, aber die meiste Zeit fuhren sie über eine menschenleere Landstraße, die sich zwischen abgeernteten Feldern und vereinzelten kleinen Waldstückchen entlangschlängelte.

Maxim bewegte sich wieder. Vielleicht kam er auch allmählich zu sich, denn er versuchte sich ungeschickt mit der Schulter an der Tür abzustützen und aufzusetzen und öffnete sogar für einen Moment die Augen, und Conny glaubte in seinem Blick etwas zu erkennen. Dann fiel er wieder zurück, und sein Kinn sackte kraftlos auf die Brust.

Der Bursche auf dem Beifahrersitz drehte sich umständlich zu ihnen um. Sein Blick tastete misstrauisch über Kutzows jetzt wieder reglose Gestalt und etwas kürzer über Connys Gesicht. Sie konnte seine Hand nicht erkennen, aber seine Körperhaltung verriet ihr, dass sie auf der Pistole in seinem Schoß lag.

Sie passierten eine winzige Ortschaft, die nur aus einer Handvoll kleiner Häuser bestand, die sich um einen ehemaligen Gutshof scharten, der jetzt unübersehbar dem Verfall anheimgegeben war. Der Fahrer gab Gas, als das Ortsausgangsschild vor ihnen auftauchte, und nahm gleich darauf mit einem gemurmelten Fluch schon wieder Tempo weg, ausgebremst von einem Siebziger-Schild dahinter, das er so penibel beachtete wie alle anderen Verkehrszeichen und Geschwindigkeitsbegrenzungen zuvor.

»*Jetzt!*«, rief Maxim. Sie konnte nicht einmal genau erkennen, was er tat, aber er wirkte mit einem Mal ganz und gar nicht mehr benommen, sondern bewegte sich im Gegenteil plötzlich so schnell, dass sie beinahe Mühe hatte, es zu erkennen. Er warf sich herum und zurück, prallte gegen ihre Schulter und verdrehte seinen Körper auf eine Art, die eigentlich unmöglich sein sollte, indem er die Knie anzog, sich noch weiter zurückwarf und nach dem Mann auf dem Beifahrersitz trat.

Sein Fuß streifte die Kopflehne, was dem Angriff vielleicht sogar die allergrößte Wucht nahm, aber sein Absatz schrammte trotzdem hart genug am Gesicht des Mannes entlang, um ihn nach vorne und in den Gurt zu schleudern, und Conny reagierte fast genauso schnell, indem sie sich aufrichtete und nach vorne warf und die gefesselten Hände über die Kopfstütze und den Kopf des Fahrers stieß. Die Handschellen saßen zu eng, um seine

Kehle zu erreichen, also warf sie sich mit aller Gewalt nach hinten und zerrte ihn zurück.

Der Mann stemmte sich instinktiv gegen ihren Griff, verriss aber dabei das Lenkrad, sodass der Wagen ausbrach, auf kreischenden Reifen zu schleudern begann und mit den Hinterrädern über den Straßenrand geriet. Eine schreckliche halbe Sekunde lang schienen sie im Nichts zu schweben, dann fanden die Reifen mit einem so gewaltigen Ruck doch noch einmal Halt, dass sie nach vorne und fest genug gegen die Kopflehne geworfen wurde, um Sterne zu sehen.

Neben ihr glitt Kutzow halb vom Sitz und hätte sie beinahe mit sich gerissen, und der Wagen schoss mit aufbrüllendem Motor über die Straße auf den Graben auf der anderen Seite zu. Der Fahrer kurbelte wie wild am Lenkrad und machte es dadurch nur noch schlimmer, sodass der BMW erneut ausbrach und eine kreischende Dreivierteldrehung auf der schmalen Straße vollführte, an deren Ende er schon fast gemächlich in den Graben kippte. Trotzdem war der Aufprall so hart, dass sie nun wirklich vom Sitz rutschte und Maxims Kopf neben ihr mit einem dumpfen Knall gegen die Scheibe schlug.

Conny hielt trotzdem eisern weiter fest. Während der Wagen langsam in eine bedenkliche Schräglage geriet und gerade in dem Moment zum Stillstand kam, als sie davon überzeugt war, dass sie sich überschlagen würden, zog sie sich an ihren Handschellen wieder hoch und spürte, wie die Kette weiter nach unten rutschte, eine tiefe Schramme in das Kinn des Fahrers grub und ihm nun endgültig die Luft abschnürte. Der Motor ging aus, und plötzlich roch es verbrannt.

Der Fahrer versuchte, nach ihren Händen zu greifen, bekam sie aber nicht recht zu fassen. Sein Begleiter rappelte sich benommen auf und löste den Sicherheitsgurt, um sich nach vorne zu beugen, wahrscheinlich um sich die Pistole zu schnappen.

Als er sich aufrichtete, hielt er sie tatsächlich in der Hand, aber auch Maxim hatte sich wieder auf den Sitz hochgestemmt und warf sich nach vorne. Der Schläger versuchte sich auf dem schräg stehenden Sitz umzudrehen und die Pistole auf ihn zu richten, und Kutzow stemmte sich weiter hoch und nach vorne und rammte ihm die Stirn ins Gesicht. Etwas knackte. Für den Bruchteil einer Sekunde war sie nicht sicher, ob es nicht Kutzows Schädelknochen gewesen war, aber dann trübten sich die Augen des Mannes, und er ließ die Waffe fallen und sank reglos nach vorne in den Fußraum.

Connys Gegner versuchte noch einmal verzweifelt, ihren Griff zu sprengen, zerkratzte ihr mit den Fingernägeln die Handgelenke und erschlaffte dann von einem Moment auf den anderen. Sie hielt den Druck auf seine Kehle trotzdem noch eine Sekunde aufrecht und hätte es vielleicht noch länger getan, hätte sie dem tiefen dunklen Drang in ihrer Seele nachgegeben, der genau das verlangte. Fast erschrocken ließ sie gerade noch rechtzeitig los, um ihrem Opfer nicht vorsätzlich schweren Schaden zuzufügen, und schaffte es mit einiger Mühe, die Hände über die Kopfstütze zu heben und zurückzuziehen. Ihre Handschellen waren voller Blut. Der Anblick löste etwas in ihr aus, über das sie besser gar nicht nachdachte.

»Die Schlüssel! Schnell!«

Sie brauchte einen Moment, um sich zu sammeln. Der Wagen stand so schräg, dass sie sich mit den Füßen am Boden abstützen musste, um nicht gegen Kutzow zu fallen, der ebenfalls wieder zurück- und gegen die Tür gesunken war. Sein Gesicht war blutüberströmt, aber sie wusste nicht, von wem es stammte.

»Mach schon«, sagte er atemlos. »Wir müssen weg.«

Mit aneinandergebundenen Händen und gegen die Schwerkraft ankämpfend, die immer hartnäckiger versuchte, sie auf die Seite zu ziehen, war es nicht leicht, die Taschen des Bewusstlosen zu durchwühlen, und natürlich fand sie den winzigen Schlüssel erst in der letzten, die sie sich vornahm. So eng, wie die Handschellen angelegt waren, schien es fast ein Ding der Unmöglichkeit, sich selbst zu befreien. Schließlich grunzte Maxim irgendetwas Unverständliches und drehte sich mit einiger Mühe so um, dass sie seine auf dem Rücken zusammengebundenen Hände erreichen und die Handschellen aufschließen konnte. Vor Aufregung ließ sie den Schlüssel fallen, und Maxim musste einen Moment wild herumtasten, bis er ihn gefunden und danach ihre Handschellen gelöst hatte.

»Raus jetzt! Schnell!«

Conny brauchte volle zwei oder drei Sekunden, um überhaupt zu begreifen, was er von ihr wollte, und die Hand nach dem Türgriff auszustrecken. Er rührte sich nicht. Der Fahrer hatte offensichtlich die Kinder- zu einer Gefangenensicherung umfunktioniert und sie eingesperrt.

Maxim krabbelte umständlich in den Fahrerraum hinüber, quetschte sich an dem bewusstlosen Beifahrer vorbei und hob die Pistole auf, ehe er über den Mann auf dem Fahrersitz kletterte und die Tür entriegelte. So schräg, wie der Wagen dastand, brauchte er beide Hände, um sie aufzudrücken und offen zu halten, damit er aussteigen konnte. Im nächsten Moment war er neben ihr, riss die Tür auf und zerrte auch sie unsanft ins Freie. Der verbrannte Geruch wurde stärker, aber ein rascher Blick auf das schräg dastehende Wrack zeigte ihr, dass es – noch – nicht brannte.

Kutzow bugsierte sie nun deutlich behutsamer ganz auf die Straße hinauf und fuhr sich mit dem Unterarm übers Gesicht, um das Blut wegzuwischen, wodurch er es aber allerhöchstens schlimmer machte. Conny löste sich aus seinem Griff und sah durch das Fenster auf der Vorderseite. Die beiden Männer regten sich nicht. Sie wollte die Hand nach dem Türgriff ausstrecken, aber Maxim hielt sie grob zurück. »Sie leben noch, keine Angst. Aber glaubst du, dass sie sich auch so große Sorgen um dich machen würden?«

Nicht wirklich, dachte Conny. Aber vielleicht war es gerade das, was sie von Männern wie ihnen unterschied. Und vielleicht auch von Maxim. Sie musste aufpassen, das niemals zu vergessen. »Und was jetzt?«, fragte sie. »Gehen wir zu Fuß weiter?«

»Nicht nötig«, antwortete er. »Das Taxi kommt schon.«

Conny sah über die Schulter zurück. Sie hatten sich kaum einen halben Kilometer von der kleinen Ortschaft entfernt, und gerade in diesem Moment löste sich ein silberfarbener Wagen vom Straßenrand und kam mit aufgeblendeten Scheinwerfern auf sie zu. Der Unfall war nicht unbemerkt geblieben.

18

Die Kälte wurde sogar noch einmal schlimmer und erreichte nach wenigen Schritten die Schwelle, an der er sie als *unerträglich* bezeichnet hätte. Dabei erwies sich die Dunkelheit als doch nicht ganz so vollkommen. Wassili hatte gewartet und war als formloser Schemen gerade noch irgendwo vor ihnen zu erkennen, aber auch ihr treuer Begleiter, das Pech, hatte sich offensichtlich so richtig ins Zeug gelegt und dafür gesorgt, dass es in der Nacht zum ersten Mal seit langer Zeit nicht schneite.

Sie schlossen zu dem Russen auf, doch statt weiterzugehen bedeutete Wassili ihnen, stehen zu bleiben und sich zu ducken. Kaum hatten sie es getan, huschte ein Oval aus bleichem Licht dort entlang, wo sie vermutlich gewesen wären, wären sie weitergegangen, vollführte auf halbem Weg zum Zaun einen scharfen Schlenker nach rechts und verschwand dann in der Dunkelheit auf der anderen Seite des Lagers. Eis blitzte wie ein Spinnennetz aus Diamanten, als es über dem Zaun am anderen Ende des verschneiten Lagers erlosch, wenn auch nur, um seine ruhelose Wanderung kurz darauf an einem anderen Ort fortzusetzen.

»Weiter!« Wassili huschte los, ohne sich ganz aufzurichten, und sie folgten ihm in geringem Abstand. Statt zum Ausgang schlug der Russe fast zu Marcs Entsetzen die entgegengesetzte Richtung ein, nämlich zum jenseitigen Ende des Lagers hin, wo sich der Wachturm und die Unterkunft des Wachpersonals befanden. Normalerweise parkten dort die beiden schweren Geländewagen, die zur Ausstattung des Lagers gehörten, ein rostiger Japaner und ein älteres, aber ungleich robusteres russisches Modell. Und als sie sich näherten, erkannte Marc noch einen dritten deutlich größeren Umriss, einen großen Pritschenwagen ganz ähnlich dem, mit dem sie hergebracht worden waren; vielleicht war es auch derselbe. Wassili bedeutete ihnen, zurückzubleiben, huschte geduckt zu dem Laster hin und öffnete die Tür auf der Beifahrerseite. Marc hielt instinktiv die Luft an, doch nichts geschah. Auf ein weiteres Winken des Russen hin schlossen sie zu ihm auf.

Der Wagen stank nach kaltem Zigarettenrauch, Diesel und Schweiß. Eis bildete eine dünne, vielfach gesprungene Schicht auf der Innenseite der Windschutzscheibe und einen deutlich dickeren Panzer außen. Wassili gestikulierte hektisch, die Tür zu schließen, und Marc konnte sich gerade noch beherrschen, sie nicht zuzuknallen, sondern behutsam gerade so weit ins Schloss zu ziehen, dass es einrastete, und er ertappte sich sogar bei dem albernen Reflex, sich nach dem Sicherheitsgurt umzusehen; etwas, wofür es wahrscheinlich noch nicht einmal ein Wort gegeben hatte, als dieses Monstrum gebaut worden war. Als er es schließlich aufgab und sich zu Wassili umdrehte, hatte er sich unters Armaturenbrett gebeugt. Mit einer kraftvollen Bewegung zog er die Kabel aus dem Zündschloss; und mit einem Geschick, das verriet, dass er das ganz bestimmt nicht zum ersten Mal tat, zwirbelte er zwei der dünnen Drähte und bog einen dritten im rechten Winkel ab.

»Du willst nicht wirklich mit diesem Museumsstück abhauen!«, ächzte Ben. »Der Karren verreckt uns doch auf den ersten Hundert Metern!«

Wassili ignorierte ihn. Während er Marc die zusammengezwirbelten Drähte in die Hand drückte, trat er das Gaspedal mehrmals bis zum Boden durch und zog mit der anderen Hand den Choke bis zum Anschlag heraus.

»Warum nehmen wir nicht einen von denen?« Ben deutete so hektisch an ihm vorbei auf die beiden Geländewagen, dass er Marc fast seinen Fäustling ins Gesicht gerammt hätte.

»Hast du Schlüssel oder Code für Wegfahrsperre?«, blaffte Wassili. Er machte eine Kopfbewegung auf das Kabel, das er Marc gegeben hatte. »Roten Draht gut verdrehen. Und immer pumpen, bis Motor kommt.«

Er demonstrierte auch gleich, was er meinte, indem er das Gaspedal noch zweimal wuchtig bis zum Boden hinunter rammte, und Bens Stimme wurde nun eindeutig hysterisch.

»Nein! Aber die Kerle dort draußen bestimmt! Die holen uns in diesem Wrack in einer Minute ein!«

Marc zerrte mit den Zähnen den Fäustling von der Linken und wollte nach dem bezeichneten Draht greifen, aber Wassili hielt ihn mit einer erschrockenen Bewegung zurück.

»Noch nicht! Warten!« Er grub ein rechteckiges Stück Plastik aus der Jackentasche und schabte damit ein kaum handgroßes Guckloch auf der Scheibe frei, durch das sie einen ausgezeichneten Blick auf den dicken Eispanzer auf der anderen Seite hatten, nickte mehrmals zufrieden und öffnete die Fahrertür gerade weit genug, um hinauszuschlüpfen. Im nächsten Augenblick schon stieg er mit einem Fuß auf den großen Vorderreifen und streckte sich, um mit deutlich mehr Mühe, aber erstaunlich schnell eine zweite Öffnung in das Eis draußen zu kratzen.

»Das gibt ein fettes Protokoll, wenn sie uns damit erwischen«, witzelte Marc.

Ben rang nach Luft. »Das kannst du doch nicht ernst meinen! Warum schießt du dir nicht gleich eine Kugel in den Kopf? Das geht schneller!«

Marc beließ es bei einem bösen Blick und sah zu, wie Wassili das Guckloch noch weiter vergrößerte. Das Geräusch, mit dem sein improvisierter Schaber über die Scheibe kratzte, kam ihm vor, als müsste es im ganzen Lager zu hören sein. Als er fertig war, kletterte er umständlich wieder zurück und zog die Fahrertür etwas weiter auf, machte aber keine Anstalten einzusteigen, sondern bedeutete Marc mit einer unwilligen Geste, hinters Lenkrad zu rutschen.

»Noch warten! Losfahren, wenn ihr seht Zeichen!«

»Zeichen?«, fragte Marc. »Was für ein Zeichen?«

Wassili wiederholte sein aufforderndes Wedeln, und Marc gehorchte und kletterte umständlich über den riesigen Schalthebel und hinter das Lenkrad, das ihm plötzlich so monströs groß vorkam wie das Steuerrad eines antiken Segelschiffs. Hinter seiner Stirn überschlugen sich die Gedanken, ohne jemals irgendwo anzukommen. Die Panik, die er bisher so mühsam niedergehalten hatte, drohte endgültig von ihm Besitz zu ergreifen. Noch vor einem Augenblick war er fast geneigt gewesen, Wassili in Gedanken Abbitte zu tun, sie nicht genau in seine Pläne eingeweiht zu haben, jetzt begann er ernsthaft an seinem Verstand zu zweifeln. Er konnte dieses Ding nicht fahren, nicht einmal bei hellem Tageslicht.

»Warten, bis sehen Licht«, befahl Wassili. »Dann losfahren! Ich springe auf! Einfach durch Tor, ist nicht sehr stabil!«

»Aber das kannst du doch …«, begann Marc mit einer Stimme, die kaum noch weniger hysterisch klang als die Bens, und Wassili schnitt ihm das Wort ab, indem er die Tür zuwarf und nach hinten verschwand. Marc beobachtete im Rückspiegel, wie er sich am Heck des Wagens zu schaffen machte und schließlich etwas Großes herunternahm, das er auf den zweiten Blick als großen Kanister identifizierte. Zu sagen, dass er erschrocken wäre, hätte es nicht einmal annähernd getroffen, als ihm klar wurde, was Wassili offensichtlich vorhatte.

»Habe ich dir schon gesagt, dass der Kerl komplett und hoffnungslos durchgeknallt ist?«, fragte er, senkte aber trotzdem gehorsam den Fuß auf das Gaspedal und trat es bis zum Bodenblech durch, wozu er fast mehr Kraft brauchte, als er überhaupt aufbringen konnte. Seine Hände zitterten so heftig, dass er den Draht beinahe losgelassen hätte.

»Das ist doch verrückt!«, wimmerte Ben. »Was, wenn der Motor nicht anspringt?«

»Keine Sorge, das wird er«, versuchte ihn Marc zu beruhigen. »Diese alten Kisten sind sehr zuverlässig.«

»Ach ja?«, kreischte Ben. »Und woher willst du das wissen?«

Weil wir sonst tot sind, dachte Marc, auch wenn er sich hütete, das laut auszusprechen.

»Und jetzt halt endlich die Klappe!«, sagte er stattdessen grob und beugte sich zur Seite, um im Rückspiegel nach Wassili zu suchen. Für einen Moment glaubte er noch einen Schatten zu sehen, der hinter einem der beiden anderen Wagen verschwand, war sich aber nicht sicher.

Neben ihm versuchte es Ben ein letztes Mal. »Das ist doch Irrsinn! Wir kommen nicht mal aus dem Lager, verlass dich drauf!«

19

Nur einen Augenblick später hielt ein betagter Opel mit quietschenden Reifen neben ihnen, und zwei nicht mehr ganz junge Männer sprangen heraus. Einer stürmte um den Wagen herum und auf sie zu, der andere wollte sich dem havarierten BMW nähern und hielt dann mitten im Schritt an, als Kutzow gebieterisch die Hand hob und zugleich wie zufällig einen halben Schritt zur Seite machte, um ihm den direkten Blick auf den Wagen zu verstellen.

»Es ist nichts passiert«, sagte er. »Wir sind okay, keine Sorge.«

»Nichts passiert?« Der andere war ebenfalls stehen geblieben und verrenkte sich fast den Hals, um an ihm vorbei in den Wagen zu sehen, was ihm aber nichts nutzte. Zusammen mit der noch tief stehenden Sonne und den getönten Scheiben verwandelte die extreme Schräglage den BMW in einen formlosen Schatten, der alles oder auch nichts darstellen konnte. »Haben Sie mal in den Spiegel gesehen? Sie bluten!«

»Das ist nur ein Kratzer«, sagte Kutzow. »Den Wagen hat es schlimmer erwischt. Haben Sie die Polizei gerufen?«

»Die sind schon unterwegs. Und ein Krankenwagen auch, nur zur Sicherheit. Was ist denn passiert, um Himmels willen?«

»Ja, das ist jetzt ein bisschen unglücklich gelaufen«, sagte Kutzow und nahm sich sogar noch die Zeit für einen bedauernden Gesichtsausdruck, bevor er die beiden jungen Burschen nacheinander so schnell niederstreckte, dass es wie eine einzige ausholende Bewegung aussah. Einer sackte wie ein Sack Kartoffeln zu Boden, der andere stolperte noch einen haben Schritt zurück und gegen seinen Wagen, bevor Kutzow es zu Ende brachte.

Spätestens jetzt, dachte Conny. Allerspätestens jetzt. Aber sie rührte sich nicht. Sie konnte es nicht.

»Steig ein!« Maxim hatte den zusammenbrechenden Burschen aufgefangen und schleifte ihn zum Graben. »Schnell! Du fährst!«

»Und wohin, wenn ich fragen darf?«

»Erst mal zu einem Parkplatz, wo wir uns einen anderen Wagen besorgen …« Kutzow lud seine stöhnende Last in sicherer Entfernung von der Straße ab. »Denn der Opel unseres Freundes hier dürfte schon sehr bald ganz oben auf den Fahndungslisten stehen.«

»Und dann?«

»Über die A57 ab nach Holland.« Kaum hatte Kutzow sie wieder erreicht, bugsierte er sie auch schon recht unsanft auf den Fahrersitz. »Worauf wartest du? Du hast doch gehört, dass deine Kollegen auf dem Weg sind!«

20

Zeit verging, vermutlich kaum mehr als eine Minute, die aber einfach kein Ende nehmen wollte, dann meinte er doch eine Bewegung im Spiegel wahrzunehmen, war aber nicht sicher. Trotzdem trat er das Gaspedal noch einmal ganz durch, überzeugte sich mit einem raschen Griff davon, dass der Leerlauf eingelegt war und nahm die zusammengedrehten Drähte zwischen Daumen und Zeigefinger. Neben ihm atmete Ben scharf ein, und die Bewegung im Rückspiegel wiederholte sich. Das flackernde Gelb einer Feuerzeugflamme gesellte sich hinzu und wurde vom Wind wieder ausgeblasen, und Marc entschied für sich, dass das das Zeichen sein musste, von dem Wassili gesprochen hatte. Wenn nicht, spielte es vermutlich auch keine Rolle mehr.

Mit einer entschlossenen Bewegung drückte er die Drähte zusammen und verzwirbelte sie zwischen Daumen und Zeigefinger. Ein einzelner, knisternder Funke sprang in die Höhe – es tat erstaunlich weh –, und der Anlasser des Lkw begann sich mühsam zu drehen. Im Rückspiegel flammte das Feuerzeug wieder auf, und diesmal schirmte Wassili die Flamme geschickt genug mit der Hand ab, um sie am Leben zu halten. Zugleich ließ er sich auf ein Knie sinken, und aus dem nagenden Gefühl hinter Marcs Gedanken wurde etwas weit Schlimmeres.

Der Anlasser quälte sich zu einer weiteren Umdrehung (war sie schon langsamer als die erste?), und ein weiterer höllisch heißer Funke fräste eine Spur aus brennendem Schmerz in seinen Daumen. Marc ließ den Draht mit einem Fluch fallen, schloss beide Hände um das riesige Steuer und hatte das grässliche Gefühl mindestens eines vermissten Herzschlags, als sich der Anlasser kein drittes Mal drehte. Dann tat er es doch, wenn auch mit einem krachenden Knirschen, das an zerbrechende Kugellager und verbogene Pleuelstangen denken ließ, und der Motor erwachte grollend mit einer Lautstärke zum Leben, die nun wirklich ausreichen musste, um jeden einzelnen Posten im Lager zu alarmieren. Aus dem winzigen gelben Funken hinter Wassilis Hand wurde im selben Moment eine orangefarbene und rote Stichflamme, die wie eine glühende Pranke nach seinem Gesicht schlug und ihn zu einem fast komisch anmutenden Hüpfer zwang, bei dem er beinahe das Gleichgewicht verloren hätte, während aus der Stichflamme ein leuchtender blau-weiß züngelnder Pfeil wurde, der auf einen der beiden SUVs zujagte und darunter verschwand.

»Festhalten!«, brüllte Marc blödsinnigerweise, rammte den Ganghebel nach vorne und gab Vollgas. Der Wagen machte einen Satz und kam mit einem so heftigen Ruck – fast – wieder zum Stehen, dass Marc eigentlich darauf wartete, den Motor ausgehen zu hören, er fing sich jedoch wieder und begann wild hin- und herschlingernd zu beschleunigen. Im Rückspiegel sah Marc, wie sich Wassili mit einem beinahe noch groteskeren Hüpfer statt vor Flammen vor einem Geysir aus Schneematsch und steinhartem Eis in Sicherheit zu bringen und gleichzeitig zu dem immer schneller werdenden Lkw aufzuholen versuchte. Hinter sämtlichen Fenstern der Baracke ging im gleichen Augenblick das Licht an, und er hörte das Heulen einer Sirene zwar nicht wirklich, aber seine blank liegenden Nerven bestanden darauf, es doch zu tun. Nur am Rande registrierte er, wie Wassili einen rasanten Spurt hinlegte, den Arm nach der Ladefläche ausstreckte und sich dann mit einem kraftvollen Ruck hinaufzog.

Vielleicht war es auch die Druckwelle des explodierenden Jeeps, die ihn auf den Wagen schleuderte.

Obwohl er nicht einmal direkt hinsah, erkannte Marc doch mit geradezu fantastischer Klarheit jede Einzelheit: In der einen Sekunde stand der Wagen noch unversehrt da, lediglich eine einzelne Flamme züngelte schüchtern an seinem Hinterrad, und mit dem nächsten Blinzeln verwandelte er sich in einen lodernden Feuerball, der Flammen und glühendes Metall und Glassplitter in alle Richtungen spuckte. Der Lkw erbebte wie unter dem Faustschlag Gottes, und etwas prasselte glühendem Hagel gleich gegen das Führerhaus und ließ den Schnee ringsum aufspritzen wie unter dem Einschlag einer Maschinengewehrsalve. Marc meinte einen gellenden Schrei irgendwo hinter ihnen zu hören, fand aber nicht einmal die Zeit für einen Blick in den Spiegel, so heftig, wie er plötzlich mit dem Lenkrad kämpfen musste, um den Lkw am Ausbrechen zu hindern.

Ganz gelang es ihm nicht. Der Wagen stellte sich quer, schlitterte ein Stück weit seitwärts und kehrte dann mit einem Ruck auf seinen ursprünglichen Kurs zurück, der Marc gegen das Lenkrad schleuderte und ihm nicht nur jedes bisschen Luft aus den Lungen trieb, sondern ihm schlagartig die Vorteile moderner Sicherheitsgurte vor Augen führte.

Aus irgendeinem Grund schien der brennende Wagen hinter ihnen ein zweites Mal zu explodieren, diesmal mit einer Stichflamme, die das gesamte Lager in flackerndes gelbes und rotes Licht und hektisch hin und her hüpfende Schatten tauchte. Irgendetwas prallte Funken sprühend von der Motorhaube ab und jagte mit einem lang gezogenen Heulen davon, vielleicht eine Kugel, vielleicht auch ein genauso gefährliches Trümmerstück, und gerade als sie das Lager zur Hälfte durchquert hatten, flammte der Schnee ringsum in blendend hellem Weiß auf, als der Suchscheinwerfer oben auf dem Turm herumschwenkte und den Wagen erfasste, und auch überall in den anderen Baracken und anderen Gebäuden gingen Lichter an und flogen Türen auf.

21

Auf dem Weg zwischen Amster- und Rotterdam hatten sie noch einmal den Wagen gewechselt, indem sie den Parkplatz eines Center-Parks ansteuerten, wo Maxim den zerschrammten Opel gegen einen neuwertig wirkenden Smart mit deutschem Kennzeichen eintauschte. Der Unterschied zu dem Fahrzeug, mit dem sie ihre Flucht begonnen hatten, hätte nicht größer sein können. Kutzow sah darüber hinaus hinter dem Lenkrad des motorisierten Elefantenrollschuhs absolut lächerlich aus, und Conny ertappte sich bei der Überlegung, wie wohl eine Verfolgungsjagd in *diesem* Wagen aussehen mochte. Vermutlich außerordentlich kurz.

Immerhin hatten sie noch einmal an einem Toilettenhäuschen auf der Autobahn angehalten, wo er sich das Gesicht und die verschorften Fingerknöchel waschen konnte, sodass anstelle der hässlichen Platzwunde auf seiner Stirn nun nur noch ein schmales Pflaster über seinem Auge prangte.

Conny kam sich zunehmend so vor, als wäre sie in einem schlechten Gangsterfilm gestrandet. Nicht, dass sie etwas gegen schlechte Gangsterfilme gehabt hätte – ganz im Gegenteil hatte sie es eigentlich immer gemocht, einfach mal abzuschalten und sich zwei Stunden lang berieseln zu lassen. Aber sie hätte sich niemals träumen lassen, einmal die Hauptrolle in einem solchen Schinken zu spielen. Und sie begriff auch immer noch nicht, wie ihr das gelungen war.

Es war ja nicht so, dass Maxim ihr nicht die Wahl gelassen hätte. Alles auf ihn zu schieben und das unschuldige Opfer zu spielen hätte vielleicht sogar funktioniert, und er hatte gewiss genug auf dem Kerbholz, damit sie sich wegen dieser kleinen Ungerechtigkeit keine grauen Haare wachsen lassen müsste … aber es wäre einfach nicht richtig gewesen.

Und außerdem … war er immer noch er. Es war verrückt, vollkommen unlogisch und zumindest ein bisschen widersprüchlich, aber es war eben so.

Die Vorstellung begann sich selbstständig zu machen, ganz eindeutig gegen ihren Willen, und sie ertappte sich dabei, ihn auf eine Art anzusehen, die ihr falsch vorkam. Sie fragte sich, wie es sein mochte, ihm noch näher zu sein, ihn zu spüren und …

Diesmal kostete es sie erheblich mehr Kraft, den Gedanken abzubrechen.

Sie erreichten die Hafenstadt am frühen Nachmittag. Conny hatte nach dem dutzendsten Versuch, vergeblich nach ihrem Ziel zu fragen, aufgegeben und sich darauf beschränkt, ihre Umgebung im Auge zu behalten wie eine x-beliebige Touristin, die zum ersten Mal hier war.

Kutzow spielte den unbedarften Touristen ebenso perfekt, indem er den Wagen langsam genug durch den dichten Verkehr der Innenstadt steuerte, um das eine oder andere ärgerliche Hupen zu provozieren, und stellte den Smart schließlich auf dem obersten Deck eines großen Parkhauses am Rande der City ab.

»Jetzt machen wir uns also ein romantisches Wochenende in Rotterdam?«, fragte sie, während sie im Aufzug standen und nach unten fuhren. Maxim streifte sie nur mit einem spöttischen Blick, und sie versuchte ein wenig mehr Nachdruck in ihre Stimme zu legen. »Im Ernst: Was tun wir hier?«

Sie sah ihm an, dass er nicht antworten wollte, aber dann tat er es doch. »Die Nummer, die Mike angerufen hat. Es war eine holländische Vorwahl. Die von Rotterdam.«

»Na, dann ist ja alles klar«, erwiderte sie bissig. »Wie viele Einwohner hat Rotterdam genau? Eine Million?«

»Eine halbe« antwortet Kutzow ungerührt. »Vielleicht auch ein paar mehr.«

Connys Blick wurde bohrend, doch in diesem Moment hielt der Lift an, und sie geduldete sich, bis die Türen aufgeglitten waren und sie sich davon überzeugen konnte, allein zu sein. »Und ich nehme an, du …« Sie verbesserte sich: »… *Sie* wissen auch genau, mit wem er telefoniert hat?«

Maxim lächelte flüchtig, ging aber nicht weiter auf den kleinen Versprecher ein. »Ich habe eine Vermutung«, gestand er und deutete ein Schulterzucken und ein verlegenes Lächeln an. »Aber das ist die einzige Spur, die wir haben. Du solltest das kennen: gute alte Polizeiarbeit. Man muss einfach jeder noch so kleinen Spur nachgehen, und früher oder später findet man, wonach man sucht.«

Sie verließen das Parkhaus und fanden sich nach einem kurzen Fußmarsch in einer belebten Einkaufsstraße wieder, wie sie typisch für das Touristenviertel einer Großstadt war. Kleine Straßencafés wechselten sich mit Souvenirläden, Boutiquen und Schmuckgeschäften mittlerer Preislage ab, zwischen denen sich ganze Horden von Fußgängern drängten. Verliebte Paare, die Hand in Hand schlenderten, ältere Paare, die einen größeren Abstand zueinander einhielten, und der eine oder andere Geschäftsmann mit Anzug und Krawatte sowie einige mutmaßliche Einheimische, die sich im Stechschritt ihren Weg durch die touristische Menschenmenge zu bahnen versuchten, ohne allzu oft mit jemandem zusammenzustoßen, dazu tausend andere Anblicke, wie man sie an einem Ort wie diesem einfach erwartete. Dieses Bild übte eine sonderbar beruhigende Wirkung auf Conny aus, schien es doch zu signalisieren, dass sie wieder in die Welt zurückgekehrt war, die sie kannte. Trotzdem fragte sie nach einer Weile: »Und was genau tun wir jetzt hier? Ein bisschen *Sightseeing?* Oder gehen wir shoppen?«

»Das auch, aber alles in der richtigen Reihenfolge.« Sein Blick tastete aufmerksam über die Straße, und nur eine Sekunde später deutete er auf etwas, das sie auf den zweiten Blick als typisch holländisches Pfannkuchenhaus erkannte. Eine Anzahl kleiner Tische und Stühle drängelten sich unter ausladenden bunten Sonnenschirmen, und eine ganze Horde einheitlich gekleideter Kellner wuselte herum, nahm Bestellungen auf oder brachte sie. »Ich habe ein bisschen Hunger. Du nicht?«

»Wir haben kein Geld«, gab Conny zu bedenken, doch Maxim ging bereits weiter und steuerte einen der wenigen freien Tische an.

»Bestell etwas«, sagte er. »Keinen Alkohol.«

»Wie schade«, maulte sie. Glaubte er wirklich, ihr das sagen zu müssen? »Und dabei wollte ich mir gerade so richtig die Kante geben.«

»Tja, dann müssen wir wohl spülen, wenn die Rechnung

kommt. Oder den Müll rausbringen.« Er winkte einen Kellner heran, machte aber keine Anstalten, sich zu setzen, sondern drehte sich weg und war im nächsten Augenblick in der Menschenmenge verschwunden. Conny sah ihm verwirrt und ein bisschen hilflos nach, nahm aber dann Platz und wartete, bis der Kellner gekommen war und zwei in teures Rindsleder gebundene Speisekarten vor ihr auf den Tisch legte. Sie fragte sich zum wiederholten Male, was sie hier eigentlich tat, und diesmal gab sie sich auch die Antwort darauf: Sie spülte ihr Leben endgültig im Klo runter. Sie glaubte regelrecht hören zu können, wie Eichholz genüsslich aufzählte, was sie allein an diesem Tag der langen Liste ihrer Straftaten hinzugefügt hatte. Körperverletzung – gut das konnte noch als Notwehr durchgehen – Einbruch, Autodiebstahl (gleich mehrfach), Raubüberfall und gefährlicher Eingriff in den Straßenverkehr sowie etwas, das man mit einigem bösen Willen als Mordversuch auslegen könnte. Zechprellerei nicht zu vergessen, wenn das hier schiefging und Maxim auf Nimmerwiedersehen verschwand. Sie konnte nur beten, dass sie das Mädchen fanden und irgendwie genug Beweis zusammenkratzen konnten, um die ganze Sache aufzuklären. Wie hoch die Chancen dafür realistisch standen, wollte sie gar nicht wissen. Wahrscheinlich ungefähr wie bei einem Sechser im Lotto, wenn man nur fünf Kästchen ankreuzte.

Der Kellner kam zurück, und sie bestellte zwei große Apfelpfannkuchen, einen Milchkaffee für sich und ein großes Glas Mineralwasser für Maxim und versuchte sich die Zeit danach damit zu vertreiben, dem brodelnden Leben ringsum zuzusehen. Aber der Effekt von gerade wiederholte sich nicht. Alles war auf eine irgendwie erschreckende Art normal und von einer aufdringlichen Fröhlichkeit, die sie nur immer öfter dazu brachte, das Bild, das sich ihr bot, nach einer versteckten Häme des Schicksals abzuklopfen. Waren da Blicke, die sie eine Spur zu aufmerksam musterten, oder Gesichter, die vielleicht zu schnell weggedreht wurden, wenn sie sie ansah, oder hörte sie nicht in der Ferne das an- und abschwellende Quäken einer holländischen Polizeisirene?

22

Marc versuchte vergeblich, das Gaspedal noch weiter nach unten zu drücken, kam endlich auf die Idee, stattdessen die Kupplung zu treten und in den zweiten Gang zu schalten und wurde mit einem Knirschen belohnt, das er nicht nur bis in die Zähne zu fühlen meinte, sondern das sich auch so anfühlte, als würden sie genüsslich zermahlen werden. Es führte aber auch dazu, dass der Wagen mit einem gewaltigen Satz deutlich mehr Fahrt aufnahm.

Als sie sich dem Tor näherten, fing auch der zweite Geländewagen Feuer. Er explodierte nicht wirklich, füllte sich aber von einem Moment auf den anderen mit gelber Glut, und sämtliche Scheiben flogen in einem Orkan glühender rechteckiger Scherben nach außen. Neben ihm begann Ben plötzlich wie am Spieß zu schreien, und als wäre das noch nicht genug Ansporn, hämmerte Wassili nun auch noch gegen das Blech hinter seinem Kopf.

Ein einzelner Schuss krachte und prallte diesmal auf der anderen Seite des Führerhauses ab. Marc riss das Lenkrad erschrocken genug herum, um den Wagen schon wieder bedrohlich ins Schlingern zu bringen, steuerte hastig gegen und richtete den riesigen Kühlergrill des Uraltlasters auf das Tor auf der anderen Seite des Platzes aus. Zugleich rammte er mit einem sogar noch gewaltigeren Krachen den nächsten Gang hinein, doch anstatt zerbrochene Zahnräder und Kugellager in alle Richtungen zu verteilen, wurde der Wagen noch schneller, und Marc visierte die Mitte des geschlossenen Stacheldraht-Tors an.

Kaum einen Steinwurf, bevor sie es erreicht hätten, wuchs wie aus dem Nichts eine Gestalt in einem weißen Tarnmantel vor ihnen in die Höhe und legte mit einem Gewehr auf sie an.

Marc versuchte ihr auszuweichen und zugleich mit aller Kraft auf die Bremse zu treten, um den Wagen irgendwie zum Stehen zu bringen, aber sowohl für das eine als auch für das andere war es viel zu spät. Der Wagen walzte mit der Unaufhaltsamkeit einer Naturgewalt auf den Posten zu, der sich im allerletzten Moment mit einem Satz in Sicherheit zu bringen versuchte und es vermutlich sogar geschafft hätte, hätte er nicht den entscheidenden Sekundenbruchteil damit vergeudet, doch noch den Abzug seiner Waffe zu betätigen.

Die AK47 spuckte ein halbes Dutzend knatternder gelber Stichflammen aus, die eine Anzahl daumendicke Löcher in die Kotflügel stanzten oder von dem massiven Metall darunter abprallten, und der Lkw revanchierte sich, indem er den Mann wuchtig genug aus dem Weg rammte, um ihn meterweit durch Schnee und Morast pflügen zu lassen.

Praktisch in derselben Sekunde erreichten sie das Tor, das sich unter dem Anprall in einen Wust aus wirbelnden Holzsplittern und peitschendem Stacheldraht verwandelte. Einer der großen Reifen platzte mit einem Knall wie ein Pistolenschuss, und die Scheibe neben Ben zersprang und überschüttete ihn mit scharfkantigen Scherben, die eine blutige Furche in seine Wange gruben.

Marc musste schon wieder mit dem bockenden Lenkrad kämpfen, um den Wagen am endgültigen Ausbrechen zu hindern. Eiserne Raubtierkrallen schrammten über die Karosserie und frästen Funken sprühende Furchen ins Blech, und für einen einzelnen, schreckerfüllten Moment kam der Lkw tatsächlich von der Straße ab, bevor Marc ihn wieder in seiner Gewalt hatte und auf die Fahrbahn zurückzwang.

Er war nicht ganz sicher, ob es ihm tatsächlich gelungen war, denn im selben Moment hatte der Suchscheinwerfer sie verloren, sodass sie durch nahezu vollkommene Dunkelheit rumpelten.

Marcs Hand tastete panisch über das Armaturenbrett und betätige jeden Schalter und jeden Hebel, bis er den für die Scheinwerfer gefunden hatte. Nur eines der beiden Lichter ging an, und auch das brachte nicht wirklich viel, denn es hatte nicht nur seit Wochen praktisch ununterbrochen geschneit, es war auch Tage her, dass der letzte Wagen über diese Straßen gefahren war. Es gab keinerlei Spuren, und es war unmöglich zu erkennen, wo die Straße endete und der Graben begann; wenn nichts noch Schlimmeres.

Doch dann kehrte der starke Scheinwerferstrahl zurück, und irgendwie markierte er den Verlauf der geteerten Straße trotzdem, sodass Marc es sogar wagte, wieder ein bisschen mehr Gas zu geben.

Sofort drohte der Wagen erneut auszubrechen, sodass er hastig den Fuß vom Gas nahm. Trotzdem brauchte er fast seine ganze Kraft, um das bockende Lenkrad zu halten, und über die Frage, wie weit sie mit dem geplatzten Reifen kommen konnten, weigerte er sich einfach nachzudenken. Die zitternde Tachonadel behauptete, dass sie immer noch fast vierzig Stundenkilometer schnell fuhren, und wahrscheinlich stimmte das auch. Ihm kam es vor wie gemächliches Fußgängertempo. Hatten sie im Lager noch andere Fahrzeuge? Vielleicht ein Motorrad, Hundeschlitten oder einen Hubschrauber in einem unterirdischen Hangar, dessen getarnte Tore sich gerade in diesem Moment öffneten?

Das sollte lächerlich klingen und tat es auch, trotzdem kostete es ihn fast seine ganze Willenskraft, seine Amok laufende Fantasie zu bändigen und sich auf den Weg zu konzentrieren. Als das Lager noch nicht in einer Landschaft gelegen hatte, die sich erfolgreich bemühte, die Antarktis zu imitieren, hatte er sehen können, dass der kaum drei Meter breite geteerte Weg dem Fluss an mindestens einer Stelle gefährlich nahe kam. Aber er konnte sich in seiner Panik nicht mehr erinnern, wo, ob hier, in fünfzig Metern oder hundert oder ob sie vielleicht schon über eine verschneite Eisschicht fuhren, die im nächsten Moment unter dem Gewicht des Lkw einbrechen musste.

Vielleicht sollte er froh darüber sein, dass das Lenkrad immer heftiger in seinen Händen bockte und es zunehmend größere Konzentration erforderte, auch nur halbwegs geradeaus zu fahren. Er versuchte sich zu erinnern, wie der Lkw ausgesehen hatte – hatte er hinten einfache oder doppelte Reifen gehabt, die vielleicht dafür sorgten, dass sie noch ein paar Kilometer weiterkamen, bevor die Felge und die Achse endgültig aufgaben und sie liegen blieben? Er wusste es nicht, und eigentlich spielte es auch keine Rolle. Es gab es nur noch eine Richtung, und jeder Meter zählte.

23

Beinahe gleichzeitig mit dem Kellner, der gekommen war, um ihre Bestellung auf dem Tisch abzuladen, erschien Maxim wieder. Er bedankte sich mit einem freundlichen Nicken bei der Bedienung, ließ sich in einen Stuhl gegenüber fallen und wartete, bis der Mann gegangen war, dann griff er in seine Jacke und zog ein teures iPhone und eine prall gefüllte Geldbörse heraus. Conny legte mit einem lautlosen Seufzen die Stirn in Falten. Taschendiebstahl, dachte sie. Das hatte auf der Liste noch gefehlt. Sie begann schweigend zu essen, und ihr Magen ergriff die Gelegenheit dankbar beim Schopf, so laut zu knurren, dass man es eigentlich am Nachbartisch hören musste.

Kutzow blickte missmutig auf das große Glas Wasser, das vor ihm stand. »Ich habe zwar gesagt, kein Alkohol, aber nicht, dass ich mir die Finger waschen will.« Er linste gierig auf ihren Kaffee, und Conny nahm demonstrativ einen großen Schluck und stellte die Tasse dann außerhalb seiner Reichweite wieder ab.

Eine Zeit lang aßen sie schweigend. Conny fühlte sich Lichtjahre davon entfernt, satt zu sein, als sie ihren Pfannkuchen vertilgt hatte, aber sie widerstand der Versuchung, eine zweite Portion zu bestellen. Der Kellner mochte sich möglicherweise an das sonderbare Pärchen erinnern, das so unübersehbar ausgehungert gewesen war.

Paranoia, dachte sie. Eine der wenigen Krankheiten, bei denen es Spaß machte, sie zu kultivieren.

Maxim öffnete die Geldbörse, um ihren Inhalt zu begutachten. Soweit Conny erkennen konnte, mussten es mehrere Hundert Euro sein. Ihr schlechtes Gewissen regte sich, wenn auch nicht so sehr, wie sie es sich gewünscht hätte.

»Das sollte reichen«, sagte Maxim, indem er das Portemonnaie wieder einsteckte und das iPhone zur Hand nahm. »Tut mir leid um das versaute Wochenende, aber es ist für einen guten Zweck.« Er begann zu tippen, drehte das Telefon waagerecht und wischte ein paarmal mit dem Finger darüber.

»Wäre es jetzt nicht an der Zeit, mir zu sagen, was wir eigentlich wollen?«, erkundigte sich Conny. »Außer arglose Touristen zu bestehlen und Pfannkuchen zu essen, die meinen Cholesterinspiegel bis zum Mond katapultieren?«

Kutzow wischte fröhlich weiter auf dem Telefon herum. »Der Kerl hat nicht ausgesehen, als würde es ihm wehtun. Und ich suche eine Adresse … ah, schon gefunden.« Er sah von seinem Handy hoch, machte ein zufriedenes Gesicht und steckte es ein.

»Und was finden wir an dieser Adresse? Einen Coffeeshop?«

»Wenn du es willst.« Ihr böser Blick schien ihm Antwort genug zu sein, denn er fuhr fast unmittelbar fort: »Ich hatte die ganze Zeit eine Vermutung, wie sie sie außer Landes schaffen wollen. Und ich glaube, wir sind auf der richtigen Spur.«

»Nadeshda?«, vergewisserte sich Conny.

»Und andere, die unvorsichtig genug gewesen sind, älter zu werden«, bestätigte er. »Aber es könnte gefährlich werden.«

»Älter werden? Jetzt bin ich schockiert.«

Kutzow blieb ernst. »Ich meine wirklich gefährlich. Du hast

diese Kerle erlebt. Sie nehmen keine Rücksicht, auch nicht auf Frauen und schon gar nicht auf Polizisten.«

Aber eines von beidem, dachte Conny bitter, war sie wahrscheinlich sowieso schon gar nicht mehr.

»Wir sollten allmählich gehen«, sagte Kutzow, nachdem ihm offensichtlich klar geworden war, dass sie nicht antworten würde. »Ich bin zwar sicher, dass niemand etwas gemerkt hat, aber man muss sein Glück ja nicht unnötig auf die Probe stellen.«

»Und wohin?«

»Zuallererst einmal suchen wir uns ein kuscheliges kleines Hotel …« Er hob rasch die Hand, als er das Aufblitzen in ihren Augen bemerkte. »… und ruhen uns aus. Wir können frühestens heute Abend dorthin, und ich bin todmüde. Du nicht?«

Natürlich war sie das, genau wie er es sein musste – immerhin war sie seit gestern Morgen auf den Beinen, und der Tag war alles andere als unanstrengend gewesen, sowohl in physischer wie auch in psychischer Hinsicht, aber sie war es schon durch ihren Beruf gewöhnt, schon mal die eine oder andere Nacht durchzumachen.

Statt jedoch auf ihre Frage zu antworten, zog Kutzow das Handy wieder aus der Jacke, schaltete es ein und begann mit beiden Daumen zu tippen. Glaubte er wirklich, dass jetzt der richtige Moment war, um im Internet zu surfen? Anscheinend, denn er tat es etliche Minuten lang und ignorierte ihre immer ungeduldiger werdenden Blicke. Schließlich schien er gefunden zu haben, wonach er suchte. Sie hatte allerdings nicht das Gefühl, dass es ihm gefiel.

»Vielleicht hast du recht, und wir sollten wirklich nicht mehr allzu lange in der Öffentlichkeit bleiben«, sagte er, während er das Telefon umdrehte und ihr über den Tisch reichte. »Ich bin mit einer echten Celebrity unterwegs.«

Conny las den Artikel zweimal, und sie konnte sogar selbst spüren, wie ihr das Blut aus dem Gesicht wich. Der Bericht ließ nicht viel von den Geschehnissen der letzten vierundzwanzig

Stunden aus – woher zum Teufel wussten sie das alles? – und behauptete nicht unbedingt etwas Falsches, aber trotzdem sprang ihr aus jeder Zeile die Überzeugung entgegen, dass sie die Seiten gewechselt hatte oder ihre Rolle in dieser ominösen Geschichte doch zumindest höchst rätselhaft war.

»Das ging schnell, nicht wahr?« Kutzow winkte den Kellner heran, bestellte einen weiteren Milchkaffee für sie und ein Bier für sich und bezahlte auch gleich aus dem gestohlenen Portemonnaie.

»Nur für den Fall, dass ich aus irgendeinem Grund am Schluss tatsächlich die Seiten wechseln sollte«, grollte sie, »erinnern Sie mich daran, dass ich mir diesen sogenannten Journalisten zur Brust nehme, der dieses Pamphlet verbrochen hat.«

»So viel Falsches steht eigentlich gar nicht drin«, gab Kutzow zu bedenken.

Das war auch nicht das Problem. Das Problem war, *wie* es dort stand. Wenn sie die Augen schloss, dann meinte sie Eichholz' Stimme den Text beinahe diktieren zu hören.

»Außerdem könntest du endlich mit diesem dämlichen *Sie* aufhören«, fuhr er nach einer Pause fort. »Ich meine, wo wir doch jetzt gewissermaßen Komplizen sind …«

»Ich habe Ihnen doch schon gesagt, dass ich weiß, wie diese Bonnie-und-Clyde-Geschichte ausgegangen ist«, antwortete sie. Aber warum sich nicht auf halber Strecke treffen? »Maxim.«

»Immerhin.« Maxim ließ offen, was genau er damit meinte, drehte sich in seinem Stuhl nach dem Kellner um und riss ihm das Tablett schon fast aus der Hand, als er endlich kam.

»Sagten Sie nicht, keinen Alkohol?«, erkundigte sich Conny spöttisch.

»Ich sagte, keinen Alkohol für dich.« Maxim wartete nicht einmal, bis sie nach ihrer Tasse greifen konnte, sondern nahm einen gewaltigen Schluck, mit dem er sein Glas gut zur Hälfte leerte. »Außerdem ist das kein Alkohol, sondern nur Bier.«

Conny sah schweigend und mit unverhohlener Missbilligung

zu, wie er das Glas mit einem einzigen weiteren Schluck endgültig leerte, und nippte selbst mit einer übertrieben gezierten Bewegung an ihrem Kaffee. »Ich frage mich, ob Sie das absichtlich tun.«

»Was?«, erkundigte sich Kutzow. Conny machte eine Kopfbewegung auf das leere Glas in seiner Hand. »Jedes Mal, wenn die Gefahr besteht, dass Sie anfangen könnten, mir beinahe sympathisch zu werden, tun Sie etwas, das mich sofort wieder davon abbringt.«

»Ein Bier trinken?«

»Sie wissen genau, was ich meine.«

Maxim machte sich den Spaß, das leere Glas noch einmal anzusetzen und den Kopf in den Nacken zu legen, wie um auch noch den allerletzten Tropfen aufzufangen, stellte es übertrieben hart auf den Tisch zurück und stand auf.

»Das mache ich nur aus Rücksicht auf dich«, behauptete er. »Nicht, dass du am Ende noch in die Verlegenheit gerätst, mich nett zu finden.«

Er hatte offenbar immer noch nicht begriffen, dass das keinen Unterschied machte. Wenn das alles hier vorbei und sie noch am Leben war, würde sie ihn verhaften, ganz egal, wie *nett* sie ihn fand.

»Also gut«, sagte Maxim. »Lass uns shoppen gehen. Und dann ab in ein kleines Hotel. Mal sehen, was wir dort mit dem angebrochenen Nachmittag Schönes anfangen können.«

24

Der Wagen machte einen mehrfachen, hoppelnden Satz über den schmalen Holzsteg hinweg, den sie im Lager in einem Anflug von Größenwahn *Brücke* nannten, schlitterte für einen von reiner Panik erfüllten Moment direkt auf den Fluss zu und kehrte nach einem weiteren hektischen Kurbeln am Lenkrad wieder in die Mitte der verschneiten Spur zurück; eine Sekunde später gefolgt vom grellen Lichtoval des Scheinwerfers, der ihm so unerbittlich folgte wie ein Bluthund, der die Witterung eines waidwunden Beutetieres aufgenommen hatte, und oben im Wachturm begann ein Maschinengewehr zu feuern.

Die erste, kurze Salve verfehlte sie weit und stanzte lediglich eine schnurgerade Linie dampfender Löcher in den Boden; aus einigen spritzte auch Wasser, das in der eisigen Luft sofort gefror. Ben, der sich auf dem Sitz neben ihm zusammengekrümmt hatte und immer noch laut jammerte, schrie so gellend auf, als hätten die Schüsse ihn getroffen, und Marc konnte sich gerade noch beherrschen, nicht vor Schrecken das Lenkrad endgültig zu verreißen. Irgendwo nicht mehr sehr weit vor ihnen machte die Straße einen Knick und verschwand zwischen den verschneiten Bäumen. Wenn sie es bis dahin schafften, waren sie in Sicherheit.

Aber natürlich schafften sie es nicht.

Eine zweite, länger anhaltende Garbe zog eine schnurgerade Linie über die Straße, präzise auf halber Strecke zwischen ihnen und dem rettenden Wald, und Ben brüllte aus Leibeskräften: »*Halt an! Halt um Himmels willen an!*«

Marc hätte es nicht einmal gekonnt, wenn er gewollt hätte, denn er saß wie gelähmt hinterm Steuer und hatte nur noch Energie für diese eine simple Aufgabe, das Lenkrad zu halten und geradeaus zu fahren. Wenn sie anhielten, waren sie so oder so tot, das wusste er.

Die dritte Salve jagte so dicht über den Wagen hinweg, dass er sich einbildete, die glühende Spur der Geschosse zu sehen, fräste eine zweite Demarkationslinie in ihren Weg und begann ihnen dann entgegenzurasen, als hinter ihnen der Wachturm explodierte.

Marc hätte später nicht mehr sagen können, ob er es irgendwie gespürt oder die ganze Zeit über im Rückspiegel gesehen hatte, ohne es selbst zu wissen, aber er nahm auch jetzt wieder alles mit geradezu übernatürlicher Klarheit wahr: Hinter ihnen brannten die beiden Geländewagen immer noch lichterloh, und plötzlich griff eine einzelne, beinahe weiße Flamme nach der hölzernen Konstruktion des Wachturms, verwandelte sich in einen glühenden gelben Speer und hüllte die Plattform mit dem Scheinwerfer und dem Maschinengewehr ein. Das MG-Feuer verstummte, und kaum eine halbe Sekunde später erlosch der starke Lichtstrahl wieder. Dabei wurde es jedoch nur noch heller, denn irgendetwas explodierte mit so grässlicher Wucht auf der Plattform, dass sich das gesamte obere Drittel des Wachturms in eine lodernde Kugel aus rotgelben Flammen verwandelte, die Qualm und brennende Trümmerstücke spie und aus der flüssiges Feuer tropfte, das augenblicklich die Baracke darunter in Brand setzte. Der doppelte Knall der Explosion und die Druckwelle erreichten sie nur eine Sekunde später, und nun hatte Marc keine andere Wahl mehr, als den Wagen zum Stehen zu bringen.

Aus ungläubig aufgerissenen Augen starrte er in den Rückspiegel und beobachtete, wie das Feuer mit fast schon übernatürlicher Schnelligkeit weiter um sich griff, den Wachturm in eine überdimensionale Fackel verwandelte und die beiden Baracken darunter endgültig in Flammen aufgehen ließ. Das Heulen des Alarms verstummte, und nun meinte er Schreie zu hören, vielleicht auch andere, kleinere Explosionen, und für einen Moment schien selbst der Himmel über dem Lager in Flammen zu stehen.

Etwas hämmerte gegen das Blech hinter ihm. »Weiter!«, schrie Wassili. »Weiterfahren, *Dawai!*«

Marc starrte das Inferno hinter ihnen noch eine Sekunde lang entsetzt an, aber schließlich legte er den Gang wieder ein und fuhr los. Er betete, dass der Wagen nicht aufgab.

25

Conny hatte das Meer nie gemocht, und inzwischen wusste sie auch warum. Pünktlich mit Einbruch der Dämmerung war es zuerst frisch geworden, dann kühl und schließlich kalt, und der Wind, der über das schmutzige Wasser des Hafenbeckens heranwehte und mit einem Geräusch wie Seide über die Kaimauer strich, ließ sie an winzige Skalpellklingen denken, oder die Krallen junger Kätzchen, die noch nicht gelernt hatten, sie einzuziehen: Es tat noch nicht wirklich weh, hatte aber zweifellos Potenzial, es gleich zu tun. Dazu fürchtete sie, dass sie hier erneut die Vision der im Dreckswasser treibenden Gestalt überfallen könnte, um sie in den Strudel des Wahnsinns zu ziehen.

Zumindest das blieb ihr erspart. Für den Moment.

Der Wind war böig und wechselte ununterbrochen die Richtung. Er wehte ihr nicht nur gerade zum vierten oder fünften Mal dieselbe aufgeweichte Zeitung gegen die Beine und trug im Wechsel die Geräusche der fernen Stadt und des Hafens mit sich, sondern transportierte auch eine Melange unterschiedlichster, nahezu ausnahmslos unangenehmer Gerüche, die ihren Ursprung längst nicht alle im schmutzigen Hafenwasser hatten. Manchmal meinte sie das Klicken und Trippeln krallenbewehrter Pfoten zu hören, die sie ebenso verstohlen wie unaufhaltsam einzukreisen begannen. Wenn sie die staubfeine Gischt wegblinzelte und die Augen anstrengte, glaubte sie die andere Hälfte dieses unheimlichen Belagerungsrings draußen auf dem Wasser wahrzunehmen, eine Ansammlung bedrohlich dräuender kolossaler Schatten, in denen sich dann und wann ein gelbes Auge öffnete und mit einem trägen Blinzeln wieder schloss.

Conny schnitt sich selbst eine Grimasse. Spätestens seit dem vergangenen Abend balancierte sie gefährlich nahe am Rand der Hysterie entlang. Die tappenden Krallen gehörten den Ratten, die diesen Teil des Hafens beherrschten, den Touristen normalerweise weder zu Gesicht bekamen noch es sollten, und die Schatten draußen auf dem Meer waren kein Jagdtrupp zu groß geratener Velociraptoren, sondern die eher heruntergekommenen Schiffe, deren Eigner sich nur die Gebühren in diesem Teil des Hafens leisten konnten oder andere Gründe hatten, die Nähe der großen Container- und Passagierschiffe zu meiden.

Conny verspürte ein kurzes, aber heftiges Aufwallen von Ärger, ohne ganz sicher zu sein, wem er wirklich galt: Maxim, der sie in einem heruntergekommenen Schuppen geparkt hatte wie ein lästiges Anhängsel, oder ihr selbst, die sie nicht darauf bestanden hatte, ihn zu begleiten, ganz egal ob die Leute, mit denen er sich treffen wollte, nun fremde Gesichter mochten oder nicht.

Etwas raschelte. Conny widerstand so gerade eben dem Impuls, erschrocken herumzufahren und die Dunkelheit hinter sich abzusuchen, wich aber trotzdem zwei Schritte weiter in den Schuppen zurück und strengte die Augen an. Das Geräusch wiederholte sich nicht, aber nach einer weiteren Sekunde erkannte sie einen Schatten, der sich in ihre Richtung bewegte. Obwohl er wenig mehr als ein Schemen war, der immer wieder mit dem schwarzen Wasser dahinter verschmolz, erkannte sie zu ihrer Erleichterung Maxim.

»Alles in Ordnung?«, fragte er.

»Nein«, knurrte sie. »Ich glaube, hier drinnen lauert eine ganze Bande mutierter Riesenratten mit Strahlengewehren und Aluminiumhüten, und draußen streicht ein Trupp Raptoren herum. Sie hätten sie eigentlich sehen müssen.«

Maxim war jetzt nahe genug, dass sie seinen irritierten Blick erkennen konnte. »Haben Sie Ihre Freunde getroffen?«, fragte sie, bevor er ihre Bemerkung kommentieren konnte.

»Nicht jeder Ganove, mit dem ich rede, ist deshalb auch automatisch mein Freund«, tadelte er, nickte zugleich aber. »Ja. Ich glaube, wir sind hier richtig.«

Dieser Satz enthielt ein Wort, das ihr nicht gefiel, aber sie behielt es für sich. »Worauf warten wir dann?«

»Es ist noch ein kleines Stück.« Maxim zog das gestohlene iPhone aus der Tasche und sah konzentriert auf das Display. Conny versuchte ebenfalls einen Blick darauf zu erhaschen, woraufhin er das Telefon so hielt, dass sie es sehen konnte, ohne sich den Hals verrenken zu müssen. Das Gerät zeigte eine Straßenkarte des Hafens, auf der ein winziger rot leuchtender Punkt ihre momentane Position markierte. Wie hatten all die bösen Jungs in der Vergangenheit nur ihrem Handwerk nachgehen können, bevor es GPS-fähige Handys gab?

»Aha«, machte sie.

Maxim ließ sich immerhin zu einem spöttischen Lächeln herab und steckte das Telefon ein. »Lust auf einen romantischen Spaziergang?«

Er wartete ihre Antwort nicht ab, sondern ging gerade schnell genug los, damit sie all ihren Atem brauchte, um mit ihm Schritt halten zu können, und gar nicht erst in Versuchung geriet, ihn mit überflüssigen Fragen zu belästigen.

Nach einer Weile blieb Kutzow stehen und legte wie lauschend den Kopf auf die Seite.

»Verirrt?«, stichelte sie.

»Nicht im Geringsten«, behauptete er, indem er einen kurzen Blick auf sein Telefon warf und mit der anderen Hand zum Hafenbecken deutete. »Da lang geht es nach England, und in die andere Richtung nach Hause.«

»Nach Kiew?«

Er schüttelte lachend den Kopf. »Du kannst es nicht lassen, wie?«

»Berufskrankheit«, gestand sie. »Also?«

»Und ich hätte geschworen, dass du meine Akte ausführlich genug kennst, um sie im Schlaf herbeten zu können.«

Conny deutete ein Schulterzucken an. »Nicht alles, was in den Akten steht, entspricht der Wahrheit. Nicht einmal in unseren.«

»Wie wahr«, erwiderte Maxim amüsiert. »Und wenn etwas nicht in den Akten steht, Frau Kommissarin, dann hat das ja möglicherweise einen Grund.«

»Ich könnte die Wahrheit aus Ihnen herausprügeln«, sagte sie nachdenklich.

»Und ich wäre nicht einmal überrascht, festzustellen, dass du das tatsächlich könntest«, antwortete er im gleichen Tonfall, schüttelte jedoch schon wieder den Kopf. »Haben wir nicht alle unsere kleinen Geheimnisse?«

»Ich nicht«, behauptete sie. Jedenfalls keine, die sie mit ihm teilen würde. Oder überhaupt mit irgendjemandem.

»Ist das so?« Schon wieder dieser lange, taxierende Blick, den sie nicht richtig deuten konnte. »Das Haus, in dem du wohnst.«

»Es ist viel zu groß für mich allein, ich weiß«, versuchte sie ihn zu unterbrechen, »aber ich kann mich einfach nicht davon trennen.«

»Die Miete dürfte das Nettogehalt einer Polizeikommissarin locker überschreiten«, sagte er. »Ich kenne mich ein bisschen in der Immobilienbranche aus.«

»Ich bin schon froh, wenn mich die Nebenkosten nicht in den Ruin treiben«, gestand sie, was vollkommen der Wahrheit entsprach. »Es gibt keine Miete. Das Haus gehört mir.«

»Geerbt?«

»Ein Geschenk«, antwortete Conny und verfluchte sich schon dafür, das gesagt zu haben, bevor das Wort ganz über ihre Lippen gekommen war. »Das Geschenk eines Freundes, dem ich einen sehr großen Gefallen getan habe.«

Kutzow zog die Stirn kraus. »Wo findet man Freunde, die solche Geschenke machen? Kannst du mich mit ihm bekannt machen?«

Conny bezweifelte, dass er das wirklich wollte, und ganz so einfach, wie er vermutlich annahm, war es auch nicht gewesen. Ganz im Gegenteil. Die vollkommen unerwartete Erbschaft, mit der Trausch sie bedacht hatte, war Anlass zu einer hochnotpeinlichen internen Untersuchung gewesen, die sich über Monate hingezogen hatte und von der sie mutmaßte, dass sie hinter den Kulissen noch immer andauerte.

»Dann verkauf es doch«, sagte er. »Ich kenne ein paar Leute, die dir einen wirklich guten Preis machen. Du könntest den Rest deines Lebens in Saus und Braus verbringen, und es wäre wahrscheinlich immer noch etwas übrig.«

Tatsächlich hatte sie schon mehr als einmal daran gedacht, sich aber nie wirklich dazu durchringen können. Die Villa zu verkaufen und allem den Rücken zu kehren war eine verlockende Vorstellung, aber es wäre ihr auch wie Verrat an Trausch vorgekommen, dem einzigen Mann in ihrem Leben, den sie jemals wirklich geliebt hatte.

Davon abgesehen – wenn das alles hier vorbei war und sie die restlichen Jahre bis zu ihrer niemals stattfindenden Pensionierung nicht im Gefängnis oder einer psychiatrischen Klinik verbrachte, war es vermutlich das Einzige, was ihr übrig blieb, wenn sie ihren Lebensabend nicht auf der Straße in einer Schlange vor der Tafel oder einer Suppenküche der Caritas fristen wollte.

Maxim sah weiter nachdenklich auf sie herab und machte nach wie vor nicht den Eindruck, sich mit dieser Erklärung zufrieden geben zu wollen, was sie gleichermaßen überraschte wie auch vage verärgerte. Aber vielleicht lag es ja auch am Thema, ihrem eigenen, ganz persönlichen Geheimnis, das sie tief in ihrem Herzen eingeschlossen hatte und an das niemand rühren durfte; auf schwer in Worte zu fassende Weise nicht einmal sie selbst.

Nach einer Weile gab er es dann endlich doch auf und hob mit einem irgendwie vorwurfsvoll wirkenden Achselzucken das Telefon wieder vor die Augen, betrachtete die Karte jetzt aber nur noch einen kurzen Moment und deutete schließlich auf einen gedrungenen Schatten, der sich für Conny in nichts von den anderen formlosen Schatten unterschied, die eine stumme Phalanx vor der Kaimauer bildeten. Ein genaueres Hinsehen offenbarte ihr einen schmalen, von zwei überquellenden Müllcontainern flankierten Durchgang zwischen zwei Lagerhallen mit geschlossenen Toren, auf den sie nun, ohne zu zögern, zuhielten.

Bevor sie ihn erreichten, bemerkte sie ein weißes Scheinwerferpaar, das sich in erschreckendem Tempo näherte. Kutzow äußerte einen Fluch und stieß sie grob hinter einen der beiden Müllcontainer, während er selbst hinter sein Gegenstück auf der anderen Seite der Gasse hechtete.

Das Scheinwerferpaar kam rasch näher, und jetzt hörte sie auch das Brummen eines mit niedriger Drehzahl laufenden Motors, und Connys Herz machte einen erschrockenen Sprung in ihrer Brust, als der Wagen plötzlich langsamer wurde und unmittelbar vor ihnen anhielt. Ein greller Scheinwerferstrahl stach direkt in die schmale Gasse, in die sie fast hineingerannt wäre. Sie hörte das Hintergrundmurmeln eines Funkgeräts, und diesmal beharrte ihre Fantasie darauf, das Geräusch hinzuzufügen, mit dem eine Autotür geöffnet wurde und jemand ausstieg, doch dann erlosch der Scheinwerfer wieder, und der Wagen fuhr weiter.

Conny zählte in Gedanken langsam bis fünf, wagte endlich wieder zu atmen und spähte gerade noch rechtzeitig hinter dem Müllcontainer hervor, um einen nicht mehr ganz taufrischen niederländischen Streifenwagen mit einem gesprungenen Rücklicht zu erkennen, der im Schritttempo davonrollte und immer wieder kurz anhielt, um die nähere Umgebung abzuleuchten. Wahrscheinlich dauerte es keine dreißig Sekunden, bis er ganz verschwunden war, aber Conny kam es wie eine Ewigkeit vor.

Ihre Laune sank, als sie den pochenden Schmerz in den Knien registrierte und an sich hinabsah. Sie hatte sich auf dem nassen Kopfsteinpflaster beide Handflächen aufgeschürft, und so wie es sich anfühlte, waren die dunklen Flecken auf ihren Knien vielleicht nicht nur schmutziges Regenwasser.

Maxim hatte recht gehabt, dachte sie missmutig, als er in der

Boutique angemerkt hatte, dass es vielleicht doch keine ganz so gute Idee war, eine helle Jeans zu kaufen. Aber sie hatte auch nicht damit gerechnet, auf Händen und Knien durch den Hafen zu robben.

26

Während der nächsten Minuten immerhin tat er es nicht. Die Lenkung versuchte weiter, ihn auf der anderen Seite in den Wald zu locken, aber es wurde auch nicht schlimmer, sodass er sich nun doch die vorsichtige Hoffnung erlaubte, dass es noch eine Weile gut gehen könnte, vielleicht sogar bis zu dem Dorf, von dem Wassili gesprochen hatte.

»Es hat Tote im Lager gegeben, habe ich recht?«, fragte Ben plötzlich, beinahe als hätte er seine Gedanken gelesen.

»Keine Ahnung«, log Marc.

»Oben auf dem Turm muss doch eine Wache gewesen sein«, beharrte Ben. »Sie haben auf uns geschossen. Und uns mit dem Scheinwerfer verfolgt. Da war eine Wache, mindestens. Wahrscheinlich sogar mehr als eine.«

»Möglich«, antwortete Marc unwirsch. »Ich habe nicht nachgesehen.«

»Aber du weißt, was das bedeutet?«, fragte Ben. Seine Stimme war mit einem Mal wieder ganz ruhig, was beinahe alarmierender war als die unterschwellige Hysterie zuvor. Er beantwortete seine eigene Frage auch gleich selbst.

»Es ist vorbei, das ist dir doch klar, oder?« Ben gestikulierte mit beiden Händen in den fallenden Schnee auf der anderen Seite der Windschutzscheibe. »Wir sind erledigt! Sogar wenn sie uns nicht kriegen, und selbst wenn gleich ein ganzes Dutzend beschissener Wunder passiert und wir es irgendwie nach Hause schaffen, sind wir erledigt, kapierst du das nicht?«

»Nein«, antwortete Marc, was ebenfalls gelogen war. Ben sprach nur das aus, was er sich selbst bisher noch nicht zu denken erlaubt hatte. Sie waren jetzt keine entflohenen Gefangenen mehr, sondern flüchtige Mörder. Es war genau so, wie Ben gesagt hatte: Selbst wenn sie es bis nach Hause schafften, wartete dort bestenfalls ein internationaler Haftbefehl und ein Auslieferungsbegehren Russlands auf sie. Er gab ein wenig mehr Gas, was das Fahren noch einmal deutlich schwieriger machte, aber so blieb ihm weniger Energie für defätistische Gedanken.

Ab und zu sah er in den Rückspiegel, ohne dort mehr zu erkennen als wirbelndes Weiß, in dem sich nichts oder auch alles verbergen konnte, aber mindestens einmal meinte er eine Bewegung auf der Ladefläche zu bemerken. Wassili war also immerhin noch da. Falls er auf der offenen Pritsche nicht erfror, bevor sie ihr Ziel erreichten. Marc ertappte sich nicht zum ersten Mal bei dem Gedanken, dass er mit dieser Alternative durchaus leben könnte.

»Und wenn wir uns stellen?«, plapperte Ben weiter. Nicht nur seine Stimmung schien im Moment äußerst sprunghaft zu sein, auch sein Sinn für Realität und Logik schwankte bedenklich. Marc sah ihn nur fragend an.

»Wir können alles auf Wassili schieben«, fuhr Ben fort, unüberhörbar Begeisterung für seine eigene verrückte Idee entwickelnd. »Ich meine: Die kennen den Kerl doch! Die wissen sofort, auf wessen Mist diese Idee gewachsen ist!«

»Sicher«, antwortete Marc, beharrlich seine innere Stimme ignorierend, die ihn immer dringender mahnte, Ben nicht auf seinem Weg in die Hysterie zu folgen. »Da wir hier ja auch in einem total rechtsstaatlichen System sind. Sie werden uns einen fairen Prozess machen.« Er nickte bekräftigend, wenn auch ohne große Hoffnung, dass Ben überhaupt zuhörte. »Und wer weiß, mit ein bisschen Glück lassen sie sogar einen Staranwalt aus den Staaten für uns einfliegen.« Zusammen mit einem Fernsehteam, das die ganze Verhandlung weltweit übertrug; einschließlich der Hinrichtung am Schluss.

»Verarsch mich ruhig, wenn du dich dabei besser fühlst«, sagte Ben. »Aber ich bleibe dabei: Wir hätten dem Kerl von Anfang an nicht trauen dürfen. Das wird ein schlimmes Ende nehmen, denk an meine Worte!«

»Was soll denn, bitte schön, noch schlimmer werden?«, fragte Marc, und diesmal war er es, der seine eigene Frage im nächsten Augenblick selbst beantwortete: Zum Beispiel die plötzliche Wegbiegung, die sie aus dem Schneetreiben heraus regelrecht anzuspringen schien. Irgendwie gelang es ihm, das Steuer im letzten Moment herumzureißen, wenn auch mit viel zu viel Kraft und viel zu weit, sodass der Wagen nun in der entgegengesetzten Richtung von der Straße abzukommen drohte und sich unweigerlich aufgeschaukelt und sich seiner Kontrolle vollends entzogen hätte, wäre er auch nur einen Deut leichter gewesen oder sie eine Winzigkeit schneller. Ein tief hängender Ast prallte gegen die Windschutzscheibe und zersplitterte wie Glas, und durch das zerbrochene Fenster neben Ben meinte er einen schrillen Aufschrei auf der Pritsche hinter ihnen zu hören, hatte aber zu viel damit zu tun, den Wagen in der Gewalt zu behalten, um auch nur einen Gedanken daran zu verschwenden. Schließlich stellte sich der Lkw quer und kam mit einem Ruck zum Halten, den er bis in die Zahnwurzeln zu fühlen glaubte. Der Motor erstarb.

27

»Das war echt knapp, wie?«, griente Maxim.

Für Connys Geschmack ganz eindeutig *zu* knapp, aber das behielt sie für sich und trat stattdessen unauffällig von einem Bein aufs andere und lauschte in sich hinein.

Das Ergebnis munterte sie nicht unbedingt auf. Ihre Knie pochten, als hätte jemand mit einem Hammer darauf eingedroschen, ihre Jeans waren ruiniert, und wie ihre gerade einmal erst wenige Stunden alte Lederjacke aussah, wollte sie lieber gar nicht erst wissen. Dann musste sie über ihre eigenen Gedanken lächeln. Sie war in den letzten Stunden überfallen und gründlich verprügelt worden, von der gemeinsamen völlig verrückten Flucht und Suchaktion mit Kutzow ganz zu schweigen – und ihre größte Sorge galt ihren ruinierten Kleidern, die sie mit Geld bezahlt hatte, das ihnen nicht gehörte? War das nun typisch Frau, oder total durchgedreht?

»Was ist so komisch?«, wollte Maxim wissen.

»Nichts«, antwortete sie unwirsch. »Also, worauf warten wir? Auf die nächste Streife?«

Statt zu antworten, zog Kutzow noch einmal sein GPS zurate und deutete schließlich in die Richtung, in der der Streifenwagen verschwunden war. »Das nächste Pier. Wenn mein Informant die Wahrheit gesagt hat, wartet dort ein ukrainischer Frachter. Die *Druschba.* Sie gehen heute Nacht an Bord.«

»Heute Nacht?«

Maxim sah auf die Uhr. »Jetzt.« Er lief sofort los und legte sogar noch einmal an Tempo zu, als sie zu ihm aufschloss.

»Und wohin fährt dieses Schiff?«, fragte sie, bekam aber keine Antwort.

Am Ende des Schuppens beschrieb die Kaimauer einen scharfen Knick. Keine hundert Schritte entfernt erhob sich ein gedrungener Umriss, dessen genaue Größe im praktisch nicht vorhandenen Licht nicht einmal zu schätzen war, aber es konnte kein besonders großes Schiff sein. Nur ein einzelnes, rundes Fenster in den niedrigen Aufbauten war erhellt, und dahinter bewegten sich Schatten, weitere Umrisse davor und auf den schmalen Uferstreifen. Gedämpft war das Geräusch eines laufenden Motors zu vernehmen, und als sie sich konzentrierte, meinte sie auch Stimmen zu hören.

»Damit habe ich nicht gerechnet«, gestand Maxim, und im gleichen Moment erkannte sie, wozu der leise laufende Motor gehörte: zu dem Streifenwagen, der ausgerechnet im Schatten unterhalb des Schiffes angehalten hatte.

Hinter den geduckten Aufbauten der *Druschba* gingen weitere Lichter an, dann öffnete sich eine Tür, und eine einzelne, mit einem groben Pullover und einer dunklen Hose gekleidete Gestalt trat heraus, vermutlich ein Matrose. Der Mann polterte lautstark die Gangway herab und näherte sich dem wartenden Streifenwagen, aus dem schließlich zwei uniformierte Männer ausstiegen und mit von heftigem Gestikulieren begleitetem Palaver mit ihm zu reden begannen. Sie waren zu weit entfernt, um die Stimmen zu hören, aber es war auch nicht zu übersehen, dass es keine freundliche Unterhaltung war.

»Was hast du vor …«, begann sie und verstummte sofort wieder, als Kutzow ihr mit einer erschrockenen Geste bedeutete, still zu sein. Aus der Dunkelheit leuchtete die Narbe in seinem Gesicht wie eine mit bleicher Phosphorfarbe gezogene Zackenlinie. Die verärgerte Pantomime hielt noch einige Augenblicke an, dann trat der Neuankömmling demonstrativ einen Schritt zurück. Ein Feuerzeug flammte auf, als er sich eine Zigarette anzündete, und die beiden Polizisten kehrten in ihren warmen Streifenwagen zurück.

»Das muss ich mir vor Ort anschauen«, sagte Maxim. »Warte hier auf mich.«

»Damit du alleine das Schiff entern kannst? Kommt gar nicht infrage.«

Maxim seufzte. »Dann komm halt mit.« Er deutete auf den dunklen Schatten eines Krans, dessen Ausleger wie der ausgestreckte Arm eines Riesen auf die *Druschba* deutete. »Erst mal dorthin. Aber sei um Himmels willen leise.«

Conny konnte sich nicht erinnern, ein überflüssiges Geräusch verursacht zu haben, folgte ihm aber kommentarlos. Seine Anspannung war mit Händen zu greifen.

28

Marc blieb wie erstarrt sitzen, bevor er es wagte, die Augen wieder aufzumachen und zugleich in sich hineinzulauschen. Sein Herz klopfte. Sein Rücken und vor allem seine Hände taten weh, weil er das Lenkrad mit so großer Kraft umklammert hatte, und die Windschutzscheibe hatte einen weiteren Riss bekommen, hielt aber noch.

»Das war wirklich eine reife Leistung!«, beschwerte sich Ben.

Marc fand, dass es das wirklich gewesen war. Er bezweifelte stark, dass Ben den Wagen zum Stehen gebracht hätte, bevor die Rutschpartie an einem Baum oder in einem Graben endete. Wortlos bückte er sich nach dem Draht, den er fallen gelassen hatte, wickelte die drei Enden auseinander und verdrillte sie dann auf dieselbe Weise neu, die Wassili ihm vorhin gezeigt hatte. Der Anlasser drehte einmal, zweimal und doch noch ein drittes, mühsames Mal und gab dann keinen Laut mehr von sich.

Anders als Ben. »Wirklich, ganz hervorragend. Dann gehen wir ab hier wohl zu Fuß weiter, nehme ich an?«

Marc beließ es als Antwort bei einem bösen Blick, drehte die Drähte wieder auseinander und ein einzelner, blauer Funke sprang in die Höhe und sengte ein Loch in seine Fingerkuppe, das zwar kaum stecknadelkopfgroß war, aber höllisch wehtat. Trotzdem versuchte er die Drähte erneut zusammenzudrehen, und die Tür neben ihm wurde aufgerissen, und Wassilis riesige Pranke legte sich auf seine Hand und drückte sie zur Seite.

»Was passiert?«

»Das war meine Schuld«, hörte sich Marc fast zu seinem eigenen Erstaunen sagen. »Ich bin zu schnell gefahren. Der Motor ist ausgegangen, aber das kriege ich schon wieder hin.«

Wassili schüttelte den Kopf, nahm ihm den Draht aus der Hand und begutachtete ihn eine Weile, bevor er sich unter das Armaturenbrett beugte und einen Hebel zog. Die riesige Motorhaube des Lasters sprang mit einem metallischen Schnappen auf und bewegte sich unter protestierendem Knirschen und Ächzen eine Handbreit nach oben.

»Nichts tun«, befahl Wassili. »Warten hier.«

Was glaubte er denn, wohin er gehen würde?, dachte Marc missmutig, sah aber nur schweigend zu, wie der Russe nach vorne ging und sich unter die offen stehende Motorhaube beugte. Er sah nicht hin, meinte aber die zornigen Blicke, mit denen Ben sie bedachte, wie kleine glühende Nadeln zu spüren, und nach ein paar Augenblicken hielt er es nicht mehr aus und stieg aus dem Wagen. Sofort spürte er die Kälte intensiver, und auch die Dunkelheit schien eine andere Qualität anzunehmen und sich jäh in etwas Feindseliges und Erstickendes zu verwandeln und sich um ihn zu schließen. Einige Augenblicke lang versuchte er zuzusehen, was Wassili tat, erkannte unter der hochgeklappten Haube aber nichts weiter als eine Ansammlung von Altmetall, die zu Hause in Deutschland vermutlich nicht einmal mehr ein Schrotthändler angenommen hätte, und wandte sich frustriert wieder ab. Die Kälte war längst in seine Schuhe gekrochen und hatte seine Zehen taub werden lassen – warum hatte Wassili eigentlich nicht daran gedacht, warme Stiefel für sie zu besorgen? –, und deshalb machte er sich nun daran, seine Füße zu beleben. Er versuchte aufzustampfen, um die Blutzirkulation in Gang zu halten, ließ es jedoch fast augenblicklich wieder bleiben, als Schnee und eisiger Morast fast brusthoch aufspritzten.

»Es tut mir wirklich leid«, sagte er. »Das hätte nicht passieren dürfen.« Wie so manches andere auch.

Wassili sah nicht zu ihm hoch, antwortete aber trotzdem. »Nicht so schlimm. Ich kriege Motor wieder hin. Geh und schau nach, ob Verfolger.«

Hatte er nicht vor gar nicht einmal langer Zeit erst selbst behauptet, dass es im Lager nichts mehr gab, womit sie sie verfolgen konnten?, dachte Marc. Aber natürlich hütete er sich, das auszusprechen, sondern machte stattdessen gehorsam kehrt und ging zum Heck des Wagens. Ganz wie er schon vermutet hatte, war der uralte Militärlaster tatsächlich hinten mit Zwillingsreifen bestückt, was wohl auch der einzige Grund war, weshalb sie überhaupt so weit gekommen waren. Einer der großen Reifen, die im Übrigen so gut wie kein Profil mehr hatten, war platt und nicht nur von mindestens zwei Kugeln durchlöchert, sondern sah auch aus, als hätte er gebrannt; ein Anblick, bei dem ihm schon wieder ein eisiger Schauer über den Rücken lief. Marc fragte sich, wie lange ihr unverschämtes Glück noch anhalten würde und wie hoch wohl die Rechnung ausfiele, die ihnen das Schicksal am Ende dafür präsentierte.

Auf der anderen Seite der schmalen Straße fiel ihm etwas auf. Neugierig ging er hin und erkannte zumindest den Grund für die jähe Neunzig-Grad-Kurve, die die verschneite Straße beschrieb. Gegenüber begrenzten nur noch einige wenige Büsche den Weg, dahinter führte die steile Böschung direkt in den Fluss. Vielleicht hatte ihnen seine vermeintlich überhastete Reaktion ja sogar das Leben gerettet.

Außer dem Fluss, der sich als vereistes schwarzes Band durch die Nacht schlängelte, erblickte er nicht einmal mehr allzu weit entfernt eine Handvoll Lichter, winzig und im Schneesturm scheinbar blinzelnd wie die Augen geduldig lauernder Raubtiere, gelb und rot. Es schien sich um altmodische Glühbirnen oder vielleicht sogar Kerzenflammen zu handeln. Das musste der Ort sein, von dem Wassili gesprochen hatte. Seltsam – er hatte nicht das Gefühl, schon vier oder fünf Kilometer zurückgelegt zu haben. Trotzdem erfüllte ihn der Anblick mit einer Zuversicht, die beinahe schon wieder sein schlechtes Gewissen weckte. Vielleicht hatten sie ja doch Glück, und …

Nein, er gestattete sich nicht einmal, diesen Gedanken ganz zu Ende zu denken, und sei es nur aus dem albernen Gefühl heraus, das Schicksal besser nicht dazu zu provozieren, ihnen im letzten Moment doch noch den Stinkefinger zu zeigen.

29

Der Kran, in dessen Schatten sie Schutz gefunden hatten, befand sich direkt gegenüber der *Druschba* und nur einen knappen Steinwurf entfernt von dem immer noch mit laufendem Motor, inzwischen aber ausgeschalteten Scheinwerfern dastehenden Streifenwagen. Der Matrose, der mit den Polizisten gesprochen hatte, stand wartend in der Nähe und zündete sich in diesem Moment eine Zigarette an. Er nahm einen tiefen, von einem ungesund klingenden Husten begleiteten Zug und sah dabei so direkt in ihre Richtung, das Conny zusammenschrak. Dass ihre Logik ihr sagte, dass er sie unmöglich im schützenden Schatten des Krans sehen konnte, hinderte ihr Herz nicht daran, ein bisschen schneller zu schlagen.

Jetzt, und aus größerer Nähe, erkannte sie, dass sich auf dem Vorderdeck des betagten Frachters ebenfalls eine Anzahl Gestalten aufhielten, vier, vielleicht auch fünf oder mehr flache Schemen, von denen mindestens einer bewaffnet war. Ein verirrter Lichtstrahl wurde auf dem Metall einer kurzläufigen Maschinenpistole gebrochen, die er vor der Brust trug und auf die er lässig beide Hände gelegt hatte; vermutlich eine Kalaschnikow, die angebliche Lieblingswaffe der Russenmafia. Der Anblick kam ihr sonderbar unwirklich vor, wie eine Szene aus einem billigen Actionfilm, dessen Produzenten sich das Geld für überzeugende Requisiten gespart hatten. Ihre Fantasie beharrte zudem darauf, dass Kutzow nun eine gleichartige Waffe aus der linken Hosentasche ziehen und mit Gebrüll losstürmen würde, um das Schiff zu entern.

»Worauf warten wir?«, flüsterte sie und bekam nur ein erschrockenes Gestikulieren zur Antwort, bei dem er in der Hocke beinahe das Gleichgewicht verloren hätte. Im nächsten Moment legte er übertrieben lauschend den Kopf auf die Seite, und nur einen Augenblick später hörte sie es: Ein Wagen näherte sich in scharfem Tempo. Sowohl der einsame Wächter auf dem Kai als auch die Wachleute auf dem Schiff drehten sich in die entsprechende Richtung, und mindestens eine weitere Waffe wurde gezückt. Auch Kutzows Hand glitt nun unter die Jacke und machte auf halber Strecke kehrt, als hätte er nach etwas greifen wollen und sich erst dann wieder daran erinnert, dass es nicht da war.

Das Geräusch kam näher, ergänzt um das asymmetrisch vorauseilende Licht der Scheinwerfer. Der Matrose schnippte seine gerade erst angezündete Zigarette ins Wasser und ging dem Licht entgegen. Die Beifahrertür des Streifenwagens öffnete sich, und einer der beiden Polizisten stieg aus.

Das Geräusch des Motors wurde lauter, dann tauchte ein betagter Kleinbus auf, der ihr auf unangenehme Weise mehr als nur ein bisschen bekannt vorkam, und blieb hinter dem Polizeiwagen stehen. Der Polizist und der Mann vom Schiff bewegten sich darauf zu, als die Tür aufging und eine einzelne Gestalt ausstieg. Nur einen Moment darauf folgte eine zweite auf der anderen Seite, und Conny fühlte schon wieder eine Mischung aus kaltem Zorn und dem fast unbändigen Bedürfnis in sich aufsteigen, loszustürmen und dem Spuk gewaltsam ein Ende zu bereiten, als sie erkannte, wie klein und schmächtig sie war, kaum mehr als ein zehn- oder elfjähriges Kind. Kutzow schien es ganz ähnlich zu ergehen, denn sie musste nicht hinsehen, um zu spüren, wie er sich plötzlich anspannte.

Die beiden Männer und der Busfahrer begannen direkt miteinander zu debattieren, und schließlich wechselte etwas Helles von der Größe und Form eines Briefumschlags den Besitzer, woraufhin sich der Polizist in den Streifenwagen zurückzog, der aber noch nicht abfuhr. Die beiden Neuankömmlinge und der Matrose wechselten noch ein paar Worte, dann machte er kehrt und steuerte das rostige Fallreep an, das zum Vorderdeck des Frachters hinaufführte. Kutzow spannte sich weiter.

»Sie haben nicht vor, etwas Verrücktes zu tun, oder?«, fragte Conny alarmiert. »Das lasse ich nicht zu.«

»Und was willst du tun – mich verhaften?«

So, wie er dahockte und konzentriert die beiden Wagen anstarrte, standen ihre Chancen gar nicht einmal so schlecht, ihn zu überwältigen, aber dann konnte sie genauso gut auch gleich auf den Fingern pfeifen, um die Russen oben auf dem Schiff und die beiden Polizisten zu alarmieren. »Mach keinen Unsinn«, beschwor sie ihn. »Du hast keine Chance.«

Kutzow wandte ihr nun doch das Gesicht zu und sah mit einem Lächeln zu ihr hoch, von dem sie nicht sicher war, ob es ihrer Warnung und dem galt, was er davon hielt, oder der Tatsache, dass sie zum vertrauten Du gewechselt hatte. »Ich weiß«, sagte er, »aber die werde ich ergreifen. Warte hier.«

Und damit huschte er geduckt so rasch los, dass sie es erst wirklich begriff, als er bereits draußen und schon zwei Schritte entfernt war. Mit dem dritten verschwand er endgültig aus ihrem Blickfeld, denn er bewegte sich so schnell im Schatten des Kranauslegers, dass er augenblicklich damit zu verschmelzen schien.

Nach einem Dutzend schwerer Herzschläge tauchte er wieder auf, wenn auch hoffentlich nur für sie sichtbar. Er befand sich jetzt auf Höhe des Kleinbusses, vielleicht ein kleines Stück dahinter, und schien unschlüssig zu zögern, dann huschte er umso schneller weiter und näherte sich dem Bus und verschwand hinter dessen Heck.

Dann ging alles so schnell, dass sie beinahe schon Mühe hatte, die Ereignisse in die richtige Reihenfolge zu bringen: Die Innenbeleuchtung des Busses ging an und wieder aus, und für eine oder zwei Sekunden hatte sie den Eindruck hektischer Bewegung hinter den dunklen Scheiben, dann wurde die Fahrertür aufgestoßen, und eine reglose Gestalt flog heraus und landete unsanft auf dem Pflaster: der Busfahrer. Eine Sekunde später erwachte der Motor grollend zum Leben, und die Scheinwerfer gingen an. Beinahe gleichzeitig flog die Beifahrertür des Streifenwagens auf, und einer der beiden Polizisten sprang heraus und versuchte seine Waffe zu ziehen.

Vermutlich bedauerte er seinen Diensteifer sofort wieder, denn der Bus machte mit durchdrehenden Reifen und aufbrüllendem Motor einen Satz und krachte mit solcher Wucht ins Heck des Streifenwagens, dass er einen guten Meter nach vorne schoss und mit dem linken Vorderrad über die gemauerte Kante des Kais schlitterte. Der Polizist verlor das Gleichgewicht und schlug der Länge nach hin, und der Streifenwagen neigte sich für eine Sekunde bedrohlich weit zur Seite, fiel dann aber krachend wieder zurück, statt ins Hafenbecken zu stürzen.

Kutzow riss den Kleinbus im letzten Moment herum, um ihn nicht zu überrollen, schoss mit noch lauter aufheulendem Motor auf Conny zu und trat dann so hart auf die Bremse, dass der Wagen ausbrach und sein Heck unmittelbar neben dem Tor gegen die Wand krachte. Glas splitterte, und in der Sekunde, die sie brauchte, um sich unter dem Tor hindurchzuducken und die Beifahrertür aufzureißen, brach auf dem Deck des Schiffs über ihnen Tumult los, begleitet von einem ganzen Chor aufgebrachter Schreie und etwas, das wie ein Schuss klang.

Conny warf sich in den Wagen, da gab er bereits so rücksichtslos Gas, dass die Tür gegen die Wand prallte und ihr um ein Haar den Fuß gequetscht hätte. Hilflos rutschte sie in den Fußraum, und hinter ihnen knallte es erneut. Diesmal war es ganz eindeutig ein Schuss, denn die Kugel schrammte mit einem hässlichen Geräusch am Wagendach entlang und prallte dann in einem wahren Funkengewitter vom Fahrbahnbelag neben ihnen ab. Maxim riss das Steuer kurz vor dem Kran so rücksichtslos herum, dass der Wagen schon wieder ausbrach und mit dem Heck auf der anderen Seite gegen eines der stabilen Kranbeine prallte. Noch mehr Glas splitterte. Die Heckscheibe flog in einem Scherbenregen in den Kleinbus herein, was einen ganzen Chor entsetzter Schreie im Fond des Wagens auslöste, und in der Scheibe genau zwischen Maxim und ihr erschien ein winziges, perfekt wie mit einem Laser ausgestanztes Loch. Dann hatte er den Wagen wieder unter Kontrolle und gab Gas, und sie waren in Sicherheit, wenigstens was den Schützen hinter ihnen anging.

Conny rappelte sich mühsam hoch, angelte nach dem Sicherheitsgurt und ließ ihn einrasten, bevor sie sich im Sitz umdrehte und zu ihren Passagieren hinsah.

Es waren drei Kinder, wie sie ohne Erstaunen, dafür aber umso zorniger registrierte, ein vielleicht zehn- oder elfjähriger Junge, der vor Schrecken zur Salzsäule erstarrt war und sie aus hervorquellenden Augen anstarrte, ohne auch nur ein einziges Mal zu blinzeln, und zwei etwa gleichaltrige Mädchen, die unterbrochen schrien und auch nicht den Eindruck machten, als würden sie in den nächsten Stunden damit aufhören.

Nadeshda war nicht dabei.

30

Hinter ihm erwachte der Motor des Lkw mit einem Röhren zum Leben, das sich inmitten des lautlos fallenden Schnees wie das Motorgeräusch eines Panzers anhörte, und Wassili rief irgendetwas, dass er zwar nicht verstand, das ihn aber dazu brachte, noch einmal einen Schritt zuzulegen.

»Ich gesagt, Motor springt wieder an!«, begrüßte ihn Wassili fröhlich. »Guter Wagen. Altes russisches Modell. Ist wie euer Völkerwagen. Läuft und läuft und läuft.«

Marc konnte sich gerade noch beherrschen, ihn nicht zu verbessern, was den *Völkerwagen* anging, sondern beließ es bei einem anerkennenden Nicken und machte eine einladende Geste auf die offene Fahrertür, auf die Wassili mit einem Kopfschütteln reagierte. »Fahren weiter. Aber nicht schlimm, dass wir angehalten. Dorf ist jetzt schon nahe. Besprechen noch einmal, was passiert.«

»Genau«, krähte Ben aus dem Führerhaus. »Lasst euch ruhig

Zeit dabei. Soll ich euch einen Kaffee bringen, oder ein Stück Kuchen?«

Wassili ignorierte ihn genauso wie Marc. »Wichtig«, sagte er in zu diesem Wort passendem, eindringlichem Tonfall. »Du musst … schnell fahren. Nur eine Straße im Ort, aber Leute sind … misstrauisch. Keine guten Menschen.«

»Sie mögen keine Ausländer?«, fragte Ben. »Wie unhöflich.«

Wassili ignorierte ihn weiter, ebenso wie Marc; auch wenn es ihm allmählich wirklich schwerfiel. »Manchmal geflohene Gefangene kommen hierher«, sagte der Russe. »Der Lagerkommandant zahlt Prämie für Flüchtlinge. Egal ob lebendig oder tot.«

Diesmal kam kein Kommentar mehr von Ben.

»Nicht anhalten«, fuhr Wassili fort. »Egal was passiert, fahren schnell … durch Dorf. Danach Brücke. Denken daran: Brücke nicht gut für schweren Wagen. Schnell drüberfahren.«

»Und hoffen, dass sie uns nicht unter dem Arsch wegbricht und wir in dem eiskalten Fluss absaufen«, fügte Ben hinzu. Diesmal erntete er immerhin einen bösen Blick des Russen.

»Ja, das habe ich mir gemerkt«, sagte Marc. »Und danach?«

»Immer geradeaus«, antwortete Wassili. »Straße wird breiter. Schnell fahren, ein oder zwei Kilometer, dann anhalten und wir besprechen.«

Wenn das sein ganzer Plan war, dachte Marc, war er wohl tatsächlich so *famos,* wie Ben behauptet hatte. Aber jetzt war auch nicht der richtige Zeitpunkt für eine Diskussion, auf die sich der Russe ohnehin nicht einlassen würde. Er wiederholte nur seine einladende Geste zur offenen Tür hin, auf die Wassili diesmal reagierte, indem er sich mit einer kraftvollen Bewegung auf die offene Pritsche zog.

»Fahr los«, befahl er. »Ich bleiben hier und passe auf. Gebe Zeichen, dann so schnell fahren wie kannst.«

Marc stieg gehorsam wieder ein, zog die Tür hinter sich zu und wartete, bis Wassilis Gestalt aus dem Rückspiegel verschwunden und er wahrscheinlich in eine sichere Position gerutscht war, dann legte er behutsam den ersten Gang ein und fuhr los.

31

Es war Maxims Idee gewesen, den ramponierten Kleinbus mit den verängstigten Kindern irgendwo am Stadtrand abzustellen, wo er nicht lange unbemerkt bleiben würde, um dann mit öffentlichen Verkehrsmitteln in die Nähe ihres Hotels zu fahren und den letzten Rest des Weges zu Fuß zurückzulegen, immer darauf achtend, sich unauffällig zu verhalten und Überwachungskameras so gut wie möglich auszuweichen. Sie hatte nicht widersprochen. Sie hätte auch gar keine Kraft dazu gehabt.

Im Hotel angekommen, beschäftigte sich Maxim die nächste halbe Stunde mit Telefonieren, wobei er die allermeiste Zeit in einer Sprache redete, die sie nicht verstand und die sich auch weder nach Russisch noch nach Ukrainisch anhörte.

Sie hätte aber auch dann nicht hingehört, wenn sie der Sprache mächtig gewesen wäre oder er Deutsch gesprochen hätte. Alles war umsonst gewesen. Eichholz würde ihr vorwerfen, dass sie gleich mehrere weitere Straftaten begangen oder sich doch wenigstens der Beihilfe schuldig gemacht hatte, und sei es nur, weil sie letzten Endes immer noch Polizistin war und nicht eingegriffen hatte …

Und sie?

Sie konnte sich einreden, es sei ein kalkuliertes Risiko gewesen, auf Kutzows Vorschlag einzugehen und ihm dabei zu helfen, Nadeshda aufzuspüren und zu befreien, und wie eigentlich jeder, der diesen Begriff benutzt, ging sie wie selbstverständlich davon aus, dass es schon gut gehen würde, sie am Ende Erfolg hatten und sich das Risiko auszahlte.

Stattdessen hatte sie nun die wohl unwiderruflich letzte Tür durchschritten, vor der sie noch hätte umkehren können, und dahinter lag nichts als ein schwarzer Abgrund, in den sie stürzte. Vielleicht würde sie nie irgendwo aufschlagen, und der Sturz würde nur immer weiter und weiter gehen, ohne jemals zu enden.

Wenn das eine adäquate Beschreibung der Hölle war, dann wusste sie nicht, wie man sie besser definieren konnte. Aber schließlich war das nichts anderes als die Fortsetzung des Wirklichkeit gewordenen Albtraums, der mit dem Vampir-Fall und Trauschs Tod begonnen hatte. Alles, was sie danach getan hatte, war nichts weiter gewesen als der hilflose Versuch, so zu tun, als wäre nach wie vor alles in Ordnung.

Nichts war in Ordnung. Nicht nur ihre Seele hatte einen Knacks bekommen, es war auch noch etwas anderes, Tiefergreifendes mit ihr passiert, das sie nicht in Worte fassen konnte. Und wahrscheinlich lag darin auch der wahre Grund, warum sie sich auf dieses verrückte Abenteuer eingelassen hatte.

Maxim hörte schließlich auf zu telefonieren, wenn auch nur um zu verkünden, dass der Akku des Handys bald schlappmachte und er versuchen würde, irgendwo ein Ladekabel zu besorgen; oder vielleicht auch gleich ein neues Smartphone, das noch nicht als gestohlen gemeldet war. Im Hinausgehen fragte er sie noch, ob er beim nächsten Chinesen vorbeigehen und etwas Essbares besorgen solle.

Conny war noch nie der Meinung gewesen, dass es beim Chinesen irgendetwas *Essbares* gab, aber das war nicht der Grund, weshalb sie seine Frage ebenso ignorierte wie alles andere, was er seit ihrer Rückkehr gesagt hatte. Maxim wiederholte sie auch nicht, sondern bedachte sie nur noch mit einem sonderbar vorwurfsvollen Blick und ging. Conny hörte, wie er die Tür von außen abschloss und auch noch einmal an der Klinke rüttelte, um sich zu überzeugen, dass sie sicher eingesperrt war.

Unter nahezu allen anderen denkbaren Umständen wäre sie

jetzt nicht nur empört und wütend gewesen, Maxim hätte bei seiner Rückkehr auch festgestellt, dass schon deutlich mehr als ein billiges Schloss in der billigen Tür einer Vierzig-Euro-Absteige nötig war, um sie gegen ihren Willen festzuhalten. Jetzt hatte sie Mühe, dem Geräusch eine Bedeutung zuzuordnen, und noch mehr, dieser Erkenntnis irgendwelche Gefühle. Und im nächsten Moment hatte sie es vergessen.

Eine unbestimmbare Zeit saß sie einfach da und starrte ins Leere, ohne hinterher sagen zu können, wie lange und woran sie in dieser Zeit gedacht hatte oder ob überhaupt an irgendetwas. Es interessierte sie auch nicht – kam es ihr nur so vor, oder begann es vor dem vergitterten schmalen Fenster schon wieder zu dämmern? Sie stand auf, ging ins Bad und nahm all ihren Mut zusammen, um in den Spiegel über dem winzigen Waschbecken zu schauen.

Der Anblick war fast ein bisschen enttäuschend. Sie sah müde aus und sehr erschöpft, aber das passte auch dazu, wie sie sich fühlte. Unter ihren Augen lagen zum ersten Mal, seit sie herausgefunden hatte, wie ein Spiegel funktionierte, dunkle Tränensäcke, und ihre Haut sah ungefähr so gesund aus wie eine Aubergine, die eine Woche in der Sonne gelegen hatte.

Ihr Zahn tat weh – und zwar ganz genau der, den sie gar nicht mehr hatte –, obwohl der Zahntechniker im Gefängnishospital wirklich hervorragende Arbeit geleistet hatte. Obgleich sie wusste, worauf sie zu achten hatte, sah sie keinen Unterschied zu ihren eigenen Zähnen und tastete sogar mit der Zungenspitze über die provisorische Prothese, wie um sich zu überzeugen, dass sie auch wirklich da war und sich Dr. Winckler nicht etwa einen schlechten Scherz mit ihr erlaubt hatte. Prompt schoss ein nadeldünner, aber heftiger Schmerz bis in ihre Schläfe hinauf, schlimm genug, um ihr nicht nur zu beweisen, dass sie sich die Begegnung mit einer eisenverstärkten Stiefelspitze keineswegs eingebildet hatte, sondern ihr auch die Tränen in die Augen zu treiben. Sie wartete, bis er weit genug abgeebbt war, um sie wieder halbwegs klar sehen zu lassen, verwandelte ihre schmerzerfüllten Züge in eine Grimasse, die sie sich selbst schnitt, und überlegte allen Ernstes, ob sich hinter dem verdreckten Spiegel vielleicht eine getarnte Zeitmaschine verbarg. Conny war Komplimente gewohnt, was ihr Gesicht anging, das die allermeisten um mindestens zehn Jahre jünger einschätzten. Jetzt sah sie gute zehn Jahre älter aus, als die Zahlen in ihrem Personalausweis behaupteten.

Sah so eine Verbrecherin aus, deren Konterfei möglicherweise schon jetzt an prominenter Stelle auf der Fahndungsliste von Interpol zu finden war?

Conny sollte es recht sein. Die verhärmte und zu Tode erschöpfte Frau, die ihr aus dem Spiegel entgegensah, hatte keinerlei Ähnlichkeit mit irgendeiner Fotografie, die es von ihr gab. Sie schnitt ihrem künftigen Spiegelbild noch eine abschließende Grimasse, drehte den Hahn auf und schöpfte sich zwei Handvoll Wasser ins Gesicht, um wenigstens ein paar der unerwünschten zusätzlichen Jahre wegzuwaschen. Kaum hatte sie damit angefangen, konnte sie gar nicht mehr damit aufhören. Von einer Sekunde auf die andere fühlte sie sich schmutzig und auf eine Art besudelt, die sie mit allem Wasser der Welt nicht abwaschen konnte.

Sie versuchte es trotzdem, riss sich schließlich die Kleider vom Leib und zwängte sich in die winzige Duschkabine aus billigem Plastik. Bei der Wassertemperatur hatte sie die Wahl zwischen lauwarm und unangenehm heiß. Sie stellte sich trotzdem unter den dampfenden Strahl, biss tapfer die Zähne zusammen und begann sich in Ermangelung eines Duschgels mit der billigen Seife einzureiben, die sie auf dem Waschbeckenrand gefunden hatte.

Es nutzte nichts. Sie fühlte sich nur immer noch schmutziger, und das würde sich auch nicht ändern, selbst wenn sie sich die Haut vom Leib schrubbte, und auch das heiße Wasser half nicht, obwohl es mittlerweile wirklich *weh*tat. Sie verstand nicht, was mit ihr los war. Sie benahm sich nicht nur wie eine Anfängerin, bei deren erstem Einsatz etwas ganz entsetzlich schiefgelaufen war, sie fühlte sich auch so. Offensichtlich war ihr Sturz noch lange nicht zu Ende.

Irgendwann wurde es besser. Hinter ihrer Stirn herrschte noch immer alles andere als Klarheit, aber ihre Gedanken kreisten nicht mehr so schnell, als versuchten sie ihren Schädel zu sprengen, und ihre Herzfrequenz sank widerwillig unter die Zweihunderter-Grenze.

Mittlerweile fühlte sie sich nicht nur wie ein Hummer im Kochtopf, sondern sah vermutlich auch so aus. Ihre Haut tat inzwischen ernsthaft weh, und als sie aus der Dusche trat, begann sie fast augenblicklich mit den Zähnen zu klappern. Als sie sich in eines der beiden groben Handtücher wickelte, zitterten ihre Finger so stark, dass sie dreimal ansetzen musste, bevor es ihr gelang, es vor der Brust zu verknoten. Sie versuchte noch einmal in den Spiegel zu sehen, erblickte aber nur eine von Schmutzrändern eingerahmte beschlagene Fläche.

Die Tür ging im selben Moment auf, in dem sie aus dem Bad kam, und Maxim trat ein, bewaffnet mit zwei großen Einkaufstaschen aus bunt bedrucktem Stoff und zwei genauso bunten Pizzakartons. Seine linke Augenbraue rutschte ein gutes Stück nach oben, als er Connys Aufzug gewahrte, doch das war bereits seine ganze Reaktion.

Wortlos lud er die Pizzakartons auf dem winzigen Schreibtisch und die beiden Taschen auf dem Bett ab, die zusammen mit einem dreibeinigen Hocker und einem Wandschrank aus mit Resopal beschichteten Spanplatten die gesamte Einrichtung darstellten. »Ist das Bad frei?«, fragte er.

»Nein«, antwortete Conny. »Das Zimmermädchen ist noch drin. Und außerdem zwei verdammt gut aussehende Installateure, die den Whirlpool und die Sauna warten.«

»Mario und Luigi?«, vermutete Maxim.

»Genau«, bestätigte Conny. »Vielleicht solltest du die drei jetzt besser nicht stören.«

»Noch peinlicher wird es, wenn ich jetzt nicht ins Bad kann.«

Maxim verschwand unverzüglich hinter der dünnen Tür und ließ Conny ernsthaft frierend zurück. Einen Moment später hörte sie, wie die Dusche aufgedreht wurde.

»Ich fürchte, ich habe das ganze heiße Wasser verbraucht«, rief sie, »tut mir leid.«

Die einzige Reaktion bestand aus dem Geräusch, mit dem der Toilettendeckel lautstark aufgeklappt wurde, und Conny wich rasch von der Tür zurück.

Ihre Kleider lagen noch im Bad, also wandte sie sich den beiden Plastiktaschen zu und war nicht überrascht, neben gleich zwei noch eingeschweißten Prepaidhandys auch eine Garnitur neuer – und vor allem unauffälliger – Kleidung in ihrer Größe zu finden, bis hin zu einfacher, aber durchaus geschmackvoller Unterwäsche.

Als Maxim aus dem Bad kam, fiel ihr auf, dass er ein bisschen blass war und seine Finger ganz sacht zitterten. »Ist etwas passiert?«

»Es könnte schon sehr bald etwas passieren«, antwortete Kutzow ausweichend. »Die Sache mit dem Kleinbus war nicht gerade ideal. Schon allein wegen der Kids.«

Conny dachte an die beiden vollkommen hysterischen Mädchen und den kaum weniger verstörten Jungen, die sie in dem demolierten Kleinbus zurückgelassen hatten. Und so unglaublich es ihr auch selbst erschien, sie hatte sich um das Schicksal der Kinder bislang überhaupt keine Gedanken mehr gemacht; etwas, das der Conny, als die sie sich kannte, niemals passiert wäre. Was war nur mit ihr los?

»Die drei Kids sind wahrscheinlich jetzt schon fleißig dabei, sich Fotos anzusehen«, sagte Kutzow. »Und wenn wir Pech haben, sind wir trotz aller Vorsicht auf irgendeinem Überwachungsvideo drauf.«

»Hoffen wir, dass die holländische Polizei eins und eins zusammenzählt«, sagte sie. »Wenn die Kinder zur Killerbande gehören und sie auf entsprechende Hinweise stoßen …«

Maxim wiegelte ärgerlich ab. »Vergiss es! Du hast die Kids gesehen. Das sind keine Killer. Allerhöchstens Frischfleisch.«

»Aber wie soll das gehen? Wenn man sie entführt hat …«

»Nicht entführt. Die werden unter irgendeinem Vorwand nach Osteuropa geschickt. Es gibt ja dort Ausbildungscamps für gestörte oder schwer erziehbare Kinder. Die deutschen Behörden bekommen wahrscheinlich nicht einmal mit, wenn die Kids in einer anderen Gegend landen als angegeben und ihre Ausbildung in eine völlig andere Richtung geht, als sich das Gutmenschen auch nur im Entferntesten vorstellen können. Ich habe keine Ahnung, wie das genau funktioniert. Aber ich weiß, wie erfindungsreich die Hintermänner sind. Und dass sie darauf setzen, dass man Kindern einfach nicht das zutraut, was sie aus ihnen zu machen gedenken.«

»Das ist … pervers.«

Für eine sehr kurze, aber unangenehme Weile machte sich betretenes Schweigen zwischen ihnen breit, dann nickte Kutzow, und als wollte er das Thema damit abschließen, deutete er auf die beiden Kartons auf dem Schreibtisch. »Nimm dir eine Pizza. Du musst hungrig sein.«

Das war sie, aber Conny verabscheute Pizza beinahe genauso sehr wie chinesisches Essen. Zögernd griff sie nach einem der Kartons, klappte ihn auf, griff nach einem dreieckigen Pizzastück und nahm all ihren Mut zusammen, um vorsichtig daran zu knabbern. Es schmeckte nicht einmal so schlecht, wie sie erwartete. Von ihrem Hunger getrieben verputzte sie ihre Pizza bis auf das letzte Fitzelchen, ließ sich anschließend auf dem unbequemen Hocker zurücksinken, so weit es ging, ohne das betagte Möbelstück an den Rand des Zusammenbruchs zu bringen. Eine der Situation vollkommen unangemessene wohlige Mattigkeit begann sich in ihr auszubreiten, aber auch noch etwas anderes, von dem sie nicht genau wusste, was es war (oder doch, aber das war natürlich absolut ausgeschlossen), und für einen Moment brauchte sie fast all ihre Kraft, um die Augen noch länger offen zu halten.

Maxim, ganz Gentleman – oder langjähriger Junggeselle – legte das Plastikgeschirr in die leeren Pizzakartons und trug sie zum Papierkorb. Er setzte sich nicht wieder, sondern blieb hinter ihr stehen; so nahe, dass sie seine Nähe spürte. Sie erwartete fast, dass er sie berührte, ihr vielleicht die Hand auf die Schulter legte oder etwas in der Art. Wenn er es tat, würde sie ihm den Arm brechen.

Stattdessen fragte er: »Gefallen dir die Sachen nicht, die ich dir mitgebracht habe?«

»Doch«, antwortete sie unbeholfen. »Ich bin nur noch nicht …« Was auch immer.

Sie stand auf und beobachtete sich selbst dabei wie eine Fremde, auf deren Handlungen sie keinen Einfluss hatte, sondern von ihnen eher ein bisschen verwirrt wurde. Oder erschreckt? »Wäre doch schade um die schönen Sachen.« Sie stand jetzt so dicht hinter ihm wie er gerade hinter ihr und sie konnte seine Nähe und Wärme fühlen.

»Ich kann so lange rausgehen, wenn du dich anziehen willst«, sagte er. »Oder im Bad verschwinden.«

»Ja«, antwortete sie. »Das könntest du.« Oder du drehst dich endlich um.

Als hätte sie die letzten Worte ebenfalls laut ausgesprochen, tat er genau das. Er wirkte kein bisschen überrascht.

Auch nicht, als sie das Handtuch löste und fallen ließ.

32

Der Wagen rumpelte und schnaubte, setzte sich aber gehorsam in Bewegung, und als Ben neben ihm wortlos die Hand ausstreckte und einen Schalter umlegte, geschah sogar so etwas wie ein kleines Wunder, denn die Scheibenwischer nahmen ihren Dienst auf; auch wenn sie den Schneematsch auf der gesprungenen Scheibe eher verschmierten als wirklich entfernten. Er fuhr vorsichtiger, und tatsächlich ein gutes Stück langsamer, als er gekonnt hätte.

Der Weg machte eine weitere, diesmal aber sanftere Biegung, und plötzlich war der Wald verschwunden, und nur einen guten Steinwurf entfernt lag das Dorf.

»Halt mich nicht für übertrieben neugierig, aber ihr habt so laut gesprochen, dass ich gar nicht anders konnte, als euren genialen Plan mit anzuhören«, sagte Ben. »Wirklich, grandios. Wenn wir wieder zu Hause sind, musst du unbedingt einen Roman über unsere Flucht schreiben. Das ist der genialste Escape-Plan, von dem ich je gehört habe. Ganz bestimmt bekommst du einen Oscar für das Drehbuch, und …«

»Verdammt, halt endlich die Schnauze!«, fuhr ihn Marc an. Sein Ausbruch tat ihm augenblicklich leid, aber nicht so sehr, dass er sich etwa entschuldigt hätte oder auch nur darauf verzichtet, in kaum weniger scharfem Ton hinzuzufügen: »Dafür habe ich zurzeit wirklich keinen Nerv! Sei still und spar dir deine Tiraden auf, bis wir in Sicherheit sind.«

»Du meinst in ungefähr fünfundzwanzig Jahren, wenn sie uns rauslassen?« Bens Augen funkelten kampflustig, und Marc verzichtete auf alles, was ihm auf der Zunge lag. Er hatte Ben in all den Jahren noch nie so erlebt. Er hatte einfach nur Angst, und wenn ein weiteres Wunder geschah und sie diese Nacht überlebten, würde er seine Worte genauso bedauern wie Marc seinen Ausbruch gerade. Er setzte dennoch zu einer Entschuldigung an, kam aber nicht dazu, weil Wassili in diesem Moment mit der Hand auf das Wagendach hämmerte.

»Licht aus!«, drang seine Stimme durch das zerbrochene Fenster neben Ben. »Und wenn erstes Haus erreicht, fahr schnell! Einfach geradeaus! Straße direkt zur Brücke!«

Marc legte gehorsam den altmodischen Drehschalter am Armaturenbrett um, und auch der letzte verbliebene Scheinwerfer erlosch, aber es schien kaum dunkler zu werden, weil der Wind den Schnee außerhalb des Waldes auseinandertrieb, bevor er wirklich fallen konnte. Zum ersten Mal konnte er die Straße, über die sie fuhren, wirklich erkennen. Sie war kaum breiter als der Wagen selbst und führte so dicht am Fluss entlang, dass nur ein Selbstmörder schneller als mit Schrittgeschwindigkeit fahren würde. Der Ort – wenn er die Handvoll eingeschossiger kleiner Hütten, die sich auf der anderen Seite der Straße wie eine Herde verängstigter Tiere in der Nacht zusammendrängten, denn so nennen wollte – lag fast völlig dunkel da. Die wenigen Lichter, die er von Weitem gesehen hatte, waren nur der Schein einiger weniger trüber Kerzen- oder Petroleumlampen, der aus winzigen Fenstern fiel und sich beinahe im Schneetreiben verlor, noch bevor er die andere Straßenseite erreichen konnte. Es sah aus, als hätte ein Maler an einem besonders miesen Tag seiner depressiven Phase einen Ort zu schaffen versucht, in dem wirklich niemand leben wollte.

Marc nahm behutsam genug Gas weg, um das Motorgeräusch zu dämpfen, und kurz bevor sie das erste Haus erreichten, hämmerte Wassili noch zweimal so wuchtig aufs Wagendach, dass Ben erschrocken nach oben sah.

Marc gab Gas. In der allerersten Sekunde reagierte das schwere Gefährt überhaupt nicht, dann brüllte der Motor laut genug auf, um auch noch den allerletzten Dorfbewohner aus dem Tiefschlaf zu schrecken, und der schwere Armeelaster machte einen so unerwarteten Satz, dass er um ein Haar schon wieder das Steuer verrissen hätte. Ben quietschte vor Schrecken und klammerte sich an den Sitz, und für eine halbe Sekunde meinte er eine Bewegung im Rückspiegel zu erkennen, konnte aber nicht einmal die andere halbe Sekunde für einen weiteren Blick erübrigen. Der Wagen schoss regelrecht an den ersten zwei, drei Häusern vorbei und schaukelte jedes Mal heftig, wenn Marc in einen höheren Gang schaltete, hielt aber trotz des fehlenden Reifens gehorsam die Spur. Sie hatten das winzige Straßendorf schon gut zur Hälfte hinter sich, bevor auch nur das erste Licht in einem der Fenster anging.

Marc versuchte die Brücke zu erkennen, von der Wassili gesprochen hatte, sah aber nichts als Dunkelheit, die dort begann, wo die Häuser endeten. Entschlossen schaltete er in den letzten und höchsten Gang und trat das Gaspedal bis zum Bodenblech durch. Der Wagen wurde nicht mehr merklich schneller, aber der Motor hörte sich schon nicht mehr ganz so gequält an. Gleich kam der Moment, der über das Ende ihrer Flucht und wahrscheinlich ihrer Leben entscheiden würde, doch er weigerte sich einfach, die Bilder von splitterndem Holz und zusammenbrechenden Brücken zu sehen, mit der seine Fantasie ihn zu peinigen versuchte.

In einem der Häuser – dem vorletzten des Dorfes – flog eine Tür auf, und eine Gestalt sprang heraus und prallte dann ebenso hastig zurück, um nicht von dem röhrenden Monster überrollt zu werden, das an ihr vorbeijagte, dann hatten sie auch das letzte Haus passiert, und die Straße machte einen scharfen Knick nach rechts.

Weg vom Fluss.

33

Sie waren beide eingeschlafen, aber Conny wachte als Erste wieder auf, erfüllt von einer Mischung aus einer angenehmen körperlichen Mattigkeit und einem dafür umso unangenehmeren schlechten Gewissen, hinter dem die noch viel unangenehmere Frage heranschlich, ob sie nun eigentlich endgültig den Verstand verloren hatte.

Die Antwort war ein eindeutiges *Ja*, aber eigentlich war ihr das egal. Spätestens, als sie ihn in sich gespürt hatte, war ihr nicht nur klar geworden, dass es kein Zurück mehr gab, sondern dass sie es auch gar nicht mehr wollte.

Vielleicht war einfach alles so gekommen, wie es sein sollte, schon vor Jahren. Während sie eng genug an ihn geschmiegt dalag, um seine Wärme zu genießen und vielleicht ein wenig von seiner Kraft zu assimilieren, fragte sie sich nicht zum ersten Mal, ob sie die Weichen zu diesem ganz bestimmten Moment nicht schon vor zehn Jahren gestellt hatte, als sie sich entschied, Eichholz' Geheimnis aus der völlig überdrehten Zeit der Soko Vampir zu bewahren, statt das einzige überhaupt Vernünftige zu tun und ihn zum Teufel zu jagen, ganz egal, was danach mit ihr geschah.

Aber sie hatte es nun einmal nicht getan, und so hatte sich ihr Leben fast unmerklich in eine sehr langsame, aber unaufhaltsame Abwärtsspirale verwandelt, deren Ende ihr klar vor Augen stand und unweigerlich war. Eichholz war nicht so dumm, ihr tatsächlich etwas anzutun oder ihr auch nur allzu offensichtlich Steine in den Weg zu legen, aber sie war trotzdem auf einer Art Abstellgleis gelandet, wenn auch einem besonders luxuriösen, auf dem sie den Rest ihres Berufslebens dahindämmern würde, falls sie nicht dumm genug war, ihm doch noch einen Vorwand zu liefern, um sie ganz offiziell in die Psychiatrie einweisen und damit mundtot machen zu lassen.

Ganz genau das hatte sie getan, und als Ergebnis lag sie nun mit einem inzwischen international gesuchten Verbrecher im Bett, und ihr Name prangte wahrscheinlich gleich neben seinem an prominenter Stelle auf sämtlichen Fahndungslisten.

Und es tat ihr kein bisschen leid.

Neben ihr regte sich Maxim unruhig im Schlaf, drehte sich, ohne ganz aufzuwachen, auf die andere Seite und tastete im Halbschlaf mit der Hand herum. Conny hätte gerne geglaubt, nach ihr, doch wahrscheinlich war es nur eine unbewusste Bewegung. Stattdessen streckte sie ihrerseits die Hand aus und begann mit den Fingerspitzen sein Gesicht zu erkunden. Als sie bei der Narbe auf seiner Wange angekommen war, wachte er auf und öffnete die Augen. Ganz automatisch wollte sie die Hand zurückziehen, aber das ließ er nicht zu, sondern griff rasch nach ihrem Handgelenk und hielt es fest.

»Ich wollte dich nicht wecken«, sagte sie. »Tut mir leid.«

»Was?«, fragte Maxim. »Dass du mich geweckt hast, oder das davor?«

Das davor? Conny war fast ein bisschen amüsiert. Für einen ehemaligen Zuhälter und Bordellbesitzer hatte er erstaunliche Hemmungen, über gewisse Dinge zu reden. Aber er hatte sie ohnehin überrascht, denn statt irgendwelche obskuren Hardcore-Techniken oder artistische Experimente von ihr zu erwarten, war er so einfühlsam und zärtlich gewesen, wie sie es selten erlebt hatte.

Statt zu antworten, richtete sie sich auf einen Ellbogen auf, stützte das Kinn in die Handfläche und zeichnete mit den Fingerspitzen der anderen die gezackte Narbe auf seiner Wange nach.

»Wie ist das passiert?«, fragte sie.

Statt zu antworten, griff er erneut nach ihrem Arm und schob ihn mit schon ein bisschen mehr Kraft zur Seite. »Eine alte Geschichte.«

Über die er offensichtlich nicht reden wollte. Sie sparte sich auch gleich die Frage, warum er sie nicht hatte entfernen lassen. Die Antwort war vermutlich Teil derselben Geschichte, die er für sich behalten wollte. Stattdessen richtete sie sich vollends auf und genoss ganz unverhohlen seinen Blick, der dem dünnen Laken folgte, das dabei von ihren Schultern glitt. Sie machte keinen Versuch, es festzuhalten, und blieb dabei deutlich länger und mit durchgedrücktem Rücken auf der Bettkante sitzen, damit er den Anblick genießen konnte, bevor ihr klar wurde, wie albern das war. In seinem Beruf (wenn man es denn so nennen wollte) war er wirklich anderes gewohnt, und schließlich war sie auch keine achtzehn mehr. Schon eine ganze Weile, wenn sie ehrlich war.

Als sie jedoch über die Schulter zurücksah und seinem Blick begegnete, las sie nichts von alledem darin, was sie erwartet hatte, sondern … nein, sie konnte nicht sagen was, aber es war auf jeden Fall etwas sehr Angenehmes.

Vielleicht schmeichelte ihr auch nur ihre eigene Fantasie.

»Genug gesehen?«, fragte sie spöttisch.

Maxim dachte eine Weile mit angestrengt gefurchter Stirn nach, deutete dann ein Schulterzucken an und streckte die Hand nach ihr aus. »Ich bin nicht sicher. Lass mich nachsehen.«

Conny schlug ihm spielerisch auf die Finger, und für einen ganz kurzen Moment blitzte eine Mischung aus Überraschung und Ärger in seinen Augen auf. Offenbar war er keinen Widerspruch gewohnt. Aber er hatte sich sofort wieder in der Gewalt, zog eine übertrieben beleidigte Schnute und stand auf, um im Bad zu verschwinden. Conny sah ihm nach und konnte sich eines flüchtigen Lächelns nicht erwehren, als er auch jetzt wieder sofort das Wasser aufdrehte und laufen ließ. Zumindest was peinliche Geräusche in Hotelzimmern mit viel zu dünnen Wänden anging, war er anscheinend genauso eigen wie sie.

Sie wartete noch ein paar Augenblicke, stand dann ebenfalls auf und zog die Kleider an, die er mitgebracht hatte. Sie sahen nicht nur aus, als würden sie perfekt passen, sie taten es auch, und obwohl sich der einzige Spiegel im Nebenraum befand und sie sich nicht betrachten konnte, wusste sie, dass sie ihr ganz ausgezeichnet standen. Er hatte wohl einen Blick für so was. Natürlich hatte er das. Wer, wenn nicht er?

Das Wassergeräusch verstummte, und Maxim kam zurück, mit nassem Haar und hektisch gerötetem Gesicht, dafür ohne das obligate Handtuch um die Hüften, auf das er angesichts der zurückliegenden Stunde kurzerhand verzichtet hatte. Aus einem vollkommen unsinnigen Grund – vielleicht ja, weil sie komplett angezogen vor ihm stand? – war ihr das peinlich. Maxim hatte sich die Hände nicht nur gründlich gewaschen und abgetrocknet, sondern auch eingecremt. Erst jetzt wurde ihr bewusst, dass seine Fingerknöchel stärker aufgeschürft und verschorft waren als vor seinem kleinen Ausflug. Nicht so, dass es gleich auffiel, aber doch deutlich sichtbar, wenn man bewusst darauf achtete.

»Was ist passiert?«, fragte sie mit einer Kopfbewegung auf seine Hand. »Wollten sie dir nicht genug Payback-Punkte geben?«

Maxims Blick machte klar, dass dieses Wort in der Welt, in der er bisher gelebt hatte, keinerlei Bedeutung besaß. »Das ist jetzt ein bisschen peinlich, aber weißt du, sie haben in dieser Bruchbude wirklich das billigste Toilettenpapier. Das Zeug ist schlimmer als Schmirgelpapier, und …«

»Bitte!«, seufzte sie.

Maxim sah sie zwar mit einem so entwaffnenden Lächeln an, dass sie sich auf eine zweite und noch dümmere Antwort gefasst machte, aber dann sagte er: »Ich habe ein paar Erkundigungen eingezogen.«

»Mit den Fäusten?«

Maxim überging die Frage, ganz wie sie es erwartet hatte. »Ich muss noch ein oder zwei Leute anrufen, dann weiß ich, wo sie sie hingebracht haben.«

»Muss ich dich daran erinnern, was das letzte Mal passiert ist, als du so etwas gesagt hast?«

»Die Situation ist jetzt anders«, behauptete er. »Ich meine: Eigentlich weiß ich es ja schon, und ich warte nur noch auf eine Bestätigung.«

»Und dann?«

Dieses Mal verging deutlich mehr Zeit, in der er sie auf eine nachdenkliche Weise ansah, die ihr immer weniger gefiel. »Danach musst du dich entscheiden. Gib mir ein paar Stunden Vorsprung, oder begleite mich.«

»Ich glaube, auch das hatten wir schon«, antwortete Conny, bekam aber nur ein ebenso langsames wie nachdrückliches Kopfschütteln zur Antwort.

»Wir stehen jetzt an einem ganz anderen Punkt«, sagte er. »Was immer in den letzten Tagen passiert ist, deine Chancen stehen gar nicht so schlecht, mit halbwegs heiler Haut davonzukommen. Noch hast du nichts wirklich Schlimmes getan.«

»Ich fürchte, das sieht mein Lieblingsvorgesetzter anders«, antwortete sie, doch Kutzow blieb ernst.

»Ich glaube, ich kenne dich mittlerweile gut genug, Conny. Ein Typ wie Eichholz hat nicht die Eier, um dich kleinzukriegen. Wahrscheinlich wird er es versuchen, und wahrscheinlich wartet auch eine Menge Ärger auf dich, und auch die eine oder andere unangenehme Konsequenz. Vielleicht verlierst du tatsächlich deinen Job, aber sehr viel mehr auch nicht.«

»Mehr nicht?«, gab Conny spöttisch zurück. »Na, wenn das alles ist, dann bin ich ja beruhigt. Wer braucht schon einen Job und eine Beamtenpension?«

»Sobald ich Nadeshda gefunden habe, sorge ich dafür, dass alle die Wahrheit erfahren«, beharrte er. »Und ich werde auch Beweise vorlegen.«

Falls er dann noch am Leben ist, dachte Conny.

»Noch kannst du zurück«, beharrte er. »Aber wenn du jetzt mit mir kommst, dann gibt es keine Umkehr. Wenigstens für eine Weile werden sie dich genauso jagen wie mich. Beide Seiten.«

»Davor habe ich keine Angst«, antwortete Conny, was sich sogar in ihren eigenen Ohren ein bisschen lächerlich anhörte.

Maxim schüttelte auch nur noch einmal und sehr ernst den Kopf. »Das solltest du aber. Du hast erlebt, wozu diese Kerle imstande sind und wie weit sie gehen. Hast du heute schon Radio gehört?«

Sie hatte nicht einmal gewusst, dass es hier ein Radio gab und verneinte, und Kutzow wies auf den Fernseher, mit dem man selbstverständlich auch Radio empfangen konnte.

»Unser romantischer kleiner Ausflug in den Hafen gestern Abend ist nicht unbemerkt geblieben«, sagte er. »Vielleicht haben auch die drei Kids geredet … auf jeden Fall haben sie die *Druschba* vor ein paar Stunden hochgenommen, zusammen mit der gesamten Besatzung und etlichen weiteren … blinden Passagieren. Jedenfalls behaupten sie das. Ich habe versucht, mehr herauszufinden, aber du weißt ja, wie das ist.«

»Nein«, sagte sie. »Weiß ich nicht.«

»In diesem Punkt unterscheiden sich deine holländischen Kollegen nicht von denen bei dir zu Hause. Sie mauern. Offiziell handelt es sich um Drogenschmuggler, aber wir wissen beide, dass das nicht stimmt.«

»Natürlich«, sagte Conny. »Aber was ist schlimm daran?«

»Nichts«, sagte Maxim. »Jedenfalls nicht für uns. Ich fürchte nur, meine ehemaligen Geschäftspartner sehen das ein bisschen anders. Was wir gestern getan haben, hat sie eine hübsche Stange Geld gekostet, und so etwas mögen sie gar nicht. Wenn sie herausfinden, dass ich dahinterstecke …« Er ließ den Satz unbeendet in der Luft hängen, aber Conny war auch so klar, was das bedeutete.

»Wie sollten sie das herausfinden?«, wollte Conny wissen.

»Weil sie nicht dumm sind?«, schlug Maxim vor. »Und weil sie zwei und zwei zusammenzählen können? Außerdem werden die drei Kids schon erzählen, was passiert ist.« Er schüttelte traurig den Kopf. »Aber jetzt werden sie das Spiel nach anderen Regeln spielen, Conny. Wenn du bei mir bleibst, dann stehst du genauso auf ihrer Abschussliste wie ich.«

Als ob sie das nicht täte, wenn sie nicht bei ihm blieb. Aber sie verstand auch, warum er das sagte. Er war es wohl nicht nur ihr, sondern vor allem sich selbst schuldig.

Suchte sie gerade schon wieder krampfhaft nach einer Ausrede für ihn?

»Und selbst wenn alles gut geht«, fuhr er fort, »selbst wenn wir es aus dieser Stadt und diesem Land heraus schaffen, und sogar wenn wir Nadeshda finden und sie befreien … es könnte gut sein, dass du nie wieder nach Hause kannst, Conny.«

Und wäre dieser Verlust wirklich so groß?, fragte sie sich. Was hatte sie eigentlich noch zu verlieren, außer einem Job, in dem sie für den Rest ihres Berufslebens bestenfalls noch geduldet sein würde, und einem Haus, das von zu vielen schlimmen Erinnerungen bewohnt war, als dass sie jemals wirklich darin glücklich sein konnte? »Ich weiß nicht, ob …«, begann sie, und Maxim brachte sie zum Verstummen, indem er sie an sich zog und ihre Lippen mit einem Kuss schloss; intensiv und zugleich zärtlich und so lange, dass sie sich schließlich mit sanfter Gewalt losmachte.

»Denk darüber nach«, sagte er, als wäre gar nichts gewesen.

»Ich glaube, das habe ich schon«, sagte sie, noch immer ein wenig atemlos und verwirrt und mit einer Geste auf das zerwühlte Bett hinter ihm deutend.

Maxim wiederholte sowohl seine abwehrende Handbewegung als auch sein Kopfschütteln. »Nein, das hast du nicht. Und ich will auch nicht, dass du sofort antwortest.« Er machte einen halben Schritt zurück. Für sehr viel mehr war auch kein Platz. »Ich muss noch einmal weg und ein paar … Dinge erledigen. Mit ein paar Leuten reden.«

»Mit den Fäusten?«

»Ich hoffe nicht«, antwortete er. »Wenn ich bis Mitternacht nicht zurück bin, dann verschwinde. In der Tasche ist Geld. Nimm es und tu damit, was du willst.«

»Und wenn ich es einfach so nehme und dich an meine Kollegen ausliefere?«

Conny fragte sich, warum sie das jetzt eigentlich gesagt hatte, aber Maxim reagierte nur mit einem Achselzucken und einer zusätzlichen wegwerfenden Geste. »Dann ist es auch in Ordnung. Aber ich weiß, dass du das nicht tust.«

Und damit verschwand er, ohne ihr die Gelegenheit für eine weitere Frage zu geben, und Conny blieb einigermaßen frustriert zurück, hin- und hergerissen zwischen Hilflosigkeit und Ärger, den sie vergeblich einzig und allein auf ihn zu fokussieren versuchte – obwohl sie wusste, dass tief in ihr etwas brodelte, das rein gar nichts mit ihm zu tun hatte.

Etwas, das jederzeit explodieren konnte wie ein Vulkan, der seit seinem letzten Ausbruch vor zehn Jahren anscheinend friedlich geschlummert hatte.

34

Vor ihnen war keine Brücke. Stattdessen erweiterte sich der geteerte Weg zu einer richtigen Straße, die, ganz wie Wassili gesagt hatte, schnurgerade durch die verschneite Ebene schnitt. Aber davor lag eine Neunzig-Grad-Kurve, die noch dazu ein sichtbares Gefälle zum Fluss hin hatte.

Für einen einzelnen Moment blieb die Zeit stehen. Nicht im übertragenen Sinn, sondern ganz real: Er spürte, wie alles anhielt, sein Herzschlag, seine Gedanken, das Blut in seinen Adern, die Welt, als hätte die Schöpfung selbst die große Pause-Taste gedrückt und alles angehalten. Aber er begriff trotzdem im Nachhinein und mit grässlicher Gewissheit, wie sehr sie getäuscht worden waren:

Es gab keine Brücke, sondern einen fast rechtwinkligen Knick, den die Straße vor dem zugefrorenen Fluss machte, in den sie in der nächsten Sekunde stürzen würden.

Dann und ebenso plötzlich, wie alles angehalten hatte, bewegte sich die Welt weiter, und jetzt geschah wirklich alles auf einmal: Ben kreischte. Etwas traf den Wagen mit solcher Wucht, dass er geglaubt hätte, über eine Mine gefahren zu sein – hätte er Zeit für diesen Gedanken gehabt –, und Marc erwachte endgültig aus seiner Erstarrung und vergeudete sogar noch einen weiteren unendlich kostbaren Sekundenbruchteil mit der Frage, ob ihnen dieses winzige Zögern vielleicht das Leben kosten würde, denn der Wagen schoss subjektiv immer schneller werdend auf den Fluss und die vereiste Böschung zu, hoppelte über eine unsichtbare Unebenheit, krachte mit einem Schlag auf die Straße zurück und begann sich in die Gegenrichtung zu drehen, als Marc endlich wie verrückt am Lenkrad zu kurbeln begann.

Ben schrie. Vielleicht rief er auch etwas, das im Getöse der losbrechenden Katastrophe unterging. Der Wagen stellte sich quer, schlitterte eine entsetzliche halbe Sekunde lang mit durchdrehenden Rädern *rückwärts* auf die Böschung zu und begann sich gleichzeitig wie ein ins Absurde vergrößerter Brummkreisel auf der Straße zu drehen.

Marcs Herz tat sein Möglichstes, um sich in die gegenteilige Richtung zu überschlagen, als er spürte, wie die hinteren beiden Räder den Kontakt zum Boden verloren und in der Luft durchzudrehen begannen, doch dann griffen die vier anderen Räder, und der Wagen machte einen so jähen Satz nach vorne, dass Ben gegen das Armaturenbrett und er selbst hart genug gegen das Lenkrad geschleudert wurden, um ihm auch noch das allerletzte bisschen Luft aus den Lungen zu pressen. Dass ihm das Steuer nicht aus den Händen gerissen wurde, war pures Glück.

Trotzdem schleuderte der Wagen haltlos weiter, sprang zuerst über den einen und dann über den anderen Straßenrand und touchierte eine Hauswand, wodurch er nicht nur einen Scheinwerfer einbüßte, sondern auch eine siebzig Jahre alte Stoßstange auf der Straße zurückließ. Aber irgendwie brachte der Anprall ihn auch wieder halbwegs in die Spur zurück, und als Marc beherzt mit beiden Händen zugriff, gewann er auch die Gewalt über den Lkw zurück; wenigstens weit genug, um ihn ganz auf die Straße zurückzulenken und nach einem heftigen Tritt auf die Bremse zum Stehen zu bringen.

Erst danach und mit einer vollen Sekunde Verspätung erscholl ein peitschender Knall, mit dem die Windschutzscheibe des Lkw diagonal von links oben nach rechts unten riss, sodass sich Marc ganz instinktiv spannte in Erwartung des kommenden Scherbenregens, der aber ausblieb.

Neben ihm rappelte sich Ben schimpfend auf und brauchte drei Anläufe, um sich wieder auf seinen Sitz hochzustemmen. Er hatte sich beim Sturz verletzt. Blut lief über sein Gesicht, aber er merkte es nicht einmal.

»Dieser verdammte Vollidiot!«, schimpfte er. »Von wegen Brücke! Wo ist sie? Wo ist diese beschissene Brücke! Wollte er, dass wir im Fluss landen?!«

Vermutlich, dachte Marc, hütete sich aber, das laut auszusprechen, sondern warf einen Blick in den Spiegel und stieg aus, ohne wirklich hingesehen zu haben. Im Ort hinter ihnen waren fast alle Lichter angegangen. Türen flogen auf, und Gestalten stürmten ins Freie. Es wurde gerufen und gebrüllt, und etliche der Näherkommenden schwenken Gegenstände, die gut Waffen sein konnten.

Marc wartete nicht ab, um sich zu überzeugen, sondern war mit zwei schnellen Schritten bei der Ladefläche, setzte den linken Fuß auf die Nabe des gewaltigen Rades und zog sich mit derselben Hand hoch, um einen Blick ins Innere zu werfen.

Er hatte gewusst, was er sehen würde, aber er konnte trotzdem selbst spüren, wie ihm alles Blut aus dem Gesicht wich. Die Ladefläche war leer. Wassili war nicht mehr da.

Marc vergeudete noch eine weitere unwiederbringliche Sekunde, in der er wie paralysiert dastand und die leere Ladefläche des Militärlasters anstarrte, und er hätte vielleicht auch noch länger dagestanden, wäre der Chor aufgebrachter Stimmen hinter ihm nicht lauter – und drohender – geworden. Er sah hoch, gewahrte die erste Gestalt kaum noch zwanzig Schritte entfernt und war jetzt ziemlich sicher, dass es sich bei dem länglichen Gegenstand in ihren Händen um eine Schusswaffe handelte.

Er verschwendete nicht noch mehr kostbare Zeit damit, sich davon zu überzeugen, sondern eilte auf seinen Platz zurück und knallte in derselben beidhändigen Bewegung die Tür neben sich zu, in der er den Gang hineinrammte und das Gaspedal durchtrat. Der Motor röhrte protestierend auf, auch wenn sich der Lkw eher gemächlich in Bewegung zu setzen begann.

Trotzdem immerhin schnell genug, um den Abstand zu ihren Verfolgern wieder zu vergrößern, wenn auch nur quälend langsam.

»Wassili!«, stieß Ben wutentbrannt hervor. »Sag diesem verdammten, völlig verblödeten, bekloppten Idioten, dass …«

»Er ist weg«, fiel ihm Marc ins Wort. Er versuchte noch mehr Gas zu geben, aber er hatte das Pedal bereits bis zum Boden durchgetreten.

»Weg?«, wiederholte Ben verständnislos. »Was soll das heißen: Weg?«

»Das, was es heißt«, antwortete Marc gereizt. Der Wagen nahm allmählich Fahrt auf, aber er schien sich mit jedem Meter ein bisschen mehr zu quälen. Und klang der Motor nicht plötzlich anders, irgendwie … ungesünder?

»Er ist nicht mehr da. Sieht so aus, als hättest du recht gehabt, was Wassili angeht. Der Kerl hat uns von Anfang an verarscht.«

35

Maxim kam erst zurück, als es draußen schon wieder zu dämmern begann. Der Tag hatte kein Ende genommen, aber sie hätte nicht sagen können, wo die Stunden geblieben waren. Sie hatte einen Radiosender eingeschaltet, der seichte Popmusik spielte, sich angezogen auf das schmale Bett gelegt und die wasserfleckige Decke über sich angestarrt, als wäre sie überzeugt davon, die Antworten auf all ihre Fragen in dem beinahe psychedelischen Muster aus ineinanderfließenden und sich umkreisenden Dreck- und Wasserflecken zu finden. Vielleicht schlief sie auch ein oder glitt in einen Bereich irgendwo dazwischen ab. Als sie – woher auch immer – in die Gegenwart zurückkehrte, krochen die ersten grauen Schatten durch das schmale Fenster herein, und sie hatte das intensive Gefühl, nicht mehr allein zu sein.

Trotzdem musste sie ein paarmal blinzeln, um sicher zu sein, dass die Gestalt neben ihrem Bett echt war und nicht etwa ein unerwünschter Besucher aus ihrem Traum, der irgendwie mit durch die Tür geschlüpft war.

»Ich wollte dich nicht wecken«, sagte er. »Tut mir leid.«

Conny fand diese Worte irgendwie … unangemessen. So etwas sollten Liebende zueinander sagen oder auch ein Ehemann, der nach einem langen Arbeitstag nach Hause kam, nicht Clyde zu Bonnie.

»Ich habe nicht geschlafen«, behauptete sie. Dass sie zweimal ansetzen musste, um sich auf der Bettkante aufzusetzen und die Beine von der Matratze zu schwingen, nahm der Behauptung nur wenig von ihrer Glaubwürdigkeit.

»Sondern nur die Augen geschont, weil du sie in den nächsten Tagen doch das eine oder andere Mal benutzen möchtest, ich verstehe«, antwortete Maxim todernst. »Hast du nachgedacht?«

Conny brauchte einen Moment, um dem jähen Gedankensprung zu folgen. »Nein«, gestand sie dann. »Ich war … abgelenkt.«

»Ich verstehe. Manchmal braucht man einfach ein bisschen Abstand, um die Dinge richtig würdigen zu können.« Er hatte eine weitere Plastiktüte mit dem schreiend bunten Aufdruck eines Gameshops mitgebracht, die er jetzt mit einer begleitenden auffordernden Geste auf das Bett warf.

Statt darauf einzugehen, stand Conny wortlos auf und ging ins Bad, um sich frisch zu machen. Und auch ein bisschen Zeit zu gewinnen.

»Warst du erfolgreich?«, fragte sie, nachdem sie wieder zurückgekehrt war.

Kutzow hob die Hände mit gespreizten Fingern, sodass sie seine Knöchel sehen konnte. Sie sahen nicht schlimmer aus als vorhin. »Ich habe erfahren, was ich wollte. Ich musste nicht mal jemanden schlagen.«

»Du wirst noch ein richtig gesetzestreuer Vorzeigebürger«, lobte sie.

»Das muss an deinem schlechten Einfluss liegen.«

»Und was genau hast du herausgefunden?«

»Dass meine Informationen nicht ganz richtig waren. Wir waren am falschen Pier.«

»Noch ein Sklavenfrachter?«, wunderte sie sich.

Maxim verneinte, nickte aber in der nächsten Sekunde auch und lächelte knapp. »Das kommt ganz darauf an, wie man das Wort definiert. Sie haben auf einem ganz normalen Kreuzfahrtschiff eingecheckt. Der erste Stopp ist Riga.«

»Und?«, fragte Conny. »Hast du schon Tickets gekauft?«

»Das Schiff hat vor einer Stunde abgelegt. Außerdem kann man nicht einfach so einen Fahrschein für eine Kreuzfahrt kaufen und an Bord gehen, wie man in einen Bus steigt. Aber das macht nichts. Sie brauchen zweieinhalb Tage bis Riga. Bis dahin bin ich längst dort und warte auf sie.«

»Wir«, korrigierte ihn Conny. Sie war fast selbst ein bisschen überrascht.

Maxim sah sie durchdringend an. »Dein Ernst?«

Als ob sie eine Wahl hätte. »Mein Ernst.«

Kutzow wirkte nicht überrascht, aber auf eine unbestimmte Art beinahe traurig. Wortlos griff er in die neu mitgebrachte Plastiktüte und zog einen bunt bedruckten Pappkarton heraus, aus dem er eine kleine Digitalkamera nahm. »Zieh die Bluse aus«, sagte er, während er Batterien aus einer anderen Pappschachtel nahm und einsetzte.

»Im Prinzip gerne, aber ich glaube nicht, dass wir Zeit dafür …«

»In der Tasche ist etwas Seriöseres«, unterbrach er sie. »Außerdem eine Perücke und eine Brille mit Fensterglas. Wir brauchen Pässe, wenn wir nach Riga wollen. Ich mache biometrische Fotos. Und du anschließend von mir.«

»Wir fliegen?«, vermutete sie.

Maxim schüttelte den Kopf. »Die Kontrollen an den Flughäfen sind zu scharf. Der Mann, von dem ich die Pässe bekomme, leistet hervorragende Arbeit. Soweit ich weiß, ist noch nie einer seiner Arbeiter aufgeflogen, aber ich will kein Risiko eingehen. Wir nehmen einen Mietwagen und später den Zug.«

»Du gibst Geld für einen Mietwagen aus, obwohl wir ihn doch stehlen könnten? Wie ungewöhnlich!«

»Ich weiß nicht, wo der nächste Tesla steht«, gab Maxim ungerührt zurück. »Außerdem mieten wir ihn mit gestohlenem Geld, das ist beinahe dasselbe.«

Er war mit seiner Kamera fertig, blickte kurz auf das winzige Display und sah dann ungeniert zu, wie sie die weiße Bluse aus- und das schrecklich altmodische *Ding* anzog, das in seiner Tasche auf sie lauerte. Die dazugehörige Perücke hatte nicht nur eine Farbe, die sie nur als straßenköterblond bezeichnen konnte, die Frisur musste irgendwann kurz vor der Oktoberrevolution modern gewesen sein. Conny legte tapfer alles an, wobei sie ihm nicht die Genugtuung gönnte, sich verschämt umzudrehen, und die dicke Holmbrille mit den ebenso dicken (Fenster-)Gläsern rundete das Bild ab. Sie hatte zwar keinen Spiegel zur Hand, aber sie war ziemlich sicher, wie eine Trümmerfrau aus dem vergangenen Jahrhundert auszusehen. Niemand würde sie erkennen. Sie sich selbst wahrscheinlich auch nicht.

»Perfekt«, lobte Maxim. »Stell dich vor die weiße Wand, damit ich ein paar ebenso perfekte Fotos machen kann.«

Conny schluckte alles herunter, was ihr dazu auf der Zunge lag und sah anschließend mit wachsendem Erstaunen zu, wie er sich ebenfalls umzog und sich zunehmend in einen vollkommen anderen Menschen verwandelte. Der Unterschied war nicht einmal besonders groß, aber zugleich so fundamental, dass sie ihn wahrscheinlich nicht einmal erkannt hätte, wäre sie auf der Straße zufällig an ihm vorbeigegangen. Er wurde zu einem vollkommen anderen Typ, vom vor Arroganz und überheblichem Selbstbewusstsein nur so strotzenden Lebemann zu einem ukrainischen Kriegsflüchtling, den das Schicksal zu oft gebeutelt hatte, als dass noch Raum für Hoffnung in seinem Restleben blieb. Niemand würde zweimal hinsehen, der ihn zufällig auf der Straße sah.

Seinen Anweisungen folgend, machte sie ein halbes Dutzend

Aufnahmen, dann noch einmal einige mehr, bis er mit dem Ergebnis zufrieden war und die Kamera in die Tasche der leicht schäbigen Cordjacke steckte, die er nun trug

»Dann wären wir so weit«, stellte er fest, während er bereits daranging, alles Mitgebrachte in eine Tragtasche zu verstauen, offensichtlich bemüht, keine Spuren zu hinterlassen. »Sobald wir die Pässe haben, geht es auf nach Frankfurt. Müssten wir in fünf Stunden schaffen.«

»Und dann …?«

»Fliegen wir nach Kiew. Wenn alles glattgeht, sind wir noch vor Nadeshda in der Ukraine.«

36

»Dieser verdammte, verlogene, heimtückische, völlig verblödete, hinterlistige Drecksack!«, schrie Ben. Oder etwas in der Art. Marc hörte schon nicht mehr zu, seit die Lichter des winzigen Dorfes in der Dunkelheit hinter ihnen verschwunden waren. Er hatte gehofft, dass Ben irgendwann entweder die Luft oder die Schimpfworte ausgingen, aber sein Vorrat an beidem schien noch lange nicht aufgebraucht zu sein.

Irgendwie schienen sie aus der Zeit gefallen zu sein, als der Fluss sie so jäh aus der Dunkelheit ansprang, und er war nicht sicher, ob sie schon wieder ganz in der Realität angekommen waren. Vielleicht war die Dunkelheit vor ihnen auch nicht die Nacht der russischen Taiga, sondern die Finsternis zwischen einer Milliarde möglicher Wirklichkeiten, von denen eine immer nur noch schlimmer war als die andere.

»Wie konnten wir nur so dumm sein und ihm auch nur eine einzige Sekunde lang glauben!«, schnaubte Ben.

»Ich«, verbesserte Marc. »Du warst von Anfang an dagegen. *Ich* habe ihm vertraut.«

»Und ich habe dich nicht davon abgehalten. Das ist fast genauso schlimm!«

Marc war klug genug, nichts mehr dazu zu sagen. Außerdem hatte er genug damit zu tun, den Wagen auf der Straße zu halten. Sie war nicht annähernd so breit, wie er zunächst angenommen hatte, dafür aber mit Rissen und Schlaglöchern übersät, die sie in eine regelrechte Kraterlandschaft verwandelten, und zu allem Überfluss mit einer seit sechs Monaten gewachsenen Eisschicht bedeckt, auf der selbst ein Panzer seine liebe Not gehabt hätte, die Spur zu halten. Das Licht des einzigen verbliebenen Scheinwerfers reichte kaum einen Steinwurf weit, und als wäre das alles nicht schlimm genug, war der Schneefall wieder heftiger geworden, sodass selbst das wenige verbliebene Licht schon nach zwanzig Metern nicht mehr enthüllte als ein weißes Gestöber, das dem böigen Wind folgend immer wieder Richtung und Intensität wechselte.

»Wahrscheinlich hat er auch mit dem ganzen Rest gelogen«, sagte Ben plötzlich. »Würde mich nicht wundern, wenn gleich ein Hubschrauber auftaucht, der nach uns sucht …«

»Bei dem Wetter?«

»… oder hinter der nächsten Biegung eine Straßensperre auf uns wartet.«

Die sie wahrscheinlich erst bemerken würden, wenn sie hineinkrachten, fügte Marc noch hinzu, vorsichtshalber aber nur in Gedanken. Die Sichtweite nahm weiter ab. Nicht mehr lange, und er würde selbst das ohnehin geringe Tempo noch reduzieren müssen. Und sie hatten nicht einmal eine *ungefähre* Ahnung, wohin diese Straße führte. Genau genommen wussten sie nicht einmal die Himmelsrichtung, denn das anhaltende Schneetreiben hatte nicht nur die Sterne ausgelöscht, sondern auch den Mond verdeckt.

»Ob er wohl noch lebt?«, fragte Ben nach einer Weile.

Marc verstand im ersten Moment nicht einmal, wovon er sprach. »Wer?«

»Wassili«, antwortete Ben. »Wenn er sich beim Sturz nicht alle Knochen gebrochen hat, dann werden ihn sich die netten Dorfbewohner garantiert schnappen, um die Belohnung zu kassieren.« Er verzog die Lippen. »Wenn das nicht auch gelogen war.«

Marc verstand immer noch nicht ganz. Dann doch, und er schüttelte heftig den Kopf. »Er ist nicht vom Wagen gefallen, hast du das nicht kapiert?«

Ben sah ihn noch ein bisschen verständnisloser an. »Nicht?«

»Er hat das von Anfang an so geplant, verstehst du nicht?«

»Dass er abspringt, wenn wir das Dorf erreichen?«

Marc wurde zornig. »Dass wir im Fluss landen, Blödmann!«, blaffte er. »Das sollten wir, kapiert?«

»Nein«, antwortete Ben ehrlich; was Marc ihm nicht einmal übel nahm. Auch ihm selbst erschien die Vorstellung so monströs, dass er sie sich erst wirklich eingestand, als er die Worte aussprach. »Ich versteh ja selbst nicht genau, wie ich es geschafft habe! Es war pures Glück, dass wir nicht im Fluss gelandet sind. Wäre der Wagen ins Wasser gestürzt, dann hätten sie wahrscheinlich den Rest der Nacht damit verbracht, den Fluss nach unseren Leichen abzusuchen, wenn nicht noch länger. Bis sie begriffen hätten, dass Wassili nicht ertrunken ist, wäre er längst über alle Berge … falls sie ihn nicht für tot halten und einfach davon ausgehen, seine Leiche nicht gefunden zu haben.« Er lachte bitter. »Wer sucht bei diesen Temperaturen schon gern einen Fluss ab?«

»Das ist monströs«, sagte Ben.

»Er hat es uns sogar gesagt. Sein Plan funktioniert nicht allein. Er brauchte uns.« Als Kanonenfutter.

»Dieser verdammte Scheißkerl«, schnaubte Ben. »Ich hoffe, sie schnappen ihn und jagen ihm auf der Stelle eine Kugel in den Kopf.«

Das meinte er nicht ernst, das wusste Marc. Ben gehörte nicht zu denen, die anderen den Tod wünschten, nicht einmal einem Scheißkerl wie Wassili.

Trotzdem ertappte er sich für einen Moment dabei, den Gedanken vielleicht gar nicht einmal so uncharmant zu finden.

Schweigend fuhren sie tiefer in die Nacht hinein.

37

Maxim wartete, bis das Taxi, das sie vom Hotel zu ihrem Ziel gebracht hatte, abgefahren war, und deutete dann über die Straße, wo zwei runde Tische und eine Anzahl Stühle Wache vor einem winzigen Bistro standen. Daneben gewahrte sie eine mit schreiend bunten Plakaten und Flyern zugepflasterte Schaufensterscheibe, die zu der schäbigen Gegend mit dem Kopfsteinpflaster und heruntergekommenen Häusern passte, in der sie gelandet waren.

»Mein Kontaktmann erwartet mich dort«, verkündete Maxim. »Aber er mag keine Unbekannten. Warte im Café auf mich. Es dauert nicht lange. Er muss nur noch das biometrische Bild einpassen. Ist nicht ganz einfach, aber er verfügt darin über große Erfahrung.«

Conny nickte zwar abwesend, war aber darüber hinaus viel zu sehr damit beschäftigt, verdattert den abgeschalteten Neon-Schriftzug über dem Schaufenster anzusehen. Copyshop? Maxims Kontaktmann schien einen wirklich kruden Sinn für Humor zu haben. Oder es war seine Art, dem gesetzestreuen Rest der Welt den Stinkefinger zu zeigen.

»Ich komme mit«, sagte sie trotzdem.

»Keine Chance. Sobald er ein fremdes Gesicht sieht, versucht er mir irgendwelche Briefmarken oder Gutscheine aufzuschwatzen. Er traut niemandem, den er nicht persönlich kennt.«

»Dann wollen wir hoffen, dass seine Kundschaft im Durchschnitt deutlich jünger ist als er, sonst sehe ich schwarz für seine Rente«, sagte Conny, gab sich aber dennoch geschlagen.

Sie überquerten die Straße nebeneinander, trennten sich aber auf dem Bürgersteig auf der anderen Seite, und Kutzow verschwand hinter der Tür des angeblichen Copyshops, während sie gehorsam das Bistro ansteuerte. Sie betrat es jedoch nicht, sondern nahm auf einem der billigen Plastikstühle Platz, um die Fensterfront daneben unauffällig im Auge behalten zu können.

Es vergingen nur wenige Augenblicke, bis die Tür aufging und Conny eine Überraschung erlebte. Um das Klischee komplett zu machen, hatte sie etwas wie eine Kaugummi kauende Punkerin mit Igelfrisur und einer in die Wange gedrehten verchromten Schraube erwartet, aber der Kellner, der kam und sich nach ihren Wünschen erkundigte, war ein grauhaariger Mann fortgeschrittenen Alters ganz in Schwarz und mit einer dunkelroten Schürze. Sie bestellte eine Cola Light und ein Schinkensandwich und sah dann demonstrativ weg, damit er nicht auf die Idee kam, am Ende noch ein Gespräch mit der offenbar einzigen Kundin anzufangen.

Danach lehnte sie sich in dem wackeligen Plastikstuhl zurück und stellte sich auf eine längere Wartezeit ein, ganz egal, was Maxim gerade gesagt hatte. Die Bilder einzufügen, sodass sie auch einer kritischen Begutachtung standhielten, war ganz gewiss nicht in fünf Minuten getan.

Das kleine Bistro war das einzige Lokal weit und breit, ansonsten gab es nur schmale Mietshäuser, die ihre besten Zeiten schon lange hinter sich hatten. Am Straßenrand parkten wenige Wagen meist älterer Bauart, für die dasselbe galt, und es waren kaum Fußgänger unterwegs, als hätte sich die ganze Straße in einen verfrühten Winterschlaf zurückgezogen.

Eine schmale Gestalt ging auf der anderen Straßenseite vorbei, und es kam ihr so vor, als ob sie für einen Moment im Schritt stockte oder zumindest langsamer ging, um sie zu betrachten. Eine sehr junge Frau oder vielleicht auch noch ein Kind, das sie ein bisschen neugieriger ansah, als es sollte?

Der Kellner kam und brachte ihre Bestellung. Conny bezahlte sofort, und als sie damit fertig war, war auch ihr juveniler Verfolger auf der anderen Straßenseite verschwunden. Den es vermutlich sowieso niemals gegeben hatte. Sie musste aufpassen, nicht jeden unter vierzehn als potenziellen Verfolger zu sehen.

Sie machte sich über ihr Sandwich her, das genau ihren Erwartungen entsprach – es machte satt –, dafür war die Cola lauwarm und schmeckte noch scheußlicher als ohnehin.

Als sie das Glas absetzte, war der Beobachter wieder da.

Diesmal war es kein Zufall, und es gab auch keinen Zweifel. Aus irgendeinem Grund konnte sie die Gestalt jetzt deutlicher erkennen. Es war ein Kind, ein Mädchen von vielleicht zehn oder elf Jahren, das in Jeans und eine zu dünne Sommerbluse gekleidet auf dem Bürgersteig stand und sie über die Straße hinweg anstarrte.

Conny schalt sich selbst in Gedanken eine hysterische Ziege. Ein Kind, na und?

Ein Wagen fuhr vorbei und bremste so dicht hinter dem Mädchen ab, dass das Rot der aufleuchtenden Bremslichter ihre Gestalt in ein flackerndes Gespenst aus der Hölle verwandelte, das einzig und allein ihretwegen geschickt worden war, und hielt schließlich an, doch statt noch mehr Dämonen auszuspucken, ging die hintere Tür auf, und das Mädchen stieg ein.

Conny sah dem Wagen nach, bis er die nächste Kreuzung erreicht hatte und abgebogen war, und sie blickte auch noch etliche weitere Sekunden in dieselbe Richtung und wartete auf das neue Aufleuchten der Bremslichter. Es blieb aus.

Dennoch befiel sie eine sonderbare Verunsicherung, und etwas wie ein vager Groll gegen das Schicksal. Sah so ihre Zukunft aus?

Sie hatte sich gerade beruhigt, als der Wagen zurückkehrte, als wäre er nur einmal kurz um den Block gefahren. Diesmal hielt er ein gutes Stück weiter die Straße hinab an, beide hintere Türen gingen auf, und zuerst zwei, dann noch eine dritte Gestalt stiegen aus und versammelten sich auf dem Bürgersteig, während der Wagen rasch weiterfuhr.

Conny beobachtete die kleine Gruppe einige Augenblicke lang, sah dann in die entgegengesetzte Richtung und war nicht wirklich überrascht, auch von dort eine Gruppe schlanker Gestalten näher kommen zu sehen; drei, vielleicht auch vier, deren Gesichter sie in der Dunkelheit zwar nicht erkennen konnte, die aber keinen Tag älter als zwölf oder dreizehn Jahre waren.

Conny konnte nur mit Mühe den Impuls unterdrücken, auf der Stelle aufzuspringen und die Flucht zu ergreifen. Noch bestand die – absurd kleine – Chance, dass alles nur ein seltsamer Zufall und dieses halbe Dutzend Kids nichts anderes als genau das war: eine Handvoll Kinder auf dem Weg zu einem verbotenen Discobesuch oder irgendeinem anderen Vergnügen, für das sie lange noch nicht alt genug waren.

Immerhin half ihr dieser ebenso naive wie rührende Versuch, sich selbst zu belügen, dabei, die Nerven zu behalten und in aller Ruhe auch noch den letzten Tropfen aus ihrem Glas zu trinken, bevor sie scheinbar gelassen aufstand. Auch die Gruppe auf der anderen Straßenseite hatte sich in Bewegung gesetzt und kam weder schnell noch direkt auf sie zu, aber anscheinend in der Absicht, ihr jede Möglichkeit zur Flucht in dieser Richtung zu verwehren. Sie hatte weniger als eine Minute, bis die beiden Gruppen sich an genau dem Tisch trafen, an dem sie gesessen hatte.

Aber eine Minute war eine lange Zeit, wenn man sie richtig nutzte.

Ohne Hast hängte sie sich ihre Tasche über die Schulter, umrundete den Tisch, schickte sogar ein flüchtiges Lächeln in Richtung der die Straße überquerenden Gruppe – zwei elf- oder zwölfjährige Jungen mit verschlissenen Jeans und Bomberjacken und ein etwas älteres Mädchen – und steuerte die Tür des vermeintlichen Copyshops an.

38

Marc wünschte sich, er hätte eine Uhr dabei, auch wenn er nicht einmal das genaue Datum kannte oder wusste, auf welchem Längengrad sie sich befanden, und somit auch nicht, wann es hell wurde.

Wahrscheinlich hätte es sowieso nichts genutzt, denn er war nicht sicher, dass es überhaupt noch einmal hell wurde. Das Schneetreiben war im Laufe der Nacht fast unmerklich, aber auch ebenso beständig schlimmer geworden. Die Sicht war nicht wirklich schlechter – die Straße tauchte irgendwo zwanzig oder fünfundzwanzig Meter vor ihnen aus einer weißen Einöde auf und verschwand in derselben Entfernung hinter ihnen wieder in den wehenden Schleiern wie ein riesiges Hamsterrad für Menschen. Manchmal beschrieb sie eine sachte Kurve, stieg an oder fiel wieder ab, und ein paarmal hatten unheimliche Schemen ein bedrohliches stummes Spalier auf der einen oder anderen der beiden Seiten gebildet; ein Wald oder auch die Häuser einer weiteren Ortschaft, die sie passierten. Der Himmel war schlichtweg verschwunden. Bei den seltenen Gelegenheiten, in denen das weiße Wirbeln kurz nachließ, waren Sterne und Mond nicht zu erkennen.

Trotzdem hätte er gerne gewusst, wie spät es war, und sei es nur, um gegen den absurden Gedanken anzukämpfen, dass sie tatsächlich in einen Abgrund zwischen den Wirklichkeiten gestürzt waren, aus dem sie nie wieder herausfinden würden.

»Wie viel Benzin haben wir noch?«, fragte Ben irgendwann.

»Siehst du irgendwo eine Tankuhr?«, fauchte Marc. Ben riss die Augen auf und sah für einen Moment aus wie ein verschrecktes Reh, das die falsche Abzweigung genommen hatte und sich unversehens auf dem Thingplatz des örtlichen Wolfsclans wiederfand, und Marc erschrak selbst ein bisschen über die Heftigkeit seiner Reaktion.

»Wir fahren, bis der Tank leer ist«, fügte er in etwas versöhnlicherem Ton hinzu.

»Und danach geht es zu Fuß weiter?«

»Wir können uns auch ein Taxi rufen«, sagte Marc. Es sollte ein Scherz sein, der gründlich nach hinten losging. Ben starrte ihn eine Sekunde lang mit zornig zusammengepressten Lippen an und hüllte sich danach in beleidigtes Schweigen. Marc war nahe daran, sich zu entschuldigen.

Aber nicht nahe genug.

Irgendwann begann sich etwas zu ändern. Marc konnte nicht sagen was, aber es war beunruhigend. Die Schatten hinter dem Schneetreiben wurden massiger und häufiger, und manchmal meinte er ein verwaschenes Licht zu erkennen, war aber nicht sicher. Und er brauchte auch nicht mehr ganz so viel Kraft, um das Lenkrad zu halten, was zumindest darauf hindeutete, dass die Straße nicht mehr ganz so spiegelglatt war. Er hatte das Gefühl, beobachtet zu werden, auf eine unangenehme Art und aus Augen, die Teil der Dunkelheit waren.

»Und du willst wirklich zu Fuß weiter?«, knüpfte Ben nach einer Weile an ihr Gespräch an.

»So wie es von Anfang an geplant war.« Er machte eine indifferente Geste, die den gesamten Wagen einschloss. »Du bist undankbar, Ben. Von einem Wagen war nie die Rede. Wäre alles so verlaufen, wie wir es geplant haben, wären wir jetzt noch irgendwo in der Nähe des Lagers im Wald, und sie hätten vermutlich längst zum großen Halali geblasen und die Hunde losgelassen. Dieser Wagen ist ein Geschenk. Wassili hat es vielleicht anders geplant, aber wir haben zig Kilometer gewonnen, die wir sonst zu Fuß gegangen wären.«

Ben dachte sichtlich ein paar Sekunden darüber nach und nickte dann, sehr langsam. »Dann müssen wir ja nur noch neuntausendneunhundertfünfzig Kilometer zu Fuß gehen, statt zehntausend.«

»Du hast da irgendwas falsch verstanden. Wir wollen nicht

nach Peking.« Marc lachte. »Schau mal in deinen Rucksack, wie es mit unseren Vorräten aussieht.«

Ben setzte zu einer Antwort an, die er vermutlich nicht hören wollte, beugte sich aber dann nur wortlos nach vorne und hob den Rucksack aus dem Fußraum, den Wassili ihnen gegeben hatte. Eine Zeit lang kramte er immer hektischer werdend darin herum und warf ihn schließlich mit einer zornigen Bewegung wieder zurück.

»Leer?«, vermutete Marc. Er war kein bisschen überrascht.

»Nein«, antwortete Ben. »Jede Menge Lumpen und alte Socken. Dieser Scheißkerl.«

»Immerhin bekommen wir keine kalten Füße«, witzelte Marc lahm.

Ben versetzte dem nutzlosen Rucksack einen frustrierten Tritt. »Eher warte ich, dass mir die Zehen abfrieren.«

»So was kann nach hinten losgehen«, gab Marc zu bedenken. »Schon mal das Wort Phantomschmerz gehört? Das ist echte Scheiße, weißt du? Du könntest deine schmerzenden Zehen nicht mal kratzen, weil sie ja nicht mehr da sind.«

Ben mühte sich redlich, ihn mit Blicken zu durchbohren, sagte aber nichts mehr, und auch Marc ritt nicht weiter auf dem Thema herum. Der lahme Scherz hatte die Spannung für einen Moment gebrochen, aber weiter herumzualbern wäre ihm … unangemessen erschienen.

Irgendwann begann sich etwas zu ändern. Der Schneefall hielt an, aber er verlor allmählich an Intensität, und auch die Dunkelheit dahinter kam ihm nicht mehr ganz so absolut vor. Und der Eispanzer auf der Straße wurde ebenfalls dünner und bekam immer mehr Risse und Löcher, sodass er nun auch nicht mehr all seine Kraft brauchte, um das Lenkrad in den Händen und den Wagen auf der Straße zu halten.

Bald darauf begann es nicht nur endgültig zu dämmern, sondern es hörte auch auf zu schneien. Vielleicht meinte es das Schicksal ja ausnahmsweise einmal gut mit ihnen, dachte

Marc und gestattete sich ein erstes zaghaftes Gefühl von Erleichterung.

Es hielt so lange an, bis er den Wagen einen niedrigen Hügel hinaufsteuerte und oben angekommen die Straßensperre sah, die auf der anderen Seite auf sie wartete.

39

Die Tür war nicht abgeschlossen. Die Klinke bewegte sich mühelos nach unten, und Conny trat ein und fand sich in einer Umgebung wieder, wie sie sich wohl kaum drastischer von ihren Erwartungen unterscheiden konnte. Sie war auf einen windigen Copyshop voller bunter Plakate und Werbung an den Wänden und einer Anzahl nicht mehr ganz zeitgemäßer Kopierer und Laserdrucker vorbereitet, fand sich aber in einem schreiend bunten Sammelsurium aus asiatischem Krimskrams wieder, das nicht nur ein bisschen an die Hightech-Version einer Garküche im vorkommunistischen Hongkong erinnerte, sondern auch so roch. Es gab tatsächlich zwei große Farbkopierer sowie einen Laserdrucker, der nicht wirklich die Abmessungen eines Kleinwagens hatte, ihr aber so vorkam, der Rest des vorhandenen Platzes wurde von bunten Vasen, chinesischen Figuren aus nachgemachter Jade, bunten Lampions und rot und golden bemalten Regalen voller Gewürze sowie weiterem asiatisch anmutenden Krempel so beherrscht, dass jeder Klaustrophobiker einen Bogen um diesen Laden machen sollte. Ein heller Glockenton kündigte ihr Eintreten an, kaum eine Sekunde später beantwortet vom Rasseln eines Perlenvorhangs am anderen Ende des Raums, durch die ein allerhöchstens anderthalb Meter großes Mädchen mit asiatischen Zügen und rückenlangem pechschwarzem Haar eintrat. Sie trug ein eng anliegendes rotes Seidenkleid mit goldener Drachenstickerei und passte so perfekt in dieses kitschige

Hollywoodklischee, dass Conny wahrscheinlich laut aufgelacht hätte, wäre ihr auch nur irgendwie zum Lachen zumute gewesen. »*Goedenavond*«, begann das Mädchen mit aufgesetztem chinesischem Akzent. »*Het spijt me, maar we zijn dicht ...*«

»Schon gut, Schätzchen«, fiel ihr Conny ins Wort. »Verschluck dich nicht an deiner Zunge. Ich muss zu Maxim.« Sie deutete auf den Perlenvorhang, der noch immer rasselnd hin- und herschwang. »Ist er da drin?«

Die Asiatin setzte nicht nur zu einer Antwort an, die vermutlich nicht mehr ganz so freundlich ausfallen würde, sondern versuchte ihr zudem den Weg zu vertreten. Conny schob sie einfach zur Seite, behielt sie aber aus dem Augenwinkel im Blick, falls sie etwa auf dumme Ideen kam. Die Reaktion der Schwarzhaarigen beschränkte sich jedoch auf einen Schwall mit schriller Stimme vorgetragener wüster Beschimpfungen in ihrer Muttersprache, und Conny schlug den Vorhang zur Seite und fand sich in einem ohnehin schmalen Gang wieder, der zusätzlich so mit Kartons voller Druckzubehör und asiatischem Krempel vollgestellt war, dass sie Mühe hatte, nirgendwo anzustoßen.

Am anderen Ende gab es eine Tür, die halb offen stand, und sie hörte zwei Stimmen; Maxim und ein anderer Mann, der Deutsch mit einem schleppenden holländischen Akzent sprach. Hinter ihr wurde die Stimme der Chinesin lauter, und als sie die Tür fast erreicht hatte, klingelte auf der anderen Seite ein Handy.

Sie zog die Tür im gleichen Moment auf, in dem der Mann auf der anderen Seite in die Jackentasche griff und ein Smartphone zückte. Für einen Chinesen war er sehr groß, aber sichtlich uralt. Er konnte allenfalls der Großvater des Mädchens draußen sein.

Bei ihrem Eintreten ruckte sein Kopf mit einer Bewegung herum, die sie an einen Habicht denken ließ, der einen Eindringling in sein Revier erspäht hat, und in seinen Augen blitzte blanke Wut auf.

Conny kam ihm zuvor, indem sie sich ruhig, aber in ernstem Ton an Maxim wandte. »Wir haben ein Problem.«

»Verdammt, Conny, ich habe dir doch gesagt …«

»Die Kinder«, fiel ihm Conny ins Wort. »Ich fürchte, sie halten sich nicht an ihren Hausarrest.«

Maxim verstand sofort, was sie meinte. »Der Hinterausgang«, wandte er sich ohne Umschweife an den Asiaten. »Schnell. Und sag ihnen, dass wir keine Pässe bekommen haben.«

Der Chinese ließ das Telefon klingeln und setzte stattdessen zu einem verärgerten Protest an, doch in diesem Moment wehte ein leises Glockengeläut aus dem Laden zu ihnen herein, und das Telefon verstummte. Gleich darauf hörten sie die Stimme des Mädchens, die fast sofort von einer anderen, womöglich noch jüngeren Stimme unterbrochen wurde.

»Schnell«, sagte Kutzow noch einmal. »Und du kommst besser mit.«

Es handelte sich wohl doch nicht um den Großvater des Mädchens, denn er zögerte keinen Sekundenbruchteil, fuhr auf dem Absatz herum und eilte zu einer von zwei anderen Türen, die sie in einen weiteren hoffnungslos vollgestopften Gang führte. Er war unbeleuchtet, aber an seinem Ende zeichnete graues Licht die Umrisse einer Tür wie mit dünnen Fäden nach. Der Chinese eilte weiter voraus und begann mit einem Schlüsselbund zu klimpern, und hinter ihnen wurden die streitenden Stimmen lauter.

Die Tür sprang mit einem saugenden Geräusch auf, das ihr großes Gewicht verriet, und der Chinese stürzte hindurch und schloss die Tür wieder, kaum dass sie es auch getan hatten. Ein schweres Klacken verriet Conny, dass sich das Schloss wohl automatisch verriegelt hatte.

»Da hinten ist eine alte Kohlenklappe«, sagte der Chinese, plötzlich ohne den allergeringsten Akzent. »Der Kohlenkeller ist schmutzig, aber die Tür führt ins Nachbargebäude. Da kommt ihr ungesehen raus. Beeilt euch!«

Er deutete nach rechts, wo Conny zunächst gar nichts erkannte. Sie befanden sich in einem rechteckigen Innenhof mit nackten Ziegelsteinwänden, der sich nur insofern von dem Korridor hinter ihnen unterschied, dass er keine Decke hatte, darüber hinaus aber genauso vollgestopft und vermüllt war. Die Tarnung seiner illegalen Geschäfte schien wohl hauptsächlich aus Chaos zu bestehen.

»Und du?«, fragte Maxim.

Der Chinese schüttelte heftig den Kopf und griff erneut in die Jackentasche, zog aber diesmal kein Handy heraus, sondern eine Pistole, die klein genug war, um sie in der geöffneten Hand zu verbergen. »Ich bleibe hier. Und wenn sie Lisa etwas getan haben, dann brauchst du dir um deine Verfolger keine Gedanken mehr zu machen.«

Maxim verschwendete keine Zeit damit, seine Frage zu wiederholen, sondern eilte sofort weiter, und Conny schloss sich ihm an.

Er hatte die Kohleschütte bereits gefunden, eine zweigeteilte schräge Klappe, die ein wenig an den Eingang amerikanischer Tornadokeller erinnerte. Maxim wuchtete sie ohne erkennbare Mühe hinauf und benutzte sein Handy als Taschenlampe, um den Raum darunter auszuleuchten. Conny erkannte trotzdem nichts als Dunkelheit.

»Und los!«, befahl Maxim. Über die Schulter hinweg an den Chinesen gewandt und schon halb in der Klappe verschwunden rief er noch zurück: »Ich schulde dir was, Lang Lang.«

»Du hast ja keine Ahnung«, antwortete der Chinese. Noch während Conny sich fragte, ob er wirklich so hieß, drang bereits ein dumpfes Poltern aus der Tiefe an ihr Ohr, gefolgt von einem halb unterdrückten schmerzlichen Grunzen und einem dafür umso lauteren Fluch auf Russisch.

Bevor sie es sich noch anders überlegen konnte, nahm Conny all ihren Mut zusammen und folgte ihm.

40

Die Falle war perfekt aufgebaut; der Showdown eines Spaghettiwestern aus den Sechzigern, in dem der Held über den letzten Hügel reitet und die feindlichen Indianer sieht, die ihn vor dem prachtvollen Hintergrund des Monument Valley zu seinem letzten Gefecht erwarten: Die Sonne war noch nicht aufgegangen, die Dämmerung aber trotzdem schon hell genug, um ihm einen vagen Eindruck von Weite zu vermitteln, in die die Straße mündete, um mit einem diesigen Schatten irgendwo auf halbem Weg zum Horizont zu verschmelzen, der ein verschneiter Wald sein konnte, die Ausläufer eines noch ferneren Gebirges oder auch die Skyline einer bizarren düsteren Stadt.

Es spielte keine Rolle, was es war, denn sie würden es nie erreichen.

Die Straße, die offenbar die ganze Nacht über weiter dem Fluss gefolgt war, ohne dass er es auch nur bemerkt hatte, endete zumindest für sie am Fuß der kleinen Anhöhe, wo ein gutes Dutzend Soldaten, ein gedrungener Panzerspähwagen und zwei monströse Lkw eine unüberwindliche Barriere bildeten. Die beiden Laster standen im spitzen Winkel so da, dass allenfalls noch ein – schlankes – Kind dazwischen durchgepasst hätte, während der Panzerwagen ein Stück zurückgesetzt neben der Straße angehalten hatte, sodass das auf dem Dach montierte Maschinengewehr die gesamte Flanke des Hügels bestreichen konnte, ohne die eigenen Soldaten zu gefährden, und noch einmal weiter zurück wartete der Zwillingsbruder des japanischen Geländewagens, den Wassili im Lager in Brand gesetzt hatte.

Ben kreischte. Etwas traf den Wagen mit solcher Wucht, dass er geglaubt hätte, über eine Mine gefahren zu sein – hätte er Zeit für diesen Gedanken gehabt – und die Windschutzscheibe verwandelte sich endgültig in ein Spinnennetz aus milchigem Glas, durch das er kaum noch hindurchsehen konnte.

Marc wäre gar nicht in der Lage gewesen, einen klaren Gedanken zu fassen, geschweige denn zu reagieren, aber sein Unterbewusstsein tat es für ihn, dessen Überlebensinstinkt offenbar stärker ausgeprägt war als sein eigener. Mit aller Gewalt riss er den Wagen nach rechts, sodass das schwere Gefährt sich auf der vereisten Straße beinahe querstellte, trotzdem aber mit fast unverändertem Tempo weiterschlitterte, trat auf die Bremse und gab wieder Gas, als er spürte, dass die Reifen griffen. Trotzdem registrierte er, wie die Scheinwerfer der beiden quer gestellten Lastwagen angingen und weitere schattenhafte Gestalten wie aus der Dämmerung auftauchten. Eine schnurgerade Linie glitzernder Schneeexplosionen raste auf sie zu und durchlöcherte die Ladefläche hinter ihnen. Etwas prallte wie waagerechter Hagel gegen die Motorhaube und zertrümmerte die Windschutzscheibe endgültig, die wie ein zerbrochener Wasserfall aus Eis auf Ben und ihn herabregnete, und eine einzelne Kugel verfehlte seine Finger um Zentimeter und schlug ihm das Lenkrad aus der Hand.

Ben brüllte noch lauter, und obwohl er den Fuß längst vom Gas genommen hatte, wurde der Wagen sogar noch schneller, kam heftig schaukelnd wie das Kanu eines Wildwasserfahrers, das aus einer Stromschnelle herausschoss, wieder in die Spur und traf die beiden quer gestellten Lastwagen durch einen schier unglaublichen Zufall genau in dem einzig möglichen, entscheidenden Winkel und mit genügend Kraft, um die improvisierte Straßensperre aus dem Weg zu rammen.

Marc wurde mit solcher Wucht gegen das Lenkrad geschleudert, dass er das Geräusch hören konnte, mit dem mindestens eine seiner Rippen brach. Neben ihm wurde Bens Kreischen endgültig zu einem atemlosen Keuchen, das im nächsten Sekundenbruchteil ganz verstummte, als er gegen das Armaturenbrett prallte und vom Sitz fiel, und für die Dauer eines weiteren Atemzuges (der nicht mehr kam) wurde ihm schwarz vor Augen, und er drohte das Bewusstsein zu verlieren.

Stattdessen machte der Wagen einen so gewaltigen Satz zur

Seite und über irgendein Hindernis hinweg, dass er regelrecht vom Sitz katapultiert wurde und hart genug mit dem Kopf gegen das Dach prallte, um Blut zu schmecken und ein grelles Gewitter aus Schmerzblitzen vor seinen Augen explodieren zu lassen. Weitere Schüsse fielen, zuerst einzeln, dann ergänzt und übertönt vom erneuten aggressiven Rattern einer Maschinenpistole, und zornige Stimmen begannen auf Russisch durcheinanderzubrüllen. Der Hagel trommelte weiter auf die Karosserie des Wagens ein, und es stank nach schmorendem Gummi und brennendem Diesel.

41

Conny versuchte sich irgendwo festzuhalten, aber es gab nichts, und jahrzehntelanger Gebrauch hatte das Holz glatt wie einen Spiegel werden lassen. Die wilde Jagd endete aber schon nach kaum einer Sekunde auf etwas, das vermutlich kein Stein war, sich aber ganz so anfühlte und wie mit Fäusten auf ihren Rücken und ihr Hinterteil einprügelte. Eine gewaltige Staubwolke wirbelte auf, die nach Kohle und auch noch nach etwas anderem und Schlimmerem schmeckte und sofort in ihre Nase, ihren Mund und ihre Augen zu kriechen versuchte, und sie wusste jetzt auch, warum Maxim gerade so lauthals geflucht hatte.

Das Handy-Licht ging wieder an, und obwohl ihr schon wieder so ziemlich alles wehtat, hatte sie Mühe, nicht laut aufzulachen, als sie Maxims Gesicht erblickte. Er sah aus wie ein schlecht schwarz geschminkter Weißer aus einem uralten Slapstick-Film, und sie beide zusammen wahrscheinlich wie Farina und Booker T. Bacon aus einem Remake von *Die kleinen Strolche*. Wenn sie so auf die Straße gingen, durften sie sich nicht wundern, wenn sie selbst in dieser verkommenen Gegend sofort auffielen.

Während sie sich hochrappelte, leuchtete Maxim mit dem

Licht seiner improvisierten Taschenlampe bereits den Kohlenkeller aus. Sie meinte Stimmen zu hören, vielleicht auch das Echo von aufgeregtem Geschrei, aber das konnte auch Einbildung sein.

»Da geht es raus.« Maxim deutete in eine Richtung, in der sie auch jetzt wieder nichts als Schatten erkannte, und setzte sich in Bewegung. Der Keller musste seinem chinesischen Freund gehören, denn er war bis unter die Decke mit Gerümpel vollgestopft, das von hundert Jahre altem Kohlestaub mit einer klebrigen schwarzen Schicht überzogen war und an die Ruinen einer längst untergegangenen Zivilisation auf einer fernen Welt erinnerte, die seit einer Milliarde Jahren um eine erloschene Sonne kreiste. Maxim öffnete eine Tür, und das Schicksal meinte es ausnahmsweise einmal gut mit ihnen, denn hinter der nächsten Tür erwartete sie eine überraschend modern eingerichtete Waschküche. Maxim deutete auf ein halb in die Wand eingelassenes Waschbecken, während er selbst an der Tür zurückblieb, um zu lauschen.

Das Wasser war so kalt, dass es fast wehtat, aber sie wusch sich trotzdem so gründlich zuerst die Hände und dann das Gesicht, bis das Wasser, das ins Waschbecken hinabtropfte, nicht mehr aussah wie dünnflüssiger Teer. Anschließend spülte sie sich gründlich den Mund aus, ohne den schlechten Geschmack dadurch wirklich loszuwerden. Sie war nicht sicher, ob ihr das jemals wieder gelingen würde.

»Hast du die Pässe bekommen?«, fragte sie, während sie die Perücke vom Kopf nahm, deren dunkles Blond zu einem buntscheckigen Streifenhörnchen-Muster mutiert war.

»Aber klar doch. Und jetzt müssen wir uns neue Kleider besorgen«, sagte Maxim, während er sie demonstrativ von Kopf bis Fuß musterte. Vermutlich bot sie einen genauso abenteuerlichen Anblick wie er. »Aber erst einmal organisiere ich uns einen Wagen, und wir verschwinden aus der Stadt.«

42

Irgendwoher nahm er die Kraft, die Augen wieder zu öffnen und sogar nach dem Lenkrad zu greifen, obwohl seine gebrochenen Rippen schier unerträglich schmerzten und er kaum noch die Kraft hatte, die Arme zu heben. Wie durch ein Wunder lief der Motor immer noch, obwohl der Kühler geplatzt sein musste und dichter, nach schmelzendem Plastik riechender Dampf unter der von Kugeln durchsiebten Motorhaube hervorquoll.

Was ihn aber endgültig in die Wirklichkeit zurückriss, war die Gestalt in fleckiger Wintertarnkleidung, die sich mit einem entsetzten Sprung in Sicherheit brachte, um nicht überrollt zu werden.

Es konnte noch nicht einmal eine ganze Sekunde vergangen sein. Der Lkw, begriff er träge, bewegte sich immer noch, obwohl sie nur noch dahinschlingerten und eine Kielspur aus rauchenden Trümmerstücken hinter sich herzogen, und in spätestens zwei oder drei Minuten würde der Motor überhitzen und sich festfressen, wenn sie nicht vorher das Feuer aus allen Waffen auf sie eröffneten und den Wagen samt seinen Insassen in Stücke schossen – oder ihn gleich von einem Satelliten im Orbit aus mit einer Laserkanone verdampften.

Aber in dieser Zeit konnten sie mindestens ebenso viele Kilometer weit schaffen. Sie *hatten* eine Chance, auch wenn sie noch so winzig war.

Er gab Gas, und ein zweites und womöglich sogar noch größeres Wunder geschah: Der Motor keuchte protestierend und hörte sich plötzlich an wie ein sterbendes Tier, weigerte sich aber noch immer zu explodieren oder wenigstens auszugehen, und im Rückspiegel blieben die beiden Lkw hinter ihnen zurück. Mindestens einer davon würde sie auch nicht mehr verfolgen, denn er war von der Straße gerutscht und halb auf die Seite gekippt. Irgendetwas brannte, und da waren plötzlich überall winzige gelbe und orangefarbene Flämmchen, die er als das Mündungsfeuer halb automatischer Waffen identifiziert hätte, wäre er nicht viel zu benommen dazu gewesen.

In ihm übernahm etwas die Kontrolle, gegen das er hilflos war. Das Röcheln des sterbenden Motors ignorierend trat er das Gaspedal bis zum Anschlag durch, und der Wagen wurde zwar nicht wirklich schneller, fuhr nun aber wieder halbwegs geradeaus und wurde wenigstens auch nicht langsamer. Vielleicht, nur vielleicht, schafften sie es ja tatsächlich.

43

Eine schmale Treppe brachte sie in einen dunklen Hausflur mit abbröckelndem Putz an den Wänden hinauf, und mit aller Vorsicht traten sie auf die Straße hinaus, die so still und friedlich vor ihnen lag, als wäre es vollkommen ausgeschlossen, dass es hier irgendwelche Probleme geben könnte. Maxim, der voranging, warf dennoch einen sichernden Blick in alle Richtungen, bevor er auf eine Lücke zwischen den Häusern zusteuerte, in er ein paar betagte Autos parkten.

»Der silberne Ford«, sagte er, während er auf eine besonders schäbige Rostlaube deutete. »Ich kenne das Modell.«

Conny konnte nicht anders. »Und du hast auch den Reserveschlüssel dabei?«, fragte sie, während sie ihm mit raschen Schritten folgte.

»Immer.« Maxim hob die linke Hand und wackelte mit den Fingern. »Das Universalmodell. Hat mir ein alter Freund in Russland beigebracht.«

Sie hatten den Ford fast erreicht, da spürte Conny es, bevor es wirklich geschah. Eine einzelne, schlanke Gestalt trat hinter dem Wagen hervor auf den Bürgersteig, schon in der nächsten Sekunde gefolgt von einer zweiten und dritten, und als sie erschrocken über die Schulter zurücksah, erblickte sie auch hinter sich drei schlanke Schemen, die wie aus dem Nichts aufgetaucht waren. Schwere Stiefel polterten auf dem Bürgersteig und begannen im nächsten Augenblick zu rennen, dann hörte sie das Geräusch, mit dem ein Motor angelassen wurde, und musste nicht überlegen, um welchen es sich handelte.

»Bleib hinter mir!«, befahl Maxim. »Wenn ich es nicht schaffe, dann lauf weg!« Zugleich wich er einen halben Schritt zurück und zur Seite und nahm in einer grätschbeinigen, leicht nach vorne gebeugten Haltung Aufstellung, die zu Fäusten geballten Hände neben dem Körper pendelnd.

Wenn er es nicht *schaffte,* dachte Conny, bekam sie ganz bestimmt nicht die Gelegenheit wegzulaufen, wich aber trotzdem mit einer raschen halben Drehung zurück, sodass sie Rücken an Rücken standen und sie den drei Burschen hinter sich entgegensah, die im Laufschritt heranstürmten.

Die drei jungen Burschen – keiner von ihnen älter als zwölf oder dreizehn und alle drei in die gleichen löchrigen Jeans und aufgeplusterten Bomberjacken gekleidet, was irgendwie nach einer lächerlichen Uniform aussah – nahmen sie nicht ernst, aber darauf hatte sie gebaut.

Zwei von ihnen wichen nach rechts und links aus, um sich zusammen mit den anderen auf Maxim zu stürzen, der dritte holte zu einem gewaltigen Fausthieb aus, mit dem er sie niederstrecken wollte.

Conny drehte im letzten Augenblick den Oberkörper zur Seite, ließ seine Faust harmlos eine Handbreit an ihrem Gesicht vorbeifliegen und revanchierte sich, indem sie den Handballen am gestreckten Arm nach vorne stieß und ihm gegen die Brust rammte, was dem Burschen vermutlich schlagartig – wortwörtlich! – begreifen ließ, wie es sich anfühlen musste, von einem Vorschlaghammer getroffen zu werden. Er verlor kurz den Boden unter den Füßen, flog nach hinten und schlitterte noch ein gutes Stück über den Bürgersteig davon, bevor er halb besinnungslos, trotzdem aber qualvoll nach Luft ringend, liegen blieb.

Doch davon bekam sie schon nichts mehr mit, denn sie war bereits auf dem Absatz herumgewirbelt und mit einem halben Ausfallschritt direkt neben Maxim gelandet.

Bisher war kaum eine ganze Sekunde vergangen, aber was immer er getan hatte, zeigte bereits Wirkung: Zwei seiner insgesamt fünf Angreifer krümmten sich nach Luft ringend und wimmernd am Boden, die drei anderen waren hastig wieder ein Stück weit zurückgewichen und wirkten ebenso unschlüssig wie schockiert. Wenn auch nicht lange.

Conny war nicht überrascht, plötzlich ein Messer zuerst in einer, dann in allen Händen aufblitzen zu sehen.

»Du solltest doch verschwinden!«, zischte Maxim. Ohne eine Antwort abzuwarten und an den Halbkreis aus auf sein Gesicht gerichteten Messerspitzen gewandt, fuhr er fort: »Verschwindet lieber, Freunde, bevor jemand ernsthaft verletzt wird!«

Conny war sich nicht sicher, ob das nicht schon längst passiert war. Sie hatte das Knacken unter ihrem Handballen *gespürt* und musste absurderweise plötzlich wieder an das letzte Gespräch mit Eichholz über einen anderen Jugendlichen denken, mit dem sie eine gewalttätige Begegnung gehabt hatte. Er hatte das natürlich nur gesagt, um sie hochzunehmen, aber vielleicht war es ja tatsächlich ganz gut, dass sie keine eigenen Kinder hatte.

Der Halbkreis aus Messerspitzen und angespannten Gesichtern zog sich zusammen, als die vier Burschen Maxim und sie vor sich her gegen die Wand zu treiben versuchten. Conny hatte nichts dagegen. Eine Wand würde ihr wenigstens kein Messer in den Rücken stechen.

»Seid doch vernünftig, Jungs«, versuchte es Maxim noch einmal. »Zwingt mich nicht, euch ernsthaft wehzutun!«

Mindestens einer der Kerle hatte genau das offensichtlich vor, denn er machte einen plötzlichen Ausfallschritt nach vorne, stocherte mit dem Messer nach Maxims Gesicht und verwandelte die Bewegung dann im letzten Moment in einen tiefen Stich nach seinem Unterleib. Maxim wich dem Angriff ohne Mühe aus und schlug ihm so hart gegen das Handgelenk, dass er mit einem Schrei seine Waffe fallen ließ und zurückprallte.

Für die drei anderen erschien das jedoch das Zeichen zum Angriff zu sein. Sie stürzten gemeinsam vor. Maxim gelang es, auch diese Attacke abzuwehren, indem er den ersten so wuchtig gegen die beiden anderen stieß, dass alle drei in einem Knäuel aus wirbelnden Gliedmaßen und Leibern zu Boden gingen.

»Das ist jetzt die letzte Warnung«, sagte er. »Verschwindet, oder ich tue euch wirklich weh!«

Seine Stimme klang gepresst, und Conny meinte etwas Rotes von seiner Hand tropfen zu sehen, doch in diesem Moment näherte sich das Geräusch eines aufheulenden Motors, das praktisch sofort von quietschenden Bremsen abgelöst wurde, und der Kombi kam schlitternd neben ihnen zum Halten. Alle Scheiben waren heruntergelassen, sodass sie erkennen konnte, dass nur eine einzelne Person darin saß. Diese machte auch keine Anstalten, auszusteigen, sondern rief ein einzelnes Wort, das Conny nicht verstand, und etwas Unerwartetes geschah: Die vier Burschen rappelten sich gleichzeitig und mit erschreckender Agilität wieder hoch – und steckten in einer nahezu synchronen Bewegung ihre Messer weg.

»Sie wollen uns lebend«, knurrte Maxim. »Pech für sie.«

Die Jungen griffen erneut an. Maxim empfing den ersten mit einem Tritt gegen das Schienbein, der ihn schon wieder zu Boden schickte, wo er wohl auch bleiben würde, denn er umklammerte mit schriller Stimme heulend sein Bein, doch die Übermacht war einfach zu groß. Das verbliebene Quartett rammte ihn einfach mit der schieren Masse gegen die Wand. Faustschläge und Tritte prasselten auf ihn ein. Zwei der plötzlich gar nicht mehr so kindlich erscheinenden Angreifer versuchten einen seiner Arme zu packen und festzuhalten, der dritte deckte sein Gesicht mit Fausthieben ein, und der letzte versuchte ihm das Knie zwischen die Beine zu rammen. Maxim blockierte den Stoß mit dem eigenen Knie, schüttelte die beiden anderen ab und packte den, der auf sein Gesicht einschlug, mit beiden Händen an den Hüften. Der Kerl hörte immer noch nicht damit auf, auf ihn einzuschlagen, und Maxim hob ihn ungefähr dreißig Zentimeter weit in die Höhe und rammte ihn dann mit solcher Wucht auf die Füße zurück, dass er aufschrie und wie eine Marionette mit durchschnittenen Fäden zusammensackte.

Die drei anderen wichen erschrocken ein kleines Stück nach hinten, und ein Ausdruck von neuem Respekt machte sich auf ihren Gesichtern breit. Einer griff in die Jackentasche, wie um sein Messer zu zücken, zog die Hand aber dann wieder zurück und schloss sich seinen beiden Kameraden an, die sich erneut auf Maxim stürzten. Er stieß den ersten auch jetzt wieder einfach zu Boden, doch dann traf ihn ein so harter Schlag in die Seite, dass ihm die Luft wegblieb. Er wankte. Sofort prasselten weitere Hiebe auf ihn ein. Ein Tritt traf sein Knie und ließ das Bein einknicken, sodass er nur nicht stürzte, weil er bereits mit dem Rücken an der Wand lehnte, und ein brutaler Fausthieb gegen das Kinn schmetterte seinen Hinterkopf gegen den harten Stein.

Maxim unter dem Ansturm einer Bande halber Kinder wanken zu sehen war ein so unglaublicher Anblick, dass sie erst mit einer vollen Sekunde Verspätung auf den Gedanken kam, ihm zu helfen; einer Spanne, die ihm offensichtlich genügte, sich wieder zu fangen. Noch während sie zupackte, den Hals eines Jungen mit dem Arm umschlang und ihm zugleich wuchtig in die Kniekehle trat, machte er sich mit einem zornigen Brüllen und einer beidarmigen Bewegung frei, packte den ihm am nächsten stehenden Jungen mit beiden Händen und vollführte eine blitzartige halbe Drehung, an deren Ende er ihn mit aller Gewalt gegen die Wand schmetterte, an der er gerade noch gestanden hatte. Der Bursche gesellte sich zu seinen Kameraden auf den Boden, aber Maxim zahlte für diesen Erfolg mit zwei harten Treffern in die Nieren, die ihm ein Stück weit in die Knie zwangen.

Conny registrierte aus dem Augenwinkel, wie die Tür des Wagens neben ihnen aufging und jemand ausstieg, aber sie hatte alle Hände voll damit zu tun, den sich wie tobsüchtig wehrenden Jungen in ihrem Würgegriff zu halten. Er war nicht nur eine Handbreit größer als sie, sondern auch deutlich stärker, warf sich mit der Kraft der Verzweiflung hin und her und versuchte mit beiden Händen nach oben in ihr Gesicht zu schlagen. Conny verstärkte den Druck auf seine Halsschlagader nur noch mehr, rammte den Fuß erneut in seine Kniekehle und ließ ihn diesmal dort, um ihn nach unten zu zwingen, und endlich spürte sie, wie seine Kräfte erlahmten.

Gerade als er endgültig in ihrer Umarmung erschlaffte, krachte ein Schuss, dessen Echo sich wie ein vielfaches Peitschenknallen an den Mauern der schmalen Straße brach, und eine scharfe Stimme rief in gebrochenem Deutsch: »*Das genug! Aufhören!*«

Conny ließ den Jungen los, der wie ein nasser Sack zu Boden sank, und sah hoch. Der Fahrer des Wagens, der sowohl von seiner Kleidung als auch von seiner Ausstrahlung her der ältere Bruder der Jungen sein konnte, stand kaum zwei Meter neben ihr und zielte abwechselnd auf sie und Maxim mit einer Pistole, die sie ohne jeden Zweifel als die erkannte, die sie das letzte Mal in der Hand des Chinesen gesehen hatte.

»Genug!«, sagte er noch einmal. »Arme hoch! Und umdrehen!«

Maxim, der inzwischen einen der Jungen in einen einarmigen Schwitzkasten genommen hatte und sich den anderen mit ungelenken Fußtritten vom Leib hielt, gehorchte, woraufhin sein temporärer Gefangener einen halben Stolperschritt zurückwich, es sich aber nicht verkniff, ihm noch einen harten Faustschlag in die Seite zu versetzen.

Die Pistole schwenkte mit einer wackeligen Bewegung herum und deutete nun auf sie. »Auch Arme hoch!«

Conny überlegte eine halbe Sekunde lang ernsthaft, sich auf ihn zu stürzen, aber die Pistolenmündung zielte direkt auf ihr

Gesicht, und so hob sie gehorsam die Hände, trat neben Maxim und drehte sich um.

Eine Lektion, die sie früh von ihrem *Sensei* gelernt hatte, war, dass Waffen einen nur zu leicht in trügerischer Sicherheit wiegen konnten. Sie bekam nicht wirklich mit, was geschah, aber neben ihr waren plötzlich wirbelnde Bewegungen und hektische Laute, und als sie ihre Verblüffung überwunden hatte und sich herumdrehte, lag der Angreifer am Boden und seine Pistole in Maxims Pranke, in der sie geradezu lächerlich klein aussah.

Hinter ihr war eine alarmierende Bewegung, die auch Maxim nicht entging, denn er fuhr auf dem Absatz herum und richtete die Waffe auf die Jungen, die sich gerade zu einem weiteren Angriff zusammenrotteten. »Denkt nicht mal dran«, drohte er. »Ich bringe euch nicht um, aber eine Kugel ins Knie macht auch Spaß, glaubt mir!«

Offensichtlich taten sie es, denn obwohl einer schon wieder ein Messer gezogen hatte, wich die ganze Bande nun wie ein Mann ein weiteres Stück zurück. »Verschwindet, bevor ich es mir anders überlege. Und nehmt eure Freunde mit!«

44

Natürlich schafften sie es nicht.

Ein weiterer Reifen platzte mit einem Knall, der deutlich lauter in seinen Ohren dröhnte als der eigentliche Schuss, und der Wagen fuhr gerade lange genug weiter geradeaus, dass er es wagte, seinen verkrampften Griff um das Lenkrad eine Winzigkeit zu lockern, und brach dann wie vom Tritt eines Riesen getroffen aus und begann sich in Zeitlupe zu überschlagen.

Nicht einmal ganz. Der Laster kippte zur Seite, setzte zu einer kompletten Drehung an und fiel dann mit einem berstenden Schlag wieder zurück, der auch noch die allerletzten Glasscherben aus dem Rahmen sprengte und Marcs Zähne in einer Explosion so brutaler Schmerzen aufeinanderschlagen ließ, dass ihm übel wurde. Der Motor ging endgültig aus, und irgendetwas begann nahe genug an seinem Gesicht zu brennen, um ihn die Hitze wie glühendes Sandpapier auf der Wange spüren zu lassen.

Vielleicht rettete ihm das das Leben, denn der brennende Schmerz schnitt wie ein Messer durch die Spinnweben aus betäubend warmer Watte, die seine Gedanken einzulullen versuchte. Tief in sich hatte er sich längst damit abgefunden, hier zu sterben, aber er wollte ganz gewiss nicht bei lebendigem Leib verbrennen, und noch sehr viel weniger würde er zulassen, dass dasselbe mit Ben geschah.

Unsicher und ohne auf die unzähligen Glasscherben auf dem Sitz zu achten, die in seine ungeschützte Haut schnitten, stemmte er sich hoch und kroch zu Ben hinüber, der vom Sitz gefallen war und sich im Fußraum zu einem wimmenden Ball zusammengekrümmt hatte.

Er erschrak bis ins Mark, als er sein Gesicht sah. Es war blutüberströmt und von zahlreichen frischen Schnitten verunstaltet. Aber viel schlimmer war das, was er in Bens Augen las; ein Ausdruck, den er noch nie zuvor darin erblickt hatte und der ihn sich den Atem für jedes weitere Wort gleich sparen ließ.

Stattdessen zwängte er irgendwie die Hände unter seine Achseln und zog ihn ächzend in die Höhe, wozu er sein Knie zu Hilfe nehmen musste, denn Ben war deutlich schwerer, als er erwartet hatte – oder er inzwischen deutlich schwächer, als er sich eingestand. Dass der Wagen schräg wie ein auf ein Riff aufgelaufenes Boot dastand, machte es nicht unbedingt leichter.

Zu allem Überfluss begann Ben auf halbem Wege aus seiner Starre zu erwachen und versuchte sich aus seinem Griff zu winden. Marc packte nur noch entschlossener zu, zerrte ihn mit schierer Gewalt aus dem Wagen und brach unter seinem Gewicht zusammen, als er die Entfernung nach unten durch die Schräglage des gestrandeten Lkw vollkommen falsch einschätzte.

Seine gebrochene Rippe dankte es ihm, indem sie sich wie ein steinzeitlicher Knochenspeer noch ein bisschen tiefer in sein Fleisch bohrte, doch statt ihn endgültig niederzuwerfen, verlieh ihm der Schmerz auf geheimnisvolle Weise neue Kraft. Wenigstens genug, um Ben von sich herunterzuwälzen und sich selbst auf Hände und Knie hochzustemmen und zu einem keuchenden Atemzug zu zwingen, der nicht nur wie Feuer in seinen Lungen brannte, sondern vermutlich auch zu den letzten gehörte, die er noch tun würde.

Trotzdem galt seine allererste Sorge auch jetzt wieder Ben.

Er hatte sich wieder auf die Seite gedreht und die Knie an den Leib gezogen, und was immer er gerade in seinen Augen gelesen hatte, war nicht mehr da. Er zitterte am ganzen Leib, und seine Lippen bewegten sich, ohne dass ein Laut über sie kam. Sein Gesicht war noch weißer als der Schnee, in den sie gestürzt waren.

Eine Stimme schrie etwas auf Russisch. Ein einzelner Schuss krachte, dann noch einer und noch einer. Keine der Kugeln kam ihnen auch nur nahe, sondern sie stanzten alle zehn Meter Löcher in den Schnee, das aber in so präzisem Abstand, dass es keiner weiteren Warnung mehr bedurfte, damit er sich auf die Knie aufrichtete und die Arme hob. Vielleicht erleichterte er ihnen auf diese Weise nur das Zielen, aber selbst dieser Gedanke hatte seinen Schrecken verloren. Wenn er tot war, dann spürte er wenigstens die Kälte nicht mehr.

Um Ben tat es ihm leid. Er hoffte, dass es schnell ging. Wenigstens für ihn.

Wieder schrie eine Stimme etwas Russisches, das er nicht verstand und auch gar nicht mehr verstehen wollte, aber seltsamerweise kamen die Männer in den weißen Tarnanzügen nicht näher, sondern begnügten sich damit, sie aus sechzig oder achtzig Metern Entfernung anzuvisieren, aber dafür hörte er plötzlich etwas, das er im ersten Moment nicht richtig einordnen konnte … oder doch, aber es ergab keinen Sinn.

So wenig wie die Brücke, die nicht da war, oder die Straßensperre, die es nicht geben sollte. Ganz zu schweigen von dem Helikopter, dessen typisch flappendes Rotorengeräusch er kaum eine Sekunde wahrnahm, bevor über ihnen ein großer Suchscheinwerfer aufflammte und sie in ein leuchtendes Oval aus erbarmungslos weißem, unvorstellbar hellem Licht tauchte.

Der Hubschrauber sank ein gutes Stück tiefer, sodass das Heulen seiner Turbine nicht nur zu fast unerträglicher Lautstärke anschwoll, sondern sie sich plötzlich im Auge eines heulenden Orkans aus aufgepeitschtem Schnee und chaotisch wirbelndem Weiß wiederfanden, der sie zu Boden zu drücken und jedes bisschen Luft aus ihren Lungen zu saugen versuchte. Eine lautsprecherverstärkte Stimme schrie etwas, das vom Dröhnen des künstlichen Tornados fast verschluckt wurde.

Über ihnen sank der Helikopter noch einmal ein gutes Stück tiefer, wie um sie mit seinem Sturmwind niederzuhalten, und obwohl das heulende Schneegestöber dadurch noch dichter wurde, konnte er erkennen, dass sich die Soldaten nun doch in Bewegung setzten und schräg gegen den künstlichen Orkan gestemmt, die Gesichter weggedreht auf sie zukamen.

Ben wälzte sich stöhnend auf die Seite, streckte die Beine und versuchte sich aufzusetzen, und Marc hielt ihn mit einer fast schon panisch erschrockenen Bewegung zurück.

»Bleib liegen«, zischte er. »Rühr dich nicht! Ich glaube nicht, dass sie uns etwas tun, aber wir können diesem Scheißkerl immer noch in die Suppe spucken!«

Ben starrte ihn aus großen Augen an, brabbelte irgendetwas, das vermutlich nicht den geringsten Sinn ergab – und sprang dann so plötzlich in die Höhe, dass Marc nicht die geringste Chance hatte, ihn zurückzuhalten.

Er versuchte es trotzdem, verlor durch die überhastete Bewegung das Gleichgewicht und stürzte mit dem Gesicht voran in den Schnee, während hinter ihm zwei Gewehrschüsse so dicht hintereinander fielen, dass sie wie eine einzige, seltsam lang gezogene Explosion klangen. Beide verfehlten Ben und prügelten in exakt derselben Distanz meterhohe Schneegeysire rechts und links aus dem Boden.

»Ben, bleib stehen!«, brüllte Marc. »Bleib um Gottes willen stehen!«

Ben blieb nicht stehen, sondern rannte nur noch schneller und in torkelndem Zickzack, und hinter ihnen krachte ein weiterer, aus zwei parallelen Explosionen bestehender Schuss.

Die erste Kugel traf Ben genau zwischen den Schulterblättern und zertrümmerte vermutlich sein Rückgrat, und die zweite verwandelte seinen Schädel in eine Wolke aus Blut und Knochensplittern und grauem Brei.

4
Ground Zero

1

Immerhin gab es fließendes – allerdings nur kaltes – Wasser, und einen uralten Röhrenfernseher, der neben einem halben Dutzend russischsprachiger auch einen Sender empfing, der eine wüste Mischung aus osteuropäischen Musikvideos, Kochshows, endlosen Kameraschwenks über verschneite Wälder und pittoreske Dörfer voller strohgedeckter Katen und Pferdefuhrwerke sowie Nachrichten in holprigem Englisch brachte, die Conny ziemlich suspekt vorkamen.

Aber was erwartete sie in der Ukraine, irgendwo in der Oblast Schytomyr, gezeichnet durch einen jahrelang vor sich hin schwelenden Krieg, der durch den brutalen russischen Überfall zu einer wild lodernden Flamme der Vernichtung geworden war.

Hinter ihnen lag eine mehr als sechsunddreißigstündige Odyssee von Rotterdam bis in diesen Ort irgendwo im Nirgendwo, dessen Namen sie weder kannte noch wissen wollte; zuerst mit dem Wagen bis zum internationalen Flughafen in Krakau, dann mit dem Flugzeug bis kurz vor die polnische Landesgrenze und zum Schluss mit Bahn und Mietwagen durch von Kriegswirren schwer gezeichnete Landstriche, die Conny einmal mehr zeigten, wozu skrupellose Menschen mit Größenwahn fähig waren. Obwohl sie natürlich nur zu gut wusste, was hier geschehen war, war es doch etwas ganz anderes, rußgeschwärzte leere Fensterhöhlen zerstörter Häuser zu sehen, ausgebrannte Fahrzeugwracks am Straßenrand und weitere unzählige Spuren sinnloser Zerstörung, die das ehemals friedliche Land verheert hatten.

Angesichts des hier noch immer herrschenden Ausnahmezustands kam es ihr wie ein kleines Wunder vor, dass ihre Reise ohne größere Zwischenfälle verlaufen war. Dabei war ihr Respekt vor Maxims asiatischem Fälscherfreund im gleichen Maße gestiegen, wie ihr Vertrauen in ihre Kollegen von der Polizei und dem Zoll gesunken war, denn ihre frisch gefälschten Papiere waren anstandslos akzeptiert worden, und das sogar bei der Einreise in die besonders gut gesicherte Ukraine.

Jetzt neigte sich der zweite Tag im Nirgendwo schon wieder seinem Ende zu. Sie entschied, den ungewohnten Luxus voll auszuschöpfen, sich noch einmal umdrehen und eine weitere Mütze Schlaf nehmen zu können, einfach weil ihr nach all den hinter ihr liegenden Strapazen danach war.

Doch aus dem Schlaf würde wohl nichts werden; wenigstens nicht wenn es nach ihrer linken Hand ging, die sich schon wieder selbstständig machte und nach Maxim tastete. Er war nicht da. Mehr als nur ein bisschen widerwillig öffnete sie die Augen und hörte im gleichen Moment Geräusche im angrenzenden Bad.

Sie schlug die Decke vollends zurück und schwang die Beine aus dem Bett. Obwohl es nichts mehr an ihr gab, das Maxim nicht schon gesehen oder berührt hätte, schlüpfte sie in Unterwäsche und Socken, bevor sie die anderthalb Schritte zur Badezimmertür in Angriff nahm und sie öffnete, wobei sie sich die Mühe anzuklopfen sparte. Es gab auch nichts an Maxim, das sie nicht schon gesehen oder berührt hätte.

Maxim wandte ihr den Rücken zu und stand leicht nach vorne gebeugt auf das vergilbte Waschbecken gestützt da, sodass sie seinen breiten Rücken, die muskulösen Oberarme und seinen perfekten Hintern bewundern konnte; die ukrainische Version einer griechischen Heldenstatue. Aber in der halben Sekunde, bevor er auf das Geräusch der Tür reagierte und sich abwandte und ihrer Anwesenheit gewahr wurde, sah sie auch noch etwas anderes: Er hatte sich ein bisschen zu schwer auf den Beckenrand gestützt, als lastete ein unsichtbares Zentnergewicht auf seinen Schultern, und seine Unterarm- und Wadenmuskeln zitterten. Etwas stimmte nicht.

Von alledem war nichts mehr zu sehen, als er sich ganz zu ihr umdrehte und in ein und derselben Bewegung die Schultern straffte, ein Lächeln auf sein Gesicht zwang und wieder zum ukrainischen Adonis mutierte. Ihr entging aber auch nicht die verstohlene Bewegung, mit der er noch im Herumdrehen etwas vom Beckenrand klaubte und in Ermangelung von etwas anderem in der geschlossenen Faust verschwinden ließ.

»Hat dir deine Mutter nicht beigebracht, dass man anklopft, bevor man eine fremde Toilette betritt?«, fragte er.

Conny ging wortlos zu ihm, nahm seine Hand und musste unerwartet viel Kraft aufwenden, um seine Finger zu öffnen. Nach einer Sekunde ließ er es zu, und sie nahm ein weißes Plastikdöschen ohne Beschriftung von seiner Handfläche und schraubte es auf. Es enthielt ein halbes Dutzend zweifarbiger Kapseln von der Größe eines Zigarettenfilters. Allein bei der Vorstellung, eines dieser Dinger zu schlucken, schnürte es ihr schon die Kehle zu.

Maxim versuchte nach dem Döschen zu greifen, aber sie schloss nun rasch ihrerseits die Hand darum und verbarg es zusätzlich hinter dem Rücken. »Was ist das?«

Ein Ausdruck hoffnungslos übertrieben gespielter Zerknirschung erschien auf Maxims Gesicht. »Die Zeiten ändern sich. Sie sind heute nicht mehr unbedingt blau, weißt du?«

Conny zog eine Schnute und schüttelte zugleich den Kopf. »Irgendwie hatte ich nicht das Gefühl, dass du das nötig hättest.«

»Vielleicht lag es ja gerade daran, dass ich sie genommen habe?«

Conny dachte eine Sekunde lang mit angestrengt gefurchter Stirn nach, nahm die Dose hinter dem Rücken hervor und linste ebenso übertrieben wie er mit einem Auge hinein. »Nur noch ein knappes Dutzend. Das wird nicht lange reichen.«

»Diese Theorie sollten wir sofort testen.«

Conny musste sich beherrschen, um seine Hand nicht anzustarren, schmiegte sich stattdessen an ihn und stellte sich auf die Zehenspitzen, um ihm einen Kuss auf die Lippen zu hauchen. Sie glaubte ihm kein Wort, was die Tabletten anging, zumal sein Körper prompt auf die zärtliche Berührung reagierte. Außerdem war Viagra nicht nur blau, sondern wurde auch nicht in Kapseln dargereicht. Und jetzt, wo sie ihm ganz nahe war, fiel ihr auch so etwas auf: Maxim hatte geduscht – kalt, wie es seine Art war –, und sie konnte noch das Duschgel an ihm riechen, aber darunter war auch noch etwas, etwas vage Unangenehmes und Übles, wie lange eingetrockneter, schlechter Schweiß. War er … krank?

Sie schmiegte sich enger an ihn, küsste seine Mundwinkel und betrachtete aus nächster Nähe die gezackte Narbe auf seiner Wange. Sie hatte ihn gefragt, warum er sie nicht entfernen ließ und woher er sie hatte, aber er hatte nur ausweichend und derart schmallippig geantwortet, dass sie es kein zweites Mal versuchte. Die Narbe hätte das Potenzial gehabt, hässlich oder gar abstoßend zu sein, war ihr aber vom allerersten Moment an nicht so vorgekommen, doch jetzt wirkte sie irgendwie … präsenter, fast größer und ein bisschen gerötet, als wäre sie entzündet. Nein, irgendetwas war mit ihm nicht in Ordnung. Ganz und gar nicht.

Statt ihn mit einer entsprechenden Nachfrage zu nerven, glitten ihre Fingerspitzen sanft an seinem Rückgrat hinab und über seine Hüften und wollten weiter nach unten wandern, aber er ergriff ihre Handgelenke und schob sie mit sanfter Gewalt auf Armeslänge von sich.

»Sosehr ich Ihr Angebot zu schätzen weiß, Kommissarin Fesser: Aber dazu ist jetzt leider keine Zeit.«

»Die drei Minuten wirst du doch wohl haben, oder?«

Maxim überging die kleine Stichelei. »Ich muss noch jemanden treffen.«

»Hoffentlich nicht tödlich«, scherzte Conny. »Du weißt, ich bin immer noch Polizistin.«

»Bist du nicht.«

»Nein. Aber schlechte Angewohnheiten wird man nur schwer wieder los. Manche gar nicht.« Sie versuchte sich loszumachen und war fast ein bisschen überrascht, dass er es zuließ, wich aber trotzdem einen Schritt vor ihm zurück. Sein Körper war nicht mit der plötzlichen Enthaltsamkeit einverstanden, wie sie sogar überdeutlich sah.

»Soll ich mitkommen?«

»Nicht nötig«, antwortete er, fast eine Spur zu hastig, schob sie kurzerhand aus dem Weg und verließ das Bad. Conny sah ihm verdutzt nach und fragte sich, woher das ungute Gefühl kam, das wie der Vorbote eines beginnenden Schmerzes in ihr erwachte. Bei ihrer ersten Begegnung hatte er sich wie selbstverständlich eine Line Koks reingezogen. Hatte er ein ernsthaftes Drogenproblem, das er in den letzten Tagen vor ihr verheimlicht hatte? Oder war es etwas anderes?

Statt nachzusetzen, was sowieso nichts gebracht hätte, folgte sie ihm und sah ungeniert zu, wie er in seine Boxershorts schlüpfte und sich dann auf die Bettkante sinken ließ und sich nach den Socken bückte. Als er nach seiner Hose greifen wollte, streckte sie rasch die Hand aus und hielt ihn fest.

»Zwei Minuten?«, fragte sie.

Es dauerte dann doch deutlich länger.

2

Selbst über die große Distanz hinweg war der Sarkophag unverkennbar: Vielleicht eines der größten beweglichen Objekte, die jemals gebaut worden waren, auf jeden Fall aber das größte bewegliche Gebäude, wenn man dieses Menetekel menschlicher Hybris (und Dummheit) denn so nennen wollte. An einem trüben Tag oder in der Dämmerung schien er manchmal wie die Fata Morgana eines schneebedeckten Berggipfels über dem Horizont zu schweben, im hellen Sonnenschein reflektierte er das Licht dann so intensiv, dass es fast unmöglich war ihn anzusehen, ohne sich die Augen zu verblitzen. Aber meistens war er einfach nur da, je nach Stimmung des Betrachters ein schimmerndes Juwel, das direkt vom Himmel gefallen war, um ihm die Schönheit einer Schöpfung zu zeigen, der er niemals auch nur nahe kommen konnte, oder die täuschend helle Verkleidung einer unaussprechlichen Drohung, die direkt hinter dem Sichtbaren lauerte.

Für Marc war er vor allem eins: der Ort, an dem er sterben würde.

Dass er es nicht schon längst getan hatte, kam ihm jeden Morgen aufs Neue wie ein kleines Wunder vor, was zugleich auch beinahe schon wieder absurd war, sollte dieses Wort doch für etwas Positives und Schönes reserviert sein, während sein Überleben hier nur eine ununterbrochene und stetige Fortsetzung seiner Qualen bedeutete.

An die erste Woche nach ihrer so katastrophal misslungenen Flucht hatte er gar keine, an die Zeit danach eher verschwommene Erinnerungen, auch wenn es sich das Schicksal und vor allem sein eigenes boshaftes Unterbewusstsein natürlich nicht nehmen ließ, ihm Bens allerletzte Momente immer und immer wieder aufs Neue durchleben zu lassen, als hätten sich die Bilder unauslöschlich und für alle Zeiten in sein Gedächtnis eingebrannt wie eine schwärende Narbe, die einfach nicht heilen wollte und alles in ihrer Nähe vergiftete.

Manchmal tröstete er sich damit, dass Ben das bessere Los gezogen hatte, denn die Zeit, an die er sich erinnerte, war die Hölle gewesen, ein brodelnder Pfuhl aus körperlichem Schmerz, Erniedrigung und seelischer Pein, an dem er vielleicht nur deshalb nicht endgültig zerbrochen war, weil es irgendwann einfach keine Steigerung mehr gegeben hatte.

Der Mann hinter ihm stieß ihn unsanft mit zwei Fingern an und riss ihn damit nicht nur aus seinen Grübeleien, sondern ließ ihn auch zwei oder drei Schritte weiterstolpern, als sich die Schlange wie in einer ruckelnden La-Ola-Welle erneut in Bewegung setzte, um dem nächsten Lastwagen entgegenzustreben, der in eine stinkende Abgaswolke gehüllt den Platz des Fahrzeugs einnahm, das gerade abgefahren war. Wind kam auf und sorgte für einen Moment für Erleichterung, indem er den Dieselgestank in eine andere Richtung wehte, aber auch für einen letzten Gruß des nur widerwillig weichenden Winters in Form einer eisigen Böe. Nichts gegen das, was sie in dem namenlosen Gulag erlebt hatten, aber immer noch ausreichend, um ihn in seiner dünnen Jacke frösteln zu lassen.

Die Schlange rückte weiter. Der Mann vor ihm schwang sich mit einer Leichtigkeit und Kraft auf die Ladefläche des Lasters, die Marc mit purem Neid erfüllt hätte, wäre er noch imstande gewesen, solche kleinlichen Empfindungen aufzubringen. Dann ließ er sich auf eine der beiden schmalen Bänke sinken und sah ihm aus Augen entgegen, die so voller winziger geplatzter Äderchen waren, dass sie wie noch nicht ganz verschorfte Wunden in seinem Gesicht wirkten, streckte aber zugleich auch die Hand aus, um ihm auf den Wagen zu helfen.

Marc war das so wenig gewohnt, dass er eine Sekunde zögerte, danach zu greifen. Er kannte den Mann nicht und wollte es auch nicht. Er wollte niemanden kennen, und er wollte erst recht keine Freundschaft schließen. Das letzte Mal, dass er geglaubt hatte, wenigstens etwas Ähnliches zu tun, hatte es Ben das Leben gekostet.

Aber der Gedanke war zugleich auch so albern, dass er schließlich doch die Hand ausstreckte und sich sogar zu einem angedeuteten dankbaren Nicken durchrang, während er sich einen freien Platz auf den harten Sitzbänken suchte.

Nach einer halbstündigen Fahrt durch einen diesigen Morgen, der das Potenzial hatte, nahtlos in einen ebenso trüben Vormittag überzugehen, kam die Baustelle in Sicht, die Netflix-Version einer mittelalterlichen Wagenburg aus schweren Baumaschinen, Lastern, Wohn- und Toilettencontainern, einer niemals ganz abreißenden Kette aus Lkw, die Material brachten oder Abraum wegfuhren und einem spinnenbeinigen transportablen Wachturm, der an seinem ersten Tag hier einen Steinwurf vor der Baustelle gestanden hatte. Jetzt befand er sich am anderen Ende und gerade noch nahe genug, um das Gelände und sämtliche Gefangenen im Auge zu behalten. Spätestens morgen oder übermorgen, schätzte Marc, würde er abgebaut und wieder ans vordere Ende der gewaltigen Wanderbaustelle transportiert werden, die sich durch das Land fraß wie eine monströse Monsterschnecke, die irgendwo aus einem Universum des Terrors entsprungen war; die hier noch nahezu unberührte ukrainische Taiga vor sich und ein beeindruckend breites Band aus hypermodernem Flüsterasphalt hinter sich herziehend. Marc musste weder, woher diese im Bau befindliche Autobahn kam, noch, wohin sie führte.

Aber eigentlich war es ihm auch egal.

Die Kolonne wurde langsamer, als sie sich dem – ebenfalls transportablen – Stacheldrahtzaun näherten, der die ganze gigantische Baustelle umgab, und die Gefangenen erneut gezählt und ihre Namen auf einer Liste abgehakt wurden. Schließlich hatten sie ihr endgültiges Ziel erreicht und stiegen von den Wagen, um sich in einer doppelten Schlange aufzureihen. Wie immer wussten weder Marc noch einer seiner Mitgefangenen, welche Arbeit heute auf ihn wartete. Sie wechselte ständig, mal von einem Tag auf den anderen, manchmal im Zwei- oder auch Drei-Tages-Rhythmus, ohne dass er bisher irgendein System darin identifiziert hatte.

Die Schlange rückte langsam weiter vor. Kleine Zettel mit ihrer jeweiligen Arbeitsgruppe für heute wurden ausgegeben, und an einem zweiten Kontrollpunkt dahinter Werkzeuge, Schaufeln, Brecheisen und Rechen und große Hämmer, weswegen hinter diesem Kontrollpunkt auch gleich zwei Wachtposten mit sehr wachen Augen und Kalaschnikows in den Händen standen. Marc bekam eine Schaufel mit verbogenem Blatt und einen mit einem museumsreifen Nadeldrucker erstellten Ausdruck, den er nicht lesen konnte, aber er wusste auch so, wohin er sich zu wenden hatte.

Mittlerweile hatte er jede nur denkbare Arbeit hier kennengelernt, und sein Rücken hatte schon beim bloßen Anblick der Schaufel zu schmerzen begonnen. Daran würde sich bis zum

Ende der Schicht nichts ändern. Spätestens gegen Mittag würde er das Gefühl haben, dass sein Rücken einfach durchbrechen musste bei der nächsten Schaufel Erdreich und losem Geröll, die er dem Boden abrang und in eine der Loren warf, die in einer endlosen Schlange an ihnen vorbeirollten, ohne jemals anzuhalten oder langsamer zu werden. Während der ersten ein oder zwei Stunden war das Tempo erträglich, aber das änderte sich im Laufe des Tages, und spätestens eine Stunde vor Ende seiner Schicht würde sich die Schaufel in ein Monstrum aus Blei und jeder Stein und jedes Sandkorn in täuschend echte Imitate aus Uran verwandelt haben.

Jemand riss ihn mit einem unsanften Stoß in die Seite aus seinen Gedanken, und Marc stolperte hastig weiter oder wollte es wenigstens, doch derselbe Posten, der ihm die Schaufel ausgehändigt hatte, schüttelte auch den Kopf und deutete in die andere Richtung, sodass er sich dem Mann anschließen musste, der eigentlich hinter ihm in der Schlange stand.

3

Was Maxim euphemistisch als Restaurant bezeichnet hatte war wenig mehr als ein leidlich aufgeräumtes Fünfzigerjahre-Wohnzimmer mit gerade einmal drei Tischen und einer nachträglich und nicht besonders fachmännisch in die Wand gebrochenen Doppeltür, die nicht zum Baustil des restlichen Gebäudes passte und wahrscheinlich aus einer der zahlreichen zerschossenen Ruinen im Ort stammte. Sie erweiterte den Gastraum um eine Terrasse, die den gesamten Bürgersteig in Beschlag nahm, sodass jeder, der vorbeikam, unweigerlich auf die Straße und in den fließenden Verkehr hinaustreten musste.

Der Kerl hinter der Theke trug keinen ZZ-Top-Bart, und die Handvoll Gäste an den Tischen auch keine Cowboyhüte, und sie tranken Bier statt Whisky, aber abgesehen davon hätte es auch eine zwielichtige Spelunke aus einem Spaghettiwestern sein können, einschließlich der Musik aus der uralten Jukebox, die ausnahmslos poppige Country-Musik zum Besten gab. Vielleicht hatten sie ja nur eine CD. Conny hätte es nicht gewundert.

»Konntest du wenigstens ein bisschen schlafen?«, erkundigte sich Maxim, nachdem die Bedienung gekommen war und er seine Bestellung in einer Sprache aufgegeben hatte, von der sie annahm, dass es Ukrainisch war.

»Ja«, antwortete sie mit einigen Sekunden Verspätung. »Wenn auch nicht sehr viel. In meinem Zimmer war so ein aufdringlicher Kerl, der mich vom Schlafen abgehalten hat.«

»Ein Einbrecher?«, fragte Maxim.

Conny hob die Schultern und vertiefte sich vorgeblich in die Lektüre der Speisekarte. Sie war handschriftlich in kyrillischer Schrift abgefasst, und sie verstand kein Wort. »Wenn, dann der untalentierteste Einbrecher, der mir in meiner ganzen Karriere untergekommen ist. Und mir sind einige Deppen begegnet, glaub mir.«

Maxim zog eine Schnute. »Deppen?«

»Von einem halbwegs talentierten Einbrecher sollte man doch erwarten, dass er leise ist und sich möglichst unauffällig verhält, aber der Kerl hat mich mindestens ein halbes Dutzend Mal geweckt …«

»Viermal«, antwortete Maxim. »Es war nur viermal.«

»… und mich überall angefasst und begrapscht«, fuhr Conny unbeeindruckt fort. »Seine Hände waren wirklich überall, weißt du?«

»Nicht nur seine Hände, glaube ich. War er wenigstens gut in dem, was er gemacht hat?«

Conny ließ ganz bewusst eine oder zwei Sekunden verstreichen, bevor sie mit einem weiteren Heben der Schultern antwortete: »Ich bin … nicht ganz sicher. Es ist ziemlich lange her, weißt du? Ein anderes Kommissariat, andere Schwerpunkte …« Sie hob erneut die Schulten. »Ich glaube, ich bin ein bisschen aus der Übung.«

»Den Eindruck hatte ich vergangene Nacht allerdings nicht.«

Conny spürte zu ihrer eigenen Überraschung (und ein bisschen Unmut), wie ihr das Blut in Wangen und Ohren schoss; was völliger Unsinn war. Sie war niemals prüde gewesen und auch keine Nonne, und er war auch ganz gewiss nicht der erste Mann gewesen, mit dem sie seit Trausch geschlafen hatte, aber die vergangene Nacht war ... anders gewesen. Alles nach Trausch war ... gut gewesen, wenigstens meistens. Aber eben nicht mehr. So wie man aß, wenn man hungrig war, um die Bedürfnisse seines Körpers zu stillen. Und auch wenn es oft genug ein gutes Essen gewesen war, so doch eigentlich nie ein Festmahl. In der vergangenen Nacht war ihr überhaupt erst selbst aufgegangen, dass sie eigentlich ein Gourmet war.

Wäre es doch nur nicht Maxim gewesen. Oder doch, natürlich. Aber wäre Maxim doch nur kein Verbrecher gewesen. Oder ...

Es war einfach alles so furchtbar kompliziert.

Passend zum Thema kam die Bedienung mit ihrer Bestellung, eine ältliche Matrone mit Kittelschürze und zu einem strengen Dutt zusammengebundenem Haar, die das Klischee dieser Umgebung so perfekt bediente, dass es schon fast lächerlich war und sie sich einen Moment lang allen Ernstes fragte, ob Maxim und sie gemeinsame Sache machten und sie kräftig auf den Arm nahmen. Doch dann sah sie, was sie gebracht hatte, und vergaß diese alberne Frage.

»Es ist noch nicht einmal zehn!«, ächzte sie.

Maxim nickte zum Zeichen, dass ihm das wohl bewusst war, was ihn aber nicht daran hinderte, den Teller mit einer gewaltigen Schlachtplatte entgegenzunehmen und mit den leuchtenden Augen eines Kindes am Weihnachtsabend vor sich abzustellen. Ihr eigener Teller, der ein normales – reichhaltiges – Frühstück enthielt, sah daneben aus wie ein Gruß aus der Küche.

»Ich weiß«, sagte er fröhlich. »Aber wir sind hier auf dem Land. Hier isst man so.«

»Nicht zum Frühstück!«

»Vielleicht nicht jeder«, räumte er ein, während er bereits nach seinem Besteck griff und sich mit einem artigen Lächeln bei der grauhaarigen Frau bedankte. »Aber ich habe eine wirklich anstrengende Nacht hinter mir und brauche Energie.«

Conny sah ihm eine Weile zu, wie er mit sichtlichem Appetit zu essen begann, und griff schließlich nach ihrem eigenen Besteck. Schon nach den ersten Bissen langte sie fast genauso enthusiastisch zu wie er; weniger wegen der zurückliegenden Nacht als wohl eher, weil es wirklich ganz ausgesprochen gut schmeckte. Falls sie tatsächlich den Rest ihres Lebens in diesem Teil der Welt zubringen musste, würde wenigstens das Essen kein Problem sein.

Sie vertilgte alles bis auf den letzten Krümel und musste gegen den Wunsch ankämpfen, noch etwas nachzubestellen. Sie geduldete sich, bis Maxim zwar noch nicht aufhörte zu essen, aber wenigstens zu schlingen.

»Wenn du jedes Mal so zulangst, wenn wir Händchen halten, dann muss ich unsere Beziehung möglicherweise noch einmal überdenken«, sagte sie. »Ich weiß nicht, ob ich mir das auf Dauer leisten kann.«

»Bis jetzt habe ich alles bezahlt«, erinnerte er sie, »und wir haben mehr als Händchen gehalten, wenn ich mich nicht sehr täusche.«

»Mit gestohlenem Geld«, sagte sie. »Das kann ich auf Dauer nicht mit meinem Gewissen vereinbaren.«

»Haben wir das denn?«, fragte Maxim.

»Gestohlenes Geld?«

»Eine Beziehung? Gestern hatten wir eine«, sagte Maxim kauend. »Vier, um genau zu sein.«

»Fünf.«

Maxim überlegte kurz und schüttelte dann den Kopf. »Vier.«

»Das im Bad …«

»War etwas anderes«, unterbrach er sie, was Conny zunehmend amüsierte. Sollte ein solches Gespräch zwischen Mann und Frau nicht typischerweise genau andersherum verlaufen? Sie schüttelte den Gedanken ab.

»Wir sollten auch über deine Rechenkünste reden. Und darüber, was wir hier eigentlich tun.«

»Frühstücken?«

Maxim fuhr fort, Gebratenes in schwer zu glaubenden Mengen zu verschlingen. »Zum einen«, sagte er mit vollem Mund, »weil ich etwas mit dir zu besprechen und so meine Zweifel habe, dass wir viel zum Reden kommen, wenn ich ganz allein mit dir in einem Hotelzimmer eingesperrt bin …«

»Eingesperrt? Wie charmant.«

»… und zum anderen bin ich mit jemandem verabredet.«

»Mit wem?«

Maxim sah auf die Uhr, ohne mit Essen innezuhalten. »Es ist noch ein wenig Zeit. Und vorher müssen wir noch etwas anderes besprechen. Etwas Wichtiges.«

»Und was?«

»Wir sind nicht mehr sehr weit entfernt …«

»Wovon?«

»… und das ist jetzt vermutlich deine allerletzte Chance zurückzugehen.«

»Zurückgehen? Ich kann nicht zurück!« Seine Worte waren wie ein Eimer Eiswasser, den jemand ohne Vorwarnung über ihr ausgegossen hatte.

»Das stimmt. Du kannst nicht zurück. Nicht als du. Aber ich habe immer noch gewisse Möglichkeiten. Ein paar Freunde – vielleicht nicht mehr ganz so viele wie zuvor, aber genug – und ein wenig Geld – leider nicht mehr annähernd so viel wie zuvor, aber genug –, und ich kann dir helfen, irgendwo neu anzufangen. Mit einem neuen Namen. Einer neuen Identität. Sicher nicht zu Hause, aber in irgendeinem anderen Land deiner Wahl.«

»Willst du mich loswerden?«

»Wenn das der einzige Weg ist, dich zu retten.« Maxim blieb ernst. »Ich bin nicht sicher, ob du das Leben ertragen würdest, das ich dir bieten könnte.«

Conny setzte zu einer weiteren spöttischen Entgegnung an, aber die Worte blieben ihr im Halse stecken. Natürlich hatte er recht. Sie hatte sich dieselbe Frage – wenn auch vielleicht nicht so klar formuliert – selbst schon gestellt, und die Antwort war ein ganz eindeutiges Nein. Aber konnte er nicht einfach nur den Moment genießen?

»Eins nach dem anderen«, widersprach sie lahm. »Wir befreien das Mädchen und lassen den ganzen Laden auffliegen, und ich kann nicht nur wieder nach Hause, sondern bin die Heldin des Tages.«

Maxim reagierte nicht nur mit einem humorlosen Lachen, sondern fügte auch mit einem Kopfschütteln hinzu: »Und wenn wir schon dabei sind, reisen wir weiter nach Pjöngjang und erledigen diesen Möchtegern-Tyrannen Kim. Dann kannst du dich zwar in Nordkorea nicht mehr blicken lassen – oder wer weiß, vielleicht gerade dort –, aber für den Rest der Welt bist du die neue Jeanne d'Arc.« Er hob die Hand, als sie etwas sagen wollte. »Ich meine es ernst, Conny. Da wo ich hingehe, kann es verdammt gefährlich werden.«

»So wie in Rotterdam? Oder einem gewissen Etablissement in der Nähe von Viersen? Oder einem …«

»Ich bin mir nicht sicher, ob ich zurückkomme«, unterbrach er sie. »Zu gefährlich.«

»Und jetzt meinst du, ich hätte Angst? Hörst du dir eigentlich manchmal selbst zu? Ich habe gesehen, wozu du imstande bist.«

»Ich habe Angst«, gestand er unumwunden. »Um dich, Conny, um Nadeshda und auch ein bisschen um mich. Es wäre dumm, keine Angst zu haben, und ich verabscheue Dummheit. Was wir bis jetzt erlebt haben, war noch gar nichts. Die Leute, bei denen Nadeshda jetzt vermutlich ist, sind gefährlich. Viel gefährlicher, als du dir vorstellen kannst. Und sie wissen, dass wir kommen.«

»Woher?«

»Sei nicht dumm, Conny. Du bist Polizistin, du weißt, wie so etwas läuft. Sie warten vermutlich schon auf mich. Meine Chancen, lebend zurückzukommen stehen nicht besonders gut, um es optimistisch auszudrücken.«

»Warum versuchst du es dann?«

»Weil Nadeshdas Chancen, am Leben zu bleiben, sonst noch viel schlechter stehen«, antwortete er.

Aber das war nicht alles, das spürte sie. Wohin auch immer sie unterwegs waren, dort wartete noch etwas Unerledigtes auf ihn, das weit über Nadeshda hinausging.

4

Statt an seinen gewohnten Arbeitsplatz gingen sie an der Baustelle vorbei und näherten sich dem vorletzten Bauabschnitt, über dem die Luft vor Hitze flimmerte und so vom Gestank nach heißem Teer und Schweiß und brennendem Holz und Diesel geschwängert war, dass selbst etwas so fundamental Einfaches wie das Luftholen zu einer permanenten Belastung wurde, die auf ihre Weise fast ebenso anstrengend war wie schwere körperliche Arbeit.

Aus einem Grund, den er nie ganz verstanden hatte, schien es hier immer ein bisschen dunkler zu sein als überall sonst, und ein intensiv nach Teer und Chemie und noch etwas anderem, auf unangenehme Weise Lebendigem riechender Schwall hüllte sie für einen Moment ein und machte nicht nur das Atmen vollends unmöglich, sondern hinterließ auch eine klebrige Schicht auf seinem Gesicht und seinen Händen und Kleidern, die er auch mit noch so intensivem Scheuer und Schrubben tagelang nicht loswerden würde; und den Geschmack und Geruch vermutlich nie wieder ganz.

Marc war für sich längst zu dem Schluss gekommen, in nichts anderem als einem Vernichtungslager gelandet zu sein. Natürlich hieß es nicht so, schon weil dieses Wort seit einem knappen Jahrhundert geächtet war, was aber nichts daran änderte, dass es de facto eines war. Keiner, der hierhergebracht wurde, um den Rest seiner Strafe zu verbüßen, verließ diesen Ort lebend. Es gab keine Todesurteile oder brutale Bestrafungen wie in dem Gulag, in dem Ben und er gewesen waren, aber er glaubte nicht, dass er die brutalen Arbeitsbedingungen länger als ein Jahr überleben würde. Kaum jemand würde das, und überhaupt niemand ein zweites Jahr. Marc hatte einmal gelesen, dass in der Chinesischen Mauer die Leichen zahlloser Bauarbeiter eingemauert waren, die man zur Arbeit an diesem Jahrtausendwerk gepresst hatte. Wenn das stimmte, dann war diese sechs- oder achtspurige Autobahn wohl die ukrainisch-russische Version davon. Er hatte mit eigenen Augen gesehen, wie ein Arbeiter tödlich verunglückt und kurzerhand unter Schotter und geschmolzenem Asphalt verschwunden war.

Erst als sie die doppelte Reihe qualmender Teerkessel passiert und einige Schritte Abstand gewonnen hatten, wagte er es überhaupt wieder zu atmen, und auch dann nur ganz vorsichtig, denn neben allem anderen war die Luft hier noch so heiß, dass er ernsthaft Angst hatte, sich die Kehle zu verbrühen. Der Tag würde also noch schlimmer werden, als er ohnehin schon gefürchtet hatte, und vor allem gefährlicher.

Warum beunruhigte ihn das eigentlich? Es spielte nicht die geringste Rolle, ob er eine Woche früher oder später starb. Sterben würde er sowieso, und zwar hier und bald.

Manchmal fragte er sich, warum er es nicht einfach zu Ende brachte und sich weitere Wochen und Monate voller Mühsal und körperlichem und seelischem Schmerz ersparte. Er wusste auch die Antwort auf diese Frage: Weil ihm der Mut dazu fehlte. Und weil es ihm wie ein nachträglicher Verrat an Ben vorgekommen wäre, sich feige davonzuschleichen, während Ben, der bekennende Feigling, bis zum bitteren Ende durchgehalten hatte; ganz egal wie dumm es auch gewesen sein mochte.

Sein zufälliger Führer sah über die Schulter zurück und sagte ein einzelnes Wort, das Marc nicht verstand und auch nicht verstehen wollte, aber jetzt konnte Marc ihn erkennen: Es war der Mann mit den blutigen Augen, der ihm auf den Wagen geholfen hatte. Also raffte er sich zu etwas auf, das mit viel gutem Willen als dankbares Lächeln durchgehen mochte und wurde mit einem breiten Zahnlücken-Grinsen belohnt, das er ganz bestimmt nicht erwidern würde.

Er wollte keine Freundschaft schließen, und der andere wollte ihn auch ganz bestimmt nicht zum Freund.

Trotzdem folgte er seiner einladenden Geste und schloss nach kurzem Zögern sogar etwas dichter zu ihm auf, schon um nicht von den Männern, die ihm folgten, deutlich unsanfter zum Weitergehen motiviert zu werden, als ihm lieb war. Gewalt gehörte hier nicht unbedingt zum Alltag, aber es gab Abstufungen dessen, was als Gewalt bezeichnet wurde, die er sich bisher nicht einmal hatte vorstellen können.

Blutauge schlurfte mit hängenden Schultern und auf die Art eines Mannes voraus, der Mühe hatte, das Gewicht seiner eigenen Schultern zu tragen, bewegte sich zugleich aber auch auf eine zielstrebige Art, die Marc fast ohne sein Zutun dazu brachte, sich ihm anzuschließen. Wenigstens schien er zu wissen, was er tat.

Um dem Tag noch den letzten Schliff zu geben, befand sich ihr heutiger Arbeitsplatz an der unangenehmsten aller unangenehmen Stellen, so dicht an einem der glühenden Teerkessel, dass er aufpassen musste, um sich nicht bei einer unbedachten Bewegung an dem heißen Metall zu verbrennen. Die Hitze machte das Atmen sogar noch einmal schwerer, und schon die erste Schaufel Teer schien mehr zu wiegen, als er bewältigen konnte. In dem

Universum, in dem er geboren und aufgewachsen war, gab es für diese Art von Arbeiten Maschinen, die nicht nur effektiver und zuverlässiger waren als menschliche Arbeiter, sondern im Endeffekt auch schneller und kostengünstiger; wenigstens in einer Bilanz, in der auch Posten wie Löhne, Gesundheits- und Altersvorsorge und Krankenversicherung zu Buche schlugen.

Sie arbeiteten eine Stunde, die ihm wie zehn vorkamen, indem sie den glühend heißen Asphalt, den die uralte grobschlächtige Asphaltiermaschine in einem unablässigen Strom hinter ihnen zu einer dampfenden Düne ausspie, die stets eine Winzigkeit schneller nachzurücken schien, als sie sie mit Schaufeln und Drahtbesen abzuarbeiten imstande waren, danach durften sie zehn Minuten Pause machen – die ihm wie zehn Sekunden vorkamen –, in denen ihnen Wasser aus einem offenen Kessel und mit einer Schöpfkelle gereicht wurde, die ganz so aussah, als würde sie ab und zu auch geschmolzenen Teer verteilen. Das Wasser schmeckte entsprechend.

Er ergatterte trotzdem eine zweite Kelle und hatte hinterher das Gefühl, durstiger als zuvor zu sein, dann ging es weiter zur zweiten ihrer vier Fünfundfünfzig-Minuten-Schichten; mehr schaffte keiner der Männer bei der mörderischen Hitze und der kräftezehrenden Arbeit, ganz egal wie stark er auch war.

Marc schaffte nicht einmal zwei. Die Schaufel wurde mit jeder Ladung schwerer, und das Luftholen bald zu einer nicht endenden Folge bewusster Anstrengungen, und einmal wurde ihm so schwindelig, dass er taumelte und gegen die glühende Schütte gestürzt wäre, hätte Blutauge ihn nicht festgehalten und ein paar Schritte weit weggeführt, damit er sich setzen und einen Moment ausruhen konnte.

Praktisch sofort tauchte ein Aufseher auf und raunzte ihn an, doch sein selbst ernannter Beschützer stellte sich vor ihn und wechselte ein paar Worte mit dem Mann. Marc verstand kein Wort von dem sich anschließenden Disput, aber er war für jede Sekunde dankbar, die er andauerte; und er hatte ohnehin das Gefühl, dass Blutauge ihn nur vom Zaun brach, um ihm genau diese kostbaren Sekunden zu verschaffen. Schließlich machte der Aufseher eine herrische Geste, mit der er die Diskussion beendete, und Marc stemmte sich mühsam auf die Beine und streckte die Hand nach seiner Schaufel aus. Er war sich sicher, spätestens unter der übernächsten Ladung zusammenzubrechen, aber trotzdem dankbar für die kurze Atempause, die er bekommen hatte.

Blutauge schüttelte nur den Kopf und drückte ihm stattdessen einen der groben Drahtbesen in die Hand. Er war nicht nennenswert leichter als die Schaufel, und den dampfenden Asphalt damit zu verteilen und glatt zu ziehen kaum weniger anstrengend als die Arbeit mit der Schaufel, aber er war der glühenden Maschine nicht mehr ganz so nahe und selbst für diese kleine Erleichterung dankbar. Beinahe gegen seinen Willen investierte er ein bisschen der wenigen Energie, die ihm noch geblieben war, in ein dankbares Lächeln in Blutauges Richtung und empfand ein überraschendes Gefühl von Wärme, als der Russe es erwiderte.

Er wollte das nicht. Seine Freundschaft brachte den Tod.

Irgendwie überstand er auch die dritte Schicht, und das Unglück geschah, als sie die letzte Etappe ihres Marathons gegen die Erschöpfung in Angriff nahmen. Die Asphaltiermaschine hatte aufgeholt, wie jeden Tag, und das vor Hitze glühende Maul des rostigen Kolosses war kaum noch einen Meter von den ersten Männern entfernt, die ihr Bestes gaben, mit Schaufeln und Besen den kochenden Auswurf aus seinem stählernen Maul schneller fortzuschaffen, als er ihn hervorbringen konnte.

Die Katastrophe kündigte sich durch ein anhaltendes Rasseln und Klackern aus den stählernen Eingeweiden des Maschinenkolosses an, das im gleichen Maße an Lautstärke und Bedrohlichkeit anwuchs, als die ganze gewaltige Maschine wie unter einem jähen Schub von Schüttelfrost zu beben und zu zittern begann. Dann erscholl ein gewaltiges Krachen, der Laut von zerbrechendem Metall, und die Maschine kam mit einem so jähen Ruck zum Stehen, als wäre sie gegen eine unsichtbare Wand geprallt.

Zum größten Teil. Der kleinere und deutlich gefährlichere Teil – die rußgeschwärzte breite Schütte – bewegte sich von ihrer eigenen Sturheit getrieben noch ein Stück weiter, riss sich mit einem Laut wie zerfetztes Stanniolpapier vom Rest der Maschine los und spie einen letzten gewaltigen Schwall aus kochendem Asphalt und purer Hitze auf den Boden und die Männer davor.

Einer davon war Blutauge.

Wäre ihm Zeit geblieben, seinen Verstand einzuschalten, hätte er das einzig Vernünftige getan und sich wie alle anderen in Sicherheit gebracht; spätestens als einer der Männer von den Füßen aufwärts wie in einer absurd verlangsamten Stichflamme zu brennen begann und schreiend und um sich schlagend ein paar Schritte an ihm vorbeitorkelte und dann wie vom Blitz getroffen zusammenbrach.

Aber seine Vernunft hatte schon lange nichts mehr zu sagen, und so fuhr er stattdessen auf dem Absatz herum und stürmte dem immer noch Hitze und glühende Trümmer speienden Ungetüm entgegen, die Arme schützend vors Gesicht gerissen und mit angehaltenem Atem, weil ihm das Luftholen wahrscheinlich Kehle und Lungen versengt hätte. Seine Augen begannen so stark zu tränen, dass alles verschwamm, und in seinen Ohren kreischte ein einziges höllisches Crescendo. Ein zweiter Mann kreischte in schierer Todesqual auf, als sich ein zäh fließender Lavastrom aus kochendem Asphalt über seine Füße ergoss und seine Hosenbeine in Brand setzte, und neben ihm versuchte sich Blutauge auf seinen brennenden Arm hochzustemmen und fiel mit einem schrillen Schmerzensschrei zurück, von einem Spritzer kochendem Asphalt im Gesicht getroffen, der sich unverzüglich daranmachte, ein Loch in seine Wange zu brennen.

Marc war mit einem einzigen abschließenden Schritt neben ihm und auf einem Knie, riss ihn am Arm in die Höhe und begann zugleich mit der bloßen anderen Hand die Flammen auszuschlagen, die an seiner Jacke fraßen. Etwas explodierte und überschüttete sie zusätzlich mit grellem Licht und Hitze und spritzendem Teer, aber die Druckwelle katapultierte Blutauge und ihn auch meterweit davon auf die Füße, bevor sie nebeneinander auf die Knie fielen. Blutauge schrie noch immer. Seine Jacke brannte nicht mehr, aber in seinem Gesicht war ein qualmender Vulkan ausgebrochen, aus dem kochendes Blut und etwas Schwarzes und Brodelndes lief. Er drohte zur Seite zu kippen, aber das ließ Marc nicht zu, sondern zerrte ihn wieder auf die Füße und stolperte weiter.

Erst dann fiel ihm auf, dass seine Beine brannten.

5

Maxim vertilgte auch sein zweites Dessert und schob dann – betont langsam – den Ärmel hoch, um auf die Uhr zu sehen.

»Bist du versetzt worden?«, fragte Conny.

»Sie hätten schon vor einer halben Stunde hier sein sollen«, antwortete Maxim; was eigentlich keine Antwort war. »Für hiesige Verhältnisse gilt das allerdings noch als pünktlich.«

»Sie?«

»Eigentlich er«, präzisierte er. »Der Bus.«

Conny blinzelte. »Bus?«

»Ab hier nehmen wir den Bus«, bestätigte Maxim, ihren unübersehbar verwirrten Gesichtsausdruck schamlos genießend. »Was hast du erwartet? Einen Learjet?«

Conny schluckte alles hinunter, was ihr dazu auf der Zunge lag, auch den plötzlichen Ärger, dessen Intensität sie selbst überraschte. Wenn er es darauf angelegt hatte, sie wütend zu machen, war er auf dem besten Weg. »Und wohin bringt uns dieser … Bus?«, fragte sie gepresst.

»Zu einem Hotel«, antwortete Maxim mit einer deutenden Geste in die Runde. »Einem richtigen Hotel, meine ich, nicht so einer Kaschemme wie hier.«

Wie aufs Stichwort vernahm sie da bereits das schwere Motorgeräusch eines Wagens, und die Aufmerksamkeit aller richtete sich auf die Tür. Niemand kam herein, doch nicht nur Maxim hatte es plötzlich eilig, sein Bier auszutrinken und aufzustehen. Auch am Nachbartisch erhob sich ein junges Paar, das Conny bisher noch gar nicht aufgefallen war, und ging Richtung Ausgang.

Conny war die Letzte, die sich erhob, von einem unguten Gefühl erfüllt, das sie sich zwar nicht erklären konnte, das aber immer stärker wurde. Maxim verschwieg ihr etwas, und das begann sie ihm allmählich ernsthaft übel zu nehmen. Es war schließlich nicht so, als hätte sie ihn nicht gewarnt.

Der Gedanke brachte ein Lächeln auf ihre Lippen, das ihr selbst fast absurd vorkam. Sie kannten sich erst seit ein paar Tagen, aber in mancher Beziehung benahmen sie sich schon wie ein altes Ehepaar.

Als hätte er ihre Gedanken gelesen, bedeutete Maxim ihr nicht nur mit einer Geste, ihm zu folgen, sondern warf ihr auch mit schräg gehaltenem Kopf und gerunzelter Stirn einen ungeduldigen Blick zu, den sie natürlich ignorierte.

Ihr Gehör hatte sie nicht getäuscht und Maxim keinen Scherz gemacht: Vor dem Haus wartete ein moderner Reisebus von geradezu absurder Größe und futuristischem Aussehen, der mehr an einen kybernetischen Wal aus Chrom und Glas als an ein Fahrzeug erinnerte. Die Tür auf der Beifahrerseite war aufgegangen, aber niemand stieg aus.

Das Paar vom Nebentisch eilte fröhlich schwatzend voraus. Conny meinte ein paar Fetzen Deutsch aufzufangen, war sich aber nicht sicher.

Maxim machte auf dem letzten Stück zwei ausgreifende Schritte, um den Bus vor ihr zu betreten. Sie hatte das Gefühl, dass er ihr absichtlich den Blick auf den Fahrer vertrat, aber ihr entging der überraschte Blick des Mannes trotzdem nicht, so wenig wie das kurze, aber hitzig geführte Gespräch zwischen Maxim und ihm, das schließlich ganz ähnlich endete wie ihr Zwischenstopp an der Straßensperre, nämlich mit dem Eigentümerwechsel eines schmalen Päckchens Geldscheine in einer ihr unbekannten Währung.

Dem jungen Paar, das vor ihnen eingestiegen war, blieb das natürlich nicht verborgen, und es begann zu tuscheln, während es die beiden Plätze ansteuerte, die ihm der Fahrer zugewiesen hatte. Das Mädchen kicherte albern. So weit zu Maxims Vorhaltungen, nur kein Aufsehen zu erregen.

Der Fahrer reichte Maxim zwei Tickets sowie zwei bunt bedruckte Briefumschläge, die dieser in der Jackentasche verschwinden ließ, ohne sie eines Blickes zu würdigen, und sie steuerten gemeinsam die beiden letzten freien Plätze im Bus an; zu Connys Missfallen direkt neben dem Paar, das mit ihnen eingestiegen war. Die Frau – fast noch ein Kind, wie sie auf den zweiten Blick feststellte, aber ein hübsches Ding – nickte nicht nur freundlich, sondern bemühte sich auch aus irgendeinem Grund um einen Verschwörerblick, während ihr Begleiter, der alt genug war, um ihr Vater zu sein – vielleicht war er es ja –, demonstrativ in die andere Richtung aus dem Fenster sah.

»Noch eine halbe Stunde, dann sind wir da«, begann die junge Frau unaufgefordert, kaum dass sie sich gesetzt hatte. Sie streckte ihr auch genauso unaufgefordert die Hand entgegen. »Ich bin Lena. Das ist Rainer, mein Freund. Ich bin ja so aufgeregt. Alle haben gesagt, dass es völlig verrückt ist, vor allem in diesen Zeiten und nach allem, was hier passiert ist, und vielleicht haben sie ja sogar recht, wer weiß, aber ich kann es kaum noch erwarten.«

6

Von allem war das vielleicht der größte Unterschied zu dem namenlosen Gulag, in dem er zusammen mit Ben gewesen war: Es gab eine Krankenstation, die diesen Namen tatsächlich verdiente. Das Personal war kompetent, und soweit Marc das beurteilen konnte, entsprach die Qualität der ärztlichen Versorgung durchaus internationalen Standards – auch wenn sie zu allen gleich unfreundlich waren, ob Gefangene, Wachpersonal oder zivile Angestellte.

Trotzdem genoss er die insgesamt drei Tage, die er in der in einem mobilen Wohncontainer untergebrachten Klinik verbrachte, wie ein unerwartetes Geschenk des Schicksals in Form eines kurzen Urlaubs.

Das Essen war deutlich besser als das, das sie normalerweise bekamen, und einmal abgesehen davon, dass hier dieselbe Unsitte herrschte wie in anscheinend allen Krankenhäusern auf der Welt – nämlich die Patienten vollkommen grundlos in aller Herrgottsfrühe zu wecken, um die Betten aufzuschlagen, in die sie sich unmittelbar darauf wieder legen und sie erneut zerwühlen konnten –, war das einzig wirklich Unangenehme der zweimalige Verbandswechsel am Tag, der wirklich wehtat.

Aber im Prinzip den ganzen Tag schlafen zu können, so viel zu essen zu bekommen, wie er wollte, und als einzigen wirklichen Feind die Langeweile zu bekämpfen, die sich prompt einstellte, kaum dass die Medikamente ihre Wirkung entfalteten und Schmerzen und Fieber nachließen, war der pure Luxus, der ihm ein paar Schmerzen und ein paar Brandnarben an den Waden allemal wert zu sein schien.

Aber natürlich dauerte es nicht lange. Die Verbrennungen waren zwar schmerzhaft gewesen, aber offensichtlich nicht annähernd so schlimm, wie es ihm am Anfang vorgekommen war, und so bedeutete ihm die Krankenschwester schon nach dem vierten Frühstück gestenreich, sich nicht wieder ins Bett zu legen, sondern sich anzuziehen und ihr zu folgen.

Er rechnete damit, wieder in seine Schlafbaracke gebracht zu werden, wenn nicht sogar gleich zu einer neuen Schicht. Stattdessen wurde er zum Lagerkommandanten gebracht, dessen Räumlichkeiten sich im einzigen festen Gebäude der ganzen Baustelle befanden, einem strohgedeckten ehemaligen Bauernhaus, von dem Marc annahm, dass es seinem früheren Besitzer kurzerhand weggenommen worden war; falls er nicht inzwischen selbst in blauen Drillich gekleidet irgendwo auf der gewaltigen Baustelle schuftete.

Er war nur ein einziges Mal hier gewesen und hatte allenfalls eine vage Erinnerung an schmutzigen Putz, knarrende Holzdielen und eine Büroeinrichtung, die so frappierend an die aus dem Kresty-Gefängnis in Sankt Petersburg erinnerte, dass er sich im ersten Moment ernsthaft gefragt hatte, ob sie von dort mitgebracht worden war. Auf dem uralten Schreibtisch, der mit seiner zerschrammten Resopalplatte und den ausgeleierten Schubladen und Rolltüren der Stolz jeder Jugendherberge aus den Fünfzigern gewesen wäre, stapelten sich Aktenmappen, Schnellhefter und zerlesene Folianten, und dazwischen thronte ein mindestens ebenso altes schwarzes Telefon aus Bakelit, das zwar keine Kurbel an der Seite hatte, tatsächlich aber noch eine Wählscheibe.

Der Mann auf der anderen Seite des Schreibtischs passte dermaßen genau in dieses Bild, dass es Marc fast schon absurd vorkam. Alles an ihm wirkte schäbig und alt, obwohl seine Uniform neu und tadellos sauber war, die Bügelfalten seiner Hosen so scharf waren, dass man sich daran schneiden konnte, und das Ordensband auf seiner Brust auf Hochglanz poliert. Er war tadellos rasiert und das allmählich grau werdende Haar so perfekt in Form gebracht, als hätte er keinen seiner Gefangenen erwartet, sondern einen Fotografen, der ihn für das Titelblatt irgendeines Hochglanz-Lifestyle-Magazins ablichten wollte. Und trotzdem: Irgendwie wirkte er … schäbig.

Zwei Schritte vor ihm blieb Marc stehen, ein wenig unschlüssig, was jetzt von ihm erwartet wurde. Wahrscheinlich nichts, denn der Kommandant schenkte ihm kaum einen flüchtigen Blick und wandte sich mit einer Geste an die beiden Soldaten, die in ihrer Beiläufigkeit schon fast beleidigend war. Erst als Marc hinter sich das Geräusch von Schritten und eine Sekunde später der Tür hörte, wandte er sich betont langsam in seinem Stuhl zu ihm um und maß ihn mit einem langen, abschätzenden Blick.

»Setzen Sie sich, Siebenfünfsechsneun!«

Marc reagierte ganz automatisch und ließ sich auf den einzelnen, lehnenlosen Schemel auf dieser Seite des Schreibtischs sinken. Erst danach begriff er, was ihn an diesen Worten so erstaunt hatte: Der Kommandant hatte Deutsch gesprochen.

»Wie geht es Ihnen, Siebenfünf …« Der Kommandant brach ab und legte übertrieben pantomimisch den Kopf auf die Seite. »Lassen wir doch die Förmlichkeiten für einen Moment. Verraten Sie mir Ihren Namen?«

Marc war sich ziemlich sicher, dass er ihn kannte, schon wegen der aufgeschlagenen Akte vor dem Kommandanten, auf deren erster Seite die schlechte Kopie eines Fotos prangte, das ihn – wenngleich auch deutlich jünger und gesünder – zeigte.

»Marc …«, antwortete er trotzdem und wurde augenblicklich unterbrochen.

»Das soll für den Moment genügen, wenigstens für mich.« Der Kopf des Kommandanten bewegte sich mit einem Ruck auf die andere Seite. »Sie sind nervös. Ich vermute, dass Sie sich darüber wundern, dass ich Ihre Sprache spreche?«

Marc nickte, als er begriff, dass eine Antwort von ihm erwartet wurde.

»Es ist auch meine Muttersprache. In gewissem Sinne sind wir Landsleute. Es besteht also kein Grund, nervös zu sein oder gar Angst zu haben. Sie sind nicht hier, weil ich Sie für irgendetwas verantwortlich machen oder gar bestrafen will. Ganz im Gegenteil.«

Marc wurde immer unbehaglicher zumute. Er hatte noch nie davon gehört, dass ein Gefangener zum Lagerkommandanten gebracht worden war, ohne dass es einen triftigen Grund gab. Der immer und ausschließlich aus etwas Negativem bestand.

»Ich möchte mich bei Ihnen bedanken und Ihnen meine Hochachtung aussprechen«, fuhr der Kommandant fort, jedes Wort ganz offensichtlich genießend.

»Bedanken?«, murmelte Marc verständnislos.

»Für Ihren Mut«, bestätigte der Kommandant mit einem noch übertriebeneren Nicken. »Sie waren der Einzige, der versucht hat, nach diesem wirklich schlimmen Unfall zu helfen. Sie haben Ihr eigenes Leben in Gefahr gebracht, ohne auch nur eine Sekunde zu zögern. So etwas ist heutzutage selten, vor allem hier. Ich wollte den Mann kennenlernen, der vielleicht als Einziger im ganzen Lager nicht nur an sich denkt.«

Jetzt wartete er ganz unübersehbar auf eine Antwort, aber was sollte er schon sagen? Die Wahrheit war, dass er gar nicht nachgedacht hatte, weder über sich noch einen der anderen Gefangenen, sondern einfach reagiert …

Er versuchte zu nicken, war aber nicht einmal sicher, ob es ihm gelang. »Wie geht es …?« Beinahe hätte er Blutauge gesagt, beließ es aber dann im letzten Moment bei einem fragenden Blick.

»Wassili? Es tut mir leid, aber seine Verletzungen waren zu schwer. Er ist im Laufe der Nacht gestorben.«

Wassili? Marc richtete sich kerzengerade auf seinem Stuhl auf. Sollte das etwa heißen, dass …?

»Sie kannten ihn gut?«, vermutete der Kommandant und beantwortete seine eigene Frage auch gleich mit einem weiteren übertriebenen Kopfnicken. »So etwas ist selten hier. Die Männer schließen im Allgemeinen keine Freundschaften. Aber es passt zu dem Bild, das ich mir von Ihnen gemacht habe.« Der Kommandant hatte sich offensichtlich entschieden, nun doch mehr als nur seinen Kopf zu bewegen, denn er beugte sich in seinem

Sessel vor, der mit einem hörbaren Knarren gegen die offensichtlich ungewohnte Belastung protestierte. Sein Zeigefinger begann den Takt einer unhörbaren Melodie auf der aufgeschlagenen Seite mit Marcs Foto zu klopfen.

»Hier steht nicht besonders viel über Sie, Siebenfünfsechsneun, und dennoch genug, um mich zu dem Schluss kommen zu lassen, dass Sie im Grunde ein aufrechter Mann sind, der das alles hier nicht verdient hat. Und das soll nicht ohne Konsequenzen bleiben …« Der Kommandant beugte sich ein Stück vor und musterte Marc, als sähe er ihn zum ersten Mal. »Wären Sie an einer anderen Tätigkeit interessiert? Einer, die den Fähigkeiten eines Mannes wie Ihnen angemessener ist?«

Marc starrte ihn überrascht an.

»Es ist ebenfalls schwere Arbeit«, fuhr der Kommandant fort. »Vielleicht sogar schwerer als die, die Sie bisher geleistet haben. Und möglicherweise auch gefährlich. Aber sie ist mit gewissen Privilegien verbunden, und wenn Sie sich bewähren, gibt es in bescheidenem Maße sogar gewisse Aufstiegsmöglichkeiten.«

Was sollte denn gefährlicher sein, als unter tausend Grad heißem Asphalt begraben zu werden, dachte Marc. Ein erster, dünner Schmerz setzte noch ein Ausrufezeichen hinter diese Frage. Er nickte.

»Gut!« Der Kommandant erwachte so plötzlich aus seiner Starre, dass Marc erschrocken zusammenfuhr, und zog mit einer schwungvollen Bewegung eine Schublade auf. »Dann müssten Sie mir nur noch dieses Schriftstück unterzeichnen. Und morgen früh werden Sie zu Ihrer neuen Arbeitsstelle gebracht. Ich bin sicher, sie wird Ihnen gefallen.«

7

Conny hätte nicht sagen können, was ihr mehr zu schaffen gemacht hatte: die endlosen Stunden, die sie in dem Bus durch die Nacht und ein Land gefahren waren, das ausgestorben zu sein schien, die miserablen Straßen, auf denen sie lange genug durchgeschüttelt wurden, dass sie fürchtete, beim nächsten Schlagloch ihre eigenen Zähne zu verschlucken, oder das bedrückende Schweigen zwischen ihr und Maxim.

Aber irgendwann erreichten sie ihr Ziel. Und nicht einfach nur so.

Hätte ein Hollywoodregisseur die Szene choreografiert, sie hätte nicht perfekter sein können. Der Bus quälte sich immer langsamer werdend die Anhöhe hinauf, und kaum hatte er sie erklommen, wichen die Bäume rechts und links zur Seite, und unter ihnen breitete sich ein postapokalyptisches Hollywoodszenario aus, komplett mit einer von Mensch und Tier verlassenen, verfallenden Stadt, wild wucherndem mutiertem Grün und dem silberweißen Ovoid eines gelandeten Alien-Raumschiffs, gerade an der Grenze des noch klar und in allen Details Erkennbarem, aber von einer Präsenz, die einem den Atem nahm und die Gedanken in einen Schraubstock aus Ehrfurcht, ungläubigem Staunen und purer Verweigerung zwängte, in denen für nichts anderes mehr Platz war.

»Tschernobyl?«, murmelte sie ungläubig. Was um alles in der Welt wollte Maxim in Tschernobyl? »Ist dort das Hotel, von dem du gesprochen hast?«

»Nur ein kleiner Umweg. Heute Abend übernachten wir in einem Vier-Sterne-Hotel, versprochen.«

»Tschernobyl als makabre Touristenattraktion?«, fragte sie scharf. »Und das nach all dem Krieg und Elend hier?«

»Um genau zu sein, Prypjat«, mischte sich Lena ein. »Den Sarkophag selbst kann man nicht besichtigen, und das Kraftwerk schon mal gar nicht. Das wäre ja auch viel zu gefährlich, und außerdem gibt es dort bestimmt jede Menge ganz geheimer Geheimnisse, die keiner sehen darf.«

Sie wartete vergebens auf Applaus für das lahme Wortspiel und zog eine leicht beleidigte Schnute, als er nicht kam, schnatterte aber auch fast sofort fröhlich weiter: »Aber wir kommen trotzdem ziemlich nahe ran, so auf ungefähr zwei Kilometer, glaub ich.«

»Etwas mehr als drei«, korrigierte ihr Begleiter. Es war das erste Mal, dass Conny ihn reden hörte, doch schon diese wenigen Worte offenbarten ihr einen Dialekt, der nicht so recht zu seinem teutonischen Namen passen wollte. Es klang auch irgendwie nach: Und jetzt halt endlich die Klappe.

Die junge Frau bedachte ihn lediglich mit einem abfälligen Blick, bevor sie munter weiterplapperte. »Näher ran kommt jedenfalls so gut wie niemand, der nicht dort arbeitet oder zum Wachpersonal gehört. Das ist schon was ganz Besonderes, von dem man später erzählen kann.«

»Und man spart auch eine Menge an Stromkosten«, sagte Conny bissig, »wenn man im Dunkeln leuchtet.«

Lena sah sie eine Sekunde lang fassungslos an und zwang dann ein übertrieben gequältes Grinsen auf ihr Gesicht. »Sehr witzig.«

8

Tatsächlich hatte er nicht nur den Rest des Tages geschenkt bekommen, sondern auch noch einige Stunden des nächsten. Am darauffolgenden Morgen reihte er sich wie jeden Tag in die Schlange vor den Lkw ein, aber der Mann, der seine Nummer auf der Liste auf seinem Klemmbrett abhakte, schüttelte nur den Kopf und bedeutete ihm mit einer unwirschen Geste, seinen

Platz in der Schlange freizugeben und sich zu gedulden; was eine ganze Weile dauerte.

Keiner der Gefangenen besaß eine Uhr, aber Marc schätzte, dass eine gute halbe Stunde vergangen sein musste, bevor schließlich der letzte Lkw mit Arbeitern abfuhr. Inzwischen hatte sich ein gutes Dutzend Männer ein Stück abseits versammelt, bei denen es sich wohl um seine neuen Arbeitskollegen handelte. Etwas an ihrem Anblick irritierte Marc, aber er konnte das Gefühl nicht in Worte kleiden.

Und dann war die Wartezeit auch schon vorbei, und zwei weitere Transporter rollten heran. Auch sie unterschieden sich von den Wagen, die er bisher gewohnt war, keine offenen Pritschenwagen, sondern geschlossene Kästen mit winzigen schießschartenähnlichen Fenstern, die ihre militärische Herkunft gar nicht erst zu leugnen versuchten.

Einer der Wagen hielt einfach nur an, ohne dass irgendetwas geschah, der andere rollte noch ein Stück weiter, und derselbe Wächter, der ihn vorhin zurückgehalten hatte, öffnete die Hecktür und scheuchte sie auf dieselbe ruppige Art hinein, in der er Marc vorhin behandelt hatte. Der Wagen war bereits zur Hälfte besetzt, und es war warm, fast schon stickig, und es roch schlecht; nicht nur nach Schweiß und ungewaschenen Körpern und faulenden Zähnen und trockenen Fürzen, sondern auch noch nach etwas anderem und Schlimmem, das er ebenfalls nicht benennen konnte.

Es gab keine Sitzgelegenheiten, sondern nur den nackten Metallboden, auf den er mehr fiel als sich setzte, denn der Wagen fuhr an, noch bevor die Tür ganz geschlossen worden war.

Marc versuchte einen Blick durch eines der winzigen Fenster zu erhaschen, aber so wie er mit angezogenen Knien auf dem Boden hockte sah er nur einen geradezu obszön blauen Himmel, an dem an diesem Morgen nicht eine einzige Wolke zu finden war.

Immerhin bekam er mit, dass sie wohl dieselbe Strecke fuhren, die er auch bisher an jedem Morgen genommen hatte. Aber sie hielten nicht an, als sie nach seinem Gefühl angekommen sein mussten, sondern fuhren noch eine geraume Weile weiter, mindestens noch einmal so lange, wenn nicht länger, bevor sich das Motorgeräusch änderte und sie langsamer wurden und schließlich ganz anhielten. Draußen waren auf dem letzten Stück ein paar Schatten vorbeigelitten – vielleicht die von Gebäuden, aber er war auch jetzt wieder nicht sicher –, und er meinte Stimmen zu hören, möglicherweise auch die Arbeitsgeräusche großer Maschinen.

Alles traf zu. Der Motor erstarb mit einem Röcheln, das ganz so klang, als wollte er sich damit für alle Zeiten verabschieden, die Tür ging auf, und eine ungeduldige Stimme befahl ihnen auf Russisch, auszusteigen und sich gefälligst zu beeilen. Die Maschinengeräusche wurden lauter, außerdem durcheinanderrufende Stimmen und andere, im Einzelnen nicht genau zu definierende Geräusche, die in ihrer Gesamtheit aber den Eindruck von emsiger Aktivität und fleißigem Arbeiten hinterließen.

Marc beeilte sich auszusteigen, schon damit er nicht von den anderen Männern einfach mitgespült und wie Treibgut niedergetrampelt wurde, stellte sich aber so ungeschickt an, dass er beim Aussteigen das Gleichgewicht verlor und gestürzt wäre, hätte ihn nicht einer der anderen Männer aufgefangen. Marc murmelte einen Dank auf Russisch und bekam nur einen leeren Blick aus einem nicht minder leeren grauen Gesicht zur Antwort, machte sich hastig los und reihte sich in die doppelte Schlange ein, zu der sich die Männer vor einem weiteren Kontrollpunkt aufgestellt hatten.

Die beiden Soldaten am vorderen Ende der Schlange waren jedoch nicht mit Kalaschnikows und kleinen Brettern bewaffnet, auf denen ihre Namen abgehakt wurden, sondern händigten jedem Gefangenen etwas aus, dass verdächtige Ähnlichkeit mit einer Gasmaske aus dem Ersten Weltkrieg hatte, wie er sie von historischen Aufnahmen her kannte, und dazu noch ein schwarzes Rechteck aus Plastik. Marc war eher beunruhigt als irritiert, musste er doch plötzlich wieder an sein Gespräch mit dem Lagerkommandanten zurückdenken. Vielleicht hätte er doch etwas gründlicher auf der Frage beharren sollen, was genau er denn nun eigentlich mit gefährlich gemeint hatte.

Als er an der Reihe war, zückte eine der Wachen nun doch ihr Lieblingsutensil – ein Klemmbrett – warf einen flüchtigen Blick auf die Nummer auf seiner Jacke und kritzelte die letzten vier Ziffern auf einen winzigen Aufkleber, den er anschließend auf das schwarze Kunststoff-Rechteck pappte und es ihm dann zusammen mit der Maske aushändigte. Marc blickte ein wenig hilflos nach rechts und links und wartete auf eine Erklärung, die aber natürlich nicht kam. Die meisten anderen hatten sich ihre Masken bereits umgehängt, aber noch nicht aufgesetzt, und die kleinen Plastiktäfelchen mit einer Sicherheitsnadel an den Jacken befestigt, die auf ihrer Rückseite angebracht war.

Marcs Unbehagen nahm noch weiter zu. Er hatte das Gefühl, eigentlich wissen zu müssen, was das alles bedeutete, aber der Gedanke entglitt ihm, als er danach zu greifen versuchte. Und dann wurden sie auch schon weitergescheucht.

Eine ganze Anzahl weiterer, kleinerer und diesmal wieder offener Pritschenwagen erwartete die zwei Dutzend Männer und ihn in wenigen Schritten Entfernung. Die Motoren liefen bereits, und ihre Bewacher verfielen wieder in ihre alten Gewohnheiten, indem sie sie mit ruhigen Kommandos (und auch dem einen oder anderen, wenn auch eher zaghaften, Kolbenstoß) zu mehr Tempo antrieben.

Marc nutzte die Zeit, bis er an der Reihe war, um sich zum ersten Mal gründlich umzusehen. Sie befanden sich am Rande von etwas, das vielleicht einmal ein kleiner Park gewesen sein mochte, jetzt aber hoffnungslos verwildert war.

Zwischen den ehemals in fast mathematisch präzisen Abständen gepflanzten Bäumen der ursprünglichen Anlage wucherte Unkraut, dorniges Gestrüpp, Gras und jüngere Bäume, und überall lagen Schutt und Unrat. Ein seltsamer Geruch hing in der Luft, eine Mischung aus Moder, Bauschutt und Abgasen und noch etwas anderem, das sich dem direkten Erkennen ebenso entzog wie das gestaltlose Unbehagen, das sich immer tiefer in seine Gedanken grub. In einiger Entfernung ragten die Umrisse großer Gebäude hinter den Bäumen auf, und nicht weit vor ihnen stand ein ehemals gelb lackierter Caterpillar am Waldrand, unter dessen hochgeklappter Motorhaube zwei Männer in blauem Drillich arbeiteten.

Marc stieg als Letzter auf den ihm zugewiesenen Wagen, nahm auf einer der Pritschen aus nacktem Metall Platz und musste sich dann hastig irgendwo festhalten, als der Wagen mit einem Ruck anfuhr. Einer der anderen Männer hatte weniger Glück und fiel unter dem schadenfrohen Gelächter der anderen der Länge nach hin. Marc wollte ganz instinktiv die Hand ausstrecken, um ihm aufzuhelfen, aber dann dachte er an das letzte Mal, dass er auf einem solchen Wagen gewesen war, und ließ es bleiben. Seine Freundschaft war giftig, und vielleicht war es an der Zeit, das endlich zu verinnerlichen. Reglos und um denselben leeren Blick bemüht wie alle anderen sah er zu, wie sich der Mann aufrappelte und auf einen Sitz hinaufzog.

Eine kurze Zeit lang fuhren sie durch den verwilderten Park, bis die Bäume schließlich wie abgeschnitten aufhörten und den ersten Gebäuden der Stadt Platz machten, die er schon von Weitem gesehen hatte.

Oder dem, was einmal eine Stadt gewesen war.

Die Häuser – triste Plattenbauten mit angehängten Balkonen aus nacktem Beton, die anstelle von Treppenhäusern Zugang zu den dahinterliegenden Wohnungen gewährten – waren nicht wirklich zerstört wie von einer Katastrophe oder einem militärischen Angriff, zugleich aber auch so hoffnungslos verfallen, als wären sie vor zehn Jahren von ihren Bewohnern aufgegeben und verlassen worden. In keinem einzigen Fenster befand sich noch Glas, und hier und da war ein Stück von einem Balkon gebrochen oder ein Giebel zusammengestürzt, an einer Stelle sogar eine komplette Fassade, die jetzt eine unüberwindliche Barriere auf der Straße davor bildete. Büsche und ungeplant wuchernde Bäume hatten den Straßenbelag gesprengt und zeigten den vermeintlichen Herren dieser Welt, was sie von ihren Anstrengungen hielten, und auch aus so mancher leeren Fensterhöhle wucherte frisches Grün. Irgendwo stieg Rauch auf. Eine ganze Anzahl gelber und orangefarbener ameisengroßer Maschinen wuselte emsig umher und blies schwarzen Dieselruß in die Luft.

Dann blickte er nach links und sah das verrostete Riesenrad mit den charakteristischen gelben Gondeln, und aus seinem Unbehagen wurde Gewissheit, und in der nächsten Sekunde nicht nur beinahe, sondern ganz eindeutig Panik.

Er hatte sich geirrt, was diese Stadt anging. Sie standen nicht seit zehn Jahren leer, sondern seit guten vierzig.

Sie waren in Prypjat.

9

Über ihren Köpfen knackte es, und während der Bus weiterruckelte, begann eine Lautsprecherstimme mit einer gelangweilt heruntergeleierten Ansage, erst auf Ukrainisch und Russisch, dann auf Englisch und schließlich in schlechtem Deutsch mit einem Akzent, den Conny nicht zuordnen konnte. »Meine Damen und Herren, wir erreichen in wenigen Minuten den ersten Kontrollpunkt. Bitte halten Sie Ihre Reisepässe und Ihre Tagesvisa bereit. Tschernobyl Historical Tours wünscht Ihnen einen angenehmen Aufenthalt.«

Der Bus fuhr inzwischen so langsam, als wollte er den Passagieren Gelegenheit geben, sich auch jedes noch so kleine Detail einzuprägen; etwas, dessen morbider Faszination sich Conny nicht entziehen konnte. Die Stadt lag in Trümmern, doch das war etwas, das sie aus unzähligen Nachrichtensendungen und Dokumentationen kannte. Es live zu erleben war … anders, auf eine Art, die sie unmöglich in Worte fassen konnte. Prypjat war zerstört, vollkommen und unwiderruflich, aber auf eine sonderbar fremdartige, fast schon unspektakuläre Art, die ihr trotzdem den Atem abschnitt und sich wie ein klebriges Spinnennetz über ihre Gedanken legte.

Je näher sie kamen, desto deutlich wurde es, dass nicht ein einziges Gebäude ohne schlimme Schäden davongekommen war, und sehr viele auch komplett zerstört waren. Das Alien-Raumschiff hatte die Stadt nicht mit einem Todesstrahl sterilisiert oder mit einem Atomschlag eingeebnet, sondern etwas viel Schlimmeres getan. Überall zwischen und in den Ruinen wucherte neues Grün, und trotzdem war diese Stadt … tot. Was wie neues Leben aussah, war keines, vielleicht auch nicht das genaue Gegenteil, aber doch etwas … anderes.

»Wir haben Gesellschaft«, schnitt Lenas Stimme in Connys düstere Gedanken, und als sie sich ihr zuwandte erkannte sie, dass sich die junge Frau fast den Hals verrenkte, um aus dem Fenster nach hinten zu sehen.

Conny folgte ihrem Blick und gewahrte einen offenen Jeep, der mit zwei Soldaten besetzt war und sich ihnen anschloss. Die Straße war breit genug, und der Bus fuhr kaum dreißig, aber er machte trotzdem keine Anstalten zu überholen.

»Was wollen die von uns?«, fragte Lena.

»Nichts«, behauptete Maxim. »Das gehört alles nur zur Tschernobyl Historical Show.«

Wenn es eine Show war, dann eine monströse. Es war nicht nur der Anblick all der Zerstörung und Verlassenheit um Conny herum, sondern ein Blick in eine andere Welt, die sie gleichermaßen erschreckte, wie auf bizarre Weise faszinierte, eine Welt ohne Menschen und all ihre belanglosen Wichtigkeiten, die auf das einzig Wesentliche reduziert war, nämlich einfach nur zu sein. Und vielleicht war es auch ein Blick in eine Welt, an der die

Zukunft und die gesamte Menschheit gerade in letzter Zeit um Haaresbreite vorbeigeschlittert waren. Wie konnte man angesichts dieses Grauens auch nur im Entferntesten daran denken, Atomwaffen einzusetzen?

»Was um Himmels willen tun wir hier?«, flüsterte sie Maxim zu.

Es war keine Frage, auf die sie eine Antwort erwartete. Sie bekam sie trotzdem, indem Maxim nach ihrer Hand griff und mit der anderen aus dem Fenster und auf die tote Stadt hinab deutete.

»Nadeshda«, sagte er. »Sie ist dort unten.«

10

Der Kommandant hatte die Wahrheit gesagt, was seine Arbeit anging: Sie war mindestens so schwer wie die, die er bisher verrichtet hatte, und die angeblichen Aufstiegsmöglichkeiten beschränkten sich möglicherweise darauf, auf die Ladefläche des Lkw zu steigen, der ihn herbrachte.

Der Wagen hatte vor einem gewaltigen Berg aus Bauschutt und Trümmern angehalten, die zu seiner Erleichterung (sie hielt nicht lange vor) zwar von einem geradezu monströs großen Bagger auf bereitstehende Lkw verladen wurde, aber es blieb noch genug kleinteiliger Schutt für Marc und seine neuen Arbeitskollegen, den sie mit Schaufel und Schubkarren zu weiteren Bergen auftürmten, die groß genug für die Baggerschaufeln waren.

Marc hat darauf gewartet, dass Werkzeuge oder Instruktionen ausgegeben wurden, aber die Wachen scheuchten sie einfach von den Wagen, und Marc folgte auch jetzt wieder dem Beispiel der anderen, die sich rasch auf dem Gelände verteilten und den Männern, die dort arbeiteten, die Werkzeuge aus der Hand nahmen und dort weitermachen, wo sie aufgehört hatten. Die Männer schlurften mit hängenden Schultern und sichtlich zu Tode erschöpft von der anstrengenden Nachtschicht, die hinter ihnen lag, zurück zu den Pritschenwagen, die mit laufenden Motoren auf sie warteten, und ihr Blick ließ Marcs Mut noch weiter sinken. Manche von ihnen trugen noch immer die altmodischen Gasmasken, die man ihnen ausgehändigt hatte – darunter auch nur eine Stunde zu arbeiten, geschweige denn eine komplette Schicht, musste die Hölle sein –, andere hatten sie abgenommen und trugen sie in der Hand oder ließen sie vor der Brust baumeln, und wieder andere waren so mit Staub bedeckt, dass der Unterschied zwischen ihren Gesichtern und den grau gewordenen Uniformen nur dann noch zu erkennen war, wenn sie gerade die Masken abgenommen hatten. Marc entging auch keineswegs, dass einige von ihnen kaum noch die Kraft zu haben schienen, sich auf die Pritschen der Lkw hinaufzuziehen.

Und ihm fiel auch noch etwas auf: Viele der zusammen mit ihm eingetroffenen Gefangenen wirkten erschöpft und müde, ihre Bewegungen aber nicht auf die Art kraft- und lustlos, wie man sie von Zwangsarbeitern erwarten sollte, die seit einem Jahrzehnt vergeblich auf den ersten Besuch ihres Gewerkschaftsfunktionärs warteten, sondern die Müdigkeit zu Tode erschöpfter Männer, obwohl ihre Schicht noch nicht einmal wirklich begonnen hatte. Viele von ihnen wirkten … krank, auf eine schwer zu definierende, aber auch unübersehbare Art, und auch das Schweigen, das zwischen ihnen herrschte, war von einer anderen und mutloseren Art.

Zu ihrer Ausrüstung gehörte zwar kein Geigerzähler, aber er meinte dessen immer schneller werdendes Knattern trotzdem aus allen Richtungen zugleich zu hören. Schmeckte der Staub, den er bereits einatmete, nicht irgendwie … falsch, und war da nicht ein ganz schwaches blaues Leuchten in seinen Augenwinkeln, das immer sofort verschwand, wenn er genauer hinzusehen versuchte?

Er versuchte auch diesen Gedanken abzuschütteln, und diesmal gelang es ihm sogar, und sei es nur, weil er einfach zu absurd war.

Jedenfalls redete er sich das ein.

11

Der Bus quälte sich im Schneckentempo durch die Stadt und hielt gefühlt an jedem zweiten Bordstein. Während der ganzen Zeit plärrte und knisterte der Lautsprecher über ihren Köpfen, um die Passagiere auf irgendein besonders dramatisches Detail hinzuweisen. Conny versuchte erst gar nicht, dem wenig interessanten Tonband-Vortrag zu folgen, der sicherlich noch aus der Zeit vor dem Ukraine-Krieg stammte. Das wenige, was sie überhaupt verstand, hatte sie schon hundertmal und besser gehört, und die morbide Faszination dieser apokalyptischen Umgebung verflog fast genauso schnell, wie sie von ihr Besitz ergriffen hatte. Zurück blieb etwas wie ein schlechter Geschmack auf ihrer Seele, der einfach nicht weichen wollte; als hätte sie etwas Verdorbenes gegessen, das nun tief in ihr weitermoderte und sie zu vergiften begann.

Sie war auch nicht die Einzige, die aufatmete, als sie ihr Ziel erreicht hatten und nicht nur der Motor, sondern vor allem der nervige Lautsprecher erstarb.

»Das muss unsere Führerin sein.« Lena deutete aufgeregt auf eine junge Frau in einem streng geschnittenen dunklen Kostüm und mit dazu passender Frisur und Gesichtsausdruck, die ganz offensichtlich auf den Bus gewartet hatte und dann außer Sicht verschwand. »Helga.«

»Helga?«, vergewisserte sich Conny. »Ich finde, sie sieht eher aus wie Olga.«

»Wahrscheinlich heißt sie auch nicht so«, sagte Rainer. »Wir haben die Tour mit deutscher Reiseleitung gebucht, und ein vertraut klingender Name schafft mehr Nähe.«

Doktor Freud war also inkognito auch dabei, dachte Conny spöttisch und war froh über Maxims Antwort, die ihr ein Alibi für das spöttische Lächeln lieferte, das sie nicht mehr ganz unterdrücken konnte.

»Es heißt deutschsprachige Reiseleitung, nicht deutsche«, belehrte er Rainer. »Und sie sprechen es wirklich perfekt und beantworten alle Fragen. Zumindest die, die Sinn machen. Keine Sorge. Die Tour ist großartig. Ich habe sie schon gemacht. Sie wird euch gefallen.«

»Zusammen mit Olga?«, konnte sich Conny nicht verkneifen.

»Es ist schon eine Weile her. Damals ist sie wahrscheinlich noch zur Schule gegangen.« Maxim schmunzelte. »Aber sie hieß auch Helga.«

»Wahrscheinlich heißen sie alle so«, vermutete Rainer. »Und sehen alle gleich aus.«

Maxim nickte übertrieben. »Weil sie sie nämlich in einer geheimen Unterabteilung des Reaktors züchten. Wenn sie aus den Klontanks kommen, haben sie übrigens spitze Ohren, Antennen auf dem Kopf und ein drittes Auge mitten auf der Stirn, aber das wird alles operativ entfernt, ehe sie sie einschalten, um die Gäste nicht zu erschrecken.«

Bevor die Unterhaltung endgültig ins Infantile abgleiten konnte, öffnete sich die Tür mit einem Zischen wie die altmodische Luftdruckbremse eines Lkw, und die ersten Passagiere stiegen aus.

»Was sollte denn das?«, herrschte sie Maxim an, kaum dass sie sich nach dem Verlassen des Busses ein paar Schritte von den anderen entfernt hatten. »Bist du plötzlich scharf darauf, neue Freundschaften zu schließen?«

»Tarnung«, antwortete Maxim leichthin. »Wir wollen doch nicht auffallen, oder?«

»Auffallen? Wem?« Conny musste sich nicht anstrengen, um

ein misstrauisches Gesicht zu machen. »Ich dachte, niemand weiß, dass wir hier sind?«

»Besser zu vorsichtig, als zu leichtsinnig«, gab Maxim zurück, setzte dazu an, noch mehr Plattitüden von sich zu geben und hob dann stattdessen die Hand, um Lena zuzuwinken, die nun ebenfalls den Bus verließ, ihren Hippie-Sugardaddy im Gefolge. Conny war bisher gar nicht aufgefallen, wie groß er war und in welch perfekter Form. Unter den abgetragenen Schlabberlook-Klamotten verbarg sich ein durchtrainierter Körper.

Lena jedenfalls erwiderte sein Winken fröhlich und drängelte sich vehement genug durch die Menge, um sich den einen oder anderen ärgerlichen Blick einzuhandeln; den sie natürlich ignorierte.

»Jetzt hätten wir uns beinahe aus den Augen verloren«, schnatterte sie. »Ist aber ja gerade noch einmal gut gegangen. Ich bin schon so aufgeregt.«

»Völlig zu Recht«, pflichtete ihr Maxim bei. »Es gibt hier wirklich eine Menge interessanter Dinge zu sehen.«

Conny zog die Augenbrauen hoch. Wenn man auf so etwas stand.

»Das da drüben muss Helga sein.« Lena deutete auf eine junge Frau mit Pferdeschwanz und Hornbrille, die vor zehn Jahren das erste Mal aus der Mode gekommen und momentan gerade wieder top angesagt war. Sie trug ein Klemmbrett in der linken Hand, einen grauen Pappkarton unter dem rechten Arm und versuchte, die versammelten Touristen um sich zu scharen, ohne eines von beidem fallen zu lassen.

»Liebe Gäste, wenn ich Sie kurz um Ihre Aufmerksamkeit bitten dürfte«, rief sie mit einer Stimme die jung, zugleich aber überraschend kräftig klang. »Bevor wir mit dem unterhaltsamen Teil beginnen, sind noch einige kleinere organisatorische Punkte zu klären. Aber keine Sorge, es dauert wirklich nur ein paar Minuten.«

Sie sah nicht nur auffordernd von einem zum anderen und

wartete, bis sie mit vereinzeltem gehorsamem Lachen belohnt wurde, sondern auch, bis sich die gesamte Gruppe um sie geschart hatte, gute vierzig oder vielleicht auch fünfzig Personen, von denen die allermeisten unter vierzig waren. »Sie haben ja bereits mit Ihren Reiseunterlagen eine ausführliche schriftliche Belehrung erhalten und sicherlich auch alle aufmerksam gelesen.«

Ein weiterer erwartungsvoller Blick in die Runde, der aber diesmal unbelohnt blieb. »Also, nur um das Wichtigste noch einmal zusammenzufassen: Sie wurden darüber belehrt, sich auf eigenes Risiko hier aufzuhalten. Und selbstverständlich ist es strengstens verboten, irgendetwas von hier mitzunehmen, nicht einmal etwas so Banales wie einen Stein oder einen Glassplitter. Ich muss Sie warnen: Die Behörden sind in diesem Punkt kleinlich und vollkommen humorlos. Wenn wir Prypjat verlassen, wird der Bus gründlich durchsucht, und ein Verstoß gegen diese Anordnung zieht empfindliche Strafen nach sich.«

Sie ließ ihren Blick in die Runde wandern. »Gut. Das war der offizielle Teil, jetzt nur noch eines: Sie werden gleich in Gruppen zu zehn Personen aufgeteilt, denen jeweils ein eigener Führer zur Verfügung steht, der Ihnen die wichtigsten Attraktionen zeigt und alle Fragen beantworten wird. Dazu bekommt jeder von Ihnen ein eigenes Radiometer, das wir am Ende der Tour wieder einsammeln und auswerten.« Sie hob die Hand, wie um einer Frage zuvorzukommen, die zu stellen niemand auch nur Anstalten gemacht hatte. »Ich kann Sie beruhigen. Es handelt sich um eine reine Vorsichtsmaßnahme, die streng genommen überflüssig ist. Die Radioaktivität in diesem Teil der Stadt ist um etliche Größenordnungen geringer als die Strahlenbelastung einer ganz normalen Röntgenuntersuchung beim Zahnarzt. Sie müssten schon eine Woche hierbleiben und sich von Grundwasser und den hier wachsenden Pflanzen ernähren … die übrigens ganz hervorragend gedeihen und weder im Dunkeln leuchten noch nachts aus dem Kühlschrank ausbrechen, um Ihre Katze zu fressen.«

Niemand lachte, und Conny hörte auch gar nicht mehr richtig hin. Es würde Ärger geben, das spürte sie mit jeder Faser ihres Körpers.

12

Vielleicht waren es jetzt zwei Wochen, vielleicht aber auch schon drei oder noch mehr – Zeit spielte hier weder eine Rolle, noch war es möglich, sie korrekt einzuschätzen, denn es gab weder ein Wochenende noch irgendein anderes regelmäßig wiederkehrendes Ereignis wie etwa einen Gottesdienst, einen Kinoabend oder wenigstens regelmäßige Auspeitschungen oder Hinrichtungen. Aber er war nun lange genug hier, um den Teil der Stadt zu kennen, in dem sein neuer Arbeitsbereich lag, und er hatte auch eine ziemlich konkrete Vorstellung davon, was sie hier überhaupt taten.

Prypjat wurde abgerissen. Nicht offiziell und nicht schnell, sondern langsam und Stück für Stück, und zwar irgendwie unter den Augen der Öffentlichkeit, dennoch klammheimlich …

Seit seinem ersten Tag hatten sie die Trümmer eines kompletten Plattenbaus weggeräumt und den Abriss eines weiteren begonnen, aber wenn er das Tempo hochrechnete, in dem sie vorankamen, würden sie ein Jahrzehnt brauchen, um die ganze Stadt abzureißen, selbst wenn sie den Teil ausließen, der aus tausend Dokumentarfilmen bekannt war und von noch sehr viel mehr Katastrophentouristen heimgesucht wurde, um ihre Arbeit möglichst lange geheim zu halten … aber wozu?

Dieser Teil der Welt war und blieb für die nächsten hundert Jahre für Menschen unbewohnbar, ganz egal wie viele Wohnblöcke sie abrissen und wie viele Parks sie anlegten. Für Menschen.

Für die ganze Armee fetter Spinnen und noch sehr viel fetterer Kakerlaken und Schaben offensichtlich nicht, die diese Etage des Plattenbaus bevölkerte. Vor einer Minute war etwas vor ihnen davon und in die Schatten gehuscht, das ihm mindestens so groß wie eine Katze vorgekommen war, aber immerhin nicht mehr als vier Beine gehabt hatte. Wenigstens hoffte er das.

»*Kryssa!*«, sagte Boris hinter ihm und spuckte angewidert aus. Marc hatte keine Ahnung, was das bedeutete, aber der angeekelte Tonfall des Russen machte eine Übersetzung auch überflüssig.

Boris marschierte dicht genug an ihm vorbei, um ihn unsanft mit der Schulter anzustoßen, und trat gezielt gegen irgendetwas, das mit einem Scheppern wie dem einer leeren Konservendose davonflog und in einem löchrigen grauen Bettlaken landete, das aus irgendeinem ominösen Grund zwischen der Decke und einem der glaslosen Fenster gespannt war. Erst als das improvisierte Wurfgeschoss auf halber Höhe kleben blieb und er die zahllosen schwarzen Punkte sah, die erschrocken in alle Richtungen davonwuselten, begriff er, dass es sich in Wahrheit um ein gewaltiges Spinnennetz handelte, und er musste gegen ein kurzes, aber ungemein heftiges Ekelgefühl ankämpfen.

Boris beseitigte das Problem, indem er das Netz mit einer einzigen zornigen Bewegung und einem Geräusch wie ein zerreißendes Betttuch herunterriss. Daumennagelgroße Spinnen regneten wie schwarzes Popcorn auf ihn herab und brachten sich auf wirbelnden Beinchen in Sicherheit, was ein beinahe noch widerwärtiger Anblick war.

»Danke«, murmelte er trotzdem, fast gegen seinen Willen und nicht besonders laut. Boris reagierte nicht darauf, sondern fetzte den Rest des Netzes herunter und amüsierte sich einige Augenblicke lang damit, Jagd auf die flüchtenden Spinnen zu machen und sie mit hoffnungslos übertriebener Kraft zu zerstampfen.

Der Anblick war kaum weniger befremdlich als der davor, aber Marc zwang trotzdem die Andeutung eines verächtlichen Lächelns auf seine Lippen und sich selbst dazu, betont gemächlich zu ihm zu schlendern. Eine fette Spinne machte sich daran, sein Hosenbein zu erklimmen, aber Marc verbot es sich, sie wegzuschnippen.

Der Russe stellte seine Spinnenjagd endlich ein und schwang sich den langstieligen Vorschlaghammer über die Schulter, mit dem er ebenso wie Marc ausgerüstet war. Ihre Aufgabe für heute bestand darin, den leer stehenden Wohnblock Stockwerk für Stockwerk zu inspizieren und nach Dingen zu suchen, die der morgen anrückenden Abrissmannschaft gefährlich werden konnten.

Für Boris schienen das hauptsächlich Spinnen zu sein, denn er hatte den Hammer wieder von der Schulter genommen und zermantschte damit jeden Arachniden, der nicht schnell genug davonhuschte. Marc sah ihm eine Weile lang kopfschüttelnd zu und ging dann – in respektvollem Abstand – an ihm vorbei, um sich das nächste Zimmer vorzunehmen; auf der Suche nach was auch immer.

Er wurde schon hinter der nächsten Tür fündig, die so schief in ihren vermoderten Angeln hing, dass er sie vorsichtshalber gleich eintrat, bevor sie ihm wortwörtlich unter den Händen auseinanderfiel und er sich womöglich verletzte.

Der Raum dahinter musste einmal ein Kinderzimmer gewesen sein. Unter dem Fenster auf der gegenüberliegenden Seite hatten Rost und Schimmel eine bizarre avantgardistische Skulptur aus einem Kinderbettchen aus Metall gemacht, und die Stelle seines ehemaligen Bewohners nahm ein vermoderter Teddybär ein, dessen Kopf von irgendetwas Grünem und Schleimigem von innen auseinandergesprengt worden war wie von einem wuchernden Alien-Parasiten.

Der Anblick war grotesk und beunruhigend zugleich, aber die Wirkung verblasste schon nach einem halben Atemzug vor dem Anblick des restlichen Zimmers, das angefüllt war mit rostigen Eisenstangen und -spießen, die aus allen Richtungen zugleich und ausnahmslos auf seine Augen zu zielen schienen. Wer auf die Idee kam, eine Tonne rostiges Moniereisen in einem Kinderzimmer im dritten Stock zu lagern, und warum, war ihm schleierhaft, aber hätte er die Tür aufgemacht und wäre schwungvoll hindurchgegangen, wäre sein Martyrium möglicherweise zu Ende gewesen, denn seine Chancen hätten nicht schlecht gestanden, sich selbst aufzuspießen.

Hinter ihm rief Boris etwas und stampfte weiter fröhlich herum, als hätte er sich vorgenommen, jedes Lebewesen mit mehr als vier Beinen in dieser Hemisphäre auszulöschen.

Marc verwandte noch eine gute Minute darauf, den rostigen Stahligel anzustarren, der enttäuscht zu sein schien, um seine Beute betrogen zu werden, machte dann einen großen Schritt zurück und kramte zugleich in seiner Jackentasche nach dem Notizblock und dem Bleistiftstummel, die sie ihnen gegeben hatten, um genau solche Gefahrenstellen aufzuschreiben. Er freute sich schon darauf, Notizen auf Deutsch und in seiner krakeligen Handschrift abzugeben und in ein paar dumme Gesichter zu sehen.

Er wollte sich vom Fenster wegdrehen, als er draußen etwas Ungewöhnliches sah: Sie befanden sich am Rand ihres Einsatzgebiets, das sich ebenso langsam wie unaufhaltsam in die verlassene Stadt fraß und noch gute zwei oder drei Kilometer vom ehemaligen Zentrum Prypjats entfernt war und damit von dem Bereich, der regelmäßig von ganzen Heerscharen durchgeknallter Katastrophentouristen heimgesucht wurde, und die Straße unter ihnen sollte leer sein. Aber das war sie nicht.

Angeführt von einem schwarzen Citroen älterer Bauart, der noch die typische Haifischkarosse hatte, bewegte sich eine ganze Wagenkolonne im langsamen Slalom über die mit Schutt und Trümmern übersäte Straße. Abgesehen von dem Oldtimer, der sie anführte, handelte es sich ausnahmslos um teure Modelle der gehobenen Mittelklasse. Wenn er ihre Nummernschilder richtig deutete, stammten sie nicht von hier.

Das war sonderbar. Aber in dieser Stadt war ohnehin vieles sonderbar.

Und trotzdem … an dieser ohnehin sonderbaren Wagenkolonne war etwas noch viel Sonderbareres, das er zwar nicht in Worte fassen konnte, das aber trotzdem regelrecht nach seiner Aufmerksamkeit schrie.

Ebenso neugierig wie in immer stärkerem Maße alarmiert – und den rostigen Igelstacheln sorgsam ausweichend – trat er an das Fenster heran. Die Wagenkolonne kam in gemäßigtem Tempo näher und bog schließlich ab, wobei der Fahrer des anführenden Citroen den Blinker setzte, was Marc angesichts ihrer Umgebung einigermaßen absurd vorkam. Dann schwenkte der Wagen herum, sodass er zwei Gestalten auf dem Rücksitz ausmachen konnte, und für eine einzelne, aber endlose Sekunde, die sein Leben zum zweiten Mal und noch gründlicher verändern sollte, als er sich bis dahin auch nur hätte vorstellen können, erkannte er das Gesicht des Mannes, der hinter dem Fahrer saß und heftig mit der freien Hand gestikulierend in ein Handy sprach.

Und die Zeit, sein Herzschlag, seine Gedanken und überhaupt die ganze Welt blieben stehen.

13

Prypjat war vollkommen anders, als Conny erwartet hatte: Als Erstes fiel ihr auf, wie sauber der große, halbrunde Platz war, auf dem ihr Bus zusammen mit drei anderen gleichartigen Gefährten angehalten hatte. Wie vermutlich die meisten assoziierte sie mit der Vorstellung einer verlassenen Stadt vor allem Schmutz und Verfall, wild wuchernde Vegetation und Schimmel und Moder und vielleicht etwas wie einen vagen Fäulnisgeruch, der über allem hing.

Die außer Rand und Band geratene Vegetation gab es – zumindest ab einer gewissen Entfernung –, alles andere nicht.

Die Luft roch unerwartet frisch und allenfalls ein bisschen nach Staub und ganz schwach nach Diesel, und nirgendwo lag auch nur ein Fetzchen Papier, Abfall oder totes Laub. Selbst die Büsche, die den Parkplatz säumten, sahen aus, als hätte man sie nach den Vorbildern wild wuchernder Vegetation gestaltet, nicht einfach nur wachsen lassen. Und sie sah im Grunde auch keine Ruinen; jedenfalls nicht von der Art, die sie erwartet hatte. Die Gebäude – triste Plattenbauten, die schon abschreckend gewirkt haben mussten, als sie noch intakt gewesen waren – waren alt und verlassen und zeigten sowohl Spuren jahrzehntelanger Verwahrlosung als auch nicht ganz so lange zurückliegender Brände, aber auch sie wirkten sonderbar … falsch. Als wäre das alles hier gar nicht echt, sondern die ukrainische Version eines postapokalyptischen Disneylands.

Ob sie es nun geschmacklos fand oder nicht, Prypjat war wohl längst zu einem Wirtschaftszweig geworden, auf den man hier auch jetzt nicht verzichten wollte. Aber das alles änderte sich, nachdem sie mit ihrer Gruppe unter der persönlichen Führung Helgas in die verstrahlte Stadt eingedrungen war, um den wohligen Schauer einer Apokalypse zu genießen, die andere getroffen hatte. Alles hier mochte falsch und kaum mehr als eine mühsam aufrechterhaltene Fassade sein, aber der Schrecken dahinter nicht. Da war etwas Lauerndes, das unsichtbar und lautlos hinter den Dingen entlangschlich und nur auf einen Moment der Schwäche oder Unaufmerksamkeit wartete, um ihnen Unaussprechliches anzutun.

Beinahe nur, um sich abzulenken, sah sie sich nach Maxim um, der sich wie zufällig gerade weit genug von ihrer Zehnergruppe entfernt hatte, um ihr keine Gelegenheit zu geben, allein mit ihm zu sprechen. Und natürlich, um mit Lena und ihrem Hippie-Begleiter zu schwatzen. Sie fragte sich, ob er das eigentlich nur tat, um sie zu ärgern.

Wenn ja, dann hatte er Erfolg.

Lena hing wie gebannt an Maxims Lippen und schien jedes

Wort geradezu aufzusaugen, und in Conny regte sich kindische Eifersucht.

»Wenn ich Sie dann einmal alle zu mir bitten dürfte«, drang Helgas Stimme in ihre Gedanken.

Maxim wirkte irritiert, steuerte dann aber mit seinen Groupies gehorsam auf Helga zu, und Conny ließ ihren Blick in die Runde schweifen. Halb im Schatten eines heruntergekommenen Wohnblocks verborgen entdeckte sie zwei Gestalten, schlank, halbwüchsig und in zerschlissenes Camouflage gehüllt, und beide sahen ganz eindeutig in ihre Richtung.

Nein, verbesserte sie sich in Gedanken. Nicht in ihre Richtung. Sie sahen ganz eindeutig sie an.

Conny blinzelte, und als hätten sie gespürt, dass sie ihrerseits beobachtet wurden, waren die beiden Gestalten danach verschwunden.

Conny verbesserte sich abermals selbst. Nicht Gestalten. Jungen.

Ohne viel Hoffnung suchte sie die Fassade und die Schatten beiderseits der Stelle ab, an der die beiden Schemen gestanden hatten, dann drehte sie sich mit einem Ruck zu Maxim um, der inzwischen herangekommen war.

Was?, fragten seine Augen.

»Sie sind zu zweit«, antwortete Conny. »Mindestens.«

»Gibt es hier ein Problem?« In Helgas Blick lag unübersehbare Missbilligung.

»Nein«, antwortete Maxim, und Conny ergänzte: »Ich dachte, ich hätte jemanden gesehen. Zwei … junge Burschen.«

Maxims Blick nach zu urteilen zweifelte er ein bisschen an ihrem Verstand, und aus dem Augenwinkel heraus sah sie, dass Lena erstaunt die Augen aufriss, und Helga wirkte mit einem Mal zornig.

»*Tschjort!*«, fauchte sie, während sie den Bereich vor dem Plattenbau in Augenschein nahm, auf den Conny gerade gedeutet hatte.

»Autsch!«, witzelte Maxim. »Und ich dachte, wir wären nur ganz harmlose deutsche Touristen.«

Helga ignorierte ihn. »Kein Grund zur Sorge «, sagte sie in einem Ton, der das genaue Gegenteil zu behaupten schien, und griff unter ihre Jacke, um ein altmodisches Funkgerät von der Größe eines Briketts zutage zu fördern. Nach einem knappen Dialog in Landessprache steckte sie das Gerät wieder ein und wandte sich mit einem gezwungen wirkenden Lächeln an Conny.

»Jemand kommt her und kümmert sich darum. Danke, dass Sie mich darauf aufmerksam gemacht haben.«

»Weil es ja so gar keinen Grund zur Sorge gibt?«, stichelte Lena.

Helga strengte sich nach Kräften an, sie mit Blicken aufzuspießen, lächelte zugleich aber auch professionell weiter. »Sie sind vollkommen harmlos. Nur ein paar übermütige Jugendliche, die sich immer wieder in die Stadt schleichen, um ein Abenteuer zu erleben.«

»Und ich dachte, das alles hier sei Sperrgebiet«, beharrte Lena.

Helga lachte. »Zeigen Sie mir bei sich zu Hause den Jugendlichen, der sich von Verboten aufhalten lässt.«

Ich könnte dir Jugendliche zeigen, die du ganz bestimmt nicht kennenlernen willst, dachte Conny. Aber das sprach sie natürlich nicht laut aus, und Helga hätte es auch gar nicht mehr gehört, denn sie wandte sich demonstrativ ab, hob den Arm und fuhr mit lauter Stimme an die ganze Gruppe gewandt fort: »Sie haben jetzt die Gelegenheit, sich eines der ehemaligen Wohnhäuser genauer anzusehen.« Sie senkte den Arm ein wenig, um auf das Haus zur Rechten zu deuten, einen dreistöckigen Plattenbau, in dessen oberem Geschoss es gebrannt haben musste. Die Fenster waren zu rechteckigen schwarzen Schlünden geworden, hinter denen nichts als dräuende Dunkelheit lauerte.

»Ich muss Sie dringend bitten, immer bei der Gruppe zu bleiben und keinen Raum zu betreten, ohne es vorher mit mir abgesprochen zu haben. Und selbstverständlich dürfen Sie nichts anfassen oder gar mitnehmen. Aber Sie können nach Herzenslust fotografieren und Videos machen … und erschrecken Sie nicht, wenn hier gleich ein Wagen auftaucht und Männer in Uniformen aussteigen. Sie wollen nur diese beiden leichtsinnigen Kinder finden und in Sicherheit bringen, bevor ihnen am Ende noch etwas zustößt.« Sie lachte, und diesmal klang es echt. »Dass es hier keine verstrahlten Mutanten oder menschenfressende Tomatenbüsche gibt, bedeutet nicht, dass es vollkommen ungefährlich wäre.«

Wenn du wüsstest, schien Maxims Blick zu sagen, und Conny dachte dasselbe.

14

Vielleicht waren jetzt fünf Wochen vergangen, vielleicht auch schon sechs oder sieben, denn Zeit wurde in diesem vom Rest der Realität scheinbar losgelösten Winkel der Welt immer bedeutungsloser. Doch es war eindeutig derselbe Wagen. Möglicherweise hatte sich die Zusammenstellung der Wagenkolonne geändert, vielleicht auch nur die Reihenfolge der Wagen, das konnte er nicht mit Bestimmtheit sagen, und auch die Straße war eine andere, denn sie hatten in den zurückliegenden anderthalb Monaten ebenso viele Häuserblocke inspiziert und entkernt, um das Risiko für die nachfolgende Abrissmannschaft zu minimieren. Aber die Spitze bildete noch immer der schwarze Citroen-Oldtimer.

Außerdem hätte er Berkowitsch auch in jedem anderen Wagen und mit verbundenen Augen erkannt, denn er würde das Gesicht des Mannes nie vergessen, der Alex erschossen und Jelenas Ermordung angeordnet hatte.

Marcs Hand schloss sich so fest um den Stein, dass es wehtat und er sich die Haut an den Fingerkuppen aufriss, ohne dass er es selbst spürte. Die Kolonne näherte sich nur langsam, schon weil die mit Trümmern übersäte und an zahllosen Stellen aufgebrochene Straße gar kein höheres Tempo zuließ, und er hatte seinen Standort so gewählt, dass die Fahrer direkt in die tief stehende Sonne sehen mussten und ihn kaum erkennen konnten. Noch dreißig Sekunden, schätzte er. Vielleicht weniger.

Dann würde er sterben, fügte eine Stimme irgendwo hinter seinen Gedanken hinzu. Sie war lauter geworden und wurde es mit jedem Tag ein bisschen mehr. Aus dem Flüstern war ein Drängen geworden, aus dem Drängen ein Beharren, und jetzt war es beinahe ein Schreien. Und warum auch nicht? Schließlich hatte sie recht. Er würde sterben, hier und vermutlich in einer Minute. Und?

Vorher würde er Berkowitsch töten, und das war alles, was zählte.

Vielleicht auch erst in zwei oder drei Minuten, denn die Kolonne wurde langsamer und hielt vielleicht noch fünfzig oder sechzig Meter von seinem Versteck entfernt schließlich ganz an. Sein Herz klopfte schneller. Hatten sie ihn entdeckt?

Das ist jetzt deine allerletzte Chance, meldete sich die Stimme wieder. Noch kannst du zurück.

Und wohin? Zurück in seine Baracke mit den wechselnden Schlafplätzen und den Sieben-Tage-Schichten für die nächsten zehn oder auch zwanzig Jahre? Was ihn erwartete war ein Tod in dem sicheren Wissen, alles verloren zu haben, was er jemals besessen hatte, und jedem Unglück oder den Tod gebracht zu haben, der jemals seinen Weg gekreuzt hatte.

Wenn er die Wahl hatte, diese Jahre und möglicherweise Jahrzehnte dagegen einzutauschen, Rache an dem Mann zu üben, der ihm all das angetan hatte, dann fiel sie ihm leicht.

Seine freie Hand strich über die Eisenstange, die er so unter den Gürtel und in sein linkes Hosenbein geschoben hatte, dass sie auf den ersten Blick nicht auffiel, er sie aber so schnell ziehen konnte wie ein Ninja-Attentäter sein Katana.

Das war das Einzige, was er ein bisschen bedauerte: Er würde nicht viel Zeit haben, seine Rache zu genießen, vielleicht eine Sekunde oder zwei, bevor einer von Berkowitschs Begleitern eine Waffe zog und ihm eine Kugel zwischen die Augen jagte. Aber die Zeit würde reichen, denn er hatte die Situation in den zurückliegenden fünf oder sechs Wochen immer und immer wieder in Gedanken durchgespielt:

Die Straße vor ihm beschrieb nicht nur eine enge Biegung, sondern war besonders schlimm zerstört. Manche Schlaglöcher erschienen ihm tief genug, um einen Kleinwagen zu verschlucken, und nur ein kleines Stück entfernt wuchs ein Baum aus dem geborstenen Asphalt, den nicht einmal ein Schützenwagen umfahren konnte. Der einzige Weg führte unmittelbar an seinem Hinterhalt vorbei, und der Citroen konnte allerhöchstens Schritttempo fahren, und das direkt an seinem Versteck vorbei. Ein einzelner schneller Schritt, mit dem Stein die Scheibe einschlagen, ohne Zeit damit zu verschwenden, die Tür aufreißen zu wollen, die möglicherweise abgeschlossen war, und ihm dann die Eisenstange ins Auge rammen oder ihm damit den Schädel einschlagen; je nachdem, was praktikabler war. Der Russe würde nicht einmal wirklich mitbekommen, wie ihm geschah, was Marc wirklich bedauerte.

Aber lieber eine schnelle Rache als gar keine. Marc richtete sich vorsichtig etwas weiter hinter seiner lebenden Deckung auf und strengte die Augen an, um zu der Wagenkolonne hinzusehen. Alle Wagen hatten angehalten, und die Türen der beiden hinteren standen offen. Vier oder fünf Männer waren ausgestiegen und standen heftig debattierend um den letzten Wagen herum, einen viereckigen, schweren SUV japanischer Bauart mit überbreiten Reifen und getönten Scheiben. Bei genauerem Hinsehen schien er ein wenig schräg zu stehen. Wahrscheinlich hatten sie einen Platten, was angesichts des katastrophalen Zustands der Straßen auch kein Wunder wäre.

Die Pause dauerte nur wenige Augenblicke, dann stiegen alle

bis auf die beiden Männer aus dem letzten Wagen wieder ein, und die Kolonne fuhr weiter. Marc ließ sich behutsam in die Hocke sinken und versuchte den Citroen mit purer Willenskraft schneller herbeizuzwingen, was aber nicht gelang. Immerhin konnte er jetzt erkennen, dass Berkowitsch nicht nur auf seinem gewohnten Platz hinter dem Fahrer saß, sondern auch in die andere Richtung blickte. Ihm würde nicht einmal die berühmte Schrecksekunde bleiben, bevor er den Wagen erreichte und erst die Scheibe und dann seinen Schädel einschlug.

Eine Sekunde verging, dann eine zweite und dritte – drei aufeinanderfolgende Ewigkeiten, in denen ihm tausend Gedanken durch den Kopf schossen, ohne dass er auch nur einen einzigen davon wirklich ergreifen konnte, und aus dem Flüstern ein gellendes Crescendo wurde, auf das er lediglich mit der Erkenntnis reagierte, wie leicht es doch war, sehenden Auges in den Tod zu gehen. Dann war der Wagen heran, und Marc sprang auf und war mit einem einzigen Schritt um den Busch herum. Oder wollte es.

Sein Fuß verfing sich irgendwo, und sein eigener Schwung riss ihn noch weiter nach vorne und aus dem Gleichgewicht. Er wäre der Länge nach hingefallen und vielleicht gegen den Citroen gestürzt, hätte der Busch seinen Sturz nicht wie eine federnde Hand aufgefangen und ihn wieder nach hinten geworfen. Statt gegen und vielleicht sogar unter den Wagen fiel er so schwer auf den Rücken, dass ein grelles Schmerzgewitter durch seinen ganzen Körper raste und ihm die Sicht nahm, aber er hatte trotzdem noch die Geistesgegenwart, sich herumzurollen und wieder in den Schutz des Busches zu gelangen, wo er mit angehaltenem Atem und hämmerndem Puls liegen blieb und auf das Geräusch blockierender Räder und aufgerissener Türen wartete; vielleicht auch gleich auf einen Schuss. Hörte man das Abfeuern der Kugel eigentlich noch, die einen tötete?

Nichts von alledem geschah. Sowohl der Citroen als auch die nachfolgenden Wagen fuhren an ihm vorbei und beschleunigten, soweit es die miserable Straße zuließ, und als Marc endlich wieder zu atmen wagte und die Augen aufschlug, sah er gerade noch die Bremslichter des letzten SUV hinter einer Biegung verschwinden. Das Crescendo in seinem Kopf hatte seinen Platz für einen dumpfen Schmerz geräumt, der sich nicht so anfühlte, als würde er in absehbarer Zeit wieder verschwinden.

Marc blieb noch eine Weile reglos auf dem Rücken liegen und starrte den Himmel an, dann wälzte er sich vorsichtig auf die Seite, stand noch vorsichtiger auf und bog die Zweige auseinander, um zu dem havarierten SUV hinüberzusehen. Sein Kopf fühlte sich an, als würde er gleich explodieren, und der Schmerz trieb ihm die Tränen in die Augen. Er sah trotzdem, dass sich die beiden Männer an der geöffneten Hecktür des Mitsubishi Pajero zu schaffen machten, um wohl das Reserverad und den Wagenheber herauszuholen. Soweit er es erkennen konnte, waren es nur diese beiden. Aber ihm blieb nicht viel Zeit.

Auch nicht, um vorsichtig zu sein.

Er ging los und wäre gleich mit dem ersten Schritt fast schon wieder gestürzt, weil sich die Eisenstange an seiner Hose verfangen hatte und ihn aus dem Gleichgewicht brachte. Ein hastiger Stolperschritt führte ihn wieder in die Spur zurück, aber hätte einer der Männer auch nur zufällig in seine Richtung geblickt, hätte er ihn einfach sehen müssen. Aber die beiden waren viel zu sehr damit beschäftigt, das schwere Ersatzrad von der Hecktür zu lösen und zu Boden zu wuchten, und als sie es geschafft hatten und hochsahen, war es zu spät. Marc war heran, schlug die Hecktür mit der rechten Hand mit solcher Wucht zu, dass sie einen der beiden Kerle am Kopf traf und er halb benommen auf den Hintern fiel, und schwang die Eisenstange mit der anderen Hand, um sie dem zweiten Burschen gegen den Schädel zu schmettern.

Wenn es sich um Berkowitschs Leibwächter handelte, wie Marc annahm, dann war er sein Geld nicht wert. So hastig und ungeschickt, wie Marc über ihn herfiel, hätte es ihm eigentlich ein Leichtes sein müssen, dem Schlag auszuweichen und ihn zugleich seinerseits zu attackieren, aber er stand einfach nur da, glotzte und fiel dann wie ein gefällter Baum nach hinten, als ihn das abgebrochene Moniereisen schräg an Kinn, Jochbein und Braue traf. Alle drei platzten auf und verwandelten sein Gesicht in eine rote Clownsmaske, noch bevor er ganz auf dem Boden aufgeschlagen war, und Marc fuhr noch aus derselben Bewegung herum und wandte sich dem zweiten Mann zu. Diesmal traf er sofort.

Marc hatte nicht vor, die beiden umzubringen, aber er konnte sich auch keine Rücksicht leisten, sodass er alle Kraft in den Schlag legte, der das Schlüsselbein des Russen und vielleicht auch sein Schulterblatt zerschmetterte. Aus seinem benommenen Stöhnen wurde ein so gellender Schrei, dass Marc seine Eisenstange um ein Haar fallen gelassen hätte.

Stattdessen holte er aus und schlug sie dem Burschen gegen die Schläfe, wenn auch nur mit einem Bruchteil der Kraft, die seinen ersten beiden Schlägen innegewohnt hatte. Es reichte trotzdem, um dem Schreien des Mannes ein abruptes Ende zu bereiten und ihn bewusstlos nach hinten kippen zu lassen. Marc stand eine weitere volle Sekunde lang einfach nur da, starrte auf die beiden blutenden Männer hinab und fragte sich, ob es wirklich so leicht gewesen sein konnte. Die beiden Männer waren Profis, die Gewalt und Kämpfen gewohnt waren, und jeder einzelne größer und vermutlich doppelt so stark wie er, und in ungleich besserer Verfassung – und er hatte sie einfach so überrumpelt?

War es wirklich so leicht, ein Leben auszulöschen?

Der Gedanke versetzte ihm einen so tiefen Stich, dass er seine improvisierte Waffe nun wirklich fallen ließ und hastig neben dem Ukrainer auf die Knie sank, um zuerst ihn und dann seinen Kameraden zu untersuchen. Beide waren am Leben, aber das war auch schon alles, was er sagen konnte.

Und auch alles, was er für sie tun konnte.

Marc durchsuchte den Laderaum des Pajero. In einer Werkzeugtasche fand er ein ganzes Bündel Kabelbinder, die die eigentlichen Besitzer dieses Wagens vermutlich nicht benutzten, um tatsächlich Kabel damit zusammenzubinden, ihm aber sehr gelegen kamen. Er benutzte jeweils zwei davon, um Hand- und Fußgelenke der beiden Bewusstlosen zu fesseln, und schleifte die beiden Männer dann von der Straße und in den Schutz eines verwilderten Vorgartens, der mittlerweile zu einem veritablen Dschungel gewuchert war, damit sie nicht auf Anhieb gesehen wurden, sollte jemand nach ihnen suchen.

Er machte sich nichts vor. Sollte einer der beiden wieder zu sich kommen und in der Lage sein, sich zu bewegen, würden die Kabelbinder ihn nicht besonders lange aufhalten, und da war schon wieder die Stimme in seinen Gedanken, die ihm diesmal zuflüsterte, dass er die beiden töten sollte. Musste. Wenn sie zu sich kamen, bevor er Berkowitsch gefunden und seine Rache vollendet hatte, war er so gut wie tot, und alles wäre umsonst. Außerdem waren sie Verbrecher, die vermutlich mehr Menschen auf dem Gewissen hatten, als er in seiner gesamten Zeit im Gulag hatte sterben sehen.

Sie hatten den Tod mehr verdient als die allermeisten anderen, denen er je begegnet war.

Abgesehen von Berkowitsch vielleicht.

Marc schob den Gedanken empört von sich, zertrümmerte stattdessen ihre Handys mit einem Stein und nahm ihre Pistolen an sich, bevor er sich in den Wagen setzte. Der Motor sprang sofort an, als er den Zündschlüssel drehte, und auf dem Armaturenbrett machte ein nervöses Flackerlicht darauf aufmerksam, dass der Wagen einen Reifenschaden hatte, aber auch darauf achtete er kaum. Er kannte das Modell aus einem anderen Leben und wusste, dass es über die seinerzeit modernsten Reifen verfügte, mit denen man angeblich auch dann noch fahren konnte, wenn sie keinen Druck mehr hatten.

Marc hatte insgeheim immer bezweifelt, dass das mehr war als ein PR-Trick, um überteuerte Reifen zu verkaufen.

Zeit, es herauszufinden.

15

Einen Euro für jedes Klicken, Quietschen, Blubbern oder jedes andere ach so komische Geräusch, das eines der Smartphones von sich gab, dachte Conny, und sie wäre eine reiche Frau. Sie war die Einzige, die kein Smartphone oder Tablet in der Hand hatte, um ein Foto nach dem anderen zu schießen. Schon vorher war sie der Meinung gewesen, dass jeder, der Geld dafür ausgab, durch die Ruinen einer radioaktiv verstrahlten Geisterstadt zu laufen und sich an den zerstörten Existenzen aufzugeilen, deren verrottete Überreste sich rings um sie herum ausbreiteten, einen gehörigen Sprung in der Schüssel haben musste.

»Was ist denn hier so interessant?«

Conny fuhr ein bisschen heftiger zusammen, als ihr lieb war, und drehte sich dann umso langsamer zu Maxim um. Sie hatte sich fest vorgenommen, ihn keine Sekunde aus den Augen zu lassen, und jetzt hatte sie nicht einmal gemerkt, dass er hinter sie getreten war. Dieser Ort übte keine gute Wirkung auf sie aus. »Das hier.« Sie deutete mit einer Kopfbewegung auf den gerahmten Schimmel an der Wand. »Es erinnert mich an den Tag, an dem wir uns kennengelernt haben. Nur dass es mir irgendwie besser gefällt.«

Maxim tat so, als musterte er den schwarzen Bilderrahmen einige Sekunden lang mit Kennerblick. Dann deutete er ein Schulterzucken an. »Das würde Boris Wischelski aber bestimmt nicht gerne hören. Immerhin ist er der neue aufgehende Stern am russischen Kunsthimmel.«

»Zumindest was die Preise für seine Kunstwerke angeht,

nehme ich an.« Conny legte den Kopf schräg. »Lass mich raten: Boris Wischelski ist eines deiner zahlreichen Pseudonyme?«

Maxim bedachte sie mit einem treuherzigen Augenaufschlag. »Jetzt tun Sie mir aber unrecht, Frau Kommissarin. Das wäre unredlich.«

»Aber nicht strafbar«, erwiderte Conny. »Allerhöchstens ein bisschen unmoralisch.«

»Und so etwas traust du mir zu?«

»Auf jeden Fall.«

Maxim machte zwar ein betrübtes Gesicht, grinste aber dann plötzlich. »Gestern Abend hat dir einiges von dem Unmoralischen, was ich getan habe, ganz gut gefallen. Glaube ich.«

»Möglicherweise«, erwiderte Conny, aber dann senkte sie die Stimme fast zu einem Flüstern und fuhr in zugleich verändertem, scharfem Ton fort: »Was zum Teufel tun wir hier?«

»Warten«, antwortete er ebenso leise, und in ganz ähnlichem Ton, wenn auch unerschütterlich weiter grienend. »Nicht mehr sehr lange, hoffe ich – wenn sie den Ablauf nicht geändert haben. Dann müssten wir allerdings improvisieren.«

Er legte die Arme um ihre Schultern und zog sie an sich, und Conny empfand einen absurden Anflug von Schuldgefühl, als ihr Körper prompt und unerwartet heftig auf die Berührung reagierte. Statt sich aus seiner Umarmung zu lösen, wie sie es ganz instinktiv gewollt hatte, griff sie nach seinen Handgelenken und hielt sie fest, als seine Finger dazu ansetzten, weiter nach unten zu wandern. Nicht, dass sie wirklich etwas dagegen gehabt hätte. Aber nicht hier und nicht jetzt. Selbst wenn sie allein gewesen wären, wäre es ihr in einer Umgebung wie dieser und mit der Geschichte dieser Stadt vor Augen wie ein Frevel vorgekommen.

»Ich störe euch zwei Turteltäubchen ja wirklich nur ungern«, sagte eine Stimme hinter ihnen, »aber Helga sucht euch.«

Conny löste sich ein bisschen widerwillig aus Maxims Umarmung und drehte sich zusammen mit ihm um. Lena war hinter ihnen erschienen und versuchte mit wenig Erfolg, ein anzügliches Grinsen von ihrem Gesicht zu verbannen. Ihr schweigsamer Hippie-Freund stand zwei Schritte hinter ihr und sah schon wieder genervt aus.

»Nach uns?«

»Eigentlich nach uns allen«, sagte Rainer. »Wir sind die letzte Gruppe. Es geht weiter.«

Tatsächlich waren sie die Letzten, wie Conny erst jetzt wirklich auffiel. Das Klicken und Wassertropfen-Geräusch des Fotografierens hatte aufgehört, und wie um Lenas Aufforderung noch den nötigen Nachdruck zu verleihen, tauchte ihr gestrenger Guide da bereits unter der Tür am anderen Ende des Raums auf und winkte ihnen zwar lächelnd zu, aber auch unübersehbar ungeduldig und mit dem nachsichtig-strengen Blick einer Lehrerin, die wieder einmal hinter den Klassentrödlern herlaufen musste.

»Wir wären dann so weit.«

Conny tauschte einen fragenden Blick mit Maxim und bekam ein lediglich mit den Augen angedeutetes Nicken zur Antwort. Absurderweise hatte sie das Gefühl, dass Lena ebenfalls darauf reagierte und empfand schon wieder etwas, für das sie sich selbst in Gedanken einen Rüffel verpasste. Jetzt war wirklich nicht der richtige Zeitpunkt für Eifersucht.

Schon gar nicht auf dieses … Kind.

Sie setzen sich zwar gehorsam in Bewegung, damit die gestrenge Lehrerin ihnen nicht am Ende noch einen Eintrag ins Klassenbuch verpasste, aber Maxim machte auf dem Weg zur Tür trotzdem noch einen kleinen Schlenker, um ans Fenster zu treten und hinauszusehen, und Conny folgte ihm. Das Zimmer lag im zweiten Stock, sodass sie einen Gutteil der Straße und auch noch des gegenüberliegenden Gebäudes überblicken konnten. Sie bemühte sich, nur unauffällig zur Seite zu sehen, erkannte aber trotzdem, wie konzentriert Maxim den Platz unter ihnen absuchte. Offensichtlich wartete er auf etwas.

Oder befürchtete etwas.

Unten im Eingangsbereich erwartete Helga sie bereits. »Schön, dass Sie alle wieder hier sind«, fügte sie hinzu, mit wenig Erfolg darum bemüht, ihren Worten mit einem erbärmlich schlecht geschauspielerten Lächeln in Connys Richtung etwas von ihrer Schärfe zu nehmen, und fuhr mit einer wedelnden Geste zum Ausgang hin fort: »Wir werden als Nächstes eine ehemalige Schule besichtigen, in der Sie die dramatischen Folgen der Katastrophe ganz besonders deutlich erkennen können. Heute ist nicht mehr viel davon da – immerhin ist es fast ein halbes Menschenalter her –, aber auf den Pulten liegen noch immer die aufgeschlagenen Schulbücher und Hefte der Kinder, denen nicht einmal Zeit geblieben ist, ihre Schulsachen und Tornister zu packen, so schnell hat die Regierung damals reagiert und damit begonnen, die Bevölkerung zu evakuieren.«

»Seltsam«, sagte Lena gerade laut genug, dass Helga die Worte noch verstehen konnte. »Und ich habe gedacht, sie hätten die Bevölkerung überhaupt erst nach zwei Tagen informiert.«

Helga verzichtete auf eine Antwort und setzte sich an die Spitze der Gruppe. Maxim und Conny bildeten erneut den Abschluss, und diesmal machte sie sich erst gar nicht die Mühe, ihn möglichst unauffällig zu beobachten, sondern sah ihm ganz im Gegenteil mit fragend gerunzelter Stirn ins Gesicht. Natürlich ignorierte er es, aber auf dem allerletzten Stück stockte er fast unmerklich im Schritt, und als sie das Gebäude verließen, irrte sein Blick ebenso aufmerksam wie schnell über den Platz und schien jeden Schatten, jeden Hauseingang und jedes Fenster und jedes mögliche Versteck misstrauisch abzutasten.

16

Anscheinend hatte er den japanischen PR-Spezialisten unrecht getan. Der Pajero schlingerte und bockte, und das Warnlicht am Armaturenbrett flackerte immer heftiger einem digitalen Schlaganfall entgegen, aber der Reifen hielt, und er musste nicht einmal übermäßig viel Kraft aufwenden, um den Wagen auf der Straße zu halten. Soweit er sie überhaupt sah.

Die Straße, in die die Kolonne abgebogen war, hatte ihn in eine noch apokalyptischere Version Prypjats geführt, die nun tatsächlich aussah, als wäre die Stadt von einem Atomschlag getroffen worden. Die meisten Gebäude waren teilweise oder auch ganz eingestürzt, und an zahlreichen Stellen musste es gebrannt haben. Wo keine Trümmer und verkohlten Ruinen vorherrschten, blockierte wucherndes Grün den Weg, in dem sich nur allzu oft armdicke Bäume verbargen, die in den letzten Jahrzehnten hier gewachsen waren. Hätte er nicht manchmal das Aufleuchten eines roten Bremslichts gesehen, hätte er keine Chance gehabt, die Kolonne wiederzufinden. Und auch so war es wohl nicht mehr als reines Glück, dass er nicht endgültig den Anschluss und die Orientierung verlor.

Flankiert von einer doppelten Reihe von innen heraus verbrannter Baumskulpturen fuhr er weiter, auf die kolossale Kuppel des Sarkophags zu, die wie ein von Menschen geschaffener Berg aufragte, in dessen Inneren ein namenloses Monster nur darauf wartete, hervorzubrechen und über alles Lebendige herzufallen.

Natürlich wusste Marc, dass es vollkommen unmöglich war, und trotzdem war er für einen Moment ebenso vollkommen sicher, etwas wie einen kränklich-blauen Heiligenschein zu sehen, der das monströse Bauwerk umgab und sich dem direkten Erkennen zwar eifersüchtig entzog, zugleich aber auf boshafte Weise präsent blieb; so als hätte sein Unterbewusstsein bereits

Zugriff auf Informationen, die sich seinem direkten Erkennen noch entzogen.

Er fuhr vorsichtig weiter, darauf bedacht, sich der Kolonne nicht zu sehr zu nähern, die auch mit intakten Reifen nicht schneller fuhr als er. Er achtete streng darauf, immer so gerade noch das rote Blinzeln einer Bremsleuchte zu sehen und hatte auch das Tagfahrlicht des Pajero ausgeschaltet, damit sich seine ahnungslosen Führer nicht bei einem zufälligen Blick in den Rückspiegel fragten, wie es ihren beiden Kameraden eigentlich gelungen war, den Reifen in weniger als zwei Minuten zu wechseln.

Dann hatte er das Ende des lebenden Tunnels erreicht und vergaß alles andere.

Vor und neben ihm endete das, was von Prypjat übrig geblieben war nicht nur wie, sondern wortwörtlich abgeschnitten und ging in einen Todesstreifen von einem guten halben Kilometer Breite über, hinter dem der Sarkophag in die Höhe wuchs. Er wusste nicht, was er erwartet hatte oder ob überhaupt irgendetwas – vielleicht so etwas wie die Mutter aller Großbaustellen oder eine zehn Meter hohe Betonmauer mit Stacheldraht, Wachtürmen und Maschinengewehrnestern –, doch das Gelände zwischen den letzten Häusern und dem Sarkophag sah aus, als hätte sich eine ganze Armee tollwütiger Planierraupen darauf ausgetobt. Wenn es hier Ruinen gegeben hatte, war alles über Faustgröße weggeschafft und planiert worden, um Platz für nachwachsende Vegetation zu schaffen … die aber irgendwie gar keine Lust dazu gehabt zu haben schien. Er sah keinen einzigen Baum, sondern nur Büsche und dürres Gras. Alles war grün, sicher, überall, aber es wirkte ausnahmslos dürr und kränklich und seltsam … unfertig. Es sah anders aus, als er es von all den Bildern und aus dem Fernsehen kannte; als wäre das meiste von dem, was in der Welt draußen gezeigt wurde, nichts anderes als das größte potemkinsche Dorf aller Zeiten.

Marc musste sich fast zwingen, sich wieder auf die Wagenkolonne zu konzentrieren, die gerade im Schatten des Sarkophags verschwand. Neben der gewaltigen Betonkuppel erblickte er eine Anzahl barackenähnlicher Gebäude, die ohnehin nicht besonders groß zu sein schienen und durch die monströse Größe der Kuppel noch zusätzlich auf die Dimensionen grauer Spielzeugklötzchen zusammengepresst wurden. Sie bildeten etwas wie ein eigenes kleines Dorf, das von einem zwei Meter hohen Maschendrahtzaun umgeben war. Der Anblick weckte unangenehme Erinnerungen in ihm, auch wenn es weder Stacheldraht noch einen Wachturm gab.

Der letzte Wagen verschwand zwischen grauen Baracken, und Marc nahm den Fuß von der Bremse und ließ den Automatikwagen weiterrollen. Das rote Reifensymbol auf dem Display flackerte nicht nur immer hektischer, sondern bombardierte ihn auch mit wüsten Beschimpfungen in kyrillischen roten Leuchtbuchstaben.

Marc gab vorsichtig etwas mehr Gas und wurde nicht nur mit mehr Tempo belohnt, sondern auch mit einem scharrenden Geräusch aus Richtung der Hinterachse und weiteren roten Warnlichtern. Vorsichtshalber fuhr er dann doch wieder langsamer. Er traute dem Schicksal in all seiner Boshaftigkeit durchaus zu, ihn bis hierher kommen und dann in Sichtweite seiner Rache mit einer gebrochenen Achse stranden zu lassen.

Das große Tor im Maschendrahtzaun stand weit auf, und es gab auch niemanden, der ihn aufhielt oder nach seinem Wohin oder Warum fragte. Wahrscheinlich war allein der schwarze SUV Passierschein genug.

Er zog eine der beiden erbeuteten Pistolen aus der Tasche und legte sie griffbereit in den Schoß. Dann ging ihm auf, wie lächerlich das war. Es gab sicherlich eine Menge, was er tun konnte, um an Berkowitsch ranzukommen, aber sich den Weg freizuschießen gehörte ganz bestimmt nicht dazu. Er steckte die Waffen trotzdem nicht wieder ein.

Und er hatte sogar noch ein zweites Mal Glück: Die Baracken

bildeten ein regelrechtes kleines Dorf mit einem halben Dutzend schmaler Straßen, an denen sich industriell vorgefertigte Wohncontainer mit massiven Metalltüren und schmalen und zusätzlich vergitterten Fenstern reihten, die denen glichen, aus denen das Gefangenenlager bestand. Schon in der ersten Gasse erblickte er die Wagenkolonne, und er reagierte sogar schnell genug, um den Pajero abzubremsen und abzubiegen, statt daran vorbeizufahren und zurücksetzen zu müssen, was gewiss Aufsehen erregen würde.

Als er näher kam, stellte er zu seiner Überraschung fest, dass die Security nur einen einzelnen Posten zurückgelassen hatte, der gelangweilt an der Motorhaube des letzten Wagens lehnte und eine Zigarette rauchte. Als er den SUV erkannte klemmte er sie sich zwischen die Lippen und schlenderte ihm entgegen, die Hände in den Jackentaschen vergraben und nichts Böses ahnend. Marc senkte die Hand auf die Pistole in seinem Schoß und zog sie gleich darauf wieder zurück. Er war kein Killer, trotz allem. Er konnte nicht einfach so einen Menschen töten.

Also gut, vielleicht mit einer Ausnahme.

Marc ließ den Wagen ausrollen, stellte die Automatik auf Parkstellung und drehte den Kopf so zur Seite, dass sein Gesicht zumindest auf den ersten Blick nicht durch die Windschutzscheibe zu erkennen war. Aus den Augenwinkeln behielt er den Mann im Blick, der gemächlich heranschlenderte und irgendetwas auf Ukrainisch oder Russisch rief, während er die Linke nach dem Schalter für die Seitenscheibe ausstreckte. Das getönte Glas reduzierte seinen Anblick auf einen bloßen Umriss, und falls dem Mann im letzten Moment doch noch etwas auffiel, war es zu spät. Die Scheibe glitt nach unten. Marc griff blitzschnell mit der linken Hand nach der Krawatte des Burschen, riss ihn mit einem brutalen Ruck an sich heran und stieß zugleich mit der anderen Hand und aller Kraft die Tür auf.

Das Ergebnis war … spektakulär. Der Türrahmen prallte mit einem befriedigend dumpfen Laut gegen die Stirn des Mannes, und die noch nicht ganz heruntergefahrene Scheibe verwandelte die Zigarette in seinem Mundwinkel in einen explodierenden Stern aus einer Million winziger gelber Funken und rammte sie dann in seinen zu einem überraschten Schrei aufgerissenen Mund.

Marc ließ ihn los, stieß die Tür noch ein Stück weiter auf und schwang die Beine aus dem Wagen, kaum dass der Platz reichte, um dem Ukrainer die Füße gegen die Brust zu rammen. Der Mann stolperte mit einem erstickten Schrei nach hinten, fiel auf den Rücken und schlug die Hände gegen den Hals, während er immer verzweifelter versuchte, die glühende Zigarette nicht hinunterzuschlucken.

Marc war mit einer einzigen fließenden Bewegung bei und über ihm, rammte ihm das Knie in den Leib und zielte mit der Pistole auf sein Gesicht. Der Mann krümmte sich, zog die Beine an den Körper und warf den Kopf verzweifelt hin und her, bis es ihm endlich gelang, den aufgeweichten Zigarettenstummel in einem Schwall aus Schleim und Blut hervorzuwürgen und sich anschließend ausgiebig zu übergeben. Marc richtete sich angeekelt ein Stück weit auf, um nicht getroffen zu werden, nahm aber weder das Knie von seinem Leib noch die Pistole aus seinem Gesicht. Aber er ließ ihm Zeit genug, um wenigstens halbwegs zu Atem zu kommen. Als er die Hände herunternahm, wartete er, bis sich ihre Blicke begegneten, deutete ein Kopfschütteln an und las in seinen Augen, dass er verstand.

Marc blieb trotzdem auf der Hut. Der Mann war angeschlagen, hatte gerade vermutlich Todesangst ausgestanden und litt bestimmt höllische Schmerzen, aber das machte ihn möglicherweise nur noch gefährlicher.

»Verstehst du mich?«, fragte er, eigentlich davon überzeugt, nur einen verwirrten Blick zur Antwort zu bekommen. Aber nach einer Sekunde nickte der andere, wenn auch sehr vorsichtig; was aber auch an der Pistole liegen mochte, die er ihm immer noch ins Gesicht drückte.

»Gut«, sagte er, langsam und betont. »Ich stehe jetzt auf, und du drehst dich ganz langsam auf den Bauch und nimmst die Hände auf den Rücken. Hast du das verstanden?«

Ein weiteres Nicken, bei dem Marc aber auch das tückische Funkeln in den noch immer von Tränen verschleierten Augen nicht entging. Vorsichtig stand er auf und wich dann rasch einen Schritt nach hinten, während sich der Bursche gehorsam auf den Bauch wälzte und die Handgelenke auf dem Rücken übereinanderlegte. Marc zog einen der erbeuteten Kabelbinder aus der Tasche – ob E. L. James wohl auch an diese Verwendung dieser nützlichen kleinen Spielzeuge gedacht hatte?, fragte er sich mit einem Anflug von Hysterie – und blieb angespannt und bereit, während er die Handgelenke seines Gefangenen mit nur einer Hand unbeholfen mit dem Kabelbinder fixierte. Die ganze Zeit rechnete er fest damit, dass der Bursche die Gelegenheit ergriff, irgendetwas Dummes zu versuchen, aber das geschah nicht. Vielleicht war er ja zu sehr damit beschäftigt, das Atmen wieder zu lernen.

»Du verstehst mich also«, sagte er, nachdem sich der Mann unbeholfen auf die Füße gekämpft und zu ihm umgedreht hatte. Sein Gesicht war rot angelaufen, und er atmete immer noch hektisch und stoßweise. Marcs schlechtes Gewissen wollte sich regen, aber das ließ er nicht zu.

»Dann hör mir jetzt ganz genau zu. Du bringst mich zu deinem Boss, und zwar so, dass niemand etwas merkt, hast du das verstanden?« Er wartete das widerwillige Nicken seines Gegenübers ab und fuhr fort: »Wenn du etwas Dummes versuchst oder mich in eine Falle lockst, schieße ich. Ich werde dich nicht umbringen, aber ich jage dir eine Kugel ins Knie, und wenn mir genug Zeit dafür bleibt, sogar in beide. Hast du das begriffen?«

Wieder ein Nicken, aber auch schon wieder ein abschätziger Blick. Er konnte sehen, wie es hinter der Stirn des Mannes zu arbeiten begann. »Und glaubst du mir?«

Diesmal dauerte es länger, bis der Bursche nickte, aber er antwortete immer noch nicht. Vielleicht konnte er es ja auch gar nicht. Marc hatte keine Ahnung, was eine glühende Zigarette im Rachen eines Menschen anrichtete, aber es war vermutlich nichts Gutes.

»Gut. Ich habe keinen Streit mit dir, aber ich habe auch nichts mehr zu verlieren. Denk besser daran und nimm mich ernst. Und jetzt los.«

17

»Das ist schon irgendwie bedrückend, nicht wahr?«, fragte Lena. »Wenn man sich vorstellt, dass hier einmal stolze Eltern jeden Morgen ihre Kinder zur Schule gebracht haben und ihre größte Sorge eine schlechte Note bei der nächsten Arbeit gewesen ist, oder die Angst vor dem Sitzenbleiben, und dann das …«

Wahrscheinlich plapperte sie noch weiter, aber Conny hörte nicht mehr hin, oder versuchte es wenigstens, was jedoch nicht so einfach war. Die junge Frau hing nach wie vor nicht nur wie eine Klette an ihr, in ihre Stimme hatte sich zudem ein penetranter Unterton geschlichen, der es immer schwerer machte, sie zu überhören. Conny ertappte sich bei der Überlegung, ob sie mit einer aufgeplatzten Unterlippe oder einer gebrochenen Nase ihnen wohl auch noch so auf die Nerven gehen würde, und hielt dagegen, indem sie sich ebenjene Klasse als eine Bande grölender Bälger vorstellte, die sich gegenseitig mit Papierkügelchen bewarfen, in der Nase bohrten oder auch die härtere Gangart mit Gummis und aufgebogenen Büroklammern einlegten; was in der Grundschule ihre bevorzugte Waffe gewesen war.

Es half nichts. Ihre Faust wollte immer noch in Lenas Gesicht, und bevor sie dieser immer verlockender werdenden Vorstellung nachgab, sah sie sich lieber nach Maxim um, der Helga vor einer kleinen Weile nach einer Toilette gefragt hatte und in ihrer

Begleitung verschwunden war. Ihr gestrenger Guide war wieder da und wachte mit Argusaugen darüber, dass niemand hier drinnen auch nur ein Stäubchen anrührte, aber Maxim war noch nicht zurück. Was hatte er jetzt schon wieder vor?

Helga gab schon wieder irgendeinen Unsinn von sich, und ihr heftiges Gestikulieren signalisierte Dringlichkeit, sodass Conny zwar immer noch nicht hinhörte, aber mit einem gewichtigen Nicken reagierte, bevor sie sich ganz zu Helga umdrehte und ihr einen fragenden Blick zuwarf. Ihre Führerin machte eine Kopfbewegung hinter sich, woraufhin sie sich in Bewegung setzte.

»Wohin ist Maxim gegangen?«, fragte sie.

»Ihr Begleiter?«, erwiderte Helga überflüssigerweise, machte zugleich aber auch eine Kopfbewegung über die Schulter zurück. »Zweite Tür links. Und er soll sich beeilen. Wir müssen bald weiter … ist alles in Ordnung mit ihm?«

Conny missfiel zwar die Reihenfolge ihrer Fragen, aber sie beließ es trotzdem bei einem knappen Nicken und ging in die angegebene Richtung. Die verlassene Schule bot einen ebenso verheerten Anblick wie das Wohnhaus, in dem sie ihre Tour begonnen hatten. Alles war schmutzig, verfallen und strahlte Tristesse und eine bittere Melancholie aus, aufgeschlagene und schon fast zu Staub zerfallene Bücher und Hefte, liegen gelassene Stifte und zerknitterte Blätter, alles unter einer fingerdicken Staubschicht zu einer schmierig-kompakten Masse zusammengebacken, deren bloßer Anblick schon fast krank machte.

An der Tafel stand noch ein unvollendeter Halbsatz, dessen letzter Buchstabe wie das Intro eines billigen Horrorfilms bis zum unteren Rand der Tafel abgesackt war, und an einem Kleiderhaken hing eine ehemals fröhlich-bunte Kinderjacke, von vier Jahrzehnten zu einer grotesken Betonskulptur zusammengebacken. Lena hatte recht, gestand sie sich widerwillig ein – auch wenn sie nach wie vor mutmaßte, dass dieser Zustand sorgsam für die Touristen konserviert wurde, wenn nicht gar erst dazu hergestellt worden war.

Der Raum, in den sie am Ende des mit Schutt und festgebackenen Trümmern übersäten Korridors gelangte, stand jedoch in krassem Gegensatz dazu, ein unerwartet großes, penibel aufgeräumtes, sauberes Zimmer, dessen Einrichtung noch aus derselben Zeit zu stammen schien wie die der Klassenräume nebenan und schon damals schäbig gewesen sein musste: ein langer Tisch mit einer fleckigen Resopalplatte samt eines Dutzends dazugehöriger Stühle, eine etwas modernere Junggesellenküche, auf deren Arbeitsplatte eine blitzende Espressomaschine wie ein Fremdkörper thronte, der sich in der Zeit vertan hatte, und eine Reihe einfacher Metallspinde mit dafür umso moderneren, beeindruckenden Vorhängeschlössern. Durch ein vergittertes Fenster fiel helles Sonnenlicht herein, in dem Staub tanzte, und in der gegenüberliegenden Wand befand sich eine einzelne Tür, auf der die Buchstaben WC und ihre kyrillische Entsprechung prangten.

Conny zögerte noch ganz kurz, denn obwohl Maxim ihr in den letzten Tagen Dinge gezeigt und mit ihr getan hatte, von denen sie nicht einmal gewusst hatte, dass sie möglich waren – geschweige denn Spaß bereiteten –, wusste sie zugleich auch, dass er in gewisser Hinsicht vielleicht schon ein bisschen überempfindlich war. Dann aber riss sie sich zusammen, ging umso entschlossener weiter und drückte die Klinke herunter. Erwartungsgemäß war abgeschlossen, und sie klopfte etwas zu heftig und mehrmals hintereinander an.

Keine Reaktion.

Sie klopfte erneut und drückte zugleich die Klinke herunter und fügte auch noch ein »Ist alles in Ordnung?« hinzu. Als sie auch darauf keine Antwort bekam, wurde aus ihrer Beunruhigung etwas anderes, das sie nur mit großer Anstrengung noch nicht als Panik bezeichnen konnte. Sie rief sogar noch einmal seinen Namen, trat einen Schritt zurück und spannte sich, und hinter ihr sagte eine Stimme: »Ist alles in Ordnung mit Ihrem Freund?«

Conny sah über die Schulter zurück und registrierte ohne Überraschung, dafür aber mit umso größerer Verärgerung, dass ihr Helga gefolgt war und sie mit einem Blick maß, der aus ihrer simplen Frage einen bitteren Vorwurf machte, ihre tagtägliche Routine gestört zu haben.

»Ich bin nicht ganz sicher«, gestand sie. »Ist Maxim da drin?«

»Jedenfalls ist er hineingegangen«, antwortete Helga. Connys Frage schien ihr noch viel weniger zu gefallen. »Stimmt etwas nicht mit ihm? Ich fand die ganze Zeit, dass er ein bisschen blass aussieht.«

Conny überging die Frage. »Haben Sie einen Schlüssel?«

»Das ist die Toilette«, erinnerte Helga vage empört. »Natürlich nicht!«

»Schade«, sagte Conny, trat einen weiteren halben Schritt zurück und senkte die Schulter, und Helga sog scharf die Luft ein und japste: »Aber Sie können doch nicht …!«

Conny konnte und tat es. Mit zwei Schritten Anlauf und aller Kraft rammte sie die Schulter gegen die Tür, die unter ihrem Anprall nicht einfach nur nachgab, sondern regelrecht pulverisiert wurde. Das Holz war kaum stabiler als bemaltes Papier, sodass sie durch einen Splitterregen bis zur gegenüberliegenden Wand stolperte, wobei sie sich so hart das Schienbein an der Toilette anstieß, dass sie vor Schmerz keuchte und beinahe gestürzt wäre. Wahrscheinlich tat sie es nur nicht, weil sie ihren Schwung mit den vorgestreckten Armen auffing; mit dem Ergebnis, sich beide Handgelenke zu stauchen, was sogar noch mehr wehtat.

Eine Sekunde lang stand sie einfach nur da, sah rote Blitze und musste gegen eine plötzliche Übelkeit ankämpfen, die in Wellen aus ihrem Magen emporstieg. Der Moment verging so schnell, wie er gekommen war, und zurück blieb nur ein dumpfes Pochen in ihrem Schienbein und ein noch viel heftigeres Pulsieren in ihren Handgelenken. Nichts, womit sie nicht fertigwurde.

Hinter ihr stürmte nun auch Helga durch die eingeschlagene

Tür herein. »Sind Sie verrückt geworden? Sie können doch nicht … das bezahlen Sie, das ist Ihnen hoffentlich klar, und … wo ist er?«

Das fragte sich Conny auch. Der Raum war winzig und bot gerade Platz für die Toilette, ein winziges Waschbecken und Helga und sie.

Nicht für Maxim, denn er war nicht mehr da.

Stattdessen stand das einzige Fenster der Toilette nicht nur sperrangelweit auf, sondern war auch halb aus den Angeln gerissen und beschädigt, als hätte sich jemand mit sehr breiten Schultern rücksichtslos durch die viel zu kleine Öffnung gequetscht. Jemand wie Maxim zum Beispiel.

Helga brabbelte irgendetwas Unverständliches, hinter ihr tauchten weitere Gestalten auf, und ein Durcheinander aus Stimmen hob an. Conny ignorierte beides, stieg mit einem Fuß auf den Toilettenrand und streckte die Hände nach dem Fenster aus.

»Sind Sie verrückt?«, keifte Helga. »Bleiben Sie gefälligst hier! Ich verbiete das!«

Vielleicht sagte sie noch mehr, aber das bekam Conny nicht mit, denn sie hatte sich bereits mit einer kraftvollen Bewegung nach oben durchs Fenster gezogen.

18

Der Raum war winzig und vermittelte irgendwie den Eindruck, tief unter der Erde zu liegen, was nicht nur daran lag, dass er kein Fenster hatte und die Decke kaum zwei Meter hoch war. Das blasse gelbstichige Licht einer altmodischen Glühbirne sorgte für mindestens genauso viel Schatten wie Helligkeit, und es roch nach Staub und Öl, kaltem Zigarettenrauch und Schweiß. Irgendwo schienen Stimmen zu sein, aber es konnte sich auch um das Arbeitsgeräusch einer sonderbaren Maschine handeln, die weit entfernt lief. Im schwachen Licht erkannte Marc, dass die Kammer leer war bis auf einen einfachen Schreibtisch, auf dem lediglich ein schwarzes Wählscheiben-Telefon aus der ersten Hälfte des vergangenen Jahrhunderts und eine aufgeschlagene Sportzeitschrift lagen. Sie wirkte auch nicht viel jünger und musste schon mindestens hundertmal durchgeblättert worden sein.

Er spürte, wie sich sein Gefangener anspannte und rammte ihm unsanft die Pistole in den Rücken. »Versuch es lieber nicht. Ich bin kein sehr guter Schütze, aber aus dieser Entfernung treffe sogar ich.« Um seinen Worten noch ein bisschen mehr Nachdruck zu verleihen, stieß er die Mündung der kurzläufigen Waffe hart gegen das Rückgrat des Mannes. »Möchtest du den Rest deines Lebens im Rollstuhl sitzen?«

Er bekam keine Antwort und hatte auch nicht damit gerechnet, aber der Mann entspannte sich ein bisschen – wenigstens so lange, bis Marc ihm einen zweiten unsanften Stoß versetzte, der ihn auf die einzige andere Tür der Kammer zustolpern ließ, auf der eine vor Jahrzehnten verblasste kyrillische Beschriftung prangte. Marc fragte sich, was er eigentlich tun sollte, wenn sie abgeschlossen war, doch da streckte sein Gefangener bereits die gefesselten Hände aus und drückte die Klinke nach unten.

Dahinter kam ein schmaler, nicht sehr viel besser erhellter Korridor zum Vorschein, von dem mehrere Türen abzweigten. Niemand war zu sehen, und als Marc mit angehaltenem Atem lauschte, hörte er nichts außer dem seltsamen Maschinengeräusch und dem Hämmern seines eigenen Herzens.

»Ist dein Boss dort hinten?«

Er bekam nur ein abgehacktes Nicken zur Antwort und eine ebenso ruckhafte Kopfbewegung zum Ende des Korridors, wo es eine weitere rostige Metalltür gab.

»Und ist es weit?«

Diesmal ein stummes Kopfschütteln, das ihm aber als Antwort nicht mehr genügte. Er stieß noch einmal mit der Pistole zu.

»Hast du deine Zunge verschluckt? Du verstehst mich, also kannst du auch antworten.«

Das war vielleicht nicht ganz logisch, aber es funktionierte. »Nicht weit«, radebrechte der Kerl. »Aber du schon tot. Nur noch nicht wissen.«

»Da irrst du dich, mein Freund«, antwortete Marc, wenn auch mehr an sich selbst gewandt. »Ich bin schon eine ganze Weile tot. Aber wenn du mir keine Gesellschaft leisten willst, dann bringst du mich zu ihm. Und versuch keine Dummheiten.«

Der Mann grunzte eine Antwort, die er nicht verstand und die vermutlich auch nichts bedeutete, machte aber einen gehorsamen Schritt durch die Tür.

Dahinter begann der Abstieg in die andere, düstere Welt. Treppenstufen aus rostigem Eisengitter führten sie in ein Labyrinth aus Gängen aus nacktem Beton, an dem provisorische Rohrleitungen und Kabelschächte ein staubiges Geflecht bildeten, wie die Arterien und Nerven einer bizarren mechanischen Kreatur, in deren Eingeweide sie tiefer und tiefer eindrangen. Hier und da verbreitete eine einsame Glühbirne trübes Licht, das mehr Schatten und eingebildete Schemen als wirkliche Einzelheiten aus der Düsternis riss, und manchmal meinte er Stimmen zu hören, weit entfernt und in einer Sprache, die er nicht verstand.

Marc verlor schon nach wenigen Dutzend Schritten die Orientierung, und auch sein unfreiwilliger Führer blieb immer wieder stehen und sah sich nachdenklich um, wenn sie eine Abzweigung oder eine Kreuzung erreichten. Einmal machte er eine Bewegung, die vermutlich nichts bedeutete, Marc aber trotzdem dazu brachte, den Abstand zu ihm deutlich zu vergrößern und auch die Pistole wieder fester zu ergreifen. Der Mann war kein Dummkopf, und Marc ging davon aus, dass Berkowitsch ihn nicht in seinen Schlägertrupp aufgenommen hätte, wenn er nicht gut in dem wäre, was er tat. Wenn er ihm auch nur die geringste Chance ließ, würde er sie ergreifen.

Aber er gedachte nicht, das zu tun.

Nach einer Weile wurden die Stimmen lauter, und er hörte auch andere, sonderbar hallende Geräusche, als näherten sie sich einer großen Höhle, in der schwere Maschinen liefen; oder das Herz der unterirdischen Kreatur schlug, durch deren Eingeweide sie sich bewegten.

Vor ihnen lag eine weitere Abzweigung. Geradeaus führte der Weg in einen nun vollends unbeleuchteten Tunnel, der zusätzlich mit einer Kette aus gelben und schwarzen Plastikgliedern abgesperrt war. Ein verwittertes Schild verkündete irgendetwas auf Kyrillisch, das er nicht lesen konnte, doch dafür war ihm die Bedeutung der drei schwarzen Dreiecke in einem gelben Kreis darüber umso klarer. Sie befanden sich jetzt eindeutig unter dem Sarkophag, vielleicht auch schon unter den Ruinen des abgeschalteten Kraftwerks. So oder so in einer Umgebung, dachte er unbehaglich, in der er lieber nicht sein sollte, sofern er nicht Gefahr laufen wollte, demnächst in einem dunklen Zimmer im Licht seiner eigenen Augen Zeitung lesen zu können.

Die Vorstellung war nicht nur albern, sie hätte ihn beinahe laut auflachen lassen. Machte er sich tatsächlich gerade Gedanken um seine Zukunft, die vielleicht noch eine halbe Stunde währte?

Trotzdem war er erleichtert, als sein Führer nicht geradeaus ging, sondern eine schwere Metalltür zur Linken öffnete.

Wenigstens so lange, bis er sah, was dahinterlag.

19

Sie kam nicht gut auf, was aber mehr an ihrer Hast als an ihrem geprellten Schienbein lag – auch wenn sie sich das Gegenteil einzureden versuchte –, blieb irgendwie auf den Beinen und fand ihr Gleichgewicht mit demselben hastigen Ausfallschritt wieder, mit dem sie bereits in die Richtung losstürmte, in der sie Maxim vermutete. Sehr schwer zu erraten war es nicht: Hinter der ehemaligen Schule erstreckte sich ein ehemaliger Schulhof mit einer Tischtennisplatte aus Beton, einer Anzahl rostiger Spielgeräte und einem noch rostigeren Fahrradständer. Wild wucherndes Gebüsch und einige verkrüppelte Bäume hatten den ehemaligen Betonbelag gesprengt, und es gab sogar noch die Reste des ehemaligen Maschendrahtzauns, in den jemand allerdings ein großes Loch gebrochen hatte. Vermutlich erst vor einer oder zwei Minuten, und vermutlich wusste sie auch, wer. Maxim hatte sich keine sonderliche Mühe gegeben, keine Spuren zu hinterlassen.

Hinter ihr begann Helga schrill in ihrer Muttersprache zu keifen, was Conny ebenso ignorierte wie alles andere und nur noch schneller ausgriff, nun, wo sie ihre Balance endgültig wiedergefunden hatte. Ein Fetzen ihrer Jeansjacke blieb an einem Stück rostigem Maschendraht hängen, als sie durch die Lücke fegte, die Maxim in den Zaun gebrochen hatte, und für ein paar Schritte konnte sie seiner Spur aus geknickten Ästen und zertrampeltem Unkraut noch mühelos folgen. Dann hörte sie wie abgeschnitten auf.

Conny stolperte zwei oder drei Schritte weiter, bevor sie mit einiger Mühe und eher unelegant stehen blieb und sich eine Sekunde lang einfach nur hilflos fühlte.

Verdattert sah sie sich zum. Maxims Spur hörte so abrupt auf, als hätte er sich buchstäblich in Luft aufgelöst; was natürlich vollkommen unmöglich war. Zur Linken setzten sich Gestrüpp und verwildertes Unkraut fort und wurden nach kaum zwei Metern zu einem undurchdringlichen Dschungel, der ausschließlich aus Dornen zu bestehen schien, in allen anderen Richtungen erhoben sich hüfthohes Unkraut und vereinzelte, kränklich aussehende Bäume, zwischen denen zerbröckelnde Mauerreste und rostige Stahlträger aufragten. Das nächste Gebäude war gute dreißig oder vierzig Meter entfernt, und sie bezweifelte fast, dass Maxim in der kurzen Zeit und bei diesem unwegsamen Gelände so weit gekommen war.

Konnte es sein, dass er sich vor ihr … versteckte?

Die Vorstellung war absurd, aber ihr fiel zumindest im ersten Moment keine andere Erklärung ein.

Sie rief zweimal laut nach Maxim und bekam sogar eine Antwort; wenn auch von Helga in einem derart hysterischen Tonfall gekreischt, dass sie sie nicht einmal dann verstanden hätte, wäre sie ihrer Sprache mächtig gewesen. Wahrscheinlich würde sie gleich aus dem Fenster klettern und sich an die Verfolgung machen, wenn sie es nicht schon getan hatte.

Etwas wie der stille Vorbote einer Panik begann an ihren Gedanken zu schaben. Ihr Blick irrte immer unsteter über die postapokalyptische Einöde ringsum, kehrte schließlich zu Maxims Spur zurück und verharrte eine Weile dort, wo sie abbrach, und gerade als sie endgültig an ihrem Verstand zu zweifeln begann, registrierte sie doch eine Bewegung aus dem Augenwinkel irgendwo auf halber Strecke zu einem ausgebrannten zweistöckigen Gebäude. Sie war schon wieder verschwunden, als sie direkt hinsah, aber Conny war sich sicher, sie sich nicht nur eingebildet zu haben.

Hinter ihr lief Helgas Keifen noch einmal zu neuer Höchstform auf, was wohl endgültig den Ausschlag gab. So schnell es das tückische Gelände zuließ, stürmte sie los und registrierte die Bewegung nach ein paar Schritten noch einmal und diesmal zu deutlich, um irgendetwas anderes zu sein. Es war Maxim, und er lief ganz eindeutig vor ihr davon.

»Verdammt noch mal, bleib stehen!«, schrie sie. »Hast du den Verstand verloren?«

Seine Bewegungen wurden nur noch hektischer, sodass sie selbst noch einmal Tempo zulegte und allein auf dem Weg zur Ruine zwei- oder dreimal fast gestürzt wäre, wenn sich ihr Fuß in schlierigem Grün verfing oder sie in ein unsichtbares Loch trat, aber allein ihr brodelnder Zorn trug sie weiter. Als sie die Ruine erreichte und der Schemen endgültig zu Maxim wurde, hatte sie ihn fast eingeholt, und er tat ihr sogar den Gefallen und blieb stehen, statt es ihr noch schwerer zu machen und in den Schatten des Gebäudeinneren zu verschwinden. Sein Gesicht war das personifizierte schlechte Gewissen, als sie ihn gänzlich einholte und schwer atmend stehen blieb.

»Scheiße, was … soll denn … das?«, stieß sie atemlos hervor. »Ist das deine Art, mir zu sagen … dass Schluss … ist?«

Maxim blieb ernst. Und ein bisschen traurig. »Du hättest nicht kommen sollen. Ich muss allein weitergehen.«

»Bist du verrückt?«, fauchte sie. »Warum hast du mich überhaupt mitgenommen, wenn du doch alles so gut allein kannst?«

Maxim sah sie noch einen Moment lang traurig an, dann änderte sich etwas in seinem Blick. »Ich dachte, es wäre vielleicht ganz praktisch, eine Polizistin bei mir zu haben. Außerdem bist du ganz gut im Bett … wenigstens für eine Frau deines Alters.«

Zorn explodierte regelrecht in ihr, aber praktisch im gleichen Augenblick begriff sie auch und schüttelte nur mit einem kühlen Lächeln den Kopf, statt nur ein Wort von dem zu sagen, was er so offensichtlich hören wollte. »Das funktioniert nicht.«

»Was?«

»Mich auf die Palme zu bringen, damit ich wutentbrannt davonstürme und dich allein lasse?« Sie wiederholte ihr Kopfschütteln. »Klappt nicht.«

»Conny …« Er versuchte nach ihr zu greifen, doch sie wich seiner Hand aus. »Ich …«

»So leicht kommst du mir nicht davon.«

Seine Miene änderte sich abermals, und die Mischung aus Trauer und Schmerz, die sie nun darin las, war echt. »Es tut mir leid, wirklich, aber ich … du kannst nicht mitkommen. Ich muss es allein zu Ende bringen.«

»Und das fällt dir jetzt ein?«

»Ich hätte dich gar nicht erst mitnehmen sollen«, räumte er ein. »Aber ich …« Er suchte nach Worten. »Ach verdammt, ich bin nicht gut in so was.«

»In so was? Was was?«

»Ich wollte dich einfach bei mir haben.« Er wich ihrem Blick aus.

»Weil ich ganz gut im Bett bin, wenigstens für eine Frau meines Alters?«

»Das war dumm, entschuldige! Aber du kannst nicht weiter mitkommen. Es ist gefährlich.«

»Das ist es in diesem Land schon lange«, erinnerte sie ihn. »Dieser fürchterliche Krieg hier mit seinen unzähligen Opfern an Menschenleben. Und nach dem Spiel mit dem atomaren Feuer wie in Saporischschja jetzt wieder diese perversen Tschernobyl-Touren anzubieten …«

»Pervers ist es, nicht die Lehren aus Hiroshima, Nagasaki und Tschernobyl zu ziehen – oder in einem Wettrüsten der Welt zu beweisen, dass man unsere Erde gleich mehrfach pulverisieren kann.« Maxim winkte ab, als Conny etwas einwenden wollte. »Ich weiß, dass das hier ein Hexenkessel ist. Und die Leute, die das Chaos skrupellos für ihre mörderischen Zwecke nutzen, sind nicht einfach nur gefährlich, Conny. Ich werde vielleicht nicht zurückkommen. Oder sterben. Ich will nicht, dass dir etwas passiert.«

»Wie rührend«, sagte sie bewusst grob. »Klappt aber auch nicht. Ich kann ganz gut auf mich aufpassen.«

»Das weiß ich. Aber das hier ist etwas anderes.«

Sie sparte sich die Frage, wieso. Auch wenn sie spürte, dass da noch mehr war. Er hatte Angst um sie – natürlich hatte er das –, doch das war nicht alles. Maxim verheimlichte ihr etwas, und es war nicht das erste Mal, dass sie dieses Gefühl hatte. Und dann, ganz kurz nur, begannen sich all die kleinen Puzzleteile zu einem Bild zusammenzufügen, das sie sogar erkannt hätte, hätte Maxim sie da nicht an den Schultern ergriffen und sanft zu sich herangezogen.

»Bitte mach es mir nicht noch schwerer, Conny«, flüsterte er. »Ich würde es nicht ertragen, wenn dir etwas zustößt.«

»Das wird nicht passieren.« Es kostete sie enorme Überwindung, sich aus seiner Umarmung zu lösen, zumal sie es eigentlich gar nicht wollte. »Ich passe schon auf mich auf. Und auf dich auch, wenn es sein muss. Wer dir etwas antun will, muss erst einmal lebend an mir vorbei, und das ist ziemlich schwer, wenn ich es nicht will.«

»Wer ist hier der Kriminelle?«, erkundigte er sich.

Conny ignorierte das. »Und ich könnte es nicht ertragen, wenn dir etwas zustößt und ich nicht dabei war und wenigstens versucht habe, es zu verhindern.«

Maxim seufzte. Sehr tief. »Allmählich wird es kompliziert. Aber es ist ja nicht so, als hätte ich nicht gewusst, worauf ich mich einlasse.«

»Selbst schuld«, sagte Conny. »Also, was tun wir jetzt?«

»Zuerst einmal ...« Maxim zog sie erneut an sich heran und küsste sie zärtlich. »... das.«

»Das ist schon mal ein guter Anfang«, fand Conny. »Bei der Gelegenheit: Weißt du, was Soldaten früher traditionell am Vorabend der Schlacht mit ihren Frauen getan haben?«

»Wir ziehen nicht in eine Schlacht«, antwortete Maxim. »Und so verlockend die Vorstellung auch sein mag, ich fürchte, dass wir keine Zeit dafür haben.«

Conny zog eine Schnute. »Und was tun wir stattdessen?«

Maxim setzte zu einer Antwort an, als aus der Dunkelheit hinter ihnen ein Stein geflogen kam und ihn so hart an der Schläfe traf, dass er wie vom Blitz getroffen zusammenbrach.

20

Also hatte ihn die Vergangenheit endgültig eingeholt. Es war, als wäre er wieder in den verlassenen U-Bahn-Tunneln unter Sankt Petersburg, gestrandet in einem unterirdischen Labyrinth, in dem sich die Grenzen zwischen der Wirklichkeit und einer

Dimension des Horrors und des Wahnsinns überlappten, bevölkert von Wesen, die vielleicht wie Menschen aussahen, aber so weit davon entfernt waren wie ein heißer Sommernachmittag von der tiefsten arktischen Nacht.

Vor ihnen öffnete sich eine sonderbar asymmetrische, weitläufige Halle aus schmutzigem Beton, deren Decke zu einem ganzen Wald wuchtiger Säulen wurde, als hätte sie ein wirklich enormes Gewicht zu tragen. Früher mussten hier große Maschinen gestanden haben, wie sowohl die leeren Betonsockel auf dem Boden als auch die kaputten Rohrleitungen und Kabelschächte verrieten, die wie die zerrissenen Arterien eines bizarren mechanischen Ungetüms aus der Decke und den Wänden ragten.

Jetzt war sie zum größten Teil mit Schutt gefüllt, der anscheinend planlos immer gerade da abgeladen worden war, wo Platz war. Dazwischen stapelten sich Paletten voller Fässer, verrotteter Holzkisten und Kartons, Werkzeuge und andere Dinge, und ein Teil der gegenüberliegenden Wand war niedergerissen worden. In dem mindestens meterdicken Beton gähnte etwas, das gut zu einer Silbermine aus dem wilden Westen des vorletzten Jahrhunderts passen konnte. Decke und Wände waren nur roh behauen und mit Balken, Stahlträgern und Bruchstücken von zerbrochenen Betonsäulen und allem anderen abgestützt worden, was gerade zur Hand gewesen war. Die Beleuchtung war ebenfalls eine wilde Mischung aus Glühbirnen, flackernden Neonröhren und sogar der einen oder anderen Petroleumlampe, die sich in asymmetrischen Reihen in der Ferne des Tunnels verloren; zusammen mit einem rostigen Schienenstrang, der vor einem aus zusammengeschweißtem Metallschrott improvisierten Prellbock in der Mitte der Halle endete.

In krassem Gegensatz zu dem Neunzehntes-Jahrhundert-Image des vermeintlichen Minenstollens standen die Männer, die die Halle bevölkerten und mit den unterschiedlichsten Arbeiten beschäftigt waren. Die meisten trugen die gleiche Art zerschlissener Arbeitskleidung wie er selbst und seine Kollegen aus dem Lager samt Gasmasken und schweren Arbeitshandschuhen, etliche auch seltsame silber- und goldfarbene Anzüge mit grotesk großen, geschwärzten Sichtscheiben; als wären sie geradewegs einem Science-Fiction-Film aus den Fünfzigern oder Sechzigern entsprungen. Die wenigen Gesichter, die er halbwegs erkennen konnte, sahen erschöpft, ausgezehrt und auf dieselbe diffuse Weise krank aus wie viele Männer aus dem Lager.

»Was ist das hier?«, fragte er.

»Tote Männer«, antwortete Berkowitschs Schläger mit einem rauen Lachen. »Wie du. Nur Unterschied. Sie wissen schon.«

Marc revanchierte sich mit einem harten Stoß gegen sein Rückgrat, der vermutlich mehr als nur ein bisschen wehtat, aber natürlich gab der Bursche keinen Laut von sich, und Marc rief sich in Gedanken zur Ordnung. Er hatte keinen Streit mit diesem Mann und sollte sich hüten, auf sein und das Niveau der anderen hier zu sinken. Sein nächster Stoß fiel deutlich sachter aus.

»Dein Boss«, erinnerte er. »Du wolltest mich zu ihm bringen.«

Der Mann nickte zwar, rührte sich aber nicht von der Stelle und machte nur eine Kopfbewegung tiefer in die Halle hinein. »Da lang.«

»Netter Versuch«, sagte Marc. »Geh weiter!«

Der Schläger schüttelte nur den Kopf. »Kürzeste Weg. Für dich.«

»Das könnte dir so passen, nicht wahr?«, fragte Marc. »Ich denke, wir nehmen den langen Weg.«

»Nicht gut. Nicht gut für dich. Du tot. Und ich auch.«

Marc zögerte, dann nickte er. Der Mann würde nicht freiwillig sein Leben riskieren.

Obwohl sein Gefangener vor ihm stand und die Bewegung nicht sehen konnte, trat er, ohne zu zögern, durch die Tür, und Marc folgte ihm in so geringem Abstand und leicht seitlich versetzt, dass die Waffe nicht auf den ersten Blick auffiel, die er ihm weiterhin gegen das Rückgrat presste. Was auf den zweiten Blick geschah, war ihm gleich. Für ihn würde es keinen zweiten Blick mehr geben. Und überhaupt nichts Zweites.

Aber das war in Ordnung.

So schnell, wie es gerade noch ging, ohne übertrieben hastig zu wirken, durchquerten sie die Halle und steuerten eine schmale Metalltür auf der anderen Seite an. Als sie die Gleise passierten, versuchte er einen Blick in den Tunnel zu erhaschen, nahm aber nichts außer noch mehr Dunkelheit wahr, in der sich alles oder auch nichts verbergen konnte.

Er versuchte, den Weg zu rekapitulieren, den sie gekommen waren. Er war lang gewesen, und wenn der Kerl ihn nicht im Kreis geführt hatte, mussten sie sich längst unter dem Sarkophag befinden – was ja wohl auch die massive Bauweise dieser unterirdischen Anlage erklärte.

Er meinte das Gewicht der unzähligen Tonnen Stein und Stahl und Beton fast körperlich auf sich zu fühlen, wie etwas Unsichtbares, das ihm den Atem nahm und sich zugleich auf seine Gedanken legte. Etwas war hier, etwas durch und durch Übles, das ihn bereits von innen heraus zu verzehren begann, obwohl es ihn nur flüchtig berührt hatte.

Und nicht nur ihn. Ganz plötzlich wurde ihm klar, dass nicht einer dieser Männer hier diesen Ort lebend verlassen würde. Der Tod hatte seine Hand bereits nach ihnen ausgestreckt. Sein unfreiwilliger Führer hatte die Wahrheit gesagt. Nur in einem Punkt hatte er sich geirrt: Er war wahrscheinlich der Einzige hier, der es wusste.

Sie hatten die Tür erreicht, und irgendetwas an der Art, wie sich sein Gefangener bewegte, alarmierte ihn. Vielleicht war er auch einfach nur paranoid. Welche Rolle spielte das schon?

»Bleib stehen!«, befahl er. Der Mann gehorchte und drehte den Kopf, um ihn über die Schulter hinweg verächtlich anzusehen. Er stupste ihn wieder leicht mit der Pistole an.

»Wenn ich dich losmache, gibst du mir dein Wort, keinen Unsinn zu versuchen?«

Wieder verstrichen eine, zwei oder vielleicht auch drei quälend lange Sekunden, dann ein neuerliches, vage überrascht wirkendes Nicken.

Marc verspürte ein flüchtiges Gefühl von Erleichterung und machte einen vorsichtigen Schritt nach hinten, sah sich um und musste nur eine Sekunde suchen, um ein rostiges Trümmerstück aus Eisen zu finden, mit dem er den Kabelbinder ebenso schnell durchschneiden konnte, wie er wieder einen Schritt zurückwich und die Hand fester um den Pistolengriff schloss. Dass er seinem Gefangenen nichts antun wollte, bedeutete schließlich nicht, dass er es nicht würde, wenn er ihn dazu zwang.

»Jetzt mach die Tür auf und beweg dich ganz normal. Ich bin direkt hinter dir. Wenn mir etwas zustößt, dann passiert es uns beiden, vergiss das lieber nicht.«

Der Mann nickte noch einmal, verwandte eine weitere Sekunde darauf, sich die Handgelenke zu reiben, in die das Plastik des Kabelbinders tiefe rote Abdrücke gegraben hatte, und drückte dann die Klinke herunter.

Der Schritt hindurch war zugleich der in eine andere Welt. Staub und Hitze und Arbeitslärm – Marc fiel erst im Nachhinein auf, wie heiß und laut es in der großen Halle gewesen war – blieben hinter ihnen zurück und endeten dann abrupt endgültig, als er die Tür mit dem Absatz hinter sich ins Schloss schob. Sie fanden sich in der ernüchternden Realität eines weiß getünchten Treppenhauses wieder, in dem die hier unten offensichtlich überall üblichen rostigen Gitterstufen sowohl nach oben als auch weiter nach unten führten. Marc war überrascht. Auf dem Weg hierher hatten sie mehrere Treppen überwunden und sich mindestens fünfzehn oder zwanzig Meter weit nach unten bewegt, aber der Keller reichte offensichtlich noch ein gutes Stück tiefer in die Erde hinab; was ihm sowohl seltsam als auch ein bisschen beunruhigend vorkam, angesichts der Tatsache, was sich über ihnen befand. Sein Gefangener machte nur noch einen einzelnen weiteren Schritt und sah dann wieder fragend über die Schulter zu ihm zurück.

»Da lang.« Marc machte eine Kopfbewegung nach oben, die er mit einem auffordernden Wedeln seiner Waffe unterstrich. Sein Gefangener schürzte zwar abfällig die Lippen, setzte sich aber gehorsam in Bewegung und begann die Treppe zu erklimmen, wobei seine Hand, an der sich ein ganzes Sammelsurium schwerer goldener Siegelringe befand, ein unangenehmes scharrendes Geräusch verursachte, während sie über das Geländer aus nacktem Metall strich. Marc überlegte eine Sekunde, es ihm zu verbieten, tat es aber dann doch nicht. Der Bursche wollte ihn provozieren – natürlich wollte er das –, und es gelang ihm auch, aber er würde den Teufel tun und es sich anmerken lassen.

Nach zwanzig unangenehm vibrierenden, hallenden Stufen passierten sie einen Absatz mit einer geschlossenen Metalltür mit kyrillischer Beschriftung, und eine Etage höher eine zweite, die sein Führer ebenfalls ignorierte. Erst auf dem dritten Treppenabsatz angekommen hielt er an und machte eine Geste hinter und neben sich.

»Du zuerst«, sagte Marc. »Und keine Dummheiten.«

Die Antwort bestand erneut aus einem verächtlichen Schürzen der Lippen, und daraus, dass der Bursche – sehr vorsichtig – die Hand ausstreckte und die Klinke herunterdrückte. Die Tür schwang mit einem Quietschen nach innen, das sich zumindest für Marc anhörte, als müsste es die halbe Ukraine alarmieren.

Er versuchte seine Aufmerksamkeit zwischen der hoch aufragenden Gestalt über sich und dem breiter werdenden Türspalt zu teilen und erreichte damit lediglich, dass sich ein immer stärker werdendes Gefühl von Panik in ihm ausbreitete, das er nur noch mit Mühe beherrschen konnte.

Das ist jetzt deine wirklich allerletzte Chance, meldete sich die Stimme in seinen Gedanken wieder zu Wort. Noch kannst du umkehren. Mit ein bisschen Glück kommst du vielleicht noch davon.

»Geh weiter!«, befahl er. Er konnte sogar selbst hören, wie heftig seine Stimme zitterte.

Auf der anderen Seite erwartete sie ein schmaler, von kaltem Neonlicht erhellter Gang, der ebenso gut zu einem x-beliebigen Bürogebäude irgendwo auf der Welt hätte gehören können. Nichts erinnerte mehr an das unterirdische Horrorlabyrinth, durch das sie gekommen waren. Ein sachter Geruch wie von Desinfektionsmitteln und Zigarrenrauch hing in der Luft, und irgendwo dudelte leise nervige Hintergrundmusik, wie er sie aus Kaufhäusern und Fahrstühlen kannte. Die Wände auf einer Seite bestanden aus geätztem Milchglas, auf dem kyrillische und lateinische Buchstaben und fantasievolle Firmenlogos prangten. Dahinter bewegten sich Schatten, und er hörte Stimmen, wenn auch zu leise, um die Worte zu verstehen oder die Sprache zu identifizieren. Alles kam ihm mit jeder Sekunde unwirklicher vor. Aus einem Horrorlabyrinth wie aus Dantes neuntem Kreis der Hölle waren sie in eine moderne Büroetage getreten, die ebenso gut zu einer Anwaltskanzlei in New York oder Berlin gehören konnte.

Sein Führer blieb abermals stehen und sah ihn fragend an. »Dein Boss«, erinnerte Marc und wedelte zusätzlich auffordernd mit seiner Waffe. Er kam sich albern dabei vor. Seinem Gefangenen anscheinend auch, dem verächtlichen Verziehen der Lippen nach zu urteilen. Aber er ging gehorsam weiter, steuerte eine halb transparente Tür ganz am Ende des Gangs an und nahm sich sogar noch Zeit für einen allerletzten, fragenden Blick, bevor er die Klinke herunterdrückte und hindurchtrat. Marc folgte ihm dichtauf.

Auf der anderen Seite lag ein hell erleuchteter, sehr großer Raum, der bis auf einen riesigen Konferenztisch und die dazugehörigen Stühle sowie einen riesigen Flachbildschirm an der Wand leer war. Berkowitsch und ein weiterer Mann, der ihm vage bekannt vorkam, saßen auf zwei der modernen Chrom- und Acrylstühle am Ende des Tisches und sahen ihm irgendwie erwartungsvoll entgegen, und zwischen ihnen …

Nein. Das war vollkommen unmöglich.

»Das hat jetzt aber gedauert«, sagte der Mann neben Berkowitsch. »Wir wollten gerade anfangen, uns Sorgen zu machen, ob Sie sich vielleicht verirrt haben oder Ihnen gar etwas zugestoßen ist. Für jemanden, der sich hier nicht auskennt, ist es nicht ganz ungefährlich, müssen Sie wissen.«

Marc hörte die Worte, und auf einer tieferen und irgendwie von der Realität losgelösten Ebene begann er sich auch daran zu erinnern, woher er dieses Gesicht kannte – was ebenso unmöglich war –, aber es wollte ihm nicht gelingen, auch nur irgendetwas davon einen Sinn abzugewinnen.

Und wie auch? Er starrte die dritte, kleinere Gestalt an, die zwischen den beiden Männern saß und aus großen Augen zu ihm hochsah, und alles, wofür hinter seiner Stirn Platz war, war dieses eine, sich wie ein Mantra immer und immer wiederholende Wort: unmöglich. Es war vollkommen un-mög-lich.

Dann hörte er ein Geräusch hinter sich, und wenn schon nicht sein bewusstes Denken – ganz bestimmt nicht! –, so brachte ihn doch etwas anderes dazu, auf dem Absatz herumzufahren und die Waffe hochzureißen.

Gerade noch rechtzeitig, um eine Faust auf sich zufliegen zu sehen.

Dann nichts mehr.

Oder doch. Ein einzelnes Bild folgte ihm noch in die Dunkelheit. Das Bild des unmöglichen Gesichts, das er zwischen Berkowitsch und dem anderen gesehen hatte.

Ninas Gesicht.

21

Dem ersten Stein folgte nur eine Sekunde später ein zweiter, der Conny ebenso zielsicher am Kopf getroffen hätte, hätte sie sich nicht mit einem erschrockenen Ruf nach vorne und zu Maxim gebeugt, und noch bevor sie die Bewegung zu Ende bringen konnte, bemerkte sie eine schlanke Gestalt, die wie ein Gespenst aus der Dunkelheit auftauchte und sie ansprang. Sie versuchte, sich mitten in der Bewegung herumzuwerfen und die Arme hochzureißen, aber alles ging viel zu schnell, und ihr gelang weder das eine noch das andere wirklich. Immerhin prallte sie weit genug zurück, dass der eher unbeholfene Sprungtritt des Angreifers nur ihre Schulter traf statt ihres Gesichts, doch sie wurde noch weiter zurückgetrieben, und ihr Hinterkopf krachte so hart gegen die Wand, dass sie Sterne sah. Ihre Knie wurden weich, und irgendetwas traf sie in den Leib und raubte ihr den Atem. Sie begann mit dem Rücken an der Wand in die Knie zu brechen, doch dann hörte sie Maxim vor Schmerz aufschreien, und der Laut fegte ihre Schwäche beiseite und machte aus ihrem Schmerz Zorn. Als der Angreifer sein Gleichgewicht wiedergefunden hatte, stemmte sie sich an der Wand in die Höhe, sah seine nächste Aktion ohne Mühe voraus, drehte den Oberkörper zur Seite und ließ ihm sogar noch Zeit, sich die Hand an der Mauer neben ihrem Gesicht zu brechen, bevor sie ihn mit einem Faustschlag niederstreckte.

Es nutzte nichts. Der Flur war plötzlich voller Gestalten, drei, vier, fünf oder vielleicht mehr, genug jedenfalls, um sich gegenseitig im Weg zu stehen, sodass sie sie zumindest nicht einfach niederrennen konnten, aber es waren einfach zu viele und Maxim gerade keine große Hilfe. Er kämpfte sich zwar schon wieder benommen ins Wachsein zurück, knickte aber sofort wieder ein, von einem brutalen Fußtritt gegen die bereits aufgeplatzte Schläfe getroffen.

Keiner der Angreifer konnte älter als zwölf oder dreizehn sein, und keiner war kleiner oder gar schmächtiger als sie. Alle trugen fleckige Tarnkleidung in übertriebenem Military-Look, und Conny war sicher, mindestens eines der Gesichter vorhin draußen am Bus gesehen zu haben; vielleicht sogar schon früher und in einem anderen Land.

Allerdings blieb ihr keine Zeit, genauer darüber nachzudenken, denn der erste Angreifer zog sich zwar heulend, von einem Bein auf das andere hüpfend und seine gebrochene Hand umklammernd zurück, aber sie wurde auch schon wieder von zwei Burschen zugleich attackiert. Sie nahm einen harten Schlag gegen die Brust hin, ohne mit der Wimper zu zucken, revanchierte sich mit einem Kniestoß in ein besonders empfindliches Körperteil des frechen Angreifers und wich einem ungelenken Schwinger des anderen auf die gleiche Weise aus wie gerade schon einmal. Anders als sein Vorgänger tat er ihr nicht den Gefallen, sich die Hand an der Wand zu brechen, aber Conny kam ihm zu Hilfe, indem sie die Finger in seine Jacke grub und sein Gesicht so hart gegen die Mauer rammte, dass Blut und zersplitterter Putz spritzten, vielleicht auch der eine oder andere Zahn.

Und damit hörte ihre Glückssträhne auf. Plötzlich blitzten Messer, und sie meinte inmitten des Getümmels auch eine Pistole zu erkennen, aber selbst wenn es anders gewesen wäre – es waren einfach zu viele. Einer lebenden Flutwelle gleich prallte die ganze Meute gegen sie und spülte sie regelrecht aus dem Haus, und sie wurde wohl nur deshalb nicht auf der Stelle nieder- und zu Tode getrampelt, weil sie rücklings aus der Tür stolperte und der Länge nach hinfiel …

Spätestens jetzt hätte etwas in ihr erwachen müssen, eine archaische Kraft, etwas, das jeden bewussten Gedanken, jeden moralischen Skrupel hinwegfegte und sie wieder auf die Füße springen ließ, um wie ein Racheengel unter die ausgeflippte Kinderschar zu fahren und sie auseinanderzusprengen. Etwas, das mit Aisler zu tun hatte, den sie mit einer Mischung aus Abscheu und Ehrfurcht den Vampir genannt hatten, und Trausch, der was auch immer gewesen war. Diese abgedrehte Vampir-Geschichte, wie Eichholz sie genannt hatte, die wie ein düsterer Pesthauch ihre Seele verheerte und in ihr etwas schlummern ließ, das sie antrieb, ja, vielleicht sogar in Maxims Arme trieb, der auf irgendeine kranke Weise eine Art Seelenverwandter war.

»Sie glauben doch nicht im Ernst an die Vampir-Ammenmärchen«, hatte Dr. Kayser in ihrer Vision gesagt. Und: »Was soll das überhaupt sein: ein Vampir? Jemand, der seine spitzen Zähne in einen Hals schlägt und dann Blut saugt? Und danach über übermenschliche Kräfte verfügt? Lächerlich! Und wenn es nun um etwas ganz anderes geht?«

Etwas anderes ... Da war etwas ganz tief in ihr, das auf diesen einzigen vielleicht wirklich inhaltsvollen Satz des überheblichen Psychologen reagierte. Vielleicht war etwas dran an seinen Worten, und sie war deswegen seit zehn Jahren kaum noch im Reinen mit sich, weil alles völlig anders war, als sie gedacht hatte.

Aber was immer es war, es sprang ihr jetzt nicht bei, und sie mutierte auch nicht zu der Superkämpferin, die sie ansatzweise bereits ein paarmal gewesen war.

Stattdessen war da ... nichts. Außer einem Fuß in einem kompliziert geschnürten Springerstiefel, der auf ihr Gesicht herabstieß und es nur nicht auf der Stelle zu Brei zermatschte, weil es ihr irgendwie gelang, im allerletzten Moment den Kopf wegzudrehen. Dafür trafen sie zwei andere Tritte synchron auf beiden Seiten und so hart in die Rippen, dass ihr die Luft wegblieb und aus ihrem geplanten Schrei ein atemloses Japsen wurde. Ein dritter Stiefel zielte auf ihren Schritt und traf zwar nicht, schrammte aber innen an ihrem Oberschenkel entlang, was wirklich ekelhaft wehtat.

Sie versuchte um sich zu treten, doch eine Faust schlug ihren Fuß so hart zur Seite, dass sich ihr Knöchel wie gebrochen anfühlte und sich vermutlich für die nächsten zwei Stunden vom Dienst verabschiedete. Trotzdem griff sie mit der anderen Hand zu, nachdem sie den Tritt mit zusammengebissenen Zähnen in Kauf genommen hatte, packte das Hosenbein des Burschen und brachte ihn mit einer energischen Drehung aus dem Gleichgewicht. Ob er wirklich stürzte, bekam sie nicht mehr mit, denn nun hagelte es Tritte und Schläge in so rascher Folge, dass sie die einzelnen Schmerzen kaum noch spürte, sondern alles zu einem roten Nebel wurde, hinter dem ein bodenloser Abgrund lauerte, aus dem es vielleicht kein Erwachen mehr gab.

Vielleicht war das auch gut so. Vielleicht sollte all das hier und jetzt enden, was spätestens mit Trauschs Tod begonnen hatte und der Grund dafür war, warum man sie nicht mit einer Waffe auf die Menschheit losgelassen hatte: Weil ihre Umgebung spürte, dass sie anders war, eine Gefahr für alle, die ihr nahe kamen, eine Art Raubtier, das eingesperrt, erschossen oder auch brutal erschlagen gehörte.

Gerade als sie endgültig in den Schlund endloser Schwärze hineinzustürzen drohte, erscholl ein einzelner, peitschender Knall, und das Schlagen und Treten ließ nach und hörte nach einer Sekunde ganz auf.

Conny brauchte noch einen weiteren Moment, um sich endgültig aus dem Sog des Abgrunds zu lösen und Tränen und Blut wegzublinzeln und die Augen zu öffnen, und als es ihr endlich gelang, hatte sich die Szenerie völlig verändert. Das halbe Dutzend Killer-Kids in zerschlissener Fantasie-Tarnkleidung umringte sie zwar noch immer, schien aber jegliches Interesse an ihr verloren zu haben.

Der Grund dafür stand unter der Tür, aus der sie gerade herausgefallen war, hatte ein blutüberströmtes Gesicht und zitterte vor Schwäche so sehr, dass er sich gegen den Türrahmen lehnen musste. Die Pistole in seiner Hand war dafür umso ruhiger.

»Macht jetzt keinen Fehler, Freunde«, sagte Maxim, zog eine dazu passende Grimasse und fügte etwas hinzu, das sie nicht verstand.

Die aufgestachelten Jungen möglicherweise auch nicht, denn

sie schienen ihren Schrecken alle zugleich zu überwinden und stürzten in unterschiedliche Richtungen davon. Bis auf zwei. Ein besonders großer und breitschultriger Kerl war tatsächlich dumm genug, mit hochgerissenen Fäusten und gesenktem Schädel auf ihn loszugehen, und jetzt erinnerte sich Conny auch wieder an die Bewegung, die sie vorhin aus dem Augenwinkel wahrgenommen hatte, denn der zweite Bursche war sogar noch dämlicher, indem er plötzlich eine Pistole zog und beidhändig und mit gespreizten Beinen auf Maxim anlegte.

Maxim schoss ihm in den Arm und drückte beinahe gleichzeitig noch einmal ab, um dem anderen Jungen eine Kugel dicht genug vor die Füße zu feuern, die ihn schlagartig davon überzeugte, dass es vielleicht doch keine so gute Idee war, mit bloßen Händen auf einen bewaffneten Mann loszugehen. Mit einer fast unmöglichen Bewegung warf er sich mitten im Schritt herum und jagte davon. Maxim war mit einem einzigen ausgreifenden Schritt bei dem anderen Jungen und fing ihn auf, noch bevor er ganz zusammenbrechen konnte. Er versäumte es nicht, die fallen gelassene Waffe davonzukicken, ließ den verletzten Jungen aber fast sanft zu Boden gleiten, nahm dessen Hand und presste sie auf den durchschossenen Arm.

»Fest drücken«, sagte er. »Und nicht einschlafen, hast du verstanden?«

Der Junge wimmerte nur zur Antwort, und Maxim sagte etwas in einer anderen Sprache und griff gleichzeitig mit beiden Händen nach seinem Hemd. Ohne sichtbare Mühe riss er einen handbreiten Streifen ab, wickelte ihn zu einem kruden Verband zusammen und begann die Schulter des Jungen zu verarzten. Er ging nicht unbedingt sanft dabei zu Werke, zugleich auf eine Art, die Conny verriet, dass er so etwas nicht zum ersten Mal machte. Als er fertig war, hatte der Junge zu weinen begonnen und die Kontrolle über seine Blase verloren, war aber immer noch bei Bewusstsein, und Conny vermutete, dass Maxim etwas getan hatte, damit das auch so blieb.

»Warum … tust du … das?«, fragte sie mühsam, während sie sich an die Wand lehnte und mit einiger Mühe ihre Lungen zu überzeugen versuchte, ihre normale Tätigkeit wieder aufzunehmen.

»Dir das Leben retten, oder dieses dumme Kind am Verbluten hindern?«

»Er hätte dich … ohne Zögern … erschossen.«

»Er ist trotzdem ein dummes Kind«, schnaubte Maxim. Conny fiel auf, wie blass er war und wie heftig die Wunde an seiner Schläfe blutete. Er hatte Mühe, seinen Blick zu fokussieren. »Außerdem kann er mir nichts mehr sagen, wenn er in Ohnmacht fällt.«

»Und du?« Conny machte eine Kopfbewegung auf seine blutende Schläfe.

»Ach das.« Maxim winkte großspurig ab und versuchte nach der Wunde zu tasten, aber seine Bewegung war so fahrig, dass er danebengriff und sich beinahe den Finger ins Auge gestoßen hätte. »Ich mache mir eher Sorgen um dich.«

»Nicht nötig.« Conny nahm einen tiefen rasselnden Atemzug. »Mich hatte es schon mal … schlimmer erwischt.«

»Siehst du. Und bei mir ist es nur ein Kratzer.« Er musterte sie besorgt, schien dann aber zu dem Schluss zu kommen, dass sie tatsächlich nicht ernsthaft verletzt war. »Verrat mir lieber, warum du dich nicht gewehrt hast. Das war nur eine Handvoll Kinder.«

Nur eine Handvoll Kinder? »Der Schlag muss wohl doch ziemlich hart gewesen sein«, sagte sie böse; obwohl er der Wahrheit näher kam, als ihr lieb sein konnte. Doch jetzt, da die unmittelbare Gefahr vorbei war, verblassten auch ihre verwirrten Erinnerungen und all das, was tief in ihr lauerte. Vielleicht war es noch nicht nötig gewesen, dachte sie, und damit entglitt ihr die Erinnerung endgültig wie die an einen fernen Traum, der sich beim besten Willen nicht festhalten ließ.

»Du hast recht«, sagte sie schließlich. »Es sind Kinder.«

»Kinder mit Pistolen und Messern«, antwortete Maxim, »und

dem Willen zu töten. Es wird Zeit, dass sie uns verraten, wie wir an ihre Hintermänner herankommen.«

Er ergriff den Jungen – ganz gewiss nicht zufällig oder aus Gedankenlosigkeit – an der verletzten Schulter und zog ihn in eine halb sitzende Stellung hoch, woraufhin dieser vor Schmerz zu kreischen begann und unbeholfen mit der unverletzten Hand nach ihm zu schlagen versuchte.

»Lass das«, sagte Conny. »Das ist unnötig.«

»Die Pistole«, sagte Maxim statt einer Antwort, »nimm sie.«

Conny angelte zwar gehorsam nach der Pistole, starrte sie aber im ersten Moment nur so hilflos an, als hätte sie so etwas noch nie gesehen; was gar nicht einmal so weit von der Wahrheit entfernt war. Museumsstück wäre noch geschmeichelt gewesen. Das Ding musste noch aus dem Ersten Weltkrieg stammen und war vermutlich schon damals altmodisch gewesen, ein Monstrum, das sicherlich zwei Kilo wog und dessen Rückstoß ihr wahrscheinlich das Handgelenk zertrümmern würde, falls die hundert Jahre alte Patrone nicht gleich explodierte und ihr die Hand abriss.

Nach einer weiteren Sekunde packte sie sie trotzdem fester und zog sogar den altmodischen Schlagbolzen zurück. Immerhin drohen konnte sie ja damit … auch wenn es eigentlich niemanden mehr gab, den sie bedrohen konnte. Der traurige Rest der Kinderarmee krümmte sich neben ihr am Boden und heulte immer noch ungehemmt, alle anderen blieben so spurlos verschwunden, als hätte es sie nie gegeben.

»So«, sagte Maxim zu dem verletzten Jungen. »Und jetzt zu dir …«

Etwas knallte. Zwischen den Augen und genau über der Nasenwurzel des Jungen war plötzlich ein winziges rundes Loch, und praktisch im gleichen Sekundenbruchteil explodierte eine Wolke aus hellrotem Dunst und Knochensplittern aus seinem Hinterkopf. Wie von einem Hammerschlag getroffen kippte der Junge nach hinten, während Maxim und Conny noch erschrocken herumfuhren und sich zwei mit großkalibrigen Revolvern bewaffneten Gestalten gegenübersahen, die nebeneinander aus dem Gebüsch traten.

»Na, da sind wir ja grade noch im richtigen Moment gekommen, wie?«, fragte Lena und schoss Maxim ins Gesicht.

22

Er war nicht tot, und sein Kopf tat weh. Das waren die beiden ersten klaren Erkenntnisse, noch bevor Marc die Augen aufschlug und einen tiefen, bewussten Atemzug nahm, der nach Blut und bitterer Galle schmeckte; und nach Verlieren.

Irgendwo lief eine große Maschine, und das Licht tat seinen Augen weh und war so grell, dass er im ersten Moment nur Schemen sah, die ununterbrochen auseinanderflossen und sich neu und in veränderter Form wieder zusammensetzten. Da waren auch Stimmen, die ein beständiges Hintergrundgeräusch bildeten, sofern sie nicht im dumpfen Rauschen der Maschinen untergingen, und er hatte eine vollkommen verrückte Erinnerung an etwas, das ebenso vollkommen unmöglich war; vielleicht ein letzter, tröstender Gedanke, den ihm sein erlöschendes Bewusstsein anstelle eines weißen Lichts geschenkt hatte.

Eine Hand klatschte in sein Gesicht und riss ihn grob genug in die Wirklichkeit zurück, um ihn endgültig die Tränen in die Augen zu treiben. Nicht einmal, weil der Schlag so hart gewesen wäre – er war es nicht –, sondern wegen der Erniedrigung. Er war es gewohnt, geschlagen zu werden, getreten und gewürgt und auf alle nur denkbaren Arten misshandelt, aber eine Ohrfeige war … etwas anderes. Etwas, das man einem Kind antut, oder einem Nebenbuhler, nicht um ihm Schmerz zuzufügen, sondern einzig um seine Verachtung zum Ausdruck zu bringen.

Er blinzelte, schlug die Augen noch einmal auf und stürzte

von einem Albtraum in den nächsten, ohne den Umweg über das Wachsein gemacht zu haben. Er konnte nicht wach sein, denn was ihm seine Augen zeigten, das steigerte den Wahnsinn, in den er geraten war, schier ins Unendliche. Es war nicht nur Nina, der er hier unvermittelt ansichtig geworden war, sondern es war auch der zweite Mann am Tisch, den er hier niemals erwartet hätte; vielleicht hatte er deshalb nicht sofort begriffen, dass es …

»Sie können jetzt aufhören, den Bewusstlosen zu mimen«, schnitt die Stimme in seine Gedanken, die ihm auf so unmögliche Weise vertraut war. »Es sei denn, Sie möchten Pjotr unbedingt einen Vorwand liefern, weiter auf sie einzuprügeln. Ich glaube fast, es macht ihm ein bisschen Spaß.«

Eine weitere, diesmal schon etwas kräftigere Ohrfeige verlieh den Worten den nötigen Nachdruck, und Marc stemmte sich benommen auf die Ellbogen hoch und hob dann die Hand übers Gesicht, um den nächsten Hieb abzufangen; der seine improvisierte Deckung nicht nur mühelos durchbrach, sondern ohne seine versuchte Gegenwehr vermutlich gar nicht gekommen wäre. Sein Schädel dröhnte, und er schmeckte mehr Blut.

»Genug jetzt!«, befahl die Stimme. Schärfer. »Hilf ihm auf!«

Marc wurde brutal in die Höhe und so hart auf einen der Chrom- und Acryl-Designerstühle gestoßen, dass das Möbelstück ein warnendes Knirschen von sich gab. Seine Zähne schlugen so hart aufeinander, dass er den Schmerz bis in den Nacken spürte, und natürlich ließ es sich Berkowitsch nicht nehmen, ihm noch einen abschließenden freundschaftlichen Hieb in den Nacken zu versetzen.

Nichts von alledem spielte eine Rolle oder drang auch nur wirklich an sein Bewusstsein. Er starrte das Mädchen auf der anderen Seite des Tisches an.

Nina.

Etwas in ihm weigerte sich nach wie vor, es zu glauben, und seine Logik beharrte darauf, dass es unmöglich war, schon weil es nicht wahr sein durfte. Aber sie war es. Nina. Sie war älter geworden, vier, fünf oder sechs Jahre, eine Ewigkeit für ein Kind, aber er erkannte sie jenseits allen Zweifels, und während sich ihre Blicke kreuzten, meinte er auch in ihren Augen ein erstes, fast furchtsames Erkennen heraufdämmern zu sehen. Es war ihr halbes Leben her, dass sie ihn das letzte Mal gesehen hatte – vielleicht mehr –, und dennoch …

Aber vielleicht sah er auch nur, was er unbedingt sehen wollte.

»Genug der Wiedersehensfreude«, fuhr der andere Mann fort. Seine Stimme troff vor Sarkasmus. »Sie werden später noch Zeit genug haben, in Erinnerungen zu schwelgen. Jetzt haben wir eine Menge zu besprechen, Herr Breuer.«

Berkowitsch versetzte ihm einen Schlag mit der flachen Hand gegen den Hinterkopf, sodass er seinen Blick endgültig von Ninas Gesicht losriss, von dem ein Teil von ihm immer noch hartnäckig behauptete, dass es gar nicht da sein konnte, und sich zu dem Mann hinter sich umwandte.

Auch sein Gesicht hatte sich verändert, als hätten die verstrichenen Jahre ihm einen mindestens ebenso großen Tribut abgefordert wie dem Mädchen und ihm selbst. Konnte es sein, dachte er entsetzt, dass nicht fünf oder sechs Jahre verstrichen waren, sondern deutlich mehr, zehn, vielleicht noch mehr? Zeit hatte in diesem neuen Leben, in das er hineingeworfen worden war, eine vollkommen andere Bedeutung.

Aber dann sah er noch einmal in die andere Richtung und in Ninas Gesicht und drehte sich schließlich ganz auf dem Sitz um. »Duda?«

»Major Duda, mittlerweile«, verbesserte ihn Duda, »so viel Zeit muss sein – so sagt man doch bei Ihnen, oder?« Zugleich nickte er aber und machte ein zufriedenes Gesicht. »Aber davon abgesehen fühle ich mich fast geschmeichelt, dass Sie mich wiedererkennen, nach der langen Zeit, die vergangen ist, und allem, was Sie durchgemacht haben.«

Marc konnte seinen Worten kaum folgen. Er starrte Duda an – der angeblich so freundliche Polizist aus Sankt Petersburg, der Ben und ihn mit einem Lächeln in die Hölle geschickt hatte, die zweite Unmöglichkeit an diesem Tag. Seine Gedanken kreisten, ohne irgendwohin zu gelangen. Was, verdammt noch mal, ging hier vor?

»Sie müssen sehr verwirrt sein, und das verstehe ich, aber ich bin auch gerne bereit, alle Ihre Fragen zu beantworten. Oder wenigstens einige.«

Hinter ihm sagte Berkowitsch etwas auf Russisch, und Marc spannte sich in Erwartung eines neuerlichen Schlages an, doch Duda hob rasch und besänftigend die Hand. »Pjotr hat leider recht, und unsere Zeit ist begrenzt. Aber ein wenig Muße sollten wir uns dennoch gönnen. Immerhin habe ich mir einige Mühe gegeben, um diese kleine Familienzusammenführung zu ermöglichen.«

Er machte eine Kopfbewegung auf Nina, die dem absurden Gespräch aus weit aufgerissenen Augen folgte und vermutlich kein Wort verstand. Sie hatte vor fünf Jahren kein Deutsch gesprochen, und daran hatte sich wahrscheinlich nichts geändert. Dennoch konnte er ihre Angst beinahe körperlich spüren. Marc fragte sich, ob sie ihm galt.

»Was … soll das heißen?«, brachte er mühsam heraus.

Duda ergötzte sich ebenso ungeniert wie unübersehbar an seiner Verwirrung. »Ich gebe zu, die Verlockung ist groß, zu behaupten, ich hätte das Mädchen eigens hierherbringen lassen, um Ihnen eine Freude zu bereiten, aber das wäre nicht die Wahrheit, und ich verabscheue Lügen. Wahr ist allerdings, dass ich ihre Abreise um einige Tage hinausgezögert habe, als Pjotr mir von Ihrer privaten Observation erzählt hat.«

Sein Lächeln wurde zu einem Grinsen. »Sie haben nicht wirklich geglaubt, niemand hätte bemerkt, dass Sie sich von Ihrem Arbeitsplatz entfernen, um ihn zu beschatten?«

»Das habe ich nicht«, antwortete Marc, was nicht nur ein reiner Reflex war, sondern auch ziemlich dumm, denn Duda hob warnend die Hand und schickte ein missbilligendes Kopfschütteln hinterher. »Das ist und bleibt das Problem mit euch Deutschen. Ihr glaubt immer, schlauer als alle anderen zu sein, und schlimmer noch, alle anderen wären dümmer als ihr. Hier geschieht nichts, was unbemerkt bleibt. Tatsächlich sollten Sie sich bei Pjotr dafür bedanken, dass er mich informiert hat. Ich konnte Oberst Hamann nur mit Mühe davon abbringen, zu drastischen Disziplinarmaßnahmen zu greifen, nachdem ihm Ihre kleine Extratour zu Ohren gekommen ist. Und allzu lange wäre es mir wahrscheinlich auch nicht mehr gelungen. Aber nun sind Sie ja hier, und alles ist gut. Möchten Sie sich einen Moment allein mit Nina unterhalten?« Er sah Marc eine Sekunde lang abwartend an und schüttelte dann den Kopf. »Verzeihung! Das war dumm. Ihre Deutschkenntnisse sind ja ein bisschen beschränkt.«

Marc konnte ihn nur weiter verständnislos anstarren. Seine Gedanken bewegten sich weiterhin wie durch einen trägen, klebrigen Sumpf, in dem er versinken würde, wenn er auch nur eine Sekunde in seiner Konzentration nachließ.

»Warum … was … was soll das? Was wollen Sie von mir?« Hatte er ihm immer noch nicht genug angetan? Wollte er auch noch die allerletzten Sekunden seiner Rache in vollen Zügen genießen?

Duda strahlte, als hätte er ihm soeben eröffnet, dass er zum General befördert worden war. »Und ich dachte schon, Sie fragen gar nicht. Was ich will?« Er breitete wie in einer Willkommensgeste die Hände aus. »Ich will Ihnen einen Vorschlag machen, Maxim. Einen Vorschlag, den Sie – wie sagt man so schön bei Ihnen? – nicht ablehnen können.«

»Mein Name ist nicht Maxim«, sagte Marc, »und Ihrer nicht Don Corleone, soweit ich weiß.«

»Noch nicht«, erwiderte Duda, machte zugleich aber auch eine Handbewegung, wie um Marcs entsprechende Frage auch rein körperlich wegzufegen, noch bevor er sie überhaupt stellen konnte.

»Ich habe Sie beobachtet, Maxim«, fuhr er fort, wobei er Marc erwartungsvoll ansah und fast ein bisschen enttäuscht zu sein schien, keinen erneuten Protest zu ernten. »Natürlich nicht ich selbst und auch nicht ununterbrochen, aber ich habe mich auf dem Laufenden gehalten. Ich sage das nicht oft zu jemandem, aber in Ihrem Fall ist es wohl angebracht. Sie sind ein beeindruckender Mann.«

Marc hatte wenig Lust auf dieses Spielchen, aber der inzwischen – bei welcher Armee auch immer – zum Major avancierte Kriminalbeamte würde dieses grausame Spiel bis zum Ende durchziehen, ganz egal, wie er sich zierte und wand. Und auch an diesem Ende gab es keinen Zweifel: eine Pistolenkugel in den Kopf, falls Duda nicht beschloss, Pjotr eine Freude zu machen und ihm erlaubte, ihn totzuprügeln.

Der Gedanke ließ ihn beinahe kalt. Er suchte vergeblich nach einer Spur von Angst in sich. Selbst die nervige Stimme hatte aufgegeben. Vielleicht, weil er schon vorher mit dem Leben abgeschlossen hatte. Und Nina lebte noch, und das war wichtiger als alles.

23

Die Kuppel erhob sich wie das Wrack eines abgestürzten Alien-Raumschiffs vor ihnen gen Himmel, und irgendwie fühlte sich Conny auch genauso unwirklich, und sie empfand auch das dazu passende Gefühl großer Angst; auch wenn sie weit weniger ihr selbst galt als Maxim, der schwer an ihrer Schulter lehnte und immer wieder kurz das Bewusstsein verlor. Vielleicht war die Verteilung auch genau andersherum, und er wurde immer wieder einmal kurz wach. Immerhin lebte er, auch wenn sie nicht zu mutmaßen wagte, wie lange das noch so bleiben würde.

Vermutlich, meldete sich die ihr inzwischen hinlänglich bekannte Stimme in ihren Gedanken, genauso lange wie bei dir.

Wenn sie dich nicht vor seinen Augen umbringen, um ihn zu quälen; natürlich erst, nachdem sie dich aus demselben Grund ein bisschen gefoltert haben. Oder auch mehr als nur ein bisschen.

Der Wagen sprang so heftig in ein Hindernis, dass ihre Zähne aufeinanderschlugen und Maxim neben ihr beinahe vom Sitz gefallen wäre. Mit mehr Glück als allem anderem gelang es ihr, ihn festzuhalten, aber er stöhnte vor Schmerz, und die Hand, die er bisher fest gegen die Wange gepresst hatte, rutschte herunter, sodass sie die tiefe Furche sehen konnte, die die Kugel in seine Wange gegraben hatte.

Der Anblick löste eine Mischung aus Übelkeit und Zorn in ihr aus. Die Wunde war vermutlich nicht lebensgefährlich und hatte bereits aufgehört zu bluten, aber sie sah wirklich schlimm aus, und wahrscheinlich sollte sie dankbar sein, dass Maxim immer wieder das Bewusstsein verlor, denn sie musste grässlich wehtun. Die Kugel hatte die Narbe auf seiner Wange diagonal aufgerissen und fast bis auf den Knochen hinab gewütet. Ein Zentimeter mehr, und er hätte den halben Kiefer verloren und wahrscheinlich das Leben.

»Mach dir keine Sorgen, Schätzchen«, sagte Lena vom Beifahrersitz aus. »Er wird es überleben. Der Junge ist zäh.«

Conny widerstand der Versuchung, ihr einen bösen Blick zuzuwerfen, und konzentrierte sich lieber darauf, Maxim ganz auf den Sitz hochzuhieven, und kam endlich auf die eigentlich naheliegende Idee, nach dem Sicherheitsgurt zu angeln und ihn anzuschnallen. Ihre Hände waren hinterher rot und klebrig von seinem Blut, und sie sah erneut mehr von seiner Verletzung, als sie wollte. Würde sein Gesicht jemals wieder so sein, wie sie es in Erinnerung hatte?

Als ob das eine Rolle spielte.

»Du kümmerst dich ja richtig rührend um ihn«, spöttelte Lena. »Herzergreifend, wirklich.«

Während Conny in Maxims Tasche kramte, bis sie ein (nicht

mehr ganz sauberes) Papiertaschentuch gefunden hatte, mit dem sie sich zumindest notdürftig die Hände säuberte, fragte sie Lena: »Warum tust du das?«

»Was?« Lena legte den Kopf schräg und wackelte mit der Pistole. »Auf dich zielen? Na, weil du sonst auf mich zielen würdest. Und wahrscheinlich abdrücken. Hab ich recht?«

»Das alles hier.« Conny warf das blutrote Taschentuch auf den Boden. »Nur wegen ein bisschen Geld?«

»Tatsächlich bekommen wir jede Menge Kohle, wenn wir euch abliefern«, bestätigte Lena, als hätte sie die dümmste Frage aller Zeiten gestellt, »und ganz nebenbei wäre ich tot, wenn ich es nicht tue.«

Rainer, der hinter dem Steuer saß und fuhr, sagte etwas auf Russisch, und Lena zog eine Schnute wie ein Schulmädchen, das sich ungerecht behandelt fühlt.

»Ist ja schon gut«, sagte sie auf Deutsch und wedelte abermals mit ihrer Waffe. Conny schätzte ihre Chancen gar nicht einmal so schlecht ein, ihr die Pistole zu entreißen und Rainer und ihr eine Kugel in den Schädel zu jagen – in beliebiger Reihenfolge und sicherheitshalber gleich mehrfach –, entschied sich aber dann dagegen. Rainer fuhr trotz der mit Schutt und Trümmern übersäten Straße ziemlich schnell, und es nutzte ihr wenig, wenn sie die beiden ausschaltete und sich dann das Genick brach, weil sich der Wagen überschlug oder gegen eine Mauer krachte. Die Gelegenheit würde kommen.

»Also dann rück mal ein Stückchen weg von deinem Herzallerliebsten«, fuhr Lena fort, nun wieder an sie gewandt. »Ich fühle mich besser, wenn ich deine Hände immer im Auge habe. Und ihr beiden habt später noch genug Zeit, aneinander rumzufummeln.« Sie deutete ein Schulterzucken an, und ihr Lächeln wurde zu dem einer Katze, die die Maus in eine Ecke gedrängt hatte. »Oder auch nicht.«

Das mit den Händen im Auge war eine gute Idee, fand Conny. Oder wenigstens zwei Finger, bis hinab zu den Knöcheln.

Später.

Um sich abzulenken, sah sie demonstrativ in die andere Richtung und aus dem Fenster. Nicht, dass es dort besonders viel zu sehen gegeben hätte. Sie fuhren durch eine menschenleere Stadt, von der ein besonders durchgeknallter Teil ihrer Fantasie nach wie vor behauptete, sie wäre Opfer eines nuklearen Höllenfeuers geworden, das die ganze Welt verschlungen hatte, sodass sie beide sowie Lena und ihr übrig gebliebener Hippie die letzten Menschen auf dem ganzen Planeten waren – eine Vorstellung, die der der Hölle unangenehm nahe kam.

»Der Junge«, begann sie schließlich. »Er gehört doch zu euch, oder? Warum hast du ihn erschossen?«

»Ich kann Kinder nicht leiden«, antwortete Lena. »Außerdem war er ein Idiot. Sie hatten den Auftrag, euch einzufangen, und dieser Dummkopf hätte deinen Freund, ohne zu zögern, umgebracht.«

Maxim wäre mit dem Bürschchen selbst mit auf dem Rücken zusammengebundenen Händen und fünf Promille Alkohol im Blut fertiggeworden, dachte Conny grimmig, und sie war sich auch ziemlich sicher, dass Lena das wusste. Vielleicht tötete sie einfach gerne.

»Aber das wolltest du selbst übernehmen«, vermutete sie.

Lena verzog das Gesicht. »Das war ungeschickt von mir. Ich bin eine ziemlich gute Schützin, aber dein Freund hat sich bewegt, weißt du?«

»Wie rücksichtslos von ihm, nicht stillzuhalten, wenn jemand auf ihn zielt.«

Lena ignorierte das. »Ich wollte ihn nur erschrecken, ehrlich. So ein kleines Knalltrauma wirkt doch manchmal Wunder. Aber dieser Idiot musste ja unbedingt den Helden spielen.«

»Er spielt ihn nicht nur«, hörte sich Conny fast zu ihrer eigenen Überraschung sagen. »Maxim ist der tapferste Mann, den ich kenne.« Und so seltsam es auch klang, auch einer der ehrlichsten.

»Deswegen liegt er ja jetzt auch neben dir und blutet uns den Wagen voll«, stellte Lena fest. Sie wollte wohl noch etwas hinzufügen, doch Rainer mischte sich in scharfem Ton ein. »Genug jetzt! Wir sind gleich da. Sieh lieber zu, dass du den Kerl wach kriegst. Ich habe keine Lust, ihn zu tragen.«

Conny sah wieder aus dem Fenster. Während der letzten zwei oder drei Minuten waren sie durch einen schmalen Canyon aus glaslosen Fassaden gefahren, über dem nur ein schmaler Streifen schmutziges Grau zu sehen war, doch jetzt wurden die Ruinen wieder niedriger und wichen schließlich ganz zur Seite, sodass sie wieder einen unverstellten Blick auf den Sarkophag hatten, der sich noch einmal gigantischer hinter einem guten Kilometer sorgsam gerodetem Land erhob. Spielzeuggroße Automobile und stecknadelkopfgroße Menschen machten die monströsen Dimensionen des Riesenbauwerks erst richtig deutlich, und hinter dem havarierten Alien-Raumschiff stapelte sich eine Anzahl weißer und aluminiumfarbener Bauklötze, bei denen es sich in Wahrheit um mehrgeschossige Gebäude handelte. Ihr Herz begann zu klopfen. Was erwartete sie hier?

»Du hast den Boss gehört«, sagte Lena fröhlich und wedelte mit einem Paar schwarz verchromter Handschellen, während sie mit der anderen Hand direkt auf Connys Kopf zielte. »Weck deinen russischen Hengst auf und leg ihm die Dinger an. Und keine Sorge, für dich habe ich auch noch ein Paar. Wir wollen doch nicht, dass ihr noch was Dummes tut, und es noch mehr Tote gibt, oder?«

24

Er sah wieder zu dem Mädchen hin, das ihn weiter aus großen, weit aufgerissenen Augen anstarrte, in denen etwas geschrieben stand, das er lieber nicht wissen wollte. Aber vielleicht auch …

Er war seltsam: Er war plötzlich gar nicht mehr sicher, dass sie wirklich ihn anstarrte. Oder vielleicht doch eher den Mann hinter ihm? Sie war damals keine fünf Jahre alt gewesen, und es lag auch ebenso lange zurück, wenn nicht mehr – aber konnte es sein, dass sie den Mann erkannte, der ihre Mutter umgebracht hatte? Marc schickte ein stummes Stoßgebet zu einem Gott, an den er schon lange nicht mehr glauben konnte, dass es nicht so war.

»Ich möchte Ihnen ein Angebot machen«, wiederholte Duda und hob zugleich abwehrend die Hand. »Bitte hören Sie es sich erst an, bevor Sie ablehnen.«

»Habe ich denn eine Wahl?«

»Selbstverständlich« sagte Duda nicht nur, sondern machte auch ein beleidigtes Gesicht. »Sie können jederzeit aufstehen und diesen Raum verlassen – vorausgesetzt natürlich, Sie kommen an Pjotr vorbei.«

Er lachte leise über seinen eigenen Scherz und wurde gleich darauf umso ernster. »Nein, ernsthaft: Ich habe Ihren Blick gesehen, als Sie hereingestürmt sind. Ich kenne diese Art von Blick. So sieht ein Mann aus, der mit dem Leben abgeschlossen und nichts mehr zu verlieren hat. Und sehen Sie, genau in diesem Punkt täuschen Sie sich.«

»Ach?«, machte Marc.

»Ich erkläre es Ihnen, aber zuerst zurück zu meinem Angebot. Wie Sie möglicherweise schon erraten haben, bin ich nicht nur Polizist. Zusätzlich leite ich noch ein recht erfolgreiches Unternehmen mit zahlreichen Mitarbeitern, von denen Pjotr nur einer ist.«

»Hat er damals schon für Sie gearbeitet?«, fragte Marc.

»Nein. Tatsächlich fand unser erstes … Einstellungsgespräch nur wenige Tage nachdem Sie und Ihr Freund verhaftet wurden, statt. Ich muss Ihnen im Nachhinein meinen Dank aussprechen, auch im Namen der Petersburger Polizei. Durch Ihre Hinweise konnten wir nicht nur Pjotr selbst festnehmen, sondern praktisch seine gesamte Organisation zerschlagen.«

Marc nahm an, dass er sie wohl eher übernommen hatte. Er schwieg.

»Ich bin ziemlich erfolgreich in dem, was ich tue«, fuhr Duda fort. Marc betrachtete ihn jetzt aufmerksamer. Hinter seiner Stirn herrschte noch immer ein heilloses Chaos, und trotzdem musste er seine allererste Einschätzung revidieren. Duda sah nicht nur um deutlich mehr als fünf oder sechs Jahre gealtert aus, er wirkte krank.

Vielleicht war krank auch das falsche Wort. Er wirkte kraftlos, als hätte etwas damit begonnen, ihm all seine Energie und seinen Antrieb zu rauben. Es war nicht wirklich etwas an seinem Aussehen, oder seine Art zu reden oder sich zu geben, sondern etwas, das tiefer in ihm schwärte, wie ein heimtückisches Gift, das seine Wirkung bereits entfaltete.

»Aber ich schweife ab. So ist das, wenn man alte Freunde wiedertrifft, nicht wahr? Man kommt ins Reden und Schwafeln, dabei sind Sie doch sicher ganz begierig darauf, sich mein Angebot anzuhören. Wie gesagt, mein Unternehmen floriert. Tatsächlich trage ich mich gerade mit Expansionsplänen in Richtung Westen. Was halten Sie davon, für mich zu arbeiten?«

»Als was? Als Drogendealer, Auftragsmörder oder Kidnapper?«

»Eines davon mit Sicherheit nicht«, antwortete Duda amüsiert. »Was die anderen Punkte angeht … ich will Ihnen nichts vormachen. Den Heiligen würden Sie mir sowieso nicht abnehmen, vermute ich. Hier also mein Angebot: Sie dürfen zurück in Ihre Heimat. Sie bekommen neue Papiere und eine neue Identität, die jeder Überprüfung standhält. Wie gefällt Ihnen der Name Kutzow? Maxim Kutzow?«

»Sie sind ja verrückt!«

»Sie übernehmen unsere neue Filiale in ihrem Heimatland. Niemand dort kennt Sie, auch die Männer nicht, die bereits dort sind, um die nötigen Vorbereitungen zu treffen. Ein vollkommener Neuanfang – ist es nicht das, was sich jeder von uns manchmal wünscht? Ich biete Ihnen diese Chance. Sie müssen sich vor nichts mehr fürchten. Sie werden eine Menge Geld verdienen und sich für alles entschädigen können, was Sie durchgemacht haben. Ich kenne Männer, die würden ihre Mutter für ein solches Angebot verkaufen.«

Ein solcher Mann war er nicht, das sollte Duda eigentlich wissen, wo er ihn doch angeblich so gut kannte, dachte Marc. Laut fragte er: »Warum ich?«

»Als Deutscher kennen Sie die dortige Mentalität und können dadurch viel gezielter agieren, als es ein Russe oder Ukrainer könnte. Andererseits können Sie aber auch Russisch und können sich meinen Landsleuten gegenüber durchsetzen. Das, in Kombination mit ihrer Persönlichkeit, ergibt eine interessante Mischung.«

»Wenn das alles ist …«, begann Marc.

»Das ist es nicht«, unterbrach ihn Duda. »Ich habe Sie beobachtet, Maxim. Sie sind ein erstaunlicher Mann. Ich glaube, in mancher Hinsicht kenne ich Sie besser als Sie sich selbst. Sie haben keine Ahnung, wozu Sie wirklich fähig sind, wenn Sie es müssen. Ich brauche Männer wie Sie. Männer, die sich etwas vornehmen und es erreichen, ganz egal, was es sie kostet und was sie dafür tun müssen.«

»Und wie kommen Sie auf die Idee, mir trauen zu können?«

»Das tue ich nicht«, erwiderte Duda ungerührt. »Im Gegenteil. Ich misstraue Leuten, denen ich trauen kann, prinzipiell. Ich glaube, ich wäre fast ein bisschen enttäuscht, wenn Sie nicht gerade überlegen würden, wie Ihre Chancen sind, über den Tisch zu springen und mir den Schädel einzuschlagen, bevor Pjotr Sie daran hindern kann.«

»Was sollte mich also davon abhalten, Ihr großzügiges Angebot anzunehmen und in Deutschland zur Polizei zu gehen, kaum dass ich aus dem Flieger gestiegen bin?«

»Nichts«, antwortete Duda, schüttelte zugleich aber auch den Kopf. »Oder doch, genau genommen sogar zweierlei. Das eine ist, Sie sind tot. Sie und Ihr Freund sind offiziell bei einem Brand in einem Gefangenenlager ums Leben gekommen – Sie erinnern sich? Für die Behörden sind Sie tot. Für Ihre Freunde und Ihre Familie sind Sie tot. Ihre Ex-Freundin hat vor zwei Jahren einen anderen geheiratet und ist mittlerweile Mutter, und ihre Freunde haben Sie längst vergessen und reden allerhöchstens noch einmal im Jahr über Sie, wenn sie ein Bier zu viel getrunken haben. Und selbst wenn es Ihnen irgendwie gelingen sollte, die Behörden in Ihrer Heimat von Ihrer wunderbaren Wiederauferstehung zu überzeugen, dann sind Sie immer noch ein flüchtiger Verbrecher, der in Russland offiziell wegen Mordes zu einer lebenslangen Haftstrafe verurteilt worden ist und sich auf der Flucht befindet. Einer Flucht noch dazu, zu der Sie in Ihrem Gefangenenlager ein Feuer gelegt haben, bei dem weitere Menschen ums Leben gekommen sind.«

»Sie wissen, dass das nicht die Wahrheit ist.«

»Natürlich. Aber seit wann hat die Wahrheit jemals eine Rolle gespielt? Ich weiß, was wirklich passiert ist, und Sie wissen es, und Pjotr kennt zumindest einen Teil der wahren Geschichte. Sonst niemand.« Er schüttelte bekräftigend den Kopf. »Sie würden augenblicklich verhaftet, und die russischen Behörden würden unverzüglich ein Auslieferungsbegehren an Ihre Regierung richten. Dem sie selbstverständlich nicht nachkommen wird. Aber dann verbringen Sie eben den Rest Ihres Lebens in einem deutschen Gefängnis. Im Vergleich zu denen in Russland sind das zwar die reinsten Luxushotels, aber trotzdem …«

Marc sah noch einmal zu Nina hin, aber das Mädchen starrte

weiter unverwandt Berkowitsch an. Er war jetzt sicher, dass sie sich an sein Gesicht erinnerte, und ein tiefes Mitgefühl ergriff von ihm Besitz, aber auch schon wieder Zorn. »Und wenn mich das alles nicht interessiert?«, fragte er, wieder an Duda gewandt.

»Dann wären wir bei zweitens.« Der Major hatte diese Antwort erwartet und machte eine Kopfbewegung auf Nina. »Das Mädchen bleibt selbstverständlich hier. Nicht hier bei mir, aber an einem sicheren Ort. Ihr wird nichts geschehen, das verspreche ich Ihnen. Ganz im Gegenteil, ich sorge für ihren Schutz, und sie bekommt eine gute Schulbildung. Niemand wird sie anrühren. Es sei denn, Sie machen etwas wirklich Dummes. Dann allerdings wird das Mädchen für alles bezahlen, was Sie tun.«

»Sie verdammtes Ungeheuer«, murmelte Marc. Er hatte Duda anschreien wollen, aber das konnte er nicht.

»Sie sind nicht der Erste, der das sagt«, erwiderte Duda gelassen. »Es muss wohl etwas dran sein.«

Marc drehte sich erneut und diesmal ganz zu Nina um und versuchte irgendwie, ihren Blick einzufangen. Es gelang ihm nicht. Das Mädchen sah aus aufgerissenen Augen weiter zu Berkowitsch hoch, obwohl er sich mittlerweile auf dem unbequemen Plastikstuhl so weit weggedreht hatte, dass er ihr eigentlich den Blick versperrte. Er konnte sehen, wie es hinter ihrer Stirn arbeitete.

»Sie können natürlich ablehnen«, fuhr Duda fort, »aber dann schicke ich Pjotr nach Deutschland, um diese Aufgabe zu übernehmen. Und die Kleine wird ihn begleiten. Es ist Ihre Entscheidung.«

Und wie sollte er eine solch monströse Wahl treffen?

Nina sah ihn nun endlich doch an, aber sie tat es auf eine Art, die Marc einen eisigen Schauer über den Rücken laufen ließ, und brachte dann zwei oder drei schnelle Worte auf Russisch hervor, die er nicht verstand.

Duda anscheinend schon, denn Marc konnte hören, wie er

sich auf seinem Stuhl umdrehte und Berkowitsch einen Wink gab. Der Russe knurrte eine wenig begeistert klingende Antwort und entfernte sich.

Wenige Sekunden später hörte Marc das Geräusch der Tür, und als er sich überrascht wieder Duda zuwandte, hatte sich dieser gerade auf seinem Stuhl aufgesetzt und hielt eine Pistole in der Hand, mit der er auf Nina zielte. Auf sie, nicht auf Marc.

»Vielleicht gönnen wir uns alle einen Moment der Ruhe, um über alles nachzudenken. Ich nehme an, Sie haben nichts gegen einen Kaffee einzuwenden? Einen richtigen Kaffee, meine ich, nicht diese braun gefärbte Plörre, die Sie im Lager bekommen haben. Ich vermute, die Wärter waschen sich ihre Füße darin.«

Er machte eine auffordernde Bewegung mit dem Pistolenlauf. »Ich hätte Ihnen auch gerne ein Bier oder einen Cognac angeboten, aber nach der langen Zeit sollten Sie vielleicht ein bisschen vorsichtig mit Alkohol sein. Wenigstens am Anfang. Und ich entschuldige mich wirklich für all das hier. Glauben Sie nicht, dass es mir Freude bereitet.«

»Ich hätte Sie gleich erledigen sollen«, sagte Marc und meinte diese Worte bitterernst, »solange ich es noch konnte.«

»Das konnten Sie nie.« Duda zielte einen Moment beidhändig mit albern übertriebener Gestik und zusammengekniffenem linkem Auge und legte die Pistole dann vor sich auf den Tisch. Stattdessen griff er nach einer schmalen Fernbedienung und richtete sie auf den großen Flatscreen an der Wand. Der Bildschirm erwachte und zeigte in vier Segmente unterteilt zwar schwarz-weiße, aber gestochen scharfe Bilder der unterschiedlichsten Überwachungskameras, die überall auf dem Gelände und im Gebäude verteilt waren. Mit einem selbstzufriedenen Lächeln, das Marc sogar spürte, obwohl er nicht einmal in seine Richtung sah, begann er hin und her zu schalten. Er sagte nichts mehr, aber das musste er auch nicht.

Die erste Kamera war direkt über dem Tor der Barackensiedlung angebracht, die zweite zeigte den abgestellten Pajero am Ende der kleinen Fahrzeugkolonne, neben dem jetzt gleich drei Kerle in schwarzen Anzügen herumlungerten; unter ihnen auch der, der ihn hier heraufgeführt hatte. Die dritte überwachte den Raum, durch den sie dieses Gebäude betreten hatten, und so ging es weiter. Duda genoss offensichtlich jedes einzelne Bild, das er ihm zeigte, und Marc wurde klar, dass er die Wahrheit gesagt hatte: Er hatte von Anfang an keine Chance gehabt. Duda hatte jeden einzelnen Schritt beobachtet, den er hier herauf getan hatte.

»Und selbst wenn«, fuhr Duda fort, »Pjotr und meine Männer wären immer noch hier. Sie werden das Mädchen töten, wenn mir irgendetwas zustößt, und sich vorher noch ein bisschen mit ihr amüsieren.« Er schaltete den Bildschirm aus.

»Auch wenn ich gar nichts mehr davon mitbekomme?«

»Selbstverständlich«, erwiderte Duda. »Alles andere würde keinen Sinn machen, nicht wahr?«

»Ich werde Sie umbringen«, versprach Marc. »Sie sollten mich gleich erschießen. Wenn Sie es nicht tun, dann finde ich einen Weg. Ich bringe Nina in Sicherheit, und dann töte ich Sie.«

»Ich habe Sie richtig eingeschätzt«, erwiderte Duda gelassen. »Ein Mann, der weiß, was er will, und sein Ziel verfolgt, ganz egal, was er tun muss und was es ihn kostet.«

Er hob die Hand, als Marc etwas sagen wollte. »Aber genug davon. Hören wir auf, uns gegenseitig zu drohen und uns Unfreundlichkeiten an den Kopf zu werfen. Das ist nicht nur albern, sondern auch Zeitverschwendung. Lassen Sie sich mein Angebot durch den Kopf gehen.«

»Bevor es eine Kugel aus Ihrer Pistole tut?«

»Sie vertrauen mir nicht, und das können Sie auch gar nicht. Sie hassen mich, und wie könnten Sie anders? Aber denken Sie darüber nach. Sie bekommen eine zweite Chance. Sie kommen hier raus. Sie kriegen vielleicht nicht Ihr altes, aber ein anderes und wahrscheinlich sogar besseres Leben zurück, und vor allem:

Nina wird nichts geschehen. Ich gebe Ihnen Zeit, sich zu entscheiden, bis Pjotr zurück ist und wir unseren Kaffee getrunken haben.«

Er sah Marc erwartungsvoll an. Als er auch nach fünf oder sechs Sekunden keine Antwort bekam, griff er unter seine Jacke und zog einen gelben Umschlag heraus, den er Marc schwungvoll über den Tisch zuschob. Als er ihn öffnete, fiel ihm ein schmales Päckchen kyrillisch beschrifteter Papiere sowie ein ebensolcher ukrainischer Reisepass entgegen.

Zögernd schlug er ihn auf und blickte in sein eigenes, glatt rasiertes und deutlich gesünder aussehendes Gesicht, auch wenn der dazugehörige Text und die Daten behaupteten, dass sein Name Maxim Kutzow und sein Geburtsort Kiew sei. Außerdem hatte Duda ihn fünf Jahre älter gemacht.

»Im Laufe der Zeit müssen Sie natürlich Ukrainisch und vor allem die kyrillische Schrift lernen, aber ich glaube nicht, dass Ihnen das übermäßige Probleme bereiten wird.«

Marc klappte den Pass wieder zu, schob ihn in den Umschlag zurück und wollte ihn Duda über den Tisch hinweg wieder zuschieben, zögerte aber dann doch einen winzigen Moment, und unter dem fragenden Ausdruck auf Dudas Gesicht begann ein triumphierendes Lächeln Gestalt anzunehmen.

Beinahe schon flehend sah er zu Nina hin. Das Mädchen sah ihn noch immer auf dieselbe, fast unheimliche Art an, die ihm allmählich mehr als nur Unbehagen zu bereiten begann. Er fragte sich, ob er das Recht hatte, all den Schrecken und überstandenen Horror des Hotelzimmers wieder zu wecken, und kam zu dem Schluss, dass er das nicht tun sollte.

»Du erinnerst dich an mich?«

Nina ließ volle zehn Sekunden verstreichen, dann sah sie ihm auf eine Art fest in die Augen, wie kein Kind einen Erwachsenen ansehen sollte, und nickte. »Ja.«

Marc war beeindruckt. Er hatte ihr damals nur einige wenige Brocken Deutsch beibringen können – ja, nein, bitte und so etwas –, aber sie hatte sie ganz offensichtlich nicht vergessen und seine Frage wenigstens dem Sinn nach verstanden.

»Ich werde dir helfen«, versprach er, ganz egal, wie albern und verlogen er sich selbst dabei vorkam. »Ich sorge dafür, dass du hier herauskommst und dir niemand etwas tut. Du brauchst keine Angst mehr zu haben.«

Ninas Blick behauptete das genaue Gegenteil, was er ihr nicht verdenken konnte, und Duda sagte: »Dann darf ich das als Ja auslegen? Oder mindestens als Zusage, über mein Angebot nachzudenken?«

Marc wollte den Umschlag nun endgültig zurückschieben, aber seine Hand entwickelte einen eigenen Willen und steckte ihn in die Tasche seiner zerschlissenen Arbeitsjacke. Dudas Blick folgte der Bewegung ohne den leisesten Versuch, seine Zufriedenheit zu verbergen.

»Sie haben richtig entschieden, Maxim.«

»Noch habe ich gar nichts entschieden«, antwortete Marc. Es hörte sich einfach nur trotzig an und war auch nichts anderes, und für einen Moment verachtete er sich selbst für seine Schwäche. Aber dann sagte er sich, dass er es nur um Ninas willen getan hatte.

Auch wenn es nur die halbe Wahrheit war.

Dudas Gift wirkte bereits, und wieso auch nicht? Er konnte ein paar Jahre abwarten – er hatte fünf Jahre Hölle hinter sich, was machten da schon einige wenige weitere Jahre in Sicherheit und Wohlstand und Freiheit – und in dieser Zeit genau das tun, was er Duda gerade angedroht hatte, nämlich gute Miene zum bösen Spiel zu machen und zugleich einen Plan auszuarbeiten, wie er Nina in Sicherheit bringen und diesen Kerl und seine gesamte Organisation auslöschen konnte.

Was für eine alberne Vorstellung.

»Aber das sollten Sie«, sagte Duda mit einer Kopfbewegung auf die Tasche, in die er den Umschlag geschoben hatte. »Es gibt einen zweiten Umschlag mit beinahe identischem Inhalt; nur dass in dem Pass Pjotrs Bild klebt. Sie möchten nicht, dass er an Ihrer Stelle fliegt, nehme ich an. Er würde Nina mitnehmen.«

Marc sah nicht einmal direkt hin, aber ihm entging trotzdem nicht, wie Nina erschrocken zusammenfuhr. Anscheinend hatte sie in den zurückliegenden Jahren wirklich mehr als nur ein paar Brocken Deutsch gelernt.

»Aber keine Sorge, Liebes«, fuhr Duda nun direkt an Nina gewandt fort. »Dein Freund hat sich richtig entschieden. Ich nehme dich wieder mit zurück. Nadeshda wird sich freuen.«

»Meine Tochter«, fügte er hinzu, als er Marcs fragenden Blick bemerkte.

25

Von außen hatte das Gebäude noch einigermaßen modern gewirkt, aber jenseits der einseitig verspiegelten Glastür offenbarte es sein wahres Alter, das der Hundert deutlich näher sein musste als der Fünfzig. Gesprungene Bodenfliesen in klassischem Schachbrettmuster verschwanden hier und da unter einer dicken Staubschicht, die zu lange festgetreten und eingetrocknet war, um sie einfach wegwischen zu können, und an der längsten Wand waren noch die Umrisse eines großen Sowjetsterns zu erahnen, der irgendwann einmal dort gehangen hatte. Ein ganzer Wald zweisprachiger Hinweisschilder versuchte einen potenziellen Besucherstrom in geordnete Bahnen zu lenken, von dem im Moment allerdings rein gar nichts zu sehen war. Von irgendwoher erklangen Stimmen, weit weg und unverständlich.

»Versucht jetzt nichts Dummes«, sagte Lena trotzdem. Conny sah nicht zu ihr zurück, aber das musste sie auch nicht, um zu wissen, dass sie weiter mit ihrer Waffe auf sie zielte, beidhändig und aus drei Schritten Sicherheitsabstand, so wie sie sie auch schon vom Wagen aus hier hereingebracht hatte. Dass die Waffe in ihrer Hand jemandem auffallen könnte, schien sie nicht zu kümmern.

Conny wäre ohnehin nicht in der Lage gewesen, irgendetwas Dummes zu versuchen oder auch etwas Kluges. Maxim war zwar wieder weit genug zu Kräften gekommen, um aus dem Wagen zu steigen, aber sie hatte sich seinen Arm über die Schulter gelegt und wankte unter seinem Gewicht, weil er sich so schwer auf sie stützte. Manchmal sank sein Kopf nach vorne, und sie wäre nicht wirklich erstaunt gewesen, wäre er im Laufen eingeschlafen.

»Der linke Aufzug«, befahl Lena. »Beeilung.«

Es gab insgesamt sogar vier Liftkabinen, drei schmale Personen- und einen größeren Frachtenaufzug, der ein Stück abseits der anderen mit offenen Türen auf sie wartete. Darüber blinkte das rote Licht einer Überwachungskamera. Wahrscheinlich wurden sie beobachtet, seit sie das Gebäude betreten hatten.

Rainer eilte voraus, um sich in die Tür zu stellen und sie offen zu halten, machte aber auch einen raschen Schritt zurück, gerade als er in Maxims Reichweite zu geraten drohte.

»An die Wand!«, befahl Lena. »Nebeneinander. Und langsam.«

Conny hätte auch gar nicht schnell gekonnt, denn Maxim stützte sich immer schwerer auf ihre Schultern. Sie war nicht sicher, ob er es ohne ihre Hilfe bis in den Lift geschafft hätte. Das kurze Aufflackern von Kraft hatte nicht lange gehalten.

Lena drückte einen Knopf auf der Bedientafel und nahm so dicht an der Tür Aufstellung, wie es gerade noch ging, ohne sie am Schließen zu hindern, während sich Maxim schwer gegen die Rückwand aus zerschrammtem Aluminium lehnte und die Augen schloss. Sein Atem ging schwer, und seine Hände zitterten. Irgendetwas stimmte nicht mit ihm.

Lena schien das wohl ebenfalls zu sehen, denn sie wedelte schon wieder mit ihrer Pistole herum und fragte: »Was ist los mit ihm? So schlimm ist die kleine Schramme nun auch wieder nicht.«

Es war eindeutig mehr als eine kleine Schramme, aber im Prinzip hatte sie recht, dachte Conny besorgt. Selbst eine so hässliche Verletzung wie diese hätte Maxim unter normalen Umständen weggesteckt, ohne sich etwas anmerken zu lassen.

»Ist alles in Ordnung?«, wandte sie sich an Maxim, was nicht nur eine ziemlich dumme Frage war, sie bekam auch nicht die Antwort, auf die sie gehofft hatte. Maxim rang sich ein angedeutetes Kopfschütteln ab. Seine Augen waren trüb, als er sie öffnete.

»Schmerzen«, presste er zwischen zusammengebissenen Zähnen hervor. »Tabletten. Linke … Tasche.«

Aus Connys Sorge wurde schlagartig etwas Schlimmeres, aber sie griff auch sofort in seine Jackentasche und fand das kleine Tablettenröhrchen, das sie schon in ihrem Hotelzimmer gesehen hatte.

»Was machst du da?«, erkundigte sich Lena misstrauisch.

Conny ignorierte sie, schraubte das Röhrchen auf und schüttelte zwei der kleinen Tabletten auf ihre Handfläche.

»He!«, sagte Lena scharf. Conny hörte, wie sie sich in Bewegung setzte, aber Maxim hatte bereits mit zitternden Fingern zugegriffen und sich eine der Pillen in den Mund geschoben.

Lena riss Conny so derb an der Schulter zurück, dass die restlichen Tabletten von ihrer Handfläche flogen und sich klickernd auf dem Aluminiumboden verteilten. »Verdammt, was soll denn das?«, fauchte sie. »Hier werden keine Pillen geschluckt! Du hast mich gefälligst zu fragen!«

»Zu spät«, antwortete Conny ernsthaft. »Jetzt wird er gleich grün anlaufen und zweieinhalb Meter groß werden und verdammt wütend.«

Lena funkelte sie an, riss ihr aber lediglich das Pillendöschen aus der anderen Hand und kehrte an ihren Platz an der Tür zurück, und Conny wandte sich wieder zu Maxim um. Er zitterte noch immer und war sehr blass, und sie konnte ihm ansehen, welche Mühe es ihm machte, die Tablette unzerkaut und ohne Wasser herunterzuwürgen. Er hustete ein paarmal, bis es ihm endlich gelang, und er roch nach kaltem Schweiß und noch etwas anderem und Schlimmerem.

»Was ist mit dir?«, fragte sie leise. »Maxim, was hast du?«

Ein sachter Ruck und das Schleifen der aufgleitenden Tür bewahrte ihn davor zu antworten – was er wohl sowieso nicht getan hätte –, und Lena schlug mit der flachen Hand gegen die Wand, um ihre Aufmerksamkeit zu erheischen. Rainer wich rückwärtsgehend aus dem Lift und nahm wieder seinen Posten in drei Schritten Abstand ein, und Lena folgte ihm ebenfalls rückwärts und wedelte ungeduldig mit der Waffe, den Lift zu verlassen. Conny streckte die Hand aus, um Maxim zu helfen, doch er schüttelte nur den Kopf und setzte sich aus eigener Kraft in Bewegung, wenn auch so unsicher, dass Conny sich bereithielt, ihn aufzufangen, sollte er stürzen.

Sie fanden sich in einem unaufgeräumten Lagerraum voller überquellender Regale und Kisten und Kartons wieder, in dem es muffig roch und nur eine einzige schwache Lampe brannte.

Ihr Licht reichte aber allemal aus, um die drei schlanken Gestalten in zerschlissener Tarnkleidung zu erkennen, die in einem lockeren Halbkreis vor der Aufzugtür standen und auf sie warteten.

Maxim sog hörbar die Luft zwischen den Zähnen ein und prallte mitten in der Bewegung zurück, und auch Conny kam vor Schrecken aus dem Tritt und wäre um ein Haar gestolpert. Mindestens einen der Jungen erkannte sie wieder – vielleicht auch nur das rostige Butterfly-Messer, das er immer wieder auf- und zuklappte und von der rechten in die linke Hand und wieder zurück wechselte. In seinen Augen stand ein Ausdruck, über den sie lieber nicht nachdenken wollte.

»Keine Angst«, sagte Lena fröhlich. »Sie sind völlig harmlos, solange ich sie nicht von der Kette lasse.«

Obwohl sie vor wenigen Minuten erst einen von ihnen erschossen hatte? Conny teilte ihren Optimismus nicht ganz, aber ihr würde vermutlich auch nicht das Herz brechen, wenn Lena eine böse Überraschung erlebte.

Der Junge warf sein Messer erneut von der rechten Hand in die linke, verfehlte es gerade knapp genug, um sich eine blutige Schramme quer über den Daumen einzuhandeln, und quiekte vor Schmerz, während das Butterfly zu Boden fiel und die Klinge abbrach.

»Das kommt davon, wenn man billigen Chinaschrott kauft«, sagte Lena gehässig. »Und jetzt hör auf zu jammern, oder ich gebe dir einen Grund dazu.«

Rainer sagte ein einzelnes Wort auf Russisch, woraufhin der Junge tatsächlich aufhörte zu wimmern und stattdessen an seinem blutenden Daumen zu nuckeln begann. Seine Augen verschossen unsichtbare feurige Blitze in Lenas Richtung, die sich davon aber vollkommen unbeeindruckt zeigte.

»Wissen sie, dass du ihren Kameraden erschossen hast?«, fragte Conny.

»Das will ich doch hoffen«, antwortete Lena. »Sie gehorchen besser, wenn man ab und zu einen von ihnen umlegt, weißt du? Aber selbst wenn nicht – gib dir keine Mühe, sie verstehen kein Deutsch.« Sie wedelte ungeduldig mit ihrer Pistole. »Können wir dann jetzt, oder soll ich es deinen neuen Freunden hier überlassen, euch zu motivieren?«

Mindestens einer der Jungen hatte sie wohl doch verstanden, denn er machte eine drohende Bewegung, wie um ihren Worten noch den nötigen Nachdruck zu verleihen, und auch Lena wiederholte ihr ungeduldiges Wedeln. Maxim nickte ihr fast unmerklich zu, und sie gingen weiter.

Hinter der nächsten Tür fanden sie sich in einer vollkommen anderen Welt wieder. Sie hatte mit einer Fortsetzung des sozialistischen Fünfzigerjahre-Charmes von unten erwartet, aber der Gang schien eher zu einem modernen Büro- oder Appartementgebäude zu gehören. Pastellfarbene Wände und ein grauer Teppichboden und Trennwände aus opakem Glas, in das kyrillische

Buchstaben und fantasievolle Firmenlogos geätzt waren. Es gab keine Fenster, sondern nur indirekte Neonbeleuchtung und das matte Licht, das durch die halb transparenten Wände drang. Unaufdringliche Aufzugmusik schwebte gerade an der Hörgrenze in der Luft, genau wie gedämpfte Stimmen, ohne dass sie die Worte verstehen konnte. Hinter ihnen sagte einer der drei Jungen etwas, das sie ebenfalls nicht verstand und das von Rainer mit einer rüden Bemerkung auf Russisch kommentiert wurde, woraufhin Ruhe einkehrte.

»Wenn das hier vorbei ist, wirst du mir erzählen, was mit dir nicht stimmt«, flüsterte Conny in Maxims Ohr, leise, aber scharf. »Bist du krank? Was zum Teufel stimmt nicht mit dir?«

Vielleicht hatte sie doch nicht so leise gesprochen, denn Lena sah ärgerlich über die Schulter zu ihr zurück und lächelte schon wieder ihr dummes Blondchen-Lächeln, das Conny ihr liebend gerne aus dem Gesicht geschlagen hätte. »Wenn das hier vorbei ist, Liebes, dann wird er dir gar nichts mehr erzählen, fürchte ich.«

Sie bogen ab, ohne jemandem begegnet zu sein, und Lena gewann mit drei, vier schnellen Schritten etwas Abstand und steuerte eine Tür am Ende des gläsernen Korridors an und öffnete sie, ohne angeklopft zu haben. Conny wusste auch, dass das nicht nötig war, denn ihr waren die als Rauchmelder getarnten Kameras unter der Decke nicht entgangen. Sie hatten keinen Schritt in diesem Gebäude getan, der nicht beobachtet worden war.

»Da wären wir, Freunde«, flötete Lena. »Ihr werdet schon ungeduldig erwartet. Nach euch.«

Sie machte eine übertrieben einladende Geste, musste dann aber selbst einen großen Schritt zurücktreten, als ihr eine schon fast grotesk breitschultrige Gestalt aus dem Raum entgegenkam. Die Größe des Mannes passte zu seiner Statur, sodass er sich tatsächlich unter der Tür hindurchbücken musste.

Conny sah nicht einmal hin, aber ihr entging dennoch nicht,

wie heftig Maxim beim Anblick des Riesen zusammenfuhr und sich nicht nur straffte, sondern auch die Hände zu Fäusten ballte.

Der Neuankömmling war ein Koloss, und es waren nicht nur seine hünenhafte Statur und die gewaltigen Hände, die zu Fäusten geballt die Größe von Kokosnüssen haben mussten und in denen die große Pistole mit dem aufgeschraubten Schalldämpfer wie ein Spielzeug aussah. Sein Gesicht, das eine zerklüftete Landschaft aus Narbengewebe und tief eingegrabenen Falten und Linien darstellte, war der pure Hass. Seine Augen schienen zu glühen, und seine Kiefer mahlten, dass man meinte, das Knirschen seiner Zähne hören zu müssen.

Conny musste sich nicht zu Maxim umdrehen, um zu wissen, dass sie in seinem Blick dasselbe erkennen würde. Die beiden Männer sahen sich nicht zum ersten Mal. Da war noch eine Rechnung zwischen ihnen offen.

»Ihr beide braucht anscheinend wirklich eine schriftliche Einladung, wie?« Lena deutete auf den Riesen, ohne ihn anzusehen. »Oder soll mein Freund hier euch helfen?«

Eine Stimme auf der anderen Seite der Tür rief etwas, und sowohl der große Mann auf der einen als auch Lena auf der anderen Seite traten einen halben Schritt zurück, um sie passieren zu lassen.

Conny wartete, bis Maxim an ihr vorbei und durch die Tür getreten war, dann folgte sie ihm und musste im ersten Moment gegen das ungewohnte Sonnenlicht blinzeln, das durch das große Fenster hereinfiel, das die gesamte rückwärtige Wand darstellte. Ein Konferenztisch mit anderthalb Dutzend zierlichen Acrylstühlen, wie sie vor dreißig oder vierzig Jahren einmal modern gewesen sein mochten, sowie ein überdimensionierter Flatscreen an der Wand bildeten praktisch die gesamte Einrichtung. In einem großen Chefsessel – nicht aus Acryl, sondern schwerem Leder – saß ein schlanker Mann mit dunklem Haar, das von zahllosen grauen und weißen Strähnen durchzogen war, und hinter ihm stand die spiegelverkehrte Kopie des Riesen von draußen und sah ihnen grimmig entgegen.

Darüber hinaus befand sich nur noch eine weitere Person im Raum, ein Mädchen von vielleicht vierzehn Jahren, das sich durch Kleidung und Make-up deutlich älter machte und auf dem Schoß des Mannes im Sessel saß. Es war Conny nicht möglich zu sagen, was genau sie in seinem Gesicht las, aber es war intensiv: Es konnte der schiere Hass sein, ebenso gut aber auch etwas vollkommen anderes. Es spielte auch keine Rolle.

»Nadeshda?«

Das Mädchen nickte ihr fast unmerklich zu, und Maxim trat einen halben Schritt zur Seite und sagte mit zitternder Stimme: »Duda.«

Conny brauchte eine Sekunde, um zu begreifen, dass er nicht einfach *Du da* gesagt hatte, sondern das wohl der Name des Grauhaarigen war.

»Wie schön, dass Sie es endlich geschafft haben«, antwortete Duda. »Ich muss gestehen, dass ich schon fast ein bisschen in Sorge war. Aber nun sind Sie ja endlich hier.« Er lächelte dünn. »Herzlich willkommen zurück, Marc.«

26

»Ihre Tochter?«

»Stellen Sie sich vor, auch Ungeheuer wie ich haben Kinder«, antwortete Duda belustigt. Er deutete auf Nina. »Sie und Nadeshda sind gute Freundinnen geworden.«

»Sie haben sie … mitgenommen?«, vergewisserte sich Marc. »Zu sich?«

»Haben Sie schon einmal ein russisches Waisenhaus von innen gesehen?« Duda beantwortete seine eigene Frage gleich selbst mit einem Kopfschütteln. »Eigentlich sollte es nur für ein paar Tage sein, aber Nadeshda und sie haben sich sehr schnell angefreundet.«

»Und da haben Sie beschlossen, Ihrer Tochter ein neues Spielzeug zu schenken.«

»So kann man es natürlich auch ausdrücken«, antwortete Duda leicht verschnupft. »Ich würde es eher … wie sagen Sie doch so schön bei sich im Westen? … eine Win-win-Situation nennen. Nina bleibt ein Leben im Waisenhaus erspart, und Nadeshda hat eine neue Freundin gefunden.«

»Und Sie hätten sie trotzdem weggeschickt?«

»Geschäft ist Geschäft«, erwiderte Duda kalt. »Und da Sie sich richtig entschieden haben und mein Angebot annehmen, kann ich Nadeshda eine Freude bereiten und sie wieder mit zurückbringen.«

»Wie fürsorglich«, spottete Marc. »Andere Väter bringen ihren Kindern ein Stofftier von der Reise mit. Sie eine lebende Puppe.«

»Ich hatte einen guten Lehrmeister«, erwiderte Duda gelassen. »Es gab da einmal einen deutschen Touristen, der eigens nach Sankt Petersburg gekommen ist, um sich ein lebendiges Souvenir mitzunehmen.«

Marc schluckte alles hinunter, was ihm dazu auf der Zunge lag, und wandte sich Nina zu. Er wurde mit einem Blick belohnt, der so voller Verzweiflung und Schmerz war, dass es ihm schier das Herz brach. Sie hatte jedes Wort verstanden, daran zweifelte er keine Sekunde. Duda musste das ebenso wissen, aber offensichtlich war es ihm egal.

»Ich würde Ihnen gerne mehr Zeit geben, um sich von Nina zu verabschieden, aber ich weiß nicht, ob das wirklich gut für Sie wäre«, fuhr Duda fort, machte sogar noch ein – fast – überzeugend bedauerndes Gesicht und wandte sich dann auf Russisch an Nina. Sie antwortete so schnell, dass Marcs rudimentäre Russischkenntnisse nicht ausreichten, um auch nur den Sinn zu erraten. Aber ihr Tonfall wäre in jeder Sprache der Welt unmissverständlich gewesen. Duda würde in nächster Zeit wenig Freude mit ihr haben.

»Es tut mir wirklich leid«, wandte er sich wieder an Nina. »Ich wünschte, ich könnte irgendetwas ändern. Aber ich kann nicht.«

Aber stimmte das wirklich? Duda hatte die Pistole nicht eingesteckt, sondern so vor sich auf dem Tisch abgelegt, dass er mindestens eine Sekunde brauchen würde, um sie zu ergreifen und auf ihn zu richten; mehr als genug Zeit, um aufzuspringen und ihn anzugreifen. Zumindest in dieser Hinsicht waren die letzten Jahre eine gute Lehrzeit gewesen. Duda würde sich wundern, was man mit etwas so Simplen wie einem Stuhlbein oder auch den bloßen Händen anrichten konnte, wenn man nur entschlossen und rücksichtslos – auch sich selbst gegenüber – war.

Und dann? Selbst wenn es ihm gelang, Duda zu überwältigen, und sogar wenn er das noch Unmöglichere schaffte und irgendwie mit Berkowitsch fertigwurde … der Gedanke, lebend hier herauszukommen – noch dazu zusammen mit Nina –, war schlichtweg albern.

Und es würde genau so kommen, wie Duda gesagt hatte: Was immer er auch tat, am Ende würde Nina den Preis dafür bezahlen.

Die Tür ging auf, und Berkowitsch kam zurück, ein zu Tisch und Stühlen passendes Acryltablett mit einer dampfenden Kanne, zwei durchsichtigen Tassen und einem großen Glas Milch so ungeschickt balancierend, dass es schon fast einem kleinen Wunder glich, dass er unbeschadet den Tisch erreichte.

»Der versprochene Kaffee. Und für unsere kleine Prinzessin ein Glas frische Milch.« Duda gab Berkowitsch einen knappen Wink, worauf der Russe zwar mit einem ärgerlichen Blick reagierte, trotzdem aber zwei Tassen einschenkte und Nina das Milchglas mit so spitzen Fingern über den Tisch reichte, als hätte er Angst, sich daran zu vergiften.

Nina rührte keinen Finger, um danach zu greifen. Sie starrte weiter zu Berkowitsch hoch, und in ihren Augen stand noch immer derselbe Angst machende Ausdruck geschrieben, der Marc zunehmend mehr erschreckte. Sie erkannte ihn, begriff er nun endgültig. Sie erkannte ihn und erinnerte sich. An alles. Er war nicht einmal sicher, ob sie in diesem Moment noch atmete.

Berkowitsch raunzte sie grob genug an, um nun doch einige Tropfen Milch auf den Tisch zu kleckern. Nina zuckte nicht einmal mit der Wimper, und Duda brachte Berkowitsch mit einem einzelnen scharfen Wort zum Verstummen und wies mit einer Kopfbewegung auf das Mädchen. Berkowitsch stülpte zwar trotzig die Unterlippe vor und sah ihn sogar noch giftiger an, machte sich aber dennoch gehorsam auf den Weg um den Tisch herum, wobei er eine unregelmäßige Spur aus weißen Tröpfchen auf dem Boden hinterließ. Fast schon drohend baute er sich über Nina auf und produzierte dabei noch mehr Milchkleckse, indem er auffordernd mit dem Glas wedelte. Duda verdrehte mit einem lautlosen Seufzen die Augen, und Nina starrte ihn noch eine volle Sekunde lang durchdringend an, glitt schließlich von ihrem Stuhl und nahm ihm das Glas aus der Hand. Berkowitsch grunzte eine Antwort, und Nina trank einen winzigen Schluck und schüttete ihm den Rest ins Gesicht.

Berkowitsch prallte mit einem überraschten Keuchen zurück, und Nina zerschlug das Glas auf der Tischkante und versuchte ihm den zersplitterten Rand in die Kehle zu rammen.

Der Russe registrierte die Gefahr im letzten Moment, prallte noch weiter zurück und herum und riss die Arme schützend vors Gesicht, und statt seine Kehle aufzureißen, schlitzte das Glas seinen Jackenärmel auf, fügte ihm einen klaffenden Schnitt vom Handgelenk bis zu den Fingerknöcheln hinauf zu und spaltete seine Wange entlang einer gezackten Linie bis auf den Knochen.

27

»Marc«, murmelte Conny verwirrt. »Zurück?« Was sollte das heißen? Sie verstand nichts mehr.

»Eine lange Geschichte«, antwortete Duda, ohne dass sein Blick Maxim losließ.

»Später«, fügte Maxim hinzu, und Lena wäre nicht Lena gewesen, hätte sie nicht noch ein »Na ja …« hinzugekichert.

»Aber wieso …«, begann Conny, räusperte sich und setzte neu und wenigstens mit dem Versuch einer energischeren Stimme an: »Würde mir vielleicht jemand verraten, was zum Teufel hier los ist?!«

»Später.« Duda winkte fast unmerklich mit der linken Hand, woraufhin der Riese von draußen an ihnen vorbeiging und seine gespiegelte Position neben seinem Doppelgänger einnahm. Die beiden sahen sich tatsächlich so ähnlich, als wären sie geklont, und er unterließ es nicht einmal, die Waffe von der rechten in die linke Hand zu wechseln, um nun auch wirklich wie ein Spiegelbild auszusehen. Einer der drei Jungen quetschte sich zwischen Conny und Maxim hindurch und eilte ebenfalls um den Tisch herum, um sich zwischen den beiden massigen Gestalten zu postieren und sich um ein möglichst grimmiges Gesicht zu bemühen. Wäre die Situation auch nur ein bisschen anders gewesen, hätte Conny vielleicht sogar gelacht. Aber sie war nicht anders, und außerdem sah sie da etwas, das erneut eine Welle kalten Zorns in ihr aufsteigen ließ: Duda hatte die Hand wieder heruntergenommen. Sie lag jetzt auf Nadeshdas Oberschenkel.

»Da wären wir jetzt also«, sagte Lena, als die Stille unangenehm zu werden begann. »Bliebe noch der geschäftliche Teil zu erledigen.«

Duda ignorierte sie ebenso, wie Maxim es tat. Die beiden Männer starrten sich nur an, wenn auch auf eine vollkommen andere Art, als es Maxim und der Riese gerade getan hatten.

Auch sie waren keine Freunde – ganz bestimmt nicht –, aber das, was zwischen ihnen war, spielte sich auf einer vollkommen anderen Ebene ab. Conny war nicht sicher, ob sie hier sein wollte, wenn es sich entlud.

Aber schließlich war sie es, die die Stille abermals durchbrach, indem sie sich in beruhigendem Ton an das Mädchen wandte, während sie einen kurzen, aber drohenden Blick in Dudas Richtung schickte: »Geht es dir gut, Nadeshda? Haben sie dir etwas getan?«

»Natürlich hat das niemand«, sagte Duda in ebenso entrüstetem wie auch leise amüsiertem Ton. Nadeshda schüttelte nur stumm den Kopf. Da war etwas in ihrem Blick, das Conny abermals zutiefst verwirrte. Sie hatte plötzlich das Gefühl, dass hier nichts so war, wie es den Anschein hatte.

Sie streckte die Hand aus. »Dann komm zu mir, Nadeshda. Und wenn Sie ihr etwas angetan haben, dann werden Sie es bereuen, Duda.«

Nadeshda rührte sich nicht, und Duda klang nun ehrlich amüsiert, als er sagte: »Ihr Mut ehrt Sie, Frau Kommissarin, auch wenn es ehrlich gesagt in einer Lage wie der Ihren nicht besonders klug ist, mir zu drohen. Und ich kann Ihnen versichern, dass ich meiner Tochter ganz bestimmt kein Haar krümmen würde. Warum sollte ich auch?«

»Ihrer Tochter?«, echote Conny verstört.

»Ich habe doch gesagt, dass sie die Tochter eines einflussreichen Geschäftsmannes ist«, sagte Maxim, als sie ihm einen hilflosen Blick zuwarf.

»Aber du hast auch gesagt, dass du sie …«

»Das war vielleicht nicht die ganze Wahrheit«, fiel ihr Maxim ins Wort. Sie spürte, wie unangenehm ihm das Thema war, zumal er nach einer Sekunde noch hastig hinzufügte: »Aber das allermeiste schon.«

Conny kam sich dumm vor und erbärmlich getäuscht. Sie starrte Nadeshda an.

»Ich störe diese rührende Familienzusammenführung ja nur ungern«, mischte sich Lena ein, »aber wir sind doch aus einem ganz bestimmten Grund hier, oder?«

»Halten Sie den Mund«, sagte Duda. »Ich habe noch nicht endgültig entschieden, welche Karte ich jetzt ausspielen werde.«

»Wie Sie uns umbringen?«, vermutete Maxim.

»Wenn ich das wollte, dann wären Sie schon seit Jahren tot«, erwiderte Duda. »Sie haben nicht wirklich geglaubt, auf Dauer mit dieser Scharade durchzukommen, oder? Das ist übrigens das Einzige, was ich nie so richtig verstanden habe. Warum haben Sie nicht die Gelegenheit ergriffen, sich an die Polizei in Ihrer Heimat zu wenden und in Ihr altes Leben zurückzukehren?«

»Ich habe daran gedacht«, antwortete Maxim. Oder eher *Marc*, verbesserte sich Conny in Gedanken. Was war hier los? »Aber es gab da einen korrupten russischen Polizisten, der mir einen Mord angehängt hat, den ich nicht begangen habe.«

»Von dem internationalen Haftbefehl gar nicht zu reden, den es seit Ihrer spektakulären Flucht aus dem Gulag gibt«, fügte Duda ungerührt hinzu. »Er hat immer noch Gültigkeit, das nur nebenbei. Aber trotzdem meinen Glückwunsch. Ist Ihnen eigentlich klar, dass Sie der Erste sind, dem das gelungen ist?«

Conny versuchte gar nicht mehr, der Unterhaltung zu folgen, was wohl auch gar nicht möglich war, ohne die dazugehörige Geschichte zu kennen. Sie sah weiter nur Nadeshda an, die ihren Blick immer noch auf dieselbe sonderbare Art erwiderte. Seltsamerweise las sie keine Spur von Feindseligkeit in ihren Augen. Eigentlich nur aus einem Reflex heraus streckte sie noch einmal die Hand nach dem Mädchen aus, und wohl nicht nur zu ihrer Überraschung glitt Nadeshda, ohne zu zögern, von Dudas Schoß und kam um den Tisch herumgehüpft, trotz ihres sexy Kindfrau-Äußeren plötzlich wieder ein kleines Mädchen, das zum Spielen hinauseilt. Duda rief irgendetwas, das Conny nicht verstand, und Nadeshda ignorierte – die aber gar nicht sie ansteuerte, sondern Maxim und sich unübersehbar gerade noch beherrschen konnte, um ihm nicht um den Hals zu fallen. Duda zog die Stirn kraus, schwieg aber dazu.

»Was fangen wir nun mit dieser unerfreulichen Situation an?«, fragte er direkt an Maxim gewandt. »Ich bin ein bisschen unschlüssig, ehrlich gesagt. In den letzten Tagen war ich mehr als einmal so weit, Sie liquidieren zu lassen. Aber Sie sind ein beharrlicher Mann, Marc – oder ist es Ihnen lieber, wenn wir bei Maxim bleiben? Immerhin leben Sie jetzt schon etliche Jahre unter diesem Pseudonym.«

»Marc?«, fragte Conny noch einmal.

Natürlich bekam sie auch jetzt keine Antwort, und nach einigen Sekunden und einem angedeuteten Schulterzucken fuhr Duda fort: »Sie haben mir eine Menge Ärger bereitet, Marc, und einiges an Schaden angerichtet. Aber Sie haben auch ein gewisses Talent bewiesen, und ich bin stets auf der Suche nach vielversprechenden Talenten ... habe ich das schon erwähnt?«

»Ja«, antwortete Maxim. »Es ist schon eine Weile her.«

Nadeshda sagte etwas auf Russisch zu Maxim, und er antwortete in derselben Sprache und mit einem flüchtigen, aber sehr warmen Lächeln. Dudas Stirnrunzeln vertiefte sich.

»Sie töten zu lassen, wäre mir ein Leichtes gewesen, Marc«, fuhr er jedoch nur fort. »Tatsächlich hat es mich viel mehr Mühe gekostet, Sie zu beschützen. Man mag es kaum glauben, aber der gute Berkowitsch hatte doch ein paar Freunde, die genau das von mir verlangt haben. Ich konnte sie nur mit Mühe besänftigen.«

»Dann haben Sie mir das Leben gerettet«, spottete Marc. »Wie nett!«

»Das habe ich in der Tat«, antwortete Duda ernst. »Sogar mehr als einmal, auch wenn sie es wahrscheinlich nicht immer gemerkt haben.«

»Warum?«, fragte Conny an Maxim gewandt.

Duda sah flüchtig in ihre Richtung, richtete seine Worte aber weiter an Maxim. »Sie haben sich gut geschlagen, Marc, vom ersten Tag an. Lassen Sie mich raten: Sie hatten vor, so viel über meine Organisation in Erfahrung zu bringen wie möglich, um dann alles der Polizei zu übergeben. Aber dann haben Sie es doch nicht getan. Warum? War es das angenehme Leben? Das Geld? Die Frauen und Autos und Partys oder die Drogen? Wollten sie ein paar Jahre von dem Leben zurückhaben, von dem Sie glauben, ich hätte es Ihnen gestohlen?«

Conny rechnete nicht mit einer Antwort, und Duda wohl auch nicht, denn er setzte bereits dazu an weiterzusprechen, aber Nadeshda sagte ein paar Worte in ihrer Muttersprache, woraufhin beide Männer sie – wenn auch auf unterschiedliche Weise – verblüfft anstarrten, und schließlich wurde es Conny zu viel.

»Auch wenn es vielleicht das Letzte ist, was ich erfahre …«

»Könnte gut sein«, steuerte Lena ungefragt bei.

»… aber könnte mir endlich jemand erklären, was hier los ist?«

»Das ist Major Vitali Duda«, sagte Maxim verächtlich. »Und inzwischen vielleicht schon General, wer weiß! Der Mann, der mein Leben zerstört hat.«

»Und Ihnen ein neues geschenkt hat«, fügte Duda hinzu. »Ein besseres?«

Es war eine Frage, auf die Maxim auch jetzt nur mit einem verächtlichen Verziehen der Lippen reagierte.

»Egal.« Duda gab Nadeshda einen Wink, der diesmal eindeutig etwas von einem Befehl hatte, den sie aber trotzdem ignorierte, machte ein vage verletztes Gesicht und wandte sich demonstrativ wieder an Maxim. »Genug der Wiedersehensfreude. Ich habe Sie beobachtet, Marc, und ich bin Ihnen etwas schuldig. Immerhin haben Sie sich gut um meine Tochter gekümmert, und ehrlich gesagt bezweifle ich, dass Berkowitsch die Geschäfte auch nur halb so gut geführt hätte, wie Sie es getan haben. Warum machen Sie nicht weiter damit?«

»Sind Sie verrückt?«, ächzte Maxim.

»Nein«, antwortete Duda ruhig. »Aber krank.«

»Wie erfreulich«, sagte Maxim. »Ich hoffe doch, es ist etwas Schlimmes?«

»Ich hoffe, es ist schlimm genug für Sie«, antwortete Duda. »Ich sterbe.«

28

Berkowitsch brüllte vor Schmerz und Wut und prallte rücklings gegen den Tisch, und Marc und Duda sprangen gleichzeitig so heftig in die Höhe, dass ihre Stühle umfielen, und stürzten los.

Sie kamen trotzdem zu spät.

Berkowitsch presste kreischend die Linke gegen seine zerschnittene Wange. Zwischen seinen Fingern schoss das Blut in Strömen hervor, und auch der Schnitt in seinem Handrücken sah nicht so aus, als könnte er den Arm in absehbarer Zeit benutzen.

Aber all das hinderte ihn nicht daran, Nina mit der anderen Hand am Hals in die Höhe zu reißen und mit solcher Gewalt gegen die Wand zu schleudern, dass das fingerdicke Glas zerbrach und sie in einem Scherbenregen hindurchflog.

Duda schrie irgendetwas. Marc warf sich auf Berkowitsch und versetzte ihm einen Fausthieb, der ihn nach hinten und gegen die Tischkante torkeln ließ, setzte ihm nach und brach dann mit einem Japsen in die Knie, als der Russe ihm eine blutige Faust in den Leib rammte. Glas regnete noch immer wie die Scherben eines gefrorenen Wasserfalls rings um ihn herum zu Boden, und er meinte das Wimmern eines Kindes zu hören. Etwas schrammte wie ein glühender Draht über seine Stirn und hinterließ eine brennende nasse Spur, und er versuchte vergeblich, zu atmen, konnte es aber nicht, weil irgendetwas in ihm zerbrochen sein musste.

Egal. Mit einer Kraft, von der er selbst am allerwenigsten

wusste, woher er sie nahm, sprang er in die Höhe und begann auf Berkowitsch einzudreschen, blind und rasend vor Schmerz und reinem, mörderischem Zorn. Seine ungelenken Hiebe trafen kaum oder erzielten keine sichtbare Wirkung, aber Berkowitsch wich trotzdem verblüfft vor ihm zurück. Sein Gesicht war blutüberströmt, und ein Teil seiner Wange hatte sich in einen Hautlappen verwandelt, der wie ein abgerollter Fetzen Tapete von seinem Gesicht hing.

Schließlich traf er doch. Seine Faust hämmerte in Berkowitschs zerschnittenes Gesicht, und diesmal brüllte der Russe vor Schmerz auf, schmetterte seine Hand zugleich aber auch zur Seite und rammte ihm die andere Faust erneut in den Leib; und jetzt mit solcher Gewalt, dass er spüren konnte, wie gleich zwei seiner Rippen brachen und ihm schwarz vor Augen wurde.

Er fiel zum zweiten Mal, um diesmal liegen zu bleiben. Alles wurde schwarz. Verzweiflung und Hilflosigkeit und Schmerz vereinigten sich zu einem brüllenden Strudel, in dem einfach alles verschwand.

Schließlich auch sein Bewusstsein.

Wenn auch nicht für lange. Aufgeregte Stimmen und das Knirschen von zerbrochenem Glas unter groben Schuhsohlen begleiteten ihn zurück in ein Wachsein, das es mühelos mit dem schlimmsten aller Albträume aufnehmen konnte. Etwas – vielleicht er selbst – roch nach Blut, und ganz am Rande hörte er hastig trappelnde Schritte und weitere näher kommende aufgeregte Stimmen.

Er musste wohl geblinzelt oder ein anderes Lebenszeichen von sich gegeben haben, das irgendjemand zum Anlass nahm, ihm so hart in die Seite zu treten, dass seine gebrochenen Rippen in einem gleißenden Schmerz explodierten, der ihm sogar die Luft zu dem dazugehörigen Schrei nahm. Ebenso verzweifelt wie vergebens nach Luft ringend wälzte er sich auf die Seite und zog die Knie an den Leib, um sich vor weiteren Tritten zu schützen; mit dem Ergebnis, dass er nun so hart in den Rücken getreten wurde, dass ihm übel wurde und er die Kontrolle über seine Blase verlor.

Vielleicht wäre es so weitergegangen und sie hätten ihn totgetreten, hätte nicht eine scharfe Stimme dafür gesorgt, dass es aufhörte; abgesehen von einem abschließenden herzhaften Tritt in den Nacken, der ihn erneut an den Rand der Bewusstlosigkeit brachte.

Es war einzig der Gedanke an Nina, der ihn wach hielt, und das Gefühl einer so allumfassend vollkommenen Niederlage, dass Worte nicht ausreichten, um es zu beschreiben. Irgendwann ebbte zumindest der rein körperliche Schmerz so weit ab, dass er es wagte, die Augen noch einmal zu öffnen.

Niemand versuchte sie ihm auszustechen, und als er sich nach einigen weiteren Sekunden auf Ellbogen und Knie hochstemmte, wurde er auch nicht daran gehindert.

Ihm war immer noch übel. Alles war voller Männer – mindestens ein Dutzend, von denen die meisten kopflos durcheinanderirrten und -redeten. Die meisten hatten Waffen gezogen, obwohl es hier drinnen rein gar nichts gab, worauf sie schießen konnten, und die Milchglaswand hinter dem Tisch war komplett zusammengebrochen. Zwei Männer knieten über einer dritten, kleineren Gestalt, die mit angezogenen Knien auf der Seite in einer hellroten Lache und inmitten eines glitzernden Teppichs aus Glassplittern lag.

Nina.

Sie war verletzt, vielleicht schlimm, und gewiss hatte sie große Schmerzen und noch viel größere Angst. Er musste zu ihr.

Irgendwoher nahm er die Kraft, sich ganz hochzustemmen und durch die zerbrochene Glaswand auf den Flur hinauszutreten. Einer der beiden Männer über Nina – Berkowitsch – sah hoch und wollte ihn aufhalten. Doch Marc stieß ihn einfach zur Seite, machte einen großen Schritt auf Nina zu – und erstarrte mitten in der Bewegung.

Nina lag mit geschlossenen Augen auf der Seite, den Arm wie

als Kissenersatz unter den Kopf geschoben, als hätte sie sich nur zum Schlafen niedergelegt. Ihr Gesicht hatte einen absurd friedlichen Ausdruck angenommen, der selbst unter all dem Blut noch zu erkennen war, das noch immer aus unzähligen Schnitt- und Platzwunden lief. Die Schnitte schienen eher oberflächlich zu sein und auf keinen Fall tödlich. Aber irgendetwas stimmte mit dem Winkel zwischen ihrem Kopf und Körper nicht. Kein Mensch konnte den Kopf so weit verdrehen, es sei denn, sein Genick war gebrochen oder der obere Teil der Wirbelsäule zerschmettert.

Marc war wieder in Sankt Petersburg, hörte den Lärm der näher kommenden Verfolger, die von King Kong angeführt wurden und empfand dasselbe ungläubige Entsetzen und dasselbe Gefühl von Ohnmacht wie beim Anblick des toten Jungen. Das Schicksal war gnädiger zu Nina als zu ihm gewesen, denn wahrscheinlich hatte sie nicht einmal gemerkt, was mit ihr geschah.

Aber sie war tot. Wenn es so etwas wie eine lenkende Macht hinter dem Schicksal gab, dann war sie grausamer und bösartiger, als auch nur irgendjemand ahnte. Fast wünschte er sich, dass es so war, denn wenn es etwas gab, das noch schlimmer wäre, dann die gleichgültige Belanglosigkeit, mit der das Leben dieses Kindes ausgelöscht worden war, das Leben des unwiderruflich letzten Menschen auf der Welt, der ihm noch etwas bedeutet hatte.

Er streckte die Hand aus, um Ninas Gesicht ein letztes Mal zu berühren, brachte die Kraft dafür aber dann doch nicht auf. Sein Fluch hatte ihn wieder eingeholt und auch noch den letzten Menschen auf der Welt dafür bestraft, sein Freund zu sein.

»Es tut mir leid«, sagte Duda neben ihm. »Sie war so ein niedliches kleines Ding. Schade um sie. Nadeshda wird sehr enttäuscht sein, dass ich sie nicht wieder mit zurückbringe.«

Marc schlug ihm so fest mit der Faust ins Gesicht, wie er nur konnte. Der Hieb riss Duda in die Höhe und gleich darauf wieder von den Füßen, sodass er mit ausgebreiteten Armen hilflos gegen die Glaswand auf der anderen Seite flog. Anders als bei Nina hielt sie seinem Anprall stand, und sein Hinterkopf schlug mit einem Laut gegen das dicke Glas, der auf der gesamten Etage zu hören sein musste.

Noch bevor er an der Wand entlang zu Boden rutschte, fühlte sich Marc brutal gepackt und in die Höhe gerissen. Jemand schlug ihm ins Gesicht, ein anderer gleichzeitig zweimal hintereinander in die Nieren, sodass ihm nicht nur schon wieder übel, sondern auch schwarz vor Augen wurde.

Er spürte es kaum. Irgendwo in den roten Nebeln vor seinen Augen tauchte Berkowitschs Gesicht auf, eine blutige Clownsmaske, die in Fetzen von seinem Schädel hing und das Totenkopfgrinsen dahinter nicht mehr ganz verbergen konnte. Ein brutaler Hieb mit einer blutigen Faust füllte seinen Mund mit dem Geschmack von bitterem Kupfer und lockerte mindestens zwei Zähne, und der nächste Treffer hätte sie ihm wohl endgültig ausgeschlagen. Im letzten Moment jedoch erscholl ein scharfer Befehl, der Berkowitschs Faust kaum eine Handspanne vor Marc innehalten ließ. Obwohl Berkowitschs Gesicht kaum mehr als eine einzige blutige Masse zu sein schien, erkannte Marc die Mischung aus grenzenloser, rasender Wut und fast ebenso großer Enttäuschung darauf. Trotzdem ließ er die Faust nach einer weiteren Sekunde sinken und trat einen widerwilligen Schritt zurück, dann noch einen, um einem anderen Mann Platz zu machen, dessen Gesicht nicht ganz so verheert war wie sein eigenes, aber ebenfalls überströmt von Blut, das aus seiner unübersehbar gebrochenen Nase lief.

»Sie verdammter Idiot«, sagte Duda, während er sich mit dem Handrücken das Blut aus dem Gesicht zu wischen versuchte; mit wenig Erfolg, denn seine Nase blutete immer noch heftig. »Sie verdammter, dämlicher Idiot. Sie hätten alles haben können. Ein neues Leben. Geld. Freiheit. Aber Sie mussten ja unbedingt den edlen Rächer spielen.«

Er machte einen Schritt nach hinten, versuchte nun mit der

anderen Hand, sich das Blut aus dem Gesicht zu wischen, und absolvierte schließlich eine große Bewegung zu den beiden Männern, die Marc gepackt hielten. Ohne sie wäre er längst zusammengebrochen. »Bringt ihn weg und werft ihn ins Loch!«

29

»Wie erfreulich«, sagte Maxim noch einmal, und Duda schnitt ein vage ungeduldiges Gesicht, stoppte ihn aber zugleich mit einer abwehrenden Handbewegung, als er weitersprechen wollte.

»Vielleicht nicht ganz so schnell, wie es Ihnen lieb wäre. Ich hoffe doch, dass mir noch ein oder zwei Jahre bleiben, vielleicht sogar noch ein bisschen mehr. Denn es gibt noch eine Menge zu erledigen, bis es so weit ist. Ich muss … wie sagt ihr Deutschen doch so treffend dazu? … meine Angelegenheiten regeln. Einschließlich der Nachfolge.«

»Sorry! Als Nachfolger stehe ich nicht zur Verfügung.«

Duda machte ein verächtliches Geräusch. »Jetzt überschätzen Sie sich doch ein bisschen, fürchte ich. Meine Nachfolge ist schon geregelt.« Er machte eine Kopfbewegung auf Nadeshda. »Wenn es so weit ist, wird meine Tochter in meine Fußstapfen treten. Wir expandieren gerade, müssen Sie wissen. Überall auf der Welt sind Männer und Frauen in Positionen, aus denen sie entfernt werden müssen – gerade jetzt, in diesen Zeiten wirtschaftlicher und militärischer Turbulenzen. Und wer könnte das besser als entsprechend dafür ausgebildete Kinder: aus den Schatten hervortreten, töten, um dann wieder …« Er machte eine wischende Handbewegung. »… in den Schatten zu entschwinden.«

»Ihre Kindersoldaten sind doch nichts als eine schlecht dressierte Bande kleiner Äffchen«, sagte Maxim verächtlich.

Duda nickte, als hätte Maxim etwas ganz Wichtiges gesagt. »Stimmt. So soll es wirken – wenn sie in einem Land wie Deutschland auftreten, ist es nur von Vorteil, wenn man sie für eine kleine osteuropäische Diebesbande hält. Sollte man sie erwischen, wirbeln Jugendamt und Polizei ein bisschen durcheinander – und es verläuft alles im Sande, wenn wir sie dann wieder außer Landes bringen. Aus diesem Grund halten wir unsere kleinen Lieblinge auch von Schusswaffen oder noch schwererem Gerät nach Möglichkeit fern. Aber keine Sorge: Bei Bedarf können sie auch damit umgehen.«

»Das ist … pervers.«

»Perverser als Hitlers Volkssturm, der 1945 Tausende deutsche Vierzehnjährige in aussichtslosen Gefechten verheizt hat? Oder als die Kindersoldaten mit ihren Kalaschnikows und Handgranaten, die nicht nur in vielen Ländern Afrikas die dreckigste Seite des Mordens übernehmen und auch Kinder, Frauen und Alte niedermetzeln?« Duda gestattete sich ein schmales Lächeln. »Wohl kaum. Wir sezieren. Andere meucheln, oder legen ganze Städte in Schutt in Asche. Das ist schon ein großer Unterschied.«

»Und doch bleibt es pervers.«

»Wohl kaum perverser als die Geschäftsmodelle großer Konzerne, die die Gesundheit von Frauen und Kindern ruinieren, um ihren Elektronikschrott zu entsorgen oder Löcherjeans für verwöhnte deutsche Kids zu produzieren.« Duda schüttelte den Kopf. »Wachen Sie auf, Marc! Die Welt ist nicht so idyllisch, wie Sie sich das vielleicht wünschen. Und sosehr ich unsere kleine Diskussion auch genieße: Es geht im Augenblick um Nadeshda und Sie. Um nichts anderes.«

»Sie können doch nicht …«

»Ich kann eine ganze Menge«, unterbrach ihn Duda. »Aber künftig nicht mehr meine Hand über meine Tochter halten. Sie ist noch ein Kind und weder der Verantwortung gewachsen noch all den gierigen Händen, die sich nach ihr ausstrecken werden, wenn es dann so weit ist. Ich brauche jemanden, der sie beschützt und auf sie aufpasst.«

»Mich?«, fragte Maxim verblüfft.

»Warum nicht? In den letzten fünf Jahren haben Sie diese Aufgabe ganz hervorragend gemeistert«, antwortete Duda. »Und ich müsste mich schon sehr in Ihnen täuschen, wenn Nadeshda Ihnen nicht auch etwas bedeuten würde.«

»Sie müssen verrückt sein, wenn Sie glauben, dass ich auch nur eine Sekunde darüber nachdenke!«, sagte Maxim heftig.

»Aber das haben Sie doch längst«, erwiderte Duda. »Vielleicht nicht, was die Sache mit meiner Nachfolge angeht, aber Sie haben sich doch längst entschieden, auf Nadeshda aufzupassen. Sagen Sie nicht, dass das nicht stimmt. Sie haben Ihr Leben riskiert, um sie zu beschützen. Und das Ihrer Freundin von der Polizei auch.«

»Das war etwas anderes«, antwortete Maxim.

»Vielleicht, vielleicht auch nicht.« Dudas Blick ließ Maxim kurz los und richtete sich auf Lena. »Und stecken Sie endlich diese verdammte Pistole weg. Sie machen mich nervös.«

Einer der beiden Schwergewichte hinter ihm wedelte zusätzlich mit seiner schallgedämpften Waffe, um seinen Worten so noch den gebührenden Nachdruck zu verleihen. Die junge Frau senkte die Hand mit der Pistole immerhin, steckte sie aber nicht weg, was Duda allerdings zu genügen schien. Er wandte sich erneut an Maxim.

»Sie sind ein grundehrlicher Mann, Marc. Jedenfalls waren Sie das einmal. Und etwas von diesem ehrlichen Menschen ist noch immer in Ihnen, wahrscheinlich mehr, als Ihnen selbst klar ist. Niemand anderem würde ich meine Tochter anvertrauen. «

»Weil Sie ja sterben«, sagte Marc böse.

Duda nickte. »Das ist wahr. So wie Sie.«

Conny sah verwirrt zu Maxim hin. »Was soll das heißen?«

»Wir sterben beide«, antwortete Duda, den Blick noch immer fest auf Maxim gerichtet. »Und beide an derselben Ursache. Aber Sie sind jung, und Sie sind stark, und Sie sind vor allem zäh. Sie werden länger durchhalten als ich. Lange genug, um Nadeshda zu beschützen, und vielleicht sogar lange genug, um Ihren schlechten Einfluss auf sie auszuüben und sie zu dem zu machen, was Sie für einen guten Menschen halten.« Er wiederholte seine abwehrende Geste. »Sie müssen sich nicht jetzt entscheiden. Denken Sie über meinen Vorschlag nach, das ist alles, was ich verlange.«

»Was soll das heißen, du stirbst?«, fragte Conny. »Maxim, verdammt!«

»Jeder stirbt irgendwann«, antwortete Maxim. »Und er übertreibt. Glaub ihm kein Wort.«

»Entzückend«, sagte Duda. »Aber auch das können Sie später klären, Frau Fesser. Mein Angebot gilt übrigens auch für Sie.«

»Sie wissen, wer ich bin?«, fragte Conny.

»Ich weiß, wer Sie waren«, berichtigte Duda. »Was ich Ihrem Freund gesagt habe, das gilt auch für Sie. Sie können nicht zurück. Das Leben, das Sie einmal gelebt haben, ist vorbei, ganz egal, wie das hier ausgeht, und nicht einmal ich kann daran noch etwas ändern.«

Conny hatte Mühe, den Worten zu folgen. Sie starrte Maxim an. Ihr Herz schlug plötzlich so schwer, dass sie es bis in die Fin gerspitzen fühlte. Sie wollte etwas sagen, aber ihre Kehle war plötzlich wie zugeschnürt. Was sollte das heißen, er starb?!

Sie registrierte nicht einmal sofort, dass Duda nun direkt an sie gewandt fortfuhr: »Sie sind mir vollkommen egal, Frau Fesser. Aber wie es aussieht, sind Sie Maxim nicht egal, und er wiederum ist meiner Tochter nicht egal.« Er seufzte. »Es klingt kompliziert, ich weiß, und das ist es auch. Also besprechen Sie sich in aller Ruhe mit Marc, und später reden wir noch einmal über alles.«

»Ich denke nicht, dass das nötig ist.« Maxim drehte sich halb zu Lena um. »Sind wir uns einig?«

»Eine Million?«, vergewisserte sich Lena. »Für jeden?«

Maxim machte ein empörtes Gesicht, nickte aber trotzdem. »Für jeden.«

»Dann sind wir uns einig«, sagte Lena und riss ihre Waffe in die Höhe.

30

Immerhin hatten sie den Aufzug nach unten genommen, statt ihn die Treppe hinunterzuschleifen und unterwegs schon einmal damit anzufangen, ihn totzuprügeln. Vielleicht hatten sie auch im Lift damit angefangen, das konnte er nicht sagen, denn er kam erst wieder halbwegs zu sich, als sie die unterirdische große Halle schon wieder erreicht hatten. Jeder Knochen im Leib tat ihm weh, und zu dem Geschmack von Galle und Blut in seinem Mund gesellte sich nun auch noch der bittere Geschmack der Niederlage, und des Wissens, so allumfassend und vollkommen versagt zu haben, dass es schon beinahe körperlich wehtat.

Nina war tot, und auch das war seine Schuld. Nichts von alledem wäre passiert, wäre er nicht hierhergekommen, um seine albernen Rachegelüste zu stillen.

Es war ihm nicht einmal gelungen.

Berkowitsch lebte und hatte zwar eine bleibende Erinnerung davongetragen, am Ende aber triumphiert, und Duda würde einfach ein anderes Spielzeug für seine Tochter besorgen und Jelenas und Ninas Mörder nach Deutschland schicken, um dort das Leben zu führen, das ihm zugestanden hätte.

Als wäre all das noch nicht genug, war Berkowitschs zerstörtes Gesicht auch das Erste, was er wieder klar sah, als er aus dem Universum aus Schmerz und Verzweiflung emportauchte, in das er gestürzt war. Er hatte die Hälfte seiner Wange wieder nach oben geklappt und mit einem Stück Heftpflaster befestigt. Die Wunde blutete immer noch, was ihn aber nicht zu stören schien. In seinen Augen loderte blanke Mordlust.

Marc wollte etwas sagen, aber es gab nichts, was den Triumph des Mörders nicht noch größer gemacht hätte, also verwandte er das letzte bisschen Energie, das er noch irgendwo in sich fand, darauf, Berkowitschs Blick standzuhalten.

Oder es wenigstens zu versuchen.

Berkowitsch sagte etwas auf Russisch, das er nicht verstand, worauf die beiden anderen aber mit glucksendem Gelächter reagierten, und versuchte es dann noch einmal in gebrochenem Deutsch. »Du gleich tot«, radebrechte er. »Aber keine Angst. Bald vorbei. Schade, dass keine Zeit für mehr Spaß.«

Er versetzte Marc einen eher zaghaften Boxhieb in die Rippen, der zwar schon wieder eine weiße Lohe aus reinem Schmerz durch seinen ganzen Körper jagte, aber das nahm er kaum noch zur Kenntnis. Als ob ein bisschen Schmerz jetzt noch eine Rolle spielte.

Berkowitsch schien das wohl auch so zu sehen, denn statt weiter auf ihn einzuschlagen, hob er die Hand ans Gesicht, tastete mit den Fingerspitzen über das Pflaster auf seiner Wange und betrachtete anschließend etliche Sekunden lang das Blut, das daran kleben geblieben war.

»Wirklich schade, dass keine Zeit«, sagte er. »Aber muss Flugzeug bekommen, gleich morgen fliegen. Schade, aber Glück für dich.« Er griente. »Gehen nach Deutschland, deine Heimat. Wer weiß, vielleicht ich finden deine Familie und grüßen.«

Er zerrieb das Blut zwischen Daumen und Zeigefinger und wirkte immer noch vage verwirrt, als versuchte er vergeblich zu verstehen, wo es herkam, hob schließlich die Schultern und machte eine befehlende Geste mit der freien Hand.

Die beiden Männer schleiften Marc weiter quer durch die Halle und auf den Stolleneingang am anderen Ende zu, wo sie ihn so achtlos fallen ließen wie eine leblose Last. Für einen Moment wurden die Stimmen in seiner Umgebung lauter und verstummten dann, als Berkowitsch ein einzelnes Wort auf Russisch bellte. Etwas scharrte; ein scheppernd-schleifender Laut, der ihm etwas sagen wollte, ohne dass es ihm gelang. Schließlich wurde er wieder gepackt und wie ein Sack Kartoffeln auf eine harte Unterlage geworfen, die nach Dieselöl und Ruß und noch etwas anderem stank.

Dunkelheit wollte nach ihm greifen, aber er drängte sie mit bloßer Willenskraft zurück, und sei es nur, weil er die wenigen kostbaren Minuten, die ihm noch zu leben blieben, nicht bewusstlos verbringen wollte. Ganz egal, wie schlimm sie auch werden mochten.

Alles, was er sah, als er sich zwang, die Augen zu öffnen, war die roh aus einer kruden Mischung aus Felsen, Erdreich und Beton herausgehauene Decke des Stollens, den er auf dem Weg herein schon kennengelernt hatte. Ab und zu huschte ein Licht vorüber, und irgendwo am äußersten Rand seines Gesichtsfelds bewegte sich etwas, das völlig unmöglich war, es sei denn, er war mitten in eine Alien-Invasion geraten, ohne es zu merken.

Dann klärten sich seine Sinne weiter, und aus den vermeintlichen Aliens wurden Gestalten in grotesken silberfarbenen Schutzanzügen mit übergroßen Helmen und geschwärzten Glasscheiben vor den Gesichtern. Er lag auf einem flachen Wagen, der von einem summenden Elektromotor angetrieben wurde und auf den unsauber verlegten Schienen beständig hin und her und auf und ab hüpfte wie ein schlecht gefederter Oldtimer auf einer von Schlaglöchern übersäten Straße. Einmal rumpelten sie über eine Weiche oder eine andere Unebenheit, und er wurde so heftig in die Höhe geschleudert, dass er vom Wagen geworfen worden wäre, hätte ihn nicht eine der Gestalten in einem silbernen Schutzanzug festgehalten; indem sie ihm den Fuß auf die Brust rammte. Das Gesicht hinter der geschwärzten Scheibe war nur als bleicher Schemen zu erkennen, aber er nahm an, dass es Berkowitsch war. Er konnte sich nicht daran erinnern, gesehen zu haben, wie er diesen Anzug anzog, aber das bedeutete nichts, denn er glitt immer wieder kurz in die Besinnungslosigkeit hinab, wenn ihn die Kräfte verließen.

Trotzdem: Manchmal glaubte er eine vertraute Stimme zu hören, dann wieder das Weinen eines Kindes oder auch das Dröhnen und Rumoren großer Maschinen, die tief in der Erde arbeiteten. Einmal sogar Ninas Stimme, was wohl der endgültige Beweis dafür war, dass er mehr und mehr den Halt in der Wirklichkeit verlor.

Schließlich hielten sie an, und er wurde grob auf die Füße gezerrt und von zwei Männern in knisterndem Aluminium unter den Armen gepackt und gestützt, weil seine Kraft schon lange nicht mehr reichte, um aufrecht zu stehen.

Einer davon war Berkowitsch, der es sich ganz offensichtlich nicht nehmen lassen wollte, bis zum allerletzten Moment dabei zu sein. Marc erkannte sein Gesicht trotz der geschwärzten Scheibe an dem hellen Fleck auf der Wange.

»Jetzt bald vorbei«, drang seine Stimme dumpf unter dem Helm hervor. Marc konnte das gehässige Grinsen darin hören. »Und du keine Sorge. Nicht lange genug hier, um krank werden.«

Marc machte sich keine Sorgen. Und er hatte auch keine Angst. Wovor auch? Er war doch schon in der Hölle.

Die beiden Männer schleiften ihn durch einen niedrigen, direkt aus dem Fels herausgehauenen Gang bis in einen größeren, wieder aus Beton und einem Wald aus Stützpfeilern bestehenden Raum, in dem etliche andere Gestalten in verdreckten silberfarbenen Aluminiumanzügen arbeiteten. Er war zu matt, um zu erkennen, was sie taten, aber die meisten stellten ihre Arbeit ein und wandten ihnen die geschwärzten Glasplatten zu, die sie anstelle von Gesichtern hatten, als sie vorübergingen. Zur Linken gähnte ein gewaltiger rechteckiger Schacht im Boden, der mit rostigen Elementen aus Maschendraht gesichert war. Vor ihm waren andere Männer damit beschäftigt, Erdreich und Betonbrocken in gelbe Metallfässer zu schaufeln, wie er sie schon draußen in der Halle gesehen hatte, wobei sie jede Schaufelladung sorgsam mit einem kleinen Apparat abtasteten, der Marc an einen Phaser aus den alten *Star Trek*-Folgen erinnerte. Geigerzähler, begriff er. Marc wusste längst, wo sie waren und was das alles hier bedeutete, nur nicht warum, aber das spielte auch keine Rolle. Berkowitsch hatte recht: Es war vorbei. Es gab keinen Grund mehr, sich Sorgen zu machen.

Auf einen Wink des Russen hin stellten zwei Männer ihre Arbeit ein und eilten voraus, um ein Segment aus dem Bauzaun zu lösen und zur Seite zu schieben. Sie entfernten sich sehr hastig wieder. Berkowitsch versetzte dem Zaunelement – vermutlich aus reiner Bosheit – im Vorbeigehen einen Tritt, der es scheppernd umfallen ließ, zog die Hand unter Marcs Arm hervor und packte stattdessen dessen Handgelenk, um ihm den Arm brutal auf den Rücken zu drehen. Der zweite Mann entfernte sich rasch und rückwärtsgehend, während Berkowitsch ihn weiter an den Rand des Schachts hindrängte und seinen Arm dabei deutlich brutaler verdrehte, als nötig gewesen wäre. Er hielt ihn auch mit der gleichen übertriebenen Kraft fest, als er ihn am Schacht angekommen nach vorne zwang, sodass er in die schwarze Tiefe blicken konnte.

Sie war gar nicht ganz schwarz und eigentlich auch nicht allzu tief. Unten schimmerte es nass und in einem sonderbaren fahlblauen Licht. Tscherenkow-Strahlung. Er hatte das Wort einmal gelesen und auch die Erklärung dafür gehört, aber längst wieder vergessen und auch keine Ahnung, ob sie in diesem Fall zutraf.

Es war auch nicht wichtig, denn seine ganze Konzentration galt den beiden Gestalten, die Hand in Hand nebeneinander unten im Schacht am Rand des gefliesten Beckens standen und zu ihm hochsahen.

Jelena und Nina. Jelenas Kehle war rot, der klaffende Schnitt darin selbst über die Entfernung hinweg deutlich zu sehen, und Nina hatte den von Schnitt- und Platzwunden übersäten Kopf schräg auf die Seite gelegt und auf der Schulter abgestützt, weil ihr gebrochenes Genick sein Gewicht nicht mehr halten konnte. Aber beide sahen glücklich aus und lächelten zu ihm hoch und winkten ihm mit der jeweils freien Hand zu. Gleich würde er bei ihnen sein.

»Letzter guter Rat«, radebrechte Berkowitsch. »Nicht Luft anhalten. Tief einatmen. Geht schneller.«

Und damit versetzte er Marc einen Stoß, der ihn nach vorne schleuderte.

31

Die beiden Schüsse fielen so synchron, dass sie zu einem einzigen donnernden Krachen verschmolzen, in dem das schallgedämpfte *Plopp!* des dritten Schusses einfach unterging, den einer der beiden Leibwächter gerade noch abfeuern konnte, bevor Rainers Kugel seine Brust traf und ihn wie eine Marionette mit durchschnittenen Fäden zu Boden sacken ließ. Lena traf nicht präzise, sodass die Kugel den Mann nur herumriss und gegen die Scheibe hinter ihm warf, und sie noch einmal feuern musste, um ihn endgültig niederzustrecken. Das alles nahm deutlich weniger als eine Sekunde in Anspruch und war schon wieder vorbei, bevor Conny überhaupt begriff, was geschah.

Dafür reagierte sie umso schneller, als Lena die Waffe herumschwenkte, um auch noch den Jungen hinter Dudas Stuhl zu erschießen, und schlug ihr die flache Hand gegen den Ellbogen. Sie war zu nah, und der Stoß zu hastig ausgeführt, um wirklich Wirkung zu zeigen. Die Kugel verfehlte den Jungen, der daraufhin hastig die Flucht um den Tisch herum antrat. Lena revanchierte sich prompt mit einem Stoß mit demselben Ellbogen, der Conny die Luft nahm und sie rücklings gegen einen der Jungen torkeln ließ, der unbeholfen gegen die Glasscheibe in seinem Rücken prallte und dann auf die Knie fiel. Auf der anderen Seite tat Maxim es Lena gleich und rammte dem Burschen hinter sich den Ellbogen mit solcher Gewalt in den Leib, dass Conny hören konnte, wie dessen Rippen brachen; ein Geräusch wie trockener Reisig, der unter dem Stiefel eines Riesen zerbarst. Der Bursche, den Lena verfehlt hatte, versuchte an ihr vorbei aus dem Raum zu stürmen, doch Conny streckte den Arm aus und spannte die Muskeln an, wie sie es in unzähligen Wrestling-Shows gesehen hatte. Erstaunlicherweise funktionierte es sogar. Der größte Teil des Jungen rannte noch einen guten Schritt weiter, während sein Gesicht wuchtig genug gegen Connys Unterarm prallte, um ihn einen grotesken halben Salto rückwärts schlagen zu lassen.

Auf der anderen Seite weiter hinten polterte es, gefolgt von einem Laut wie einem gedämpften Stöhnen und dem Klimpern fallenden Glases. Conny sah über die Schulter zurück und wunderte sich ein bisschen, dass Rainer noch stöhnen konnte, denn er hatte praktisch kein Gesicht mehr und lag in einer sich ausdehnenden Blutlache auf dem Rücken. Die Kugel hatte nicht nur seinen Schädel durchschlagen, sondern auch das Milchglas der Wand, die sich jetzt wie in Zeitlupe in ein millionenfach verästeltes Spinnennetz verwandelte, dessen Bruchstücke nun allmählich zu Boden fielen. Zugleich sah sie aber aus dem Augenwinkel, wie auch in Dudas Hand wie hingezaubert ein verchromter Revolver erschien und dann auf halbem Weg nach oben erstarrte, als Lena ihre Waffe nun auf ihn richtete.

»Versuchen Sie es ruhig«, sagte sie lächelnd, machte sogar noch eine auffordernde Bewegung mit der freien Hand und fügte über die Schulter an Conny gewandt hinzu: »Mach das noch mal, und die nächste Kugel ist deine.«

Duda versuchte es nicht, sondern legte die Waffe übertrieben vorsichtig vor sich auf den Tisch und hob beide Hände. Seine Finger zitterten, auch wenn Conny nicht das Gefühl hatte, dass es aus Furcht war.

»Sie wissen, dass Sie damit nicht durchkommen.«

»Komisch, und ich dachte, das wäre ich schon.« Lena nahm Dudas Waffe und beugte sich dann über die beiden Erschossenen, um auch deren Waffen an sich zu nehmen und nach kurzem Zögern ihre eigene Pistole gegen die schallgedämpfte Waffe eines der Männer auszutauschen, die in ihrer schmalen Hand fast monströs groß und klobig wirkte.

Einer der Bodyguards lebte noch und regte sich stöhnend. Lena erschoss ihn mit seiner eigenen Waffe, beugte sich auch über den anderen und verpasste ihm aus nächster Nähe einen Kopfschuss, dann ging sie zu Rainer zurück, hob auch seine Waffe auf und legte sie zusammen mit Dudas Pistole auf den Tisch. Der Junge, den Conny niedergeschlagen hatte, stemmte sich unsicher in die Höhe, torkelte mit einem verängstigten Blick an Conny vorbei und legte sich den Arm seines Kameraden über die Schulter, um zusammen mit ihm aus dem Raum zu humpeln. Der dritte Junge, den Maxim niedergeschlagen hatte, rührte sich nicht. Conny konnte nur hoffen, dass er noch lebte.

Nadeshda sagte irgendetwas, das sie nicht verstand, umso deutlicher war dafür die Bewegung, mit der sich das Mädchen Schutz suchend an Maxim drängte.

Lena verzog nur abfällig die Lippen. Conny war überrascht, wie wenig der Tod ihres Begleiters die junge Frau zu beeindrucken schien – sie hatte die beiden für ein Paar gehalten –, tauschte aber zugleich auch einen verstohlenen Blick mit Maxim, auf den er mit einem angedeuteten Kopfschütteln reagierte.

»Das macht dann zwei Millionen für mich«, stellte Lena fröhlich fest. »Wir waren zwar nicht verheiratet, aber irgendwie fühle ich mich trotzdem wie seine legitime Erbin.«

»Kein Problem.« Maxim hob die Hand ans Gesicht. »Abzüglich der Kosten für den Schönheitschirurgen, versteht sich.«

»Versteht sich.« Sie fuchtelte mit der Waffe in Dudas Richtung. »Soll ich ihn erschießen?«

»Nein«, antwortete Maxim. »Jedenfalls noch nicht.«

»Das ist ein Fehler«, sagte Duda, »und das wissen Sie. Aber zwei Millionen? Ich gestehe, dass ich mich ein bisschen geschmeichelt fühle, Ihnen so viel wert zu sein. Es ist nicht das erste Kopfgeld, das auf mich ausgelobt wurde, aber es gab noch nie eines in dieser Höhe. Darf ich das als Kompliment betrachten?«

»So groß ist das Opfer nicht«, antwortete Maxim gelassen. »Ich bezahle es mit Ihrem Geld.«

Duda beließ es bei einem neuerlichen Achselzucken und wandte sich wieder direkt an Lena. »Sie wissen, dass Sie damit nicht durchkommen. Selbst wenn er Ihnen das Geld gibt – was ich, ehrlich gesagt, bezweifle –, werden Sie jeden Cent davon brauchen, um am Leben zu bleiben. Meine Männer werden Sie bis ans Ende der Welt jagen, das ist Ihnen doch klar, oder?«

Lena nickte. »Sonst wäre es ja auch langweilig, nicht wahr?« Sie wackelte mit der monströsen Waffe. »Aber machen Sie ruhig so weiter, und ich erschieße Sie ganz ohne Auftrag.«

»Einem sterbenden Mann mit dem Tod zu drohen, macht nicht viel Sinn.«

»Sie würden sich wundern«, antwortete Lena und warf Maxim einen schon fast flehenden Blick zu, bekam aber wieder nur ein Kopfschütteln zur Antwort.

»Ich bin nicht hier, um Sie zu töten, Duda«, sagte Maxim. »Ich dachte, ich wäre es, aber Sie haben es ja selbst gesagt: Es macht keinen Sinn, einen sterbenden Mann mit dem Tod zu drohen. Ich lehne mich lieber zurück und sehe zu, wie Sie lebendig verfaulen.«

»Ich nehme an, Sie wissen, wie sich das anfühlt?« Duda winkte ab, bevor Maxim antworten konnte. »Natürlich wissen Sie es. Hat es schon angefangen?«

»Was?«, fragte Conny, bevor Maxim antworten konnte.

Duda sah weiter Maxim an, antwortete aber trotzdem: »Die Übelkeit. Die Schmerzen. Später dann Durchfall und Haarausfall – was ist Ihnen persönlich eigentlich unangenehmer? Nennen Sie mich eitel, aber bei mir waren es tatsächlich die Haare.« Er fuhr sich mit gespreizten Fingern wie mit einem Kamm durch die Haare, und Conny sah nicht nur jetzt erst, wie dünn sie unter der sorgsam drapierten Frisur in Wirklichkeit waren. Eine dünne graue Strähne blieb unter seinem Fingernagel hängen und schwebte zu Boden, als er sie wegschnippte. Die Haut darunter sah schlimm aus.

»Ist es das, was ich glaube?«, fragte Conny mit belegter Stimme. Zitterten ihre Hände? Definitiv.

»Er hat es Ihnen nicht gesagt?«, vermutete Duda.

»Mir was nicht gesagt?«, fragte Conny, scharf und nicht an Duda gewandt.

Maxim wich ihrem Blick aus, antwortete aber trotzdem: »Mein letzter Besuch hier war … ein wenig turbulent.«

»Es gab einen kleinen … Betriebsunfall«, ergänzte Duda. »Ich fürchte, Marc hat ein wenig von dem abbekommen, was meine Landsleute unter dieser hübschen Stahlkuppel draußen einzusperren versuchen.«

Conny starrte Maxim volle fünf Sekunden lang an, und sie hätte es vielleicht auch noch länger getan, hätte sich Lena nicht mit einem übertriebenen Räuspern zu Wort gemeldet.

»Er will Zeit gewinnen, das ist euch doch klar, oder?« Sie drehte sich wieder zu Duda zum. »Funktioniert nicht, Genosse. Wenn die Sache schiefgeht, erledige ich Sie trotzdem. Dafür reicht die Zeit bestimmt noch.«

»Sie bluffen«, behauptete Duda, wenn auch ohne den notwendigen Nachdruck.

Conny hörte nur mit halbem Ohr hin. Sie starrte immer noch Maxim an, und hinter ihrer Stirn bewegten sich die Gedanken so langsam wie angekettet. »Du wurdest …. verstrahlt?« Das Wort ging ihr ungefähr so leicht über die Lippen wie ein Ball aus Stacheldraht. Alles drehte sich.

»Ich hab es überlebt.«

Die Frage war nur, wie lange. Plötzlich ergab manches einen Sinn. »Warum … hast du mir nichts davon gesagt?«

»Was hätte das geändert?«

Alles. Sie schwieg.

»Es ist nicht so schlimm, wie Major Duda es sich wünschen würde«, fuhr Maxim, Marc oder wie immer er auch heißen mochte, nach einer nicht enden wollenden Sekunde fort. »Die Medizin hat in den letzten Jahren auf diesem Gebiet ganz erstaunliche Fortschritte gemacht.« Er ließ ein verächtliches Schnauben hören. »Es heißt, ein vermögender russischer Geschäftsmann hätte ein nicht einmal so kleines Vermögen in die entsprechende Forschung gesteckt … fällt Ihnen da jemand ein, der für eine derart selbstlose Tat infrage käme, Major?«

»Jedenfalls niemand, dem es wirklich genutzt hätte«, antwortete Duda. »Andererseits weiß man nie, wie schlimm es ohne die Medikamente geworden wäre, nicht wahr?«

»Machen Sie sich keine Sorgen«, flötete Lena. »Sie werden nicht mehr lange leiden. Schade eigentlich.«

Duda seufzte nur, und Lena fuhr an Maxim gewandt fort: »Sie müssen sich entscheiden, Kutzow – oder wie immer Sie heißen. Wir sollten verschwinden. Früher oder später merken seine Prügelknaben, dass was nicht stimmt, und kommen zurück. Ich schieße nicht gerne auf Kinder.«

»Ach nein?«, fragte Conny.

»Nein«, beharrte Lena. »Auch nicht auf abgehalfterte Politessen, ob du es glaubst oder nicht. Was aber nicht heißt, dass ich es nicht tue, wenn es sein muss.«

Conny war klug genug, nichts mehr dazu zu sagen, sondern es bei einem lautlosen Augenverdrehen zu belassen. Sie fragte sich, wo Maxim diese durchgeknallte Zicke eigentlich aufgetrieben hatte, und begriff erneut, wie wenig sie in Wahrheit über ihn wusste; was ja vielleicht auch ganz gut war.

»Wir sollten wirklich verschwinden«, sagte Lena noch einmal und jetzt in sehr ernstem Ton. »Jemand kann die Schüsse gehört haben und herkommen.«

Conny wunderte sich ohnehin, dass das nicht schon längst passiert war, und auch Duda machte ganz den Eindruck, genau darauf zu warten. Vermutlich hatte Lena recht, und er spielte auf Zeit.

»Dann verschwinden wir«, sagte Maxim.

Conny war nicht die Einzige, die ihn erstaunt ansah. Selbst Duda wirkte überrascht.

»Einfach so?«, fragte er schließlich.

»Ich bin hergekommen, um Nadeshda zu finden. Das habe ich. Ich bringe sie von hier weg und an einen Ort, an dem Sie sie ganz bestimmt nicht finden.«

»Und Sie glauben, das lasse ich zu?« Duda wartete vergeblich auf eine Antwort und wandte sich dann in einer anderen Sprache und herrischem Ton an Nadeshda. Das Mädchen sah verängstigt in seine Richtung, rührte sich aber nicht von der Stelle.

»Geben Sie sich keine Mühe, Duda. Sie haben längst verloren. Spätestens in dem Moment, in dem Sie sie zu mir geschickt haben, um mich auszuspionieren.«

»Ihr könnt ja gerne noch ein bisschen miteinander plaudern«, mischte sich Lena ein. »Über alte Zeiten reden, Kriegsgeschichten austauschen, mit all den tollen Frauen angeben, die ihr schon hattet – was Männer eben so tun, wenn sie unter sich sind. Ich verschwinde jetzt jedenfalls. Und ihr solltest dasselbe tun.«

»Wie kommen Sie auf die Idee, dass Sie das könnten?«, wollte Duda von Maxim wissen, wobei er abwechselnd ihn und seine Tochter im Auge behielt.

»Weil es nichts gibt, was Sie dagegen tun könnten. Wir verschwinden, und Nadeshda kommt mit uns.«

Duda seufzte. Tief. »Das kann ich nicht zulassen.«

Es klang eigentlich nicht wirklich nach einem Schuss, eher nach dem altmodischen Zündplättchen einer Kinderpistole.

An Dudas kaltem Lächeln änderte sich rein gar nichts, und Lena fuhr auch nur ganz sacht zusammen und machte einen schleppenden halben Schritt nach hinten, bevor sie ganz langsam den Arm sinken ließ, als wäre die Waffe in ihrer Hand plötzlich zu schwer, um sie zu halten. Noch langsamer senkte sie den Blick und sah fassungslos auf den dunklen Fleck hinab, der sich rasch eine halbe Handbreit über ihrem Schoß ausbreitete. Sie schien etwas sagen zu wollen, brachte aber nur ein leises Seufzen heraus, gefolgt von einem Schwall schaumigen Blutes. Ihre Waffe polterte zu Boden, auch wenn sie noch einen Augenblick Widerstand leistete und zitternd dastand, bevor sie ganz langsam auf die Knie und dann seitlich zu Boden sank.

»Was für eine Verschwendung! Und so dumm. Sie hätte das

Geld nehmen und verschwinden sollen, solange sie noch konnte. Ich glaube beinahe, ich hätte sie gehen lassen.« Duda deutete ein Achselzucken an. »Wenigstens für ein paar Tage.«

Er hatte die Waffe, mit der er Lena niedergeschossen hatte – ein schon fast lächerlich kleiner Revolver, an dessen Griff noch das Klebeband hing, mit dem er unter der Tischplatte befestigt gewesen war –, gehoben und zielte nun immer wieder abwechselnd auf Conny und Maxim. »Ich nehme nicht an, dass Sie noch einmal über meinen Vorschlag nachdenken wollen?«

Maxim verzog nur geringschätzig die Lippen, während Conny blitzartig ihre Chancen abwog, sich zusammen mit Maxim auf ihn zu stürzen und ihm die Waffe zu entreißen, bevor einer von ihnen oder auch beide durchlöchert wurden. Sie standen erbärmlich schlecht; um nicht zu sagen, es gab sie nicht. Es waren sieben oder acht Schritte um den Tisch herum, und Duda brauchte die Hand nur leicht nach rechts und links zu bewegen. Und dasselbe galt auch für die Waffe, die Lena nur ein kleines Stück vor ihnen auf den Tisch gelegt hatte, wortwörtlich zum Greifen nahe und trotzdem unerreichbar.

»Zeit, Abschied zu nehmen«, sagte Duda mit einem übertriebenen Augenaufschlag. »Nadeshda, geh bitte raus.«

Nadeshda rührte sich nicht, und Conny sah aus dem Augenwinkel, wie Maxim sich spannte und versuchte dasselbe zu tun, wenn auch ein bisschen unauffälliger. Nicht, dass sie ernsthaft glaubte, eine Chance zu haben, aber sie würde ganz bestimmt nicht einfach darauf warten, dass Duda sie erschoss.

Am Boden ließ Lena ein gedämpftes Wimmern hören und versuchte sich zu bewegen, aber Duda tat ihnen nicht den Gefallen, sich auch nur für einen Sekundenbruchteil ablenken zu lassen. Stattdessen wandte er sich erneut in seiner Muttersprache an Nadeshda, und diesmal bekam er eine Antwort; auch wenn sie ihn unübersehbar überraschte und auch Maxim zu einem erstaunten Stirnrunzeln veranlasste.

»Ihr Freund scheint einen wirklich schlechten Einfluss auf

meine Tochter auszuüben«, wandte sich Duda in amüsiertem Tonfall an Conny.

»Sie hat ihm angeboten, freiwillig bei ihm zu bleiben, wenn er uns gehen lässt«, fügte Maxim hinzu.

»Sie müssen wirklich einen ganz besonderen Eindruck bei ihr hinterlassen haben«, bestätigte Duda in kaum weniger erstauntem Ton, schüttelte zugleich aber auch den Kopf. Sein Blick wurde hart. »Aber jetzt ist es gut. Komm hierher, Nadeshda. Auf der Stelle!«

Nadeshda antwortete in trotzigem Ton auf Russisch und mit einem heftigen Kopfschütteln, und Duda sagte noch ein einzelnes herrisches Wort in seiner Muttersprache, wartete eine Sekunde lang vergeblich auf eine Antwort und schoss Maxim in die Brust.

32

Der Aufprall war wie ein Sturz durch eine Glasscheibe, und das Wasser nahm ihm zwar die ärgste Wucht, war zugleich aber auch so heiß, dass er vor Schmerz aufschrie oder es wenigstens versuchte. Mit dem einzigen Ergebnis allerdings, dass ihm gerade noch Zeit blieb, das unwiderruflich letzte bisschen Luft aus seinen Lungen als Vorhang aus absurd schönen silbernen Blasen vor seinem Gesicht in die Höhe sprudeln zu sehen, bevor die gesprungenen Kacheln des Beckenbodens seiner Bewegung endgültig ein Ende setzten; und das so hart, dass er nun doch das Bewusstsein verlor.

Wenn auch nur für den kleinen Teil einer Sekunde. Als sich seine Sinne einer nach dem anderen mit unterschiedlicher, aber ausnahmslos schmerzhafter Intensität zurückmeldeten, trieb er mit dem Gesicht nach oben ein Stück weit unter der Wasseroberfläche und begann zu ersticken. Er hätte Berkowitschs Rat befolgt und einfach tief eingeatmet, um das Ende wenigstens um einige qualvolle Momente zu verkürzen, aber das Schicksal war grausam genug, ihm selbst diese kleine Gnade zu verwehren: Sein Kehlkopf hatte sich verkrampft, als er die ersten Tropfen Wasser eingeatmet hatte, und der Aufprall hatte ihm jedes bisschen Kraft genommen.

Irgendwo unendlich weit über ihm stand eine Gestalt in einem albernen aluminiumfarbenen Anzug und starrte mit einem Grinsen auf ihn herab, das er selbst durch die geschwärzte Glasscheibe vor seinem Gesicht erkennen konnte, und ganz am Rande seines rasch kleiner werdenden Gesichtsfelds waren noch andere Gestalten, unterschiedlich groß und immer noch ebenso unmöglich wie präsent.

Die Atemnot wurde zur Qual, dann unerträglich und dann noch einmal schlimmer, und seine Welt schrumpfte immer schneller zu einem winzigen Kreis zusammen, in dessen Zentrum sich die Gestalt in Silber schließlich umdrehte und ging, und aus dem schrumpfenden Kreis wurde ein leuchtender Punkt; wie bei einem altmodischen Röhrenfernseher, dessen Stecker jemand gezogen hatte.

Das war also das Ende. Seltsam, er hatte gar keine Angst, sondern verspürte nur eine vage wissenschaftliche Neugier, ob hinter diesem Licht noch etwas war, und wenn ja, was.

In einer Sekunde würde er es wissen.

33

Im selben Moment, als Maxim getroffen wurde, starb Conny. Nicht so, wie sie sich den Tod vorgestellt hatte, und sicherlich auch nicht so, wie es sich der Tod vorgestellt hatte, wenn es ihn denn gab.

Sie verlor jeglichen Halt, rutschte ab, tiefer in eine bodenlose

Schwärze hinein, das Gegenteil des Lichtes am Ende des Tunnels, das man angeblich sieht, wenn man stirbt. Ein Teil von ihr war sich durchaus bewusst, dass Duda gerade Maxim erschossen hatte und sie noch in dem gleichen Raum war, der ihnen zur tödlichen Falle geworden war.

Ihre Hülle mochte dort sein, ihr Körper. Nicht so aber ihr eigentliches Selbst, ihr Ich oder das, was die Christen die unsterbliche Seele nennen. Und letztendlich war es auch vollkommen egal, wo sie war. Es gab kein Hier und kein Jetzt, es gab kein Dort und keine Vergangenheit. Oder doch: Es gab dies alles, und zwar alles gleichzeitig. Sie konnte sich nur nicht erinnern. Sie verstand nichts und doch alles. Was passierte mit ihr?

Marc, Maxim, Kutzow. Namen. Bedeutungslos. Er war der Mann, auf den sie immer gewartet, auf den sie gehofft hatte, obwohl etwas in ihr doch die ganze Zeit über gewusst hatte, dass sie ihm nie begegnen würde: Und dass es auch nicht notwendig war.

»Und sie glauben tatsächlich, ein Vampir zu sein?«, fragte Dr. Kayser. »Sie wissen doch selbst, was das für eine überspannte Idee ist. Andererseits: Hochemotionale Gedanken haben eine enorme Kraft. Und genug Emotion ist ja in Ihnen.«

In ihr? Ausgerechnet in ihr, die so kühl und beherrscht war?

Sie stürzte hinein in ein Kaleidoskop verschiedenster Gedanken und Gefühle, und dort gab es keinen Dr. Kayser mehr und keinen Kriminalrat Eichholz und nicht einmal einen Trausch. Alles begann sich um sie zu drehen. Ihre Gedanken waren wie gelähmt, aber in ihrem Inneren bäumte sich ein starkes, wildes Gefühl auf und ein stummer Schrei entsprang ihrer Seele.

Ein Luftzug strich über ihr Gesicht und brachte den Geruch von Verwesung und faulenden Körpern mit sich sowie das leise Plätschern, mit dem sich etwas in der schlammigen Brühe voller Unrat und faulender Dinge bewegte, die das Becken zu ihren Füßen ausfüllte. Irgendetwas trieb in dem Dreckswasser, eine dunkle Gestalt, sich selbst und dem nahenden Tod überlassen.

Conny blinzelte, aber das unheimliche Bild blieb, und es dauerte einen weiteren Moment, bis sie begriff, dass sie genau das sehen sollte, was da vor ihr war, und sogar noch länger, bevor sie sich eingestand, dass es nicht nur purer Wahnsinn war, der ihren gesunden Menschenverstand endgültig hinweggefegt hatte, sondern dass das alles einen Sinn ergab.

Auch wenn sie ihn noch nicht vollkommen fassen konnte.

Sie hatte dieses dunkle, dräuende Abwasserbecken bereits mehrfach zuvor wie eine verdrängte Erinnerung vor sich gesehen, aber da war dieser quälende Anblick nichts weiter als der Vorbote von dem gewesen, was nun hier mit ihr geschah. Und nicht nur mit ihr, wie sie nun endlich begriff.

Sie wusste inzwischen nur zu gut, wer da im stinkenden Wasser unter ihr trieb wie ein Stück Holz. Es war Kutzow. Marc. Maxim. Egal. Der Mann, den sie liebte.

»Den ich liebte.«

Conny drehte so schnell und erschrocken den Kopf, dass ihr schwindelig wurde. Hinter ihr stand eine nackte Frau, und auch wenn Zeit und Raum hier eine andere Bedeutung hatten als in dem, was man die Realität nennt, nahm Conny sie doch bis ins kleinste Detail wahr.

Die Frau war zierlich, hatte blond gelocktes Haar und eine durchschnittene Kehle. Blut war über ihre ebenmäßigen Brüste gelaufen und bildete nun einen fürchterlichen Kontrast zu ihrem hübschen, unschuldig wirkenden Gesicht.

»Ich bin Jelena«, sagte die Frau, und als Conny nicht antwortete: »Ich bin tot.«

Ja, sie war tot. Als Conny genauer hinsah, erkannte sie, dass der Hals der Frau nicht durch einen chirurgisch sauberen Schnitt durchtrennt worden war, sondern durch eine wild gezackte Linie. Sie hatte solche Wunden oft genug gesehen. Ausdruck von unbändiger Wut verbunden mit dem Wunsch, Macht auszuüben, zu demütigen und zu töten.

Sie hätte eifersüchtig sein können. Das Gegenteil war der Fall.

Sie spürte eine tiefe Verbundenheit mit dieser Frau, die wie sie Marc/Maxim geliebt hatte. Und die mit ihr sprach, als wäre es das Selbstverständlichste der Welt, als Tote mit durchschnittener Kehle reden zu können.

»Nun bist du also gekommen«, sagte Jelena.

Conny nickte. Sie hatte schon immer gespürt, dass es da noch jemanden gab. Natürlich. Ein Mann wie Marc hatte geliebt, und er hatte verloren. Weil er trotz all seiner Stärke ein Verlierer war wie sie selbst, gebeutelt vom Schicksal.

»Ich bin auch tot«, sagte Conny. »Irgendwie.«

Jelena nickte. »Sonst wärst du nicht hier. Und wir beide auch nicht.«

Sie machte eine kleine Handbewegung, und aus dem Hintergrund näherte sich eine zweite Gestalt, kleiner als Jelena, ihr aber auf geradezu unheimliche Art ähnlich, auch wenn sie bekleidet war. Das Gesicht war übersät von teils winzigen und teils größeren Schnittwunden, was ihr einen skurrilen Anblick verlieh.

Über Jelenas Wangen flossen plötzlich blutige Tränen. »Das hätte nicht passieren dürfen«, hauchte sie. »Meine Nina. Sie hat doch noch das ganze Leben vor sich gehabt!«

Der Kopf des Mädchens, das bis auf ein paar Schritte zu Jelena aufschloss, pendelte schräg auf der Seite liegend vor und zurück, nicht allzu sehr, aber doch deutlich genug um zu erkennen, dass da etwas ganz und gar nicht stimmte. Genickbruch, vermutete Conny, und sie spürte, wie sie ein eiskaltes Frösteln überlief.

»Fürchterlich, was Menschen einander antun«, flüsterte sie.

Jelena nickte. »Ja. Und dann erfinden sie jämmerliche Ausreden, um ihre abscheulichen Taten zu rechtfertigen.« Sie winkte ab, als Conny etwas sagen wollte. »Es ist alles vergebens, wenn wir nicht endlich anfangen, uns zu wehren. Wenn wir nicht alles in unserer Kraft Stehende tun, um die Menschen, die wir lieben, vor Leid zu bewahren …«

»Aber wie … Wie können wir …« Connys Stimme versagte.

Jelenas blutige Tränen waren versiegt, und in ihren Augen war plötzlich ein entschlossenes Funkeln, das Conny an Maxim erinnerte. »Wir brauchen deine Kraft, um ihn zu retten. Wir sind nichts ohne dich. Und du nichts ohne uns.«

Conny hatte das Gefühl, als wären ihre Gedanken von dicken Spinnweben verklebt. Sie stand einer toten Frau und ihrer ebenso toten Tochter gegenüber und wollte eine Allianz mit ihnen schmieden, um Maxim zu retten? Was war das? Völliger Wahnsinn – oder etwas, das Anlass zur Hoffnung gab?

»Wenn wir ihn jetzt nicht retten, wirst du Marc nicht kennenlernen«, sagte Jelena. »Du wirst weder zu ihm noch zu dir selbst finden. Du wirst verloren sein in dem Grauen, das dich gepackt hat, um dich nie wieder loszulassen …«

»Duda hat Maxim niedergeschossen«, begann Conny. »Wie …?«

»Wie das alles zusammenhängt?«, fragte Jelena. »Du willst wissen, wie es sein kann, dass Duda Marc bereits vor vielen Jahren hat töten lassen, indem er ihn von seinem Komplizen in dem radioaktiv verseuchten Becken hinter dir entsorgen ließ? Und wie es sein kann, dass du nun Zeugin davon wirst?«

»Wie kann ich Zeugin von etwas werden, das vor Jahren stattfand?«

»Und wie kann ich hier sein, obwohl mich Marcs Erzfeind schon vor zehn Jahren umbrachte?«, fragte Jelena.

Conny schauderte. »Genau zu der Zeit, als ich den Vampir jagte.« Sie zögerte. »Oder … oder ist jetzt genau der Zeitpunkt, an dem ich an Trauschs Seite Aisler zur Strecke bringen wollte? Und Duda erschießt Maxim erst in zehn Jahren?«

»Wer weiß das schon«, antwortete Jelena. »Vielleicht ist Zeit nur eine Illusion. Vielleicht geschieht alles gleichzeitig. Und vielleicht ist das alles auch egal. Und wichtig nur, wie wir uns entscheiden, wenn uns Leben und Tod herausfordern.«

Conny nickte. Ihr brannten tausend Fragen auf der Zunge, aber sie ahnte, dass es keine Antworten geben würde, die den allgemeinen menschlichen Vorstellungen von Kausalität und Logik gerecht werden würden.

»Bist du bereit, uns mit all deiner Kraft zu unterstützen?«, fragte Jelena, und ein kalter Hauch erfasste Conny, als die Luft vor ihr zu flirren begann. »Bist du bereit, alles zu tun, um uns zu helfen, damit Marc jetzt nicht den Tod findet – und du ihn später kennenlernen kannst?«

»Ja, natürlich«, sagte Conny. »Aber wie kann ich helfen? Und wieso weiß ich dann später nichts mehr von ihm – wenn das hier doch Jahre vorher stattfindet?«

Jelena lächelte ein schrecklich blutiges Lächeln und ging langsam auf Conny zu, gefolgt von Nina, ihrer Tochter, die ihr Gespräch wortlos verfolgt hatte.

»Vergiss all die überflüssigen Fragen. Gib dich ganz deinem Gefühl hin. Unterstütze uns …«

34

Irgendetwas passierte. Er hätte später nicht mehr sagen können, was. Aber es war ihm, als spürte er plötzlich und paradoxerweise ein kleines bisschen Lebenskraft in sich zurückströmen, als die Gestalt in Silber endgültig aus seinem Sichtfeld verschwunden war.

Stattdessen nahm er nun wieder die zwei anderen schemenhaften Gestalten wahr und ganz am Rande und so weit entfernt, dass er sie nur erahnen konnte, eine dunkelhaarige Frau. Was war hier los?

Die ihm am nächsten stehende Gestalt beugte sich oben am Beckenrand vor, griff nach seinem Handgelenk und zog ihn mit einem Ruck hoch und weit genug aus dem Wasser, dass er den Rand ergreifen und sich irgendwie daran festhalten konnte. Und auch sein verkrampfter Kehlkopf meldete sich wieder zum

Dienst, sodass er einen ersten, rasselnden Atemzug nehmen konnte, der zu einem Schrei geworden wäre, hätte seine Energie noch dazu gereicht, denn die Luft brannte wie Säure in seinen Lungen, und das heiße Wasser machte sich unverzüglich daran, ihm die Haut vom Gesicht zu ätzen.

Eine gewaltige Schwäche begann sich in ihm auszubreiten. Sein Körper wog plötzlich eine Tonne, sodass er den Halt am Beckenrand zu verlieren und wieder ins Wasser zu gleiten drohte, um diesmal bestimmt nicht wieder aufzutauchen. Nun war es Jelena, die nach seinem Arm griff und ihn nicht nur festhielt, sondern ihm auch etwas von ihrer Energie gab, sodass er die zweite Hand auf dem Beckenrand abstützen und sich mit seinem nun wirklich allerletzten bisschen Kraft ganz nach oben stemmen konnte, wo er auf die Seite fiel und darauf wartete, endgültig das Bewusstsein zu verlieren oder zu sterben. Beides wäre ihm recht gewesen.

Weder das eine noch das andere geschah. Alles drehte sich. Seine Lungen brannten wie Feuer, und seine Glieder hatten sich in Blei verwandelt, das sich nie wieder bewegen würde. Aber er lebte. Jelena hatte ihn gerettet, vielleicht auch Nina.

Natürlich waren beide verschwunden, als er endlich wieder die Kraft fand, sich auf die Ellbogen zu stemmen und sich umzusehen. Von oben drang ein scharrendes Klappern herab – das Zaunelement, das wieder an seinen Platz geschoben wurde –, und auch die Arbeitsgeräusche setzten wieder ein. Eine Weile wartete er auf einen Schrei oder auch gleich auf einen Schuss, aber nichts davon geschah. Für Berkowitsch war er offensichtlich tot.

Vielleicht ja nicht nur für ihn. Marc setzte sich umständlich auf, erlitt prompt einen Schwindelanfall und musste sich hastig abstützen, um nicht das Gleichgewicht zu verlieren und wieder ins Becken zu stürzen.

Es hätte ihm nicht gefallen, nicht nur, weil er vermutlich nicht die Kraft gehabt hätte, sich noch einmal hinauszukämpfen. Das

Wasser war eigentlich kein Wasser, sondern eine schlammige Brühe voller Unrat und faulender Dinge, die auf seiner Oberfläche dümpelten oder auf dem Beckengrund vor sich hin faulten. Einer oder zwei davon waren durchaus groß genug für menschliche Körper. Oder etwas, das einmal menschliche Körper gewesen waren. Anscheinend war er nicht der Erste, den Duda hier entsorgt hatte. Natürlich war er das nicht.

Mit dem zweiten Anlauf gelang es ihm immerhin, sich ganz auf die Füße zu stemmen und vorsichtshalber einen Schritt vom Beckenrand zurückzutreten, um nicht am Ende doch noch im Wasser zu landen. Was die Zeit, die er in dieser Giftbrühe verbracht hatte, und das Wasser, das er schlucken musste, seiner Gesundheit antun würden, wollte er lieber gar nicht wissen. Aber es war schon seltsam: Noch vor wenigen Minuten war er sicher gewesen zu sterben, und es war ihm vollkommen egal gewesen. Jetzt nicht mehr. Vielleicht ja, weil er seine Aufgabe noch nicht beendet hatte. Jelena war noch nicht zufrieden.

Natürlich war ihm klar, dass Jelena und Nina nicht wirklich da gewesen waren. Und zugleich waren sie es irgendwie doch, denn ohne den Gedanken an sie wäre er niemals so weit gekommen. Er war ihnen noch etwas schuldig. Berkowitschs Leben.

Marc gönnte sich noch einige Minuten, in denen er einfach dasaß und zu Kräften kam. Wenigstens ein bisschen.

Was war eigentlich mit der dunkelhaarigen Frau, die er zu sehen geglaubt hatte? Jelena und Nina – das war eine Sache. Aber die Unbekannte … sie war ihm auf merkwürdige Weise vertraut erschienen, obwohl er andererseits sicher war, sie nicht zu kennen. Irgendetwas war von ihr ausgegangen. Eine Art von Kraft, eine Art von Verstehen, das etwas tief in ihm anrührte.

Schließlich kam er zu dem Schluss, dass all diese Gedanken nichts ändern würden, und quälte sich nicht nur auf die Füße, sondern sah sich zum ersten Mal aufmerksam um. Der vermeintliche Swimmingpool, in den er gestürzt war, füllte nur einen kleinen Teil einer gewaltigen Halle aus, die trotz ihrer beeindruckenden Abmessungen fast beengt wirkte, denn sie war mit Trümmerstücken, Schutt, halb auseinandergebautem Mobiliar, zerlegten Maschinen und allem möglichen anderen Krempel nur so vollgestopft. Die Luft roch nach Staub und nach etwas anderem und Unangenehmeren, das er nicht genau benennen konnte. Und eigentlich auch nicht wollte. Vielleicht waren zwischen all dem Gerümpel ja noch ein paar Leichen versteckt. Gewundert hätte es ihn nicht.

Es gab nur das bisschen Licht, das durch den Schacht von oben hereinfiel und sich auf dem brackigen Wasser brach, das er durch seinen Sturz aufgewühlt hatte, was den Raum in ein Durcheinander aus zuckenden Lichtreflexen und eingebildeter Bewegung tauchte. Vor ihm konnte sich alles oder auch nichts verbergen, vielleicht ein Ausgang, vielleicht noch weitere Tote oder nur noch mehr Schutt.

Bevor er weiterging, sah er sich – Unsinn hin oder her – noch einmal um, aber natürlich waren Jelena und Nina immer noch nicht da, und die Dunkelhaarige erst recht nicht. Wozu auch? Sie hatten ihre Aufgabe erfüllt.

Er noch nicht.

Mit einem Verziehen der Lippen, das so weit von einem wirklichen Lächeln entfernt war, wie es nur ging, fuhr er sich mit beiden Händen durchs Gesicht, um das widerwärtige Wasser wegzuwischen, und hatte dabei das Gefühl, dasselbe mit seinem Gesicht zu tun. Es schmerzte, als hätte er in Säure gebadet, und als er seine Handflächen betrachtete, sahen sie auch danach aus. Seine Haut war so rot wie nach einem wirklich schlimmen Sonnenbrand und begann Blasen zu werfen, und in seinem Mund war nicht nur der Geschmack der fauligen Brühe, in die er gefallen war, sondern auch der von Blut und Galle, und er spürte, wie sich in seinem Leib eine latente Übelkeit aufzubauen begann, die vielleicht nie wieder ganz weggehen würde. Tief in sich wusste er sehr wohl, was das alles bedeutete – was es für ihn bedeutete –, aber auch das spielte keine Rolle mehr. Er lebte, und das würde auch so bleiben, bis er das Versprechen eingelöst hatte, das er sich selbst und Jelena gegeben hatte.

Alles, was möglicherweise danach noch kam, war ein Geschenk.

Marc fuhr sich noch einmal mit beiden Händen durchs Gesicht, um Gift und Blut wegzuwischen, und machte sich auf zitternden Knien auf die Suche nach einem Ausgang.

Er hatte eine Verabredung einzuhalten.

35

Die Zeit verlief mit einem Male ebenso sonderbar wie unmöglich zweigeteilt: Sie schien stehen zu bleiben, wie um dem Entsetzen Platz zu machen, das wie ein Tsunami über Conny hereinbrach und jeden klaren Gedanken einfach verschlang, weil sie Zeugin von etwas wurde, das gar nicht sein konnte, einfach weil es nicht sein durfte, und zugleich bewegte sie sich plötzlich mit einer Schnelligkeit, zu der nicht einmal sie mit all ihrer übermenschlichen Kraft fähig sein sollte: Noch während Marc zurückstolperte und mit einem eindeutig mehr überraschten als schmerzerfüllten Ausdruck zusammenbrach, warf sich Conny herum und zur Seite und damit aus der Schussbahn der zweiten Kugel, die Duda zweifellos jetzt auf sie abfeuern würde, versuchte sich in Richtung der Waffe zu drehen, die Lena auf der Tischkante abgelegt hatte und führte die Bewegung nicht einmal halb zu Ende, als Nadeshda ihrerseits nach der Pistole griff und sie hochriss.

Stattdessen stieß sie sich ab, landete rücklings auf dem Tisch und schlitterte mit angezogenen Knien über die spiegelblank polierte Platte und auf Duda zu. Der Russe schwenkte seine Pistole weiter in ihre Richtung und versuchte abzudrücken, aber er war geradezu erbärmlich langsam. Conny jagte wie ein lebendiges Geschoss auf ihn zu, streckte im allerletzten Moment die Beine aus und rammte ihm im gleichen Augenblick beide Absätze gegen die Brust, in dem sich sein Finger endgültig um den Abzug krümmte. Die Waffe entlud sich mit einem angesichts ihrer Größe geradezu absurd lauten Knall, und die Kugel fuhr irgendwo über ihnen in die Decke und sprengte Kunststoffsplitter und Putz heraus, und Duda kippte mitsamt seinem Stuhl nach hinten und schlug mit solcher Wucht auf dem Boden auf, dass das Designerstück aus Acryl in Stücke zerbrach. Conny hoffte, dass es möglichst viel in Duda genauso erging.

Ihr Schwung war noch immer nicht ganz aufgezehrt, sodass sie noch ein Stück weiter schlitterte und ungelenk neben Duda auf Hände und Knie fiel, sich aber sofort wieder hochstemmte und die Arme hochriss, nur für den Fall, dass er vielleicht doch ein bisschen zäher war als gedacht und irgendetwas Dummes versuchte.

War er nicht. Er war noch bei Bewusstsein und versuchte etwas zu sagen und sich auf die Ellenbogen hochzustemmen, aber an dem einen hinderte ihn Conny mit einem eher sachten Tritt in die Seite, aus dem anderen wurde nur ein halb ersticktes, nasses Ächzen. Anscheinend hatte sie ihn doch schlimmer verletzt, als sie geglaubt hatte. Gut.

»Tu mir den Gefallen und versuch irgendwas«, sagte sie.

Wenn Duda sie überhaupt verstand, dann war er klug genug, gar nichts zu sagen. Sein Blick blieb verschleiert. Wenn er schauspielerte, dann perfekt.

Für den Moment gab sich Conny damit zufrieden, sich nach seiner Waffe zu bücken, bevor sie hastig aufstand und um den Tisch herum zu Maxim zurückging. Nadeshda sagte etwas, das sie ignorierte, während sie sich neben Maxim auf ein Knie herabließ und sich innerlich gegen das Schlimmste wappnete.

Maxim war nicht tot, auch wenn er in einer gewaltigen Blutlache auf der Seite lag, die immer noch größer wurde. Wie Duda war er bei Bewusstsein und genau wie er offensichtlich nur noch gerade so eben. Conny gestattete sich trotzdem ein erstes, vorsichtiges Aufatmen, als sie sah, dass die Kugel immerhin nicht wirklich seine Brust getroffen hatte, sondern seine Schulter.

Die schlechte Nachricht war, dass es keine Austrittswunde gab. Die Kugel steckte noch in seiner Schulter, und die Wunde blutete heftig.

Vielleicht weil er ihre Nähe spürte (oder ihre Angst?) klärte sich Maxims Blick wenigstens ein bisschen, und nach einer weiteren Sekunde versuchte er sich sogar aufzusetzen. Conny drückte ihn mit sanfter Gewalt zurück.

»Geht es?«, fragte sie, gerade noch das ebenso obligate *Wie fühlst du dich?* herunterschluckend.

»Kommt drauf an, was«, nuschelte Maxim. Offenbar kehrten seine Sinne allmählich zurück. Er versuchte erneut, sich aufzusetzen, und Conny hinderte ihn abermals daran.

»Duda?«, murmelte er.

»Er lebt noch«, sagte Conny.

»Kannst du eigentlich gar nichts richtig machen?« Beim dritten Versuch ließ sie es immerhin zu, dass Maxim sich halb aufsetzte, und war kein bisschen überrascht, als er sich sofort wieder ächzend auf die Seite sinken ließ.

»Beweg dich nicht«, sagte sie, wohl wissend, wie sinnlos es war. Maxim versuchte es auch prompt erneut und kam diesmal immerhin in eine halb sitzende Position hoch, indem er sich mit der unversehrten Schulter gegen ein Tischbein lehnte.

»Ich weiß nicht, wie weit es bis zum nächsten Arzt ist«, fügte sie trotzdem noch hinzu und erntete ein weiteres Kopfschütteln und eine Grimasse, über die sie lieber nicht nachdenken wollte.

»Brauche ich nicht«, behauptete er. »Irgendwo hier findet sich bestimmt ein Verbandskasten.«

»Und wenn nicht, reicht auch eine Rolle Klebeband«, vermutete Conny.

»Bestimmt sogar«, erwiderte Maxim mit zusammengebissenen Zähnen. »Damit und einer Lkw-Ladung Büroklammern halten sie diese ganze Ruine hier zusammen, wusstest du das nicht?«

Nadeshda sagte etwas, das sie zwar nicht verstand, das sie aber rüde ins Hier und Jetzt zurückholte. Jetzt war wirklich nicht der Moment für seichte Scherze. Das Mädchen stand auf der anderen Seite des Tisches und tat etwas, das sie ebenfalls nicht genau erkennen konnte, aber sie musste plötzlich wieder voller Unbehagen an die Waffe denken, die Nadeshda gerade an sich genommen hatte. Andererseits, versuchte sie sich selbst zu beruhigen, wäre sie wahrscheinlich längst tot, wenn sie etwas Dummes damit vorgehabt hätte.

Nach einem letzten besorgten Blick in Maxims allmählich grau werdendes Gesicht stand sie auf und ging zu Duda zurück, der sich genau diesen Augenblick ausgesucht hatte, um wieder ganz zu sich zu kommen. Conny wartete, bis sich das Trübe ganz aus seinen Augen zurückgezogen hatte, und ließ sich dann wieder so dicht neben ihm auf ein Knie sinken, dass ihr Bein seinem Gesicht nahe genug kam, um zu einer Drohung zu werden.

»Sie bringen uns jetzt hier raus«, sagte sie. »Ich sollte Sie umbringen, aber wenn Sie uns in einem Stück hier rausbringen, überleg ich's mir vielleicht noch mal. Haben Sie das verstanden?«

»*Schljucha*«, presste Duda zwischen zusammengebissenen Zähnen hervor.

Das wiederum hatte Conny verstanden, obwohl sie dieser Sprache bis auf ein paar Brocken gar nicht mächtig war.

»Meinetwegen«, sagte sie achselzuckend. »Trotzdem: Haben wir einen Deal?«

»*Njet*«, sagte Duda, indem er es Maxim gleichtat und sich umständlich auf einen Ellbogen hochquälte. »Du bist tot, *schljucha*. Du weißt es nur noch nicht. Und es wird nicht schnell gehen, das verspreche ich dir.« Er lachte, begleitet von einem feuchten Husten. »Aber niemand soll mir nachsagen, ich wäre nicht großzügig. Du darfst vorher zusehen, wie dein Freund verreckt.«

Für jemanden, der in den Lauf einer geladenen Waffe blickte, dachte Conny, war er ziemlich tapfer.

Vielleicht aber auch einfach nur dämlich.

Oder auch nicht. Hinter ihr erscholl ein helles, halblautes Klicken; ein Geräusch, das sie nur zu gut kannte. Das triumphierende Aufblitzen in Dudas Augen wäre gar nicht mehr nötig gewesen, und es ärgerte sie auch. Anscheinend hatte sie ihm doch nicht genug wehgetan.

»Ich kann Sie immer noch töten«, sagte sie mit einer Kälte in der Stimme, die sie ganz und gar nicht empfand.

»Nein, das kannst du nicht.«

Es war nicht Duda, der das sagte, und Conny hatte plötzlich das schreckliche Gefühl, etwas Wichtiges vergessen zu haben. Möglicherweise lebenswichtig.

Von einem plötzlichen Gefühl intensiver Bedrohung gewarnt, riss sie ihren Blick von Dudas Augen los und stand sehr vorsichtig auf. Nadeshda war weiter um den Tisch herumgekommen und zielte mit Lenas Pistole auf ihr Gesicht.

Aber das war es nicht, was sie vergessen hatte.

Nadeshda war nicht mehr allein. Ohne dass Conny es gemerkt hätte, war die Tür hinter ihr wieder aufgegangen, und ein junger Bursche in heruntergekommener Tarnkleidung hatte den Raum betreten. In der rechten Hand hielt er ein dreißig Zentimeter langes Messer mit einer gemein aussehenden, gezahnten Klinge voller dunkler Flecke, von denen sie nicht ganz sicher war, dass es sich wirklich um Rost handelte, in der anderen einen Revolver, der monströs genug war, um ihm mit seinem Rückstoß das Handgelenk zu zertrümmern. Hinter ihm trat ein weiterer Bursche desselben Kalibers ein, und hinter diesem drängten sich noch mehr und womöglich noch wilder aussehende Gestalten.

»Du hättest abdrücken sollen, solange du es noch konntest, *schljucha*«, sagte Duda. Mit einer Bewegung, die ihm unübersehbar Schmerzen bereitete, zog er sich an der Tischkante hoch und musste sich schwer mit beiden Händen darauf stützen, um nicht gleich wieder zu fallen. Er hustete. Es war ein wenig Blut dabei.

Vielleicht konnte sie es ja immer noch, dachte Conny. Immerhin hielt sie Dudas eigene Pistole in der Hand, und auch wenn sie nicht direkt auf ihn zielte … selbst wenn Nadeshda im gleichen Sekundenbruchteil abdrückte, in dem sie feuerte, mochte die Zeit für einen letzten Schuss reichen. Aus kaum anderthalb Metern Entfernung konnte sie ihn unmöglich verfehlen.

Conny überschlug ihre Chancen, lebend hier herauszukommen, wozu sie nicht wirklich lange brauchte: Es gab keine. Duda noch mit ins Grab zu nehmen war vielleicht das Einzige, das noch irgendeinen Sinn ergab.

Aber das waren nicht ihre Gedanken. Es waren Gedanken, wie man sie in einem Buch las oder einem Film in dramatische Bilder umgesetzt sah, doch sie hatte noch nie viel von Selbstmord gehalten. Noch nicht einmal, wenn er ehrenhaft und heldenmütig war.

»Du musst das nicht tun, Nadeshda«, sagte sie, ohne Duda dabei aus den Augen zu lassen.

»Doch, muss sie«, sagte Duda. »Und übrigens: Ich habe gelogen. Du stirbst doch als Erste. Und es wird schnell gehen.« Direkt an Nadeshda gewandt und nach einem weiteren schrecklichen feuchten Husten fügte er hinzu: »Erschieß sie!«

Conny biss in Erwartung von was auch immer die Zähne zusammen, doch nichts geschah. Mit klopfendem Herzen sah sie über die Schulter zurück. Hinter Nadeshda hatte ein gutes halbes Dutzend weiterer Killer-Kids den Raum betreten, wodurch vor der Tür ein regelrechtes Gedränge entstand, zumal sie auch über Lenas und Rainers Leichen hinwegsteigen mussten. Nadeshda rührte sich nicht.

»Worauf wartest du?«, blaffte Duda. »Erschieß sie!«

Diesmal antwortete Nadeshda, wenn auch auf Russisch, was Conny nicht verstand und auch nicht musste. Dudas Reaktion war deutlich genug. Er fauchte ein paar Worte in seiner Muttersprache und gestikulierte in Richtung der Killer-Kids, aber niemand rührte auch nur einen Finger. Eine sonderbare Art angespannter Stille begann sich über der Szene auszubreiten, in die hinein Nadeshda schließlich wieder auf Deutsch sagte: »Sie gehorchen dir nicht. Nicht mehr.«

Duda antwortete in derselben Sprache. Vielleicht wollte er ja, dass Conny ihn verstand, um sie noch ein bisschen mehr zu quälen. »Hast du den Verstand verloren, Nadeshda? Du wirst tun, was ich dir sage! Ihr alle werdet das! *Eto prikas!*«

»Das ist nicht mehr deine Armee, *papa*«, sagte Nadeshda beinahe sanft und irgendwie auch ein bisschen traurig. »Falls sie es denn überhaupt jemals war.«

Duda schnappte nach Luft wie der sprichwörtliche Fisch auf dem Trockenen. Nur dass ein solcher dabei wahrscheinlich kein Blut gespuckt hätte. »Du musst verrückt geworden sein! Erschieß sie! Erschieß sie beide! Tu, was dein Vater sagt!«

Conny konnte dem Mädchen ansehen, wie es hinter seiner Stirn arbeitete. Fünf Sekunden, zehn, eine endlose quälende Minute lang stand Nadeshda einfach nur da und starrte ihren Vater an; und schließlich und beinahe ebenso lange Maxim, der neben ihr an einem Tischbein lehnte und verzweifelt darum kämpfte, wach zu bleiben.

Dann hob sie die Pistole mit beiden Händen an und schoss Duda zweimal in den Kopf.

36

Die Wunde in seinem Gesicht hatte sich entzündet und pochte so sehr, dass er immer größere Mühe hatte, klar zu denken. Aber das musste er, denn er hatte nur noch diese eine Chance und eigentlich nicht einmal das. Wer hatte noch einmal gesagt: Du hast keine Chance, also nutze sie? Egal, er erinnerte sich nicht daran – wenn er in der Stimmung gewesen wäre, ehrlich zu sich selbst zu sein, hätte er sich eingestanden, dass er sich an immer weniger erinnerte, und dieser Verfall schritt mit erschreckender Schnelligkeit weiter voran –, aber er verstand nun, wie dieser sonderbare Sinnspruch zustande gekommen war.

Marc hielt in der Menge vor sich nach seiner Beute Ausschau und drohte ganz kurz ernsthaft in Panik zu geraten, als er Berkowitsch nicht sofort entdeckte. Sie befanden sich noch im allgemein zugänglichen Teil des Kiewer Flughafens, der ihn nicht nur durch seine unerwartete Größe und moderne Architektur und Ausstattung überrascht hatte, sondern vor allem durch das unglaubliche Gedränge, das hier herrschte. Im ersten Moment war es ihm vorgekommen, als hätte sich die gesamte Einwohnerschaft der Stadt hier versammelt, um ihn zu verabschieden.

Vielleicht aber auch, um ihm das Leben schwer zu machen, denn er hatte Berkowitsch und seine bescheidene Entourage praktisch sofort aus den Augen verloren, kaum dass sie die weitläufige Eingangshalle betreten hatten. Praktisch aussichtslos, eine einzelne Person in diesem Gewühl finden zu wollen.

Wenigstens nicht, ohne aufzufallen. Und er fiel auf, nicht nur durch sein abgerissenes Äußeres, das er notdürftig aufgehübscht hatte, so gut es eben ging. Besonders gut war es nicht gegangen, und woran er gar nichts hatte ändern können, war die selbst zugefügte Wunde in seinem Gesicht. Sie hatte sich nicht nur entzündet, sie tat auch erbärmlich weh und pochte und war heiß und bot keinen Anblick, den man so schnell wieder vergaß. Er hatte sie erst mit einem Pflaster abgedeckt, dann mit einem noch größeren und schließlich mit einem weißen Klebeverband, der fast seine gesamte Wange bedeckte und selbst aus einer großen Menschenmenge herausleuchten musste. Wenn Berkowitsch auch nur zufällig in seine Richtung sah, musste er ihn einfach entdecken.

Stattdessen entdeckte er den Russen, er konnte sein Glück kaum fassen, als sich Berkowitsch genau in diesem Moment umdrehte und seine beiden Begleiter stehen ließ, um die Toiletten am anderen Ende der großen Halle anzusteuern, und sich erst der eine, dann auch der zweite Schläger wegdrehte und in Richtung Ausgang strebte. Anscheinend waren sie der Meinung, ihre Aufgabe erfüllt zu haben, zumal die Anzeige auf der großen Tafel über den Köpfen der Menge in diesem Augenblick umsprang, um die Wartenden davon in Kenntnis zu setzen, dass der Flug nach Düsseldorf nun bereit zum Boarding war.

Marc wartete, bis sich die beiden Schläger zum Ausgang durchgekämpft hatten und verschwunden waren, dann beeilte er sich umso mehr, Berkowitsch zu folgen. Der Russe hatte wohl beschlossen, lieber noch einmal die Toilette im Flughafen zu benutzen statt der im Flugzeug – wofür er vollstes Verständnis hatte –, aber die Zeit wurde allmählich knapp. Berkowitsch würde sich von der Toilette aus sofort zur Passkontrolle begeben, und wenn er erst einmal hindurch war, war es vorbei. Marc hatte bisher noch keinen Gedanken daran verschwendet, wie er hier herauskommen sollte – tatsächlich war er ziemlich sicher, dass er keine Chance hatte –, aber das spielte keine Rolle. Sein Leben war so oder so vorbei, spätestens seit seinem unfreiwilligen Bad in der radioaktiv verstrahlten Brühe unter dem zerstörten Reaktor. Sein Körper sprach eine eindeutige Sprache. Alles, was noch zu tun blieb, war, den Kerl umzubringen, der Jelena getötet hatte.

Auf dem letzten Stück einfach darauf vertrauend, dass ein Mann im Sturmschritt auf dem Weg zur Toilette allenfalls ein verständnisvolles Lächeln ernten, aber kein weiteres Aufsehen erregen würde, jagte er weiter, stieß die Schwingtür zu dem weitläufigen Toilettentrakt mit der linken Hand auf und zog mit der anderen das große Jagdmesser, das er sich auf dem Weg hierher besorgt hatte. Die Klinge war so lang wie die Hand, deren ausgestreckte Finger er darauf legte, um sie zu verbergen, und auf beiden Seiten geschliffen, wenn auch nicht besonders scharf. Für seine Zwecke würde sie reichen. Er bedauerte lediglich, dass ihm nicht genug Zeit bleiben würde, um sich so ausgiebig mit Berkowitsch zu beschäftigen, wie er es gern getan hätte.

Marc stürmte durch die Tür und sah sich unversehens Berkowitsch gegenüber, der ihm auf der anderen Seite nahe genug gekommen war, um fast mit ihm zusammenzustoßen und nun erschrocken zurückprallte. Für eine halbe Sekunde oder weniger war er abgelenkt, und mehr Zeit brauchte Marc nicht.

Er hatte sich diese Situation hundertmal ausgemalt und ebenso oft in Gedanken durchgespielt, aber für nichts davon war jetzt Zeit. Berkowitsch war nicht nur ein Idiot und gewissenloser Killer, er war auch stark genug, um ihn in der Mitte durchzubrechen, ohne sich dabei besonders anzustrengen.

Marc gab ihm keine Gelegenheit dazu. Noch während Berkowitsch damit beschäftigt war, die Augen aufzureißen und ihn anzustarren, war er mit einem einzigen raschen Schritt bei ihm, stieß ihm die Linke mit gespreizten Fingern gegen die Brust und rammte ihm mit der anderen Hand das Messer in die Seite. Berkowitsch ächzte vor Überraschung, dann füllten sich seine Augen mit reinem Schmerz.

Was ihn nicht daran hinderte, Marc mit beiden Händen bei der Kehle zu packen und zuzudrücken. Marc hatte sich verschätzt, was die Kraft des Russen anging. Er war noch viel stärker, als er angenommen hatte. Sein Griff war wie ein Schraubstock, der augenblicklich damit begann, das Leben aus ihm herauszupressen oder ihm das Genick zu brechen; je nachdem, was zuerst der Fall war.

Marc begann vergeblich an seinen Handgelenken zu zerren, riss das Knie in die Höhe, rammte es ihm zwischen die Beine und wand sich immer verzweifelter im Griff des Russen, aber nichts davon zeigte irgendeine Wirkung. Dafür begann ihm bereits schwarz vor Augen zu werden, und sein Herz hämmerte wie verrückt. Ihm wurde schlagartig übel, und er fühlte den sauren Geschmack von Erbrochenem im Mund, das aus seinem Magen hochstieg und ihn zusätzlich zu ersticken versuchte.

Schließlich riss er das Messer heraus und stieß noch einmal zu und noch einmal und noch einmal, und endlich lockerte sich Berkowitschs Griff, wenn auch nur gerade weit genug, um Marc einen einzelnen, krächzenden Atemzug zu gewähren.

Marc nutzte die Kraft, die er daraus schöpfte, um die Klinge in Berkowitschs Seite mit aller Gewalt herumzudrehen, und schiere Agonie nahm die Stelle von bloßem Schmerz und Wut in den Augen des Russen ein. Er grunzte vor Qual, und seine Hände lösten sich von Marcs Hals und glitten kraftlos an seiner Brust hinab, während er bereits zusammenzubrechen begann.

Marc wusste nicht, woher er die Kraft dazu nahm, doch er fing ihn nicht nur auf, indem er die Finger in seine Hemdenbrust krallte, sondern trieb ihn auch vor sich her, den Messergriff in seiner Seite weiter eisern umklammernd, stieß ihn auf die nächste offene Kabinentür zu und hindurch und versetzte ihm noch einen zusätzlichen Stoß, der ihn rücklings gegen die Toilette stolpern und darüber zusammenbrechen ließ. Der Deckel zersplitterte und flog in Stücken davon. Berkowitsch versuchte unglaublicherweise, sich wieder hochzustemmen und zugleich das Messer aus seiner Seite zu ziehen.

Marc half ihm, indem er ihm das Knie ins Gesicht rammte und das Messer aus seiner Seite riss. Berkowitsch brach endgültig wimmernd zusammen, und Marc investierte eine Sekunde darin, die Tür mit dem Absatz hinter sich zuzutreten, während er zugleich das Atmen wieder neu zu lernen versuchte. Es gelang ihm nicht so recht. Berkowitschs Hände lagen nicht mehr an seinem Hals, aber er spürte sie immer noch. Jeder Atemzug brannte wie Feuer in seiner Kehle, die sich überdies anfühlte, als hätte Berkowitsch etwas darin zerbrochen.

Wahrscheinlich hatte er es, aber auch das spielte keine Rolle mehr. Marc hatte erreicht, wozu er hergekommen war. Fast.

Er ließ eine zweite Sekunde verstreichen, um zu lauschen, aber seine Glückssträhne schien noch anzuhalten. Die Schreie und

Aufregung, auf die er wartete, blieben aus. Niemand schien etwas mitbekommen zu haben.

Und falls doch, war es auch egal.

Marc ließ sich vor dem keuchenden Russen in die Hocke sinken, wischte die blutige Klinge an dessen Jacke ab und richtete das Messer dann auf Berkowitschs linkes Auge, wie um es ihm auszustechen, ließ es dann aber wieder sinken, als ihm klar wurde, dass der Russe nicht mehr in der Verfassung war, die Bedrohung wahrzunehmen. Aber er war noch bei Bewusstsein.

»Erkennst du mich?«, fragte Marc. Berkowitsch reagierte nicht, und Marc benutzte die Messerspitze und Berkowitschs Wange, um seiner Erinnerung auf die Sprünge zu helfen.

»Ob du mich wiedererkennst, habe ich gefragt«, wiederholte er. Seine Messerspitze auch. »Nicht von gestern. Erinnerst du dich an ein Hotelzimmer in Sankt Petersburg? Eine junge Frau, der du die Kehle durchgeschnitten hast, und ein kleines Mädchen?«

Berkowitsch gab eine Folge feuchter röchelnder Laute von sich, die sich mit sehr viel gutem Willen als Antwort auslegen ließen. Marc reichte es. »Dann weißt du ja, warum ich hier bin«, sagte er und stieß dem Russen das Messer in den Oberschenkel. Nicht besonders tief, aber an einer Stelle, an der es besonders wehtat. Berkowitsch wimmerte vor Schmerz und versuchte die Beine anzuziehen, und Marc stach ihm etwas tiefer in die Waden und überlegte, dasselbe mit seiner Nierengegend zu tun, doch dann sagte er sich selbst, wie billig das wäre. Er würde Berkowitsch nicht die Genugtuung geben.

Und das Gefühl der Befriedigung, das er erwartete, wollte sich nicht einstellen. Den Russen zu quälen linderte seinen eigenen Schmerz kein bisschen. »Ich bin sicher, du erinnerst dich«, fuhr er fort, wenn auch mehr an sich selbst als den Russen gewandt. »Glaubst du an Gott, Pjotr? Wenn nicht, hast du ein Problem … aber wenn ich genau darüber nachdenke, im anderen Fall auch.«

Berkowitsch krächzte etwas, das vermutlich keinerlei Bedeutung hatte, aber Marc antwortete trotzdem mit einem Nicken darauf. »Du hast recht. Das ist albern. Hören wir auf mit dem Unsinn. Ich wollte nur sichergehen, dass du weißt, warum ich das hier tue.«

Und damit schnitt er Berkowitsch die Kehle durch.

Der Russe starb schnell, und im Vergleich mit dem, was sich Marc in all den Jahren ausgemalt hatte, schmerzlos und leicht, und Marc verspürte erneut ein vages Bedauern, nicht mehr Zeit für ihn gehabt zu haben. Aber noch während er dasaß und Berkowitsch beim Sterben zusah, begriff er auch, dieses Gefühl nur zu haben, weil er erwartet hatte, es zu empfinden. In Wahrheit spürte er … nichts. Nicht einmal Leere.

Marc hörte jetzt Stimmen auf der anderen Seite der dünnen Sperrholztür, aber noch immer keine Schreie, keinen aufgeregten Lärm oder hastige Schritte. So unglaublich es ihm auch immer noch selbst vorkam, niemand schien etwas bemerkt zu haben. Vielleicht hatte er tatsächlich eine Chance, lebend hier rauszukommen. Das war nicht vorgesehen gewesen, und er hatte nicht die leiseste Vorstellung, wohin er sich wenden sollte, aber das würde sich zeigen.

Er zögerte kurz, wischte zuerst die Messerklinge und danach den Griff sorgsam an Berkowitschs Hemd sauber und drückte ihm dann die Waffe in die Hand. Damit würde er niemanden täuschen, wenigstens nicht auf Dauer, aber er musste es ihnen ja auch nicht zu leicht machen. Nachdem er auch seine Hände notdürftig an Berkowitschs Hemd gesäubert hatte, durchsuchte er die Jacke des Russen und schürzte verächtlich die Lippen, als er neben dem Ticket für den Flug nach Düsseldorf und den perfekt gefälschten Papieren auf den Namen Maxim Kutzow auch noch einen zweiten Satz Ausweis- und Führerscheindokumente fand. Selbst seine eher bescheidenen Kyrillisch-Kenntnisse reichten aus, um den Namen darauf zu entziffern. Berkowitsch war wirklich ein Ausbund an Dämlichkeit gewesen. Neben allem, was nötig war, um eine komplett neue Identität mit vermutlich sogar echten Dokumenten aufzubauen hatte er auch noch seine eigenen Papiere bei sich. Und einen extragemeinen Schlagring mit zusätzlichen Metalldornen. Wie hatte sich dieser Vollidiot eigentlich vorgestellt, das Ding an Bord des Fliegers zu bringen?

Marc befreite auch Berkowitschs Brieftasche und jedes Stückchen Papier, das er angefasst hatte, von seinen Fingerabdrücken, nahm aber seine Papiere an sich sowie alles Bargeld, das er fand. Es war wenig genug angesichts dessen, was vielleicht vor ihm lag. Er war auch nicht sicher, ob ihm die Papiere des Russen überhaupt etwas nutzten. Berkowitsch und er hatten allenfalls die ungefähre Größe gemein, wenn man nicht zu genau hinsah. Ansonsten war der Russe sehr viel breitschultriger und massiger als er, und ihre Gesichter hatten praktisch keine Ähnlichkeit.

Allerdings hatte sein Gesicht im Moment mit niemandem Ähnlichkeit; nicht einmal mit sich selbst. Marc wollte die Brieftasche zurückstecken und stoppte dann in der Bewegung. Der Gedanke war so absurd, dass er sich im ersten Moment sogar weigerte, ihn auch nur zu Ende zu denken. Andererseits: Was hatte er zu verlieren?

Er warf Berkowitschs Papiere in die Toilette, betätigte die Spülung und überzeugte sich davon, dass sie auch wirklich verschwunden waren, dann steckte er die Brieftasche ein, stand auf und presste das Ohr gegen die Tür, um zu lauschen. Alles schien ruhig zu sein. Selbst die Stimmen, die er gerade gehört hatte, waren verstummt.

Marc verriegelte die Tür, griff nach oben und zog sich mit einer einzigen kraftvollen Bewegung hinauf und ließ sich auf der anderen Seite halb wieder hinunter. Sein unerwartetes Glück hielt weiter an, als hätte das Schicksal etwas gutzumachen. Rasch ließ er sich ganz zu Boden gleiten, überzeugte sich davon, dass die Tür auch wirklich sicher verschlossen war, und blieb tatsächlich noch so lange allein, bis er das nächste Waschbecken erreicht und das Wasser aufgedreht hatte. Auch dann betrat niemand die Toilette von außen: Eine der Kabinen ging auf, und ein älterer

Mann mit grauem Haar und Manager-Outfit kam heraus. Marc begegnete seinem Blick im Spiegel, registrierte aber nur eine vage Überraschung darin. Und vielleicht einen schwachen Anflug von Ekel beim Anblick des riesigen Pflasters. Wenn der Mann etwas von dem Drama mitbekommen hatte, das sich nur wenige Meter neben ihm abgespielt hatte, dann verbarg er es perfekt. Marc glaubte das aber nicht. Er hatte genug Erfahrung mit Gewalt, um zu wissen, wie Menschen darauf reagierten.

Er beobachtete ihn trotzdem unauffällig aus dem Augenwinkel, bis er an ihm vorbeigegangen war und die Toilette verlassen hatte, erst dann wandte er sich wieder seinem eigenen Konterfei im Spiegel zu.

Was er sah, war unerfreulich genug. Sein Gesicht hatte noch mehr Farbe verloren und war nun eindeutig grau, und auch das große Pflaster auf seiner Wange war nicht gänzlich ungeschoren davongekommen und hatte nun mehrere kleine Blutspritzer. Marc konnte gerade noch den Impuls unterdrücken, mit den nassen Fingern danach zu greifen und alles noch schlimmer zu machen. Stattdessen wusch er sich gründlich die Hände, um das letzte bisschen Blut unter den Fingernägeln zu entfernen, und unterzog sein Spiegelbild einer letzten, kritischen Musterung. Einen Fashion-Award würde er gewiss nicht gewinnen, aber es musste reichen. Nirgends stand schließlich geschrieben, dass man nur sauber und hundertprozentig gestylt in ein Flugzeug steigen durfte.

Aber wahrscheinlich würde er dem Flieger sowieso nicht einmal nahe kommen.

Als er die Toilette verließ, hatte das grüne Licht auf der Anzeigetafel zu blinken begonnen. Das Boarding näherte sich dem Ende. Marc schritt rascher aus, zog schon auf halbem Wege zur Passkontrolle die Brieftasche hervor und präsentierte dem uniformierten Beamten hinter der zerkratzten Panzerglasscheibe Bordkarte und Pass. Das Ticket interessierte ihn nur flüchtig, der Pass mit Berkowitschs Foto dafür umso mehr. Schließlich hob er den Ausweis demonstrativ in die Höhe, um das Passbild und Marcs Gesicht miteinander zu vergleichen.

»Was ist mit Ihrem Gesicht?«, fragte er.

Statt sofort zu antworten, löste Marc mit spitzen Fingern eine Ecke des monströsen Klebeverbands und hob ihn weit genug an, damit der Mann die entzündete Wunde darunter sehen konnte. Sie hatte die Form der Narbe, die auf Berkowitschs Passbild zu sehen war, nur aus dem Gedächtnis und ohne Spiegel nachempfunden. Er war nicht sicher, sie wirklich perfekt getroffen zu haben, aber das spielte im Moment vermutlich keine Rolle. Als Marc das letzte Mal hingesehen hatte, hatte sie ausgesehen wie ein fetter rot leuchtender Wurm, der unter seiner Haut heranwuchs und sich darangemacht hatte, sich hindurchzufressen, und der Mann wirkte regelrecht geschockt.

»Ich war … bei einem Schönheitschirurgen und wollte sie … entfernen lassen«, nuschelte Marc, als fiele ihm das Sprechen durch seine Verletzung schwer. Mit etwas Glück merkte der Beamte dadurch nicht, dass er keinen gebürtigen Russen vor sich hatte. »Das ist … dabei herausgekommen.«

»Das sieht … nicht schön aus«, antwortete der Beamte, der plötzlich nicht mehr so recht zu wissen schien, wohin mit seinem Blick.

»Ja, das behauptet … mein Spiegel auch«, erwiderte Marc. »Jetzt bin ich auf dem Weg nach Deutschland. Dort haben sie … richtige Spezialisten, habe ich gehört.« Er befestigte den Verband wieder auf seinem Gesicht. »Falls ich die Maschine noch kriege. Ich bin ein … ein bisschen spät dran.«

Der Beamte hatte es plötzlich eilig, ihm Pass und Bordkarte zurückzugeben. »Dann wünsche ich Ihnen einen guten Flug. Und viel Glück, Herr Kutzow!«

37

Der Krankenwagen sah nicht nur so aus, als stammte er aus der ersten Hälfte des vergangenen Jahrhunderts, sondern auch, als wäre er seither weder gewartet noch gewaschen worden. Conny vermutete, dass dieser Eindruck ganz bewusst täuschte, denn sein Inneres protzte mit dem genauen Gegenteil: Medizintechnik vom Feinsten, alles blitzte vor Sauberkeit und roch antiseptisch, und selbst der Arzt, der sich mit einer angespannten Intensität um Maxim kümmerte, die Conny mehr und mehr Sorge bereitete, hätte auf das Cover eines Hochglanz-Lifestyle-Magazins gepasst. Sie war allerdings nicht ganz sicher, ob er wirklich Arzt war oder vielleicht nur ein angelernter begeisterter Amateur. Sie hatte ihn zweimal angesprochen, einmal in ihrer Muttersprache, das andere Mal auf Englisch, und er hatte weder auf das eine noch auf das andere reagiert. Ein Arzt, der kein Englisch sprach, kam ihr doch einigermaßen seltsam vor.

Aber vielleicht war er auch einfach nur konzentriert.

»Mach dir keine Sorgen um ihn«, sagte eine Stimme hinter ihr. »Er ist ziemlich schwer verletzt, aber der Doktor ist gut. Und in einer Stunde ist er in einem Krankenhaus, wo man sich um ihn kümmern wird. Er ist zäh. Er wird wieder gesund.«

Wenn auch nur die Hälfte von dem stimmte, was Duda vorhin gesagt hatte, dann würde er das nie wieder, und Nadeshda musste das genauso gut wissen wie sie, dachte Conny. Vielleicht wollte sie einfach nur irgendetwas sagen, um ihr Mut zu machen.

Conny gestattete sich nicht, sich zu dem Mädchen umzudrehen, das nun plötzlich so fließend Deutsch sprach, sondern konzentrierte sich ganz auf Maxim – oder Marc? Allmählich wurde es wirklich kompliziert. Sie wusste nicht einmal mehr, wie sie ihn nennen sollte. Oder wer er wirklich war. Er war bei Bewusstsein, aber das war auch schon das einzig Positive. Der Arzt hatte sein Hemd aufgeschnitten und einen Druckverband auf der Schusswunde angebracht, was geradezu grotesk harmlos aussah, wenn sie bedachte, wie es ihm wirklich ging. Nadeshda hatte recht: Maxim war stark. Normalerweise hätte er eine Schusswunde, die kein lebenswichtiges Organ verletzt hatte oder zu literweisem Blutverlust führte, mit einer verächtlichen Bemerkung abgetan und sich irgendwann darum gekümmert, wenn er gerade nichts Besseres zu tun hatte. Aber der Mann, der vor ihr auf der mit Plastik überzogenen Pritsche lag, sah nicht nur aus wie so gerade noch am Leben, er wirkte krank, auf eine ganz besonders schlimme, heimtückische Art, die rein gar nichts mit der Schussverletzung zu tun hatte.

Als hätte sie ihre Gedanken gelesen, sagte Nadeshda hinter ihr: »Sie wissen dort auch von … der anderen Sache und kümmern sich darum. Sie haben hier eine Menge Erfahrung mit der Strahlenkrankheit. Wenn ihm geholfen werden kann, dann hier, glaub mir.«

Conny würde ihr wahrscheinlich nicht einmal glauben, wenn sie sie nach der Uhrzeit oder dem Datum gefragt hätte, drehte sich aber nun trotzdem zu dem Mädchen um und verließ nach einem letzten Zögern den Krankenwagen. Nadeshda war allein, aber Conny spürte die Nähe der anderen Kinder.

»Warum hast du das getan?«, fragte sie.

»Den Arzt gerufen? Weil …«

»Duda«, unterbrach sie Conny. »Dein Vater, Nadeshda. Du hast deinen eigenen Vater erschossen.«

»Maxim ist mein Vater«, antwortete Nadeshda heftig. »Er ist vielleicht nicht mein Erzeuger, aber er war hundertmal mehr Vater, als es dieses Monster jemals sein wollte. Hätte ich ihn nicht erschossen, dann hätte es früher oder später ein anderer getan. Aber zuvor hätte er euch beide umgebracht.« Sie zögerte einen kurzen, aber spürbaren Moment, bevor sie noch hinzufügte: »Auch ich war vor ihm nur sicher, solange ich sein Spiel mitgespielt habe. Du erinnerst dich an das Heim, aus dem ich befreit wurde?«

Ja. Conny erinnerte sich noch sehr schmerzhaft an die Geschehnisse in der Jugendschutzeinrichtung und auch an den Tritt, den Nadeshda ihr auf der Flucht verpasst hatte, und ihren anschließenden Krankenhausaufenthalt, nachdem die Kinder sie verprügelt hatten.

»Wenn ich da nicht mitgemacht hätte, hätten sie mich umgebracht.«

Womit sie wahrscheinlich recht hatte, dachte Conny. Dennoch schockierten sie diese Worte ein bisschen, nicht nur weil ihr harter slawischer Akzent und der Stahl in ihren Augen das Lolita-Image so gründlich konterkarierten, das so typisch für Nadeshda gewesen war, als sie sie kennengelernt hatte. Aber es war trotz allem ein vierzehnjähriges Mädchen, das da über Menschenleben sprach, als wären es … Dinge, über die man nach Belieben verfügen und sie je nach ihrer Nützlichkeit einsetzen oder auch wegwerfen konnte. Und sie selbst war auch immer noch Polizistin. Vielleicht mehr, als ihr in letzter Zeit manchmal bewusst gewesen war.

Sie wollte etwas sagen, unterbrach sich dann jedoch noch einmal, als das Geräusch einer näher kommenden Sirene heranwehte. Der Arzt rief etwas auf Russisch zu ihnen heraus, und Nadeshda antwortete in derselben Sprache, bevor sie sich mit einer wedelnden Handbewegung wieder auf Deutsch an Conny wandte.

»Ihr müsst los. Maxim darf nicht mehr hier sein, wenn die Polizei eintrifft. Und du auch nicht. Willst du dich noch von ihm verabschieden?«

»Ich wüsste nicht warum«, antwortete Conny, wandte sich aber ohne ein weiteres Wort um und stieg mit einem großen Schritt wieder in die Ambulanz ein. Sie schob sich an der Liege zu Maxim vorbei, griff nach seiner Hand und versuchte seinen Blick einzufangen. Seine Haut fühlte sich fiebrig und trocken an, aber seine Augen waren klar. Was immer durch den altmodischen Infusionsschlauch in seine Vene tröpfelte, schien zumindest den körperlichen Schmerz zu dämpfen.

»Du musst verschwinden«, begann Maxim, noch bevor sie etwas sagen konnte. »Deine ukrainischen Kollegen sind gleich hier, und ich schätze, sie haben eine Menge Fragen an dich, die du ungern beantworten möchtest.«

»Ja, ich freue mich auch, dass du dich wieder besser fühlst«, antwortete sie mit einem säuerlichen Grinsen. »Lass meine Kollegen ruhig meine Sorge sein. Ich komme schon klar.«

Sie wartete vergebens auf das Erwachen eines Lächelns in seinen Augen oder wenigstens irgendeine Reaktion, doch Maxims Blick schien geradewegs durch sie hindurchzugehen, allenfalls erfüllt von einer Endgültigkeit, die ihr allmählich Angst zu machen begann.

»Du musst jetzt wirklich los«, drang Nadeshdas Stimme von außen herein. »Der Bus wartet nicht ewig.«

»Geben Sie uns fünf Minuten«, wandte sich Maxim an den Arzt und wiederholte seine Aufforderung noch einmal auf Russisch, als er nicht reagierte.

»Dwa«, widersprach der Arzt.

»Pjat! I shdite pered maschinoi!« Conny war fast sicher, dass jetzt ein ausgewachsener Streit zwischen den beiden Männern losbrechen würde – den Maxim trotz seines erbärmlichen Zustands nur gewinnen konnte –, doch dann presste der Arzt lediglich die Lippen zu einer blutleeren Narbe zusammen, fuhr auf dem Absatz herum und stürmte hinaus.

»Du weißt immer noch, wie man sich Freunde macht, wie?«, fragte Conny.

»Und außerdem hat er recht und Nadeshda auch«, antwortete Maxim mit einer kaum angedeuteten Kopfbewegung auf die offene Tür hinter ihr. Das Sirenengeräusch war eindeutig näher gekommen. Conny glaubte nicht, dass ihnen noch die fünf Minuten blieben, von denen Maxim gesprochen hatte.

»Womit?«

»Für Small Talk haben wir keine Zeit und für alles andere auch nicht«, antwortete Maxim. »Die Polizei wird dich verhaften.«

»Genau wie dich.«

Maxim lachte. Dann hustete er. »Ich bin ein schwer verletzter Mann und noch dazu todkrank. Das ist hier nicht anders als bei uns zu Hause, weißt du? Nicht einmal die Polizei kann etwas machen, wenn dich die Ärzte erst mal in ihren Fängen haben. Ich schlafe ein paar Tage gründlich aus, und bevor sie überhaupt mitkriegen, dass ich wieder gesund bin, verschwinde ich.«

Conny zweifelte keine Sekunde daran, dass es genauso kommen würde. Trotzdem: »Du wirst nicht wieder gesund, jedenfalls nicht über Nacht. Und so leicht wirst du mich auch nicht los. Ich bleibe bei dir.«

»Du hilfst mir nicht, wenn du im Gefängnis sitzt.« Maxim schnitt ihr mit einer Handbewegung das Wort ab. »Nadeshda bringt dich hier weg, und sie gibt dir einen Umschlag, den ich für dich hinterlegt habe.«

»Mit Geld und falschen Papieren?«, vermutete sie.

»Als ob du das nehmen würdest«, sagte Maxim. »Ein bisschen Geld ist auch dabei. Betrachte es als Schmerzensgeld. Ob du es nimmst oder nicht, ist deine Entscheidung.«

»Ist das deine Art, mit mir Schluss zu machen?«, fragte Conny – was Maxim ebenso ignorierte wie ihren hoffnungslos übertriebenen entrüsteten Blick.

»Aber du findest auch mein schriftliches Geständnis mit allen Details, die du brauchst, um dich zu rehabilitieren. Und eine Festplatte mit genug Daten, um Dudas gesamte Organisation hochzunehmen; wenigstens in Deutschland. Dein Lieblingsvorgesetzter wird sich schwarz ärgern, wenn du als die große Siegerin aus der Geschichte rauskommst.«

»Und wir?«, fragte Conny. Warum musste sie eigentlich plötzlich mit aller Macht gegen die Tränen ankämpfen, die ihr in die Augen schießen wollten? »Wie finde ich dich?«

Das Sirenengeräusch war jetzt wirklich nahe, und es war eindeutig mehr als eine Sirene. Und sah sie da nicht schon ein nervöses blaues Flackern in ihren Augenwinkeln?

»Der Polizist, der mich aufspürt, wenn ich das nicht will, ist noch nicht geboren worden«, behauptete Maxim großspurig. »Ich finde dich, keine Sorge. Sobald ein bisschen Gras über die Sache gewachsen ist.«

Er versuchte die Hand nach ihr auszustrecken, aber die Nadel in seiner Armbeuge hinderte ihn daran, sodass Conny ihm die Mühe abnahm und sich über ihn beugte, um ihn zu küssen; die Alternative dazu, etwas wirklich Dummes zu sagen. Oder überhaupt etwas zu sagen. Seine Lippen waren trocken und rissig und schmeckten schlecht und so, wie sein Schweiß roch, nach Krankheit und Schmerz und nach etwas Endgültigem, an das sie nicht denken wollte. Trotzdem ließ sie den Kuss andauern, bis er es schließlich war, der den Kopf wegdrehte und sie irgendwie zurückzuschieben versuchte. Ihre Lippen brannten wie Feuer, und es gelang ihr nicht mehr ganz, die Tränen zurückzuhalten.

Sie wollte noch etwas sagen, wusste nicht was und wandte sich dann ruckartig ab. Sie verließ den Krankenwagen, damit er die Tränen nicht sah, die ihr über das Gesicht liefen.

Eine kleine Kolonne aus gleich drei Polizeiwagen rollte genau in diesem Moment mit heulenden Sirenen und zuckendem Blaulicht heran. Die beiden ersten kurvten in viel zu hohem Tempo vor den Eingang des Verwaltungsgebäudes, der dritte kam mit blockierenden Rädern vor dem Krankenwagen zum Stehen und hinderte ihn am Abfahren. Sie hatte zu lange gewartet.

»Komm einfach mit. Nicht umdrehen.« Nadeshdas Finger schlossen sich mit erstaunlicher Kraft um ihr Handgelenk und zogen sie einfach mit sich, während der Polizeiwagen hinter ihnen endgültig zum Stehen kam und beide Türen aufflogen. Die Sirene verstummte mit einem letzten, misstönenden Wimmern, und Conny sah über die Schulter zurück zu den beiden uniformierten Beamten, die aus dem Wagen sprangen und sich den Türen der Ambulanz näherten. Beide hatten ihre Pistolen gezogen. Connys Herz begann schon wieder zu hämmern, und sie wartete darauf, dass etwas in ihr in den Kampfmodus schaltete, ob sie wollte oder nicht. Aber da war nichts mehr. Ihre Kraft war verbraucht, vielleicht nicht nur für den Moment. Hörte es denn nie auf?

»Geh einfach weiter«, murmelte Nadeshda. »Nicht stehen bleiben. Nicht umdrehen.«

Vermutlich hätte sie das nicht einmal gekonnt, wenn sie es gewollt hätte. Sie ging einfach weiter, während das Mädchen sie am Arm hielt und wegführte, wo es doch genau umgekehrt sein sollte, und die Mutlosigkeit und Schwäche, die von ihren Gedanken Besitz ergriffen hatten, begannen sich auf ihren Körper auszubreiten. Ihre Glieder schienen Zentner zu wiegen, und jeder Schritt kostete sie Kraft, als müsste sie sich mit schwerem Gepäck durch knietiefen Morast quälen.

Hinter ihnen begann eine Polizistin gegen die Tür des Krankenwagens zu hämmern, woraufhin die Scheibe quietschend heruntergekurbelt wurde und ein sehr blasser, eingeschüchterter Fahrer den Kopf herausstreckte. Im nächsten Moment erschien das umso zornigere Gesicht des Arztes neben dem des Fahrers, und sofort begann sich eine hitzige Diskussion zwischen ihm und dem Polizisten zu entwickeln. Nach einem Augenblick trat der Beamte zurück und fuchtelte drohend mit seiner Waffe, doch der Arzt zeigte sich wenig beeindruckt und wurde nur noch lauter und aggressiver. Schließlich gab der Polizist seinem Kollegen einen Wink, woraufhin dieser den Wagen umrundete und die beiden hinteren Türen aufriss und im Wagen verschwand.

Connys Herz stockte, und sie konnte auch nicht mehr atmen, während sie darauf wartete, dass irgendetwas Entsetzliches geschah, ein Schrei, ein Schuss oder etwas noch viel Schlimmeres, mit dem das Schicksal ihr endgültig eine lange Nase drehte und seinen letzten Trumpf ausspielte.

Nichts davon geschah. Nach ein paar Augenblicken kam der Polizist wieder heraus, schloss die Tür deutlich behutsamer, als er sie geöffnet hatte, und wechselte ein paar Worte mit seinem Kameraden. Der Mann steckte seine Pistole ein, ging zum Streifenwagen und setzte ein Stück zurück, und der Motor des Krankenwagens erwachte mit einem röchelnden Knattern, das sie erst nach Sekunden als das Geräusch eines Zweitaktmotors erkannte, wie sie es seit bestimmt dreißig Jahren nicht mehr gehört hatte. Kurz darauf gesellte sich das Jammern einer mindestens ebenso alten Sirene hinzu und verschlang das Motorgeräusch. Auf dem Dach der Ambulanz begann sich ein Blaulicht zu drehen, und der Wagen setzte sich widerwillig und schnaubend in Bewegung.

Conny wollte gerade erleichtert aufatmen, als auch die beiden Polizisten wieder in ihren Wagen stiegen, die Sirene abschalteten und sich dem nur zögerlich schneller werdenden Krankenwagen anschlossen.

»Sie eskortieren ihn nur zur Klinik«, sagte Nadeshda, als hätte sie ihre Gedanken gelesen. Auch die beiden anderen Streifenwagen hatten ihr Ziel mittlerweile erreicht, und die Besatzung war ausgestiegen, kam aber nicht so recht von der Stelle, weil sich vor dem Gebäude inzwischen ein regelrechter Auflauf gebildet hatte, von dem Conny annahm, dass Nadeshdas Soldaten einen nicht allzu kleinen Anteil daran hatten, auch wenn keiner von ihnen zu sehen war. Dafür drehte sich jetzt einer der Polizisten um und blickte sekundenlang in ihre Richtung, und Conny musste sich zusammenreißen, um nicht auf der Stelle loszurennen und im letzten Moment doch noch alles zu verderben.

Wieder war es Nadeshda, die die Nerven behielt und ganz ruhig weiterging, bis sie zwischen zwei der aus Beton gegossenen Baracken endlich außer Sicht waren. Conny war weder überrascht, dahinter denselben Geländewagen zu entdecken, mit dem sie vorhin hergekommen waren, noch, zu erkennen, dass der Bursche hinter dem Steuer zwar einen halben Kopf größer war als sie, dennoch aber allerhöchstens zwölf oder dreizehn Jahre alt. Aber das war in Ordnung. Sie selbst wäre im Moment wahrscheinlich gar nicht in der Lage gewesen zu fahren. Sie war ja kaum fähig zu gehen.

»Mikail bringt dich zum Bus«, sagte Nadeshda, »und er steigt auch mit ein und fährt mit dir zurück zum Hotel, damit die Anzahl der Passagiere stimmt. Morgen holt dich jemand ab und bringt dich zum Flughafen. Dort bekommst du auch alles, was Maxim dir versprochen hat.«

Also hatte sie ihr Gespräch im Krankenwagen belauscht, dachte Conny – falls Maxim und sie nicht schon viel länger zusammenarbeiteten und Conny die Einzige gewesen war, die von nichts gewusst hatte.

Aber eigentlich interessierte sie das nicht wirklich.

»Und du?«, fragte sie. »Was wirst du tun?«

»Dasselbe wie du«, antwortete Nadeshda. »Ich gehe nach Hause.«

»Du begleitest mich?«

Nadeshda lachte. »Netter Versuch, Frau Hauptkommissarin. Nein, ich gehe zurück nach Petersburg.« Sie machte eine ungeduldige Geste auf den wartenden Wagen. »Und jetzt beeil dich besser. Ich weiß nicht, wie lange der Bus noch wartet.«

Tatsächlich machte Conny einen gehorsamen Schritt, blieb dann aber doch noch einmal stehen und sah über die Schulter zu Nadeshda zurück.

»Sehen wir uns wieder?«

»Nicht, wenn es sich vermeiden lässt«, antwortete Nadeshda lachend. »Aber wenn du zufällig mal in Sankt Petersburg sein solltest, dann bist du herzlich eingeladen, mich zu besuchen. Komm einfach in die Metro – und frag nach den Molepeople.«

Nachwort

Vorab: Eigentlich mag ich keine Nachworte. Ich lese sie nie, und ich halte auch nichts davon. Ein Text sollte für sich selbst stehen und nicht hinterher erklärt werden. Wenn ein Nachwort nötig ist, sind es die fünfhundert Seiten davor meistens nicht.

Aber Ausnahmen bestätigen ja bekanntlich die Regel (ich habe ehrlich gesagt nie wirklich verstanden, warum) – und in diesem speziellen Fall ist es wohl nötig.

Ich habe mich geirrt, und dafür muss ich mich bei allen Lesern entschuldigen. *Verderben* habe ich während der Pandemie geschrieben, den aktuellen Teil der Handlung aber in die Zeit verlegt, in der ihre schlimmsten Auswirkungen hinter uns liegen. Ähnliches erhoffte ich mir mit dem Ukraine-Konflikt, der mit der Annexion der Krim im Frühjahr 2014 in die heiße Phase ging. Einen zentralen Teil der Handlung habe ich ganz bewusst in die Ukraine verlegt, punktuell nach Tschernobyl mit den Folgen atomaren Wahnsinns als Hintergrund. Ich habe da noch nicht ahnen können, dass die Russen acht Jahre später in die Ukraine einfallen würden: und selbst Atomkraftwerke vor ihnen nicht sicher sind.

Was tut ein Romanautor, wenn ihn die Wirklichkeit überholt? Ich hätte bei der Endbearbeitung die Handlung nach Japan verlegen, und statt der Russenmafia die Yakuza ins Spiel bringen können. Das aber macht keinen Sinn (und keinen Spaß), zumal dieser Teil des Romans ja gerade durch die aktuellen Ereignisse eine erschreckende Übersteigerung des Themas erfährt, was Menschen auch innerhalb Europas ihresgleichen antun.

Ich habe ehrlich gesagt eine (kurze) Zeit ernsthaft überlegt, den kompletten Roman zurückzuziehen, mich dann aber doch dagegen entschieden. Nur weil ein Größenwahnsinniger der Meinung ist, ein bisschen an Europa (oder der ganzen Welt?) zündeln zu müssen, kann man schließlich nicht aufhören zu leben. Und vielleicht hilft Ihnen *Verderben* ja sogar dabei, dieser durchgeknallten Gegenwart für ein paar Stunden zu entfliehen. Mit ein bisschen Glück ist sie ja sogar noch da, wenn Sie das Buch zuklappen.

Ach ja, wieso ich mich geirrt habe? Der Irrtum war, dass ich Wladimir Putin vielleicht nie für den sympathischsten Politiker der Gegenwart gehalten und bis zum allerletzten Tag wirklich geglaubt habe: So irrsinnig ist der nicht.

Doch. Ist er. Ehrlich: *Diesen* Plot hätte ich mich niemals zu schreiben getraut. Und kein Verlag der Welt hätte ihn mir abgekauft …

Neuss, den 24. 06. 2022